PATRICIA MENNEN

Zauber der Savanne

Buch

1924 steht Owitambe in voller Blüte. Jella und Fritz von Sonthofen haben ihre Träume verwirklicht und mit ihrer Farm ihr persönliches Paradies geschaffen. Neben der erfolgreichen Farmwirtschaft gehen beide ihrer Leidenschaft nach: Jella betreibt ein kleines Lazarett für Einheimische, Fritz kümmert sich um verletzte Tiere. Die Kalahari ist für die Auswanderer zur Heimat geworden, die sie nie mehr verlassen möchten.
Sehr zum Unmut ihrer Eltern sträubt sich ihre Tochter Riccarda jedoch gegen die Sesshaftigkeit. Sie hat ein besonderes Talent und soll zur Musiklehrerin ausgebildet werden, möchte aber viel lieber auf einer großen Bühne in Deutschland stehen. Nach einem Eklat stimmen ihre Eltern zu, dass Ricky nach Berlin reisen darf. Jella, die noch immer Kontakt zu ihrem alten Freund Zille pflegt, erwirkt zumindest, dass ihre Tochter in geordneten Verhältnissen unterkommt. Sie hofft, dass sich Ricky nach kurzer Zeit die Hörner abstoßen und zu ihrer Familie zurückkehren wird.
In ihrem neuen Leben als Tänzerin und Sängerin ist Riccarda von Sonthofen überglücklich. Doch als es zu einer schicksalhaften Begegnung kommt, wird ihr Leben auf den Kopf gestellt. Bleibt sie in Europa und verschreibt sie sich weiterhin ihrer Karriere – oder wird sie erkennen, dass ihr Herz für Afrika schlägt?

Zauber der Savanne ist der abschließende Teil einer mitreißenden Familiensaga um eine deutsche Familie, die ihre Heimat verließ, um ihr Glück in Afrika zu finden.

Autorin

Patricia Mennens große Leidenschaft ist das Kennenlernen von Menschen ursprünglicher Kulturen. Wann immer es geht, macht sie sich auf und versucht, einen authentischen Einblick in fremde Lebenswelten zu gewinnen. Ihre Eindrücke und Erlebnisse verarbeitet sie in ihren Büchern. Die Autorin lebt mit ihrem Mann und zwei Töchtern abwechselnd in der Nähe des Bodensees und in der Provence.

Näheres über die Autorin erfahren Sie unter www.patricia-mennen.de

Von Patricia Mennen bei Blanvalet lieferbar:
Der Ruf der Kalahari • Sehnsucht nach Owitambe • Im Land der sieben Schwestern • Das Tal der goldenen Flüsse • Ellas Geheimnis

Patricia Mennen

Zauber der Savanne

Roman

blanvalet

Die Handlung und alle handelnden Personen sind frei erfunden. Jegliche Ähnlichkeit mit lebenden oder realen Personen wäre rein zufällig.

FSC
www.fsc.org
MIX
Papier aus verantwortungsvollen Quellen
FSC® C014496

Verlagsgruppe Random House FSC® N001967

3. Auflage
Deutsche Erstausgabe Februar 2013 bei Blanvalet, einem Unternehmen der Verlagsgruppe Random House GmbH, München.

Dieses Werk wurde vermittelt durch die Literarische Agentur
Thomas Schlück GmbH, 30827 Garbsen.
Umschlagmotiv: © Johannes Wiebel | punchdesign,
unter Verwendung von Motiven von Shutterstock.com.
Redaktion: Rainer Schöttle
DF · Herstellung: sam
Satz: Buch-Werkstatt GmbH, Bad Aibling
Druck und Einband: GGP Media GmbH, Pößneck
Printed in Germany
ISBN: 978-3-442-37987-3

www.blanvalet.de

Für Marc und Athina

Wichtig ist nicht, wo du bist –
sondern was du tust, wo du bist!

(Südafrikanisches Sprichwort)

Prolog

Feine, dampfende Nebelschwaden schmiegten sich wie Kissen um den Fuß des mächtigen Tafelbergs. Während die flache Gipfelfläche des Waterbergs von den ersten Sonnenstrahlen bereits hellrot angeleuchtet wurde, verharrte die Landschaft darunter noch in dem dunklen Grau der Nacht. Das plötzlich einsetzende »Wuk-wuk-wuk« eines Nashornvogels klang wie ein Aufbruchsignal. Langsam kam Leben in das grüne Dickicht rund um das ausgedehnte Felsmassiv. Das beeindruckende Gebrüll mehrerer Löwen hallte durch die sich auflösende Stille des beginnenden Tages.

Ein junger Buschmann folgte in gebückter Haltung der Spur des angeschossenen Kudubocks. Das Pfeilgift hatte seine Wirkung noch nicht voll entfaltet. Jetzt musste der Jäger dafür sorgen, dass das Tier in Bewegung blieb, damit die lähmende Wirkung des Larvengifts das Herz erreichte. Die Schritte der großen Antilope wurden bereits schwerfälliger. Bald würde der Kudu zusammenbrechen. Debe freute sich auf den Genuss beim Verzehr des Auges. Die Kraft des Tieres, seine Weitsicht und Größe würden auf ihn übergehen und ihm weiteres Jagdglück bescheren. Von heute an würden alle sehen, was für ein geschickter Jäger in ihm steckte. Endlich war er ein Mann, und endlich würde man ihm erlauben, einen Liebesbogen zu schnitzen und damit auf Brautschau zu gehen. Zweige knackten vor ihm im Gebüsch, und er konnte das angestrengte Schnauben der großen Antilope hören. Es war so weit, das Tier würde sich jeden Augenblick zum Sterben niederlegen. Er wartete darauf, das Brechen von Zweigen zu hören, doch stattdessen nahm der Buschmann etwas anderes wahr, das ihn sofort innehalten ließ. Scharfer Uringeruch verriet die unmittelbare Nähe von Raubkatzen. Der junge Buschmann erschrak und biss sich gleichzeitig vor Enttäuschung auf die Unterlippe. Die Fährte des von ihm angeschossenen Tieres führte genau in die Richtung der Löwen. Beinahe im gleichen Augenblick brach im Busch vor ihm ein Tumult los. Das Fauchen von Wildkatzen, ein kraftvoller Sprung, das Schlagen von Tatzen. Debe war zu weit entfernt, um die Szene mit eigenen Augen verfolgen zu können, aber er hörte, wie die angeschlagene Antilope einen letzten Fluchtversuch unternahm, bevor die Löwen deren Leben durch einen gezielten Biss in die Kehle beendeten. Der junge Buschmann blieb unbeweglich stehen und versuchte seine Verbitterung niederzukämpfen. So lange war er seiner Beute gefolgt, und jetzt hatten die Raubkatzen sie ihm vor der Nase weggeschnappt. Debe schnaubte unmutig. Es tat ihm weh, sich so nah vor dem Ziel geschlagen geben zu müssen. Wenn er nur bessere Waffen gehabt hätte! Wieder einmal dachte er voller Neid an die mächtigen Donnerpfeile der weißen Männer. Für seine Leute waren sie tabu. Doch er selbst wünschte sich nichts mehr als solch eine mächtige Waffe. Damit hätten ihm die Löwen die Beute nicht streitig gemacht. Er hätte sie ohne Mühe vertrieben.

»Die Donnerpfeile haben deinen Großvater getötet«, hielt ihm seine Mutter Nakeshi stets vor. »Sie stehen mit Gwi und den bösen Geistern in Verbindung. Kein Buschmann darf diese Waffen nutzen, denn er würde Kauhas Zorn auf sich ziehen!« Aber Debe war sich nicht mehr sicher, ob das stimmte. Er dachte an Großmutter Chuka, die sie während der letzten Trockenzeit hatten zurücklassen müssen. Hätte seine Gruppe einen Donnerpfeil besessen, dann würde die Großmutter vielleicht noch leben und wäre nicht verhungert!

Das Rattern eines Automobils übertönte die vielfältigen Geräusche der Savanne und riss ihn aus seinen grüblerischen Gedanken. Irgendwo hinter der feuchten, sich lichtenden Nebelwand kam es zum Halten. Debes Augen begannen zu leuchten, und er vergaß augenblicklich seinen Unmut. Seine Neugier war geweckt. Wenn ihm schon seine Beute abhandengekommen war, wollte er wenigstens einen Blick auf das voller Zauber steckende Reittier der Weißen werfen. Unbemerkt schlich er sich an. Verborgen hinter einem Rosinenbusch beobachtete er das eckige Metallgefährt. Schon als Kind hatte er sich von dem Leben der Weißen angezogen gefühlt. Wieso besaßen diese Menschen solch mächtige Zauber? Hatten sie einen Pakt mit dem Mond geschlossen, dem Erschaffer der Welt? Voller Bewunderung musterte der Buschmann das kastenähnliche Fahrzeug, mit dem sich die Weißen schneller als jede Antilope fortbewegen konnten. Wie leicht ihr Leben doch war! Drei Männer sprangen von der Pritsche des Wagens. Sie hielten Donnerpfeile in ihren Händen. Einer von ihnen deutete aufgeregt auf eine Spur und winkte die anderen zu sich. Offensichtlich waren sie dem Löwenrudel auf der Spur. In gebückter Haltung verfolgten sie die Fährte. Debe erschrak. Wussten die Männer nicht, dass niemand die Herren der Savanne ohne Not töten durfte? Der Zorn Kauhas würde wie ein Blitzschlag auf sie herabschlagen, wenn sie den Frevel begingen, eines der mächtigen Tiere zu töten. Der Mond würde ein Blutopfer von ihnen verlangen. Der junge Buschmann wollte mit diesen schlechten Jägern nichts zu tun haben und beschloss zu gehen. Doch dann fiel sein Blick auf etwas Glänzendes auf der Pritsche des Wagens.

Ein Donnerpfeil!

Er lag dort unbewacht. Das war die Gelegenheit, um sich die Waffe von Nahem anzusehen. Wachsende Neugier rang mit seinem angeborenen Misstrauen. Schließlich schob er alle Vorsicht beiseite und wagte sich aus seiner Deckung. Mit leichten, schnellen Schritten näherte er sich der Ladefläche des Wagens. Zögernd griff er über den Pritschenrand und tastete nach der Waffe. Ob der Donnerpfeil auch ihm gehorchen würde? Er lauschte in die Savanne. Die weißen Männer waren noch in der Nähe, aber die nahen Löwen nahmen ihre volle Aufmerksamkeit in Anspruch. Ganz vorsichtig hob er das Gewehr an und zog es zu sich herüber. Es fühlte sich kalt und hart an und es ziemlich schwer. Brauchte man einen Zauberspruch, um es Feuer spucken zu lassen? Wie stellte es der weiße Mann an, dass der tötende Donner aus dem Rohr herauskroch? Debe stellte das Gewehr mit dem Lauf nach oben vor sich auf den Boden und schielte in den Schusskanal. Es sah aus wie ein schmaler, leerer Köcher. Ratlos kratzte er sich am Kopf.

»Zeig mir deinen Donner!«, befahl er dem Gewehr.

Doch die Waffe schwieg. Schließlich hob er den Donnerpfeil hoch und setzte ihn so an die Schulter, wie er es einmal aus weiter Entfernung bei einem weißen Mann beobachtet hatte, die rechte Hand am hölzernen Schaft, die linke umklammerte den kalten Lauf. Er zielte auf einen Mankettibaum in seiner Nähe.

»Sende deinen Donner!«, befahl er mit leiser Stimme, doch nichts geschah. Das Gewehr war so schwer, dass es ihn Mühe kostete, es ruhig an seiner Schulter zu halten. Die Finger seiner rechten Hand umspannten kaum den hölzernen Schaft. Er musste nachfassen und legte seine Hand weiter vorne an den Schaftrand, dort, wo sich ein metallener Riegel befand. Er fand heraus, dass sich der Riegel nach hinten bewegen ließ und drückte durch. In diesem Moment löste sich ein Schuss.

Der Rückstoß des Gewehrs traf den Buschmann so unvorbereitet, dass er hart nach hinten katapultiert wurde und zu Boden fiel. Dabei glitt ihm die Waffe aus den Händen. Debe war so verwirrt, dass er wie ein auf den Rücken gefallener Käfer auf dem Boden liegen blieb. Eine Zeit lang wagte er sich nicht zu rühren. Er wusste nicht, was schlimmer war, die Schmerzen an seiner Schulter oder der Nachhall des Schusses in seinen Ohren. Obwohl er die Schritte der zurückkehrenden Männer hörte, blieb er liegen. Erst ein derber Tritt in die Seite löste ihn aus seiner Schockstarre. Mühsam rappelte er sich auf und sah in die Gesichter dreier wütender weißer Männer.

»Verdammter Niggerdieb«, brüllte der Älteste von ihnen. Sein wettergegerbtes Gesicht verhieß nichts Gutes. Debe hielt den Atem an. Bewegungslos stand er vor den großen Männern und fürchtete ihren Zorn.

»Was fällt dir ein? Ich hätte gute Lust, dir die Haut abzuziehen und in meinem Haus an die Wand zu nageln!«

»Er hat mit dem Schuss die Löwen verjagt«, beschwerte sich der Zweite. Die Haare unter seinem weiten Krempenhut klebten an seinem Kopf, als wären sie nass. »Das war meine letzte Chance, um noch an eine Löwentrophäe zu kommen. Jetzt werde ich wegen dieses Niggers ohne sie nach England zurückkehren müssen! Das werde ich Ihnen berechnen, meine Herren!«

»Nun beruhigen Sie sich doch, Mr Cannister«, beschwichtigte der Dritte, der noch am ruhigsten reagierte. »Die Löwen sind nicht weit! Ich bin sicher, dass Sie heute Abend noch Ihre Chance bekommen werden.«

»Du verdammte kleine Missgeburt«, erregte sich der Älteste erneut. Seine Augen glühten vor Zorn. Sein struppiges, schlohweißes Haar stand in seltsamem Kontrast zu den schwarzen, büscheligen Augenbrauen. Er stieß brutal gegen Debes Brust, sodass der aus dem Gleichgewicht geriet und nach hinten stolperte. »Wir werden ihn abknallen und dann mit seinem Leichnam die Löwen anlocken, die er durch seine Dummheit vertrieben hat!« Tatsächlich hob er sein Gewehr und drückte es Debe auf die zitternde Brust.

»Lass gut sein, Nachtmahr.«

Der Besonnene drückte entschieden den Lauf von Nachtmahrs Gewehr in Richtung Boden, während er den Buschmann interessiert musterte. »Sieh an, ein Buschmann!«, meinte er nachdenklich. »Sprichst du unsere Sprache?«, fragte er zu Debe gewandt.

Immer noch voller Angst nickte dieser.

»Was soll das, Baltkorn?«, murrte der Alte. »Er ist nichts als ein lausiger Negerdieb!«

»Immerhin, er ist ein Buschmann und spricht unsere Sprache«, korrigierte der Mann, den sie Baltkorn nannten, mit einem listigen Zwinkern. Er trat an Debe heran und legte seine Hand auf dessen Schulter. Der Buschmann wusste nicht, was er davon halten sollte. Der Mund des Mannes lächelte freundlich, doch die Augen blieben kalt wie die einer Schlange.

»Gefällt dir das Gewehr?«, fragte er lauernd. Debe nickte zögerlich. »Möchtest du gerne wissen, wie man damit schießt? Ich kann es dir zeigen!« Debe wurde sofort misstrauisch. Eben noch wollten ihn die Männer töten, und jetzt das?

»Natürlich musst du erst etwas für mich tun!« Baltkorn deutete auf den Mann mit den feuchten Haaren.

»Das ist Mister Cannister«, fuhr er fort. »Es war sein Löwe, den du soeben verjagt hast. Jetzt ist der Mann sehr böse auf dich. Dieser hier …«, er deutete auf Nachtmahr, »will dich sogar töten, weil du sein Gewehr stehlen wolltest!«

Debe sah die Männer furchtsam an. Er zitterte und fürchtete immer noch um sein Leben.

»Ich kann dein Leben retten, wenn du tust, was wir von dir verlangen!« Der Druck auf seine Schulter verstärkte sich. »Führ uns zu den Löwen!«

»Oh nein!« Debe zuckte erschrocken zusammen. »Löwe ist sehr gefährlich! Es gefällt Kauha nicht, Löwe zu jagen! Ich führe Männer nicht zu Löwe!«

»Du kleine Missgeburt! Ich werde dir Beine machen!« Nachtmahr holte mit der Faust aus, um ihn ins Gesicht zu schlagen. Doch Baltkorn fiel ihm erneut in den Arm.

»Ich mach es auf meine Art, ist das klar?«, raunzte er ihn an. Nachtmahrs dunkle Augen funkelten vor Zorn, doch schließlich ließ er mit grimmigem Blick von ihm ab. Baltkorn wandte sich erneut an Debe.

»Du musst den Löwen nicht töten, du sollst uns nur zu ihm führen. Dein Gott ist nicht so mächtig wie Mister Cannister. Er wird dir nicht böse sein. Wer ein Gewehr hat, hat sehr viel Macht! Wenn du tust, was ich dir sage, lehre ich dich mit der Macht umzugehen.«

Debe war hin- und hergerissen. Die Worte des weißen Mannes verwirrten seine Sinne. Was wusste er von Kauha? War der weiße Mann wirklich so mächtig, und konnte er etwas von seiner Macht auch auf ihn übertragen?

Baltkorns Stimme klang plötzlich hart wie das Eisen eines Pfeiles. »Wenn du dich weigerst, werden wir dich mitnehmen und ganz allein in einem dunklen Loch einsperren. Du hast die Wahl!«

Debe hatte davon reden gehört, dass die weißen Männer Buschmänner wie ihn einsperrten. Und die Verlockung war groß. Er musste nicht lange überlegen.

»Ich führe euch zu Löwen!«, verkündete er entschlossen.

Erster Teil

1924-1925

Neuigkeiten

Mai 1924

»Unverschämter, frecher Affe!«

Jella starrte auf ihre leere Hand, in der sie eben noch ein Butterbrot gehalten hatte. Tatenlos, wenn auch insgeheim amüsiert, musste sie mit ansehen, wie sich der Pavian mit ihrem Essen davonmachte. Sobald er sich in sicherer Entfernung wusste, setzte er sich auf seinen blanken Hintern und bleckte triumphierend die gelben Zähne in ihre Richtung. Es sah aus, als lachte er sie aus. Jella hob drohend den Zeigefinger.

Ihr vierjähriger Neffe Benjamin stand neben ihr und gluckste vor Lachen.

»Sieh nur, Tante Jella, jetzt macht Jacko dich auch noch nach!«

Das Butterbrot im Maul sprang der Affe auf und ab und äffte ihre Drohgebärde nach. Ihre anfängliche Empörung löste sich angesichts der theatralischen Vorstellung des Affen in schallendes Gelächter auf.

»Wir hätten nie erlauben dürfen, dass dieser unverschämte Pavian auf *Owitambe* bleibt!«, prustete sie los. »Irgendwann übernimmt er hier das Regiment. Das dürfen wir nicht zulassen!«

»Aber Jacko muss jetzt nicht weggehen, oder?«, fragte Benjamin und sah sie aus seinen hellblauen Augen groß an. Jella strich dem kleinen Jungen beruhigend über den krausblonden Wuschelkopf.

»Keine Angst, niemand wird Jacko von hier vertreiben, aber

es wird Zeit, dass dein Großvater ihm endlich seine schlechten Manieren abgewöhnt! Er muss lernen, dass er sich nicht einfach nehmen kann, was er gerade will. Erst neulich hat er Großmutter Imeldas neuen Sommerhut ruiniert. Wenn ich nur daran denke, wie er die Kunstblumen genüsslich zerkaut hat …«

Jella unterbrach ihre Schimpftirade auf den Affen, als sie in der Ferne eine Staubwolke auf die Farm zukommen sah.

»Siehst du, wer da kommt?«, fragte sie ihren kleinen Neffen. Sie kniff die Augen zusammen und blinzelte. Ihre Sehkraft hatte in letzter Zeit etwas nachgelassen, aber sie war noch zu eitel, als dass sie sich mit einer Brille abgefunden hätte.

»Das ist der Bakkie von Onkel Fritz. Hoffentlich hat er mir die Zwille aus Okahandja mitgebracht!« Benjamin hüpfte aufgeregt auf und ab. »Ich bin nämlich längst alt genug, um schießen zu lernen!«

Die Staubwolke näherte sich rasch, und bald konnte auch Jella den motorisierten Pritschenwagen erkennen. Nach all den langen Jahren klopfte ihr Herz immer noch vor Freude, wenn sie ihren Mann nach längerer Zeit der Trennung wiedersah. Eilig fuhr sie sich mit ihren großen Händen durch das kurz geschnittene, rote Haar, das von feinen Silberfäden durchzogen war, und ging mit Benjamin zum Haus. Der Bakkie rollte auf den Hof und kam zum Stehen. Noch bevor Fritz richtig ausgestiegen war, wurde er von dem kleinen Jungen stürmisch umarmt. Fritz hob seinen Neffen etwas unbeholfen mit seinem Armstumpf auf seinen gesunden Arm und wirbelte ihn durch die Luft. Als er ihn schließlich absetzte, forderte er ihn auf, rasch seine Mutter zu holen. Als sie endlich allein waren, zwinkerte er Jella gut gelaunt zu.

»Ich habe gehört, dass die Menschen dieser Farm einige wichtige Waren benötigen. Wenn Sie bereit sind, meine Preise zu zahlen, dann kann ich Ihnen mit Mehl, Zucker, Kaffee, neuem Stoff … oder einem Kuss aushelfen.«

»Ich weiß gar nicht mehr, was das ist!« Jella ging auf sein Spiel ein und gab die Beleidigte. »Ich hatte mich gerade an den Gedanken gewöhnt, alleine zu leben! Du kannst also gleich wieder gehen!« Ihre strahlenden Augen straften ihre Worte Lügen. Als Fritz sie in den Arm nahm, gab sie ihren Widerstand sofort auf und erwiderte seinen zärtlichen Begrüßungskuss.

»Hast du die Medikamente und den Narkotisierapparat bekommen?«, fragte sie schließlich.

»Alles hinten auf der Ladefläche.«

»Wieso kommst du so spät? Wir hatten dich alle früher hier erwartet! Du hättest uns wenigstens anfunken können!«

»Das habe ich ja versucht«, stöhnte Fritz und verdrehte genervt die Augen, »aber ich bin nicht durchgekommen. Ich fürchte, dass unser Empfänger mal wieder den Geist aufgegeben hat. Der neue Narkotisierapparat ist erst gestern in Windhuk eingetroffen. Das war der Grund für meine Verspätung.«

»Wie war es in Etosha?«, erkundigte sich Jella. »Habt ihr die Wilderer stellen können?«

»Leider nicht!« Fritz verzog ärgerlich sein Gesicht und rieb sich seinen Armstumpf. »Irgendjemand muss die Schurken gewarnt haben. Wir waren ganz sicher, dass wir sie dieses Mal erwischen würden, aber dann sind sie doch nicht erschienen. Ich werde den dringenden Verdacht nicht los, dass einer unserer eigenen Männer ein Verräter ist.«

»Das ist eine ungeheuerliche Anschuldigung, findest du nicht auch? Ich dachte immer, du könntest deinen Männern blind vertrauen.«

Fritz zuckte mit den Schultern. Plötzlich wirkte er ziemlich müde und abgespannt. »Das habe ich auch immer gedacht. Aber unsere Wildhüter werden von der Verwaltung viel zu schlecht bezahlt. Man kann es ihnen nicht einmal übel nehmen, wenn sie sich noch etwas Geld durch das Ausplaudern von Informationen dazuverdienen. Unser Informant von der Walfischbay war sich ganz sicher, dass die Wilderer eine neue Lieferung aus dem geheimen Elfenbeinversteck holen würden. Seitdem wir das Lager kürzlich entdeckt hatten, war es nur noch eine Frage der Zeit, bis wir die Männer schnappen. Niemand außer uns sechs wusste davon. Es muss eine undichte Stelle geben!«

»Das tut mir leid! Du hast so viel Energie in diese Aktion gesteckt. Nun komm erst mal mit ins Haus!« Jella strich Fritz zärtlich über den Arm. »Teresa hat Apfelkuchen gebacken. Das wird deine Stimmung sicherlich rasch wieder heben.«

»Einen Moment noch! Ich habe noch etwas Wichtiges vergessen.« Er zog aus dem Führerhaus des Bakkie einen Brief und wedelte vielsagend damit herum.

»Von Raffael?«, rief Jella. »Endlich! Sonja wartet schon so lange auf eine Nachricht von ihm. Wir müssen dafür sorgen, dass sie ihn sofort bekommt!«

»Deshalb habe ich Benni ja auch losgeschickt.«

Wenige Augenblicke später trat Sonja aus der Tür des kleinen Hauses, das sie gemeinsam mit ihrem Sohn bewohnte. Sie war eine hübsche junge Frau mit weizengelben Haaren und sanft dreinblickenden graublauen Augen.

Derzeit lebten drei Generationen auf *Owitambe*. Großvater Johannes mit seiner Himbafrau Sarah, seine Tochter Jella mit ihrem Mann Fritz und eben Sonja, die Frau von Johannes' Sohn Raffael, mit ihrem Sohn Benjamin.

Fritz überreichte Benjamins Mutter den Brief, worauf ihr fein geschnittenes Gesicht zu strahlen begann.

»Vielen Dank!« Sonja errötete leicht, als sie den Umschlag ungeöffnet in ihre Schürzentasche steckte.

»Willst du ihn nicht gleich aufmachen?«, drängelte Jella. Geduld war noch nie ihre Stärke gewesen.

»Lass sie doch«, tadelte Fritz. »Sonja möchte den Brief sicherlich in Ruhe lesen.«

»Ich will ja nur wissen, wie es meinem Bruder im fernen England ergeht! Schließlich ist er schon lange genug fort, und seit Monaten haben wir überhaupt nichts von ihm gehört.«

»Ich werde euch bald berichten«, versprach Sonja hastig. »Es ist nur …« Sie schluckte. »Ich habe Angst, dass er seine Rückkehr erneut um ein halbes Jahr verschiebt.«

»Oh!«

Jella wurde erst jetzt die Tragweite ihrer Taktlosigkeit bewusst. »Ich wusste ja nicht … ähm … Selbstverständlich lassen wir dich nun in Ruhe. Du kannst ja später zu uns stoßen. Ach, Benni, willst du nicht mit uns kommen und schon mal ein Stück Apfelkuchen essen? Nun komm schon, Fritz!«

Fritz lachte. Er liebte Jella gerade wegen ihrer Direktheit. Obwohl seine Frau die vierzig schon längst überschritten hatte, war sie immer noch so impulsiv und undiplomatisch wie in ihrer Jugend. Er hakte ihren Arm bei sich ein und steuerte mit ihr und Benni zu der Veranda, auf die mittlerweile auch Jellas Vater getreten war.

*

»Wann kommt Ricky uns denn endlich wieder einmal besuchen?«, fragte Johannes, während er sich die letzten Kuchenkrümel von seinem unrasierten Kinn wischte. Der Duft von Kaffee und frisch gebackenem Kuchen hing noch in der Luft. Der alte Mann vermisste seine älteste Enkelin von allen Familienmitgliedern am meisten. »Ist sie glücklich in Windhuk? In ihrem letzten Brief wirkte sie recht einsilbig.«

»Das kommt dir nur so vor«, beschwichtigte ihn Jella und schenkte ihrem Vater noch eine Tasse frisch aufgebrühten Kaffee ein. »Ricky macht eine Ausbildung zur Gesangs- und Musiklehrerin. Das entspricht genau ihren Neigungen.«

»Wen soll sie denn hier in Südwestafrika schon unterrichten?«, knurrte Johannes. »Alles wird darauf hinauslaufen, dass sie den Gören hier das Alphabet nahebringt. Seit es kaum noch Deutsche in Südwestafrika gibt, macht doch keiner mehr Musik. Die Buren sind doch allesamt unmusikalisch.« Er steigerte sich weiter in seinen Unmut hinein. »Das Kind ist für diese Provinz viel zu talentiert. Sie gehört auf die großen Bühnen dieser Welt. Sie bewegt sich anmutig wie ein Schwan und singt wie eine Nachtigall. Ihr Problem ist nur, dass niemand von euch das sehen will!«

»Ach Vater, hör doch damit auf!«, protestierte Jella ungehalten. »Du hast unserer Tochter schon viel zu viele Flausen in den Kopf gesetzt. Am Ende glaubt sie den Unsinn noch selber. Überhaupt! Wie stellst du dir das denn vor? Sie ist noch ein Kind, noch nicht einmal mündig. Sollen wir sie etwa allein nach Europa schicken? Ich weiß, wie gefährlich es dort für ein junges Mädchen sein kann. Ganz abgesehen davon, dass wir uns das gar nicht leisten können. Ich finde es schon sehr fahrlässig von uns, dass wir sie so viel Musik nebenbei studieren lassen, obwohl das eine nahezu brotlose Arbeit ist. Sie hätte das Zeug zu ganz anderen Dingen gehabt.«

»Ja, ja, ich weiß«, konterte Johannes übellaunig. »Du wolltest immer, dass sie Medizin studiert und eine richtige Ärztin wird. Aber dafür eignet sich unsere Ricky nicht.«

Die Stimmung an der Kaffeetafel drohte plötzlich zu kippen. Jellas und Raffaels Vater wurde in den letzten Jahren immer eigenwilliger und schwieriger. Er nörgelte an allem herum, entzog sich immer öfter der Gemeinschaft und brauste leicht auf. Nur seine beiden Enkel Ricky und Benjamin genossen seine ungeteilte Zuneigung.

Zum Glück gesellte sich Sonja nun zu ihnen. Sie hatte sich ein frisches Kleid übergezogen und strahlte von innen heraus.

»Stellt euch nur vor«, meinte sie voller Stolz. »Raffael hat sein Examen als Barrister bestanden. Er ist sogar als Jahrgangsbester ausgezeichnet worden.«

Alle bei Tisch freuten sich und gratulierten Sonja.

»Respekt! Das schaffen nicht viele«, meinte Fritz anerkennend. »Ich empfand es schon als eine außerordentliche Leistung, als er damals in London an der juristischen Fakultät ›Inner Temple‹ überhaupt aufgenommen wurde. Ein Abschluss an dieser Universität, noch dazu ein hervorragender, wird ihm alle Türen und Tore öffnen! Wird er euch nach London nachholen?«

Sonja zuckte mit den Schultern. »Davon schreibt er nichts«, gab sie etwas kleinlaut zu, »aber er wird mit dem nächsten Schiff zurück nach *Owitambe* kommen. Der Brief war lange unterwegs. Wer weiß, vielleicht kommt er schon in den nächsten Tagen!«

»Endlich mal eine gute Nachricht!«, gab sich nun sogar Johannes wieder versöhnlich. Er hatte immer noch Schwierigkeiten zu akzeptieren, dass sein Sohn sich nicht für die Farm, sondern für ein Jurastudium entschieden hatte. Obwohl Jella und Fritz, nachdem sie vor einigen Jahren wieder aus Indien zurückgekehrt waren, mit viel Energie *Owitambe* aus seinem Dornröschenschlaf geweckt und daraus eine ertragreiche Farm gemacht hatten, hatte er sich nur mürrisch damit abgefunden.

»Aber das ist ja wunderbar. Wir müssen unbedingt Telegramme nach Windhuk und Okakarara schicken und Ricky und Imelda und Rajiv benachrichtigen«, schlug Jella begeistert vor. »Sie müssen einfach alle kommen. Es wird herrlich werden! Endlich ist mal wieder etwas los auf *Owitambe!*«

*

Raffaels bevorstehende Ankunft brachte Leben auf die Farm. Alle stürzten sich voller Eifer in die Vorbereitungen zu dem Willkommensfest, bei dem sich nach langer Zeit wieder einmal alle Familienmitglieder treffen würden. Fritz und sein Vorarbeiter Matteus beschlossen, ein Schwein zu schlachten, das die Frauen zerlegen und daraus Blut- und Leberwürste, Schinken und Bratfleisch machen sollten. Fritz' Mutter Imelda und ihr zweiter Ehemann Rajiv bestanden darauf, aus ihrem Kolonialwarenladen ein Fass Bier beizusteuern. Teresa musste Brot und Kuchen backen, und Sarah brachte frisches Gemüse und Salat aus ihrem Garten. Jellas Halbbruder Raffael war vor beinahe vier Jahren allein nach London aufgebrochen, um dort ein Jurastudium zu beginnen. Die Aufnahme in die Eliteuniversität »Inner Temple« war für ihn als Mischling eine besondere Ehre gewesen. Mit seinem nun erworbenen Examen als Barrister hatte er eine Zulassung an allen englischen Obergerichten erworben und somit auch eine Anwaltszulassung in Südafrika und seiner unter südafrikanischem Mandat stehenden Heimat Südwestafrika. Das war auch der Grund gewesen, weshalb er nicht in Berlin, der Heimat seines Vaters Johannes, studiert hatte. Ein deutsches Examen wäre hier in Afrika niemals anerkannt worden.

Fritz hatte inzwischen das Funkgerät wieder repariert und herausgefunden, dass das Dampfschiff aus Europa schon am übernächsten Tag in der Walfischbay ankommen würde. Raffael hatte sich kurz darauf ebenfalls per Telegramm gemeldet und ihnen mitgeteilt, dass er noch einen kurzen Zwischenstopp in Windhuk einlegen werde, bevor er nach Hause käme. Kurz entschlossen hatte Fritz Sonja und ihrem Sohn angeboten, sie im Bakkie nach Windhuk zu bringen, um Raffael am Bahnhof zu überraschen. Gleichzeitig wollten sie Ricky abholen und mit auf die Farm bringen. Jella war das nur recht. Auf diese Weise gewann sie etwas Zeit, um sich um das Einräumen der mitgebrachten Medikamente zu kümmern und den neuen Äthernarkoseapparat näher in Augenschein zu nehmen. Auf diese neue Errungenschaft freute sie sich ganz besonders. Immer wieder war es erforderlich, kleinere und manchmal auch schwierigere Operationen in ihrem kleinen Lazarett durchzuführen. Oft reichte die Zeit nicht, um die Patienten in ein richtiges Krankenhaus zu bringen. Sie hatte immer ein ungutes Gefühl dabei gehabt, nicht weil sie sich vor den Eingriffen selbst fürchtete, sondern weil sie vor den Folgen der Narkose äußersten Respekt hatte. Ohne eine richtige Dosierungsmöglichkeit des Äthers lief sie Gefahr, dass der Patient zu wenig oder zu stark betäubt wurde. Hinzu kam, dass manchen Patienten während der Narkose die Zunge nach hinten klappte und sie keine Luft mehr bekamen. Vor noch gar nicht langer Zeit wäre ihr um ein Haar ein Patient auf dem Operationstisch erstickt, wenn es ihr nicht mit dem Ende eines Löffels gelungen wäre, die Zunge beiseitezuschieben, um die Atemwege wieder freizubekommen. Fritz hatte ihr danach dringend geraten, sich einen der neumodischen Äthernarkotisierapparate sowie einige andere Hilfsgeräte für die Anästhesie zu beschaffen. Der bewährte Ombredanne-Inhalator war sowohl handlich als auch äußerst leicht einzusetzen. Er bestand aus einer etwa zwanzig Zentimeter großen Metallkugel, die mit Gaze gefüllt war. Daran war auf der einen Seite ein Luftbehälter aus einer Schweinsblase befestigt, während sich auf der anderen Seite der Kugel eine Gesichtsmaske mit einer Gummidichtung befand. Die Kugel selbst wurde mit Äther befüllt. Eine Kontrollröhre mit einem Zeiger gab genau an, wie viel von dem Narkosemittel der Patient über die Gesichtsmaske inhalierte. Um das Zurückfallen der Zunge zu verhindern, hatte Jella sich eine praktische Zungenzange bestellt. Eine andere Zange, die »Rose'sche Mundsperre«, sollte verhindern, dass der Patient seine Zähne während des Wegdämmerns zu fest zusammenpresste. Die geschlossenen Enden der Zange liefen in einem Keil aus, den man zwischen die Zahnreihen schieben konnte. Durch das Zusammendrücken des Handgriffs wurden die Keile auseinandergespreizt und öffneten so den Mund. Das war bei längeren Operationen wichtig, wenn es nötig war, den Kranken zu intubieren. Dafür hatte Jella sich mehrere Tuben kommen lassen sowie ein u-förmiges Laryngoskop, um die Luftschläuche behutsam in die Luftröhre bugsieren zu können. Das war die sicherste Methode, um die oberen und tieferen Atemwege frei zu halten.

Jella sah sich zufrieden in ihrem kleinen Reich um. Im Laufe der Jahre hatte sich aus der Arztpraxis eine richtige kleine Klinik entwickelt. Neben einem Behandlungsraum gab es noch ein kleines Labor, einen eigenen Operationsraum mit einer hellen, verstellbaren Deckenlampe sowie zwei Krankenzimmer, in denen sie schwerkranke Patienten unterbringen konnte. Ohne die Unterstützung von Fritz und ihrer zukünftigen Schwägerin Sonja wäre das alles nicht entstanden. Sorgfältig begann sie nun mit dem Einräumen der neu eingetroffenen Medikamente. Neben den Schmerzmitteln Aspirin und Pantopan hatte sie auch Morphin geordert, das sie sofort in dem verschließbaren Schrank unterbrachte, ebenso wie die Schlafmittel Allonal, das Herzmedikament Digalen und Ephedrin, von dem sie sich Linderung für den Buschmann Bô erhoffte, der unter asthmaartigen Hustenanfällen litt.

»Ich sollte mal wieder nach Nakeshi sehen«, schoss es ihr sogleich durch den Kopf. Mit der Buschmannfrau verband sie seit vielen Jahren eine kaum zu erklärende Seelenverwandtschaft. Nakeshi nannte sie »Sternenschwester«, und tatsächlich war die aus einem so ganz anderen Kulturkreis kommende Buschmannfrau ihr in vielen Dingen näher als jede hellhäutige Freundin. Wie es ihr wohl gehen mochte? Ihre Gruppe war schon lange nicht mehr in der Gegend gewesen. Hoffentlich waren sie alle wohlauf. In den letzten Jahren hatte sich vieles geändert. Seitdem die Buren und Südafrikaner in Südwestafrika das Sagen hatten, hatten sich die Rassenunterschiede im Land noch wesentlich verschärft – und am Ende der unmenschlichen Werteskala standen die Buschmänner, die sowohl den weißen Farmern als auch den Ovambo, Herero und Damarra ein Dorn im Auge waren, weil sie sich nicht an die neu geschaffenen Grenzen hielten. Seit Tausenden von Jahren zogen die Buschmänner durch die Savanne und jagten und sammelten das, was sie notwendigerweise zum Leben brauchten. Sie kannten kein Eigentum und hatten deshalb auch gar keine Vorstellung davon, was es für die Farmer bedeutete, wenn sie hin und wieder ihr Vieh jagten oder sich für einige Zeit auf ihrem Land niederließen. Für manche Farmer waren die Buschmänner deshalb wie Freiwild. Wenn sie nicht schnell genug von ihrem Land verschwanden, zögerten sie nicht, sie selbst mit Waffengewalt zu verjagen. Andere missbrauchten die gutgläubigen Buschmänner als billige Zwangsarbeiter. Sie köderten sie erst mit einem angenehmen Leben und schenkten ihnen Alkohol. Sobald sie davon abhängig waren, zwangen sie sie, für einen Hungerlohn bei ihnen zu arbeiten.

Wo das noch hinführen sollte! Jella seufzte. Sie verschloss den Medikamentenschrank und steckte den Schlüssel in ihre Hosentasche. Seit einiger Zeit hatte sie sich angewöhnt, Hosen zu tragen. Sie waren praktischer und bequemer als die langen Röcke.

Ob es sich wohl lohnte, die wichtigsten Krankenakten noch einmal durchzusehen? Viel Lust hatte sie dazu nicht, denn es gab noch genügend für die vielen Gäste vorzubereiten. Allerdings ging das Wohl ihrer Patienten vor.

Auf dem Weg zu ihrem Schreibtisch fiel ihr Blick durch das kleine Fenster neben der Tür. Dort entdeckte sie eine unbekannte Schwarze. Sie schien aus keinem der umliegenden Dörfer zu stammen. Die Frau wirkte ratlos und traute sich augenscheinlich nicht, ins Haus zu treten. Jella beschloss, die Krankenakten liegen zu lassen und nachzusehen. Die Fremde erschrak, als sie Jella so unvermittelt aus der Tür treten sah. Einen kleinen Augenblick lang dachte sie, dass sie vor ihr davonlaufen wollte. Sie war keine Herero, sondern schien aus einem Ovambodorf von weiter her zu sein.

»Owe uya po! – Willkommen«, begrüßte Jella sie auf oshivambo.

»Ou li tutu nawa? – Wie geht's?«

»Wa aluka – Hallo«, antwortete die Frau zögernd. Sie wagte offensichtlich nicht, ihr in die Augen zu sehen. Jella hatte das schon oft erlebt. Viele ihrer Patienten, vor allem, wenn sie von abgelegenen Orten kamen, sahen in ihr eine mächtige Medizinfrau, die durch ihren Blick heilen, aber auch verfluchen konnte. Die anfänglichen Versuche, den Menschen zu erklären, dass sie über keinerlei Zauber verfügte, hatte sie längst aufgegeben. Für die Afrikaner bedeutete eine Heilung, dass der Arzt die Geister der Ahnen beschwichtigen und so das Leid von den Kranken nehmen konnte. Was sollte sie gegen diesen Aberglauben auch ankämpfen? Oft unterstützte ihr Glaube sogar den Heilungsprozess.

»Kann ich dir helfen?«, drang Jella behutsam vor. Die Ovambofrau war vielleicht dreißig Jahre alt. Ihr fehlte ein Schneidezahn, und sie hatte offensichtlich vor noch gar nicht langer Zeit ein Baby entbunden, denn ihre Brüste waren prall gefüllt und voller Milch. Da sie das Kleine nicht bei sich trug, vermutete Jella, dass das Kind einige Tage nach der Geburt gestorben war.

»Schmerzen deine Brüste?«, fragte sie mitfühlend. »Wenn du willst, kann ich dir eine Salbe geben. Davon geht auch der Milchfluss zurück.«

Die Frau bedeckte angstvoll ihre nackten Brüste.

»Nein! Ich will keine Medizin! Ich brauche die Milch noch!«

»Dann lebt dein Baby?«

Jella sah sich suchend um. Offensichtlich war die Frau aber allein gekommen. Normalerweise trugen afrikanische Mütter ihre Kinder immer bei sich. Die Augen der Ovambo flackerten vor Angst, bevor sie zaghaft antwortete.

»Ich habe es versteckt!«, flüsterte sie.

»Aber warum, um Gottes willen? Hast du Angst, dass deinem Kind etwas geschieht? Hol es! Hier ist es in Sicherheit!«

Jella drängte die Frau. Schließlich lebte sie lange genug in der Wildnis, um zu wissen, dass selbst nahe am Haus immer wieder Schakale oder sogar größere Wildtiere ihr Unwesen trieben und ein so wehrloses Geschöpf als willkommene Beute betrachten würden.

»Mein Kind ist verflucht!«

Die Frau sah sich mehrfach um, so als würde sie verfolgt.

»Niemand hier wird deinem Kind etwas antun!«, versprach Jella nochmals. »Es steht unter meinem Schutz!«

Sie richtete sich zu ihrer ganzen Größe auf und versuchte ein ernst zu nehmendes Gesicht zu machen. Das mochte zwar etwas großspurig wirken, aber sie hoffte, dass ihr Gebaren die Frau beruhigen würde. Unter dem Schutz einer Medizinfrau zu stehen bedeutete diesen Menschen viel. Vermutlich war mit dem Kind etwas nicht in Ordnung. Vielleicht war es behindert. In vielen Stämmen bedeutete eine Behinderung einen Fluch.

»Wenn dein Kind krank ist, dann bist du hier genau richtig. Ich sehe es mir gerne an. Vielleicht kann ich ihm helfen.«

Die Frau schüttelte betrübt den Kopf. »Mein Sohn ist gesund«, versicherte sie, »er braucht keine Medizin.«

»Ich kann den Fluch von ihm nehmen«, behauptete Jella.

Die Frau wich ängstlich zurück. »Das sagt der Sangoma in meinem Dorf auch. Er sagt, dass wir Nuru zu den Ahnen geben müssen, sonst wird eine schreckliche Krankheit über das ganze Dorf kommen.«

Jella raufte sich innerlich die Haare. Immer wieder wurde sie vor die Situation gestellt, sich gegen die barbarischen Sitten der Medizinmänner behaupten zu müssen. Dabei war es nicht so, dass sie die Heilkundigen der Stämme nicht achtete. Im Gegenteil. Einige von ihnen waren wirklich erstaunliche Heiler und verfügten über ein enormes pflanzenkundliches und psychologisches Wissen, um das sie sie beneidete. Allerdings gab es, wie unter Ärzten auch, Scharlatane, die ihre Stellung missbrauchten und für ihre eigenen Machtinteressen nutzten. Sie wusste, dass sie nun behutsam, aber auch entschieden vorgehen musste.

»Bring mir deinen Sohn, dann kann ich sehen, ob der Medizinmann in deinem Dorf recht hat!«, befahl sie mit strenger Miene.

»Der fremde Sangoma ist sehr mächtig«, sagte die Frau mit angstvoller Stimme. »Er hat schon einige von meinem Stamm verflucht. Sangoma sagt, wenn wir ihm unseren Sohn nicht geben, wird er großes Unglück über den ganzen Stamm bringen. Aber ich will nicht. Nuru ist mein einziges lebendes Kind. Er ist meine Zukunft! Du musst mir helfen, Madam!« Sie sah sie aus tränenglänzenden Augen an. Ihre Verzweiflung war fast greifbar.

»Bring den kleinen Nuru zu mir«, wiederholte Jella mit sanfter, eindringlicher Stimme. »Ich werde ihn mir ansehen, und dann überlegen wir, was wir tun können. Weiß dein Mann, dass du hier bist?«

Die Ovambo schüttelte verbittert den Kopf.

»Er denkt wie Sangoma. Nuru muss sterben, sagt er. Alle in meinem Dorf sind gegen mich!«

Ihre Verzweiflung brach sich nun endgültig ihren Weg, und sie begann leise zu weinen. Jella legte tröstend den Arm um sie und versuchte die Frau zu beruhigen. Und dennoch musste sie noch lange auf sie einreden, bevor sie endlich bereit war, das Baby zu holen. Als sie schließlich aus einem kleinen Waldstück trat, hatte sie ihr Kind der Tradition gemäß auf den Rücken gebunden. Allerdings war es unter dem großen Tuch nicht zu sehen.

»Darf ich?« Jella schob vorsichtig das Tuch beiseite und entblößte das Gesicht des etwa drei Monate alten Jungen. Der Kleine schlief und schien auf den ersten Blick gesund zu sein. Außergewöhnlich war allerdings seine äußerst helle Haut. Selbst seine gekräuselten Haare waren von einem hellen Blond. Als er unvermittelt aufwachte und sie mit roten Augen verwundert ansah, wusste Jella, weshalb sich alle vor dem kleinen Kerl fürchteten.

Nuru war ein Albino!

Das Phänomen war ihr wohlbekannt. Albinos kamen immer wieder vor. Sie waren eine Laune der Natur, wenn auch eine relativ seltene. In der Wildnis hatten Lebewesen, die Störungen in der Bildung von Farbstoffen aufwiesen, meist keine Überlebenschance, weil sie durch ihr helles Aussehen zu sehr aus ihrer Umgebung hervorstachen und deshalb leicht Opfer anderer Tiere wurden. Bei Menschen hingegen hätte man meinen sollen, dass die Toleranz größer gewesen wäre. Mit Verstand und Einsicht gesegnet hätten sie fähig sein müssen, sich über derartige Launen hinwegzusetzen und die Andersartigkeit zu akzeptieren. Doch genau in dieser Hinsicht versagten viele ihrer Spezies kläglich. Jella musste an ihre Jugend in Berlin denken, wo es üblich gewesen war, auf den Jahrmärkten allerlei kuriose, lebendige Missgestalten auszustellen. Kleinwüchsige, Riesen, Krüppel, Hautkranke oder Menschen exotischer Völker wurden wie Tiere gehalten und zur Schau gestellt. Ein Albino hätte dort sicherlich auch seinen Platz gefunden. Warum sollte das in Afrika anders sein? Allerdings entsetzte sie der Gedanke, was der Medizinmann mit dem Albino anstellen wollte. So mancher Einheimische hatte ihr schon erzählt, dass man aus den Organen von frisch getöteten Albinos mächtige Medizin herstellen konnte. Allein die Vorstellung ließ Jella schaudern. Vermutlich ging es dem Sangoma hauptsächlich um seinen Einfluss auf das Dorf. Wenn es ihm gelang, eine Mutter dazu zu bewegen, ihr eigenes Kind herzugeben, stärkte das seine Macht. Dieses perfide Spiel durfte sie unter keinen Umständen zulassen. Sie würde mit all der ihr zur Verfügung stehenden Kraft gegen solche Barbarei ankämpfen. Dieses Kind und seine Mutter mussten vor der Willkür dieses Medizinmanns geschützt werden!

»Du hast einen hübschen Sohn«, meinte sie entschlossen zu der Ovambo. »Er wird einmal zu einem kräftigen jungen Mann heranwachsen und eine Freude für seine Mutter sein.«

Auf dem Gesicht der Frau erstrahlte zum ersten Mal ein stolzes Lächeln.

»Ihr zwei könnt erst einmal hierbleiben. Setz dich auf die

Bank vor der Klinik, und warte auf mich. Ich sage Teresa Bescheid, damit sie sich um euch kümmert. Wenn du uns hier auf der Farm etwas zur Hand gehst, kannst du vorläufig bleiben. Sobald ich Zeit habe, werde ich in dein Dorf gehen und mit dem Sangoma und deinem Mann reden.«

Die Ovambofrau nahm Jellas Hände und drückte sie an ihr Herz.

»Saburi wird dir immer dankbar sein«, versicherte sie aufrichtig. Rein zufällig entdeckte Jella, dass die Frau ein eitriges Ekzem am Unterarm hatte.

»Darf ich mal sehen?«

Sie wartete die Antwort nicht ab, sondern drehte den Arm vorsichtig in ihre Richtung. Saburi verzog dabei vor Schmerz das Gesicht. Jella sog Luft ein. Das Ekzem war etwa taubeneigroß und an den Rändern unnatürlich gerötet. Auf seiner Wölbung war es aufgeplatzt und schmutzig gelber Eiter drang daraus hervor. Bei genauem Hinsehen erkannte Jella kleine, weiße Maden, die aus der Wunde krochen.

»Du musst sofort mit mir in mein Behandlungszimmer kommen!«, befahl sie und schob Saburi in Richtung Tür. »Ich muss die Wunde unbedingt behandeln.«

Saburis Augen weiteten sich erneut vor Angst. Jella beruhigte sie.

»Es wird nicht lange wehtun. Ich werde ganz vorsichtig die Wunde mit meinem Messer öffnen und den Eiter entfernen. Hast du dich irgendwo verletzt?«

Saburi sah Jella entsetzt an und schüttelte dann vehement den Kopf. »Ich habe mich nicht verletzt. Das muss der Fluch des Sangoma sein! Er wird mich töten, wenn ich ihm Nuru nicht zurückbringe.«

Sie wollte sich von ihr lösen, doch Jella hielt sie fest.

»Wenn ich nicht sofort schneide, wird dein ganzer Arm krank, und dann wirst du sterben.«

»Das ist der Fluch des Sangoma«, wiederholte Saburi nochmals leise.

»Unsinn«, widersprach Jella energisch. »Wahrscheinlich hat dich ein Moskito gestochen, und der Stich hat sich entzündet. So etwas geschieht immer wieder. Nun komm schon!«

Nur widerwillig ließ sich Saburi in das Innere des Gebäudes führen. Jella drückte sie auf einen Hocker und legte den Arm auf den Behandlungstisch. Dann rührte sie ein leichtes Schmerzmittel an und befahl der Frau, es zu trinken. Sie achtete darauf, dass es nur leicht wirkte, um Nuru zu schützen, der ja schließlich ihre Milch trank. Dann reinigte sie sorgfältig die Umgebung der Wunde mit Karbolsäure, bevor sie den Arm durch einen selbst entwickelten Sichtschutz vor den Augen ihrer Patientin verbarg. Saburi sollte nicht mit ansehen, wie sie ihr Skalpell zückte, um das Ekzem zu entfernen.

»Erzähl mir von deinem Dorf und deinem Leben«, forderte sie die Ovambofrau auf. Um unvorhergesehene Bewegungen zu verhindern, musste sie versuchen, sie von dem Eingriff abzulenken. Normalerweise hielt Sonja bei solch kleinen Eingriffen die Patienten fest, aber die war ja gerade nicht da. Während Saburi stockend von ihrem Dorf erzählte, das über zwei Tagesreisen von *Owitambe* entfernt lag, verrichtete Jella in Ruhe ihr Werk. Sie musste fast bis zum Knochen schneiden, um das eitrige Gewebe zu entfernen. Sorgfältig achtete sie darauf, dass sie nichts übersah. Danach reinigte sie die Wunde nochmals mit Karbolsäure und nähte sie zu. Eine halbe Stunde später war der Arm ordentlich versorgt und verbunden. Vorsorglich gab sie Saburi noch etwas von dem Schmerzmittel und brachte sie in das Patientenzimmer.

»Teresa wird dir gleich etwas zu essen bringen«, versprach sie der Ovambo. »Du kannst dich so lange mit deinem Sohn auf eines der Betten legen.«

Zukunftspläne

Valentin Reuter saß mit leicht geschlossenen Augen im Zuschauerraum und lauschte fast mit Wehmut Riccarda van Houtens Gesangsvortrag. Seine feingliedrigen Finger begleiteten mit leichtem Schweben die Musik. Der junge Komponist und Dirigent hatte zum ersten Mal, seit er sich in Windhuk niedergelassen hatte, eine vielversprechende Schülerin. Nur schade, dass er sie schon bald wieder verlieren würde. Er hatte eine lukrative Anstellung in Berlin gefunden, wo er an einem renommierten Theater als Orchesterleiter wirken konnte. Man hatte ihm sogar eigene Arrangements in Aussicht gestellt. Eine solche Chance vergab man nicht, auch wenn er sich überdies auch noch in die junge Frau verliebt hatte. Valentin war ein eher schüchterner Mann, dem es schwerfiel, über seine Gefühle zu reden. Viel eher gelang es ihm da schon, sich über die Musik auszudrücken. Er öffnete die Augen und beobachtete fasziniert, wie Riccarda allmählich an Selbstsicherheit gewann. Es war ihr erster Auftritt vor einem größeren Publikum, doch von dem Lampenfieber, das sie vor wenigen Minuten noch fast um den Verstand gebracht hatte, war nun nichts mehr zu spüren. Ihre Stimme hallte leicht und klar durch den Festsaal, jubelte und verlor sich dann wieder in Tiefsinnigkeit. In den tieferen und mittleren Stimmlagen hatte sie ein weiches Timbre, das Valentin berührte und zugleich erregte. In den höheren Stimmlagen dagegen wurde die Stimme leicht, beweglich, fast verspielt und zart. Umso erstaunlicher fand er die große Strahlkraft, die sie in der höchsten Lage entwickelte und die sie zu einer wahrhaft begabten Koloratursopranistin machte.

Riccarda hatte sich nicht davon abbringen lassen, einen Liedzyklus von Robert Schumann vorzutragen. Als ihr Klavier- und Gesangslehrer hatte Reuter ihr davon abgeraten, denn der Zyklus »Frauenliebe und -leben« verlangte von der Interpretin große Empathie und viel Einfühlungsvermögen; beides forderte sehr viel Kraft. Es war nicht so, dass er ihr selbiges nicht zugetraut hätte, aber Riccarda hatte kaum Bühnenerfahrung, und Valentin fürchtete, dass ihre Stimme kippen könnte. Immerhin musste sie innerhalb einer halben Stunde in acht Liedern den Lebensweg einer Frau von der ersten Liebe bis zum Tod ihres Mannes wiedergeben. Doch seine Befürchtungen blieben unbegründet. Trotz ihrer Jugend und Unerfahrenheit gelang es Riccarda, die Zuschauer mitzureißen. Im Publikum saßen einige Honoratioren aus der Stadt, darunter auch der Direktor der Oberrealschule, höhere Protektoratsbeamte und sogar Ratsmitglieder. Gebannt lauschten sie dem Vortrag der Sängerin, die voller Emotionen den Zuhörern den Eindruck vermittelte, als hätte sie dieses Leben selbst durchlebt. Die Leichtigkeit des ersten Verliebtseins war wie ein Hüpfen und Tirilieren. Dem folgte bange Hoffnung, schwelgerische Verliebtheit und schließlich tiefe Freude über den Heiratsantrag. Dem Eheglück und dem erfüllten Muttersein folgte schließlich der unfassbare Tod des geliebten Mannes. Riccardas Stimme war erfüllt von Trauer und Verzweiflung, als sie den Zyklus mit diesem letzten Lied beendete. Im Festsaal herrschte für einen Moment betroffenes Schweigen, bevor sich der Beifall wie ein donnerndes Brausen in den Saal ergoss. Die Anspannung der Sängerin löste sich, und sie verbeugte sich mit einem charmanten Lächeln. Valentin hielt es nun auch nicht mehr auf seinem Stuhl. Wie einige andere im Publikum auch sprang er auf und klatschte begeistert. Stolz und Bewunderung funkelten aus seinen Augen. Er musste sich glücklich schätzen, diese Begabung fördern zu dürfen. In der jungen Frau steckte weit mehr als nur eine Musiklehrerin. Sie sollte ihr Talent auf keinen Fall in der Provinz verschleudern!

Nach dem ausgiebigen Beifall zog sich das Publikum in das angrenzende Foyer zurück, in dem noch ein kleinerer Imbiss serviert wurde. Valentin Reuter nutzte die Gelegenheit, seine Schülerin zu beglückwünschen.

»Fräulein van Houten, heute sind Sie über sich selbst hinausgewachsen!«

Riccarda strahlte vor Freude über das Lob, doch gleich darauf wurde sie wieder ernst. Sie wusste, dass er sehr kritisch sein konnte und nie ohne Einschränkungen lobte. Ihre bernsteinfarbenen Augen suchten nach verborgener Kritik. Doch er hob beschwichtigend seine Arme und lachte nun auch.

»Keine Angst«, meinte er. »Heute habe ich überhaupt nichts auszusetzen, Fräulein van Houten. Selbst die hohen Stimmlagen haben Sie bravourös gemeistert. Allerdings gehören Sie nicht auf solch eine Bühne ...« Er deutete etwas abfällig auf den kleinen Festsaal.

»Sehen Sie, nun kommt doch noch Kritik«, schmollte Riccarda gekränkt. »Bestimmt sind Sie der Meinung, dass meine Stimme den Raum nicht gefüllt hat. Vielleicht stimmt das ja auch und ich bin völlig unbegabt!«

Er hob beschwichtigend die Arme. »Aber nein, Sie waren wundervoll. Ich wollte damit etwas ganz anderes sagen! Sie müssen mich nur ausreden lassen!« Etwas unbeholfen fuhr er sich durch sein feines braunes Haar mit dem hohen Stirnansatz. »Ganz im Gegenteil. Sie könnten mit Leichtigkeit eine viel größere Konzerthalle füllen, so wie es sie in Berlin, Paris und London gibt. Mir ist allerdings erst heute aufgefallen, wie stark Ihre Präsenz auf der Bühne ist. Sie haben nicht nur eine außergewöhnliche Stimme, sondern auch noch schauspielerische Begabungen. Manch eine Dame hat beim letzten Lied ihr Taschentuch gezückt und mit Ihnen getrauert. Dieses Talent müssen Sie ausbauen! Sie brauchen Tanz- und Schauspielunterricht und Bühnenerfahrung. Warum kommen Sie nicht mit mir nach Berlin?«

Er war über seine eigene Courage erstaunt. Die Worte waren ihm ehrlich, aber ohne Bedacht über die Lippen gehuscht.

»Nach Berlin? Mit Ihnen?« Ricky starrte ihren Gesangslehrer fassungslos an. »Also, das ist …! Was soll das …?«

Er räusperte sich verlegen. So hatte er es nicht geplant, doch nun war es an der Zeit, endlich mit der Sprache herauszurücken.

»Ich habe das Angebot erhalten, als Konzertmeister in einem sehr renommierten Theater zu arbeiten. Ich werde in wenigen Wochen Südwestafrika verlassen und nach Berlin reisen!«

»Das können Sie nicht tun! Ohne Sie … das geht einfach nicht!«

Ihre heftige Reaktion verblüffte und freute ihn zugleich. In einer spontanen Regung griff er nach ihrer Hand.

»Dann macht es Ihnen also etwas aus, wenn ich nicht mehr hier bin?«

Ricky entzog sie ihm rasch wieder und sah ihn befremdet an.

»Aber natürlich! Wer sollte mir denn sonst hier Gesangsunterricht geben? Sie sind weit und breit der Einzige, von dem ich noch etwas lernen kann!«

»Ach ja, der Gesangsunterricht!«

Valentin schluckte. Es gelang ihm nur schlecht, seine Enttäuschung zu verbergen. Wie hatte er Riccarda mit seinem spontanen Angebot nur so überrumpeln können? Er ruderte etwas zurück und versuchte die Situation zu entspannen.

»Sie könnten mit mir kommen – selbstverständlich in allen Ehren! Als Konzertmeister werde ich einen gewissen Einfluss haben. Bestimmt lässt sich dort auch für Sie ein Engagement finden! Wenn Sie wollen, rede ich mit Ihren Eltern.«

»Das ist unmöglich!« Riccardas eben noch euphorische Stimmung war nun auf den Nullpunkt gesunken. »Meine Eltern würden das niemals gestatten. Sie wissen ja nicht mal, dass ich heute Abend ein Konzert gegeben habe. Und …«

Als hätte sie das Unheil heraufbeschworen, tönte es aus dem Dunkel der hinteren Ränge laut: »Riccarda!«

Valentin sah sich um. Ein gut aussehender Herr in mittleren Jahren trat mit einer wesentlich jüngeren Frau auf sie zu. Riccardas Gesicht wurde bei seinem Anblick aschfahl.

»Vater! Was machst du denn hier?«, fragte sie erschrocken. Valentin sah seine Schülerin überrascht an. Er hatte das Gefühl, dass sie am liebsten geflohen wäre.

»Dasselbe könnte ich dich auch fragen«, meinte Rickys Vater verstimmt. Erst auf den zweiten Blick fiel Valentin auf, dass dem Mann die linke Hand fehlte. »Wieso hast du uns nichts von diesem Konzert erzählt? Deine Mutter und ich waren nicht darüber im Bilde, dass angehende Musiklehrerinnen auch öffentliche Auftritte haben.«

»Ihre Tochter hat ein ausgesprochen ausgeprägtes Talent.« Valentin fühlte sich verpflichtet, sich einzumischen. »Gestatten. Ich bin ihr Musiklehrer. Reuter ist mein Name. Es wäre schade, wenn man der Öffentlichkeit eine solche Begabung vorenthalten würde.«

»Das mag schon sein.« Fritz musterte ihn so, als hätte er soeben die Ehre seiner Tochter beschmutzt. »Ich frage mich allerdings, weshalb uns Riccarda dann nicht darüber informiert hat. Meine Frau wäre mit Sicherheit auch gerne dabei gewesen.«

»Das glaube ich kaum«, stellte Riccarda trotzig fest. »Mutter hätte mir das Konzert doch sicherlich verboten.«

»Das hätte sie mit Sicherheit nicht. Zumindest hättest du uns die Gelegenheit geben sollen, dies selbst zu entscheiden.«

»Nun sei doch nicht so streng, Fritz«, mischte sich nun die jüngere Begleitung ein. »Du hast gerade selbst noch gesagt, dass Ricky herausragend gesungen hat. Ich konnte doch sehen, wie stolz du auf sie warst. Ich jedenfalls bin es. Ricky hat eine wunderbare Stimme!«

»Da bin ich ganz Ihrer Meinung«, stimmte ihr Valentin eifrig zu. Er wollte die Gelegenheit nicht verstreichen lassen, für Riccarda ein gutes Wort einzulegen. Er war schließlich ein ausgebildeter Musiker und Fachmann. »Das musische Talent Ihrer Tochter geht weit über das Mittelmaß hinaus«, meinte er. »Sie ist wie ein Diamant, der noch etwas geschliffen werden muss. Sie sollten ihr unbedingt die Gelegenheit geben, sich weiter zu entfalten! Riccarda hat Besseres verdient, als in der Provinz Musiklehrerin zu werden.«

Fritz warf ihm nur einen geringschätzigen Blick zu. »Nur weil Sie ihr Musiklehrer sind, haben Sie noch lange kein Recht, über die Zukunft meiner Tochter zu befinden«, kanzelte er ihn ungehalten ab. Valentin fühlte sich, als habe er soeben eine Ohrfeige bekommen. Er hatte sich mit seiner Bemerkung eindeutig zu weit aus dem Fenster gelehnt.

»Aber Herr Reuter hat ja recht!«, wagte sich Ricky vor. Sie war aufgebracht, weil ihr Vater mit seinen harschen Bemerkungen den Erfolg dieses Abends zerstörte. »Ich möchte nicht Musiklehrerin werden. Ich möchte singen, tanzen und auf der Bühne stehen. Warum gesteht ihr mir das denn nicht zu?«

Die Miene ihres Vaters verdüsterte sich noch mehr. »Ricky, das ist nicht der Zeitpunkt, um darüber zu diskutieren. Würdest du jetzt bitte deine Sachen holen und uns begleiten?«

Riccarda versuchte etwas zu erwidern, doch ihr Vater hatte sich unmissverständlich abgewandt und begab sich grußlos nach draußen.

*

Das schrille Abfahrtssignal hallte über den Bahnsteig. Schwerfällig dampfend begann sich die rußgeschwärzte Dampflokomotive der »South African Railway« in Bewegung zu setzen und zog den Zug aus dem Swakopmunder Bahnhof. Wolkig weißer Dampf hüllte die wenigen Menschen auf dem Bahnsteig ein.

Raffael hatte erst in allerletzter Minute den Zug erreicht. Er war völlig aus der Puste und musste erst einmal verschnaufen, bevor er sich nach einem geeigneten Sitzplatz umsah. Sein Bein schmerzte von der ungewohnten Anstrengung. Es hatte sich nie ganz von der unheilvollen Begegnung mit einem Elefantenbullen erholt. Deshalb humpelte er mit seinem Gepäck von Abteil zu Abteil. Zwar war in den vorderen Abteilen überall Platz, doch als Mischling hatte er sich in die drei letzten Waggons zu begeben, die für die Farbigen vorbehalten waren. Seit die Südafrikanische Union über das ehemalige Deutsch-Südwestafrika regierte, hatte sich die Rassentrennung zunehmend verschärft. Schwarze und Mischlinge waren Menschen zweiter Klasse und wurden dementsprechend auch nicht als vollwertige Mitglieder der Gesellschaft erachtet.

»Willkommen zu Hause«, murmelte er verstimmt. Während seiner Studienzeit in dem weit liberaleren England war er von solch deklassierenden Vorurteilen weitgehend verschont geblieben. Zwar gab es auch dort Menschen, die gewisse Vorbehalte gegen Andersfarbige hatten, doch dort hatte man ihn zumindest nicht daran gehindert, seine Laufbahn an der Universität erfolgreich zu Ende zu bringen. Seinen schweren Koffer hinter sich herziehend, steuerte er auf eine der hölzernen Pritschen zu, die sich entlang der Waggonwand befanden. Der Wind pfiff durch die glaslosen Fensteröffnungen und wirbelte Wüstensand ins Abteil. Neben einer fülligen Hererofrau in einem farbenprächtigen Kleid und ihren drei Kindern schien noch etwas Platz zu sein.

»Ist es gestattet?«, fragte er höflich. Die Herero sah den Mann in dem vornehmen Tweedanzug überrascht an, schob eilig ihren Hühnerkäfig beiseite und machte Anstalten, ihren Platz für ihn zu räumen. Raffael winkte ab.

»Bleib sitzen! Hier ist genügend Platz für uns alle!« Die Herero musterte ihn skeptisch. Dann erst registrierte sie, dass auch er ein Farbiger war, und nahm beruhigt wieder Platz. Auf den ersten Blick sah der schlanke, hochgewachsene Raffael tatsächlich wie ein Weißer aus. Seine Haut war für einen Mischling auffallend hell, und die Haare hatten einen leicht rötlichen Ton. Der Mode entsprechend trug er sie pomadisiert, sodass ihre krause Struktur nicht besonders auffiel. Nur sein Mund mit den vollen Lippen und die vor Eifer oft glühenden, schwarzen Augen verrieten sein dunkelhäutiges Erbe. Er wollte gerade seinen Koffer unter der unbequemen Holzbank verstauen, als ihn eine vertraute Stimme ansprach.

»Mein Jott, wenn das nicht der junge Sonthofen ist, dann fress ich 'nen Besen!«, rheinländerte Traugott Kiesewetter. Der dickleibige Missionar quälte sich ebenfalls durch den Zug, allerdings in die andere Richtung zu den Abteilen der Weißen. Er hatte im Laufe der Jahre noch mehr an Gewicht zugesetzt. Seine blank polierte Glatze glänzte wegen der körperlichen Anstrengung vor Schweiß. »Du warst ja eine Ewigkeit nicht mehr in der Heimat, Junge«, strahlte er und streckte ihm seine dicke kleine Hand entgegen. »Du musst mir unbedingt erzählen, wie es dir im fernen England ergangen ist.« Raffael ergriff die Hand und grüßte zurück.

»Komm Junge, wir gehen weiter nach vorne. Hier kriegt man ja keine Luft mehr!« Ohne seine Reaktion abzuwarten, bahnte er sich seinen Weg durch die bunte Menge von Menschen, Ziegen und Hühnerkäfigen, bis er die für die Weißen reservierten Abteile erreichte. Raffael machte Kiesewetter auf ein Schild aufmerksam. »For Whites only« war darauf zu lesen. Der Missionar grunzte unwillig.

»Papperlapapp! Das ist Burengedöns! Wenn einer über deine Anwesenheit meckert, dann bekommt er es mit mir zu tun!« Unbeeindruckt setzte er seinen Weg fort. Tatsächlich waren die Abteile, die den Weißen vorbehalten waren, um einiges bequemer als die mit einfachen Holzpritschen ausgestatteten, zugigen Waggons der Schwarzen. Die Abteile hatten verschließbare Fenster und ausreichend gepolsterte Sitzbänke. Kiesewetter setzte sich auf die erstbeste freie Bank und deutete Raffael an, es sich ihm gegenüber ebenfalls bequem zu machen. Einen kurzen Augenblick zögerte der junge Mann, doch in Anbetracht seines schmerzenden Beins beschloss er, das Angebot anzunehmen. Falls der Schaffner sich beschweren sollte, konnte er immer noch zurückgehen. Doch seine Befürchtungen schienen grundlos. Niemand der im Abteil Anwesenden nahm Anstoß an ihm. In seiner vornehmen Aufmachung wurde er wahrscheinlich tatsächlich für einen Weißen gehalten. Raffael genoss die bequeme Sitzhaltung und rieb seinen Oberschenkel. Seit er von diesem Elefantenbullen schwer verletzt worden war, plagten ihn immer wieder Schmerzen. Seine Halbschwester Jella hatte ihm dringend geraten, sich in England einer eingehenden Untersuchung zu unterziehen, doch Raffael hatte ihren gut gemeinten Rat immer wieder aufgeschoben und schließlich einfach in den Wind geschlagen. In Momenten wie diesen bereute er es allerdings, dass er so nachlässig gewesen war.

»Sie fahren bestimmt nach Hause! Ihre Familie wird glücklich sein, Sie wieder in Afrika zu haben! Werden Sie auf der Farm bleiben?«

»Bestimmt nicht«, meinte Raffael, dem beim Gedanken an seinen Vater etwas mulmig wurde. »Ich habe mich bereits in England für eine renommierte Kanzlei in Windhuk beworben. Es ist zwar nicht gerade das, was ich mir erträumt habe, aber wenn Dr. Schmiedel mich nimmt, kann ich dort einstweilen wertvolle Erfahrungen sammeln. Später würde ich mich gerne selbstständig machen.« Seine Stimme wurde etwas gedämpfter, als er fortfuhr. »Ich träume davon, eine Kanzlei nur für Schwarze und Mischlinge zu eröffnen. Es wird Zeit, dass sich auch mal jemand für unsere Belange einsetzt. Es geht nicht an, dass Weiße und Farbige für das gleiche Vergehen mit unterschiedlichen Strafen versehen werden. Dafür möchte ich kämpfen.«

»Eine mutige Idee«, nickte Kiesewetter zustimmend. »Du wirst sicherlich viel zu tun haben.« In Gedanken setzte er noch hinzu: »Und viel Ärger bekommen.« Aber er wollte den jungen Mann nicht entmutigen, deshalb schwieg er. Er befragte ihn stattdessen über seine Zeit in England und erzählte seinerseits von der Arbeit in der Missionsstation westlich von Okakarara. Die beiden Männer unterhielten sich angeregt, sodass die Zeit wie im Flug verging. Raffael hatte den Umweg über Windhuk extra in Kauf genommen, um persönlich bei Dr. Schmiedel vorstellig zu werden. Er wollte Sonja damit überraschen und so schnell wie möglich mit ihr und ihrem gemeinsamen Sohn nach Windhuk ziehen. Doch vorher wollte er sie heiraten. Sie waren jetzt beide längst mündig und konnten über ihr eigenes Leben entscheiden. Der alte Nachtmahr konnte ihnen nun keinen Stein mehr in den Weg legen. Leute wie dieser sture, selbstherrliche und rachsüchtige Baron und Großwildjäger waren der Grund dafür gewesen, dass sich Raffael zu einem Jurastudium entschieden hatte. Diese Menschen meinten, sich Farbigen gegenüber alles erlauben zu können. Egal, wie grausam und verwerflich ihre Taten waren, sie kamen immer wieder davon, weil die südafrikanische Justiz kaum etwas gegen sie unternahm. Es wurde Zeit, dass die Afrikaner mehr Selbstbewusstsein entwickelten und sich nicht immer von den Weißen bevormunden ließen. Raffael hatte große Pläne und hoffte, sich sowohl politisch als auch juristisch für die Benachteiligten einsetzen zu können. Und er brannte darauf, seine Pläne in die Tat umzusetzen.

Mittlerweile näherte sich der Zug Karibib. Im Westen erhob sich das Erongo-Gebirge mit seinen rötlichen, kugelförmigen Felsen. Neben Goldfunden gab es in dieser Gegend auch hervorragenden Marmor, der bis nach Europa exportiert wurde. Sogar am Bremer Hauptbahnhof war der Stein verbaut worden. In dem kleinen Bahnhof hatten sie einige Minuten Aufenthalt. Einige Farmer stiegen mit ihrem Gepäck aus, andere Reisende, die aus dem Norden von Tsumeb oder Grootfontein kamen, stiegen zu. Kiesewetter ließ sich von dem Trubel nicht beeindrucken und begann aus seinem Proviantkorb Butterbrote, Wurst und Käse auszupacken.

»Greif zu, junger Freund! Du bist bestimmt ganz ausgehungert.« Raffael ließ sich das nicht zweimal sagen und biss genüsslich in ein Butterbrot. Seit er seine Pension am Morgen verlassen hatte, hatte er nichts mehr zu sich genommen. Während sie aßen, beobachteten sie das Treiben der Reisenden auf dem Bahnsteig. Ein schwer beladener, schmächtiger Hererojunge kämpfte sich mit einem mannsgroßen Koffer auf dem Rücken durch das Gewusel. Er hatte Mühe, dessen rasch ausschreitenden Besitzern zu folgen. Die waren bereits am Zug angelangt, wo ein Bahnbeamter der älteren, wohlbeleibten Dame und ihrem untersetzten Begleiter in das Innere verhalf. Irgendetwas an dem grobschlächtigen Mann weckte in Raffael unangenehme Erinnerungen, aber er wusste sie nicht einzuordnen, weil dessen Gesicht durch einen breitkrempigen Strohhut verdeckt wurde. Der Hererojunge hievte unterdessen den Koffer in das Innere, um ihn zu verstauen. Als er wenig später wieder auf dem Bahnsteig stand, blickte er enttäuscht auf die kleine Münze in seiner Hand, die er für seine schwere Arbeit erhalten hatte. Kiesewetter lenkte Raffaels Aufmerksamkeit wieder auf sich, indem er aus seiner Brieftasche eine Fotografie zog und ihm zeigte.

»Schau mal, das trag ich immer bei mir«, verkündete er stolz.

»Aber das war ja die Hochzeit meiner Schwester Jella!«, rief Raffael überrascht. »Damals war ich noch sehr jung. Ich hatte ganz vergessen, dass Sie die beiden getraut haben.«

Kiesewetter lachte vergnügt. »Ja, es war eine meiner ersten Trauungen in Südwest – und noch dazu außerordentlich turbulent. Erinnerst du dich noch an die Geschichte mit dem Misthaufen?«

»War da nicht der Sohn von Nachtmahr daran beteiligt?« Raffael verzog unangenehm berührt sein Gesicht. »Diese Familie hatte es schon damals darauf abgesehen, uns zu schaden.«

»Damals ging es wohl um deinen Vater«, bestätigte Kiesewetter kopfschüttelnd. Raffaels Gesicht verfinsterte sich noch mehr.

»Ich weiß. Für Menschen wie Nachtmahr war es eine Rassenschande, dass mein Vater eine Schwarze geheiratet hatte. Aber am meisten hat ihn wohl geärgert, dass ich durch die damalige Rechtsprechung sogar erbberechtigt war!« Er lachte bitter auf. »Der Gedanke, dass ein Mischling einmal eine weiße Farm übernehmen könnte, war vielen schon damals ein Gräuel.«

»Immerhin war es dazumal noch möglich! Heute haben die südafrikanischen Buren schon dafür gesorgt, dass ihr Farbigen diesbezüglich keine Rechte mehr habt. Es ist eine Schande, mit welch unterschiedlichem Maß die Menschen gemessen werden!«

»Es gibt zum Glück Dinge, die sie uns nicht wegnehmen können«, meinte Raffael mehrdeutig. Kiesewetter versuchte einen strengen Gesichtsausdruck, der sich im Kräuseln seiner Nase äußerte.

»Du meinst damit hoffentlich dein unerschütterliches Vertrauen in den allmächtigen Gott. Das können sie euch tatsächlich nicht nehmen.«

»Ich dachte eher an unsere erworbene Bildung, an unsere Traditionen und an unsere Ehre«, entgegnete Raffael überraschend offen. »Wir Farbigen müssen nur zusammenhalten. Notfalls müssen wir uns unsere Rechte eben erstreiten.«

»Denkst du etwa daran, dich politisch zu engagieren?«

»Warum nicht? In anderen Ländern gibt es auch Unabhängigkeitsbewegungen. Warum sollen nur die Weißen hier im Land etwas zu sagen haben? Sie sind in der Minderheit. Ich möchte sie ja gar nicht aus dem Land vertreiben, aber sie müssen einsehen, dass die Zeiten ihrer Vorherrschaft zu Ende sind. Jedes einzelne unserer vielen Völker müsste Abgeordnete in ein Parlament schicken können, damit es demokratisch regiert werden kann. Sie könnten die Interessen ihrer Leute vertreten und Südwest zu einem Land machen, in dem alle gleichberechtigt leben können.«

Seine Stimme war unabsichtlich so laut geworden, dass bereits einige Mitreisende kritische Blicke zu ihnen hinüberwarfen. »Ich fürchte, da hast du dir ziemlich viel vorgenommen!«, meinte Kiesewetter säuerlich. Er tätschelte beruhigend Raffaels Knie. »Aber du bist ja noch jung! Warum soll dir das nicht eines Tages gelingen?«

In diesem Moment kam die ältere Dame mit ihrem Begleiter lauthals schimpfend in ihr Abteil.

»Du hättest für deine Mutter ruhig einen Platz reservieren lassen können!«, schimpfte sie ungeduldig auf Afrikaans. »Das ist schon das dritte Abteil, und wir haben noch immer keinen Platz gefunden.«

»Stell dich nicht so an«, brummte der Sohn. Er wies auf die gepolsterte Sitzbank schräg gegenüber von Kiesewetter und Raffael. »Hier ist doch Platz!« Er nickte den beiden kurz unter seinem Hut zu. »Sie gestatten?«

»Natürlich«, meinte Kiesewetter gutmütig. »In Gottes Reich ist für jeden Platz.« Der Fremde bedachte den Missionar kurz mit einem unfreundlichen Blick und half dann seiner Mutter,

Platz zu nehmen. Raffael vermied aus gutem Grund, dem Blick des Mitreisenden zu begegnen, und zog aus seiner Tasche die Zeitung, die er sich kurz vor seiner Abreise aus Swakopmund gekauft hatte. Er tat so, als vertiefe er sich in seine Lektüre und hoffte, dass Traugott Kiesewetters Mitteilungsbedürfnis fürs Erste gestillt war. Auf keinen Fall wollte er, dass der Fremde zu früh auf ihn aufmerksam wurde, denn es handelte sich um niemand anderen als um seinen Erzfeind aus früheren Schultagen: Jon Baltkorn. Raffael wusste, dass es gleich Ärger geben würde, denn schließlich befand er sich als Mischling in einem Abteil der Weißen. Auf der anderen Seite hatte er die juristische Zulassung an allen englischen Obergerichten und war damit auch in Südwestafrika eine durchaus angesehene Respektsperson, die man nicht einfach des Raumes verweisen durfte. Er beschloss, den Kampf, wenn nötig, aufzunehmen. Doch Baltkorn wurde im Moment ganz von seiner redseligen Mutter in Beschlag genommen und interessierte sich nicht weiter für seine Mitreisenden. Raffael entspannte sich wieder ein wenig. Kiesewetter fiel das sofort auf.

»Kennst du diese Leute?«, flüsterte er hinter vorgehaltener Hand. Raffael nickte.

»Ein ehemaliger Klassenkamerad von mir. Wir hatten nicht gerade das beste Verhältnis.«

»Verstehe. Hast du vor, das Abteil zu verlassen?«

»Auf keinen Fall. Ich werde nie wieder vor einem weißen Buren kuschen. Das habe ich mir schon lange geschworen. Außerdem scheint Baltkorn mich gar nicht wiedererkannt zu haben.«

Eine Viertelstunde später kam ein alter dunkelhäutiger Mann mit einer großen blechernen Teekanne und einem Tablett voller Keramiktassen ins Abteil und rief mit krächzender Stimme: »Cup of tea, please! Cup of tea, please!«

Baltkorn winkte ihn zu sich und bestellte für seine Mutter

und sich je eine Tasse. Der alte Mann stellte sein Tablett umständlich auf dem Boden ab und schenkte ihnen ein. »Milk? Sugar?«, fragte er mit einem zahnlosen Lächeln.

»Beides, aber pass auf, dass du deine dreckigen Finger aus den Tassen lässt!« Der Alte senkte devot seinen Kopf und tat, was man ihm befohlen hatte. Baltkorn drückte dem Alten eine Münze in die Hand und scheuchte ihn mit einer ungeduldigen Handbewegung davon. Hastig erhob sich der Alte und beeilte sich weiterzugehen. Doch unglücklicherweise stolperte er über den Sonnenschirm, den Baltkorns Mutter seitlich abgestellt hatte. Das brachte ihn für einen Moment aus dem Gleichgewicht. Um nicht ungebremst auf den Boden zu knallen, versuchte er mit einer Hand an ihrer Rückenlehne Halt zu finden, doch er rutschte ab und fiel dabei Elisabeth Baltkorn erst auf den Schoß und krachte dann auf den Boden. Dabei entglitt ihm das Tablett mit den Tassen und fiel scheppernd zu Boden. Immerhin schaffte es der Teeverkäufer, die Teekanne in der Hand zu behalten, konnte jedoch nicht vermeiden, dass sich ein Schwall Tee direkt auf Jon Baltkorns hellen Anzug ergoss.

»Verdammtes Rindviech!« Baltkorn sprang auf, weil der Tee ihn verbrüht hatte. »Du ungelenker alter Kaffer!« Er war außer sich vor Zorn und stieß dem immer noch auf dem Boden liegenden Alten die Stiefelspitze in die Seite. Die Adern an seiner Schläfe schwollen an und traten blau hervor, so erregt war er. Der Alte stöhnte und wollte sich aufrappeln, doch Baltkorn trat wieder und wieder nach dem wehrlosen Mann. Der Teeverkäufer blieb wimmernd auf dem Boden liegen und versuchte sich notdürftig zu schützen. Immer wieder bettelte er vergeblich um Entschuldigung.

»Sorry, Ma'am, sorry Mister! I am guilty! I am guilty! Don't treat me!«

Doch Baltkorn schlug wie von Sinnen weiter auf ihn ein. Für Raffael, der sich bislang um Zurückhaltung bemüht hatte, war das Maß voll. Er sprang auf, stieß Baltkorn beiseite und stellte sich schützend vor den Getretenen.

»Hör sofort auf, den wehrlosen alten Mann zu treten!«, befahl er drohend. Seine schwarzen Augen funkelten Baltkorn herausfordernd an. Perplex über die Einmischung hielt dieser inne. Es dauerte einen Augenblick, bevor ein Zeichen des Erkennens über sein Gesicht huschte.

»Sonthofen! Sieh einmal an«, zischte Baltkorn immer noch echauffiert. »Du glaubst wohl, du hättest hier etwas zu sagen.« Er schob sich an Raffael vorbei und trat dem Teeverkäufer noch einmal so heftig in die Seite, dass dieser vor Schmerz aufschrie. »Dieser Kaffer ist den Dreck nicht wert, auf dem er liegt.«

Seine blassblauen Augen musterten Raffael mit unverhohlener Abneigung. Er hatte ihn schon immer gehasst. Zum einen, weil er ihm in der Schule weitaus überlegen gewesen war, und zum anderen, weil er ein Mischling war. Ihr gegenseitiger Widerwille hatte eine lange Tradition. Angefangen hatte es während ihrer gemeinsamen Schulzeit in Windhuk, und später fand es seine Fortsetzung, als Raffael ihm seine Braut, Sonja von Nachtmahr, ausgespannt hatte. Baltkorn ballte seine Fäuste. Er war offenkundig bereit, seinen Unmut nun an ihm auszulassen.

Dieser zeigte sich von dessen Drohhaltung jedoch nur wenig beeindruckt. Er wich keinen Schritt zurück, sondern hielt dessen wütendem Blick problemlos stand.

»Du warst schon immer ein hinterhältiger, mieser Feigling, Baltkorn«, meinte er mit beherrschter Stimme. »Du solltest endlich mal damit anfangen, dich mit Gleichstarken zu messen und nicht mit wehrlosen alten Greisen.« Er half dem alten Teeverkäufer auf die Beine und sammelte die herumliegenden Tassen ein. Der Alte nahm das Tablett und machte sich eilig aus dem Staub. Die anderen Passagiere in dem Abteil beobachteten die Szene teils beifällig, teils entsetzt wegen der rohen Gewalt.

Raffael wollte keine weitere Eskalation und beschloss, die Sache auf sich beruhen zu lassen. Er machte Anstalten, sich wieder auf seinen Platz zu setzen. Doch Baltkorn packte ihn schroff am Kragen und drehte ihn zu sich herum.

»Wir sind noch nicht fertig miteinander, Sonthofen!«

Raffael war viel größer als der grobschlächtige Bure, dafür war jener kräftiger. Noch ehe er sich versah, hatte Baltkorn ihm einen Kinnhaken verpasst, der es in sich hatte. Von der Wucht des Schlages überrascht, geriet er kurz aus dem Gleichgewicht. Nur mit Mühe gelang es ihm, sich wieder zu fangen. Er spürte, wie warmes Blut aus seiner Nase troff. Baltkorn ging sofort in Kampfstellung und wartete darauf, dass Raffael einen Gegenangriff starten würde. Doch dieser blieb erstaunlicherweise ruhig stehen.

»Sind das deine einzigen Waffen, Baltkorn?«, fragte er verächtlich. »Ich hatte immer gedacht, dass du mehr draufhättest.«

»Du mieses kleines Kaffernschwein«, schnaubte Baltkorn und versuchte einen weiteren Kinnhaken. Doch dieses Mal war Raffael gewappnet. Er wich dem Schlag mühelos aus und fing den Schlagarm in der Luft ab. Mit einem gekonnten Griff drehte er den Arm um und presste ihn angewinkelt auf Baltkorns Rücken. Ein paar der Mitreisenden lachten beifällig. Sie hielten Raffael offensichtlich immer noch für einen Weißen und amüsierten sich über die Szene.

»Setz dich hin, und benimm dich endlich anständig«, fauchte Raffael in sein Ohr. »Ich bin nicht mehr der wehrlose Kaffer, für den du mich bislang gehalten hast. Wegen Leuten wie dir bin ich zurück nach Afrika gekommen. Es wird Zeit, dass man euch Manieren beibringt!« Er schubste Baltkorn von sich und setzte sich in aller Ruhe wieder neben Kiesewetter. Doch Baltkorn ließ sich davon nicht einschüchtern. Sobald er sich ein wenig gefasst hatte, brauste er erneut auf.

»Was willst du überhaupt in diesem Abteil?«, brüllte er. Er sah sich um Zustimmung suchend bei seinen Mitreisenden um. »Dieser Mann hier ist ein Kaffer. Er glaubt, nur weil er einen vornehmen Anzug trägt, kann er sich aufführen, wie er will. Für Leute wie dich ist im Viehwaggon Platz! Ihr habt ja selbst gesehen, welchen Tumult dieses schwarze Pack hier im Handumdrehen veranstaltet.« Das Geraune im Großraumabteil schien ihm recht zu geben. Vereinzelt erhoben sich Stimmen, die ebenfalls dafür waren, dass Raffael das Abteil verließ. Doch es gab auch andere Meinungen. Kiesewetter, der für solche Situationen ein feines Gespür entwickelt hatte, raffte sich auf und erhob beschwichtigend die Hände.

»Nun ist aber mal gut, Leute!«, meinte er mit donnernder Stimme. »Dieser Mann da …« Er deutete auf Baltkorn. »… hat einen wehrlosen alten Mann ohne Grund zusammengeschlagen! Ihr seid alle Zeugen gewesen. Und dieser Mann da …« Dieses Mal zeigte er auf Raffael. »… hat als Einziger von uns den Mut besessen, diesem unhaltbaren Treiben Einhalt zu gebieten. Dafür gebührt ihm Respekt. Er hat sich nicht einmal gewehrt, als er selbst ungerechterweise geschlagen wurde. Wer nun, meine Damen und Herren, sollte demnach wohl als Erster das Abteil verlassen?«

»Na, der Schläger natürlich«, rief eine rotbäckige deutsche Farmerin. »Mir ist doch egal, welche Farbe einer hat, wenn er nur friedliebend ist!«

»Genau!«

»Aber er ist ein Farbiger! Jeder weiß, dass diese Kaffern nur Unruhe und Zwist bringen. Man muss sie in ihre Schranken weisen«, mischte sich nun Elisabeth Baltkorn mit erstaunlich kräftiger Stimme ein. »Mein Junge hat mich vor den Übergriffen dieses widerlichen alten Mannes beschützt. Er hat gewagt, sich auf meinen Schoß zu legen.«

»Das hat er bestimmt nicht freiwillig gemacht«, meinte Kiesewetter ungerührt.

Das Lachen der Mitreisenden ließ Elisabeth Baltkorn rot anlaufen. »Was für eine bodenlose Unverschämtheit!«, fauchte sie empört. »Komm, Jon! In diesem Kaffern-Abteil werden wir keinen Augenblick länger bleiben. Wir werden uns in Windhuk an höchster Stelle beschweren. Das wird Folgen haben! Da können Sie sich sicher sein!« Sie erhob sich schwerfällig, aber bestimmt, und eilte zum Ausgang. Bevor Baltkorn ihr folgte, baute er sich nochmals vor Raffael auf.

»Das zahle ich dir heim, Sonthofen!«, drohte er mit blitzenden Augen. »Ich werde nicht ruhen, bis ich dich kleingekriegt habe. Du wirst im Dreck liegen und mich um Gnade anwinseln, aber ich werde sie dir nicht gewähren.«

»Eine amüsante Vorstellung«, grinste Raffael herausfordernd. Doch insgeheim ahnte er, dass Baltkorn keine leere Drohung ausgestoßen hatte.

*

»Es ist einfach ungerecht!«, beschwerte sich Ricky am nächsten Morgen bei Valentin Reuter im Klavierunterricht. Sie wurde längst im Hotel von ihrem Vater und Sonja erwartet. Raffael sollte bald ankommen, aber das war ihr im Moment einerlei. Die Art, wie ihr Vater sie in aller Öffentlichkeit und noch dazu vor ihrem Gesangslehrer zurechtgewiesen hatte, hatte sie zutiefst empört. Sollte er ruhig eine Weile auf sie warten müssen! »Ich werde mir das nicht bieten lassen! Wenn meine Eltern meinen Berufswunsch nicht akzeptieren können, dann werde ich mich eben darüber hinwegsetzen. Schließlich ist es mein Leben. Nächstes Jahr werde ich einundzwanzig. Dann kann mir niemand mehr etwas verbieten. Wenn es sein muss, gehe ich so lange weiterhin in diese öde Präparandenanstalt, aber danach hält mich hier nichts mehr. Ich lasse mir keine Zügel anlegen! Ich bin sicher, mein Großvater wird mir das Geld geben, um nach Europa zu gehen. So lange werde ich eben weiterhin bei Ihnen Musikunterricht nehmen.«

Reuter räusperte sich. Sein Gesicht überzog plötzlich eine tiefe Röte, und er klopfte nervös mit seinen feinen Fingern auf dem Flügel herum. Normalerweise amüsierte Ricky das schüchterne Verhalten des Dirigenten und Gesangslehrers im privaten Umgang mit ihr. Es stand im krassen Gegensatz zu seiner Haltung auf der Bühne. Wenn er ein Orchester dirigierte oder sie unterrichtete, war er streng, dynamisch und sehr bestimmend. Manchmal fürchtete sie sich direkt vor seinem harschen Urteil. Heute jedoch war sie zu echauffiert, um seine Verlegenheit zu bemerken. Sie hatte immer befürchtet, dass ihr Doppelleben eines Tages auffliegen könnte, aber dass es ausgerechnet am Abend ihres ersten Auftritts in der Öffentlichkeit geschehen war, war schon bitter. Nach dem Abschluss der Schule hatte sie unbedingt in Windhuk bleiben wollen. Ihre Eltern wollten das nur erlauben, wenn sie etwas Sinnvolles dort unternehmen würde. Da für Ricky weder eine Handelslehre noch eine handwerkliche oder hauswirtschaftliche Ausbildung in Frage kam, entschloss sie sich, auf die private Präparandenanstalt zu gehen, um dort als Lehrerin ausgebildet zu werden. Ihre Eltern waren damit zufrieden, auch wenn ihre Mutter es lieber gesehen hätte, wenn Ricky einen »richtigen« Beruf erlernt hätte. Tatsächlich hatte sie schon bald gemerkt, dass ihr der Lehrerberuf nicht lag. Nicht dass sie nicht gerne Umgang mit Kindern gehabt hätte, aber allein die Vorstellung, in einem abgelegenen Ort in der Wildnis unmusikalische Kinder zu unterrichten, fand sie unerträglich. Mit ihren Eltern wagte sie nicht darüber zu reden, denn womöglich hätten sie sie umgehend zurück nach *Owitambe* beordert. Und das wollte sie auf keinen Fall, weil sie dann auf ihren geliebten Gesangs- und Klavierunterricht hätte verzichten müssen. Das war ihr einziger Lichtblick, vor allem, seit sich vor einiger Zeit der junge Musiker und Dirigent Valentin Reuter in Windhuk niedergelassen hatte und neben seinem Engagement als Musikdirektor auch privaten Gesangs- und Klavierunterricht anbot. Sein Unterricht war etwas teurer als der bei ihrer vorigen Lehrerin, einer bigotten Sopranistin, aber Ricky hatte sich kurzerhand ein günstigeres Zimmer gemietet und sich den Unterricht von dem Geld, das sie monatlich von ihren Eltern erhielt, abgespart. Valentin Reuter hatte sie gefördert und ihr Talent entdeckt und ihr ganz nebenbei geholfen, ihr Selbstbewusstsein zu stärken. Dafür war sie ihm unendlich dankbar.

»Ähm, Fräulein van Houten, ich fürchte, bezüglich Ihres weiteren Gesangsunterrichts hier in Windhuk muss ich Sie enttäuschen. Wie ich Ihnen ja bereits gestern Abend angedeutet habe, werde ich bald nach Berlin gehen. Ich habe den Vertrag bereits unterschrieben.«

»Ich hielt es für einen Scherz«, meinte Ricky ungläubig. »Das dürfen Sie nicht!« Sie war außer sich. Valentin Reuter gehörte zu ihrem Leben hier in Windhuk. Es gab keinen anderen Lehrer, von dem sie mehr lernen konnte. Dass er beabsichtigte, so einfach von hier wegzugehen, empfand sie schon fast als Verrat.

»Fräulein van Houten, Riccarda, bitte regen Sie sich nicht auf. Ich habe mir die Entscheidung nicht leichtgemacht, glauben Sie mir. Aber dieses Engagement als Orchesterleiter ist eine einmalige Chance. Ich muss sie nutzen.«

»Ich verstehe«, seufzte Ricky geknickt. Sie erkannte, dass ihre Gedanken absolut egoistisch waren. Entmutigt setzte sie sich neben ihn auf den Klavierhocker. Hätte man ihr ein solches Angebot unterbreitet, hätte sie bestimmt auch nicht gezögert, Afrika zu verlassen. Sie fühlte sich plötzlich müde und kraftlos. Der schreckliche Streit am gestrigen Abend mit ihrem Vater, seine Drohung, sie von Windhuk wegzuholen, und jetzt noch die Ankündigung, dass ihr Lehrer sie verlassen wollte, das war einfach zu viel. Reuter bemerkte ihre Schwäche und holte rasch ein Glas Wasser. Er wirkte sehr aufgewühlt. »Wenn ich gewusst hätte, dass Sie mein Weggehen so betrübt …«

»Ach, es geht doch nicht um Sie«, unterbrach ihn Ricky, ohne zu merken, wie sehr sie ihn dadurch kränkte. »Es geht doch darum, dass es hier weit und breit keine guten Musiklehrer gibt. Ich werde hier verdorren wie eine Blume in der Wüste!« Valentins Gesicht versteinerte bei ihren Worten, doch sie nahm davon keine Notiz. Stattdessen fuhr sie in ihrem Selbstmitleid fort. »Ich halte es hier ohne Musik nicht noch ein ganzes Jahr aus. Können Sie Ihr Engagement nicht um ein Jahr verschieben?«

»Nein«, beschied sie Reuter bedauernd, aber sehr entschieden. »Das Theater sucht umgehend einen musikalischen Leiter. Ich werde schon übernächsten Monat nach Deutschland abreisen.« Seine Gesichtszüge wurden jedoch sofort wieder weicher, als er sah, wie sehr Ricky diese Ankündigung mitnahm. Dann machte er ihr ein überraschendes Angebot.

»Vielleicht gäbe es ja doch noch eine andere Möglichkeit«, schlug er vor. Er schien etwas nervös, bevor er weitersprach. »Ich könnte mit Ihren Eltern reden und sie davon zu überzeugen versuchen, dass Ihre musikalische Ausbildung in Berlin sehr viel erfolgreicher wäre. Haben Sie nicht erzählt, dass Sie dort noch Verwandte haben? Vielleicht könnten Sie dort wohnen.«

»Das ist völlig aussichtslos! Eher schneit es in der Wüste, als dass meine Eltern es erlauben würden«, seufzte Ricky mutlos. »Mein Vater würde mich niemals mit einem unverheirateten Mann in ein fremdes Land ziehen lassen, und meine Mutter bekommt schon Zustände, wenn sie das Wort Berlin nur hört. Obwohl sie selbst von dort stammt, denkt sie, die Stadt sei ein einziger Sündenpfuhl.« Sie seufzte resigniert. »Lassen Sie uns nicht mehr darüber reden. Die Klavierstunde ist schon fast um, und ich habe noch überhaupt nicht gespielt.«

Sie griff in die Tasten und spielte drauflos. Ihre ganze Verzweiflung spiegelte sich in dem rasanten Spiel von Sergej Prokofjews zweitem Klavierkonzert in g-Moll mit seinen schockierenden, fast barbarisch anmutenden Klängen. Valentin war überrascht von der Vehemenz, die sie darin zum Ausdruck brachte. Bislang war ihm Ricky immer als eher schüchterne, zurückhaltende junge Frau erschienen, doch nun erkannte er in ihr eine Energie, die wie ein schlummernder Vulkan bislang in ihr verborgen geblieben war. Sein Herz schlug schneller, und er kämpfte mit dem Wunsch, ihre zarten Schultern zu umfassen und den Duft ihrer dunklen Haare einzuatmen. Er hatte es sich lange nicht eingestehen wollen, aber er hegte mehr Gefühle für die junge Frau, als es sich für einen Lehrer geziemte. Wenn er doch nur rechtzeitig den Mut aufgebracht hätte, sich ihr zu erklären, dann hätte er sie vielleicht als seine Frau mit nach Berlin nehmen können. Doch dafür war es wohl zu spät.

So unvermittelt, wie Ricky das Klavierspiel begonnen hatte, endete sie auch. Sie war immer noch sichtlich erregt, doch ihr Gesicht zeigte eine neue Entschlossenheit.

»Wären Sie wirklich bereit, mich nach Berlin mitzunehmen?«, fragte sie rundheraus. Sie fixierte ihn mit ihren bernsteinfarbenen Augen, dass ihm vor Glück das Blut in den Kopf schoss. War das ein Zeichen? Hegte sie vielleicht auch Gefühle für ihn?

»Natürlich in allen Ehren«, besserte sie schnell nach. »Es darf selbstverständlich nicht der Eindruck entstehen, dass wir … nun, dass wir …« Ricky errötete. Ihr wurde plötzlich die Verfänglichkeit der Situation bewusst. »Nun, Sie wissen schon …«, stammelte sie verlegen.

»Selbstverständlich«, versicherte Valentin, selbst um Fassung bemüht. Nur mühsam gelang es ihm, seiner Begierde Herr zu werden. Am liebsten hätte er Riccarda in seine Arme genommen und geküsst. Doch ihre nächsten Worte kühlten seine Gefühle rasch wieder ab.

»Ich mag Sie wirklich gerne, Valentin«, gestand Ricky. »Sie sind etwas ganz Besonderes. Sie … Sie sind wie ein Bruder für mich. Ich kann noch so viel von Ihnen lernen, und ich wünsche mir nichts sehnlicher, als einmal auf einer großen Bühne zu stehen. Das Gefühl, den Menschen mit meiner Kunst etwas Freude zu bringen, muss einfach überwältigend sein!«

»Wie ein Bruder«, murmelte Valentin sichtlich ernüchtert. Es fiel ihm schwer, seine Enttäuschung zu verbergen.

»Es wäre mir ebenfalls eine Ehre, wenn Sie mich begleiten könnten«, antwortete er mit brüchiger Stimme. »Allerdings ginge das nur mit der ausdrücklichen Genehmigung Ihrer Eltern.«

Ricky presste entschlossen die Lippen aufeinander.

»Darüber machen Sie sich mal keine Sorgen«, sagte sie. »Ich werde ihnen keine andere Wahl lassen.«

Gegenwind

Schon seit zwei Tagen lauerte Ricky auf den günstigsten Zeitpunkt, um mit ihren Eltern über ihre Zukunftspläne zu reden. Im Trubel der allgemeinen Wiedersehensfreude war dies bislang unmöglich gewesen. Jeder hatte viel zu erzählen gehabt, denn man hatte sich lange nicht gesehen, und es war selten, dass sich die ganze Familie auf einmal traf. Dann hatten Raffael und Sonja verkündet, dass sie endlich heiraten wollten, sobald sie die Formalitäten dafür geregelt hatten, worauf ihre Mutter spontan eine Verlobungsfeier organisiert hatte. Die nahm sie so in Anspruch, dass sie ihre Tochter immer wieder vertröstete, wenn sie eine Gelegenheit suchte, um mit ihr zu reden. Es musste ihr gelingen, wenigstens sie auf ihre Seite zu ziehen, denn von ihrem Vater war kein Einlenken zu erwarten. Er war immer noch beleidigt, weil sie hinter seinem Rücken ein Konzert gegeben hatte, und hätte sie am liebsten für immer zurück nach *Owitambe* geholt. Er würde ihre Pläne in Bausch und Bogen ablehnen. Doch das war ihr egal. Sie war fest entschlossen, Musikerin oder Tänzerin zu werden. Es gab noch so vieles zu entdecken auf dieser Welt, und sie hatte ganz bestimmt nicht vor, hier in der Provinz zu versauern. Je länger sie in den letzten Tagen nachgedacht hatte, umso sicherer war sie sich, dass sie diesen Schritt wagen musste. Herr Reuter, Valentin, wie sie ihn im Stillen bereits nannte, hatte selbst gesagt, dass sie Talent hatte, und nach dem erfolgreichen Auftritt in Windhuk hatte sie erst recht Feuer gefangen. Einen Fürsprecher hatte sie immerhin schon gefunden. Gleich nach ihrer Ankunft hatte sie sich Großvater Johannes anvertraut. Zu ihm hatte sie schon immer ein ganz besonderes Verhältnis gehabt. Als sie ihm von ihrer Idee erzählte, hatte er lange geschwiegen. Sie nahm es als Zeichen der Ablehnung, aber zu ihrer Überraschung kam er zu dem Resultat, dass sie ihr Talent nutzen müsse.

»Du singst wie eine Nachtigall und bewegst dich so anmutig wie eine tanzende Feder im lauen Abendwind. Ich frage mich nur, weshalb das außer mir keiner sieht. Es wird Zeit, dass du ihnen allen zeigst, was in dir steckt!«

»Sie werden es nie erlauben«, meinte Ricky geknickt. »Vater ist schon jetzt sauer auf mich.«

»Ich werde dich auf jeden Fall unterstützen.« Ihr Großvater tätschelte ihr Knie. »Und wenn dich deine Eltern nicht unterstützen, dann werde ich es eben tun. Ich habe noch etwas Erspartes. Wie könnte ich das besser anlegen als in deine Zukunft.«

Dieser Rückhalt hatte ihr etwas Mut gemacht. Und jetzt war auch endlich die Gelegenheit gekommen, ihren Wunsch vorzutragen.

Ihre Eltern saßen auf der Veranda und betrachteten den Sternenhimmel. Ihre Mutter sah müde, aber glücklich aus, wie sie so zurückgelehnt in ihrem Korbsessel in die Nacht hinausblickte. Ricky bewunderte ihre Energie. Mit ihren fast fünfzig Jahren nahm sie es immer noch mit jedem jungen Mädchen auf. Ihr Vater wirkte dagegen viel älter und verschlossener. Sie wusste ja, dass er sie über alles liebte, aber warum tat er sich dann so schwer, sie zu verstehen? Sie war eben anders als ihre beiden Eltern. Warum verstanden sie das nicht? Mussten ihre eigenen Vorstellungen und Ideen vom Leben deshalb schlechter sein? Sie straffte ihren Körper und holte tief Luft. Nun, ihre Eltern würden lernen müssen, sie mit anderen Augen zu sehen. Sie trat aus dem Dunkeln auf die Veranda und setzte sich zu ihnen.

»Was für ein herrlicher Abend«, seufzte Jella zufrieden. »Nimm dir etwas Saft, und genieß die Abendstunde mit uns.«

»Ich muss mit euch reden«, begann Ricky ohne Umschweife.

»Ich werde morgen wieder zurück nach Windhuk reisen.« Jella wandte sich erstaunt ihr zu.

»Wieso denn das?«, fragte sie enttäuscht. »Ich dachte, du bleibst noch ein wenig länger. Du hast doch noch ein paar Tage frei …«

»Ich werde nicht an die Präparandenanstalt zurückgehen«, teilte Ricky mit fester Stimme mit. »Ich werde noch ein paar Dinge regeln und dann mit Herrn Reuter nach Berlin reisen. In wenigen Wochen geht das Schiff ab.«

»Wie bitte? Bist du nun von allen guten Geistern verlassen?« Jella starrte ihre Tochter fassungslos an. Ihr Vater schlug verärgert mit der flachen Hand auf den kleinen Beistelltisch.

»Ich habe dir ja gleich gesagt, dass dieser junge Musiklehrer ihr lauter Flausen in den Kopf gesetzt hat. Erst das Konzert und jetzt diese hirnrissige Spinnerei mit Berlin. Du wirst überhaupt nichts tun, mein Fräulein!«, meinte er aufgebracht. »Du bist ja noch nicht einmal volljährig, ganz zu schweigen, dass es gegen jede gute Sitte und jeglichen Anstand verstößt, dich allein mit einem fremden jungen Mann auf einen anderen Kontinent zu begeben.«

»Das ist kein fremder Kontinent!« Ricky redete sich in Rage. »Es ist immerhin das Land meiner Vorfahren. Außerdem ist Herr Reuter kein fremder Mann und hat auch keine üblen Absichten. Er ist lediglich mein Lehrer. Ich kann sehr viel von ihm lernen, und er will mir helfen, in Berlin ein Bühnenengagement zu bekommen. Versteht doch, das ist die Chance, auf die ich schon immer gewartet habe. Ich werde dorthin gehen.«

»Gar nichts wirst du tun!«, empörte sich Fritz. »Dieser junge Schnösel hat dir Flausen in den Kopf gesetzt und wird dich ins Unglück stürzen. Überhaupt, wie stellst du dir das vor? Wovon willst du leben? Wir sind nicht wohlhabend genug, um dir einen anständigen Lebensunterhalt in Deutschland zu finanzieren.«

»Was ist dieser Reuter denn für ein Mensch?«, wollte Jella vorsichtig wissen. »Welches Interesse hat er an dir?«

»Valentin Reuter ist wie ein Bruder für mich«, behauptete Ricky. »Er ist ein wunderbarer Musiker und kann mir weiterhelfen. Wenn ich erst in Berlin bin, dann kann ich Tanzunterricht nehmen und meine Gesangsstudien fortsetzen. Dort gibt es viele Theater und Bühnen. Herr Reuter wird mir helfen, dort Fuß zu fassen. Selbstverständlich in allen Ehren.«

»In allen Ehren. Dass ich nicht lache!«, knurrte ihr Vater. »Aber das spielt jetzt auch keine Rolle. Du hast in dieser Sache überhaupt nichts zu entscheiden und bleibst hier!«

Ihre Mutter versuchte, eine weitere Eskalation zu verhindern.

»Berlin ist auf den ersten Blick eine große, faszinierende Stadt, mein Kleines«, flocht sie vorsichtig ein. »Aber diese Stadt ist auch gefährlich. Wenn ich mir vorstelle, dass du dort ganz alleine, ohne deine Familie bist, habe ich große Angst.«

»Das musst du nicht, Mutter. Ich werde viel zu beschäftigt sein, um mich in Gefahr begeben zu können. Herr Reuter hat mir versichert, dass er gute Verbindungen hat. Er hat sogar schon nach Berlin telegrafiert, um sich nach einer Stelle für mich zu erkundigen. In dem Konzerthaus, in dem er arbeitet, ist eine Stelle als Buchhalterin frei. Ich könnte dort das Geld für meine Gesangs- und Tanzausbildung selbst verdienen, bis ich einmal ein festes Engagement habe. Ich habe keine Flausen im Kopf.«

»Du hast also schon feste Pläne gemacht«, stellte Jella pikiert fest. »Wieso hast du nicht früher mit uns darüber gesprochen? Hast du so wenig Vertrauen in uns? Wir dachten immer, dass du glücklich bist in Windhuk.«

»Ihr hört mir doch gar nicht richtig zu. Ich will keine Lehrerin werden! Ich möchte Tänzerin oder Sängerin werden.

Immer, wenn ich auf der Bühne stehe, dann spüre ich so ein Prickeln und so ein Glück wie nirgendwo sonst.«

Ihr Vater schnaubte verächtlich. Zum Glück hatte ihre Mutter mehr Einsehen als er, was sie allerdings nicht von ihrer Skepsis abbrachte. Sie versuchte, ihrer Tochter mit Vernunft beizukommen.

»Du kannst ja auch als Lehrerin hin und wieder Konzerte geben. Es wird sich immer ein Publikum finden. Sieh mal, selbst wenn wir dich unterstützen würden, so würde das Geld, das wir dir geben könnten, hinten und vorne nicht reichen – selbst wenn du etwas dazuverdienst! Dein Vater hat leider recht, wir sind nicht wohlhabend genug, um dich dort angemessen zu unterstützen.«

»Aber ich brauche euer Geld doch gar nicht«, erwiderte Ricky beinahe erleichtert. Sie glaubte plötzlich einen kleinen Streifen Hoffnung am Horizont zu erkennen. »Großvater besteht darauf, mich zu unterstützen. Ich brauche nur noch euer Einverständnis.«

»Was hat sich der alte Mann nur dabei gedacht?«, regte sich ihr Vater erneut auf. »Bei allem Respekt, aber er untergräbt unsere Autorität! Du bleibst hier. Basta!«

Um seinen Worten Nachdruck zu verleihen, wandte er sich demonstrativ der Betrachtung des Sternenhimmels zu. Jella legte eine Hand auf seinen Arm.

»Du solltest nicht so hart mit deiner Tochter umgehen«, beschwichtigte sie ihn. »Wir können aus Ricky weder eine Farmerin noch eine Ärztin machen, wenn sie das nicht will. Darin waren wir uns doch immer einig.«

»Hhmmpf!« Ihr Vater war immer noch ungehalten, aber ihre Mutter begann nachdenklich zu werden. »Mir wird langsam klar, dass wir Ricky viel zu lange nicht richtig ernst genommen haben. Vielleicht sollten wir ihr wenigstens zuhören, meinst du nicht?«

Fritz wandte sich ihr entgeistert zu. »Willst du damit sagen, dass du plötzlich auf ihrer Seite stehst? Das sind doch alles nur Hirngespinste!«

»Damit tust du unserer Tochter unrecht«, verteidigte sie Jella plötzlich. »Ich möchte auf keinen Fall, dass Ricky so unglücklich wird, wie ich es damals in Berlin gewesen bin. Alle haben mir Steine in den Weg gelegt. Daran wäre ich beinahe zerbrochen. Immerhin habe ich noch ein paar Verbindungen nach Berlin. Heinrich Zille und seine Familie würden sich sicherlich freuen, wenn sie Ricky unterstützen könnten. Heinrich ist eine Seele von Mensch und hat uns immer wieder zu sich eingeladen. Ich könnte ihm …«

»Gar nichts wirst du!« Fritz war nun auch seiner Frau gegenüber ungehalten. »Ich bin hier das Oberhaupt der Familie. Und meine Entscheidung steht fest: Ricky bleibt hier!«

»Ist das euer letztes Wort?«, fragte Ricky entgeistert. Der Tonfall ihres Vaters ließ keine weitere Diskussion zu. Sie spürte, wie ihr vor Enttäuschung die Tränen in die Augen stiegen. »Das werde ich euch nie verzeihen! Vielleicht könnt ihr mich jetzt an meiner Reise hindern, aber wenn ich in einem Jahr volljährig bin, werde ich nach Berlin gehen. Und wenn ich als blinder Passagier die Reise antrete!«

Aufgebracht stand sie auf und rauschte geräuschvoll davon.

*

»Du bist wunderschön!« Raffael fuhr mit seinem schmalen, langen Zeigefinger Sonjas Hals entlang, verharrte kurz in ihrer Halsbeuge, bevor er zärtlich abwärts zu ihrer Brustwarze fuhr. »Du weißt gar nicht, wie sehr ich dich vermisst habe. Jeder einzelne Tag war eine Qual. Wie oft habe ich überlegt, alles stehen und liegen zu lassen, um wieder bei dir zu sein!«

Sonja rekelte sich ihm entgegen und hauchte ihm einen kurzen Kuss auf seine Lippen. »Aber du hast es nicht getan«, neckte sie ihn mit einem Lächeln. »Hast du nie Angst gehabt, dass ich nicht so lange auf dich warten könnte?«

Raffael zog überrascht die Augenbraue hoch.

»Keinen Moment! Du bist schließlich meine Frau, und wir haben einen gemeinsamen Sohn. Du würdest mich niemals verlassen.«

»Nein, wahrscheinlich nicht«, stöhnte Sonja lustvoll, weil Raffael mit seinen Lippen ihre Brustwarze zu umspielen begann. Obwohl sie sich gerade eben erst geliebt hatten, flammte in beiden erneut die Leidenschaft auf. Benjamin schlief ruhig im Nebenzimmer und bekam nicht mit, wie seine Eltern sich noch einmal ihrer Leidenschaft hingaben. Völlig erschöpft lagen die beiden schließlich nebeneinander. Es war einer der letzten warmen Abende im afrikanischen Herbst, und ein leiser Luftzug umspielte die nackte, schweißgebadete Haut der beiden Liebenden.

»Ich wünschte, die Zeit würde jetzt einfach stillstehen!«, murmelte Sonja glücklich. »Ich habe mich noch nie so glücklich gefühlt wie jetzt. Lass uns hier auf *Owitambe* bleiben. Du könntest dir in Otjiwarongo oder Outjo eine Rechtsanwaltskanzlei einrichten und abends wieder hierherfahren. Dann könnte ich weiterhin Jella als Krankenschwester unterstützen. Außerdem ist hier für Benjamin und unsere Kinder ausreichend Platz.«

Raffael stützte sich auf den Ellenbogen und sah sie befremdet an. »Warum sagst du das? Du weißt genau, dass ich andere Pläne habe«, meinte er eine Spur zu heftig. »Ich habe mich bereits in der Kanzlei von Dr. Schmiedel beworben. Wie es aussieht, stehen meine Chancen nicht schlecht. Wenn ich erst einmal in Windhuk Fuß gefasst habe, dann kann ich mich auch selbstständig machen.«

»Aber Benni wird *Owitambe* schrecklich vermissen – und ich auch«, wandte Sonja leise ein. Mit so einer heftigen Reaktion hatte sie nicht gerechnet.

»Ihr werdet euch schon daran gewöhnen«, meinte er ungerührt. Schließlich würde er die Familie ernähren und musste wissen, was für sie das Beste war. Sonja würde mit der Zeit schon einsehen, dass dies die beste Entscheidung war. Doch sie schien sich noch nicht so recht damit abzufinden.

»Können Benni und ich nicht so lange auf *Owitambe* bleiben, bis du die Heiratsgenehmigung hast?«, hakte sie vorsichtig nach. »Es wäre bestimmt nicht gut, wenn deine Arbeitgeber herausfänden, dass wir unverheiratet sind.«

»Das kommt überhaupt nicht in Frage!«, lehnte er rundheraus ab, obwohl er wusste, dass ihre Einwände durchaus berechtigt waren. »Wir waren lange genug getrennt. Von nun an bleiben wir immer zusammen.«

Sie diskutierten eine Weile erfolglos, bis Sonja schließlich klein beigab. Um Frieden bemüht kuschelte sie sich an ihn. »Du hast wahrscheinlich recht, Liebster. Ich möchte ja auch immer bei dir sein.« Aber als Raffael neben ihr schon längst eingeschlafen war, fand sie selbst noch lange keine Ruhe. Irgendetwas war anders zwischen ihnen geworden.

*

Noch vor dem ersten Morgengrauen stahl sich Fritz aus dem gemeinsamen Ehebett und sattelte Tabor, einen jungen, gerade eingerittenen Hengst. Er war immer noch reichlich verstimmt darüber, dass Jella ihm am letzten Abend so in die Parade gefahren war. Wie konnte sie Ricky mit ihren naiven Berlinplänen auch nur ein Fünkchen Hoffnung lassen! Das war unmöglich und widersprach jeglicher Vernunft! Nachdem Ricky wütend davongestoben war, hatten sie beide noch lange gestritten. Jella hatte ihm vorgeworfen, sich wie ein autoritärer Patriarch zu verhalten. Er würde seine Tochter einengen und verhindern, dass sie ihren eigenen Weg fände. Aus dem gleichen Grund hätte sie in ihrer Jugend ihren Großvater verlassen. Als er ihr entgegenhielt, dass sie schließlich mit ihrer Mutter ausgezogen sei, hatte sie ihn nur ausgelacht. »Die Zeiten ändern sich, Fritz«, hatte sie gemeint. »In Deutschland gilt seit 1919 das Frauenwahlrecht. Frauen können endlich studieren und die Berufe ergreifen, in denen sie sich verwirklichen wollen. Mir passt es auch nicht, dass Ricky sich für die Musik entschieden hat. Ich kann damit einfach nichts anfangen. Dennoch habe ich akzeptiert, dass sie einfach anders ist als ich. Warum willst ausgerechnet du deiner Tochter Steine in den Weg legen? Ich hätte dich für liberaler gehalten.«

Jellas Worte hatten Fritz tief getroffen, auch wenn er das ihr gegenüber nicht zugegeben hätte. Schließlich hielt er sich für fortschrittlich und umgänglich. Er gab Tabor die Sporen und galoppierte mit ihm durch das Veld in Richtung des Waterbergmassivs. Es tat gut, die graue, neblige Morgenluft im Gesicht zu spüren und allmählich wieder Ruhe zu finden. Auf einer Anhöhe, von der aus man sowohl auf das Waterbergmassiv als auch auf *Owitambe* sehen konnte, hielt er an. Er band Tabor an einer Akazie fest und setzte sich auf einen Felsen, um den Sonnenaufgang über dem Waterberg zu erwarten. Ein gelbschnabliger Toko verkündete den nahen Tag, während sich vom Horizont her langsam der Himmel erhellte. Ein türkisfarbener Lichtstreifen umgab das noch im Dunkel liegende Waterbergmassiv wie eine Bordüre. Kurze Zeit später wuchs sie zu einem breiten, blauen Band, und dann kletterte das erste purpurfarbene Licht der Sonne über den Morgenhimmel. Das laute einsame Brüllen eines Löwen verhallte in der letzten Stille der vergangenen Nacht. Fritz lauschte in die Landschaft und versuchte, in sich Ruhe zu finden. Doch immer wieder kreisten seine Gedanken um den unerfreulichen Streit am vorigen Abend. Der Gedanke, dass Ricky für lange Zeit, vielleicht für immer, in einem fernen Land weilen sollte, blieb für ihn unerträglich. So versunken bemerkte er erst spät, wie sich ihm ein Reiter näherte. Es war Rajiv, sein Stiefvater und Freund. Als dieser auch ihn erblickte, lenkte er sein Pferd zu der Akazie und band es neben seinem an.

»In der Ruhe liegt die Kraft«, meinte der Inder schlicht und setzte sich neben seinen jüngeren Freund. Er und Fritz' Mutter Imelda waren ebenfalls seit einigen Tagen auf *Owitambe,* um das große Wiedersehen zu feiern. Die beiden Männer verband seit den Hereroaufständen 1904 eine tiefe Freundschaft. Sie mussten nicht viel reden, um einander zu verstehen. Beide betrachteten schweigend den erwachenden Tag. Als die Sonne schließlich ihren Sieg über die Nacht errungen hatte und hell und klar über ihnen schien, brach er das Schweigen.

»Was bedrückt dich?«, fragte der Inder seinen Freund. Fritz zuckte ratlos mit den Schultern.

»Ich habe Ricky verboten, mit diesem Musiker nach Berlin zu gehen, und Jella hat sich gegen mich gestellt.«

»Darf deine Frau nicht anderer Meinung sein als du?«, fragte der Inder erstaunt.

»Natürlich, schon«, entgegnete Fritz aufgewühlt. »Aber sie hat in diesem Moment meine Autorität untergraben. Ricky hat dadurch vielleicht falsche Hoffnungen geschöpft.«

»Jella hat nur ihre Meinung gesagt. Vielleicht bringt sie einfach etwas mehr Verständnis für eure Tochter auf als du. Das ist ihr gutes Recht.«

»Ach, es geht auch eigentlich gar nicht um Jella«, gestand Fritz zerknirscht. »Ich weiß schließlich seit fast fünfundzwanzig Jahren, dass sie sich von nichts und niemandem etwas sagen lässt. Mir geht es vielmehr um Ricky. Sie ist so zart und so jung, und sie will viel zu viel. Was soll das Kind nur in Berlin? Und dann dieser Unsinn mit dem Tanz und der Musik! Davon kann man doch nicht leben. Sie wird in üble Kreise geraten, und ich kann sie nicht mehr beschützen.«

»Ricky ist kein Kind mehr!«, widersprach Rajiv sanft. »Schon viel länger nicht mehr, als du es wahrhaben willst. Lass sie ihren eigenen Weg gehen. Nur so kann sie glücklich werden.«

»Aber doch nicht in Berlin! Das ist am anderen Ende der Welt …«

»Auch dort gibt es Menschen mit Herz. Sie ist eine vernünftige junge Frau, die trotz ihrer scheinbar so zarten Zerbrechlichkeit genau weiß, was sie will. Warum hilfst du ihr nicht einfach, indem du sie loslässt?«

»Ich kann das nicht.« Fritz schüttelte heftig den Kopf. »Sie ist außer Jella mein größter Schatz. Ich kann sie nicht gehen lassen.«

»Ist das nicht sehr selbstsüchtig? Du behandelst Ricky, als wäre sie dein Eigentum. Willst du deine Tochter etwa wie ein Tier in einem Käfig halten, nur damit es *dir* gut geht? Das kann nicht dein Ernst sein, oder?«

Rajiv hatte genug gesagt. Er erhob sich und band sein Pferd los. Mühelos schwang sich der alte Mann auf dessen Rücken und trabte davon. Fritz schaute ihm lange nach.

⋆

Debe versuchte beim Anblick des getöteten Nashorns gegen sein Num anzukämpfen. Das prächtige Muttertier lag mit gebrochenen Augen neben ihm, während sich bereits einer der Orlam, die zu Nachtmahrs Gefolge gehörten, daranmachte, dem Tier mit einer Säge sein prächtiges Horn abzusägen. Debe wandte beschämt die Augen ab. Nicht weit von dem Muttertier befand sich das Junge. Es war noch kein Jahr alt und wurde noch von der Mutter gesäugt. Ängstlich fiepend versteckte es sich hinter einem Rosinenbusch. Debe wusste, dass es ohne die Mutter nicht überleben konnte, und er fühlte eine doppelte Schuld auf sich lasten.

»Das hast du gut gemacht, mein kleiner Niggerfreund!«, lachte Nachtmahr und schlug Debe anerkennend auf die Schulter.

»Das ist schon der dritte erfolgreiche Abschuss in dieser Woche. Ohne deine Fährtensuche wäre uns das wohl kaum gelungen. Aus dir wird noch ein erfolgreicher Jäger. Möchtest du?«

Er drückte Debe eine Flinte in die Hand. »Oder hast du schon vergessen, wie man schießt?« Nachtmahr deutete mit dem Kopf in Richtung des Nashornbabys. »Erschieß das Junge! Aber pass auf, dass du ihm nicht den Kopf zertrümmerst. Ich möchte ihn ausstopfen lassen und dann nach England verkaufen.«

Debe stand mit dem Gewehr in der Hand da und kämpfte mit sich. Es war immer sein größter Wunsch gewesen, mit der Waffe des weißen Mannes seine Beute zu erlegen. Aber das Nashornbaby war keine Beute für einen Buschmann. Er schüttelte heftig den Kopf und gab Nachtmahr das Gewehr zurück.

»Was ist? Hast du etwa Skrupel? Der Kleine kann ohne seine Mutter sowieso nicht überleben. Du hilfst ihm, wenn du ihn tötest.«

Debe schüttelte nochmals den Kopf. Nachtmahr stieß ein raues Lachen aus. Dann winkte er einen der Schwarzen zu sich und ließ eine Flasche Branntwein herbringen. Er entkorkte sie und nahm einen tiefen Schluck. Dann reichte er die Flasche dem zierlichen Buschmann. »Hier! Trink davon! Es hilft dir, das alles hier zu vergessen.«

Debe hatte noch nie Alkohol getrunken. Seine Eltern hatten ihn immer davor gewarnt. »Die Medizin der Weißen macht die Buschmänner krank.«

»Nun stell dich nicht so an!«, drängte Nachtmahr nochmals. Debe betrachtete den toten Kadaver der Nashornkuh. Dort, wo eben noch das Horn gesessen hatte, war nun eine tellergroße, blutende Wunde, auf der bereits Hunderte von schwarzen Fliegen saßen. Die Gehilfen Nachtmahrs machten sich im selben Moment daran, dem Tier seine Beine abzutrennen. Auch sie würden ausgestopft werden, um später als Hocker an reiche Weiße verkauft zu werden.

Sie haben dem Tier seine Würde genommen, dachte Debe traurig. Das Nashorn würde in der Anderswelt ruhelos umherirren müssen, nur weil *er* diesen Menschen geholfen hatte, es zu töten. Debe fühlte Abscheu vor sich selbst. Das Num in ihm begann wieder zu wachsen. Es wurde so stark, dass er sich nicht mehr dagegen wehren konnte. Jedes Mal, wenn er die Jäger zu einer Beute geführt und sie daraufhin mit ihren Gewehren die ahnungslosen Tiere getötet hatten, überkam ihn ein immer stärker werdender Schwindel, der ihn schließlich wie ein Sog von der Hier- in die Anderswelt katapultierte. Er sah sich unvermittelt seinen Ahnen gegenüber, dem alten Großvater Debe, seiner Großmutter Chuka und seiner Tante Sheshe, die ihn anklagend anblickten und mit ausgestreckten Armen auf die öde Landschaft einer tier- und pflanzenlosen Ebene wiesen. Sie sprachen niemals ein Wort zu ihm, aber ihre traurigen Augen sagten mehr, als es alle bösen Worte vermocht hätten. Debe wusste, dass er große Schuld auf sich geladen hatte. Er hatte nicht nur seine eigene Überzeugung verraten, er hatte sein ganzes Volk betrogen. Das war auch der Grund, weshalb er sich nicht mehr zurück zu seiner Sippe wagte. Seine Mutter Nakeshi war eine mächtige Heilerin mit einem Num, das weit in die Anderswelt blicken konnte. Sie hätte sofort bemerkt, dass er ein Gefangener der Llangwasi war. Die Geister des schalkhaften Gwi hatten ihn umgarnt und in ihre Fänge gezogen. Tiefe Verzweiflung überkam den jungen Buschmann, aus der er keinen Ausweg mehr sah. Als Nachtmahr ihm schließlich zum dritten Mal die Flasche mit dem Branntwein anbot, griff Debe zu und trank einen tiefen Schluck.

»Weißt du nicht, dass die Buschmänner dieses Zeug überhaupt nicht vertragen?«, meinte Baltkorn übellaunig beim abendlichen Whisky vor dem Versorgungszelt von Nachtmahrs Jagdcamp. »Er wird bald davon abhängig sein und uns überhaupt nichts mehr nutzen. Wir können nicht auf ihn verzichten. Dieser Kerl spürt ja mehr Tiere auf als alle Ovambos und Hereros zusammen.«

»Abhängig, ja«, lachte Nachtmahr überheblich. »Und genau diese Abhängigkeit wird ihn dann auch bei uns halten. Der kleine Mistkerl hat viel zu viele Skrupel. Jedes Mal, wenn wir einen Abschuss haben, wird er noch depressiver. Ich glaube, seine Ahnen oder so was in der Art machen ihm zu schaffen. Er hat sich heute sogar geweigert, mit dem Gewehr auf das Nashornbaby zu schießen. Erst als ich ihn abgefüllt hatte, hat er es dann doch getan. Glaub mir, ich weiß, wie man mit dem Gesindel umzugehen hat. Wenn er erst mal vom Alkohol abhängig ist, wird er uns wie ein Hund folgen.«

»Wie du meinst«, meinte Baltkorn, der das Interesse an dem Buschmann bereits wieder verloren hatte. »Hast du wenigstens genügend Trophäen beisammen? Ich erwarte in vier Tagen die nächste Lieferung an Diamanten. Bis dahin sollte der Tierpräparator fertig sein! Du hast doch alles im Griff, oder?«

»Selbstverständlich«, knurrte Nachtmahr ungehalten. Doch er sagte nicht ganz die Wahrheit. In Wirklichkeit wurde es immer schwieriger, begehrenswerte Trophäen heranzuschaffen. Löwen, Leoparden, Nashörner und Elefanten wurden immer seltener, weil sie von viel zu vielen Großwildjägern systematisch ausgemerzt wurden. Nur in den neu gegründeten Wildreservaten, in denen ein Abschussverbot galt, gab es noch genügend Tiere. Um an Trophäen heranzukommen, musste man dort jagen gehen. Allerdings war damit eine gewisse Gefahr verbunden, denn das Jagen dort wurde streng bestraft. Menschen wie Fritz van Houten machten es immer schwieriger, in diese Reservate einzudringen. Nachtmahr war bei Baltkorn und einigen anderen Gläubigern seit längerer Zeit tief verschuldet. Beinahe sein ganzer Besitz war wegen unglückseliger Spekulationen, schlechter Farmarbeit und seiner Spielsucht verpfändet.

Nur noch das schlossähnliche Haus in *Hakoma* war ihm geblieben. Allerdings war das Haus ohne Land völlig wertlos. Er hätte längst als mittelloser Mann auf der Straße gestanden, wenn er nicht die wunderbare Idee mit dem Diamantenschmuggel in Tiertrophäen gehabt hätte. Durch Zufall hatte er mitbekommen, dass der Sekretär des Diamantenmoguls Oppenheimer Schulden hatte. Er überredete Baltkorn, dessen Schulden zu übernehmen und ihn dann damit zu erpressen. Sobald sie den Mann in ihren Händen hatten, zwangen sie ihn, immer wieder Diamanten an den Büchern vorbei aus dem Sperrgebiet zu schmuggeln. Da er eine hohe Stellung hatte und Oppenheimers Vertrauen genoss, wurde er nie kontrolliert. Ein weiteres Problem bestand darin, die Diamanten sicher aus dem Land zu bekommen, um sie im Ausland verkaufen zu können. Es gab überall strenge Patrouillen und Zollkontrollen. Er hatte das Problem auf eine scheinbar einfache, aber doch geniale Art gelöst, indem er die Steine in Tiertrophäen versteckte. Diese durften nur mit Zollpapieren ausgeführt werden, die schwierig zu bekommen waren. Doch auch dieses Problem ließ sich mit gezielten Bestechungen in den Griff bekommen. Die Zollpapiere brachten den Vorteil mit sich, dass fortan im Hafen vor dem Ausschiffen nur noch die Papiere kontrolliert wurden, aber nicht mehr die Ware. Nach einigen erfolgreichen Probeläufen wuchs ihr Gewinn nun stetig. Doch immer wieder galt es Unwägbarkeiten aus dem Weg zu räumen.

»Du wirst noch einige Pfund oben drauflegen müssen«, wandte sich Nachtmahr an seinen Komplizen, der ihn für ein paar Tage auf der Jagd begleitete. »Seit dieser verfluchte van Houten ständig in Etoscha patrouillieren lässt, gelingt es uns immer schwerer, unsere Ware ungehindert aus dem Gebiet zu bekommen. Dieser Mistkerl bezahlt seine Leute inzwischen so gut, dass ich mehr als das Doppelte an Bestechung aufwenden muss, um die Wildhüter auf meine Seite zu ziehen.«

Baltkorn merkte auf. »Wird van Houten ein ernstes Problem? Ich könnte versuchen, ihm über meinen alten Herrn Scherereien zu bereiten. Wie du ja weißt, besitzt mein Vater beste Beziehungen zur Ratsversammlung. Ich werde dort bald auch mehr Einfluss haben. Man könnte ihn in einen unangenehmen Prozess verwickeln. Das würde seine Aufmerksamkeit zumindest für eine Zeit in andere Bahnen lenken.«

»Tu, was du für richtig hältst, auch wenn ich nicht glaube, dass du viel Erfolg damit haben wirst. Meinen Segen hast du jedenfalls. Ich wünsche dieser Familie Tod und Teufel an den Hals und Pest und Cholera noch dazu.«

»Ich werde sehen, was sich machen lässt. Aber eines muss klar sein: Ich *leihe* dir das Geld nur! Wir verrechnen das später wie üblich mit unserem Gewinn.«

»Nun stell dich nicht so an«, knurrte Nachtmahr ungehalten. »Ohne mich würdest du an der Sache kein einziges Pfund verdienen. Das war alles meine Idee. Ohne meine Orlams geht kein einziger Diamant außer Landes. Hast du das etwa schon vergessen?«

»Dennoch liefere ich die Diamanten«, beharrte Baltkorn kalt. »Ohne diesen kleinen ›Einsatz‹ wäre deine schöne Idee keinen Pfifferling wert, wie ihr in Deutschland zu sagen pflegt.«

Baltkorn griff in seine Brusttasche und zog eine Zigarre heraus. Er steckte sie in den Mund und zündete sie sich genüsslich an. Nachtmahr bot er absichtlich keine an, um ihn auf diese Weise seine Überlegenheit spüren zu lassen. Doch der ließ sich von dem arroganten Gebaren seines jungen Partners nicht beeindrucken. Er hatte wenig zu verlieren, aber umso mehr zu gewinnen. Und das würde er mit allen Mitteln zu erreichen versuchen. Er wusste genau, dass dieser Deal seine letzte Chance war, in seinem fortgeschrittenen Alter noch einmal zu Geld zu kommen. Die Zeit war auch an ihm nicht spurlos vorübergezogen. Die letzten Jahre zügellosen Lebens forderten nun ihren Tribut. Sein Körper wurde steifer, und seine Kraft ließ allmählich nach.

Immerhin hatte er Baltkorn gegenüber noch einen Trumpf in der Hand.

»Du hast schon viel zu viel investiert, als dass du dir diese Überheblichkeit mir gegenüber leisten könntest«, zischte Nachtmahr gefährlich. »Wir stecken beide gemeinsam in dieser Sache drin und werden sie so erfolgreich wie möglich zu Ende bringen. Oder möchtest du etwa, dass dein alter Herr erfährt, wo du sein hart erarbeitetes Vermögen verjubelst?«

Jon Baltkorn spielte mindestens so gerne Karten wie Nachtmahr und hatte außerdem ein sehr ausgeprägtes Interesse an minderjährigen Mädchen. Baltkorns Vater war zwar ungebildet und ohne große Skrupel, aber er hielt viel auf das Ansehen der Familie. Wenn er mitbekam, dass sein Sohn sich mit Kindern einließ, würde er ihn schon deshalb enterben. Also war Jon Baltkorn von dem Gewinn dieses Diamantenschmuggels ebenso abhängig wie er. Nachtmahrs Rechnung ging auf. Der junge Baltkorn lenkte umgehend ein.

»Ist schon in Ordnung, Nachtmahr. Ich ziehe dir die Mehrkosten nicht vom Gewinn ab. Wenn alles gut läuft, dann sind wir in Zukunft beide gemachte Männer. Mein Mittelsmann liefert den Koffer mit dem Bargeld in dem Moment, in dem das Frachtschiff den Hafen in Walfischbay verlässt. Er ist absolut zuverlässig.«

»Hoffen wir es«, brummte Nachtmahr und zog dem überraschten Baltkorn seine Zigarre aus dem Mund. »Nett, dass du mir das Ding schon mal angezündet hast«, paffte er grinsend. »Nun hoffe ich nur, dass unsere gemeinsame Zusammenarbeit weiterhin so harmonisch abläuft.«

Der Fluch des Sangoma

Juli 1924

»Das musst du dir ansehen!« Sonja wirkte äußerst beunruhigt, als sie das Zimmer betrat, in dem Jella und Fritz gerade mit Zirkel und Lineal über einer Landkarte brüteten. Jella verzog unwillig den Mund.

»Muss das sein? Wir sind gerade beschäftigt. Ich habe Fritz versprochen, ihm mit meinem Rat zur Seite zu stehen. Morgen müssen die Vorschläge für die Eingrenzungen der neuen Wildreservate fertig sein. Wir brauchen noch mindestens zwei Stunden. Was ist denn los?«

»Saburi krampft schon wieder. Sie rollt wie ein verrückt gewordenes Tier mit ihren Augen und schlägt wild um sich. Sie ist draußen im Hof, und unsere Arbeiter bekommen alles mit. Nur gut, dass der kleine Nuru im Moment bei Teresa in der Küche ist.«

Jella ließ sofort ihren Bleistift fallen. Mit einem entschuldigenden Blick zu Fritz meinte sie: »Es tut mir wirklich leid, aber diese Ovambofrau mit ihrem Albinokind bereitet mir wirklich Sorgen. Erst dieser schreckliche Abszess, der einfach nicht richtig heilen will, und nun diese merkwürdigen epileptischen Anfälle. Saburi behauptet allen Ernstes, dass sie von diesem Medizinmann, der ihr Kind als Opfer fordert, verzaubert worden ist. Ich muss einfach nach ihr sehen.«

»Geh nur, ich komme auch alleine zurecht«, meinte Fritz mit einem schiefen Lächeln, das ihr zeigen sollte, dass so etwas bei ihr ja nicht ungewöhnlich war. Aber was sollte sie tun? Als Ärztin war es ihre Pflicht, sich um ihre Patienten zu kümmern.

Saburi lag im roten Staub vor den Schafställen und schlug immer noch wild um sich, sobald sich ihr jemand auch nur ein kleines Stück weit näherte. Ihre Augäpfel waren so weit nach hinten verdreht, dass man nur noch das Weiße sah. Um sie herum hatten sich die Arbeiter versammelt, die gerade in der Nähe zu tun hatten. Keiner wagte, sich der tobenden Frau zu nähern. Jella schritt mit großen Schritten auf die Ansammlung zu und bahnte sich einen Weg zu der Kranken.

»Wir müssen sie rasch in den Schatten bringen«, befahl sie und winkte Joseph und Ben zu sich. Doch als die beiden Männer versuchten, Arme und Beine der jungen Frau zu fassen, stieß diese einen gellenden Schrei aus, der an den Ruf einer Hyäne erinnerte. Dabei verrenkte sie ihre Glieder in so bizarre Stellungen, dass es aussah, als hätten sie keine Gelenke. Die beiden Männer wichen erschrocken zurück.

»Lasst es gut sein«, meinte Jella etwas ratlos. »Wenn wir sie anfassen, bricht sie sich womöglich noch die Knochen. Geht an eure Arbeit, und lasst mich mit ihr allein! Sie wird sich schon wieder beruhigen.«

Tatsächlich hörte Saburi kurz darauf auf, um sich zu schlagen, und Jella gelang es, der Frau ein Taschentuch zwischen die Zähne zu klemmen, damit sie sich nicht auf die Zunge biss. Rund um ihren Mund hatte sich Schaum wie bei einem tollwütigen Tier gebildet.

»Das ist ein Fluch«, raunte eine der Frauen beim Gehen. »Das Böse ist mit Saburi auf die Farm gekommen. Es wird erst verschwinden, wenn sie wieder weg ist. Wir werden sonst alle so enden.« Einige andere Frauen pflichteten ihr bei. »Meine Hühner legen keine Eier mehr, seit sie bei uns ist.«

»Hört sofort auf, solche Dummheiten zu erzählen!«, mischte sich Jella sofort ein. »Niemand ist hier verflucht, und wenn doch, dann bekommt er es mit meiner Medizin zu tun.« Sie richtete sich zu ihrer vollen Größe auf und stemmte mit wild funkelnden Augen ihre Hände in die Hüften. »Oder ist hier jemand anderer Meinung?«

Mittlerweile besaß sie aufgrund ihres Rufes als Heilerin und Medizinfrau große Achtung bei den Menschen rund um *Owitambe.* Aber heute schien der »Zauber« des unbekannten Sangoma eine größere Wirkung auf die Menschen zu haben als Jellas Autorität. Die Zuschauer zerstreuten sich zwar, aber an ihren Blicken und dem heimlichen Geflüster konnte sie genau ablesen, dass sie Angst hatten.

Noch einmal ging ein konvulsivisches Zucken durch Saburis Körper. Es schien, als würde in diesem Moment etwas von ihr Besitz ergreifen. Ihre Augen bewegten sich wie ein schnell drehender Kreisel, bevor ihr Blick sich starr und drohend direkt auf Jella richtete.

»Du wagst es, mir zu trotzen?«, fragte sie mit der tiefen, kehligen Stimme eines Mannes. »Weißt du nicht, wie groß meine Macht ist? Ich werde Saburi und dich zermalmen, wenn du dich nicht unterwirfst, Hexe. Schick sie mit Nuru zurück in ihr Dorf. Sonst wird mein Fluch euch alle zerstören!«

Jella starrte verblüfft auf die Szene. Es war nicht so sehr die Drohung, die sie erschaudern ließ, es war die fremde, tiefe, grollende Stimme, die aus Saburis Mund quoll und doch so überhaupt nicht ihr gehörte. Kaum war die Drohung ausgestoßen, ging ein kurzer Ruck durch Saburis Körper, und sie fiel in eine tiefe Ohnmacht. Jella veranlasste, dass sie sofort in ihr Lazarett gebracht wurde, damit die Leute auf der Farm nicht noch mehr zum Tuscheln hatten.

Sonja, die ebenfalls Zeugin dieser unheimlichen Szene geworden war, stand fassungslos da. »Wenn ich das eben nicht mit meinen eigenen Ohren gehört hätte, dann würde ich an eine

Halluzination glauben. Die Stimme von Saburi war so unheimlich und fremd. Man könnte fast meinen, sie war besessen.«

»So ein ausgemachter Unsinn! Ich will kein Wort mehr darüber hören.«

Alles in Jella wehrte sich dagegen, an so etwas Irreales zu glauben. Es war zwar nicht zu leugnen, dass es in Afrika Kräfte gab, die sich mit einem vernunftbegabten Verstand nicht so leicht erklären ließen. Es gab Energien, die sich übertragen ließen, eine Art Sensibilität und vielleicht auch so etwas wie Telepathie, das hatte sie selbst schon mit Nakeshi erlebt. Aber ein Fluch, der sich so verheerend auf Menschen auswirken sollte, das erschien ihr kaum vorstellbar. Sie war sich sicher, dass es sich um nichts anderes als um psychologischen Hokuspokus handelte. Und dem wollte sie energisch entgegentreten. Sobald sie etwas Zeit fand, würde sie sich in Saburis Dorf begeben und mit diesem Sangoma ein ernsthaftes Wörtchen reden!

Doch in der nächsten Zeit geschah viel zu viel, als dass Jella Zeit gefunden hätte, sich um den unheimlichen Medizinmann zu kümmern. Saburi machte ihr dabei die größten Sorgen. Die Ovambofrau erholte sich nicht so recht. Nach dem letzten schweren Anfall wirkte sie schwer gezeichnet. Zwar blieb sie von weiteren Attacken verschont, doch ihr Wesen hatte sich verändert. In den ersten Tagen seit ihrer Ankunft war die junge Ovambofrau immer fröhlich und kontaktfreudig gewesen. Sie hatte sich mit Teresa, der Köchin, angefreundet und half ihr bereitwillig im Garten, fegte das Lazarett aus und ging auch sonst zur Hand, wo man sie benötigte. Dabei sang sie ihrem hellhäutigen Sohn Nuru, den sie auf den Rücken gebunden mit sich trug, Lieder vor und alberte mit ihm herum. Der Kleine krähte fröhlich und blinzelte mit seinen empfindlichen roten Augen in die helle Sonne, bis Saburi ihm wieder das Rückentuch über die Augen stülpte.

Doch nun wirkte die Ovambo nur noch apathisch und in sich gekehrt. Dazu kam, dass die zunächst gut verheilte Armwunde aus heiterem Himmel wieder zu eitern begann. Jella war das ein Rätsel, denn sie hatte immer persönlich dafür gesorgt, dass sie täglich gereinigt und frisch verbunden wurde. Der Eiter fraß sich wieder in Saburis Fleisch, bis Jella nichts anderes übrigblieb, als die Wunde nochmals zu öffnen und ein weiteres Mal zu schneiden. Dabei schnitt sie so tief, wie sie es nur verantworten konnte. Doch die Entzündung kehrte zurück, und Jella machte sich nun ernsthafte Gedanken, ob sie Saburi den Arm würde abnehmen müssen. Dann folgten aus heiterem Himmel neue Anfälle. Erst waren sie nur leichterer Art, führten zu kurzen Absenzen, bei denen Saburi orientierungslos und verwirrt wirkte. Sie erholte sich danach körperlich zwar schnell, doch mit der zunehmenden Häufigkeit wurde sie immer mehr ihrer angeborenen Zuversicht beraubt. Es war, als würde ihre Lebenskraft dadurch angezapft. Die junge Frau zog sich weiter in sich zurück und wirkte ablehnend und traurig, bis sie so schwach wurde, dass sie nur noch apathisch mit ihrem Jungen in ihrem Bett lag und die Wand anstarrte. Jella wusste schließlich keinen Rat mehr. Sie hatte alle ihr zur Verfügung stehenden Möglichkeiten ausgeschöpft. Deshalb beschloss sie, ihre Buschmannfreundin Nakeshi aufzusuchen. Die war selbst eine erfahrene Heilerin und hatte mit ihren spirituellen Erfahrungen vielleicht eine bessere Behandlungsmethode als sie. Jella hatte ohnehin vorgehabt, Nakeshis Mann Bô, der an einer zähen Atemwegserkrankung litt, das neue Medikament zu bringen.

Früh am folgenden Morgen machte sie sich deshalb auf den Weg, die Sippe zu suchen. Sie nahm den Bakkie und holperte an Epongo vorbei durch die Savanne in Richtung des Mankettibaums, unter dem Nakeshis Sippe sich so gerne aufhielt. Jella genoss die Fahrt durch die Wildnis. Nirgendwo sonst fühlte sie sich so frei und kraftvoll. Der frische Fahrtwind strich ihr angenehm durch das Gesicht, und sie freute sich darauf, ihre Freundin nach so langer Zeit einmal wiederzusehen. Hier draußen in der Natur empfand Jella eine Ruhe, die ihr im hektischen Alltagsleben auf der Farm oft fehlte. Das Leben auf *Owitambe* begann sich immer schneller zu ändern. Obwohl die Farm recht einsam lag, zog auch dort der Fortschritt ein. Sie hatten Traktoren und Pumpen angeschafft, die zwar vieles einfacher machten, aber auch mehr Arbeit brachten, weil sie gewartet werden mussten und die Arbeit an sich verdoppelten. Fritz war nun sogar dabei, eine Telefonleitung zu der Farm verlegen zu lassen. Was für ein Fortschritt! Schwärmerisch hatte er ihr berichtet, dass in nicht allzu ferner Zukunft Telefongespräche in alle Welt möglich sein würden. Bei aller Wehmut, die sie befiel, wenn sie an Rickys Zukunft dachte, würden sie immerhin eines Tages vielleicht die Möglichkeit haben, mit ihr im fernen Deutschland zu telefonieren. So konnte sie wenigstens *hören,* wie es ihr ging! Auch wenn Fritz sich noch widerspenstig zeigte, war Jella überzeugt davon, dass er über kurz oder lang doch klein beigeben und ihre gemeinsame Tochter ziehen lassen würde. Sie jedenfalls war für sich längst zu dem schmerzhaften Entschluss gekommen, dass es für Ricky womöglich das Beste war. Ließ sie sie nicht ziehen, so würde sie immer den Vorwurf zu hören bekommen, sie hätte sie daran gehindert, ihr eigenes Leben zu leben. Jella war nur froh, dass dieser Valentin Reuter ein ganz anständiger junger Mann zu sein schien. Sonja versicherte, dass er einen durchaus sympathischen Eindruck gemacht hatte. Hatte Ricky ihr nicht versichert, dass er sich ihr gegenüber wie ein Bruder verhielt? Umso besser, dann musste sie schon mal nicht um die Ehre ihrer Tochter fürchten.

So in Gedanken versunken übersah Jella einen größeren Ast auf dem holprigen Pad. Sie riss das Lenkrad erst im letzten Augenblick herum und geriet für einen kurzen Augenblick ins

Schleudern, bevor sie den Wagen wieder in den Griff bekam. Jella stoppte den Bakkie abrupt. Ein lautes »Autsch« von der Ladefläche ließ sie aufmerken, und sie drehte sich rasch um. Unter der Abdeckplane, wo sie ihr Kochgeschirr, den Schlafsack und einige Vorräte verstaut hatte, regte sich etwas. Ein rotblonder Wuschelkopf tauchte aus dem Gewirr auf und rieb sich mit einem fast beleidigt wirkenden Ausdruck seine Stirn.

»Was machst du denn hier?«, fragte Jella überrascht. »Du solltest auf *Owitambe* sein. Deine Mama und dein Papa werden sich schreckliche Sorgen machen.«

Sie spürte, wie sie ärgerlich wurde. Das eigenmächtige Handeln ihres ungezogenen Neffen würde neue Scherereien bringen.

Doch Benjamin strahlte seine Tante mit seinen leuchtend blauen Augen an. »Ich wollte aber mit zu den Buschmännern!«, meinte er selbstbewusst. »Du hast mir schon lange einmal versprochen, mich dorthin mitzunehmen. Außerdem werden Mama und Papa mich gar nicht vermissen. Sie schlafen ja dauernd und haben überhaupt keine Zeit für mich!«

Jella zog wider Willen amüsiert eine Augenbraue hoch.

»So?« Ihr war auch schon aufgefallen, dass Benjamins Eltern unziemlich viel Zeit in ihrem kleinen Häuschen verbrachten. Allerdings hatte sie, im Gegensatz zu ihrem Neffen, eine eindeutige Erklärung dafür. Die beiden holten nur das nach, was sie in den letzten Jahren hatten entbehren müssen. Jella würde es nicht wundern, wenn Benni bald noch ein Geschwisterchen bekäme.

»Du nimmst mich doch jetzt mit zu den Buschmännern«, fragte Benjamin besorgt.

»Was glaubst du, was dann deine Eltern sagen würden?«, tadelte ihn Jella streng. »Du kannst doch nicht einfach davonlaufen! Sie werden sich schrecklich sorgen, wenn du plötzlich nicht mehr zu Hause bist. Alle Welt wird dich suchen.«

»Oh«, meinte er zerknirscht. Daran hatte er natürlich nicht gedacht. »Heißt das, dass wir jetzt wieder zurück zur Farm fahren?«

Jella dachte nach. Wenn sie noch einmal zurück nach *Owitambe* fuhr, würde sie erst am nächsten Morgen wieder aufbrechen können und hätte einen ganzen Tag verloren. Aber wenn sie einen kleinen Umweg in Kauf nahm, dann konnte sie bei der Farm der Brouwers vorbeifahren. Die hatten ein Funkgerät und konnten auf *Owitambe* Bescheid geben, dass Benjamin wohlbehalten bei ihr war. Außerdem konnte es wirklich nichts schaden, wenn der Junge einmal das karge Leben der Buschmänner kennenlernte.

»Was du getan hast, ist nicht zu entschuldigen«, meinte sie streng. Doch in ihrer Stimme schwang jetzt auch Verständnis mit. »Allerdings kann ich es mir nicht erlauben, jetzt noch einmal umzukehren. Wenn du mir versprichst, nie wieder einfach so, ohne deine Eltern um Erlaubnis zu fragen, wegzulaufen, dann werde ich dieses Mal ein Auge zudrücken und dich mitnehmen. Aber ich warne dich. Du wirst heute Nacht unter dem Sternenhimmel schlafen müssen. Es wird kalt werden, und du wirst womöglich das Gebrüll wilder Tiere um dich herum hören. Ich kann dir zwar versprechen, dass dir nichts geschehen wird, aber nur, wenn du genau das tust, was ich dir sage.«

»Das werde ich, Tante Jella«, versprach Benjamin ernst. »Und dann werde ich auch noch aufpassen, dass dir nichts geschieht.«

Jella musste sich ein Lachen verkneifen. »Na, dann klettere mal zu mir nach vorne! Oder möchtest du weiterhin so durchgerüttelt werden?«

Es war noch ein gutes Stück bis zu dem Platz, wo sie die Buschmänner vermutete, als unvermittelt eine kleine, zierliche Frau mittleren Alters hinter einem Rosinenbusch hervortrat und mitten auf dem Pad stand. Jella hielt sofort an und sprang erfreut aus dem Wagen.

»Nakeshi!«

»Sternenschwester!«

Die beiden so unterschiedlichen Frauen fielen einander um den Hals. Beide hatten vor Freude Tränen in den Augen.

»Ich wusste, dass du kommst, Sternenschwester«, meinte Nakeshi in ihrer Sprache und grinste ihr spitzbübisches Lächeln. »Ich habe von dir geträumt.«

Benjamin, der nun ebenfalls aus dem Wagen geklettert war, kam etwas schüchtern auf die beiden zu.

»Das ist Benjamin«, erklärte Jella und schob ihren Neffen nach vorne. Nakeshi lächelte freundlich und fing plötzlich an, ein Tier nachzumachen. Dabei kniff sie ihre mandelförmigen Augen zusammen und tat so, als könne sie schlecht sehen. Außerdem beugte sie sich etwas nach vorne und marschierte breitbeinig auf und ab. Mit ihrer linken Hand verlängerte sie ihre Stupsnase zu einem langen Horn.

»Kennst du dieses Tier?«, fragte sie in gebrochenem Deutsch.

»Ein Nashorn, das ist ein Nashorn!«, rief Benjamin begeistert. »Onkel Fritz hat mir schon so viel von diesen großen Tieren erzählt, aber ich habe noch nie eines gesehen.«

»Ganz in der Nähe lebt eine Nashornkuh mit ihrem Kalb«, meinte Nakeshi. »Wenn deine Tante es erlaubt, werde ich sie dir zeigen. Aber du musst sehr vorsichtig sein. Diese Tiere sehen ganz schlecht und sind gefährlich.« Sie kniff nochmals die Augen zusammen und rempelte Jella absichtlich an. Dann bekam ihr Gesicht einen grimmigen Ausdruck, und sie begann zu schnauben und auf Benjamin zuzurennen. Der Junge schrie auf und versteckte sich rasch hinter seiner Tante, die herzhaft lachte.

»Jetzt weißt du, wie gefährlich Nashörner sind«, meinte Nakeshi ernst.

Benjamin strahlte Nakeshi bewundernd an. »Du kannst sehr gut ein Nashorn nachmachen«, meinte er anerkennend.

»Das ist die Art, wie unsere Kinder von uns Erwachsenen lernen«, erklärte die Buschmannfrau. »Lasst uns nun zu meinem Stamm gehen. Wir haben nicht viel, aber wir teilen unser Essen gerne mit euch!«

»Ich habe ausreichend Proviant mit«, meinte Jella. »Heute Abend werden wir ein Festmahl veranstalten.«

Wie jedes Mal, wenn Jella zu der Buschmanngruppe stieß, ergriff sie eine tiefe Zufriedenheit. Das einfache Leben dieser Menschen, das sich seit Tausenden von Jahren nicht geändert hatte, faszinierte sie trotz all seiner Kargheit. Diesen Menschen war es gelungen, etwas von der Ursprünglichkeit der Schöpfung für sich zu bewahren und ihr so ganz nah zu sein. Viele ihrer Lebensanschauungen erschienen auf den ersten Blick fast banal, aber je länger sie darüber nachdachte, umso mehr erkannte sie die tiefe Wahrheit darin. Die Buschmänner lebten ohne einen erklärten Anführer. Männer und Frauen waren gleichgestellt und diskutierten alle wichtigen Entscheidungen gemeinsam. Ihre Kinder wuchsen in einer Gemeinschaft auf, in der sich nicht nur Vater und Mutter, sondern auch Tanten, Onkel oder andere Sippenmitglieder um sie kümmerten. Es war ganz normal, dass ein Kind selbst wählte, bei wem es leben wollte. Außerdem gab es kein spezielles Eigentum. Zwar gehörten die Jagdbeute und die gesammelte Feldkost, die aus Wurzeln, Knollen, Beeren und wildem Getreide bestand, theoretisch immer dem, der sie erlangte. Aber wenn eine andere Familie weniger Jagdglück hatte, dann gaben die anderen selbstverständlich etwas ab. Dieses soziale Verhalten funktionierte in den kleinen Gemeinschaften, die aus kaum mehr als dreißig bis vierzig Menschen bestand, sehr gut. Es gab nur wenig Streit, und wenn es doch einmal vorkam, dann versuchten alle, eine Lösung zu finden.

Bereits bei ihrer Ankunft hatte Jella das Gefühl, dass dieses Mal etwas anders war. Nakeshis Gruppe war viel kleiner geworden. Chuka, ihre Mutter, war im letzten Winter gestorben. Gao und ein paar andere jüngere Jäger fehlten, und auch Debe, Nakeshis und Bôs gemeinsamer Sohn, war nicht mehr da. Als Jella ihre Freundin darauf ansprach, huschte ein unglücklicher Schatten über ihr Gesicht.

»Debe wird von seinem starken Num gequält«, meinte Nakeshi traurig. »Er will es nicht annehmen und flieht aus dem Leben, das die Ahnen ihm vorherbestimmt haben.«

»Ist er zu einem anderen Stamm gegangen? Vielleicht zu deinem Bruder Twi in die Namib?«

»Ich wollte, es wäre so.« Nakeshi schüttelte bekümmert den Kopf. »Er sagt nicht, wohin er geht, aber ich fühle, dass er etwas tut, was seine Ahnen bekümmert. Seine Bewunderung für den Besitz des weißen Mannes schmerzt mein Herz. Er muss doch wissen, dass wir nicht so sind wie ihr.«

»Hat er sich Arbeit auf einer Farm gesucht?« Jella wusste, dass viele Buschmänner in den letzten Jahren ihr karges Nomadenleben aufgegeben hatten, um ein angenehmeres Leben bei den Weißen zu leben. Die Weißen gaben den Buschmännern regelmäßig etwas zu essen. Sie mussten nicht dursten, bekamen warme Kleider, Schulausbildung und ein Dach über dem Kopf. Doch zu welchem Preis tauschten diese Menschen ihr altes Leben gegen dieses scheinbar leichte neue ein? Regelmäßige Arbeit, Pünktlichkeit und Zuverlässigkeit, wie sie die Farmer forderten, waren ihnen von Natur aus fremd. Außerdem waren sie nicht sehr kräftig, wenn auch zäh und sehr ausdauernd, wenn sie es denn wollten. Das führte leicht zu Konflikten. In der Regel kamen die Buschmänner zuerst zu einer der Missionsstationen. Dort wurden sie von den Missionaren freundlich aufgenommen und im christlichen Glauben unterrichtet. Bereitwillig nahmen die Buschmänner die neue Glaubenslehre zumindest vordergründig an; schließlich bekamen sie dafür Essen und Kleider. Nach einer Zeit wurden sie dann an die Farmer vermittelt und mit regelmäßiger Arbeit konfrontiert. Die Arbeit als Hirten fiel ihnen anfangs leicht. Als ausgezeichnete Spurenleser war es für sie einfach, verstreutes Vieh aufzuspüren und wieder zusammenzutreiben. Allerdings gab es in ihrem Volk keine Zahlenvorstellungen, die über zwei Hände voll hinausging, was bedeutete, dass es ihnen schwerfiel, den Überblick über eine Herde zu behalten. Kein Buschmann wusste, wie alt er war. Das Alter wurde anhand der Ereignisse, die sich zu seiner Geburt abgespielt hatten, festgelegt. So war Debe in der Zeit nach dem großen Feuer geboren worden, das *Owitambe* um ein Haar in Schutt und Asche gelegt hatte. Aber das Schlimmste war, dass die Buschmänner bald keinen Sinn mehr in ihrer langweiligen Arbeit sahen. Sie wurden unzuverlässig, und viele begannen zu trinken, um ihr sinnentleertes Leben zu vergessen. Jella wünschte von Herzen, dass Debe von solch einem Schicksal verschont blieb.

»Dein Sohn kommt bestimmt bald wieder zurück«, meinte sie zuversichtlich. Nakeshi nickte dankbar und begann sofort wieder zu strahlen. »Kauha wird ihm den Weg weisen«, meinte sie bestimmt. »Eines Tages wird sein Num stärker sein als sein sturer Kopf, und er wird wieder zurückkommen.« Es war nicht die Art der Buschmänner, sich allzu lange über ein Problem den Kopf zu zerbrechen. »Warum bist du gekommen, Sternenschwester?«, fragte sie und betrachtete Jella aus ihren klugen Augen. Bô, der schon seit längerer Zeit an einem hässlichen Husten litt, schlief neben dem kleinen ebenfalls schlafenden Benjamin am Rande eines der Lagerfeuer. Jella hatte ihm etwas von dem Hustensaft gegeben, der tatsächlich seine Anfälle unterdrückt hatte, aber ihn auch schläfrig gemacht hatte. Die beiden Freundinnen saßen etwas abseits der Gruppe auf einem runden Stein. Der Ruf einer Graseule klang einsam durch die

Nacht. In einfachen Worten erklärte Jella Saburis Geschichte. Ihre Freundin hörte aufmerksam zu und nickte immer wieder zum Zeichen ihres Verständnisses. Doch als Jella sie fragte, ob sie wüsste, wie man der jungen Frau und ihrem Sohn helfen könne, schüttelte sie entschieden den Kopf.

»Der Sangoma, der deine Freundin verflucht hat, muss sehr mächtig sein«, meinte Nakeshi nachdenklich. Sie versuchte, es Jella zu erklären. »Der Mann verfügt über ein großes Num. Sein Schicksal ist es, gegen die Geister, die ihn quälen, zu kämpfen. In diesem Kampf ist er selbst ein Getriebener. Die unruhigen Geister seiner Ahnen lassen ihn nicht in Ruhe. Deshalb muss er gegen sie kämpfen und sie besiegen. Ein mächtiger Sangoma muss viele Kämpfe und Prüfungen bestehen, bevor er Macht erlangt und in der Lage ist, die Ahnen zu beeinflussen. Doch dieser Mann missbraucht seinen Einfluss auf die Zauberkräfte seiner Ahnen. Wäre er ein guter Heiler, so würde er diese Macht nutzen, um den Menschen zu helfen. Weil er aber böse ist, verflucht und zerstört er. Eines Tages wird er dafür büßen. Es gibt deshalb nur einen Weg: Du musst ihn bekämpfen!«

»Ich werde ihm entgegentreten und meine Meinung sagen«, versprach Jella ihrer Freundin. »Aber leider hilft das Saburi nicht. Sie bildet sich ein, verzaubert zu sein, und ist dadurch tatsächlich krank. Kannst du nicht mit mir kommen und einen Gegenzauber aussprechen, der ihr ihre Einbildungen wieder austreibt? Ich bin sicher, du schaffst das. Ich bin jedenfalls mit meiner Medizin am Ende.«

Nakeshi streichelte tröstend über ihre Hand. Jella lächelte entschuldigend. »Ich will einfach nicht hinnehmen, dass diese Frau mir so einfach unter den Händen wegstirbt«, gestand sie verzagt.

»Nur ein Sangoma kann den Fluch wieder lösen«, sagte Nakeshi bestimmt. »Ich bin keine Sangoma.«

»Aber eine Heilerin. Ist das nicht irgendwie ähnlich?«

Nakeshi wiegte bedauernd den Kopf. »Wir Buschmänner heilen auf andere Weise. Ich kann dir nicht helfen.«

»Glaubst du tatsächlich, dass der Sangoma Saburi verzaubert hat?«, fragte Jella. »In meiner Vorstellung gibt es so etwas nicht.«

Nakeshi wirkte plötzlich etwas gekränkt. »Wir sind Sternenschwestern, ist das etwa kein Zauber?«

»Nun ja«, räumte Jella widerwillig ein. »Zwischen uns ist das ja auch etwas ganz Besonderes. Aber auch in meiner Welt gibt es dafür Worte wie Telepathie, Empathie und was weiß ich noch. Aber du könntest doch niemals einen Fluch über mich aussprechen und mir schaden!«

»Ich würde es niemals tun«, meinte Nakeshi entschieden. Jella dachte nach. »Dann gehst du also tatsächlich davon aus, dass dieser Sangoma Saburi verflucht hat?«

»Er hat Streit zwischen Saburis Ahnen gesät«, versuchte ihre Freundin zu erklären. »Sie quälen Saburi, weil sie glauben, dass sie Böses getan hat. Die Ahnen werden sie so lange verfolgen, bis sie davon überzeugt wurden, dass der Sangoma gelogen hat – oder bis der Sangoma sie wieder zur Ruhe ruft.«

»Dann werde ich so schnell wie möglich in dieses Dorf fahren und ihn zur Rede stellen«, entschied Jella. Doch ihre Freundin widersprach erneut. »Worte allein werden ihn nicht überzeugen. Du musst ihm zeigen, dass du stärker bist. Erst, wenn du das kannst, wirst du der Frau und ihrem Kind helfen.«

»Wie soll das gehen? Ich verabscheue seine Zaubertricks. Dieser Mensch will ein Kind opfern, nur um daraus eine grausame Medizin herzustellen. Das tut kein Mensch. Es ist böse!«

»Du siehst nur deine Seite«, tadelte Nakeshi. »Versuch auch mal die andere zu sehen. Sind nicht Sheshe und Debe ebenfalls Opfer deines Volkes geworden? Der weiße Mann nutzt Menschen wie uns aus. Er zerstört unser Leben und das, woran wir glauben. Für ihn sind wir nicht mehr wert als wilde Tiere. Das ist ebenso unmenschlich. Was seid ihr für ein Volk, das an einen Gott glaubt, der seinen eigenen Sohn töten ließ? Was ist das für ein grausamer Gott, der das fertigbringt? Ist er besser als das, woran der Sangoma glaubt?«

»Aber das alles ist doch nur symbolisch zu verstehen!« An Nakeshis verständnislosem Blick erkannte Jella, dass ihre Freundin damit nichts anfangen konnte. »Gott hat seinen Sohn geopfert, um uns allen seine übergroße Liebe zu beweisen. Die Hingabe seines Sohnes ist nur ein Zeichen und vielleicht gar nicht so geschehen.«

Die Buschmannfrau schüttelte verärgert den Kopf. »Dann glaubt ihr also an etwas, das es gar nicht gibt?«

»Wenn es nur so einfach wäre!«

Der theologische Disput hatte Jella angestrengt. Außerdem war sie müde von dem langen Tag. Sie erhob sich, um ihre Glieder zu strecken. »Ich werde in Ruhe über alles nachdenken«, versprach sie ihrer Freundin, auch wenn sie in Wirklichkeit keinen Schritt weitergekommen war.

Jella und Benni blieben noch zwei Tage bei den Buschmännern. Als Ärztin nutzte sie die Gelegenheit, jedes einzelne Mitglied der Sippe zu untersuchen. Einige hatten Zahnprobleme, andere, wie Bô, litten an zähem Husten. In der Regel gab Nakeshi ihren Leuten dann den Wurzelextrakt der Pelargonie, der sehr gut half. Doch bei Bô schien der Husten schon chronisch geworden zu sein, und Jella befürchtete, dass ihm der Infekt bereits auf die Lunge schlug. Sie hatte ihm einen warmen Pullover mitgebracht. »Ich weiß, dass du nichts von den Dingen hältst, die wir Weißen haben«, erklärte sie ihm. »Aber du musst dich auf alle Fälle warmhalten. Es ist die Wolle eines Schafes. Sie wird dir guttun.«

Bô nahm den Pullover aus Höflichkeit, aber Jella war sich sicher, dass er ihn nicht anrühren würde, denn wie seine Frau war auch er davon überzeugt, dass alle Dinge, die von den Weißen kamen, nur Unheil über ihre Sippe brachten. Benjamin empfand das Leben bei den Buschmännern als das reinste Paradies. Er genoss die Freizügigkeit und Freundlichkeit der Menschen. Jeder hatte Zeit für ihn, und am Abend vor ihrer Rückfahrt zur Farm bekam er tatsächlich die Gelegenheit, die Nashornmutter mit ihrem Kalb zu sehen. Aus sicherer Entfernung und gegen den Wind näherten sie sich einer kleinen Lichtung, in der sich die Nashörner gerne aufhielten. Die Nashornkuh nahm gerade ein Staubbad und wälzte ihren schweren Körper durch eine sandige Kuhle. Ihr Kalb stand neugierig daneben und schien etwas ratlos. Mit einem lauten Schnauben stand das gewaltige Tier schließlich wieder auf. Benjamin betrachtete es sprachlos durch das Fernrohr, das Jella ihm geliehen hatte. »Ich kann sogar die schwarzen Augen mit den vielen Wimpern sehen«, flüsterte er begeistert. Plötzlich wurde die Nashornkuh unruhig. Sie stampfte mit ihrem Vorderbein und rief ihr Kleines zu sich. Dann trabten die beiden davon und verschwanden im Busch.

⋆

Als sie nach *Owitambe* zurückkehrten, kam ihnen Benjamins Mutter aufgeregt entgegen. Jella dachte, dass sie wegen ihres ausgerissenen Sohnes so außer sich war, doch Sonja hatte schlechte Nachrichten.

»Saburi ist vorletzte Nacht spurlos verschwunden«, berichtete sie. »Sie hat mit keinem von uns gesprochen, sondern sich heimlich aus dem Staub gemacht. Dabei geht es ihr gar nicht gut. Ihr Arm ist immer noch fürchterlich entzündet, sie hat Fieber. Ich glaube kaum, dass sie weit damit kommt.«

»Hat sie Nuru mit sich genommen?«, fragte Jella erschrocken. Sie ahnte Schlimmes.

»Das ist ja das Merkwürdige. Den Kleinen hat sie einfach bei Teresa vor die Tür gelegt.«

»Seltsam!« Jella schüttelte verwundert den Kopf. »Na, wenigstens ist der Junge in Sicherheit. Ich bin ziemlich sicher, dass sie zurück in ihr Dorf will. Vielleicht will sie nochmals mit dem Sangoma reden. Wir müssen ihr sofort hinterher.« Sie verabschiedete sich hastig von Benjamin und machte sich sogleich daran, die erforderlichen Dinge in die Wege zu leiten.

Zwei Stunden später machte sie sich mit Joseph und Ezechiel auf den Weg. Die beiden Herero waren nicht nur gute Spurenleser, sondern auch kräftig, und konnten notfalls mit Waffen umgehen. Sie waren auf *Owitambe* aufgewachsen und absolut zuverlässig. Sarah, die wie üblich in ihrem Garten arbeitete, bat sie, Fritz auszurichten, dass sie so schnell wie möglich wieder zurück sein wollte. Er war mit Matteus in Otjiwarongo, um einige Zuchtschafe zu verkaufen. Als Raffaels Mutter mitbekam, dass sie sich mit dem Sangoma anlegen wollte, war sie äußerst besorgt.

»Du musst dich vor dem Zauberer vorsehen«, warnte die Himbafrau ihre Stieftochter. »Diese Sangoma aus dem Zululand sind sehr rachsüchtig. Wenn du seinen Zorn auf dich ziehst, werden für *Owitambe* schwere Zeiten anbrechen.«

Jella ließ sich von Sarahs Ängsten nicht anstecken. »Ich glaube nicht, dass er so mächtig ist, wie alle hier zu glauben scheinen. Auch er wird nur ein Mensch sein und seine Schwächen haben. Ich werde sie herausfinden und dem Ganzen ein Ende bereiten.«

»Achte darauf, dass der Sangoma nichts erhält, was dir gehört«, drang Sarah weiter in sie. »Sonst hat er Macht über dich und kann auch dich verzaubern. Versprich mir, dass du darauf achtest!«

Jella war lange genug in Afrika, um den Aberglauben der Menschen hier zu respektieren. Sie versprach Sarah, gut auf sich Acht zu geben, und gab dann ihren Männern den Befehl zum Aufbruch. Da sie nicht genau wussten, wo sich das Ovambodorf befand, nahmen sie Pferde. So waren die Spuren auch leichter zu verfolgen als mit dem Bakkie, der zwar schneller fuhr, aber auch auf feste Wege angewiesen war. In raschem Trab ritten sie in nordöstlicher Richtung ins Ovamboland.

Wenn sich Saburis Dorf etwa zwei Tage Fußmarsch entfernt von *Owitambe* befand, konnten sie es mit den Pferden leicht an einem Tag schaffen. Die Frage war nur, in welcher Richtung sie suchen sollten. Doch schon im ersten Ovambodorf, in dem sie nachfragten, konnte man ihnen zumindest sagen, wo Saburi lebte. Die Tatsache, dass eine Frau aus ihrem Volk einen Albinojungen geboren hatte, hatte sich bei den Ovambos wie ein Lauffeuer verbreitet. Jedes Kind wusste, wo das geschehen war. Allerdings hatte niemand Saburi in den letzten Tagen selbst gesehen.

»Hoffentlich ist sie nicht einfach zusammengebrochen und von wilden Tieren gefunden worden«, fürchtete Jella. Joseph schüttelte den Kopf.

»Wenn Saburi tot, dann wir hätten eindeutige Spuren«, meinte er. Jella war beruhigt. Zweifellos hatte er recht. Raubtiere hinterließen nach einem Fraß immer Spuren. Also setzten sie ihren Weg fort. Gegen Mittag legten sie eine Rast ein. Es war glühend heiß, und die Sonne brannte unbarmherzig auf die karge Savanne, der die Trockenheit der letzten Monate stark zugesetzt hatte. Die Landschaft war leicht hügelig und von lockerem Baumbewuchs überzogen. Eine große Schirmakazie bot ausreichend Schatten. Schweigend saßen sie ab, tranken aus ihren Wasserflaschen und knabberten etwas von dem zähen Kudubiltong, das ihnen Teresa mitgegeben hatte. Die beiden Herero legten sich zu einem Schläfchen hin. Jella war vom ungewohnten Reiten erschöpft und versuchte ebenfalls ein kleines Nickerchen zu machen, aber sie fand keinen Schlaf. Das Schicksal von Saburi empörte sie und wühlte sie tief auf. Sie setzte sich wieder auf und beobachtete die Umgebung. In einer kleinen Senke, etwas unterhalb ihres Lagerplatzes, entdeckte sie einen alten Mann, der im Schatten eines Baumes kauerte und eine kleine Ziegenherde bewachte. Er nahm von ihr keinerlei Notiz. Ihr kam plötzlich der Gedanke, dass er bestimmt jeden Tag hier saß. Vielleicht hatte er ja Saburi gesehen? Sie beschloss, ihn zu fragen. Da sie nicht viel Ovambo sprach, hoffte sie, dass der Alte auch etwas Herero verstand.

»Ist hier eine Ovambofrau gewesen, die einen kranken Arm hat?«, fragte sie. Der Mann antwortete nicht, also versuchte sie es mit den paar Brocken Ovambo, die sie sprach. Wieder keine Antwort. Der alte Mann drehte sich nicht einmal um. Sie beschloss, ihre Begleiter zu wecken. Vielleicht konnten die ja mit dem Alten reden. Als sie sich ein paar Schritte entfernt hatte, erhielt sie zu ihrer Überraschung doch noch eine Antwort – und zwar auf Deutsch.

»Warum willst du wissen, wo die Frau ist?«, fragte der Alte. Jella fuhr herum. »Hast du sie etwa gesehen?«

Der Alte musterte sie neugierig, schwieg aber weiter.

»Nun antworte mir doch!«, drängte Jella ungehalten. »Ich muss diese Frau finden. Sie ist krank.« Sie hatte keine Lust, sich auf die Launen dieses Sturkopfes einzulassen. Dem Anschein nach schien er etwas zu wissen. Normalerweise entsprach es nicht der Art von Hirten, eine Frage mit einer Gegenfrage zu beantworten. Überhaupt erschien ihr der alte Mann mit seinem Lederumhang, in dessen Innenseite sie eine ganze Anzahl von Taschen mit unbekanntem Inhalt entdeckte, reichlich seltsam. Sie schätzte ihn auf vielleicht fünfzig oder sechzig Jahre, aber er konnte auch älter sein, denn sein Gesicht war von Hunderten feiner Fältchen überzogen, aus denen dunkle, ungewöhnlich klare Augen herauslugten. Endlich bequemte er sich zu einer Antwort.

»Es ist auch meine Sache zu entscheiden, ob ich dir antworten möchte oder nicht. Antworte mir erst auf meine Frage.«

Seine Stimme war leise, aber sehr deutlich und bestimmend. Jella spürte, dass sie hier mit ihrem rüden Ton nicht weiterkam.

»Darf ich mich zu dir setzen?«, lenkte sie widerwillig ein. Der alte Mann streckte einladend seine Hand aus.

»Siehst du die kleine schwarze Ziege, die abseits von den anderen grast?«, fragte er sie aus heiterem Himmel. »Es ist die einzige schwarze Ziege in der Herde. Alle anderen darin sind braun oder hell oder gefleckt. Warum glaubst du wohl, dass sie abseits steht?«

Jella dachte nach.

»Vielleicht gibt es dort besseres Futter?«

Der Alte schüttelte ungeduldig den Kopf. »Nein, sieh doch, das Gras ist an dieser Stelle überall gleich.«

»Bestimmt wird sie gemieden, weil sie anders ist als die anderen«, versuchte es Jella noch einmal. Dieses Mal war sie sich ganz sicher, mit ihrer Vermutung richtig zu liegen. Außenseiter hatten es immer schwer. Der Alte lachte ein leises, fast verächtliches Lachen und schüttelte abermals den Kopf. »Nein, Ziegen sind keine Menschen. Ihnen ist es egal, wie die anderen aussehen. Du musst genauer hinsehen.«

Jella kniff die Augen zusammen und sah sich die schwarze Ziege genauer an. Erst jetzt erkannte sie, dass die schwarze Ziege gar keine Ziege war, sondern ein schwarzes Schaf. Der alte Mann hatte sie reingelegt.

»Du hast mich gefragt, ob ich die schwarze Ziege sehe, und ich habe dir geglaubt«, protestierte sie und musste plötzlich selbst lachen. »Was bezweckst du mit deinem Spaß?«

Der Alte sah sie vielsagend an. »Ich wollte herausfinden, ob du dich auf einen alten Mann wie mich einfach so einlässt.«

Was für ein komischer alter Kauz, murmelte Jella in sich hinein. Da sie nicht weiterkam, beschloss sie einfach, ihm von Saburi zu erzählen. Der Hirte hörte ihr aufmerksam zu und nickte immer wieder zustimmend. Schließlich deutete er auf einen kleinen aus Zweigen gebauten Unterstand, keine fünfzig Meter von ihnen zwischen Büschen versteckt. »Die Frau schläft dort.«

Jella war perplex.

»Sie ist hier? Warum hast du mir das nicht gleich gesagt? Ich muss sofort zu ihr!« Sie sprang auf. Doch der Alte hielt sie zurück. »Ich habe ihren Arm neu verbunden und ihr eine Medizin gegeben, damit sie den Schmerz vergessen kann. Sie schläft jetzt. Wenn sie aufwacht, wird sie entscheiden, ob sie mit dir gehen will.«

»Ich habe dir doch erzählt, dass ihr kleiner Sohn auf sie wartet. Sie muss mit mir gehen!«, widersprach Jella ungeduldig. »Außerdem muss sie dringend in meinem Krankenhaus behandelt werden, sonst stirbt sie an Wundbrand!«

»Die Verletzung bringt Saburi nicht den Tod«, meinte der Alte selbstbewusst. »Ich habe sie mit meiner Medizin behandelt. Sie wird helfen.«

Jella verdrehte die Augen. Sie mochte sich gar nicht ausdenken, was für Kräuter und Dreck dieser halsstarrige Alte auf Saburis Wunde geschmiert haben mochte. Wenn es schlimm kam, war ihr Arm nun nicht mehr zu retten. Vielleicht litt sie auch schon an Wundstarrkrampf. Sie durfte keine weitere Zeit mehr verlieren. Ohne sich weiter um den Alten zu kümmern, eilte sie zu dem Unterstand, in dem sie Saburi tatsächlich tief schlafend vorfand. Zu ihrer Überraschung wirkten deren Gesichtszüge entspannt, fast glücklich. Wenigstens schien sie keine Schmerzen zu haben. Der Alte musste ihr irgendeine Droge verpasst haben. Sie machte sich vorsichtig daran, den Verband aus Blättern und Hanffasern zu lösen. Zu ihrer Erleichterung schien sich die Infektion nicht noch weiter verschlimmert zu haben. Sie musste die Wunde jedoch dringend reinigen. Dazu brauchte sie ihre Arzttasche. Sie eilte rasch zu ihrem Lagerplatz, um sie zu holen. Als sie zurückkam, kniete der alte Mann neben Saburi und streichelte ihr sanft über den Kopf. Um ihren Arm war wieder der alte Blätterverband gewickelt.

»Du musst den Verband an ihrem Arm lassen«, tadelte er Jella streng. »In zwei Tagen werde ich ihn erneuern.«

Es war zum Haare Raufen mit diesen Menschen, fand Jella nicht zum ersten Mal in ihrem Leben. Die Leute hier mochten ja für manche Krankheiten ihre Heilmittelchen haben, aber schon von den einfachsten hygienischen Dingen hatten sie einfach keine Ahnung. Sie bemühte sich, ruhig zu bleiben, um es dem Alten zu erklären. »Diese Wunde ist schon sehr lange sehr schlimm«, erklärte sie. »Ich habe sie aufgeschnitten und von Maden gereinigt. Wenn sie nicht sauber bleibt, dann stirbt die Frau.«

»Welche Muti gibst du ihr?«, fragte der Alte durchaus interessiert. Unter Muti verstand er offensichtlich Medizin.

»Es gibt kein Muti, das sie retten kann«, erklärte sie selbstbewusst. »Der Arm wird heilen, wenn die Wunde sauber ist. In deiner Salbe ist Dreck. Deshalb werde ich den Verband jetzt entfernen.«

»Mehr tust du nicht?«, fragte der Alte verächtlich. »Warum nimmst du keine Salbe?«

»Weil sie nicht helfen würde. Es gibt keine Medizin, die diese Art von Entzündung bekämpfen kann.« Jella wurde immer ungehaltener. Der Hirte führte sich auf, als würde er etwas davon verstehen. Und er ließ nicht locker.

»Dann hast du also nicht einmal Muti, um die Entzündung zurückzutreiben?«, hakte er nach. »Rufst du wenigstens die Geister der Ahnen, damit sie dir helfen?«

Jella bemühte sich, ihren Unmut hinunterzuschlucken. Es war immer dasselbe. Wie sollte sie so einem einfachen Mann auch erklären, dass es Bakterien gab, die diese Wunde verursachten. Sie zuckte also nur mit den Schultern. »Es gibt keine andere Medizin, außer der, die Wunde sauber zu halten!«

»Dann ist meine Medizin besser«, beschied sie der Hirte mit einer Selbstsicherheit, die keinen Widerspruch duldete. Sie wollte aufbrausen, doch plötzlich fing sich ihr Blick in seinen dunklen Augen, und sie sah etwas darin, was sie einhalten ließ. War sie nicht mit ihrem Wissen am Ende? Woher wusste sie, dass die Salbe des Hirten Saburi schadete? Bestand nicht die Möglichkeit einer Chance?

»Diese Frau wird sterben, wenn sie nicht mit mir kommt«, versuchte sie es noch einmal. Wenn sie ehrlich war, konnte sie jedoch keinesfalls versprechen, dass Saburi mit ihrer Hilfe überleben würde. Der Wundbrand war schon weit fortgeschritten. Wenn überhaupt, konnte nur eine sofortige Amputation Saburis Leben retten. Sie war mit ihrem Latein völlig am Ende. War es ein Fehler, wenn sie den Kräuterverband des Alten an Saburis Arm beließ?

»Bist du ein Heilkundiger in deinem Dorf?«, fragte sie hoffnungsvoll.

»Mein Name ist Nokoma«, sagte der Alte. »Ich hüte diese Ziegen.«

»Dann bist du gar kein Medizinmann?«

Statt einer Antwort erhob sich Nokoma und ging zu seinem Schattenplatz unter dem Baum zurück. Jella blieb nichts anderes übrig, als neben Saburi zu wachen.

Erst als die Sonne sich senkte, erwachte die Ovambofrau. Zu Jellas Überraschung ging es ihr erstaunlich gut. In ihr fahles Gesicht war wieder etwas Farbe zurückgekehrt, und die Schmerzen in ihrem Arm waren auf ein erträgliches Maß zurückgegangen.

»Warum bist du nur davongelaufen?«, wollte Jella wissen. Sie flößte ihr etwas Wasser ein. »Dein Sohn braucht dich doch!« Saburis Erinnerungen kehrten wie böse Schatten zurück. Mit angsterfüllten Augen sah sie Jella an.

»Meine Ahnen rufen mich«, rief sie voller Qual. »Sie fordern mich auf, zurück zu dem Sangoma zu gehen. Er zwingt sie dazu. Wenn ich es nicht tue, wird Nuru sterben. Ich werde mich opfern, um meinen Sohn zu retten.«

»Deine Ahnen können dich gar nicht quälen«, widersprach Jella sanft. »Das sind die Folgen der Anfälle, die du hattest. Es sind nichts als böse Träume. Komm mit mir zurück nach *Owitambe.* Dein Sohn braucht dich. Was soll denn aus ihm werden, wenn du stirbst? Er kann nicht zurück zu deinem Dorf. Willst du ihm nun auch noch die Mutter nehmen?«

Saburi zögerte und griff nach ihrer Hand. »Versprichst du mir wirklich, dass die bösen Träume wieder aufhören?«, fragte sie hoffnungsvoll. Sie ließ Jellas Hand wieder los und trommelte sich mit der Faust an den Kopf. »Ich möchte, dass die Stimmen in meinem Kopf mich endlich in Ruhe lassen. Bring den Sangoma dazu, den Fluch von mir zu nehmen.«

»Ich werde alles tun, um dir zu helfen«, versprach Jella fest. Sie würde Saburi zurück nach *Owitambe* zu ihrem Sohn bringen. Alles Weitere würde sie dort beschließen.

Neue Wege

Zwei Tage später.

»Auf dem Hof steht ein seltsamer alter Mann«, rief Benjamin, als er in das Lazarett stürmte. Er zupfte an Jellas Hose. »Mama sagt, er will zu dir.« Sie war verblüfft. Also hatte Nokoma sein Versprechen tatsächlich eingehalten. Er hatte Saburi versprochen, wieder nach ihr zu sehen. Es war ein weiter Weg bis zur Farm. Sie eilte schnell hinaus. In der prallen Sonne inmitten des Hofes stand der alte Hirte in seinem Umhang an einen großen Stab gelehnt und erwartete sie, ohne eine Miene zu verziehen. Seine Ziegenherde hatte er nicht bei sich.

»Zeig mir, wo Saburi und ihr Junge sind«, sagte er statt einer Begrüßung. Jella führte ihn ins Lazarett. Sie ging voraus und war bereits bei der Eingangstür, als sie bemerkte, dass der Alte zögerte, ihr unter die überdachte Veranda zu folgen. Misstrauisch betrachtete er das kleine flache Gebäude, in dem sich Jellas Praxis, ein kleiner Operationsraum, ein weiteres Behandlungszimmer und zwei Krankenzimmer befanden.

»Liegt ein Zauber auf deiner Hütte?«, fragte er mit zusammengekniffenen Augen. »Löse ihn, damit ich hineinkann.«

»Jeder ist hier willkommen«, meinte Jella freundlich. Nokoma schien zufrieden. Er nickte bedächtig, stieß jedoch seinen Stab erst über die Türschwelle, so, als wolle er sich vergewissern, dass nichts Böses dahinter lauerte, bevor er eintrat. Saburi strahlte, als sie den alten Mann sah, und begrüßte ihn auf Ovambo. Sie hatte sich beharrlich geweigert, den Verband abnehmen zu lassen, obwohl Jella mehrmals versucht hatte, sie zu überreden. Nokoma murmelte ein paar beschwörende Worte, bevor er Saburis Arm berührte. Er wirkte zufrieden und machte sich daran, den Blätterverband zu lösen. Erstaunt betrachtete sie die Wunde. Der Wundbrand war nicht nur zum Stillstand gekommen, sondern die Verletzung begann sich tatsächlich zu schließen. Nur noch in der Mitte befand sich ein kleiner Eiterherd, der aber mit ein bisschen Glück auch bald austrocknen würde. Nokoma griff in seinen Umhang und zog daraus einen kleinen Schildkrötenpanzer, der mit einem Fellstück verstopft war. Er löste den Pfropfen und ließ eine braune klebrige Substanz aus dem Inneren des Panzers auf Saburis Wunde tröpfeln. Dabei achtete er darauf, die Wunde nicht zu berühren. Aus einer anderen seiner zahlreichen Innentaschen holte er schließlich frische Blätter und Hanf und verband die Verletzung erneut.

»Lass uns jetzt allein«, meinte er schließlich zu Jella. Es waren die ersten Worte, die er seit seiner Ankunft sprach. Sie zog sich mit einigem Bedauern zurück. Zu gerne hätte sie gewusst, was die beiden noch zu besprechen hatten. Wenigstens zweifelte sie nicht länger daran, dass der Alte tatsächlich ein Medizinmann war. Zur Untätigkeit verdammt setzte sie sich auf die Bank, auf der die Patienten normalerweise Platz nahmen.

Eine Staubwolke näherte sich *Owitambe,* und kurz darauf brauste ein schwarz lackierter Ford T auf den Hof und hielt in der Mitte an. Ein junger Mann stieg aus dem Wagen und befreite sich mit einem Lachen auf dem Gesicht von Lederkappe und Staubbrille. Es war Raffael.

»Ist bei dir der Wohlstand ausgebrochen?«, fragte Jella, kaum dass er sie begrüßt hatte.

»Nein, aber ich habe endlich eine Arbeit«, strahlte er und nahm sie herzlich in den Arm. Jella deutete stirnrunzelnd auf sein Bein. Ihr war nicht entgangen, dass sein Humpeln mal wieder stärker geworden war. »Mir scheint, du hast wieder

Schmerzen! Du hättest dich in London doch operieren lassen sollen.«

»Ach, mach dir doch darüber keine Sorgen«, tat Raffael ihre Bedenken leichtfertig ab. »Mein Bein ist schon in Ordnung. Ich habe mich etwas überanstrengt. Das ist alles. Heute müssen wir feiern! Wo ist Sonja? Ich habe ein Haus für uns gefunden, mitten in Windhuk. Dort ist genügend Platz für uns alle. Ich werde als Anwalt in einer der größten Kanzleien der Stadt arbeiten. Sie zahlen mir ein großzügiges Gehalt. Ist das nicht großartig?«

Jella freute sich auch. »Aber natürlich. Das müssen wir sofort den anderen erzählen. Geh doch schon mal voraus. Ich komme gleich nach.«

Raffael ließ sich das nicht zweimal sagen und eilte zu dem Haus, das er mit Sonja bewohnte. Jella fragte sich, wie seine Frau die Nachricht wohl aufnehmen würde. Sie hatte sich auf *Owitambe* so wunderbar eingelebt. Vor allem ihre Arbeit als Krankenschwester machte ihr viel Freude. Was würde sie sagen, wenn sie ihre gewohnte Umgebung verlassen und wieder nach Windhuk zurückgehen musste, wo sie so eine schlimme Zeit in ihrem Leben verbracht hatte? Auch Benjamin würde es nicht leichtfallen, von hier wegzugehen. Sie seufzte. Alles begann sich zu ändern. Bis zu Rickys Abreise nach Deutschland würden nur noch zwei Monate vergehen. Fritz hatte endlich zugestimmt. Selbstverständlich freute sie sich für ihre Tochter, auf der anderen Seite zerriss es ihr fast das Herz, wenn sie daran dachte, dass sie sich womöglich jahrelang nicht mehr sehen würden. Es würde einsam werden auf *Owitambe.* Ihr Vater mischte sich nur noch selten in das Leben auf der Farm ein. Er war ein alter Kauz geworden, der es selbst der geduldigen Sarah nicht leichtmachte, immer Verständnis für ihn aufzubringen. Nur wenn er mit Ricky, Benjamin oder den Pflegetieren umging, taute er auf und verlor etwas von seinem Missmut. Jacko, der junge Pavian, kam auf sie zugaloppiert. Er setzte sich vor Jella hin und nahm ihre Hand. Er schien zu spüren, dass sie etwas wehmütig war, und zeigte ihr auf diese Weise seine Zuneigung. Gerührt kramte sie in ihrer Hosentasche nach einem getrockneten Apfelstückchen und reichte es ihm. Er riss es ihr aus der Hand und verschlang es sofort. Lachend streichelte sie seinen Kopf. In diesem Moment trat Nokoma aus dem Lazarett. Er hatte seinen Lederumhang abgelegt und trug nun ein geschecktes Ziegenfell, das er in zwei Streifen über seine Schulter gelegt hatte. Jella fiel erst jetzt sein geflochtenes und mit Perlen verziertes Haar auf. An einer der Perlen hing eine aufgeblasene Gallenblase.

»Also bist du doch ein Medizinmann«, stellte sie fest. Sie fragte sich nur, weshalb er sich dann als Hirte tarnte. Nokoma setzte sich neben sie auf die Bank und schwieg.

»Geht es Saburi besser?«, durchbrach sie ungeduldig die Stille.

»Saburi ist verflucht«, erklärte Nokoma ernst. »Der Sangoma ihres Dorfes hat Abathakathi angewandt.« Jella sah ihn fragend an.

»Abathakathi ist das Wissen um die dunklen Mächte und bösen Kräfte. Jeder Medizinmann kennt sie. Für die meisten sind sie tabu. Denn das Böse kennt keinen Herrn, sondern wendet sich auch gegen seine Verbündeten.« Er lachte bitter. »Saburi wird sterben, wenn sie Nuru nicht in ihr Dorf zurückbringt.«

»Das glaube ich nicht«, widersprach Jella aufgebracht. »Es geht ihr doch schon viel besser. Sie wird es schaffen!«

Der Alte schüttelte den Kopf. »Das Muti, das ich ihr gebe, wird nicht mehr lange seine Kraft behalten. Dann wird Saburi wieder krank werden.«

»Du meinst, ihr geht es nur besser, weil du sie behandelst?« Jella fuhr sich nachdenklich durch ihre kurzen rotgrauen Locken. Es war unbestreitbar, dass Nokomas Salbe die Heilung an Saburis Arm beschleunigt hatte. Ihr wissenschaftlicher Verstand weigerte sich immer noch, das zu akzeptieren. Andererseits war der Erfolg unbestreitbar. Ob der Alte ihr wohl das Rezept verraten würde? Aber das war jetzt zweitrangig. Zunächst mussten sie dafür sorgen, dass Saburis Zustand stabil blieb. Aus ihrer langen Erfahrung wusste sie, dass ihre Patienten nur von ihren körperlichen Leiden genasen, wenn die Seele das auch wollte. Aber auch Nokoma schien mit seinem animistischen Hokuspokus hier nicht weiterzukommen.

Er schien ihre Gedanken zu erraten. »Du begreifst, dass mein Muti gut ist?«

Jella zuckte mit den Schultern. »Ich glaube nur das, was ich sehe. Und bei Saburi hat dein Muti gewirkt. Ich erkenne also dein Wissen an.«

»Nein, das tust du nicht«, widersprach Nokoma. »Du weigerst dich, in die Welt der Ahnen zu blicken, obwohl ich an deinen Augen erkenne, dass du es schon einige Male getan hast.«

Sie sah ihn befremdet an. Er konnte nichts von der rätselhaften Verbindung zwischen Nakeshi und ihr wissen. Nicht einmal Fritz hatte sie jemals davon erzählt, dass sie manchmal Dinge erlebte, die mit einem gesunden Menschenverstand nicht zu erklären waren.

»Deine Ahnen haben schon lange zu dir gesprochen, nicht wahr?«, drang Nokoma weiter in sie. Er schien mehr zu wissen als sie. »Sie rufen dich, aber du willst sie nicht hören. Du kannst Saburi und Nuru retten. Stell dich den Prüfungen deiner Ahnen.«

»Woher willst du wissen, dass es so ist?«, stellte Jella die Gegenfrage. »Ich jedenfalls höre den Ruf meiner Ahnen nicht.«

Nokoma ließ sich nicht beirren. »Der Gott der Schlangen hat es mir gesagt. Ich werde dich führen, sobald du dich nicht mehr sträubst.«

»Heißt das, du zeigst mir, wie du deine Muti herstellst?«, fragte Jella nun doch interessiert.

Der alte Mann schüttelte ärgerlich den Kopf. »Du verstehst

mich nicht. Wenn die Zeit reif ist, wirst du die richtigen Worte wählen.« Er stützte sich auf seinen Stab und erhob sich. »Ich werde wiederkommen und Saburi neues Muti bringen.« Bevor er im Busch verschwand, drehte er sich noch einmal kurz um. Jella glaubte in seinen dunklen Augen eine Spur von Enttäuschung zu erkennen.

*

Zwei Monate später

»Wie findet ihr diesen Hut?«

Ricky zog den blauen Filzhut mit der hochgezogenen Krempe tief in ihre Stirn. »Das ist in Berlin der letzte Schrei!«

»Ich finde, er sieht aus wie ein Blumentopf«, meinte ihre Mutter leicht genervt. »Willst du dich nicht endlich entscheiden?« Jella bereute es längst, dass sie sich hatte überreden lassen, mit ihrer Tochter und ihrer Schwiegermutter einkaufen zu gehen. Das Stadtleben behagte ihr schon lange nicht mehr, aber schließlich war nicht mehr viel Zeit bis zu Rickys Abreise, und da wollte sie ihr nicht den Spaß verderben.

»Ich finde den blauen Hut sehr keck. Er betont Rickys schlankes Gesicht. Du solltest ihn unbedingt nehmen«, sprach die Großmutter ihr zu. Sie teilte offensichtlich Rickys Freude an Mode.

»Dieser hier ist auch nicht schlecht.« Dieses Mal probierte sie einen handtellergroßen Strohhut mit Kunstblumen und einem kleinen Schleier, den die Putzmacherin ihr geschickt seitlich im Haar befestigte. Jella lag eine weitere spitze Bemerkung auf der Zunge, aber ihre Schwiegermutter brachte sie mit einem strengen Blick zum Schweigen.

»Ach nein, vielleicht doch lieber nicht. Ich werde den blauen Hut nehmen und mich dann in Berlin neu einkleiden.«

»Aber wir haben dir doch gerade erst ein Kostüm, zwei Kleider und mehrere Blusen gekauft«, protestierte ihre Mutter. »Das reicht doch für die nächsten Jahre.«

»Ach, Mama.« Ricky blinzelte Jella charmant, aber auch ein bisschen mitleidig an. »Berlin ist eine Großstadt. Dort gehen alle mit der Mode.«

»Ja, wenn sie es sich leisten können«, knurrte Jella, allerdings so leise, dass es die beiden anderen nicht hören konnten. Sie gönnte ihrer Tochter ja die neuen Kleider und ihre Vorfreude auf Berlin von Herzen. Allerdings schien Riccarda noch nicht klar zu sein, dass sie von den wenigen Zuwendungen, die Fritz und sie ihr geben konnten, sich nicht das Leben einer großen Dame würde leisten können. Auch das, was Johannes bereit war zu geben, würde ihren Lebensstandard nicht bedeutend heben, wenn sie nicht noch etwas hinzuverdiente. Aber das schien ihre Tochter im Moment nicht zu kümmern.

Imelda spendierte ihrer Enkelin großzügig den blauen Filzhut mit der schrägen Krempe, und dann verließen die drei Frauen den Laden der Putzmacherin und begaben sich zurück ins Hotel, wo die anderen Familienmitglieder bereits auf sie warteten. Sogar Johannes und Sarah, die normalerweise die Farm nur sehr selten verließen, hatten es sich nicht nehmen lassen, zum Abschied ihrer Enkelin zu kommen. Nacheinander waren sie alle im Hotel Kronprinz abgestiegen, Imelda und ihr Mann Rajiv waren schon seit zwei Tagen da. Sie hatten darauf bestanden, Ricky mit einer neuen Garderobe auszustatten. Die beiden älteren Herrschaften steckten immer noch voller Energie und Tatendrang, ganz im Gegensatz zu Jellas Vater Johannes, der auf seine alten Tage immer kauziger und halsstarriger wurde. Die Himba Sarah strahlte dagegen Gelassenheit und Großmut aus. Jella bewunderte ihre Stiefmutter oft darum. Es musste sie große Kraft kosten, die Familie zu begleiten, denn im Hotel Kronprinz waren Farbige unerwünscht. Allerdings war der Hotelbesitzer ein alter Freund von Fritz. Anfangs hatte er sich strikt geweigert, Sarah und ihren Mann in einem seiner Zimmer unterzubringen. »Das bringt mir nichts als Scherereien. Was meinst du, wie viele nur darauf warten, mir eine Anzeige aufs Auge zu drücken? Ich bin einigen Mitgliedern der Ratsversammlung schon lange ein Dorn im Auge, weil ich meinen schwarzen Angestellten angeblich zu viele Freiheiten lasse.« Doch Fritz hatte ihn beruhigen können. »Sarah wird ihr Zimmer kaum verlassen, und wenn du uns den kleinen Speisesaal reservierst, dann fallen wir überhaupt nicht auf.« Widerstrebend hatte der Hotelbesitzer schließlich eingewilligt, aber darauf bestanden, dass Sarah das Hotel über den Dienstboteneingang betrat und sich nicht im Foyer aufhielt. Als Johannes das hörte, geriet er außer sich. »Dieses verdammte Burenpack«, polterte er. »Die denken wohl immer noch, sie sind etwas Besseres. Denen werde ich es zeigen! Meine Frau geht dorthin, wohin auch ich gehe!« Er war drauf und dran, sich den Hotelbesitzer noch einmal persönlich vorzuknöpfen. Nur mit Müh und Not war es ihnen gelungen, ihn zu beruhigen. Erst als Sarah drohte, sie werde sonst gar nicht in Windhuk bleiben, lenkte er ein und fand sich knurrend damit ab, dass seine Frau als Person zweiter Klasse behandelt wurde. Trotz der Schwierigkeiten im Vorfeld befanden sich alle in bester Laune, als die drei Frauen den Speisesaal betraten. Raffael, Sonja und ihr Sohn Benjamin trafen etwas verspätet ein.

»Ich hatte noch einen Disput mit meinem Vorgesetzten und kam deshalb nicht rechtzeitig aus dem Büro«, entschuldigte sich Raffael ziemlich erregt. »Unsere Auffassung über bestimmte Gesetzesgrundlagen scheinen doch recht unterschiedlich zu sein.« Er rückte Sonja einen Stuhl zurecht und nahm dann neben ihr Platz. Als alle ihn fragend ansahen, wechselte er jedoch rasch das Thema. Offensichtlich hatte er nicht vor, näher darauf einzugehen. »Du siehst bezaubernd aus, liebe Nichte«, schäkerte er galant. »Die jungen Männer in Berlin werden über alle

Maßen beeindruckt sein.« Ricky errötete, freute sich aber natürlich über das Kompliment.

»Kommt Herr Reuter denn nicht auch zu unserem Essen?«, wollte Jella wissen. Sie hätte den jungen Mann, der ihre Tochter auf die lange Reise mitnahm, nur zu gerne noch einmal genauer unter die Lupe genommen.

»Er ist angeblich heute nach Swakopmund vorausgereist. Sein Gepäck scheint ziemlich umfangreich, denn er will sein Klavier auch mitverschiffen lassen.«

»Wie schade! Na ja, wir werden ja hoffentlich noch morgen Abend in Swakopmund Gelegenheit haben, uns von ihm zu verabschieden.«

Ricky zuckte gleichgültig mit den Schultern. »Ich weiß nicht, was er genau vorhat. Wahrscheinlich wird er sich auch noch von seinen Verwandten verabschieden. Soviel ich weiß, hat er noch eine Schwester.«

Als sie Jellas hochgezogene Augenbraue sah, fügte sie beinahe genervt hinzu: »Du brauchst gar nicht so kritisch dreinzublicken, Mama! Herr Reuter ist ein anständiger Mann. Er ist lediglich mein Musiklehrer und Mentor. Meine Gefühle für ihn sind rein beruflicher Natur.«

»Diesen Eindruck hatte ich bei Herrn Reuter neulich allerdings nicht«, murmelte Jella, verbiss sich aber jeden weiteren Kommentar, weil Fritz sie plötzlich alarmiert ansah.

»Übrigens werden Sonja und Benjamin euch morgen begleiten«, verkündete Raffael und lächelte seiner Frau zu. »Die beiden werden in Swakopmund Sonjas Mutter abholen. Wir haben sie dazu überreden können, uns zu besuchen. Das war schon längst fällig.« Isabella von Nachtmahr hatte sich vor einigen Jahren von ihrem despotischen Mann getrennt und war nach Swakopmund gezogen. Obwohl sie völlig mittellos gewesen war – dem Gesetz nach verblieb auch nach einer Scheidung das Erbe der Frau nach wie vor in den Händen des Ehemanns –, war es ihr gelungen, eine kleine Pension zu übernehmen und ein eigenständiges Leben zu führen. Sonja war an diesem Abend noch ruhiger als gewöhnlich. Es schien offenkundig nur Jella aufzufallen.

»Freust du dich denn nicht darüber, dass deine Mutter euch einen längeren Besuch abstatten wird? Fürchtest du dich, dass sie sich zu sehr in euer Leben einmischen wird?«, fragte sie, die Sonja durch ihre langjährige Zusammenarbeit am besten kannte. Die lächelte etwas gequält. »Aber nein. Meine Mutter ist sehr zurückhaltend. Außerdem ist unser Haus groß genug, um sich auch einmal zurückziehen zu können. Es wird sicherlich prima werden.«

Jella spürte, dass sie nicht die volle Wahrheit sagte, schwieg jedoch, weil sie den Abend nicht durch die Diskussion von Problemen verderben wollte. Ihr war längst klar, dass die Situation für die kleine Familie hier in Windhuk nicht einfach war. Nicht nur deswegen, weil Sonja und Benjamin das Farmleben mit all seinen Aufgaben schon nach so kurzer Zeit schrecklich vermissten. Auf *Owitambe* hatte sich niemand darum gekümmert, dass Sonja und Raffael nicht verheiratet waren. Aber wenn das hier in der Hauptstadt bekannt wurde, konnte das erhebliche Folgen haben. Raffael tat alles, um in aller Stille die Heiratsgenehmigung zu bekommen. Schließlich war er durch die Heirat seines Vaters Deutscher, aber die Sache zog sich schon unnatürlich lange hin, und sie mussten weiterhin vertuschen, dass sie in wilder Ehe lebten. Und Benjamin fragte ständig, wann er denn wieder nach *Owitambe* dürfte. Anscheinend hatten sich alle noch nicht so richtig in ihrem neuen Haus in der Stadt eingelebt.

Prompt brachte Johannes die Sache auf den Punkt.

»Habt ihr denn nun endlich die Heiratsgenehmigung?«, fragte er seinen Sohn. Raffaels Gesichtszüge verspannten sich sofort. Die Angelegenheit war ihm offensichtlich peinlich. Er schüttelte knapp seinen Kopf. »So wie es aussieht, werden wir erst nach Deutschland reisen müssen, bevor wir heiraten können«, meinte er verbittert. »Leider werde ich frühestens in einem Jahr meinen ersten Urlaub in der Kanzlei einreichen können. Es ist wie verhext! Manchmal werde ich das Gefühl nicht los, dass irgendjemand versucht, uns ständig einen Stein in den Weg zu legen.«

»Ich habe mich seinerzeit so ins Zeug gelegt, dass mir niemand mehr in die Quere kommen konnte«, behauptete Johannes streitlustig. »Vielleicht liegt es daran, dass du nicht energisch genug bist.«

»Ich glaube nicht, dass man mit Gewalt in dieser Sache etwas erreichen kann«, meinte Raffael verkniffen. Die Kritik seines Vaters traf ihn nicht unvorbereitet, verletzte ihn aber dennoch. »Das Problem liegt eher darin, dass die südafrikanische Regierung die strengen Rassengesetze aus ihrem Land auch hier in Südwest durchsetzen will. Bislang gibt es noch einige Gesetzeslücken, aber de facto werden keine Mischehen mehr vollzogen.«

»Du bist Deutscher«, sagte Johannes hart. »Also kannst du auch eine Deutsche heiraten. Es wird Zeit, dass die Herren das zur Kenntnis nehmen. Wenn es sein muss, knöpfe ich sie mir einen nach dem anderen vor.«

»Unterstehe dich!«, brauste Raffael auf. »Das ist ganz und gar allein meine Angelegenheit. Du würdest damit nur eine Lawine lostreten. Wenn jemand aus der Kanzlei erfährt, dass ich noch nicht verheiratet bin, verliere ich meine Arbeit. Das ist die Wahrheit.«

Sonja seufzte schwer auf. Sie wirkte noch eine Spur bleicher als sonst. Die ganze Diskussion nahm sie sichtlich mit. Zum Glück brachten die Ober nun die Suppe; die erregte Unterhaltung verstummte und wandte sich wieder belangloseren Themen zu.

Ricky berichtete aufgeregt über ihre Pläne in Berlin. Sie sprühte vor Lebensfreude und schien so glücklich, wie ihre Mutter sie schon lange nicht mehr erlebt hatte. In Gedanken versunken rührte Jella mit ihrem Suppenlöffel in der Spargelcremesuppe. Sie hatte ihrem alten Freund und Mentor Heinrich Zille in Berlin geschrieben. Tatsächlich hatte sich der Künstler großzügig dazu bereit erklärt, ihre Tochter unter seine Fittiche zu nehmen. Ricky konnte sogar in der ersten Zeit als Untermieterin in seiner Wohnung leben, bis sie etwas Geeignetes gefunden hatte. Nach dem Tod seiner Frau Hulda wurde er dort von seiner Schwiegertochter versorgt. Die Zilles waren allesamt warmherzige Menschen. Sie würden gut auf ihre Tochter achten. Außerdem machte Valentin Reuter einen angenehmen Eindruck auf sie. Sie hatte ihn zwar nur einmal zu Gesicht bekommen, meinte aber, sich nicht zu täuschen. Fritz hatte darauf bestanden, dass der junge Mann vor der Abreise ein Wochenende bei ihnen auf *Owitambe* verbrachte. Reuter war auch brav erschienen und hatte sich ihren neugierigen Fragen gestellt. Jella war während seines Aufenthalts nicht entgangen, dass der junge Mann bis über beide Ohren in Ricky verliebt war. Sie hatte das mit einigem Unbehagen zur Kenntnis genommen. Doch wie es aussah, schien Ricky seine Verliebtheit überhaupt nicht zur Kenntnis zu nehmen. Aber selbst wenn sich das ändern sollte – so musste sich Jella eingestehen, dass es schlimmere Männer gab als diesen Valentin. Sie seufzte. Eine schöne, für sie sehr erfüllte Zeit ging nun unwiederbringlich zu Ende. Ricky war erwachsen geworden und würde sie nun ein für alle Mal verlassen. Natürlich hatte sie diesen Zeitpunkt schon lange vorausgesehen, aber dass Ricky wieder in einen anderen Kontinent gehen würde, brach ihr schier das Herz. Sie dachte an die langen Jahre, die sie aus politischen Gründen hatten in Indien verbringen müssen. In diesen schwierigen Zeiten waren sie jedoch immerhin als vollständige Familie zusammen gewesen. Aber nun …

Fritz, der neben ihr saß, streichelte ihre Hand.

»Mach dir nicht zu viele Sorgen«, flüsterte er ihr zu. »Ricky wird es in Berlin gut gehen.«

Jella lächelte gequält. »Das weiß ich doch, aber es fällt mir trotzdem schwer.«

Ihre trüben Gedanken wurden durch ihre quirlige Schwiegermutter unterbrochen. Sie klopfte mit dem Messer an ihr Weinglas und bat die Versammelten um Ruhe.

»Meine lieben Freunde und Verwandten«, hob Imelda vergnügt an. »Heute ist, wie ihr alle wisst, ein besonderer Tag. Schon morgen heißt es Abschied nehmen. Meine einzige Enkelin bricht doch tatsächlich auf in ein fernes Land.« Sie sah ihren Sohn und ihre Schwiegertochter an. »Für euch als Eltern mag das besonders schwer sein. Dennoch macht ihr gute Miene dazu – und das ist auch recht so! Denn wir alle dürfen nicht vergessen, dass es für Ricky der Weg ist, den sie sich immer schon gewünscht hat. So weit ihre Reise auch gehen mag, sie wird nicht vergessen, dass hier in Afrika, bei uns, ihre Heimat ist. In diesem Sinne finde ich, dass wir unsere Gläser heben und auf Ricky und ihre glückliche Zukunft anstoßen sollten. Prost!«

Sämtliche Anwesende erhoben ihre Gläser und prosteten Ricky zu. Doch Imelda war noch nicht fertig. Sie winkte dem Ober zu, der kurz darauf die Türen öffnete und einen Flügel in den Speisesaal rollen ließ. Ihm folgte ein etwas schüchtern wirkender Valentin Reuter. Ricky war über sein plötzliches Auftreten ebenso erstaunt wie Jella und die anderen, zumal sie ihn bereits in Swakopmund vermutet hatten. Doch Imelda lächelte spitzbübisch und trat zu dem jungen Mann.

»Ich habe mir erlaubt, Herrn Reuter persönlich aufzusuchen und zu bitten, gemeinsam mit Ricky ein Abschiedslied für uns vorzutragen. Schließlich werden wir aller Voraussicht nach längere Zeit auf Rickys wundervolle Stimme verzichten müssen.«

Ricky lief hochrot an und sah sich Hilfe suchend nach ihren Eltern um. Die Situation war ihr sichtlich peinlich.

»Ich habe davon wirklich nichts gewusst«, versuchte sie sich zu verteidigen. Fritz biss sich tatsächlich etwas verstimmt auf die Unterlippe, doch als Jella ihn in die Seite stieß, zwang auch er sich zu einem wohlwollenden Lächeln.

»Das ist eine wundervolle Idee«, meinte Johannes aufgeräumt. Seine Augen strahlten vor Freude. »Ich habe ja immer gesagt, meine Enkelin gehört auf die großen Bühnen dieser Welt. Sing, mein Kind! Am besten etwas Lustiges.«

Reuter hatte inzwischen am Flügel Platz genommen, als Ricky, immer noch unangenehm berührt, zu ihm trat.

»Sie hätten mich wenigstens vorwarnen können«, zischte sie ihm zu. »Das hätte mir allerlei Peinlichkeiten erspart.«

»Sie hätten doch dann ganz bestimmt nicht gesungen, oder?«, entgegnete Valentin forsch. »Ihre Großmutter war der Ansicht, dass wir alle damit überraschen sollten. Was halten Sie von einem Couplet?« Er reichte ihr die Noten. Ricky riss sie ihm aus der Hand und sah ihn verstimmt an. Als sie die Noten überflog, besserte sich jedoch sofort ihre Laune. Valentin hatte ein Couplet von Otto Reutter ausgesucht. »Ich bin ein Optimiste« war etwas gewagt, frech, beinahe anzüglich, aber im Grunde genommen genau das Richtige, um die Stimmung etwas zu heben. Valentin spielte die Einleitung, bevor Ricky, einen Arm in die Hüfte gestützt, ihr Publikum keck angrinste.

»Vom Ärgern wird man hässlich –
Das seh' ich oft mit Grau'n,
Denn alle Pessimisten
Sind hässlich anzuschau'n.
Ich bin ein Optimiste

Mich kann man fröhlich seh'n
Ich ärgere mich niemals,
Drum bleib ich auch so schön.«

Imelda zwinkerte Rajiv und Johannes amüsiert zu. Auch Raffael konnte sich ein Grinsen nicht verkneifen. Nur Jella und Fritz wirkten noch etwas angespannt. Als Ricky jedoch mit der nächsten Strophe fortfuhr, löste sich ihre Verkrampfung, bis sie schließlich genauso amüsiert über das Couplet lachten wie die anderen.

»Es wird gar nicht lange dauern,
Dann heißt es wieder mal:
›Die Welt geht nächstens unter,
– verschwindet radikal!‹
Ich bin ein Optimiste,
Und denk' mit frohem Sinn:
Die Welt wird nie verschwinden!
Wo soll sie denn auch hin?«

Ricky hatte ein sicheres Gespür, wie sie den gesungenen Text auch pantomimisch umsetzen konnte. Mit wenigen, gut eingesetzten Gesten untermalte sie ihren Gesang und verlieh ihm dadurch Leichtigkeit und Pfiff. Mittlerweile hatten sich alle genüsslich auf ihren Stühlen zurückgelehnt und verfolgten ihren Beitrag mit sichtlichem Vergnügen. Selbst ihr Vater ließ sich mitreißen und klopfte mit seinen Fingern den Takt. Die Ober hatten vergessen, die Tür zum Foyer wieder zu schließen, sodass Rickys Gesang bis weit in die Hotelhalle zu hören war. Einige Hotelgäste versammelten sich neugierig am Eingang des kleinen Speisesaals und zogen weitere Zuhörer an. In der Windhuker Gesellschaft waren Couplets etwas Ungewöhnliches – man war eher an klassische Liederabende gewöhnt –, sodass erst mal ein leises Raunen zu hören war. Das ungewöhnlich Kokette, etwas Anzügliche stieß zunächst auf unterschiedliche Reaktionen. Die Männer schienen zum großen Teil amüsiert, während einige Frauen missliebig ihre Nase rümpften.

»Es fragt' mich ein Bekannter:
›Macht Ihn'n das keine Qual?
Sie sing'n ja schon 'ne Stunde.‹
Ich sprach: ›Mir ist's egal.‹
Ich bin ein Optimiste,
ich komm' ganz gerne 'raus.
Wenn's Publikum das aushält –
Ich halt's bis morgen aus.«

Ricky schloss mit einem frechen Blick in die Runde. Ein kurzer Moment der Stille, dem ein einsames, jedoch umso lauteres »Bravo!« folgte. Großvater Johannes klatschte begeistert in die Hände. Damit war der Damm gebrochen, und endlich fielen auch die anderen Familienmitglieder in den Beifall ein. Auch von den Zaungästen kam nun Applaus, allerdings nicht ungeteilt. Einige wenige wandten sich sogar empört ab, doch das tat Rickys Erfolg keinen Abbruch. Sie verbeugte sich charmant und wies mit ausladendem Arm auf Valentin, der sich mit einem warmen Lächeln bedankte. Ricky war anzusehen, wie sehr sie diesen kleinen Erfolg genoss.

Jella war aufrichtig gerührt. Sie hatte ihre Tochter noch nie so aufgekratzt und glücklich erlebt.

*

Da die Abreise nach Swakopmund für den frühen Morgen geplant war, löste sich die muntere Gesellschaft bald auf. Nochmals beglückwünschten alle Ricky zu ihrem Talent und gaben ihr den ein oder anderen gut gemeinten Ratschlag, bevor sie sich auf den Weg in ihre Zimmer machten. Nur Johannes, der etwas viel Wein getrunken hatte, stellte sich plötzlich quer. In einem Anflug von Halsstarrigkeit bestand er darauf, den Speisesaal durch den Hauptausgang ins Foyer zu verlassen.

»Wir Sonthofens sind anständige Menschen«, tönte er mit lauter Stimme, »wir lassen uns nicht diskriminieren, jawoll!«

»Vater, nun beruhige dich doch«, versuchte Jella ihn zu beschwichtigen. Sie wollte auf keinen Fall am letzten Abend vor Rickys Abreise noch einen Eklat. »Du warst selbst damit einverstanden.«

»Aber das war nicht richtig!«, wehrte er sich ungehalten. »Wir gehen durch den Hauptausgang, und zwar erhobenen Hauptes.«

Er packte Sarah am Arm und wollte sie vor sich her nach draußen schieben. Doch Sarah wehrte ihn ab. Mit einer entschiedenen Bewegung löste sie sich von ihrem Mann.

»Geh du durch diese Tür«, sagte sie mit ruhiger, aber sehr bestimmter Stimme. »Ich werde durch den Nebenausgang gehen.«

Johannes schüttelte ungehalten den Kopf.

»Du bist meine Frau und kommst mit mir! Wo leben wir denn?« Mit einer linkischen Bewegung versuchte er erneut ihren Arm zu greifen. Doch Sarah stieß ihn abermals zurück, diesmal etwas heftiger.

»Ich gehe nicht durch diese Tür. Wenn du mich zwingst, komme ich nie wieder in diese Stadt.«

Mit hoch erhobenem Kopf drehte sie sich um und verließ den Speisesaal über die Nebentür. Johannes sah ihr perplex hinterher. Er begann wie ein Rohrspatz zu schimpfen, weil sie ihm nicht gehorcht hatte. Doch als er merkte, dass niemand auf seiner Seite stand, verließ er polternd den Raum.

»Das war knapp«, meinte Raffael mit einem erleichterten Lächeln. Sonja, Benjamin und er waren gerade dabei, sich von Ricky zu verabschieden. »Unser alter Herr wird wohl immer schwieriger.«

»Er ist nicht immer so«, nahm Jella den Vater in Schutz. »Er kann sich einfach nicht damit abfinden, dass die Dinge nicht immer so laufen, wie er es sich wünscht. Auf *Owitambe* ist er eigentlich ganz friedlich.«

»Ich wünschte, ich könnte das auch so sehen«, murmelte Raffael. In der kurzen Zeit, seit er von London zurück war, hatte er mit seinem Vater schon etliche Auseinandersetzungen gehabt. Egal, was er tat, sein Vater fand immer etwas daran auszusetzen.

»Kommst du morgen noch zum Bahnhof, Raffael?«, unterbrach Ricky seine Gedanken. Er lächelte ihr herzlich zu. Die beiden hatten ein besonders inniges Verhältnis zueinander. »Aber natürlich! Ich würde mir ewig Vorwürfe machen, wenn ich deine Abreise verpassen würde.«

Er umarmte Ricky brüderlich, bevor er Sonja seinen Arm anbot und seinen Sohn an die Hand nahm. Der direkte Weg aus dem Hotel führte quer durch das Foyer an der mit Spiegeln besetzten Bar vorbei. Benjamin war so müde, dass Raffael ihn nach ein paar Schritten auf den Arm nehmen musste, wo er kurz darauf einschlief.

In einem anderen Nebenraum des Hotels hatte an diesem Abend eine politische Veranstaltung stattgefunden, die gerade zu Ende war. Aus diesem Grund war das Foyer voller Menschen, die sich plaudernd noch ein Gläschen Sekt oder Cognac gönnten, bevor sie sich auf den Heimweg machten. Raffael bahnte sich einen Weg durch die Menge, als er von einem Klienten der Kanzlei angesprochen wurde. Ruus Kappler war der Besitzer einer Kupfermine in Tsumeb, ein einflussreicher Mann, den Raffael in nächster Zeit juristisch bei der Klärung von Eigentumsrechten zu vertreten hoffte. Es würde sein erster größerer Fall sein, an dem er seine Fähigkeiten beweisen konnte. Im Grunde genommen ging es nur noch darum, dass Kappler mit ihm als jungem Anwalt einverstanden sein musste. Eine nicht unwesentliche Rolle spielte dabei auch seine Hautfarbe. Raffael grüßte freundlich zurück und machte Anstalten, seinen Sohn abzusetzen, um nicht unhöflich zu erscheinen.

»Lassen Sie den Jungen um Gottes willen schlafen!«, meinte Kappler großzügig und strich dem schlafenden Jungen freundlich über das Haar. »Ein hübscher Junge, Kompliment!«

»Darf ich Ihnen meine Frau vorstellen?«, meinte Raffael geschmeichelt. Kappler machte eine Verbeugung, bevor er Sonjas Hand küsste. »Sehr charmant! Jetzt wundert es mich nicht mehr, dass Ihr Junge so hübsch ist. Waren Sie auch auf der Veranstaltung?«

»Nein, wir hatten eine kleine Familienfeier«, antwortete Raffael. »Wir sind gerade auf dem Heimweg. Meine Nichte reist morgen in aller Frühe in Richtung Deutschland ab.« Kappler musterte die kleine Familie wohlwollend. »Dann sollten Sie wohl dafür sorgen, dass Ihr Junge baldmöglichst in sein Bett kommt.«

»Danke für Ihr Verständnis. Bitte entschuldigen Sie uns.«

»Selbstverständlich.«

Raffael machte Anstalten zu gehen, als Kappler ihn nochmals zurückhielt. »Ich werde übrigens Dr. Schmiedel sagen, dass ich mit Ihrer Vertretung einverstanden bin. Ihre Argumente letzte Woche haben mich sehr überzeugt.« Über Raffaels Gesicht huschte ein freudiges Lächeln. Er wollte gerade etwas Höfliches antworten, als er von einem untersetzten jungen Herrn mit pomadiertem Haar unterbrochen wurde. Er hielt zwei Cognacgläser in der Hand und hatte nur Augen für den Minenbesitzer.

»Es hat etwas länger gedauert«, meinte er entschuldigend und reichte Kappler ein Glas. »Nach den langen Vorträgen wird uns das hoffentlich gut tun.« Erst jetzt bemerkte er Raffael.

»Sonthofen«, stieß er sichtlich verächtlich aus. Als sein Blick auf Sonja und den Jungen fiel, verfinsterte sich sein Gesicht noch mehr.

»Guten Abend, Baltkorn«, nickte Raffael ihm kühl zu und machte Anstalten, mit Sonja nach draußen zu gehen. Doch Baltkorn hielt sie auf.

»Fräulein von Nachtmahr«, sagte er mit einem anzüglichen Lächeln. »Wir haben uns lange nicht gesehen.«

Raffael atmete kaum hörbar aus. Auch Sonja wurde kreidebleich. Das war genau die Situation, vor der sie sich immer gefürchtet hatten. Ruus Kappler legte überrascht seine Stirn in Falten.

»Das sind meine Frau, Sonja Sonthofen, und mein Sohn«, stellte Raffael klar. Baltkorns von Natur aus hämischer Gesichtsausdruck bekam etwas Lauerndes.

»Baron von Nachtmahr hat mir gar nichts von eurer Hochzeit erzählt. Und auch die Buschtrommeln müssen wohl versagt haben. Normalerweise spricht sich eine Hochzeit in unserem kleinen Land doch sehr schnell herum.«

»Wir haben aus gegebenem Anlass nur in kleinem Kreis geheiratet.« Raffaels Gesichtszüge bekamen etwas Angespanntes. Mit einem erklärenden Blick in Richtung Kappler fügte er hinzu: »Der Vater meiner Frau und ich haben leider nicht das beste Verhältnis.«

Ruus Kappler lächelte mit einer gewissen Erleichterung. Die Tatsache, dass Sonthofen ein Mischling war, machte ihn als Anwalt an sich untragbar. Wie viele Buren war auch er kein Freund von Rassenvermischungen. Durch die Fürsprache von Dr. Schmiedel war er jedoch bereit gewesen, sich den jungen Herrn genauer anzusehen. Sonthofens scharfer Geist und seine hervorragende Arbeit hatten ihn schließlich schnell überzeugt. Hätte Baltkorns Unterstellung jedoch zugetroffen, dass der junge Anwalt mit einer Weißen in wilder Ehe lebte, so wäre es für ihn aus moralischen Gründen ganz und gar inakzeptabel gewesen. Schließlich vertrat er als Anwalt seine Interessen in der Öffentlichkeit.

»Wie auch immer«, meinte er schließlich versöhnlich. »Auf jeden Fall geben die beiden ein schönes Ehepaar ab, nicht wahr, Baltkorn?«

Baltkorns Blick sagte alles. Aus seinen Augen sprühte unverhohlener Hass. Es war nun schon das zweite Mal innerhalb kürzester Zeit, dass er Sonthofen gegenüber den Kürzeren gezogen hatte.

*

Das neue Zuhause der jungen Familie lag westlich der Alten Feste neben der Brauerei. Das graue Steinhaus stand auf einem kleinen Grundstück, das rundum von hohen Mauern umgeben war. Dadurch drang kaum Licht ins Innere, was ihm etwas Düsteres verlieh. Sonja und auch Benjamin hatten von Anfang an eine Abneigung gegen den dunklen Kasten gehabt, was Raffael in seinem Stolz verletzt hatte, denn er hatte sich alle Mühe gegeben, etwas Annehmbares für sie zu finden. Sonja wusste, dass er seiner Familie gerne etwas Ansehnlicheres gegönnt hätte, doch im Moment reichte sein Gehalt eben nicht aus. Neben vielen Nachteilen hatte das Haus den Vorzug, zentral zu liegen. Raffael musste nur wenige Minuten bis in die Kanzlei in der Kaiserstraße gehen. So waren sie in der Hoffnung eingezogen, dass ihr Aufenthalt in diesem Haus nicht allzu lange dauern sollte. Im Erdgeschoss befand sich ein kleiner Salon mit einem angrenzenden Esszimmer, eine geräumige Küche und ein etwas enger Treppenaufgang, der in das einzige Obergeschoss mit drei kleinen Zimmern und einem Badezimmer führte. Immerhin verfügte das Haus über Elektrizität, einen Telefonanschluss, und fließendes Wasser war ebenfalls vorhanden – genug, um die kleine Familie zufriedenzustellen, wie Raffael fand. Nach dem freien Leben auf *Owitambe* fühlte sich Sonja in dem dunklen Haus wie eingeschlossen. Das Gefühl wurde durch die hohen Jacarandabäume, die das Haus wie ein Wall umstanden, nur noch verstärkt, denn sie ließen so gut wie kein Tageslicht in die ohnehin kleinen Fenster. Sonja bedrückte diese Dunkelheit, die sich wie ein dunkler Schatten auch auf ihre Seele legte. Zu vieles erinnerte sie an *Hakoma,* das düstere, herrschaftliche Haus, in dem sie aufgewachsen war. Sie hatte dort als Kind wenig Freude erlebt und mit einem Mal das vage Gefühl, als hole sie ihre Vergangenheit wieder ein. Kaum waren sie eingezogen, hatte sie eine Melancholie und Traurigkeit befallen, die sie sich nicht erklären konnte. Die düstere Stimmung verließ sie auch nicht, als sie bereits einige Wochen darin gewohnt hatten. Um sich abzulenken, hatte sie sich daran gemacht, den kleinen Garten hinter dem Haus urbar zu machen. Doch das war ein recht trostloses Unterfangen, denn der ausgetrocknete Boden war so hart, dass selbst Spitzhacken nur wenig ausrichteten. Es würde Monate dauern, bis etwas darauf wachsen konnte. Auch Benjamin fühlte sich in seinem neuen Heim nicht wohl. Er vermisste den Pavian Jacko, seinen Großvater und das turbulente Leben auf der Farm. Hier war der Junge den ganzen Tag mit seiner Mutter allein und langweilte sich. Für die Schule war er noch zu klein, und in der Nachbarschaft gab es keine Spielkameraden. Sonja hätte sich natürlich an dem gesellschaftlichen Leben in der Stadt beteiligen können. Einladungen zu Kaffeekränzchen und Wohltätigkeitsveranstaltungen gab es genug. Doch sie scheute die Öffentlichkeit, wann immer es ging. Zum einen fiel es ihr von Natur aus schwer, sich in größeren Gesellschaften wohlzufühlen. Es mochte an ihrer Erziehung liegen, weil ihr Vater ihr nie die Möglichkeit gegeben hatte, sich unbefangen zu benehmen. Vielleicht war es auch einfach nur ihre scheue, ernste Art, die es ihr schwermachte, mit Unbekannten harmlose Floskeln auszutauschen. Außerdem war da immer die Angst, dass ihre illegitime Beziehung aufflog. Raffael hatte dafür nur wenig Verständnis. Die Jahre in England hatten ihn zu einem selbstbewussten Mann reifen lassen, der es zunehmend genoss, gesellschaftliches Ansehen zu gewinnen. Dass andere damit Schwierigkeiten haben könnten, schien ihm gar nicht in den Sinn zu kommen. Im Gegensatz zu ihr freute er sich schon auf die Zeit, in der sie endlich in einem standesgemäßen Haus eigene Gesellschaften geben konnten. Doch dazu mussten sie erst ordnungsgemäß verheiratet sein.

Raffael war zu aufgebracht, um nach dem Abend im Hotel Kronprinz gleich ins Bett gehen zu können. Von der Anrichte im Salon nahm er die Glaskaraffe mit Whisky und füllte ein Glas randvoll. Mit einem leisen Stöhnen glitt er in den teuren, schwarzen Ledersessel, den er sich von seinem ersten Gehalt geleistet hatte, und zog seine Schuhe aus. Sein Tag war schon anstrengend und aufreibend genug gewesen, und jetzt noch das. Er trank einen ordentlichen Schluck und spürte, wie der Whisky weich und warm seine Kehle hinunterrann. Der Alkohol begann auf wohltuende Art und Weise seine angespannten Nerven zu beruhigen. Sonja hatte ihm auf dem Nachhauseweg gestanden, dass sie erneut schwanger war. Um die womöglich daraus entstehenden Probleme vergessen zu können, nahm er rasch noch einen weiteren Schluck. Im Nachhinein tat es ihm leid, dass er die Nachricht so ungehalten aufgenommen hatte. Er hatte sich unmöglich verhalten.

»Hättest du nicht aufpassen können?«, hatte er seine Frau angefahren. Für diese Unverschämtheit gehörte er geohrfeigt. Schließlich war es immer noch Männersache aufzupassen. Aber die Tatsache, dass er schon bald für ein weiteres Kind sorgen musste, passte im Moment so gar nicht in seine Lebensplanung. Sein Gehalt reichte gerade mal für die Miete, ihren Unterhalt und ein Hausmädchen. Wie sollte er da noch ein weiteres Maul stopfen? Außerdem würde das Haus zu klein sein. Sie mussten sich nach einer neuen Bleibe umsehen. Sonja hatte auf seinen Ausbruch mit betretenem Schweigen reagiert. Aber in ihren großen, graublauen Augen hatte eine Enttäuschung gelegen, die sie nur mühsam unter Kontrolle zu bekommen schien. Raffael hatte sich dadurch noch mehr unter Druck gesetzt gefühlt. Statt sich bei seiner Frau zu entschuldigen und sie in den Arm zu nehmen, war er mit dem schlafenden Benjamin über der Schulter vorausgelaufen und hatte sie einfach zurückgelassen. Zu Hause angekommen hatte sich Sonja schweigend mit Benjamin in die Schlafräume zurückgezogen. Er hatte sie gebeten, noch einmal zu ihm herunterzukommen, doch sie hatte nur den Kopf geschüttelt. Jetzt kam er sich wie ein Schuft vor. Das durfte er so nicht stehen lassen. Er stellte sein Whiskyglas beiseite und begab sich in das Schlafzimmer im ersten Stock. Sonja hatte das Licht bereits gelöscht. An ihrem Atem hörte er jedoch, dass sie noch nicht schlief.

»Es tut mir leid, dass ich vorhin so unfreundlich zu dir war«, begann er reumütig und schaltete das Licht wieder an. »Natürlich freue ich mich über das Kind.« Er zuckte hilflos mit den Schultern. »Es passt nur so gar nicht in unsere Lebensplanung. Ich versuche alles, um uns ein angenehmes Leben zu verschaffen. Mit einem zusätzlichen Kind wird das für mich nicht gerade leichter.«

Statt einer Antwort hörte er ein verzweifeltes Schluchzen aus den Tiefen des Kopfkissens. Betroffen über ihre heftige Reaktion setzte er sich auf die Bettkante und versuchte ihre Stirn zu streicheln, doch sie wandte sich brüsk ab.

»Was hast du nur?«, fragte er hilflos. »Ich habe mich entschuldigt, und es tut mir wirklich leid. Gebe ich dir nicht alles, was du brauchst? Ich versuche doch nur, das Beste für uns zu erreichen. Bist du mir etwa gar nicht dankbar?«

Sonja tauchte aus ihrem Kissen auf. Ihre Augen waren vom Weinen rot und verquollen.

»Dankbarkeit?«, schluchzte sie fassungslos. »Ist es das, was du willst?«

»Nun ja, ich denke, ein wenig Dankbarkeit habe ich schon verdient«, meinte Raffael schon wieder beleidigt. »Schließlich schaffe ich uns doch die Voraussetzungen für ein Leben in Wohlstand. Wir wohnen in einem schönen Haus, es fehlt uns an nichts, und wenn alles so weiterläuft, dann werden wir bald in ein größeres Haus umziehen, in dem du so viele Kinder haben kannst, wie du willst.«

»Ach, Raffael!« In Sonjas Stimme schwang Traurigkeit und Resignation. »Darum geht es doch gar nicht! Auch wenn ich *Owitambe* nur schweren Herzens verlassen habe, so bin ich doch gerne mit dir nach Windhuk gekommen, weil wir eine Familie sind. Und natürlich bin ich dir dankbar.« Er nickte zufrieden. Damit war die Sache für ihn erledigt.

Aber Sonja war noch nicht zu Ende. Ihre Augen füllten sich erneut mit Tränen. »Für dich ist immer alles ganz einfach. Du entschuldigst dich, und dann ist alles wieder gut. Aber gar nichts ist gut. Hast du dir auch mal überlegt, wie es mir hier geht? Du gehst jeden Tag in die Kanzlei und kommst erst spät am Abend nach Hause. Benni und ich sitzen dagegen hier allein. Weißt du, wie einsam das oft ist? Ich habe hier einfach keine Aufgabe.«

»Aber deine Mutter kommt doch schon bald! Und wenn dir das nicht reicht, könntest du endlich mal eine der Einladungen annehmen.« Raffael war müde und hatte keine Lust auf weitere Diskussionen. Außerdem verstand er nicht, was sie meinte. Er hatte alles unternommen, um sie in die Gesellschaft einzuführen, doch sie hatte es immer abgelehnt.

»Ich bin nicht so wie du«, versuchte Sonja zu erklären. Ihre Stimme wurde fast unhörbar leise. »Hier in der Stadt ist alles so fremd. Du verlangst zu viel von mir. Ich habe ständig Angst, mich in der Gesellschaft zu blamieren, ganz abgesehen davon, dass ich fürchte, dass herauskommt, dass wir nicht verheiratet sind.«

»Es wird nicht herauskommen«, versicherte Raffael, während er sein Hemd öffnete und sich auszuziehen begann. »Keiner wird deinen Stand als Ehefrau anzweifeln, wenn du dich endlich auch mal in der Öffentlichkeit zeigst. Wieso glaubst du, dass du dich blamieren könntest?«

»Ich habe einfach Angst, verstehst du das denn nicht? Im Hause meines Vaters durfte ich mich nie in der Öffentlichkeit zeigen, und hier verlangst du plötzlich, dass ich die perfekte Gastgeberin mime. Ich kann das nicht und will es vielleicht auch gar nicht.«

»Müssen wir das heute diskutieren? Lass uns morgen darüber reden.«

Er versuchte besänftigend über Sonjas Kopf zu streicheln, doch sie hielt ihn davon ab. Die erneute Ablehnung ärgerte ihn. Wieso mussten Frauen so kompliziert sein?

»Nun sei doch nicht gleich wieder beleidigt!«, meinte er zunehmend ungehalten. »Du bist viel zu empfindlich. Falls es dir entgangen sein sollte – auch ich hatte heute einen anstrengenden Tag.«

Sonja antwortete nicht. Eisiges Schweigen füllte nun das Schlafzimmer. Raffaels Ärger stieß ins Leere. Mit versteinerter Miene verließ er schließlich das Zimmer.

Am nächsten Morgen erwachte er auf seinem Ledersessel im Salon mit steifen Gliedern. Er fühlte sich grässlich. Nach der unerfreulichen Szene mit Sonja hatte er die halbe Karaffe Whisky geleert. Jetzt dröhnte sein Kopf, und ihm war fürchterlich übel. Ein Blick auf die Uhr ließ ihn auffahren. In einer halben Stunde fuhr der Zug nach Swakopmund ab. Er hatte verschlafen! Sonja und Benjamin würden längst warten. Mühsam rappelte er sich hoch und begab sich ins Treppenhaus. Im Haus war es ungewöhnlich still.

»Sonja, Benjamin?«

Keine Antwort. Er stieg die Treppe hoch, um nachzusehen, doch als er in ihre Schlafzimmer kam, fand er sie leer vor. Die Schränke waren leergeräumt, und die Koffer waren ebenfalls verschwunden.

»Verdammt! Was bin ich doch für ein Idiot!« Raffael fuhr sich über die unordentlichen Haare und überlegte, wie viel Zeit ihm noch blieb. Er torkelte ins Badezimmer und kühlte seinen schmerzenden Kopf unter kaltem Wasser. Dann zog er rasch ein neues Hemd an und eilte zum Bahnhof. Als er schließlich dort ankam, war die ganze Familie bereits versammelt.

»Es tut mir leid, dass ich so spät bin«, entschuldigte er sich. »Ich musste noch etwas Dringendes erledigen.« Jella durchbohrte ihn mit einem ihrer typisch forschenden Blicke, als er Sonja recht unbeholfen grüßte. Seiner Schwester entging so gut wie nichts.

Zum Glück kam Ricky auf ihn zu und führte ihn von den anderen weg. Sie wirkte ziemlich verloren.

»Kann ich dich noch etwas fragen?«

»Was gibt es denn?« Raffael war mit seinen Gedanken ganz bei Sonja. Es fiel ihm schwer, seiner Nichte zuzuhören. Erst als er merkte, dass sie wirklich etwas auf dem Herzen hatte, gelang es ihm wieder, sich auf sie zu konzentrieren. »Hast du etwa Angst vor deiner eigenen Courage?« Er sah sie prüfend an.

Ricky knuffte ihn freundschaftlich in die Seite und lachte verlegen.

»Es ist …« Sie suchte nach den richtigen Worten. »Ich, nun ja …« Sie sah ihn ratlos an. »Du weißt, wie sehr ich mich auf Berlin und mein neues Leben freue. Es wird wunderbar, da bin ich mir ganz sicher. Auf der anderen Seite werde ich euch alle schrecklich vermissen. Weißt du, was ich meine?«

»Du fürchtest dich vor Heimweh, stimmt's? Das kann ich verstehen.« Raffael nickte verständnisvoll. »Ich habe mich die ersten Wochen in London schrecklich gefühlt«, gab er zu. »Ich kannte ja niemanden, und als Farbiger hatte ich es auch nicht immer leicht. Aber nach einiger Zeit gelang es mir immer besser, mein Heimweh zu überwinden. Ich hatte ja etwas zu tun. Und so wird es dir auch ergehen. Du wirst viel erleben und gar keine Zeit für Heimweh haben.« Er deutete mit einem vielsagenden Blick auf Valentin Reuter, der etwas abseits von ihnen stand. »Außerdem bist du ja nicht allein.«

Ricky biss sich auf die Unterlippe und kämpfte nun doch mit den Tränen. »Du hast wahrscheinlich recht. Außerdem werde ich ja Mamas Freund in Berlin haben. Heinrich und seine Familie müssen sehr nett sein.«

Raffael wollte ihr ein Taschentuch reichen, doch Ricky schüttelte tapfer den Kopf. In diesem Moment kam Jella auf sie zu. »Erzähl Mama nichts von unserem Gespräch«, bat Ricky eilig und folgte ihrer Mutter zu den anderen. Es wurde nun endgültig Zeit, sich zu verabschieden. Raffael drückte Ricky an sich und begab sich dann zu Sonja und Benjamin. Der gestrige Streit lag immer noch wie eine dunkle Wolke zwischen ihnen. Sonja zeigte sich distanziert und nickte ihm nur kühl zu, während sein Sohn in seine Arme sprang und wild gestikulierend auf die dampfende Lokomotive deutete.

»Weißt du, wie groß der Dampfkessel ist, Papa?«, fragte er aufgeregt. Der Kleine ließ ihm keine Möglichkeit, sich mit Sonja auszusprechen. Widerwillig beantwortete er dessen Fragen und schielte immer wieder zu seiner Frau, die sich mit den anderen unterhielt. Erst als es Zeit zum Einsteigen war, gelang es ihm, ein paar Worte an sie zu richten.

»Es tut mir leid wegen gestern«, meinte er zerknirscht. »Ich hab das alles nicht so gemeint. Natürlich respektiere ich deine Zurückhaltung. Ich habe mich unmöglich benommen. Kannst du mir dennoch verzeihen?«

Sie schüttelte bekümmert den Kopf. »Ich muss dir nichts verzeihen. Ich fürchte nur, dass ich deinen Ansprüchen nicht genüge. Ich habe nachgedacht. Vielleicht sollten wir unsere Heirat doch noch einmal überdenken.« Ihr Gesicht wirkte starr und unglücklich, als sie Benjamin an die Hand nahm und mit ihm im Zug verschwand. Raffael fühlte sich wie geohrfeigt.

Unterdessen verabschiedeten sich alle tränenreich von Ricky. Jeder ermahnte sie noch einmal und bat sie, in der Fremde vorsichtig zu sein. Ricky ertrug es gelassen. Selbst Johannes hatte glänzende Augen, als er seine Enkelin umarmte und wortlos an seine Brust drückte. Er schien sie gar nicht mehr loslassen zu wollen. Erst als Jella, die sich bereits mit Fritz im Zug befand, ihn ermahnte, ließ er seine Enkelin ziehen.

Nach Berlin

Mit beiden Händen winkend stand Ricky an der Reling, bis ihre am Kai stehenden Eltern nur noch winzig kleine Punkte am Horizont waren und schließlich hinter der Erdkrümmung verschwanden. Der blaugraue Dampf des Postschiffes malte sich rasch auflösende Wolken in den blitzblauen Frühlingshimmel, über den schreiende Seemöwen ihre Kreise zogen. Mit einem tiefen Atemzug drehte sie sich um. Nun war es so weit! Der Traum ihres Lebens hatte endlich begonnen. Die Angst vor Heimweh, die sie vor Kurzem noch so heftig befallen hatte, löste sich mit jeder zurückgelegten Seemeile in Wohlgefallen auf und machte stattdessen einer stetig wachsenden Neugier Platz. Sie freute sich auf ihr neues Leben und konnte es kaum abwarten, endlich in Berlin anzukommen.

»Glücklich?«

Valentin Reuter war unbemerkt neben sie getreten. Ricky strahlte ihn an. »So glücklich wie noch nie in meinem Leben«, gestand sie aufgeregt. »Endlich werde ich mich so entfalten können, wie ich es mir immer erträumt habe. Es wird herrlich werden!«

»Ja, das wird es«, meinte Valentin versonnen. Auch er schien glücklich zu sein. Seine graugrünen Augen bohrten sich in ihre. Ricky bemerkte es leicht irritiert. Doch dann wurde sie von einer Schule Delfine abgelenkt, die in den Heckwellen des Postschiffes aufgetaucht waren. »Sehen Sie nur!« Sie deutete auf die stromlinienförmigen Tiere, die mit eleganten Sprüngen über die schäumenden Wellen setzten, einander übermütig jagten und dabei keckernde Laute von sich gaben. Sie konnte gar nicht genug davon bekommen, sie zu beobachten, und amüsierte sich prächtig über die akrobatischen Kunststücke der Meerestiere. Auch Valentin fand daran Gefallen. Er wusste einiges über diese merkwürdigen Tiere und unterhielt seine Schülerin damit. Erst als die Glocke zum ersten Mittagessen an Bord rief, trennten sie sich von dem Schauspiel. Valentin reichte ihr den Arm, und gemeinsam begaben sie sich in den Speisesaal.

Die Reise über den Atlantik gestaltete sich ruhig und angenehm. In Erinnerung an ihre Überfahrt von Hamburg nach Südwestafrika hatte ihre Mutter darauf bestanden, dass Ricky in einer Einzelkabine nach Deutschland reiste. Im Falle einer Seekrankheit würde sie sich so wenigstens zurückziehen können. Valentin Reuter reiste in der zweiten Klasse und musste sich seine Kabine mit drei anderen Männern teilen. Doch weder Valentin noch Ricky hielten sich längere Zeit in ihren Kabinen auf.

Ihre Reiseroute führte sie entlang der westafrikanischen Küste über den Äquator bis zu den kanarischen Inseln. Im Hafen von Santa Cruz auf Teneriffa legte das Schiff einen längeren Zwischenstopp ein. Valentin hatte Ricky einen kleinen Landgang vorgeschlagen. Zu seiner großen Freude hatte sie eingewilligt, ihn zu begleiten. Im Laufe der Überfahrt hatte sich eine gewisse Vertrautheit zwischen ihnen eingestellt. Ganz selbstverständlich waren sie von dem förmlichen Sie in das vertraute Du übergewechselt. Doch Valentin wünschte sich weit mehr als Freundschaft von Ricky. Immer stärker wurde ihm bewusst, dass er sich heftig in sie verliebt hatte. Leider wurde er das Gefühl nicht los, dass ihr umgekehrt nur wenig an ihm lag. Sein stilles Werben schien an ihr regelrecht abzugleiten, und er fand nicht den Mut, es deutlicher zu formulieren. Hinzu kam, dass er von Natur aus kein Mann war, dem es leichtfiel, Frauen mit ständigen Komplimenten zu umgarnen. Er sah die Dinge so, wie sie waren, und hielt Ehrlichkeit für aufrichtiger als galante Höflichkeiten. Ihm wäre nie eingefallen, ihr Blumen oder Pralinés zu schenken, weil er es schlichtweg als Verschwendung ansah. Waren Taten nicht mehr wert als tausend Worte?

Die Altstadt von Santa Cruz zog sich vom Hafen hoch in die kargen Vulkanberge. Sobald das Schiff vertäut und die Landebrücken angelegt waren, führte er Ricky in die quirlige Hafenstadt. Schon bald verließen sie die breite Rambla am Hafen und tauchten in eine der zahlreichen schmalen Gassen ein. Als sie so unbekümmert nebeneinander spazierten, kam es ihm vor, als kenne er Ricky schon sein Leben lang. Auch sie war an diesem Tag äußerst guter Laune und plauderte ohne Unterlass. Eine Bäuerin reichte Ricky von ihrem Obst- und Gemüsestand eine Tomate. Sie freute sich darüber wie ein Kind, biss herzhaft hinein und überreichte ihm den Rest mit einem kecken Lächeln. Valentins Herz machte vor Freude einen kleinen Sprung, als er die Frucht von ihr entgegennahm. Er blickte ihr tief in die Augen, während er sie aß. Doch Ricky löste sich eilig von seinem Blick und eilte zum nächsten Stand, wo sie diverse Stoffe bewunderte. Ihre Lebensfreude und Energie wirkten auch auf ihn ansteckend. Schon lange hatte er sich nicht mehr so unbeschwert und glücklich gefühlt. Lachend beobachteten sie, wie sich zwei streitende Fischer schließlich mit ihren eigenen Fischen gegenseitig bewarfen, bis eine ihrer Frauen aus ihrer Hütte eilte und erst dem einen und dann dem anderen eine schallende Ohrfeige verpasste. Wie schön es war, über dieselben Dinge zu lachen! An einfachen Fischerhütten vorbei, aus denen Kindergeschrei und Schimpftiraden zu hören waren, flanierten sie an einer Hafentaverne vorüber, aus deren Tür am helllichten Tag zwei betrunkene Matrosen wankten. Die beiden Trunkenbolde hielten sich gegenseitig an den Schultern, um sich zu stützen. Schließlich verharrten sie für einen Augenblick dicht vor den beiden und zogen dann mit einem unanständigen Rülpsen weiter.

»Puh!« Ricky wedelte angewidert mit der Hand vor ihrem Gesicht. »Mit dem Mundgeruch kann man ja eine Gaslaterne anzünden.«

Valentin sah sie mit aufgesetzter Unschuldsmiene an.

»Oh entschuldige! Wir können natürlich auch den langweiligen Weg über die Hauptstraße nehmen.«

»Um Gottes willen«, protestierte sie lachend. »Ich finde es hier wundervoll.«

Valentin kannte Santa Cruz genauso wenig wie Ricky, aber er hatte Erkundigungen eingezogen, wo es in der Stadt am schönsten war. Leider war seine Orientierung nicht die beste, sodass er bereits nach wenigen Abzweigungen nicht mehr genau wusste, wo sie waren. Zum Glück erschien irgendwann der schlanke Kirchturm der Kathedrale Nuestra Señora de la Concepción, und er konnte wieder vorgeben, sich auszukennen. Ricky gefiel der Spaziergang durch die schmalen Gassen offensichtlich ebenso gut wie ihm. Neugierig blieb sie am Eingang eines winzigen Geschäftes stehen, in dem riesige geräucherte Schinken an der Decke hingen. Eine alte Frau mit einem schwarzen Kopftuch ließ sich aus einem Holzfass Rotwein in einen irdenen Tonkrug füllen. Als der Ladenbesitzer ihr den Preis dafür nannte, begann sie lauthals zu krakeelen. Aus ihrem zahnlosen Mund schossen gelblich grüne Spuckfontänen, denen der Ladeninhaber angewidert auswich. Schließlich hob er geschlagen die Hände und senkte den Preis. Ohne ihn eines weiteren Blickes zu würdigen, marschierte die Alte schließlich triumphierend an ihm vorüber, während der Ladenbesitzer drei Kreuzeszeichen schlug. Ricky zwinkerte Valentin zu.

»Vielleicht sollten wir das auch einmal probieren«, meinte sie schelmisch. »Mit ein bisschen Spucke und Geschrei scheint man hier alles besonders günstig zu bekommen.« Valentin starrte fasziniert auf die Grübchen, die sich in Rickys Wangen bildeten, wenn sie lachte. Wie gern hätte er sie jetzt geküsst.

»Was starrst du mich denn so komisch an? Ist was mit meinem Gesicht?« Ricky rieb sich die Wangen.

»Nein, natürlich nicht«, entschuldigte er sich rasch. Er spürte, wie ihm das Blut in den Kopf schoss. »Ich habe nur gerade an etwas denken müssen. Lass uns in die Kathedrale gehen, dort soll das silberne Kreuz des spanischen Eroberers Alonso Fernandez de Lugo liegen.«

»Wie spannend«, meinte Ricky ohne besonderes Interesse. »Können wir nicht lieber auf eine der Plazas gehen? Es soll hier auch schöne Parks mit Springbrunnen und Cafés geben. Lass uns lieber dort hingehen. Ich möchte unter Menschen.«

»Wie du meinst«, meinte Valentin mit einem Hauch von Enttäuschung. Ihm wäre die Abgeschiedenheit einer Kirche viel lieber gewesen, um mit ihr allein zu sein. Auf dem Schiff bot sich leider so gut wie nie die Gelegenheit zu einem vertrauten Gespräch. Zu seinem Bedauern verzichtete Ricky jetzt auch darauf, seinen Arm zu nehmen. Stattdessen lief sie fröhlich ihre Handtasche schwenkend voraus. Da auch sie sich nicht auskannte, wählte sie einfach immer die Gasse, die ihr am verlockendsten erschien. Valentin hatte Mühe, ihr durch das Gewirr der Straßen zu folgen. Er rief ihr zu, etwas langsamer zu gehen, doch Ricky lachte nur und beschleunigte sogar noch ihre Schritte. Dann hatte er sie mit einem Mal aus den Augen verloren. Er ging zurück zu dem Punkt, an dem er glaubte, sie zum letzten Mal gesehen zu haben, und rief nach ihr. Erst jetzt fiel ihm auf, in was für einer verwahrlosten Gegend sie gelandet waren. Er bekam sofort ein schlechtes Gewissen, weil er nicht mehr auf den Weg geachtet hatte. Auf der anderen Seite war es ja Ricky gewesen, die hierhergestrebt war. Er rief noch mehrmals nach ihr, doch er bekam keine Antwort. Das Viertel sah wirklich nicht sehr Vertrauen erweckend aus. An den Häusern blätterte überall der Verputz ab. Glasscheiben waren zerschlagen oder fehlten ganz, und die wenigen Menschen, denen er begegnete, sahen ihn nicht gerade freundlich an. Dann hörte er einen spitzen, hohen Schrei aus einer der Gassen. Er stammte ohne Zweifel von Ricky. Hastig versuchte er die Richtung auszumachen, woher der Schrei kam, doch es war nicht eindeutig. Endlich, zwei Gassen weiter, sah er eine strampelnde Frau am Ende einer Sackgasse in einem Haufen Müll liegen und schreien.

»Warte, ich bin gleich bei dir«, rief er, froh, dass er sie gefunden hatte. Immerhin schien ihr nichts Ernstes passiert zu sein.

»Hilfe, ein Dieb!«, schrie sie aus vollem Halse. Erst jetzt entdeckte er den großen, hageren Mann, der mit ihrer Handtasche in den Händen aus dem Schatten einer Hauswand trat und direkt auf ihn zurannte. Valentin war kein mutiger Mann und schon gar nicht auf ein Gerangel mit einem ihm körperlich überlegenen Halunken aus. Doch die Gasse war an der Stelle ziemlich eng, sodass es zwangsläufig zu einer Konfrontation kommen musste. Noch ehe er sich an eine Hauswand drücken konnte, um den Dieb passieren zu lassen, war dieser bei ihm und rempelte ihn so grob an, dass er das Gleichgewicht verlor. Im Fallen bekam er mehr aus Zufall denn aus Absicht das Hemd des Schurken zu fassen und riss ihn damit zu sich auf den Boden. Sein Gewicht lastete schwer auf ihm. Noch ehe er sich berappeln konnte, sah er, wie der Dieb seine Faust ballte und sie mit einem donnernden Schlag auf seiner Nase platzierte. Valentin hörte ein hässliches Knirschen in seinem Schädel, dann verlor er das Bewusstsein.

Als er wieder zu sich kam, sah er in Rickys sorgenvolles Gesicht. Vorsichtig tupfte sie mit einem Taschentuch das Blut aus seinem Gesicht.

»Gott sein Dank«, meinte sie sichtlich erschüttert. »Ich dachte schon, der Kerl hätte dich umgebracht. Du siehst einfach schrecklich aus! Wie konntest du dich nur mit ihm prügeln? In meiner Handtasche war ja nicht einmal Geld.« Obwohl Valentins Kopf höllisch schmerzte, grinste er sie schief an.

»Ich hätte nicht gedacht, dass du dir Sorgen um mich machst.« Aus einem plötzlichen Impuls heraus legte er seine Hand um ihren Hals, zog sie sanft zu sich herunter und küsste sie auf den Mund. Ihre Lippen waren weich und voll und schmeckten köstlich. Einen himmlisch langen Augenblick ließ Ricky ihn gewähren. Doch dann befreite sie sich entschieden aus seiner Umarmung und gab ihm mit einem verlegenen Lächeln sein Taschentuch zurück.

»Wir sollten jetzt besser gehen. Kannst du laufen, oder soll ich Hilfe holen?«, fragte sie, als wäre nichts zwischen ihnen geschehen. Nichts in ihrer Stimme verriet, was sie für ihn empfand.

»Es wird schon gehen«, meinte er enttäuscht. Er richtete sich auf, wobei ihm erneut schwindlig wurde. Ricky erkannte es und packte ihn unter dem Arm, um ihm hochzuhelfen. »Ich werde dich stützen«, meinte sie besorgt. »Schließlich bist du mein tapferer Ritter.«

Valentin war übel, seine gebrochene Nase schmerzte, und sein Kopf dröhnte von dem Schlag, doch ihre letzten Worte machten ihn für einen Moment zu einem glücklichen Mann.

*

Valentin hatte in Ricky unabsichtlich etwas zum Vorschein kommen lassen, was sie jahrelang vergeblich versucht hatte zu vergessen. Sein Kuss war die erste Berührung eines Mannes gewesen, seitdem Mukesh, ihre nie vergessene große Liebe in Indien, sie einst geküsst hatte. Mit einer Mischung aus Wehmut und Sehnsucht erinnerte sie sich daran, wie viel ihr dieser Kuss damals bedeutet hatte. Er hatte ihr den Boden unter den Füßen weggezogen, ihr Herz zum Fliegen und ihr Blut in Wallung gebracht. Sie würde ihn niemals vergessen. Noch immer, auch nach so vielen Jahren noch, tat es weh, wenn sie an den jungen Fürstensohn aus Udaipur dachte. Er war ihre große Liebe gewesen, und doch hatte er sie so enttäuscht. Natürlich hatte der Schmerz im Laufe der Jahre nachgelassen. Sie dachte nur noch selten an ihn, aber wenn es in einem sentimentalen Augenblick doch geschah, dann spürte sie den Verlust wie in den ersten Tagen. Würde sie je wieder jemanden so lieben können wie ihn?

Valentins Kuss hatte sie für einen Augenblick aus der Fassung gebracht. Er war so fordernd und gar nicht romantisch gewesen. Dennoch hatte er sie erregt. Und das verwirrte sie. Schließlich kam sie zu dem Schluss, dass er nichts weiter als eine Überreaktion auf die überstandene Gefahr gewesen war. Er hatte wohl für einen Augenblick die Gewalt über sich verloren. Schließlich hatte er sein Leben für sie aufs Spiel gesetzt, indem er sich mutig mit dem Dieb geschlagen hatte. Auf den Gedanken, dass er in sie verliebt sein konnte, kam sie gar nicht. Dazu war er in ihren Augen viel zu unromantisch. Sein Verhalten entsprach vielmehr dem eines Bruders. Wenn sie es sich richtig überlegte, dann war er das Beste, was ihr passieren konnte. Sie hatten dieselben Interessen, liebten Musik, Theater, schöne Kleider und Gesellschaft. Er hörte ihr zu, wenn sie Sorgen hatte, sagte ihr ungeschönt seine Meinung und zeigte immer Verständnis für ihre Zweifel. Der Kuss war ganz sicher nur ein Ausrutscher gewesen. Deshalb hielt sie es für das Beste, einfach so zu tun, als wäre in Teneriffa nichts zwischen ihnen geschehen. In den letzten Tagen ihrer Reise ging sie ihm aus dem Weg. Das war relativ einfach, da das Wetter sich verschlechterte und sie vorgeben konnte, dass sie seekrank war. Oft ließ sie sich das Essen einfach in ihre Kabine bringen, und wenn sie sich doch begegneten, dann sah sie zu, dass sie niemals alleine waren. Valentin unternahm hin und wieder Versuche, sie zu einem kleinen

Deckspaziergang zu animieren, aber Ricky verweigerte sich diesem Ansinnen stets mit freundlicher Bestimmtheit.

Drei Wochen nach ihrer Abreise aus Südwestafrika liefen sie endlich den Hamburger Hafen an und fuhren von da mit der Eisenbahn direkt nach Berlin. Auf dem Berliner Fernbahnhof wurde Ricky von Heinrich Zille und seiner Tochter Margarete, die extra aus Demmin angereist war, aufs Herzlichste empfangen. Dem bald siebenundsechzigjährigen Zeichner und Fotografen standen die Tränen in den Augen, als er Ricky gegen alle Konventionen spontan in seine Arme schloss.

»Meine Jüte, wat bist du für'n Prachtmädchen«, berlinerte er. »Wer hätte det jedacht, dat ick der Jella sein Töchterchen mal so in de Arme schließen darf!« Er hielt sie mit ausgestreckten Armen vor sich und betrachtete sie eingehend. »Also ville Ähnlichkeit haste uff'n ersten Blick mit deener Mutter ja nich jerade. Aber wenn ick dir jenauer ankieke, dann sehe ick wat von ihrem Charme in deenen Augen blitzen!«

Ricky fühlte sich von Zilles direkter Art wärmstens aufgenommen, auch wenn sie nur die Hälfte von seinem Berliner Dialekt verstand. Sie lachte unsicher, als sie sich für den herzlichen Empfang bedankte. »Ich bin Ihnen natürlich sehr zu Dank verpflichtet und soll Sie recht herzlich von meiner Mutter grüßen.«

»Sie, Sie, wenn ick dat schon höre!«, prustete Zille ungehalten. »Ick bin der Onkel Heinrich. Dat det klar is!« Ricky lief rot an. Sie hatte das Gefühl, den falschen Ton getroffen zu haben. Zille bemerkte, dass er sie in Verlegenheit gebracht hatte.

»Nu kiek doch nich so verlegen aus der Wäsche. Ick werd dir bestimmt nich fressen! Willste mir nich mal den jungen Mann hier vorstellen?« Er deutete auf Valentin, der abwartend beim Gepäck stehen geblieben war.

»Das ist Herr Reuter, mein Gesangslehrer«, stellte Ricky ihn vor. »Er wird am Luisentheater die musikalische Leitung übernehmen.«

Valentin verbeugte sich höflich und lüpfte seinen neuen Strohhut, den er sich in Hamburg zugelegt hatte. »Es freut mich sehr, Ihre Bekanntschaft zu machen«, meinte er galant. »Selbst in Südwestafrika liest man hin und wieder über Sie. Unlängst las ich, dass man Sie zum Professor der Preußischen Akademie der Künste berufen hat. Herzliche Gratulation! Das ist wahrhaft eine große Auszeichnung.«

»Papperlapapp!«, tat Zille das Lob ungnädig ab. »Allet nur windige Luft. Wissen Se wat dat völkische Blatt ›Fridericus‹ dazu jeschrieben hat?«

Valentin bedauerte. Zille schmunzelte, als er die Zeitung in bestem Hochdeutsch zitierte: »Der Berliner Abort- und Schwangerschaftszeichner Heinrich Zille ist zum Mitglied der Akademie der Künste gewählt und als solcher vom Minister bestätigt worden – Verhülle, o Muse, dein Haupt!«

»Oh, wie charmant«, antwortete Valentin einigermaßen perplex. »Da scheinen ja einige Herren ganz schön neidisch zu sein.«

Zille zuckte gleichgültig mit den Schultern. »Soll'n se, soll'n se.«

»Vater, meinst du nicht, dass wir uns langsam mal von diesem zugigen Bahnhof wegbewegen sollten?«, mischte sich nun Margarete ein. Sie war eine ruhige, aber energische Frau von etwa vierzig Jahren mit lustigen Augen und Pausbäckchen. »Anna wartet schon mit Kaffee und Kuchen auf uns. Außerdem glaube ich, dass Riccarda von der langen Reise ganz schön müde sein wird. Sie wird sich bestimmt etwas ausruhen wollen.«

Für Margarete und Heinrich war es abgemachte Sache, dass Ricky zunächst bei Heinrich Zille, seinem Sohn Walter und dessen Schwiegertochter Anna wohnen würde, bis sie ein passendes Zimmer gefunden hatte. Es war zwar nur eine Notlösung, aber für die erste Zeit würde es wohl gehen. Zille rief deshalb einen Gepäckträger herbei und ließ Rickys Koffer zu einem der Taxis bringen. Ihr blieb kaum Zeit, sich von Valentin zu verabschieden.

»Willst du nicht wissen, wo ich wohne?«, fragte er leicht gekränkt. Ihr war gar nicht bewusst gewesen, dass sie ihn noch gar nicht danach gefragt hatte. »Das Theater hat für mich eine kleine Mansardenwohnung in der Nähe der Reichenberger Straße angemietet. Es wird nichts Großartiges sein, aber ich darf dort immerhin Klavier spielen und kann dort meine Schüler unterrichten. Lass dir die genaue Adresse im Theater geben. Morgen habe ich noch keine Verpflichtungen. Wenn du willst, gebe ich dir Unterricht. Du hast schon viel zu lange nicht geübt.«

»Ach, Valentin!« Ricky fühlte sich plötzlich von ihm bedrängt. »Lass mich doch erst hier ankommen. Ich melde mich in den nächsten Tagen.«

Er nickte stumm, aber an seinem Blick sah sie, dass er enttäuscht war. In einem Anflug von Bedauern legte sie kurz die Hand auf seinen Arm. »Ich werde mich bald melden«, versprach sie hastig. Als er sie zum Abschied auf die Wange küssen wollte, entzog sie sich ihm.

Berlin war eine verwirrende, laute Stadt. In einer Mischung aus Aufregung und ungezügelter Neugier nahm Ricky ihre neue Heimat mit allen Sinnen auf. In den ledernen Rücksitz des Taxis geschmiegt beobachtete sie das an ihr vorüberziehende rege Leben auf Berlins Straßen mit seinen elektrifizierten Straßenbahnen, Pferdedroschken und immer zahlreicher werdenden Automobilen und Lastwagen. Sie hatte das Gefühl, dass die Zeit in dieser großen Stadt doppelt so schnell verging wie zu Hause in Afrika. Die Menschen auf den Straßen schienen es alle sehr eilig zu haben. Sie hasteten über die großen Boulevards, querten wie getrieben die gefährlichen Straßen und strömten wie Ameisen in die großen Kaufhäuser. Manchmal wurde der Verkehr durch einen Schutzmann in der Mitte einer Kreuzung geregelt. Mit schrillen Pfiffen und zackigen Bewegungen gab er den Verkehrsteilnehmern Zeichen, wie sie sich verhalten sollten. An anderen Kreuzungen waren Lichtsignale angebracht, an die sich die Fahrer halten mussten. Rot bedeutete Halt, Grün Weiterfahren. Ricky war überrascht, wie gut hier alles funktionierte. Die meisten Menschen schienen sich an die Regeln zu halten, die man ihnen auferlegte – und wenn nicht, wurden sie von den Gendarmen zurechtgewiesen. Sie dagegen war das Chaos in afrikanischen oder indischen Städten gewohnt, wo das ungeordnete Durcheinander oft in wilden Tumulten endete. Auch hier wurde auf den Straßen gehupt, aber nicht um des Hupens willen, sondern um auf sich aufmerksam zu machen. Das zeigte denn auch meistens Erfolg, was sich in dem recht reibungslos verlaufenden Verkehr widerspiegelte. Das Taxi kutschierte sie vom Fernbahnhof über die Spree am Reichstagsgebäude vorbei rund um die Siegessäule.

»Det is unsere Goldelse«, erklärte Zille süffisant und deutete auf das vergoldete Standbild der Siegesgöttin Victoria, die auf einer über fünfzig Meter hohen Säule stehend in ihrer rechten Hand ein Lorbeerblatt und in der Linken das Feldzeichen mit dem eisernen Kreuz hielt. Auf dem Kopf trug die Statue den Adlerhelm, was sie somit zur Borussia, der Personifikation Preußens machte. »Und det Mickrige is die Puppenalle«, fügte er mit einem weiteren Zwinkern hinzu und zeigte auf die zu kurz geratene Siegesallee, die schon nach wenigen hundert Metern auf dem Kemperplatz endete. Das Taxi bog jedoch kurz darauf rechts in die Charlottenburger Chaussee, die kerzengerade quer durch den Tiergarten führte, den größten Park innerhalb Berlins. Die Chaussee führte direkt nach Charlottenburg, wo Heinrich Zille mit seinem Sohn Walter und seiner Schwiegertochter Anna lebte. Seit dem Tod seiner Frau Hulda, über den Zille nur schwer hinweggekommen war, führte Anna seinen Haushalt. Ricky staunte über die großzügigen Häuser in Charlottenburg. Es war eindeutig, dass hier die gut situierten Berliner wohnten. Heinrich, der ein feiner Beobachter war, fielen Rickys bewundernde Blicke sofort auf. »Mir ist det imma noch peinlich, dat ick hier wohne«, gestand er. »Ick kann nämlich nie verjessen, dat ick von janz unten komm. Mein Milljöh is eijentlich im Kiez. Da fühl ick mir wohl, jawoll!«

In der Sophie-Charlotte-Straße hielt das Taxi vor einem stattlichen Mehrfamilienhaus. Kaum waren sie ausgestiegen, erschien Zilles Sohn Walter an der Tür, um ihnen beim Tragen des Gepäcks behilflich zu sein. Auch er begrüßte Ricky wie ein langjähriges Familienmitglied und grinste über beide Ohren, als er ihr die Hand drückte.

»Nu kommt endlich man wieder junges Leben in unsere Bude. Dat wird unseren alten Herrn man wieder richtig beleben. Willkommen, Riccarda! So darf ick dir doch nennen, oda?«

Ricky lebte sich rasch bei den Zilles ein. Das herzliche Miteinander in der Familie schaffte schnell eine Vertrautheit, die es ihr leicht machte, sich wohlzufühlen. Allerdings war die Wohnung in der Sophie-Charlotte-Straße für so viele Menschen zu klein. Selbstlos hatte der alte Zille Ricky sein Schlafzimmer zur Verfügung gestellt, um selbst auf der Couch in seinem Atelier zu schlafen. »Da ist es sowieso bequemer«, meinte er. »Und wenn mir nachts so ein Gedanke kommt, dann kann ich ihn gleich aufs Papier bringen.« Doch Ricky wurde bald klar, dass er flunkerte. Wenn Zille morgens in die Küche schlurfte, um eine Tasse Kaffee zu trinken, dann war er schief und krumm. An seinem schmerzverzerrten Gesicht wurde offensichtlich, dass ihn seine Knochen erbärmlich schmerzten. Regelmäßig bekam sie dann ein schlechtes Gewissen und bot ihm an, selbst auf der Couch zu schlafen, aber davon wollte er nichts wissen.

»Ich arbeite doch bis in die Puppen«, knurrte er. »Da störste nur.« In solchen Momenten haderte Ricky mit sich, weil sie immer noch keine eigene Bleibe und kein eigenes Auskommen gefunden hatte. Anna und Walter teilten sich das dritte Zimmer, das gleichzeitig auch das Wohnzimmer und die gute Stube war. Hier hatte auch Margarete geschlafen, bevor sie wieder zu ihrem Mann in die Hansestadt Demmin gereist war. Gretes Besuche waren in der Familie Zille immer gern gesehen, denn sie brachte reichlich Nahrungsmittel aus ihrem Garten mit. Außer Kartoffeln, Mehl, Kohl und Äpfeln hatte sie auch einen ganzen Schinken und Speck mit im Gepäck, alles Dinge, die aufgrund der stetig wachsenden Inflation in Berlin fast unerschwinglich waren.

»Vor einem guten Jahr mussten wir für einen Kohlkopf mit einem Wäschekorb voller Geld antanzen. Und oft hat das nicht mal gereicht. Da musste ich noch ne Zeichnung drauflegen«, meinte Heinrich grimmig. »Jetzt haben wir die Rentenmark, aber da geht et auch schon wieder los! Seit Neuestem heißt sie angeblich wieder Reichsmark, und wert ist sie auch wieder nichts.«

»Die Reparationszahlungen, die Deutschland nach dem verlorenen Krieg an die Alliierten leisten muss, schnüren unserer Wirtschaft den Hals zu«, erklärte Walter Ricky, die von der deutschen Politik so gut wie keine Ahnung hatte. »Das Ruhrgebiet ist immer noch nicht von den Franzosen geräumt worden, und gerade dort steckt unsere ganze Wirtschaftskraft. Es gibt eine Menge Leute, wie diesen nationalistischen Querulanten Adolf Hitler, die rufen schon offen zu Gewalttätigkeiten gegen die Reichsregierung auf. Zum Glück sitzen der Kerl und seine Spießgesellen im Moment in Festungshaft. Es rumort im Volke. Die Arbeitslosigkeit nimmt ständig zu, und viele Familien wissen nicht, woher sie das Essen für den nächsten Tag nehmen sollen.«

»Das wird noch bitter enden«, grummelte Heinrich. Wie immer saß er hemdsärmelig am Küchentisch mit Hosen, die schon lange keine Bügelfalte mehr gesehen hatten, und karierten Filzpantoffeln. Ihr Gespräch wurde durch das Scheppern der Klingel unterbrochen. Heinrich rümpfte die Nase. »Ist es etwa schon zehn?«, fragte er. »Nu, dann muss das wohl der Liebermann sein. Anna, geh doch schon mal, und mach auf. Schließlich ist er ja der Präsident der Akademie.«

In aller Ruhe putzte Heinrich mit seinem riesigen Schnupftuch die Nickelbrille, dann trank er seinen Kaffee aus und erhob sich schwerfällig, um seinen Besuch zu empfangen. Heinrich Zille war in Berlin mittlerweile eine berühmte Persönlichkeit. Fast täglich standen Besucher vor der Tür, um dem Künstler ihre Aufwartung zu machen. Diese Besuche waren Zille nicht immer lieb. Oft kamen wildfremde Leute zu ihm, Journalisten und Redakteure, die etwas über ihn berichten wollten. Seiner Meinung nach stahlen diese Personen ihm jedoch nur kostbare Zeit, die er viel lieber mit Zeichnen verbracht hätte. Nicht selten kamen auch Leute aus seinem »Milljöh« vorbei, Arbeiter, Kutscher, Arbeitslose, kleine Gauner und blasse, entlassene Zuchthäusler, die ohne Scham, aber mit viel Charme Zille um etwas von »seine ville Jeld« baten. Schließlich wären sie ja die Hauptpersonen in seinen Bildern. Amüsiert hörte Zille ihren Geschichten zu, und wenn sie ihm schlüssig erschienen, dann konnte es gut sein, dass er dem einen oder anderen etwas Geld zusteckte. Unverschämte Schnorrer, Trittbrettfahrer und Schleimer konnte er auch stimmgewaltig seiner Wohnung verweisen. An vielen Tagen wollte er jedoch gar niemanden sehen. Dann ließ er Anna ein Schild an die Tür kleben, auf dem stand: »Bin krank, empfange keine Besucher.«

Der Künstler und Leiter der Preußischen Akademie der Künste Max Liebermann war jedoch ein langjähriger Freund und

Gefährte von Heinrich Zille und damit ein gern gesehener Gast. Er hatte Anfang des Jahres selbst vorgeschlagen, Zille als ordentliches Mitglied und Professor in die Akademie aufzunehmen. Für Zille war das lange ein Ding der Unmöglichkeit gewesen. »Da pass ick überhaupt nich hin. Das sind lauter studierte Leute, die da in der Akademie; die sehen mich bloß schief von der Seite an und fragen: Wat will'n der hier? Der ist doch bloß Lithograph! Und was soll ick denn antworten? Sie haben ja recht. Heinrich Zille als Akademiker! Vielleicht machen se mich dann ooch noch zum Professor! Dann muss ick'n Frack anziehen und Lackschuhe dazu und een steifet Hemde.« Doch Liebermann und sein Kollege Kraus hatten nicht lockergelassen, bis er schließlich eingewilligt hatte.

Liebermann hatte bereits in Heinrichs Atelier mit übereinandergeschlagenen Beinen Platz genommen und sich eine Zigarette angezündet. Der zierliche Maler trug wie immer Gehrock und Zylinder, den er neben sich auf Zilles Schreibtisch abgelegt hatte.

»Mein lieber Zille! Da sind Sie ja endlich«, begrüßte er ihn erfreut und überreichte ihm sogleich eine Mappe mit Schriftstücken. »Ich habe soeben das Vorwort für Ihren Bildband ›Berliner Geschichten und Bilder‹ fertiggestellt. Habe mir erlaubt, es in Briefform zu verfassen. Ich hoffe doch sehr, Sie sind damit einverstanden.«

Heinrich nahm die Mappe und legte sie unbesehen auf den Tisch. »Mir ist das ja alles ziemlich peinlich«, knurrte er. »Und jetzt haben Sie auch noch so viel Mühe damit gehabt. Aber dieser Verleger ließ ja keine Ruhe, bis Sie endlich das dämliche Vorwort geschrieben haben.«

»Aber ich bitte Sie«, wehrte Liebermann ab. »Das war das reinste Vergnügen, endlich einmal auszudrücken, was ich so oft im Anschauen Ihrer Zeichnungen empfunden habe. Zwar ist das, was Sie darstellen, durchaus nicht vergnüglich. Im Gegenteil! Der Menschheit ganzer Jammer würde jeden anpacken, der in den nassen Kellergeruch und in die ungesunde Feuchtigkeit, die Ihre Interieurs ausatmen, versetzt würde. Aber ›Was im Leben uns verdrießt, man im Bilde gern genießt‹, notabene, wenn das Bild von der Hand eines Meisters stammt. Und der sind Sie!«

»Nu lassen Se's aba man jut sein«, wehrte Zille bescheiden ab. »Ick zeig Ihnen man lieba meene neuesten Werke.« Er zog ein paar Skizzen aus einem Stapel hervor und zeigte sie seinem Künstlerfreund. Kurze Zeit später fachsimpelten die beiden und vergaßen die Zeit.

Ricky saß unterdessen mit Anna in der Küche und half ihr beim Kartoffelschälen. Walter war längst bei der Arbeit. Er hatte wie sein Vater einst eine grafische Lehre gemacht und war Plakatzeichner bei Siemens & Halske. Nebenbei arbeitete er für Zeitschriften und illustrierte Blätter. Die stille Anna war die gute Seele in der Sophie-Charlotte-Straße. Nach dem Tod von Zilles Frau Hulda waren sie und Walter zurück in die Wohnung gezogen, damit sie sich um ihren Schwiegervater kümmern konnte. Ihre unaufdringliche, fürsorgliche Art hatte Zille, der nach Huldas Tod in eine schwere Depression gefallen war, wieder auf die Beine gebracht. Sie war immer für ihn da, hörte geduldig zu, wenn er sich über Ungerechtigkeiten erboste, und sprach ihm Trost zu, wenn er in Selbstzweifel verfiel.

»Wirst du heute wieder vorsprechen?«, fragte Anna.

»Ich habe später einen Termin im Metropol-Theater. Sie suchen für eine Nebenrolle eine Operettensängerin. Herr Reuter meint, dass ich gute Chancen habe, die Rolle zu bekommen. Wir haben die letzten Tage nichts anderes geprobt.«

»Dieses Mal klappt es bestimmt«, meinte Anna zuversichtlich. »Deine Stimme ist so glockenrein, dass es eine wahre Freude ist. Ich könnte dir stundenlang zuhören.«

Ricky gab hin und wieder als kleines Entgegenkommen für ihre herzliche Aufnahme Kostproben ihrer Sangeskunst. Heinrich, Walter und Anna waren jedes Mal hingerissen, auch wenn sie ohne musikalische Begleitung sang.

»Wenn ich die Stelle bekomme, werde ich mir endlich ein eigenes Zimmer suchen«, meinte Ricky aufgekratzt. »Ich gehe euch schon viel zu lange auf die Nerven.«

»Du weißt, dass das nicht stimmt«, beruhigte sie Anna. »Wir haben alle schon unter beengteren Umständen gehaust. Mach dir mal keine Sorgen. Außerdem zahlst du uns ja auch Miete. In Zeiten wie diesen ist man auf jeden Pfennig angewiesen.«

»Ich habe trotzdem immer ein schlechtes Gewissen, wenn ich sehe, wie krumm Onkel Heinrich jeden Morgen aus seinem Arbeitszimmer kommt …«

Anna tätschelte ihr die Schulter. »Das wird schon alles werden.«

Zauber und Frevel

Wie von der Tarantel gestochen fuhr Jella in die Höhe. Ihr Herz pochte so heftig, dass es schmerzte. Schweißgebadet starrte sie in Richtung des Fensters. Beschienen vom fahlen Mondlicht sah sie draußen eine reglose menschliche Gestalt mit einer furchterregenden Maske vor dem Gesicht. Sie rieb sich die Augen, und als sie das nächste Mal hinsah, grinste sie die Gestalt hämisch an, bevor sie mit den Schatten der Bäume verschmolz. *Das war alles nur ein dummer Albtraum,* redete sie sich ein und atmete ein paarmal tief aus und ein, um sich wieder zu beruhigen. Es gab keinen Grund zur Panik! Sie sollte weiterschlafen. Doch es gelang ihr nicht, denn sie stand noch zu tief unter dem Eindruck des Furcht einflößenden Erlebnisses. Die Nacht war still und ruhig, und Fritz atmete gleichmäßig in tiefen Schlaf gehüllt neben ihr. *Wie gut er es hat,* dachte sie voller Neid. *Er schläft tief und fest und wacht morgens erfrischt wieder auf.* Wie lange hatte sie schon nicht mehr so gut geschlafen! Seit Tagen plagte sie ein immer wiederkehrender Albtraum. Schon der Gedanke daran beschleunigte erneut ihren Puls. Es war immer dasselbe. Saburis Arm hatte sich erneut entzündet und schwoll mit einer unglaublichen Geschwindigkeit zu einer dicken, prallen Geschwulst an. Egal, was sie dagegen unternahm, das Ungetüm wuchs weiter. Schließlich war Saburis Arm so dick, dass die Haut immer heller und dünner wurde, bis sie schließlich riss und einen Schwall faulig riechenden Eiters über Jella ergoss. Gelähmt vor Entsetzen musste sie mit ansehen, wie aus der schwärenden Wunde ein kleines Lebewesen kroch, das, kaum dass es auf dem Boden stand, zu Menschengröße heranwuchs. Es war der Sangoma, der Saburi verflucht hatte und nun mit rot funkelnden Augen, die hinter einer bizarren Holzmaske steckten, Zaubersprüche gegen sie ausstieß – dieselbe Maske, die sie gerade vor dem Fenster erblickt zu haben glaubte. In ihrem Traum versuchte sie sich zur Wehr zu setzen. Sie wollte fliehen, doch dann spürte sie plötzlich, wie die Eiterspritzer auf ihrer Haut ein Eigenleben zu entwickeln begannen. Plötzlich war sie über und über von Schlangen und giftigem Gewürm bedeckt, die sie zu ersticken drohten. An dieser Stelle wachte sie meist zitternd auf. An Schlaf war danach nicht mehr zu denken. Auch heute nicht. Mit wackligen Beinen stand sie auf und begab sich in die Küche. Dort zündete sie eine Petroleumlampe an. Das warme, flackernde Licht verströmte gleich etwas Behaglichkeit. Ihre Hände zitterten immer noch, als sie sich aus einem Krug etwas Wasser in ein Glas goss und es rasch leerte. *Was bist du nur für ein dummes Huhn,* schalt sie sich erneut. *Du darfst dich von diesen Träumen nicht so beeinflussen lassen. Alles ist in bester Ordnung.* Ricky hatte sich gut in Berlin eingelebt und in *Owitambe* ging alles seinen gewohnten Gang. Saburis Abszess war in den letzten Wochen ganz ausgeheilt. Zweifelsohne dank Nokomas Medizin. Die Anfälle waren ebenso ausgeblieben, und langsam begann sich auch ihre Psyche wieder zu erholen, denn die Ovambofrau war dabei, neuen Lebensmut zu schöpfen. Der kleine Nuru krabbelte mittlerweile und bereitete allen auf *Owitambe* durch sein munteres Wesen viel Freude. Nur Jella war seit Wochen von einer Unruhe getrieben, die sie an den Rand der Erschöpfung trieb. Besonders nachts kam sie nur schwer zur Ruhe. Und wenn sie endlich eingeschlafen war, begannen die Albträume. Manchmal kam sie sich tatsächlich wie verhext vor. Wie gerne hätte sie mit jemandem darüber gesprochen, aber Nakeshi war fern, und

Fritz hatte andere Sorgen und Wichtigeres zu tun, als sich über die Schlaflosigkeit seiner Frau Gedanken zu machen.

Jella sah auf die Uhr. Es war halb drei, noch viel zu früh, um aufzustehen. Sie entschloss sich dennoch, ein wenig frische Luft zu schnappen. Mit einem Wolltuch um die Schultern trat sie auf die Veranda und lauschte den nächtlichen Geräuschen. Aus der großen Schirmakazie drang der Jagdruf einer Schleiereule. Ab und zu hörte sie das ungeduldige, kurze Blöken eines Schafes, das wahrscheinlich von einem anderen in seiner nächtlichen Ruhe gestört worden war. Ansonsten war es erstaunlich still. Es war die Zeit eines kurzen, nächtlichen Friedens, der in der Wildnis nie lange andauerte. Jella betrachtete den untergehenden Mond, der immer wieder von Wolkenfetzen verdeckt wurde. Die Luft roch nach Regen. Bald würden die ersten Novemberregengüsse einsetzen, um der vertrockneten Erde wieder blühendes Leben zu entlocken. Nicht weit von der Veranda, am Rande der Fläche, wo die Farm in Buschland überging, nahm sie plötzlich eine Bewegung wahr. Unwillkürlich zuckte sie zusammen. Um Ruhe bemüht redete sie sich ein, dass sich vielleicht ein Wildtier aus Versehen auf das Farmgelände verirrt hatte, eine Antilope oder ein einsam umherstreifender Kudubock. Doch dann erkannte sie eine menschliche Gestalt, die mit gemächlichen Schritten auf sie zukam. In einem ersten Anflug von Panik wollte sie fliehen, weil sie dachte, es hätte die grässliche Albtraumgestalt sein können, die sie gerade heimgesucht hatte. Doch zu ihrem Erstaunen erkannte Jella den alten Hirten wieder, der Saburi mit seiner Medizin das Leben gerettet hatte. Nokoma war seither nie wieder in *Owitambe* gewesen. Etwa zehn Schritte vor der Veranda blieb er auf seinen Hirtenstab gelehnt stehen. Seine dürre Gestalt wurde von seinem schäbigen Lederumhang umhüllt, der, wie Jella bereits erfahren hatte, ein geheimnisvolles Innenleben aus vielen Taschen besaß. Schweigend musterte er sie und wartete darauf, dass sie ihn ansprach.

»Es ist spät für einen Besuch«, meinte Jella schließlich. Ihre Kehle fühlte sich trocken an, und sie fühlte sich schrecklich.

Nokoma musterte sie ernst. Dann schüttelte er sorgenvoll den Kopf, was sie noch unsicherer machte. Um ihre Blöße zu bedecken, hüllte sie sich enger in ihr Wolltuch ein. Noch immer sprach der Alte kein Wort.

»Hat es dir die Sprache verschlagen?«, fragte sie ungehalten.

Statt einer Antwort bedeutete er ihr, zu ihm zu kommen. Dann setzte er sich mit übereinandergeschlagenen Beinen auf den Boden. Offensichtlich erwartete er von ihr, dass sie neben ihm Platz nahm. Jella wusste bereits, dass der Alte etwas kauzig war, aber da sie ohnehin keinen Schlaf fand, konnte sie genauso gut herauszufinden versuchen, was er mitten in der Nacht von ihr wollte. Folgsam ging sie zu Nokoma und setzte sich an die Stelle, die er ihr angewiesen hatte. Sie fröstelte. Zwar waren die Nächte nicht mehr kalt, aber der Schlafmangel ließ sie frieren. Ohne sie anzusehen, begann Nokoma zu reden.

»Über dir ist eine dunkle Wolke«, meinte er. »Hast du Muti, sie zu vertreiben?«

»Über mir ist keine dunkle Wolke. Ich habe nur schlecht geschlafen!«, widersprach sie ärgerlich. Der Gedanke an ihre Albträume ließ sie dennoch erneut frösteln.

»Erzähl mir von deinen schlimmen Träumen«, forderte Nokoma sie auf. Sie sah ihn erstaunt an. »Woher weißt du …?«

Er zuckte gleichmütig mit den Schultern und wartete geduldig, bis sie sich besonnen hatte. Tatsächlich war Jella kurz davor, den Alten sich selbst und seinen düsteren Prophezeiungen zu überlassen und wieder ins Haus zu gehen, doch dann erinnerte sie sich daran, dass Dinge ihren Schrecken verloren, wenn man von ihnen erzählte.

»Ich träume davon, dass Saburis Arm wieder anfängt zu eitern, bis er schließlich platzt«, begann sie zögernd. Was dann kam, war zu grässlich, als dass sie es über sich gebracht hätte weiterzuerzählen. Sie beschloss, den Rest des Traumes für sich zu behalten. Nokoma sah sie mitfühlend an. Dann legte er seine knotige Hand auf ihre Hand und übte mit seinem Daumen zwischen ihrem Daumen und ihrem Zeigefinger einen gleichmäßigen Druck aus. Sie fühlte sich gleich etwas besser.

»Welcher Teil in deinem Traum macht dir am meisten Angst?«, fragte er interessiert.

»Es sind die Schlangen. Ich hasse sie!«, schoss es sofort aus ihr heraus. »Sobald ich die Augen schließe, fürchte ich, dass sie wiederkommen.«

Der Alte schien keineswegs erstaunt, sondern lächelte sogar.

»Es sind böse Geister, keine Schlangen. Du musst sie vertreiben«, riet er ihr.

»Als ob ich das nicht schon längst versucht hätte!« Jella biss sich auf die Unterlippe. »Selbst Schlafmittel nutzen nichts.«

Nokoma deutete in einer wagen Bewegung in den Himmel. »Ich kann die Geister spüren, die dich plagen. Sie sind hier. Du musst ihnen Angst machen«, wiederholte er nochmals.

»Als ob das so einfach wäre! Ich weiß jedenfalls nicht, wie ich diese Hirngespinste loswerde.« Neben grundsätzlichen Zweifeln keimte auch etwas Hoffnung in ihr auf.

»Weißt du einen Weg?«

Die Furcht vor den ständig wiederkehrenden Albträumen ließ sie offensichtlich sogar für solch einen unglaubwürdigen Hokuspokus empfänglich werden.

»Ich kann es dich lehren«, bestätigte Nokoma, als wäre es das Selbstverständlichste auf der Welt. »Aber es wird eine Zeit dauern, denn du hast den Fluch des Sangoma von Saburis Dorf auf dich gezogen. Er wird dich immer wieder erreichen, wenn es dir nicht gelingt, ihn von dir abzuwenden.«

Jella musterte ihn voller Skepsis. Er schien wirklich überzeugt von dem, was er da sagte. Konnten Flüche tatsächlich die Ursache für ihre Träume sein? Ihre angeborene Skepsis gegen alles nicht Erklärbare begann einen weiteren Riss zu bekommen. Hatte sie nicht schon vor vielen Jahren am eigenen Leib erfahren, dass es zumindest in der Welt der Buschmänner Dinge wie telepathische Fähigkeiten gab, die sich nicht mit wissenschaftlicher Logik erklären ließen? Warum sollte dieser Ovambo-Medizinmann nicht auch über ähnliches Wissen verfügen? Vielleicht war sie wirklich immer zu voreingenommen gewesen.

»Ich weiß nicht, ob ich an so etwas glauben kann«, zweifelte sie dennoch. Sie fühlte sich müde und abgeschlagen und sehnte sich nach Schlaf. Nokoma ließ ihr jedoch keine Ruhe. Er erhob sich und bahnte sich einen Weg durch das Gebüsch, aus dem er vorher getreten war. »Folge mir«, meinte er, ohne sich umzudrehen. »Wir werden gleich beginnen.«

Jella hatte nur ein Nachthemd und nicht einmal Schuhe an. Wider alle Vernunft folgte sie dennoch dem Medizinmann in die Dunkelheit. Jetzt, da der Mond untergegangen war, war es stockdunkel, und sie stolperte mehrere Male über Wurzeln und größere Steine. Sie hatte Mühe, Nokoma zu folgen, denn der Alte schlüpfte mit erstaunlicher Geschicklichkeit durch das Gestrüpp. Nach etwa fünfhundert Metern kamen sie an eine kleine Lichtung mit einer glimmenden Feuerstelle. Offensichtlich handelte es sich um sein Lager. Der alte Medizinmann bot ihr einen Platz am Feuer an und legte neue Holzscheite auf. Nach wenigen Augenblicken brannte das Feuer hell. Er setzte sich Jella gegenüber und schloss die Augen, als wolle er schlafen. Die Schatten der Flammen zuckten wild über seine Gestalt und ließen ihn plötzlich größer und kräftiger erscheinen, als er es in Wirklichkeit war.

»Nimm den Weg, der dir die Angst nimmt«, forderte er sie auf und begann in einer ihr unbekannten Sprache einen Gesang zu intonieren. Die Melodie war monoton und wiederholte sich in kurzen Abständen. Auch die Worte schienen immer dieselben. Jella erinnerten sie an Mantras, wie sie in Indien üblich waren. Sie wiederholten sich und wiederholten sich und wiederholten sich … Ihre Augenlider begannen durch den einschläfernden Sprechgesang immer schwerer zu werden. Sie fühlte eine angenehme Müdigkeit, die sie an ihre Kindheit erinnerte, wenn sie einen ganzen Sommertag lang durch die Blumenwiesen getobt war. Schließlich war ihr Bedürfnis nach Schlaf so groß, dass ihre Augenlider sich ganz senkten und sie in einen tiefen Schlaf versank.

Als sie erwachte, war die Sonne bereits aufgegangen und stand hoch am Himmel. Benommen, aber erfreulich erholt sah sie sich um. Sie war während ihres Schlafes zur Seite gekippt und lag immer noch wie ein Embryo gekrümmt am erloschenen Feuer. Nokoma war nirgends zu sehen. Sie lag auf einer kleinen Lichtung unter einem uralten Mankettibaum. Um seinen Stamm zu umfassen, hätte es bestimmt zwei ausgewachsene Männer gebraucht. Die fächerförmigen Wurzeln reichten bis weit in die Lichtung hinein. Ihre Glieder schmerzten, als sie sich aufsetzte.

»Nokoma?«, rief sie verwirrt. Niemand antwortete. Offensichtlich hatte sich der Medizinmann in aller Stille von ihr verabschiedet. Es war nicht das erste Mal, dass er plötzlich auftauchte, um dann ebenso schnell wieder zu verschwinden. *Na, wenigstens habe ich so ein wenig geschlafen,* dachte sie und beschloss, zurück zum Haus zu gehen. Ein merkwürdiges Geräusch in ihrem Rücken hielt sie jedoch davon ab aufzustehen. Jella wurde steif wie ein Stock, als ihr plötzlich klar wurde, was es sein musste.

Herrgott! Lass es bitte nicht wahr sein! Perlen kalten Angstschweißes bildeten sich auf ihrer Stirn, während sie langsam ihren Kopf in Richtung des zischelnden Geräuschs drehte. Direkt hinter ihr befand sich die größte Schlange, die sie jemals gesehen hatte. Die Python musste in den Ästen des Mankettibaums die Nacht verbracht haben und schien jetzt auf Futtersuche zu sein. Jellas Angst vor Schlangen hätte man durchaus als psychotisch bezeichnen können. Als ihre Tochter vor vielen Jahren in Indien von einer Kobra gebissen worden war, hatte der Schreck sie sogar in eine Art Agonie versetzt, die wochenlang angedauert hatte. Sie fühlte, wie auch jetzt eine rasch anwachsende Flutwelle von Panik in ihr hochzusteigen begann. Fieberhaft versuchte sie sich zu erinnern, was Fritz ihr über diese Tiere erzählt hatte. Aber das Einzige, was ihr dazu einfiel, war, dass die Schlangen ihre Opfer, die groß wie ein Kudubulle sein konnten, erwürgten. Der Gedanke reichte, um ihr Übelkeit zu verursachen. Doch anstatt das Heil in der Flucht zu suchen, blieb sie wie gelähmt sitzen. Sie war nicht fähig, sich auch nur einen Zentimeter von ihrem Platz fortzubewegen. Plötzlich stand Nokoma wie ein Geist vor ihr auf der Lichtung und betrachtete sie seelenruhig.

»Die, die Schlange …«, krächzte Jella halb wahnsinnig vor Angst.

»*ER* wird dir nichts tun«, erklärte der Medizinmann ungerührt. »Bleib ganz ruhig, und entspanne dich.«

Trotz ihrer misslichen Lage warf sie ihm einen bösen Blick zu. »Oh, ich bin so entspannt wie schon lange nicht mehr«, presste sie mühsam hervor. »Tu doch endlich was!«

»Er hat erst vor Kurzem gefressen.« Nokoma deutete auf eine Verdickung in der Mitte des riesigen Schlangenleibs. Dem Umfang nach musste das Tier mindestens eine ganze Antilope verschluckt haben. Die Auskunft beruhigte sie keineswegs. Sie fing an, unkontrolliert zu zittern.

»Ich habe fürchterliche Angst«, bibberte sie.

»Der Python ist der Gott der Schlangen«, erklärte ihr Nokoma. »Er hat erkannt, dass du einer von uns bist. Deshalb ist er gekommen, um dich von deiner Angst zu befreien.« Der Medizinmann machte immer noch keine Anstalten, ihr beizustehen.

»Dann sag deinem Gott, er möge sich verziehen«, flehte Jella halb wahnsinnig vor Angst. Diese Situation war mindestens ebenso schlimm wie ihre Albträume, nur mit dem Unterschied, dass sie jetzt Wirklichkeit geworden waren.

Nokoma schien enttäuscht. »Sag ihm selbst, wenn er gehen soll, aber ich warne dich, er könnte beleidigt sein. Ich habe viel Muti verwendet, um ihn zu rufen.«

»Ich soll mit dem Biest reden?« Jella sperrte fassungslos den Mund auf. Dieser verrückte Medizinmann war also tatsächlich der Meinung, dass dieses Tier ein Gott war? Wie verrückt war sie nur gewesen, ihm zu folgen.

»Du musst mit ihm reden«, verlangte Nokoma nachdrücklich. »Sag ihm, wie schön er ist und dass du dich durch seinen Besuch geehrt fühlst. Der Gott der Schlangen ist sehr eitel.«

Unter anderen Umständen hätte Jella vielleicht gelacht, aber die Angst verjagte noch den letzten Rest ihres Humors. Etwas im Tonfall des Alten riet ihr jedoch, seine Anweisungen zu befolgen. Natürlich war das Unsinn, denn jedes Kind wusste, dass Schlangen nicht hören können. Sie tat es dennoch – wahrscheinlich, um nur irgendetwas zu tun.

»Also gut!« Sie zwang sich, das Tier anzusehen, das keine Armlänge von ihr entfernt war. Immer noch war sie unfähig, sich zu rühren. »Ich finde dich sehr schön, Python«, sagte sie laut und deutlich und fügte dann undeutlich murmelnd hinzu, »allerdings bist du am schönsten, wenn du weit weg bleibst.« Die Schlange hob ihren großen dreieckigen Kopf und sah sie aus ihren Schlitzaugen neugierig an. Langsam schob sie ihren Körper noch näher an Jella heran. Die wünschte sich sehnlichst, ohnmächtig zu werden, doch das blieb ihr unglücklicherweise versagt.

»Rede weiter, und hör nicht damit auf«, forderte Nokoma sie auf. »Er mag deine Stimme und beginnt bereits, dir zu vertrauen. Erzähl ihm von deiner Angst!«

Die Python schob sich unterdessen noch weiter an Jella heran, bis ein Teil des Schlangenkörpers ihre aufgestützte Hand berührte. Zu ihrer Überraschung fühlte sich der Körper angenehm trocken und kühl an. Er war nicht glitschig, wie sie es immer befürchtet hatte. Der Kopf des Tieres hob sich nun noch ein Stückchen höher und war nun mit Jella auf Augenhöhe. Für den Bruchteil einer Sekunde hatte sie die Vision, dass sich das Maul des Reptils wie ein Scheunentor öffnete und nach ihr schnappte.

»Ich habe fürchterliche Angst vor dir«, plapperte sie wie irr los. »Ich hasse euch Schlangen, weil ich eure Bewegungen so unberechenbar finde. Plötzlich taucht ihr auf und schnappt nach einem. Meine Tochter wäre um ein Haar an einem Kobrabiss gestorben. Es war ein hinterhältiger Überfall. Und ein anderes Mal wäre ich beinahe von einer Puffotter gebissen worden. Warum könnt ihr uns Menschen nicht einfach aus dem Weg gehen?«

Die Python ließ ihren Kopf sinken und kroch nun um Jella herum, bis ihr Leib sie fast umschloss. Gleich erwürgt sie mich, schoss es ihr durch den Kopf, aber dann fand sie, dass die Schlange dies schon lange hätte tun können. Seltsamerweise begann sich durch diese Vorstellung ihre Panik langsam zu legen. »Du bist gar kein Monster, nicht wahr?« Die Python hob erneut wiegend ihren Kopf und blickte sie aus gelben Augen an. Jella konnte beim besten Willen nichts Heimtückisches in ihrem Blick erkennen. Das machte ihr Mut. »Du bist ein Geschöpf dieser Erde, genau wie ich.« So banal diese Erkenntnis auch war, sie verschaffte ihr plötzlich die Gewissheit, dass das Tier nichts Böses gegen sie im Schilde führte. Es war einfach nur neugierig. Ihre verkrampfte Haltung lockerte sich ein wenig, und es gelang ihr tatsächlich, sich etwas zu entspannen. »Wahrscheinlich brauche ich noch eine ganze Weile, bis ich euch Schlangen gern haben kann«, fuhr sie fort. »Aber wenn du mich hier ungeschoren davonkommen lässt, dann werde ich es versuchen. Das verspreche ich dir.« Der Schlangenkopf sank wieder auf den Boden. In langen, wellenförmigen Bewegungen kroch das Reptil in Richtung Unterholz. Jella saß immer noch wie versteinert auf ihrem Platz und sah ihm nach. Sie konnte nicht glauben, was sie gerade getan hatte. Hatte sie wirklich die Schlange überredet, von ihr abzulassen?

»Fritz wird mich für verrückt halten«, murmelte sie verwirrt. Nokoma setzte sich neben sie.

»Der Schlangengott hat die ganze Nacht deinen Schlaf bewacht«, behauptete er. Jella sah ihn irritiert an. »Wie meinst du das?« Ein kaum vorstellbarer Gedanke schoss durch ihren Kopf, der durch Nokomas Worte zur Gewissheit wurde.

»Der Gott der Schlangen hat die ganze Nacht neben dir gelegen und deinen Schlaf behütet.«

»Das ist nicht wahr!« Eine neue Welle von Panik rollte an. »Hattest du etwa Albträume?« Jella schluckte und fasste sich an den Kopf. »Das kann doch alles gar nicht wahr sein! Ich habe eine Nacht mit einer Riesenschlange verbracht und es gar nicht gemerkt?«

»Es war so, wie ich es dir sage.« Nokoma ließ keine Zweifel zu. »Heute Nacht hat dich der Schlangengott beschützt und dir seine Freundschaft angeboten, weil du dich ihm gestellt hast. Es ist ein Anfang. Wenn die Zeit kommt, wirst du mehr darüber erfahren. Nimm das hier.« Nokoma reichte ihr ein Lederband, an dem ein Stück geschnitztes Holz hing, das der Schlange sehr ähnlich sah. »Es verleiht dir die Kraft des Schlangengottes. Versprich mir, dass du es immer tragen wirst. Es ist deine Verbindung zu dem Schlangengott.« Er legte das Amulett um ihren Hals.

Jella war viel zu erschüttert, als dass sie etwas hätte dagegen haben können. Sie erhob sich schwerfällig und wankte barfuß, mit zerknautschtem Nachthemd, davon.

*

Fritz wunderte sich über das leere Bett neben ihm. Jella musste noch früher aufgestanden sein, als sie es sonst tat. Dabei war es noch nicht einmal hell. Er machte sich langsam Sorgen um sie. In letzter Zeit wirkte sie so erschöpft und hastete rastlos von einem Patienten zum anderen. Sie gönnte sich kaum Ruhe, aß wenig und wirkte wie getrieben. Wenn er sie darauf ansprach, winkte sie nur ab und meinte, dass es ihr gut ginge. Aber irgendetwas schien sie doch zu bedrücken. *Wahrscheinlich kommt sie nicht über Rickys Abreise nach Berlin hinweg,* dachte er. Sie vermisst sie mehr, als sie es sich anmerken lassen will. Er konnte das gut verstehen. Schließlich ging es ihm auch nicht anders. *Vielleicht sollten wir einfach mal wieder für ein paar Tage in den Busch fahren,* dachte er. Dort würde Jella mal wieder auf andere Gedanken kommen. Sie waren schon viel zu lange nicht mehr im Buschmanns Paradies gewesen. Fritz beschloss, sie gleich suchen zu gehen, um sie mit seinem Vorschlag zu überraschen. Als er sie weder im Haus noch im Lazarett antraf, musste er seine Idee jedoch aufschieben. Matteus wartete bereits auf ihn. Es gab viel zu tun. Sie mussten Zäune ausbessern; außerdem hatte er den Weißens versprochen, ihre Tiere zu impfen.

»Richte meiner Frau bitte aus, dass sie sich morgen für einen kleinen Ausflug Zeit nehmen soll«, teilte er Teresa mit, die gerade das Frühstücksgeschirr wegräumte. »Ich werde heute Abend wohl erst ziemlich spät wieder zu Hause sein. Ihr müsst mit dem Abendessen nicht auf mich warten!«

*

»Das ist ja wirklich unglaublich!«

Beim Anblick der vielen Tiere wurde sogar Rüdiger von Nachtmahr sprachlos. Er klopfte dem kleinen Buschmann anerkennend auf die Schulter. In dem kleinen verborgenen Tal, in das Debe sie geführt hatte, gab es nicht nur Nashörner und Elefanten, sondern jede Menge Zebras, Oryxantilopen, die seltenen Bontebocks, Kuhantilopen und die Spur eines Leoparden. Das Elfenbein und die Trophäen der Tiere würden jede Menge Geld einbringen. Jon Baltkorn würde keinen Grund zur Klage mehr haben, und seine zahlenden Jagdgäste erst recht nicht. Er winkte seine Männer und die Jagdgäste herbei und zeigte ihnen die Tiere. Selbst die hart gesottenen Orlams gerieten ins Staunen. Nachtmahr grinste selbstgefällig. »Na, meine Herren«, sagte er zu dem Engländer und den beiden Schotten. »Habe ich Ihnen zu viel versprochen?«

»Und wir können wirklich schießen, was uns gefällt?«, fragte der Kräftigere der beiden Schotten. Er trug wegen der großen Hitze ein Taschentuch unter seinem Hut. »Sie kennen ja meine Preise«, meinte Nachtmahr. »Ein Elefant kostet zweitausend Pfund, ein Nashorn tausend. Wenn sie allerdings einen der seltenen Bontebocks schießen wollen, müssen Sie noch etwas drauflegen.« Die Augen des kleineren Jagdgastes glänzten voller Jagdfieber. »Man sagt uns Schotten ja immer nach, dass wir geizig sind. Nun sollen Sie mal sehen, dass das nicht stimmt. Lasst uns anfangen!«

»Meine Männer werden Sie begleiten«, meinte Nachtmahr zufrieden. »Sie zeigen Ihnen die besten Abschussplätze.« Er gab den Orlams ein Zeichen. Gemeinsam huschten die drei Jagdgäste und Nachtmahrs Männer durch das Gehölz. Nachtmahr fand, dass sie viel zu viel Krach machten, und fürchtete, dass die Tiere fliehen könnten. Doch Debe hatte ihm versichert, dass das Tal hinten durch Felsen verschlossen war. Im Grunde genommen brauchten sie nur den Eingang zu versperren und die Tiere in die Enge zu treiben. Doch zu seiner Verwunderung horchten die Tiere zwar auf und nahmen die Jäger wahr, ließen sich jedoch nicht aufschrecken.

»Auch gut«, brummte er zufrieden. »So wird es eben noch leichter.« Er wollte sich gerade seinen Männern anschließen, als Debe ihn zurückhielt.

»Du hast mir eine Kiste Schnaps versprochen«, erinnerte er ihn. Nachtmahr musterte den mittlerweile alkoholabhängigen Buschmann voller Verachtung und spürte den Drang, ihn scharf zurechtzuweisen. Doch dann besann er sich. Der versoffene Kerl war schließlich Gold wert. Ohne ihn hätte er schon längst nicht mehr ausreichend Wildtiere aufgetrieben. Die meisten Gegenden waren bereits leer gejagt. Bald blieben nur noch die bewachten Reservate, und gerade dort brauchte er findige Fährtensucher. Nachtmahr beschloss, ihm nachzugeben. »Geh zurück ins Lager, und lass dir deinen Lohn von Hendrik geben«, knurrte er. Der Buschmann ließ sich das nicht zweimal sagen und verließ das Tal.

Mit zitternden Händen griff Debe nach der ersten Flasche. Er hatte Mühe, sie zu entkorken. Schließlich gelang es ihm doch, und er schüttete den billigen Fusel gierig in sich hinein. Recht bald begann der Alkohol seine Sinne zu benebeln. Doch er schaffte es nicht schnell genug, sein schlechtes Gewissen zu betäuben. Die zahllosen Schüsse, die aus dem Tal drangen, hallten wie Anklagen in seinen Ohren wider und schmerzten ihn, als würde er selbst getroffen. *Ich habe alles verraten, was meinem Volk wichtig ist,* dachte er voller Scham und nahm einen neuen Schluck. Der Alkohol wärmte seine Kehle, und er wünschte sich, dass er bald den Nebel des Vergessens über ihm ausbreiten würde. Die Schüsse übertönten alles. Immer wieder hielt er sich die Ohren zu, doch der Widerhall der mordenden Geschosse erklang auch in seinem Kopf. Weinend sank Debe auf den Boden und krümmte sich, den Flaschenhals mit den Händen fest umschlossen. Er weinte wie ein Kind und wusste doch, dass er nun verloren war. Für ein paar Flaschen Schnaps hatte er sein Volk verkauft. Er hatte den heiligen Platz der Buschmänner an die weißen Mörder verraten. Nun konnte er nie wieder zu seinem Volk zurück. Am meisten schmerzte ihn der Gedanke an seine Eltern. Viel zu spät hatte er erkannt, dass Nakeshi und Bô mit ihren Befürchtungen recht gehabt hatten. Den Weißen war nichts heilig. Und er war um kein Haar besser. Tief in sein Selbstmitleid versunken leerte er die Flasche Zug um Zug, bis er schließlich die Welt um sich herum in einem besinnungslosen Rausch vergessen konnte.

Als er wieder erwachte, war es bereits dunkel. Ihm war übel, und er erbrach sich mehrere Male hintereinander. Niemand schenkte ihm die leiseste Beachtung. Nachtmahr und seine Männer waren es längst gewohnt, dass er sich nach jeder Jagd erst einmal um den Verstand soff. Sie sorgten lediglich dafür, dass er ihnen nicht zu nahe kam. Selbst für die ebenfalls dunkelhäutigen Orlams war er nur ein dreckiger Buschmann, nicht viel mehr wert als die Tiere, die sie killten. Debes Kopf dröhnte, als er sich mühsam aus seinem Erbrochenen erhob. Ihm schwindelte, und er musste einsehen, dass er nicht fähig war zu gehen. Also sank er wieder auf den Boden und schlief erneut ein. Am nächsten Morgen wurde er von einem derben Fußtritt geweckt.

»He, aufstehen, der Chef will dich sprechen!«

Debe blinzelte. Die Sonne stach wie Nadeln in seinen Augen. »Ich kann nicht«, wimmerte er hilflos. »Mir tut alles so weh.« Der Orlam, der ihn geweckt hatte, zeigte kein Erbarmen. Er fasste Debe am Oberarm und zog ihn hoch. »Stell dich nicht so an. Wenn der Chef sagt, du sollst kommen, dann kommst du gefälligst!« Er stupste Debe vor sich her, bis er vor Nachtmahr stand. Der rümpfte angeekelt die Nase.

»Du stinkst wie ein Aasfresser!« Er winkte Hendrik und befahl ihm, einen Eimer Wasser zu bringen. »Mach unseren kleinen Freund erst mal wach«, ordnete er an. Die Orlams grinsten einander an. Dann schüttete Hendrik den Inhalt in einem Schwung über dem Buschmann aus. Debe war viel zu angeschlagen, als dass er hätte ausweichen können. Tropfnass stand er nun vor den lachenden Männern. Die Häme, die aus dem Gelächter sprach, demütigte ihn noch mehr, und er fühlte sich wie ein Erdferkel. Immerhin machte ihn das kalte Wasser wieder einigermaßen nüchtern. Doch kaum konnte er wieder einen klaren Gedanken fassen, verspürte er auch schon das Bedürfnis nach Schnaps. Nachtmahr musste es ihm angesehen haben, denn er reichte dem Buschmann wortlos eine angefangene Flasche.

»Hier, trink!«

Gierig griff Debe nach der Flasche und nahm einen kräftigen Schluck. Als er nochmals trinken wollte, ließ ihm Nachtmahr die Flasche wieder entreißen. »Das war genug. Du kennst doch bestimmt noch mehr von diesen Plätzen, oder?«

Debe schüttelte den Kopf. Doch Nachtmahr ließ sich nicht abspeisen. Nackte Gier sprach aus seinen Augen. Debe fürchtete diesen Blick. Er wusste, dass der Mann nicht lockerlassen würde, bis er ihm eine neue Stelle verriet. So viele Tiere waren seinetwegen gestorben, und er hatte kein einziges um Verzeihung bitten können. Tränen voller Selbstmitleid traten in seine Augen. Er brauchte dringend noch einen Schluck Alkohol. »Gib mir die Flasche«, flehte er. Doch Nachtmahr schüttelte mitleidlos den Kopf. »Du bekommst keinen Tropfen mehr«, befahl er. »Hendrik, sorg dafür, dass die Kiste, die du ihm gestern gegeben hast, wieder in sicheren Gewahrsam kommt.«

»Der Schnaps gehört mir«, rief Debe panisch. »Es ist mein Lohn.« Er wollte Hendrik daran hindern, ihm die Kiste wieder zu nehmen. Doch der Orlam hielt ihn fest. Nachtmahr schüttelte angewidert den Kopf.

»Zum letzten Mal: Du bekommst erst wieder einen Tropfen Alkohol, wenn du mir verrätst, wo noch andere dieser sogenannten heiligen Plätze sind. Es muss doch noch mehr davon geben!«

»Es gibt nur diesen Platz«, beteuerte er. Bettelnd hielt er die

Hand nach der Flasche ausgestreckt, die Nachtmahr immer noch in den Händen hielt. »Debe lügt nicht! Bitte, gib mir meine Flaschen zurück.« Schließlich kniete er vor Nachtmahr nieder und versuchte seine Füße zu umklammern. Ein derber Tritt katapultierte ihn zurück. Die Geister des Alkohols hatten den jungen Buschmann so fest im Griff, dass er sämtliche Selbstachtung verloren hatte.

Als Nachtmahr einsehen musste, dass er nichts erreichen konnte, wurde er wütend und jagte ihn davon.

»Verschwinde endlich, du Neger!«

Hendrik gab ihm zur Bekräftigung noch einen Tritt, sodass er in den Staub fiel. Debe raffte sich auf und stolperte davon. Noch tiefer konnte er nicht fallen. Seine Hände fuhren an den Hals zu dem Amulett, das ihm seine Mutter einst gegeben hatte. Er riss es los und schleuderte es in den Staub. Damit hatte er jede Verbindung zu seinem Volk abgebrochen.

⋆

Jella hatte die Augen geschlossen und ließ sich genießerisch den Wind um die Nase wehen. Fritz saß neben ihr und lenkte den offenen Bakkie. Er strahlte seine Frau an. Seit Wochen schien sie zum ersten Mal etwas entspannter. Freudig hatte sie seine Einladung angenommen und dafür sogar umgehend das Lazarett geschlossen.

»Das ist deine beste Idee seit Langem«, hatte sie zu seinem Vorschlag gemeint und darauf gedrungen, dass sie gleich am nächsten Morgen losfuhren. Fritz kam das merkwürdig vor. Normalerweise war es nicht ihre Art, so Hals über Kopf abzureisen.

»Wer kümmert sich denn um die beiden Grippekranken?«, fragte er.

Jella öffnete die Augen, vermied es aber, ihn anzusehen, als sie antwortete: »Saburi und Joseph. Ihre Angehörigen wollen die beiden ohnehin heute abholen.«

»Hast du keine Sorge, dass es noch neue Grippefälle geben könnte? Ich meine, wir wissen doch, dass die Epidemie längst noch nicht vorüber ist.«

»Es wird schon keiner kommen«, meinte sie leichthin. Fritz schob erstaunt die Augenbrauen zusammen. »Das sind ja ganz neue Töne. Mir hättest du Vorhaltungen gemacht, wenn solch ein Satz von mir gekommen wäre.«

»Das spielt eben diesmal keine Rolle. Ich möchte jetzt nicht darüber reden. Lass uns lieber unsere gemeinsame Zeit genießen!« Sie strich über seine Hand und sah ihn verführerisch an. Der Blick aus ihren grünen Augen löste seine Einwände tatsächlich in Luft auf. Seine Frau wusste eigentlich immer, was sie tat. Die Vorstellung, mit ihr schon bald unter dem Sternenhimmel im Buschmanns Paradies zu liegen und sich zu lieben, war um einiges verlockender.

Mit dem Auto erreichten sie ihr Ziel viel schneller als mit den Pferden. Noch bevor die Sonne unterging, näherten sie sich dem kleinen, unzugänglich wirkenden Felsmassiv, in dem kein Unwissender ein fruchtbares, kleines Tal vermutet hätte und wo sich Tiere aller Art friedlich versammelten. Schon seit Tausenden von Jahren wurde dieser Ort von den Buschmännern für kultische Handlungen benutzt. Felszeichnungen zeugten von der tiefen Verbundenheit der kleinwüchsigen Ureinwohner mit der Natur. Für sie war der Ort mehr als heilig. Sie nannten ihn Buschmanns Paradies, weil sich dort selbst die Wildtiere gegenseitig duldeten und einander kein Haar krümmten. Es war ein Ort seltener Magie und für Fritz und Jella zudem noch etwas Besonderes, weil sie sich dort vor vielen Jahren zum ersten Mal nähergekommen waren.

Doch schon einige Kilometer vor ihrem Ziel merkten sie, dass diesmal etwas anders war als sonst.

»Siehst du die Staubwolken?« Fritz runzelte die Stirn und versuchte ihren Ursprung zu entdecken. »Irgendetwas scheint da nicht zu stimmen. Normalerweise verirrt sich kein Mensch in diese gottverlassene Gegend.«

»Das sind mehrere Automobile«, meinte Jella. »Sie fahren gerade weg.«

Auch sie hatte plötzlich ein ungutes Gefühl. Buschmanns Paradies kannten außer ihnen nur die Buschmänner. Sie war sich sicher, dass kein anderer Weißer es jemals entdeckt hatte. Vielleicht machten sie sich aber auch unnötige Sorgen, und die Leute waren nur zufällig dort vorübergefahren. Der Eingang zu dem kleinen Tal lag so versteckt, dass er für einen Uneingeweihten praktisch nicht zu finden war. Fritz gab Gas. Der alte Bakkie holperte über die steinige Piste, doch sein Motor war zu schwach, um die davonfahrenden Automobile noch einzuholen. Vor dem Felsmassiv stoppte Fritz den Wagen und sprang heraus. Aufgeregt untersuchte er die Spuren. Es bestand nun kein Zweifel mehr, dass die Fremden hier sogar campiert hatten. Mehrere Feuerstellen deuteten darauf hin, dass dort über zehn Menschen gewesen waren. »Was hatten die nur hier zu suchen?«, fragte er aufgebracht. Dann entdeckte er die blutigen Schleifspuren, die direkt zu dem geheimen Eingang ins Tal führten. Fassungslos fuhr er sich durch die Haare. Ihm schwante Furchtbares.

»Bleib im Auto«, befahl er Jella mit tonloser Stimme. »Wenn es stimmt, was ich befürchte, dann …« Er ließ die letzten Worte unausgesprochen und griff nach dem Gewehr auf der Rückbank. Mit großen Schritten eilte er zum Eingang des Tales. Jella spürte, wie sich ihr Magen verkrampfte. Sie wollte auf keinen Fall allein im Wagen zurückbleiben. Also stieg sie ebenfalls aus und folgte Fritz.

In dem sonst so friedvollen Tal empfing sie eine gespenstische Stille, die von eisenhaltigem Blutgeruch überlagert war. Kein Vogel sang oder krächzte. Es war, als hätte der Puls des

Lebens für eine Weile aufgehört zu schlagen. Selbst die Geier mieden diesen Ort des Frevels. Jella wandte den Kopf ab, als sie den ersten Kadaver erblickte. Es handelte sich um die blutigen Überreste eines abgehäuteten Bontebocks. Die Jäger hatten ganze Arbeit geleistet und nur einen von Aasfliegen übersäten Fleischklumpen übrig gelassen. Nicht weit davon lag das Kalb des Bontebocks, ebenfalls erschossen, obwohl sein Fell noch überhaupt keinen Wert besaß. Jella ballte die Hände zu Fäusten und biss sich auf die Unterlippe. Blankes Entsetzen mischte sich mit aufkeimender Wut. Wo sie auch hinsah, überall lagen die abgebalgten Kadaver von Tieren herum. Ein Zebra, ein Strauß, nicht weit davon ein toter Löwe, dem sie den Kopf und die Schwanzquaste abgetrennt hatten. Beim Kadaver zweier Nashörner, denen sie brutal mit einem Beil die Schädel zertrümmert hatten, um an die Hörner zu kommen, fand sie Fritz auf dem Boden kniend und wie ein Kind weinend.

»Was sind das nur für Menschen?«, schluchzte er verzweifelt. Jella wusste keine Antwort. Sie fasste Fritz an den Schultern, um ihn zu trösten. »Lass uns von hier fortgehen«, meinte sie schließlich mit brüchiger Stimme. »Wir können nichts mehr für die armen Tiere tun.« Fritz ballte seine Hand zu einer Faust und schlug damit auf den Boden. »Oh doch!« Seine Stimme klang immer noch verzweifelt, aber auch entschlossen. »Ich werde diese menschlichen Bestien zur Rechenschaft ziehen. Das schwöre ich!« Er richtete sich auf und nahm Jellas Hand. »Wir müssen uns beeilen. Ihre Spuren sind noch frisch. Wir werden ihnen folgen. Sie haben auf meinem Land gejagt.«

»Deinem Land?«

Fritz nickte. »Ich habe es schon zu deutscher Besatzungszeit erworben, weil ich den Ort schützen wollte. Es war spottbillig, weil die ganze Gegend bis auf Buschmanns Paradies völlig unfruchtbar ist.«

»Wie haben die Männer nur von dem Ort erfahren?«, fragte

sich Jella. »Es kann nur ein Buschmann gewesen sein. Aber das ist doch unmöglich, oder?«

»Ich weiß es nicht.« Fritz zuckte bekümmert mit den Schultern. »Es ist so absurd und schrecklich, dass ich immer noch keinen klaren Gedanken fassen kann. Wichtig ist nur, dass wir diese Kerle zu fassen bekommen. Los, wir folgen ihnen!«

»Und was willst du tun, wenn du die Männer gestellt hast?« Sie zog kritisch die Augenbraue hoch. »Das waren mindestens zehn Männer. Du kannst ihnen unmöglich alleine gegenübertreten. Außerdem ist der Handel mit Trophäen keineswegs strafbar.«

Fritz raufte sich die Haare. Er war immer noch außer sich. Doch Jella hatte recht. Es war sinnlos, die Verfolgung allein aufzunehmen. Doch er musste seinem Entsetzen Luft verschaffen.

»Es ist so sinnlos«, rief er verzweifelt aus. »Sie haben einen Ort entweiht, der den Buschmännern seit Urzeiten heilig ist. Wenn diese Großwildjägerei nicht bald ein Ende findet, dann wird es in ein paar Jahren hier überhaupt keine Tiere mehr geben. Diese Menschen müssen bestraft werden! Ich werde jeden Zentimeter ihres Lagers absuchen. Vielleicht finden wir ja einen Hinweis. Ich muss einfach etwas tun.«

Jella verstand ihren Mann nur zu gut. Seine Leidenschaft waren die Tiere Afrikas. Im fernen Etoscha gab es bereits einen Naturschutzpark, und er hoffte und setzte sich dafür ein, dass es eines Tages viele solcher Rückzugsmöglichkeiten für die Wildtiere geben würde.

Sie suchten das ganze Lager nach Hinweisen ab. Doch die Wilderer hatten sorgfältig alles mitgenommen und ihre Spuren verwischt. Fritz holte aus dem Bakkie sein Notizbuch und zeichnete die Profile der Reifen und einige markante Stiefelabdrücke ab. Jella durchforschte unterdessen die weitere Umgebung des Lagers. Dann fiel ihr auf, dass es außer den Abdrücken von Schuhen eine Spur gab, die von bloßen Füßen herrührte.

Die Fußabdrücke waren zierlicher als die der anderen Männer. »Also war es doch ein Buschmann, der es verraten hat«, murmelte Jella mit trauriger Gewissheit. Sie war gerade auf dem Weg zu Fritz, um ihm von ihrer Beobachtung zu erzählen, als ihr Blick an einem Gegenstand hängen blieb, der in einem der niederen Buschwerke hing. Jella zog ihn von dem Ast, um ihn näher zu betrachten. Es war eindeutig ein Amulett, und zwar ein kleiner Schildkrötenpanzer, der mit einem Stück Fell verschlossen war. Er hing an einer Sisalschnur, wie sie die Buschmänner herstellten. Irgendwie kam ihr das Amulett bekannt vor, aber sie konnte sich beim besten Willen nicht erinnern, weshalb. Vorsichtig entnahm sie das Fellstück und schüttete den Inhalt des Panzers auf ihre Hand. Darin lagen ein Milchzahn, ein paar Kräuter und ein Stück einer Gwi-Wurzel, mit deren Hilfe sich die Schamanen der Buschmänner in Trance versetzten. Jella betrachtete die Dinge nachdenklich. Kein Buschmann würde sich freiwillig von seinem Amulett trennen. Es verband ihn mit seinem Volk und seiner Familie und schützte ihn vor den bösen Llangwasi. Die Schnur war abgerissen. Vermutlich war sie dem Buschmann gewaltsam entrissen worden. Fritz' Ruf riss sie aus ihren Gedanken. Sie stopfte den Inhalt rasch in den Panzer zurück und steckte das Amulett in ihre Jackentasche.

»Ich habe etwas Interessantes entdeckt«, meinte er und deutete auf die abgezeichneten Profile. »Sieh dir das mal an.« Dann blätterte er einige Seiten zurück. »Und jetzt das hier.« Jella verglich die beiden Profile. »Fällt dir etwas auf?« Er sah sie erwartungsvoll an. Jella zuckte mit den Schultern.

»Nun, es sind beides Mal dieselben Spuren. Was ist daran so besonders? Wahrscheinlich gibt es in ganz Südwestafrika Hunderte solcher Reifenabdrücke!«

Fritz gab ihr recht. »Natürlich gibt es viele Reifen mit diesem Profil, aber im Unterschied zu den anderen Profilen weisen diese beiden Reifen eine Besonderheit auf. Sieh mal!« Er kringelte mit seinem Stift eine ovale Fläche ein, die kein Profil aufwies. Dann blätterte er wieder zurück und kringelte auf dem zweiten Blatt ebenfalls die gleiche ovale Stelle ein. »Dieser Reifen hat einen Fehler oder ist einseitig abgefahren worden. Er dürfte einzigartig sein.«

»Und was sagt dir das?« Jella verstand immer noch nicht, worauf er hinauswollte. Fritz lächelte selbstsicher. »Das bedeutet, dass man davon ausgehen kann, dass es sich bei den Schurken, die im Etoscha wildern, und den Verbrechern hier um dieselben Personen handelt. Wir folgen jetzt ihren Spuren. Vielleicht haben wir ja Glück. Wenn wir den Wagen finden, haben wir auch die Wilderer.«

Unerwartetes

April 1925

Raffael legte den Füllfederhalter auf den schweren Eichentisch in seinem Kanzleizimmer und rieb das schmerzende Bein. Sobald das Wetter umschlug, pochte es im Oberschenkel, als sei eine Entzündung darin. Vor dem Fenster zog gerade ein Gewitter auf. Schwarzdunkle Wolken türmten sich am Himmel zu Blumenkohlbergen auf. Im Zimmer war es stickig und schwül. Er knipste die Messinglampe auf seinem Schreibtisch an und versuchte sich auf seine Akte zu konzentrieren. Doch seine Gedanken schweiften immer wieder zu seiner hochschwangeren Frau Sonja. Es war nicht mehr lange bis zu ihrer Entbindung, vielleicht zwei, drei Wochen, hatte der Arzt gemeint. Für Raffael war es die erste Schwangerschaft, die er hautnah mitbekam, und sie erschreckte ihn. Seine zierliche Frau hatte sich während dieser Zeit sehr verändert. Schon nach wenigen Monaten war ihr Leibesumfang auf mehr als das Doppelte gewachsen. Das Baby musste ein Riese sein, so, wie sich ihr Körper nach vorne auswölbte. Manchmal fürchtete er schon, dass die Bauchdecke platzen könnte. Sonja trug die Schwangerschaft zwar nach außen hin mit Gelassenheit, doch er spürte, dass das Kind sehr an ihren Kräften zehrte. Hoffentlich würde alles gut gehen! Nicht auszudenken, wenn ihr oder dem Baby etwas geschah! Die körperlichen Beschwerden seiner Frau nahmen ihn psychisch sehr mit. Zum Glück lief in der Kanzlei alles bestens. Seitdem er den Fall des Minenbesitzers Kappler erfolgreich abgeschlossen hatte, vertraute ihm Dr. Schmiedel immer kompliziertere Fälle an. Bereits nach einem halben Jahr Anwaltstätigkeit hatte sein Chef das Salär deutlich erhöht. Wenn er den nächsten Fall gewann – und die Zeichen standen nicht schlecht –, dann hoffte er darauf, dass Dr. Schmiedel ihm sogar eine gleichberechtigte Partnerschaft anbieten würde. Die Sozietät würde ihm nicht nur finanziell einige Vorteile bringen, sondern sie würde ihm auch erlauben, den Fällen sein Hauptaugenmerk zu schenken, die er jetzt nur gelegentlich nach Feierabend bearbeitete. Schon bald würde er Sonja, Benni und dem Baby ein größeres, helleres Haus bieten können, in dem sie sich alle wohlfühlen konnten. Seit ihrer Auseinandersetzung vor einigen Monaten hatte Raffael sich bemüht, mehr auf Sonja einzugehen. Er versuchte ihre Schüchternheit zu respektieren und zwang sie zu keiner öffentlichen Veranstaltung mehr. Im Moment konnte er sie ohnehin gut wegen ihrer Schwangerschaft entschuldigen. Außerdem hatte er sich eine Zeit lang redlich bemüht, so viel wie möglich bei seiner kleinen Familie zu sein. Nach den ersten gewonnenen Prozessen nahm seine Arbeit jedoch erheblich größere Ausmaße an, und er war gezwungen gewesen, wieder mehr Zeit in der Kanzlei zu verbringen. Sonja beschwerte sich nur selten, denn ihre Mutter war länger geblieben, und sie genoss ihre Gesellschaft. Isabella hatte versprochen, bis nach der Geburt des Babys bei ihnen zu bleiben. Leider würde sie danach wieder abreisen, um sich um ihre kleine Pension in Swakopmund zu kümmern. Raffael schmunzelte, wenn er daran dachte, wie sehr sich Sonjas Mutter seit der Trennung von ihrem gewalttätigen Mann gewandelt hatte. Zu ihrer aller Erstaunen hatte sie sich in eine neugierige, selbstbewusste Frau verwandelt. Ihr früheres eingeschüchtertes Wesen hatte sie völlig abgelegt. An dessen Stelle war nun eine ruhige, aber bestimmte Selbstsicherheit getreten. Jeder konnte ihr ansehen, wie stolz sie darauf war, dass es ihr gelungen war, aus eigener Kraft auf die Beine zu kommen. Sie hatte es nicht leicht gehabt. Nachdem sie Rüdiger von Nachtmahr verlassen hatte, musste sie seine Rache fürchten. Deshalb war sie so weit wie möglich von *Hakoma* weggegangen. Sie hielt es für das Beste, erst einmal unterzutauchen, bis sich das jähzornige Gemüt ihres Gatten beruhigt hatte. Doch entgegen aller Befürchtungen hatte dieser darauf verzichtet, Nachforschungen anzustellen. In Swakopmund war sie für die erste Zeit in einer kleinen Pension untergekommen. Schon nach wenigen Tagen hatte sie das Glück gehabt, die Bekanntschaft einer begüterten, aber etwas gebrechlichen alten Dame zu machen, die ebenfalls in der Pension lebte. Misses Summer war gerade Witwe geworden und nun dringend auf der Suche nach einer Gesellschafterin, die sich etwas um sie kümmerte. Da die beiden Frauen einander sympathisch fanden, lag es nahe, dass Isabella diese Aufgabe übernahm. Misses Summer übernahm Kost und Logis in der Pension und zahlte ihr darüber hinaus noch ein ausreichendes Gehalt. Schon bald war zwischen den beiden Frauen eine innige Freundschaft entstanden. Auch Misses Summer hatte eine schlimme Ehe hinter sich. Ihr Mann war Händler gewesen und hatte sie betrogen, geprügelt und erniedrigt, ganz ähnlich wie es Isabella mit Rüdiger von Nachtmahr ergangen war. Als Misses Summer nach etwa zwei Jahren starb, trauerte Isabella um sie wie um ihre Mutter. Zu ihrer großen Überraschung hatte die alte Dame sie zu ihrer Erbin gemacht. Es war kein großes Vermögen, aber dennoch genug, um sich ein hübsches eigenes Haus zu kaufen. Das Leben in der Pension hatte Isabella gefallen. Sie mochte den Umgang mit fremden Menschen und beschloss, nun selber ein solches Haus zu eröffnen. Swakopmund war ein beliebter Ort für die Zeit der Sommerfrische, in der immer Zimmer benötigt wurden.

Das Klopfen an der Tür riss Raffael aus seinen Gedanken. Kurz darauf reckte Fräulein Julich, die Sekretärin, ihren schmalen, bebrillten Hühnerkopf ins Zimmer. Sie war die Seele der Kanzlei.

»Herr Kappler wünscht Sie zu sprechen.«

»Ich habe zu tun.« Er deutete Verständnis heischend auf den Stapel von Akten, die er noch durchzuarbeiten hatte. »Kann sich nicht Dr. Schmiedel um ihn kümmern?«

»Bedaure«, Fräulein Julich schob sich nun ganz durch die Tür. »Herr Kappler besteht darauf, dass Sie ihn betreuen«, vertraute sie ihm mit verschwörerischer Stimme an. »Er ist der Meinung, dass Sie in diesem Fall geeigneter sind als unser Chef, auch wenn der das nicht gerne hören würde. Ich glaube, er schätzt Ihre kriminalistischen Fähigkeiten. Außerdem ist er in Begleitung.«

Raffael stöhnte ergeben. »Nun gut, dann bitten Sie ihn herein.« Er räumte rasch seine Akten beiseite. Der Kupferminenbesitzer Ruus Kappler hatte offensichtlich einen Narren an ihm gefressen, seit Raffael ihm in einer Grundstücksstreitigkeit mit einem Konkurrenten erfolgreich beigestanden hatte. Kurz darauf klopfte es, und Ruus Kappler betrat, gefolgt von einem kleinen, schmalgesichtigen Mann mit randloser Nickelbrille, sein Büro. Der wuchtige Minenbesitzer begrüßte ihn freundschaftlich und stellte ihm sogleich seinen Begleiter vor.

»Das ist Mister Ernest Oppenheimer, ein werter Freund und Kollege von mir.«

»Sehr erfreut!«

Raffael reichte ihm die Hand und versuchte sich seine Überraschung nicht anmerken zu lassen. Ernest Oppenheimer war einer der einflussreichsten Männer in ganz Südafrika. Er war Vorstand und Besitzer der Anglo-American-Corporation, des reichsten Bergbaukonzerns Südafrikas. Was konnte solch ein mächtiger Mann von einem jungen Anwalt schon wollen?

»Es freut mich, Sie kennenzulernen«, sagte Oppenheimer mit leiser, aber eindringlicher Stimme. Er war es offensichtlich gewohnt, dass man ihm zuhörte. Seine dunklen Augen musterten ihn aufmerksam. »Wenn es stimmt, was Ruus über Sie erzählt, dann scheinen Sie eine große Zukunft vor sich zu haben.«

Raffael fühlte sich geschmeichelt.

»Das ist sehr freundlich von Ihnen, aber ich stehe noch ganz am Anfang meiner Karriere«, meinte er bescheiden. »Wollen die Herren nicht Platz nehmen?«

Er deutete auf die Ledersessel, die um einen kleinen runden Tisch angeordnet waren, auf dem eine Flasche Cognac und einige Gläser standen. Er bot seinen Klienten etwas zu trinken an, nahm selbst jedoch nur Wasser. Nachdem sie sich zugetoastet hatten, kam Oppenheimer gleich zur Sache.

»Wie Sie vielleicht gehört haben, besitze ich seit ein paar Jahren das Land zwischen Oranje und dem Naukluft-Gebirge. Mein Unternehmen versucht dort die Diamantengewinnung zu perfektionieren. Um unkontrolliertem und unlizenziertem Diamantenabbau vorzubeugen, habe ich mit staatlicher Genehmigung dort ein Sperrgebiet errichten lassen. Meine Männer riegeln das gesamte Gebiet ab und sorgen dafür, dass kein Unbefugter dort sein Unwesen treibt. Es ist tatsächlich nahezu unmöglich, dass Fremde dort unbemerkt nach Diamanten suchen können, zumal der größte Teil des Landes Wüste ist. Meine Firma, die Consolidated Diamond Mines of South West Africa, ist sehr erfolgreich. Wir verfügen über modernste Maschinen und suchen das erweiterte Gebiet systematisch ab. Unsere Gewinne können sich sehen lassen, und dennoch …« Oppenheimer nahm einen kleinen Schluck Cognac, spülte damit seinen Mund und fuhr danach erst fort. »… dennoch haben wir in letzter Zeit empfindliche Verluste. Es muss jemanden in meinem Unternehmen geben, dem es gelingt, in großem Stil etwas von den Diamanten abzuzweigen.«

»Haben Sie die Diamantenbehörde darüber informiert? Es ist Aufgabe der Inspekteure, diesen Dingen auf den Grund zu gehen.«

Oppenheimer winkte ab. »Die Arbeit dieser Herren ist in höchst unerfreulichem Maß ineffektiv. Sie machen Stichproben und drangsalieren und verdächtigen unnötig meine Mitarbeiter. Ich möchte mit dieser Behörde nichts zu tun haben.«

»Was glauben Sie denn, weshalb wir zu Ihnen kommen?«, mischte sich nun Ruus Kappler ein. »Sie haben bewiesen, dass Sie nicht nur ein geschickter Anwalt sind, sondern dass Sie auch Nachforschungen anstellen können. Sie scheinen über Verbindungen zu verfügen, die, wie soll ich es ausdrücken, auch recht ungewöhnlich sein können.«

Raffael verstand die Andeutung als Kompliment. Tatsächlich hatte er einige nützliche Kontakte nach Old Location, wo die meisten Schwarzen in ärmlichsten Verhältnissen lebten. Hin und wieder begab er sich dorthin und versuchte den Bewohnern bei juristischen Problemen zu helfen. So war es ihm mittlerweile gelungen, gegen den Willen des Stadtrates durchzusetzen, dass dort eine Krankenstation errichtet worden war. Und so manch einem hungernden Kleinkriminellen hatte er längere Gefängnisaufenthalte erspart, indem er ihn kostenlos verteidigt hatte. Diese Gefälligkeiten vergalten ihm die Menschen in Old Location durch wertvolle Informationen, an die er sonst nicht herangekommen wäre. Raffael hörte nun gespannt zu.

»Ihre Männer werden doch sicherlich jeden Abend untersucht?«, erkundigte er sich. Oppenheimer nickte zustimmend.

»Selbstverständlich. Wenn die Arbeiter am Wochenende das Sperrgebiet verlassen, werden sie einer gründlichen Leibesvisitation unterzogen. Sie können versichert sein, dass dabei in jeder Körperöffnung nachgesehen wird. Außerdem wären sie selbst dann nicht in der Lage, solche großen Mengen an Diamanten herauszuschmuggeln.«

»Der Meinung bin ich auch«, pflichtete Raffael ihm bei. »Also muss es entweder Wege geben, unbemerkt in das Sperrgebiet zu gelangen, oder einer Ihrer Mitarbeiter ist die undichte Stelle. Außerdem muss es Kontaktmänner von außen geben, die die Ware in Empfang nehmen. Ein weiterer Ansatzpunkt wäre herauszufinden, wohin die Diamanten gebracht werden. Sie werden wohl kaum hier in Afrika verhökert, sondern mit Sicherheit in Richtung Europa abtransportiert werden.«

Oppenheimer nickte zufrieden. »Sie denken in viele Richtungen, das gefällt mir. Wenn Sie einverstanden sind, sind Sie engagiert.« Er erhob sich, um zu gehen. Dabei zog er einen Scheck aus der Innentasche seiner Anzugjacke. »Ich hoffe, das reicht als Anzahlung«, meinte er, indem er ihn überreichte. »Wenn Sie Erfolg haben, werde ich die Summe nochmals verdreifachen.«

Ruus Kappler klopfte ihm beim Verlassen des Zimmers aufmunternd auf die Schulter. »Ich setze auf Sie, mein Freund. Sie werden Herrn Oppenheimer sicherlich nicht enttäuschen.«

Raffael starrte ungläubig auf den Scheck. Achttausend englische Pfund waren darauf eingetragen. Ein kleines Vermögen! Damit konnte er sich sofort nach einem neuen Heim umsehen. Er würde Sonja heute Abend Pralinen mitbringen und Benjamin endlich den Baukasten schenken, den er sich schon so lange wünschte. Doch zuerst musste er in die Old Location, um dort Nils zu treffen.

*

Sonja war gerade dabei, Spinat für das Abendessen zu pflücken. Weil ihr Bauch so schwer war, musste sie auf allen vieren durch den kleinen Garten kriechen. Andernfalls drohte sie umzukippen. Seit einigen Tagen spürte sie immer wieder leichte Wehen, die allerdings rasch vergingen. Doktor Smith hatte sie beruhigt und gemeint, dass bis zur Geburt noch gut zwei Wochen ins

Land gehen konnten. Das Baby in ihr bewegte sich manchmal mit solcher Wucht, dass ihr der Atem wegblieb. Auch jetzt trat es kräftig gegen ihren Unterleib.

»Aihh«, sie biss sich kurz auf die Unterlippe und richtete sich auf. »Was bist du nur für ein kräftiges Kind!« Der Schmerz verschwand so schnell, wie er gekommen war. Also machte sie sich weiter daran, die zarten, grünen Blätter zu zupfen. Sie hatte in den letzten Monaten viel Mühe darauf verwendet, dem kargen Boden wenigstens etwas Gemüse abzugewinnen. Ein erneutes Ziehen ließ sie innehalten. Sie setzte sich auf und versuchte mit gleichmäßigem Atmen dem Schmerz zu begegnen. *Vielleicht sollte ich doch Maria bitten weiterzumachen,* dachte sie. Nicht weit von ihr focht Benjamin mit seinem Holzsäbel, den er von seinem Großvater Johannes bekommen hatte. Sein Gegner war unsichtbar, doch er drosch unerbittlich auf ihn ein. Völlig in sein Spiel vertieft bemerkte er nicht die wohlwollenden Blicke seiner Mutter. Für seine fünf Jahre war der Junge recht groß und schon sehr verständig. Sonja freute sich jeden Tag an ihm. Weil sein Vater in letzter Zeit nur selten zu Hause gewesen war, hatte er begonnen, dessen Rolle als Beschützer zu übernehmen. Er sorgte sich rührend um seine Mutter und achtete darauf, dass sie sich nicht übernahm. Wenn sie einen Wäschekorb trug, legte er vorwurfsvoll seine Stirn in Falten und sah sie streng an. »Mama, leg das bitte sofort hin! Du hast einen Sohn, der dir das abnehmen kann.« Und dann drängte er sie so lange, bis sie ihm den Korb überließ, obwohl er ihn kaum schleppen konnte. Sie lächelte versonnen und strich sich über den Bauch. Wie es wohl mit dem neuen Baby sein würde? Raffael wünschte sich so sehr ein Mädchen. Bald würden sie eine richtige Familie sein. Der einzige Wermutstropfen lag darin, dass sie noch immer nicht verheiratet waren. Raffael hatte versucht, eine unauffällige Heirat zu arrangieren, aber er hatte einsehen müssen, dass dies in Südwestafrika nicht mehr ohne

Weiteres möglich war. Natürlich hätte er klagen können, denn es lagen noch keine ordentlichen Gesetze dazu vor. Aber damit wäre automatisch in Windhuks Gesellschaft publik geworden, dass er und Sonja noch nicht verheiratet waren. Nun blieb ihnen nichts anderes übrig, als zu warten, bis das Baby groß genug war, um nach Deutschland zu reisen und dort zu heiraten. Erst dann würde der dunkle Schatten über ihrem Glück verschwunden sein. Sonja dachte an Raffael, der beruflich sehr ehrgeizig war und dementsprechend auch viel Erfolg hatte. Er gab sich unendlich viel Mühe, ihnen ein anständiges Leben zu bieten. Leider wurde er von seiner Arbeit viel zu sehr in Anspruch genommen. Wenn er spät abends nach Hause kam, war Benjamin oft schon im Bett und schlief. In der Regel war er dann müde, abgespannt und hatte kaum Muße, sich länger mit ihr zu unterhalten. Immerhin versuchte er an den Sonntagen ganz für seine Familie da zu sein. Sonja hatte mittlerweile gelernt, das Beste daraus zu machen. Sie liebte ihren Mann und wusste, dass er das alles nur tat, um ihnen ein schönes Leben zu bieten. Ebenso wusste sie, dass ihm die Fälle, mit denen er in Dr. Schmiedels Kanzlei betraut wurde, nicht immer behagten, denn oft war er gezwungen, die Partei derer zu ergreifen, die er lieber als Gegner gehabt hätte. Auf der anderen Seite hatte er einsehen müssen, dass er im Augenblick nur als Anwalt für die wohlhabenden Bürger den Unterhalt für seine Familie sichern konnte. Sonja unterstützte ihn, so gut es ging. Sie versuchte sogar, dem dunklen Haus etwas Wohnliches abzugewinnen. Falls Raffael tatsächlich in naher Zukunft ein gleichberechtigter Partner von Dr. Schmiedel werden würde, würden sie in der Kanzlei einen weiteren Anwalt einstellen, und Raffael würde mehr Zeit für seine Familie haben. Doch das waren bislang alles nur Hoffnungen. Schwerfällig stand Sonja auf, um den Korb mit dem Spinat ins Haus zu tragen. Jeder Schritt fiel ihr schwer, und sie fühlte sich wie ein Flusspferd auf Landgang. Unbeweglich, wie sie war, übersah sie den Rechen, den das Hausmädchen auf dem Weg vergessen hatte. Sie stolperte darüber und geriet ins Straucheln. Um nicht zu stürzen, versuchte sie sich an einem Hibiskusstrauch abzufangen. Doch ihre Finger griffen ins Leere, und sie stürzte rücklings in den Busch. Die dünnen Zweige bremsten zwar ihren Fall, doch sie konnte nicht verhindern, dass ein dickerer Ast ihr seitlich in den Bauch schlug. Für einen Moment blieb ihr die Luft weg.

Benjamin wurde durch den röchelnden Hilferuf seiner Mutter aus seinem Spiel gerissen. Als er sah, dass sie auf dem Boden lag und offensichtlich nicht mehr aufstehen konnte, ließ er alles stehen und liegen und lief zu ihr hin.

»Mama, hast du dir wehgetan?« Er war zutiefst erschrocken. Seine Mutter schüttelte zwar den Kopf, gleichzeitig verzog sie aber auch vor Schmerzen das Gesicht. Dann bäumte sie sich auf, und er sah, wie ein Schwall von Flüssigkeit zwischen ihren Beinen hervorströmte. Benjamin war völlig perplex, dass seiner Mutter so etwas passieren konnte.

»Auwei, jetzt hast du dir in die Hosen gemacht!«, stellte er fasziniert fest. »Aber keine Angst, ich verrate dich nicht.«

Seine Mutter versuchte zu lächeln, doch dann verkrampfte sie sich wieder so merkwürdig.

»Hör zu, Benni«, keuchte sie schließlich. »Du musst jetzt ganz schnell ins Haus gehen und Großmutter holen. Sag ihr, dass sie sich beeilen soll!«

Benjamin wurde langsam der Ernst der Lage klar. »Mach ich«, versprach er erschrocken und wetzte die Hintertreppe hoch ins Haus.

Sobald die Wehe vorüber war, versuchte sie erneut aufzustehen, was ihr allerdings nicht gelang. Also kroch sie aus dem Gebüsch und blieb auf dem staubigen Weg liegen. *Mein Gott, tut das weh,* dachte sie und versuchte sich an Benjamins Geburt zu erinnern. Damals war sie ebenfalls ganz alleine gewesen und hatte panische Angst gehabt, es nicht zu überleben. Aber dann war doch alles gut und relativ leicht gegangen. Doch dieses Mal spürte sie, dass etwas anders war. Der Druck auf ihren Muttermund war jetzt schon enorm. Benjamin hatte sich damals nach dem Einsetzen der Wehen viele Stunden Zeit gelassen, bevor er das Licht der Welt erblickt hatte. Dieses Baby hatte es offensichtlich viel eiliger. Die Wehen wogten wie sturmgepeitschte Wellen heran. Bei der nächsten wurde ihr sogar übel, so heftig war der Schmerz. Sie schrie auf, obwohl sie sich dafür schämte. Isabella kam unterdessen mit dem Hausmädchen die Treppe hinuntergehastet. Sie war sofort bei ihr und kniete sich neben ihr nieder. Ihre Hand fuhr ihr beruhigend über das bereits schweißnasse Gesicht.

»Ganz ruhig, mein Liebes«, meinte sie gefasst. »Maria und ich werden nun versuchen, dich ins Haus zu bringen. Ich habe bereits mit Doktor Smith und deinem Mann telefoniert. Sie werden so schnell wie möglich hier sein.«

Gemeinsam schafften sie es, Sonja aufzuhelfen und ins Haus zu schaffen. Die Wehen kamen nun im Minutentakt. Isabella sah Maria besorgt an und befahl ihr, sofort heißes Wasser aufzusetzen und Handtücher und Laken zu besorgen. Sonja gab sich nun keine Mühe mehr, ihren Schmerz zu verbergen. Sie schrie wie am Spieß, als sie endlich in ihrem Bett lag. Alle waren so mit ihr beschäftigt, dass keiner Zeit gefunden hatte, sich um den kleinen Benjamin zu kümmern. Er war den Frauen gefolgt und wurde nun unabsichtlich Zeuge dieses für ihn sehr unheimlichen Vorgangs. Was war nur mit seiner Mama los, fragte er sich. Verstört beobachtete er, wie seine Großmutter den Rock seiner Mutter hochschob und ihr den Schlüpfer auszog. Was machte sie da? So etwas gehörte sich nicht. Obwohl ihn das alles abschreckte und noch mehr entsetzte, konnte er nicht wegsehen. Gebannt stellte er fest, dass seine Mutter zwischen den Beinen ganz haarig und irgendwie rot und fleischig war. Aus einer schmalen Öffnung flossen Blut und Flüssigkeit auf das weiße Laken, auf dem sie lag. Instinktiv begriff er, dass dieser entsetzliche Vorgang etwas mit dem Baby zu tun haben musste. Warum war sein Geschwisterchen nur so gewalttätig? Er fühlte hilflose Wut gegen das Ungeborene in sich aufsteigen, und dann fragte er sich mit Schrecken, ob er auch so ungezogen gewesen war.

»Du musst jetzt pressen«, hörte er seine Großmutter plötzlich rufen. Maria hatte endlich heißes Wasser und frische Tücher gebracht, mit denen sie versuchte, seine Mutter sauber zu halten. Mittlerweile weitete sich die Öffnung zwischen Mamas Beinen, und etwas Dunkles, Rundes wurde sichtbar. Langsam dämmerte Benjamin, dass seine Eltern ihn angelogen hatten. Sie hatten ihm erzählt, dass der Storch die Kinder zu ihren Eltern brachte. Die Wahrheit sah dagegen ungeheuerlich und grausam aus. Seine Mutter bäumte sich nochmals auf und schrie so gellend, dass er sich die Ohren zuhalten musste. Reglos starrte er auf sie und hatte gleichzeitig fürchterliche Angst um ihr Leben. Er spürte, wie ihm Tränen aus den Augen schossen, und kämpfte gegen den Drang, sich an seine leidende Mutter zu schmiegen. Nur der Ekel hielt ihn davor ab. Plötzlich sah er, wie ein schleimverschmiertes Köpfchen aus der Öffnung zwischen den Beinen seiner Mutter hervorkam. Gleichzeitig sank seine Mutter kraftlos in die Kissen zurück.

»Du musst noch mal pressen!«, hörte er erneut Großmutter rufen. »Noch ein einziges Mal, dann hast du es geschafft!«

Seine Mutter krallte ihre Hände in die Matratze und biss sich auf die Unterlippe. Ihr Gesicht war zu einer hässlichen Fratze verzerrt, die Benjamin völlig fremd und beängstigend vorkam. Schweiß und Tränen flossen ihr über das Gesicht, als sie endlich den Rest des kleinen Körpers aus ihrem Leib presste. Völlig verstört starrte Benjamin auf das Baby, das ganz blau und blutig aussah. Außerdem hing es an einer schleimigen, bläulichen Schnur, die in Mamas Bauch verschwand. Seine Großmutter rieb dem Säugling sachte den Schleim vom Gesicht. Und dann hörte er kräftiges, lautes Weinen. In diesem Augenblick trat der Arzt ins Zimmer. Er sah den Jungen kurz an. »Verschwinde, das ist jetzt nichts für dich!«

Benjamin protestierte nicht und ließ sich willenlos von Maria vor die Tür schieben. Völlig verstört und geschockt stand er nun alleine im Treppenhaus und fühlte sich von allem ausgeschlossen. Er wusste nicht, wo er hingehen sollte, also blieb er wie zur Salzsäule erstarrt einfach stehen. So traf ihn kurze Zeit später auch sein Vater an.

»Wo ist deine Mama? Ist alles in Ordnung?«

Benjamin sagte kein Wort, sondern deutete nur mit seinem Finger in Richtung Tür. Wie ein Roboter begann er endlich zu sprechen: »Mama stirbt, weil das Baby sie verletzt hat«, stieß er kreidebleich hervor. »Hör nur, sie schreit so laut wie die Kühe auf *Owitambe,* wenn sie geschlachtet werden!« Sein Vater erschrak nun auch. Er strich ihm fahrig über den Kopf. »Alles wird gut«, sagte er unsicher. »Geh doch in die Küche, und hol dir ein Glas Milch.«

Ohne ihn weiter zu beachten, verschwand er hinter der Tür.

Doktor Smith hatte gerade das Neugeborene untersucht und übergab es nun Isabella, damit sie es baden und anziehen konnte. Stolz hielt sie Raffael das Kleine entgegen. »Es ist ein Junge. Er ist zwar etwas klein, aber in ein paar Wochen wird er das alles aufgeholt haben.« Fassungslos nahm der frischgebackene Vater seinen Sohn in die Arme. Wie klein und zerbrechlich er war! »Ist er wirklich gesund?«, fragte er besorgt. Doktor Smith beruhigte ihn. »Es ist alles an ihm dran, und schreien kann er wie ein Löwe.« Erst jetzt erinnerte Raffael sich an seine Frau und schämte sich plötzlich, sie nicht vorher begrüßt zu haben.

Vorsichtig trug er seinen kleinen Sohn zu seiner Mutter und legte ihn an ihre Brust. Sie lächelte ihn schwach an. Die Geburt hatte sie sehr erschöpft. Plötzlich krampfte sich ihr Bauch erneut zusammen. Raffael rief schnell den Arzt.

»Um Gottes willen, was ist denn nur mit ihr los? Ich dachte, es wäre vorbei!«

Doktor Smith trat neben das Bett. »Das wird die Nachgeburt sein«, beruhigte er ihn. »Ich übernehme das hier. Nehmen Sie Ihren Sohn, und sorgen Sie dafür, dass er etwas zum Anziehen bekommt.« Raffael tat verdattert, was der Arzt ihm befahl. Doktor Smith untersuchte Sonja mit den Fingern und zog plötzlich besorgt die Stirn in Falten.

»Hören Sie gut zu«, sprach er zu Sonja. »Ich fürchte, Sie haben die Geburt noch nicht ganz überstanden. Atmen Sie tief durch, und wenn eine neue Wehe kommt, dann müssen Sie nochmals mit aller Kraft pressen.«

Sonja schloss kraftlos die Augen.

»Ist mit meiner Frau etwas nicht in Ordnung?« Raffaels Stimme schnappte vor Aufregung fast über. Doktor Smith wandte sich an die besonnener wirkende Isabella. »Sorgen Sie doch bitte dafür, dass Mister Sonthofen das Zimmer verlässt. Er macht es mit diesem Lärm weder mir noch seiner Frau leichter.« Isabella schob den widerstrebenden Raffael durch die Tür zum Zimmer hinaus.

Unterdessen massierte der Arzt Sonjas Bauch, bis sie eine neue Wehe bekam. »Pressen«, befahl er eindringlich. Sonja tat, was in ihrer Macht stand. »Oh Gott, ich kann nicht mehr«, wimmerte sie kraftlos.

»Sie müssen«, pochte der Arzt. »Sie werden gleich noch ein zweites Kind bekommen. Es lag falsch herum, aber nun glaube ich, hat es die richtige Position. Pressen Sie, dann ist alles gleich vorbei.«

Einige Minuten später gebar Sonja ein winziges Mädchen.

Raffael konnte nicht fassen, dass er Vater von Zwillingen geworden war. Keiner, nicht einmal der Arzt, hatte das vorher bemerkt. Bei aller Erleichterung, dass nun alles überstanden war, fühlte er eine seltsame Leere in sich. Warum freute er sich nicht? Dabei war doch alles in Ordnung! Die Kinder waren allem Anschein nach gesund, und obendrein hatte er heute einen großzügigen Scheck erhalten, der sie für die nächste Zeit aller finanziellen Sorgen entledigen würde. Stattdessen hatte er das Gefühl, mit dem Rücken gegen die Wand zu stehen. Die Verantwortung für die große Familie würde ihn von nun an nicht mehr loslassen. Er war sich nicht sicher, ob er das schaffen konnte, denn der Druck würde nun noch mehr auf ihm lasten. Natürlich schämte er sich sofort seiner Gedanken, aber es gelang ihm dennoch nicht so richtig, sich zu freuen. Es war fast nur Pflichtbewusstsein, das ihn schließlich das Geburtszimmer betreten ließ. Als er Sonja apathisch und mit geschlossenen Augen im Bett liegen sah, erschrak er sehr. Sie hatte nicht einmal mehr die Kraft, ihre beiden Kinder in die Arme zu nehmen.

»Was ist mit ihr?«, fragte er besorgt.

Doktor Smith war immer noch beschäftigt, ihre Blutungen zu stillen. »Ihre Frau hat sehr viel Blut verloren«, meinte er ernst. »Ich habe ihr ein Eisenpräparat gespritzt, aber ich fürchte, das wird nicht genügen. Ihre Frau muss auf dem schnellsten Weg ins Krankenhaus. Ich fürchte, die Geburt hat sie zu viel Kraft gekostet.«

*

Jella saß gerade mit Johannes und Sarah auf der Veranda und erzählte ihnen von dem schockierenden Erlebnis am Buschmanns Paradies.

»Abgesehen von den armen Tieren haben diese Barbaren ja auch einen heiligen Ort entweiht. Stellt euch nur vor, was das für die Buschmänner bedeutet«, klagte sie. »Sie werden diesen wunderbaren Ort vielleicht nie wieder betreten.«

Johannes rührte kopfschüttelnd in seiner Teetasse. »Das sind die Buren«, knurrte er. »Früher war alles viel besser.«

Sarah, deren Haare inzwischen ebenfalls grau geworden waren, tätschelte seine knochige Hand. »Jede Zeit hat ihr Gutes. Früher gab es auch böse Menschen.«

»Das ist wahr«, gestand Johannes widerwillig ein. »Wenn ich nur an diesen Nachbarn denke, der Fritz in das Lager gebracht hatte, wie hieß er doch gleich noch?« In letzter Zeit war der alte Mann etwas vergesslich geworden.

»Das war Rüdiger von Nachtmahr!«, sprang ihm Jella bei. Keiner von ihnen dachte gerne an dieses Scheusal, das ausgerechnet Sonjas Vater war.

»Wo steckt der jetzt?«, wollte ihr Vater wissen. Jella zuckte mit den Schultern.

»Weiß der Teufel, wo sich der Kerl herumtreibt. *Hakoma* rottet vor sich hin, seine Ländereien musste er verkaufen. Vielleicht lebt er ja gar nicht mehr in Südwestafrika.«

»Matteus hat ihn neulich gesehen, als er die Schafe nach Otjiwarongo gebracht hat«, mischte sich Sarah ein. »Er war mit ein paar fremden Männern an derselben Tankstelle wie er. Sie hatten alle Gewehre bei sich.«

»Das ist mal wieder typisch«, brauste Jella sofort auf. Sie hatte Nachtmahr niemals verzeihen können, dass er damals dafür gesorgt hatte, dass ihr Mann unschuldig auf der Haifischinsel gefangen gehalten wurde. »Wo auch immer dieser Kerl auftaucht, gibt es Gewalt! Bestimmt waren seine Genossen Großwildjäger …«

In diesem Moment läutete das neue Telefon. Jella entschuldigte sich und verschwand in der Küche.

»Rüdiger von Nachtmahr«, brummte Johannes unterdessen verbittert. »Dieser Mann hat unserer Familie viel Leid gebracht.«

»Du musst nicht nur an das Leid denken«, tadelte Sarah. Sie

wollte verhindern, dass Johannes noch mehr ins Grübeln geriet. »Ohne Rüdiger von Nachtmahr gäbe es keine Sonja und auch nicht Benjamin.«

»Ist ja schon gut! Du hast wie immer recht.« Dieses Mal lenkte er erstaunlich schnell ein. Er schien mit seinen Gedanken schon wieder ganz woanders zu sein. »Lass uns nach Hause gehen«, meinte er schließlich. »Mir tut der Rücken weh. Außerdem möchte ich später noch etwas mit der Kutsche hinausfahren.«

Sarah gefiel das nicht, dennoch schwieg sie. In letzter Zeit wurde ihr Mann immer wunderlicher. Stundenlang fuhr er allein hinaus in die Savanne. Kein Mensch wusste, was er dort tat. Wenn sie ihn danach fragte, bekam sie nur eine unwirsche Antwort. Es war ja nicht so, dass sie ihm seine Alleingänge nicht gönnte, aber immerhin war er fast siebzig Jahre alt und konnte leicht einmal einen Schwächeanfall erleiden.

Im nächsten Augenblick kam Jella zurück auf die Veranda. Sie hatte Neuigkeiten.

»Stellt euch vor, Sonja hat Zwillinge bekommen«, erzählte sie ganz aufgewühlt. »Einen Jungen und ein Mädchen.«

Sarah klatschte vor Freude in die Hände, und der frisch gebackene Großvater vergaß für einen Augenblick seine Knurrigkeit und grinste ebenfalls. Jella dämpfte jedoch ihre Freude. »Die beiden Kinder sind wohlauf«, meinte sie mit kurzem Zögern. »Allerdings mussten sie Sonja ins Krankenhaus bringen. Sie hat bei der Geburt ziemlich viel Blut verloren.«

»Besteht Lebensgefahr?« Johannes' Stimme klang nüchtern. Plötzlich war er wieder hellwach.

»Sie haben ihr eine Bluttransfusion gegeben. Das hat sie zunächst stabilisiert, allerdings hat sie nun hohes Fieber. Es besteht der Verdacht einer Sepsis.« Sie kaute unsicher auf ihrer Unterlippe. »Leider hat sie das Bewusstsein immer noch nicht wiedererlangt. Wenn nicht ein Wunder geschieht … ich mag gar nicht daran denken!«

»Was ist mit den Babys?«, mischte sich Sarah ganz pragmatisch ein. »Sie brauchen Milch.«

Jella nickte zerstreut. »Raffael hat sich bereits nach einer Amme erkundigt. Zum Glück hat er gute Kontakte in die Homelands. Er konnte eine Hererofrau auftreiben, die genügend Milch für drei Kinder hat.« Sie raufte sich verzweifelt die Haare. »Wie hat Nokoma nur die Sepsis in Saburis Arm besiegt?«, überlegte sie laut. »In seiner Kräutersalbe muss etwas enthalten sein, was die Bakterien zum Sterben bringt. Die Frage ist nun, ob sich seine Medizin auch innerlich anwenden lässt. Wenn ich ihn doch nur danach fragen könnte!« Ihr fiel ein, dass sie noch etwas von der Salbe übrig hatte. Ob sie daraus einen Sud herstellen konnte? Vielleicht half der auf dieselbe Weise auch bei inneren Verletzungen. Sie verwarf den Gedanken allerdings sofort wieder. Die Folgen, die daraus entstehen konnten, waren unabsehbar. Innerlich angewandt konnte die Medizin genauso gut tödlich wirken. Nokoma war seit jener seltsamen Nacht nie wieder aufgetaucht. Jella wurde von einem Sonnenstrahl geblendet, als ihr Vater beiseitetrat. Für einen kurzen Augenblick blitzte vor ihrem inneren Auge das Bild der riesigen Python auf. Sie sah in ihre gelben, geschlitzten Augen und glaubte in ihren Pupillen Nokoma zu erkennen. So plötzlich die Vision entstanden war, so schnell war sie auch wieder verschwunden. Jella schüttelte benommen den Kopf. Dieser seltsame alte Mann sollte ihr wohl immer ein Rätsel bleiben. Trotz einem Rest von Skepsis wehrte sie sich schon länger nicht mehr so heftig gegen sein Wissen, denn sie spürte, dass darin eine Wahrheit lag, vor der sie sich nicht verschließen konnte. Ach, wäre er doch nur hier! Über gewisse Dinge wusste er offenkundig besser Bescheid als die gemeine Schulmedizin. Sonja litt am Kindbettfieber, eine der häufigsten Todesursachen von jungen Müttern. Wenn nicht ein Wunder geschah, würde sie es nicht überleben.

Kampf und Intrigen

Die Sorge um seine Frau brachte Raffael fast um den Verstand. Er hatte schon lange nicht mehr gebetet, doch jetzt flehte er Gott und auch die Ahnen seiner Mutter inständig an, das Leben seiner Frau zu retten. »Für Sonja bin ich bereit, alles zu opfern. Oh, bitte Herr, lass sie nicht sterben!« Seit er den Zwillingen eine Amme besorgt hatte, war er nicht mehr von ihrem Bett in dem überfüllten Krankensaal gewichen. Die Luft in dem von Stellwänden unterteilten Raum war drückend und schwül. Ein Ventilator an der Decke sorgte für nur wenig Erleichterung. Sonja glühte vor Fieber und delirierte vor sich hin, während sie zitternd zwischen den Laken lag. Ihr Gesicht war schweißüberströmt und so blass wie die Wand. Hin und wieder öffnete sie kurz die Augen und starrte an die fleckige Zimmerdecke, als würde sie dort etwas sehen. Sie schien selbst in diesen wenigen wachen Augenblicken nicht in dieser Welt zu sein, denn sie reagierte in keiner Weise auf ihn. Raffael hielt ihre kleine Hand fest umklammert, als könne er dadurch verhindern, dass sie aus seiner Welt fortging. Am dritten Tag, als immer noch keine Besserung in Sicht war, forderte ihn die Krankenschwester auf, endlich nach Hause zu gehen. Sie war die Freundin seiner Schwester Jella und der Familie eng verbunden. »Zu Hause warten Ihre drei Kinder«, sagte Lisbeth Eberle energisch. »Sie helfen Ihrer Frau ganz gewiss nicht, wenn Sie die so vernachlässigen!« Widerwillig ließ Raffael sich schließlich dazu überreden, doch nach Hause zu gehen. Er wusste selbst, dass die Krankenschwester recht hatte. Müde und erschöpft machte er sich auf den Heimweg. Als er sein Haus betrat, stürmte sein Sohn auf ihn zu und umklammerte sein Bein, als wäre es der letzte Halt in einem reißenden Fluss. Der Junge war völlig verstört. Das traumatische Erlebnis der Geburt hatte ihn tief erschüttert.

»Ist Mama tot?«, fragte Benjamin mit tränenerstickter Stimme. Raffael strich seinem Sohn liebevoll über den Kopf. »Nein! Sie schläft nur im Moment ganz viel, weil sie noch ein wenig schwach ist. Morgen früh geht es ihr bestimmt schon viel besser.«

»Ganz sicher?« In Benjamins Stimme schwang bange Hoffnung. Raffael versuchte den Kloß in seinem Hals hinunterzuschlucken. Er würde zu gerne selbst an das glauben, was er seinem Sohn gerade versichert hatte.

»Mama wird bald wieder bei uns sein«, versprach er mit erzwungener Munterkeit. »Und jetzt wollen wir mal sehen, wie es deinen Geschwistern geht.« Er nahm Benjamin an der Hand und betrat den Salon, in dem sich Isabella mit der Amme aufhielt. Die beiden Babys lagen gemeinsam in einer Wiege und schliefen friedlich. Das Mädchen hatte einen rötlichen Flaum auf dem Kopf und war sehr hellhäutig, während der Junge deutlich dunkler geraten schien. Raffael stand den Zwillingen immer noch mit gemischten Gefühlen gegenüber. Es kostete ihn Mühe, sie mit derselben Zuneigung zu betrachten, wie er sie seinem Ältesten entgegenbrachte. Er wusste, dass es ungerecht war, aber irgendwie gab er ihnen die Schuld an Sonjas schlimmem Zustand. Benjamin schien es genauso zu sehen.

»Wenn Mama stirbt, dann haben die beiden schuld!«, meinte er finster.

»Benjamin, das möchte ich nie wieder hören«, mischte sich seine Großmutter sofort mit strenger Stimme ein. »Das ist absoluter Unsinn. Deine Geschwister haben mit der Krankheit deiner Mutter rein gar nichts zu tun.«

Benjamin wollte etwas entgegnen, doch als er die Hand seines Vaters als leichten Druck auf seiner Schulter spürte, besann er sich und presste stattdessen trotzig die Lippen aufeinander. Raffael verstärkte den Druck noch einmal. »Deine Großmutter hat recht. Die beiden trifft wirklich keine Schuld.«

»Du siehst müde aus, mein Junge«, lenkte Isabella ab. Sie spürte, dass die beiden Schwierigkeiten hatten, mit der Situation umzugehen. »Es wird gut sein, wenn du dich ein wenig zurückziehst.« Raffael stimmte seiner Schwiegermutter nur zu gerne zu. Er löste sich von seinem Sohn und begab sich zur Tür. Doch Isabella hielt ihn noch kurz zurück.

»Vielleicht verrätst du uns zuvor noch, wie wir die beiden Kleinen rufen sollen?«, erinnerte sie ihn freundlich. »Du hast es wohl in all dem Trubel vergessen, uns zu sagen.« Raffael stutzte peinlich berührt. Es war ihm gar nicht bewusst gewesen, dass seine Kinder noch keine Namen hatten. Natürlich hatten sich Sonja und er sowohl einen Mädchen- als auch einen Jungennamen ausgedacht. Nun würden sie eben beide Namen gebrauchen. Er wollte sie gerade eben verraten, als er bemerkte, wie sich sein Sohn demonstrativ abwandte. »Möchtest du denn nicht wissen, welche Namen deine Mutter und ich uns für deine Geschwister ausgesucht haben?«, fragte er ein wenig überrascht. Benjamin schüttelte energisch den Kopf. »Nun komm schon!« Raffael kniete sich nieder, um seinem Sohn in die Augen zu blicken. »Sie sind deine Geschwister. Du wirst dich schon noch an sie gewöhnen. Dein Bruder wird den Namen Gustav bekommen, und deine Schwester soll Margarete heißen.«

»Das ist mir egal«, meinte Benjamin trotzig. »Sie können heißen, wie sie wollen!«

Raffael schluckte. Er konnte seinen Sohn gut verstehen, durchgehen lassen konnte er ihm seine zur Schau gestellte Abneigung jedoch nicht. »Hör mal gut zu, mein Sohn!«, meinte er deshalb eindringlich. »Du weißt, dass ich nicht immer zu Hause sein kann. Deshalb ist es wichtig, dass ich weiß, dass ich mich auf dich verlassen kann. Verstehst du das?«

Benjamin nickte abwartend. Raffael fuhr fort. »Ich möchte, dass du als großer Bruder immer auf deine Geschwister Acht gibst. Das ist eine große Verantwortung. Kannst du sie mir und deiner Mutter zuliebe übernehmen?« Der Blick des Jungen verdüsterte sich sofort wieder. Raffael konnte sehen, wie es in seinem Kopf arbeitete. Auf der einen Seite gab er immer noch seinen Geschwistern die Schuld an der Krankheit seiner Mutter, auf der anderen Seite fühlte er sich geehrt, dass sein Vater ihn mit einer so wichtigen Aufgabe betreuen wollte.

»Und Mama will das auch?«, fragte er immer noch skeptisch.

»Natürlich!«

Benjamin nickte ernst. »Dann werde ich die Aufgabe übernehmen.«

Raffael atmete erleichtert auf. Wenigstens dieses Problem schien erst einmal gelöst.

Im Schlafzimmer machte er sich nicht einmal die Mühe, sich auszukleiden. Er sank auf das Bett und schlief umgehend ein. Zwei Stunden später erwachte er völlig gerädert. Er hatte Kopfschmerzen und fühlte sich wie zerschlagen. Mit wankenden Schritten begab er sich zur Kommode und schenkte sich aus dem Krug etwas Wasser in die Waschschüssel, um sich zu erfrischen. Sein Spiegelbild blickte ihn unrasiert aus hohlen Augen an. Raffael erschrak über sich selbst. Er musste dringend wieder so etwas wie Normalität in sein Leben bringen. Rasch entkleidete er sich und begann sich zu waschen und zu rasieren. Danach ließ er sich von dem Hausmädchen eine heiße Suppe in sein Arbeitszimmer bringen. Seit über drei Tagen hatte er sich nicht mehr in der Kanzlei blicken lassen. Zwar hatte Dr. Schmiedel ihm großzügig Urlaub gewährt, doch seine Arbeit wurde dadurch nicht weniger. Mister Oppenheimer erwartete längst erste Berichte, und er hatte noch nicht einmal mit seinen

Nachforschungen begonnen. Da die Krankenschwester ihn im Moment ohnehin nicht zu seiner Frau vorlassen würde, konnte er genauso gut die Zeit nutzen und in die Old Location gehen, um Nils für ein paar längst fällige Erkundigungen in dessen Bierschenke aufzusuchen.

*

Seit die südafrikanischen Buren 1915 Südwestafrika unter ihr Protektorat gestellt hatten, war die Trennung zwischen Schwarzen und Weißen noch viel radikaler geworden. Die auf Rassentrennung fixierten weißen Südafrikaner versuchten, möglichst alle Schwarzen in sogenannten Homelands anzusiedeln, die sie nicht mehr verlassen sollten. Old Location, das auf einem Hügel westlich der Eisenbahnlinie von Windhuk lag, war das Homeland eines großen Teils der schwarzen Bevölkerung. Der Stadtteil bestand aus ärmlichen, dicht gedrängten Baracken und Hütten, die ohne jede Ordnung quer über den Hügel gebaut waren. Die selbst zusammengeschusterten Behausungen boten zum großen Teil einen erbärmlichen Eindruck. Sie waren grob zusammengezimmert und bestanden aus diversen Fundmaterialien wie Ästen, gebrauchten Brettern und Blechteilen. Im ganzen Viertel gab es keinerlei Kanalisation, sodass während der Regenzeit sämtliche Abfälle und Fäkalien durch die schmalen Lehmgassen gespült wurden. Der Dreck und die mangelnde Hygiene führten zu Krankheiten und brachten eine hohe Kindersterblichkeit mit sich. Raffael, dem immer wieder schmerzlich bewusst gemacht wurde, dass er selbst zur Hälfte schwarzes Blut in sich trug, bemühte sich in seiner wenigen Freizeit, das Leid dieser Menschen auf seine Art zu lindern. Nachdem es ihm gelungen war, das Vertrauen von Nils, einem Herero, zu gewinnen, der in der Old Location so etwas wie ein Anführer war, konnte er gemeinsam mit ihm einige Verbesserungen in dem Homeland erreichen. Nils hatte als Besitzer der wichtigsten Bierschenke einen gewissen Einfluss auf die Bewohner. Mit seiner Hilfe war es möglich gewesen, die Menschen von der Notwendigkeit zu überzeugen, Abflussrinnen zu graben, die ihren Unrat kanalisierten. Eine kleine Krankenstation am Rande, die regelmäßig von einem Arzt besucht wurde, sorgte nun auch für eine gewisse medizinische Grundversorgung der Bewohner. Dennoch blieb Old Location ein Slum und war weit davon entfernt, ein menschenwürdiger Lebensmittelpunkt zu sein. Nur wenige der Bewohner gingen einer regelmäßigen Arbeit nach. Viele schlugen sich mit Gelegenheitsjobs durchs Leben, andere versuchten es mit Betteln oder durchsuchten die Müllkippen nach Brauchbarem, das sie dann für wenige Münzen verscherbelten. Alkohol und Gewalttätigkeiten waren ebenso ein Problem wie die Prostitution. Auch bei gewissen Weißen war bekannt, dass man für ein geringes Entgelt hier beinahe jede sexuelle Perversion kaufen konnte.

Nils' Bierschenke lag im Herzen der Old Location. Der schmale, lange Flachdachbau war als eines der wenigen Gebäude im Slum aus Lehmziegeln errichtet und sogar weiß getüncht. An seiner Wand stand in ungelenken grünen Buchstaben »Forget your life, drink beer!« – ein Wahlspruch, der dem Lebensmotto der meisten Bewohner entsprach. Raffael betrat den fensterlosen Raum und entdeckte Nils mit drei Männern im Gespräch. Die Diskussion war ziemlich laut, brach aber schlagartig ab, als sie ihn bemerkten. Einer der Männer wickelte schnell etwas in ein schmutziges Tuch und steckte es zurück in seine Tasche. Die anderen warfen ihm unterdessen feindselige Blicke zu. Nur Nils lachte und begrüßte ihn wie einen alten Bekannten. »Du warst lange nicht hier, alter Freund!« Er verließ die Männer und gesellte sich zu ihm.

»Bier?«

Raffael nickte und sah Nils zu, wie er eine braune Flasche aus einer Holzkiste hinter dem Tresen zog und sie ihm ungeöffnet zuschob. Raffael schnappte den Verschluss zurück und trank einen großen Schluck, ohne dabei den Flaschenrand zu berühren.

»Ich habe die Flasche vorher abgeputzt«, meinte Nils fast beleidigt. »Bei mir ist noch keiner krank geworden.«

»Es ist eben eine alte Gewohnheit«, meinte Raffael achselzuckend. »Wie geht es Mathilde und den Kindern?« Nils lachte gequält. »Mathilde ist schon wieder schwanger und will im Moment nichts mit mir zu tun haben. Ich wohne deshalb im Augenblick bei Rosalie. Sie ist nicht so prüde wie meine Mathilde.«

»Das wird deiner Frau aber nicht gefallen.«

»Sie nimmt es erstaunlich gelassen«, meinte Nils gleichgültig. »Solange ich ihr etwas Geld für die Kinder gebe, ist für sie die Welt in Ordnung.«

Raffael hatte längst aufgehört, sich über Nils' ausschweifendes Sexualleben zu wundern. Hier herrschten andere moralische Vorstellungen als unter den Weißen. Die drei Männer hatten unterdessen ausgetrunken und verließen die Schenke. Endlich war er mit dem Wirt allein. Er nutzte die Gelegenheit und kam gleich zur Sache.

»Wie ich sehe, verdienst du dir mit deiner Hehlerei immer noch ein wenig dazu.«

»Ich gebe nur manchmal meine Meinung ab«, wehrte Nils mit Unschuldsmiene ab. Er grinste dabei, und Raffael ließ es dabei bewenden. Beide wussten, dass er log. »Das geht mich auch gar nichts an«, beschwichtigte er den Wirt. »Ich möchte eigentlich nur herausfinden, ob du auch jemanden kennst, der mit Diamanten handelt.«

Nils pfiff überrascht auf.

»Diamanten sind mir zu heiß«, meinte er abwehrend. »Davon lass ich lieber die Finger. Wenn so etwas auffliegt, sitzt man für Jahre im Knast.«

»Aber du kennst jemanden, dem das nicht zu brenzlig ist?«

Nils zuckte mit den Schultern. »Ich höre dieses und jenes.« Raffael zog aus seiner Börse fünf Pfund und legte sie auf den Tresen. Als Nils das Geld einstecken wollte, legte er rasch seine Hand drauf.

»Ich gebe dir diese fünf Pfund und noch mal so viel, wenn du dich ein wenig für mich umhörst. Aus dem Diamantensperrgebiet werden ständig größere Mengen an Diamanten herausgeschmuggelt. Sie müssen irgendwie außer Landes gebracht werden. Ich möchte gerne wissen, wie so ein Deal abläuft. Halte die Ohren auf, und berichte mir von allen Dingen, die dir ungewöhnlich erscheinen.«

»Ich glaube nicht, dass sich die Leute hier mit so etwas Heißem einlassen«, bezweifelte Nils. »Diebesgut aus Einbrüchen, hin und wieder Schmuck, Handel mit illegalen Trophäen, das schon, aber Diamanten im großen Stil, nein, da bin ich mir ziemlich sicher, dass es das hier nicht gibt.«

Raffael war enttäuscht. Er hatte sich von Nils mehr erwartet. Dennoch war er immer noch der Überzeugung, dass die Old Location ein idealer Umschlagplatz war. »Wirst du dich trotzdem für mich umhören?«

Nils zuckte mit den Schultern. »Du weißt, dass ich meine Leute nicht verrate, selbst wenn ich etwas herausfinde.« »Keiner deiner Leute wird Schaden nehmen«, versprach Raffael. »Mir geht es um die großen Hintermänner, nicht um die kleinen Gauner.« Er zog seine Hand weg und überließ dem Wirt den Geldschein, den er rasch einsteckte. »Die Sache scheint dir ja eine ganze Stange Geld wert zu sein«, grinste er. »Ich werde sehen, was sich tun lässt. Allerdings kann ich dir nicht viele Hoffnungen machen. Im Moment läuft hier meines Erachtens nur 'ne Menge mit Fellen und Tiertrophäen ab. Von Diamanten habe ich noch nichts gehört.«

*

»Du hast mich gerufen!«

Jella ließ einen kurzen Schrei los und fuhr erschrocken herum. Sie hatte gerade versucht, Jacko mit einer Anafrucht anzulocken. Der Pavian saß abwartend in einiger Entfernung da und näherte sich ihr nur zögernd. Der Affe vermisste Ricky noch immer. Er war nach ihrer Abreise geradezu depressiv geworden und ließ sich von niemandem mehr streicheln außer von dem alten Johannes. Fritz hatte ihn schließlich zu einer in der Nähe lebenden Affenhorde gebracht und dort ausgesetzt. »Jacko ist noch jung genug, um sich dort zu behaupten«, hatte er gemeint. Tatsächlich hatte er recht behalten. Der Pavian wurde in die Horde aufgenommen und schien sich wohlzufühlen, doch immer wieder kam er nach *Owitambe* zurück, so als wolle er dort nachsehen, ob Ricky schon wieder zurückgekehrt war.

»Wie kannst du mich nur so erschrecken?«

Jella blitzte Nokoma aus ihren hellgrünen Augen empört an. Gleichzeitig spürte sie auch eine große Erleichterung und Freude, den Zauberer zu sehen. »Natürlich bist du willkommen. Ich habe dich nur nicht kommen hören.«

»Du warst in Zwiesprache mit dem Affen«, meinte Nokoma mit einem leisen Lächeln. Sein runzliges Gesicht strahlte Wohlwollen aus. Wie immer stand er in seinen riesigen Mantel gehüllt auf seinen Stab gelehnt vor ihr.

»Woher weißt du, dass ich dich sehen wollte?«, fragte Jella, obwohl sie im Voraus wusste, dass sie mit seiner Antwort wieder nicht zufrieden sein würde.

»Der Schlangengott hat mir gesagt, dass du mich suchst.«

Jella versuchte die Erinnerung an ihre Schlangenvision zu verdrängen, doch es gelang ihr nicht. »Woher weißt du …« Peinlich berührt biss sie sich auf die Lippen, dann besann sie sich auf ihr Anliegen. »Die Frau meines Bruders hat das Kindsfieber«, versuchte sie zu erklären. »Ich habe keine Möglichkeit, ihr zu helfen!« Hilflos ließ sie ihre Schultern sinken und sah den alten Mann an. Nokoma suchte in den Innentaschen seines Mantels und zog nach längerer Suche eine dünne, schwärzliche Wurzel heraus, die an einen verkohlten Finger erinnerte. Er reichte sie ihr. »Hast du Wurzeln von Ombowayozondu?«

Sie nickte. Natürlich war ihr das Fingerkraut bekannt. Die Schwarzen kochten aus den lanzettförmigen Blättern eine Art Spinat, den sie nach dem Kochen zu flachen Fladen formten und trocknen ließen. Aus den Wurzeln wurde oftmals Tee gegen Menstruationsbeschwerden gekocht.

»Was soll ich damit tun?«

»Gib die zerstampfte Wurzel in den heißen Aufguss, und lass ihn von Sonnenuntergang bis Sonnenaufgang ziehen. Sobald sich die Sonne am Horizont erhebt, musst du den Sud abgießen. Wenn die Kranke dreimal am Tag davon trinkt, wird ihr Fieber sinken.«

Jella konnte sich ihre Erleichterung selbst nicht erklären. Natürlich konnte sie in keiner Weise sicher sein, ob Nokomas Medizin Sonja helfen würde, aber allein die Tatsache, dass er so unvermittelt aufgetaucht war und ihr half, war für sie Grund genug, wieder Hoffnung zu schöpfen. Wenn sie den Sud sofort aufsetzte, konnte sie ihn morgen schon Sonja ins Krankenhaus bringen. Sie machte Anstalten, sich sofort ins Lazarett zu begeben, um die Mixtur in ihrem Labor anzufertigen, doch dann besann sie sich. Sie hatte Nokoma noch nicht einmal gedankt. Etwas unbeholfen nahm sie die faltige, aber erstaunlich kräftige Hand des Medizinmannes.

»Ich habe dir wahrscheinlich unrecht getan«, gestand sie verschämt. »Kannst du mir verzeihen?«

Nokoma nickte zufrieden. »Komm vor dem nächsten Neumond zu dem Baum des Schlangengottes. Du musst noch viel lernen.« Jella wollte etwas erwidern, doch Nokoma schüttelte nur den Kopf. Wie es seine Art war, drehte er sich um und verließ *Owitambe* so unbemerkt, wie er gekommen war.

*

Gleich am nächsten Morgen beabsichtigte Jella, mit dem Bakkie in Richtung Windhuk zu starten. Fritz war erst spät in der Nacht von Omaruru zurückgekehrt. Müde und zerschlagen hatte er ihr von seinen Erkundigungen über die Wilderer berichtet. Trotz aller Bemühungen war dabei nicht viel herausgekommen. Es war ihm zwar gelungen, die Spur des Automobils bis Omaruru zu verfolgen, aber von da an war nicht eindeutig auszumachen, in welche Richtung es weitergefahren war. In dem belebten kleinen Ort trafen zu viele Reifenspuren aufeinander. »Vermutlich sind die Wilderer weiter nach Swakopmund gefahren«, hatte er enttäuscht gemeint. »Genauso gut können sie aber auch nach Windhuk gefahren sein. Es ist, als ob ich eine Nadel im Heuhaufen suchte.«

Jella empfand tiefes Mitgefühl für ihren Mann. Für ihn war es besonders schlimm, dass er noch immer auf der Stelle trat. Fritz hatte nur trübsinnig in seinem Teller Eintopf gestochert und dann rasch ein Glas Cognac geleert. Danach war er wie ein gefällter Baum in sein Bett gesunken und eingeschlafen. Er hatte immer noch geschlafen, als Jella bei Sonnenaufgang ihren Sud abgoss und in ein Glasfläschchen abfüllte. Einen Moment überlegte sie, ihn zu wecken. Doch er schlief so tief und friedlich, dass sie es nicht übers Herz brachte. Neben seinem Bett lag das Notizbuch mit den Reifenabdrücken. Sie überlegte kurz. Dann nahm sie das Buch an sich und kopierte, so gut es ging, die Reifenabdrücke auf einen Zettel und steckte ihn ein. Vielleicht konnte ihnen Raffael ja helfen.

Die Staubstraßen vom Waterberg über Okahandja nach Windhuk waren in den letzten Jahren immer besser befahrbar geworden. Die Pads schlängelten sich zwar chaotisch durch die

Savanne, waren aber mittlerweile so ausgefahren, dass man bei trockenem Wetter recht zügig vorankam. Noch vor Sonnenuntergang erreichte Jella Windhuk. Gerade noch rechtzeitig, bevor vom Khomashochland im Westen eine neue Gewitterfront heranzog. Sie steuerte den Bakkie direkt zum Krankenhaus, in dem Lisbeth Eberle, ihre langjährige Freundin, sie bereits erwartete. Die beiden hatten am vorigen Abend noch telefoniert. Die Krankenschwester empfing sie mit sorgenvoller Miene. Jella erschrak.

»Ich komme doch nicht zu spät?«, fragte sie fassungslos. Lisbeth zuckte hilflos mit den Schultern. »Deine Schwägerin atmet kaum noch. Das Fieber und der Blutverlust nach der Geburt haben sie zu sehr geschwächt. Wir rechnen alle damit, dass sie noch diese Nacht stirbt. Es gibt nichts, was wir noch tun können.«

»Ich muss sofort zu ihr! Zeig mir, wo sie liegt!« Jella zog Lisbeth einfach mit sich. »Wenn unsere Medizin schon nichts hilft, vielleicht tut es dann ja die afrikanische«, meinte sie entschlossen. Lisbeth sah erschrocken auf das Fläschchen mit der braunen Tinktur. »Du willst deiner Schwägerin doch nicht etwa so ein abscheuliches Gift von einem dieser Medizinmänner verabreichen?«, meinte sie entsetzt.

»Genau das werde ich tun!«

Lisbeth versuchte sie zurückzuhalten.

»Das wird Professor Fassbender niemals erlauben. Er verdammt diesen ganzen Hokuspokus genau wie ich auch. Du weißt wahrscheinlich nicht mal, was das genau ist.«

»So ist es«, gab Jella unumwunden zu. »Dennoch bin ich der Überzeugung, dass es eine Wirkung hat.«

»Deine Schwägerin wird sterben«, versuchte Lisbeth sie zum Einlenken zu bewegen. »Ihr kann außer Gott niemand mehr helfen. Ich werde das nicht zulassen.«

Jella hielt kurz inne und sah ihre Freundin fest an. »Lisbeth!

Du musst mir jetzt einfach vertrauen. Wenn Gott will, dass Sonja stirbt, dann wird sie sterben, aber wenn eine noch so kleine Chance besteht, dass die Medizin hilft, dann sollten wir sie verabreichen.«

»Aber verstehst du denn nicht?« Lisbeth flehte sie jetzt fast an. »Wenn du deiner Schwägerin die Medizin gibst und sie stirbt, dann wird jeder dir die Schuld geben, auch dein Bruder.«

Jella reckte entschlossen ihr Kinn vor. »Das muss ich eben in Kauf nehmen«, meinte sie. Sie waren nun vor dem Krankenzimmer angekommen. Sonja lag in einem großen Saal mit mehreren Betten, die jeweils durch eine Stellwand voneinander getrennt waren. Raffael saß mit tränenumflorten Augen neben ihrem Bett und streichelte hilflos die schlaffe Hand seiner Frau. Er bemerkte Jella kaum, als sie neben ihn trat. »Sie darf nicht sterben«, schluchzte er. »Sie ist doch das Wertvollste, was ich habe!«

Jella drückte mitfühlend seine Schulter, bevor sie Sonja untersuchte. Tatsächlich war ihr Zustand mehr als besorgniserregend. Bleich und mit eingefallenen Wangen lag sie leblos da. Als sie die Augendeckel anhob, reagierten ihre Pupillen kaum. Der Atem war flach und unregelmäßig. Jella schluckte. Eine tiefe Beklemmung überfiel sie mit einem Mal. Hatte Lisbeth am Ende recht? Sonja stand bereits an der Schwelle zum Tod? Woher nahm sie die Gewissheit, dass Nokomas Medizin überhaupt etwas bewirkte? Es gab keinerlei wissenschaftliche Untersuchungen. Sie kannte die Herkunft der Wurzel nicht, die ihr der Medizinmann gegeben hatte. Jeder würde ihren Tod unmittelbar mit der Einnahme der Medizin in Zusammenhang bringen. Sie würde in Raffaels Augen dann immer dafür verantwortlich sein. Dieser Gedanke belastete sie mehr, als sie es sich eingestehen wollte. Sie schloss die Augen und atmete tief durch. Dennoch musste sie es versuchen.

»Hör zu, Raffael«, wandte sie sich an ihren Stiefbruder. »Ich habe hier eine Medizin, die ich von einem befreundeten Medizinmann bekommen habe. Ich glaube, dass sie Sonja helfen kann, aber ich weiß es nicht. Möchtest du, dass ich es versuche?«

Raffael zuckte hilflos mit den Schultern. Sie hatte das Gefühl, er hörte ihr gar nicht richtig zu.

»Mach, was du willst, aber hilf ihr«, murmelte er voller Leid. Sie nickte und löste den Schraubverschluss. Lisbeth stand am Fußende und schlug die Hände vors Gesicht. Jella hoffte, dass sie sich jetzt solidarisch zeigte und nicht den Oberarzt informierte. Vorsichtig schob sie den Flaschenhals an Sonjas Lippen und träufelte ihr etwas von der Flüssigkeit ein. *Hoffentlich funktionieren ihre Schluckreflexe noch,* dachte Jella voller Unbehagen. Ängstlich beobachtete sie, ob die dunkle Flüssigkeit wieder aus den Mundwinkeln herausfloss. Zur Unterstützung hob sie Sonjas Kopf. »Schluck«, flüsterte sie inständig. Tatsächlich floss die Flüssigkeit ab, und ihre Schwägerin behielt alles bei sich. Jetzt galt es abzuwarten. Zunächst änderte sich der Zustand der Kranken in keinerlei Hinsicht. Ihr Atem blieb unregelmäßig. Draußen war unterdessen das Gewitter aufgezogen. Es donnerte und blitzte in einem fort. Der halbdunkle Krankensaal wurde von den grellen Blitzen gespenstisch erleuchtet. Die Luft war spannungsgeladen und schwül. Jella öffnete zwei Knöpfe an ihrer Bluse. Schweiß rann über ihre Stirn. Es war nicht nur die Schwüle, sondern die blanke Angst, dass sie eine falsche Entscheidung getroffen haben könnte. Lisbeth hatte sich unterdessen verzogen. Wahrscheinlich wollte sie einfach nicht Zeuge werden, wenn das Schlimmste eintrat. Raffael saß mit starrem Blick neben dem Bett. Er wirkte weggetreten, doch der Anschein täuschte.

»Wenn sie stirbt, kann ich den Zwillingen nicht mehr in die Augen schauen. Und ich glaube, Benjamin wird es ähnlich ergehen«, meinte er plötzlich. Seine Stimme klang hölzern und weit entfernt. »Wirst du dich um sie kümmern?«

»Du weißt genau, dass die Kleinen nichts dafür können«, antwortete Jella ernst. Raffaels Augen glitzerten voller Verzweiflung, als er sie ansah. »Ich empfinde keinerlei Liebe für die Zwillinge! Ist das nicht schrecklich? Was bin ich nur für ein Mensch?«

»Es ist nur natürlich, dass du im Moment so empfindest. Eines Tages wird der Zeitpunkt kommen, ab dem du anders darüber denkst.«

Schweigend blieben sie neben Sonjas Bett sitzen. Draußen begann es heftig zu regnen. Der Himmel öffnete seine Schleusen und entließ gewaltige Wassermassen aus dunklen Wolken. Wie Gefechtsfeuer prasselten die Regenströme gegen die Fensterscheiben. Im Krankensaal nahm die Luftfeuchtigkeit und Schwüle immer mehr zu. Nach etwa sechs Stunden, es mochte kurz nach Mitternacht sein, flößte Jella ihrer Schwägerin eine weitere Portion von der Flüssigkeit ein. Auch dieses Mal behielt Sonja die Medizin bei sich. Ansonsten waren keinerlei Veränderungen zu beobachten.

»Was verabreichen Sie meiner Patientin dort?«, fragte sie jemand mit schneidender Stimme. »Ich verbitte mir derartige Einmischungen!« Es war der diensthabende Arzt, ein kleinwüchsiger Bure mit einem dicken Schnauzbart. Er war aus dem Dunkel des Raumes plötzlich an sie herangetreten. Jella fuhr erschrocken herum und blitzte den Arzt herausfordernd an. Sie hatte sich sofort wieder gefasst.

»Ich frage mich schon die ganze Zeit, wo Sie stecken. Ist es nicht Ihre Pflicht, nach einer sterbenskranken Patientin hin und wieder zu sehen?«, meinte sie mit ruhiger Stimme.

»Der Frau ist nicht mehr zu helfen«, meinte der Arzt leicht verunsichert. »Es ist ziemlich gewiss, dass sie noch diese Nacht versterben wird.« Dass der Mann der Patientin direkt neben ihm saß, schien ihn wenig zu stören.

»Ist das die Art, wie man in diesem Krankenhaus mit den

Patienten verfährt?«, empörte sich Jella. »Sie zeigen den hier anwesenden Angehörigen gegenüber nicht gerade viel Feingefühl.«

Der Arzt blähte sich wichtigtuerisch auf. Offensichtlich fühlte er sich in seiner Ehre gekränkt. »Wir tun hier alles für unsere Patienten. Vor allem sorgen wir dafür, dass sie nicht von Besuchern vergiftet werden. Zeigen Sie mir sofort die Flasche!« Er hielt ihr seine kleine feiste Hand gebieterisch entgegen. Jella ignorierte sie.

»Ich bin ebenfalls Ärztin«, meinte sie. »Der Ehemann dieser Frau, mein Bruder, hat mich gebeten, ihr zu helfen. Da Ihr Latein ja am Ende zu sein scheint, werden Sie es mir wohl kaum verübeln.«

»Sie mischen sich hier in Angelegenheiten, die Sie nichts angehen. Ich verlange, dass Sie sofort den Krankensaal verlassen. Anderenfalls werde ich Sie dem Chefarzt melden.«

»Tun Sie das«, meinte Jella gelassen. Sie wusste genau, dass der vor dem nächsten Morgen kaum hier auftauchen würde. Bis dahin war noch genügend Zeit. Der Bure schnaubte und erhob fuchtelnd seine Hand. »Das wird gewaltige Konsequenzen haben!« Schnaubend fügte er noch ein abfälliges »Kollegin« hinterher, bevor er mit wehendem Kittel verschwand. Lisbeth, die die ganze Zeit hinter dem Arzt gestanden hatte, hob erschrocken die Arme.

»Ich habe dir ja gleich gesagt, dass du Ärger bekommst. Dr. Jonker ist ein ganz abscheulicher Kollege, der nur an sein berufliches Weiterkommen denkt. Er wird alles tun, um dich anzuschwärzen.«

»Daran kann ich nun auch nichts mehr ändern!«

»Geht es ihr wenigstens besser?«

Jella schüttelte bekümmert den Kopf. »Ich weiß es nicht. Im Moment scheint alles unverändert zu sein.« Sie fühlte nochmals Sonjas Stirn und runzelte erstaunt die Stirn. »Allerdings glaube ich, dass das Fieber etwas gesunken ist. Sie fühlt sich nicht mehr ganz so glühend an.« Lisbeth trat hinzu und bestätigte ihre Diagnose. »Sie atmet auch wieder gleichmäßiger«, befand sie. Tatsächlich hob und senkte sich Sonjas Brustkorb, nicht besonders stark, aber immerhin regelmäßig. Ihre Pupillen blieben jedoch immer noch ohne Reaktion. Sonja schwebte nach wie vor in Lebensgefahr.

Gegen fünf Uhr schaffte Jella es kaum noch, ihre Augen offen zu halten. Raffael war mit seinem Kopf längst auf das Bett gesunken und eingeschlafen. Die lange schlaflose Zeit hatte ihren Tribut gefordert. Sie sah auf die Uhr und beschloss, Sonja zum dritten Mal die Tinktur zu verabreichen. Danach lehnte sie ihren Kopf gegen die Wand und schlief ebenfalls ein. Absurde Träume suchten sie heim. Wieder stand der Furcht einflößende Sangoma aus Saburis Dorf mit seiner Maske vor ihr. Er triumphierte und intonierte einen Gesang, der ihr durch Mark und Bein ging. Sie wusste, dass er versuchte, Sonja durch seine Magie zu töten. Er holte tief Luft, und Jella meinte den gewaltigen Sog wie eine Böe um sich zu spüren. Pestilenzartiger Geruch umgab sie und schnürte ihr die Kehle zu. Der Sangoma wuchs über sie hinaus und stand bald wie ein Koloss über ihr. Seine Lanze stieß von oben herab und versuchte Sonja auf ihrem Bett zu durchbohren. Wie gelähmt musste sie dieser immer mächtiger werdenden Gewalt zusehen und wollte sich ihr schon geschlagen geben. Doch dann hörte sie das Zischeln einer Schlange. Aufquellende Panik erinnerte sie an ihre Urangst vor diesen Tieren. Verzweifelt versuchte sie das Zischeln zu ignorieren und hielt sich die Ohren zu. Auf dem Gesicht des Sangoma erschien ein zufriedenes, siegessicheres Lächeln. Erst da wurde ihr bewusst, dass genau das seine Absicht gewesen war. Sie löste die Hände von ihren Ohren und ließ das Zischeln wieder zu. Es kam näher, wurde stärker, und schließlich richtete sich ein riesiger Schlangenkopf vor ihr auf. In den riesigen, gelben

Reptilienaugen des Schlangengottes erkannte Jella ihr Spiegelbild. Sie sah sich als kleines Mädchen mit ihrer Mutter auf einer Blumenwiese spielen. Wie glücklich und zufrieden sie da gewesen war. Eine tiefe Ruhe überkam sie. Eine Aufgehobenheit, die sie mit großer Sicherheit erfüllte. Sie wünschte sich, dass dieser Augenblick nie vergehen würde. Als der Schlangenkopf sich senkte und verschwand, war auch der übermächtige Sangoma verschwunden.

Ein Stoß in die Rippen weckte Jella aus ihren wirren Träumen. Er kam von Raffael, der ganz aufgeregt war.

»Was ist nur mit Sonja los? Stirbt sie jetzt?«

Sonjas geschlossene Augendeckel flimmerten wie wild. Jella rieb sich kurz die Augen und beugte sich sofort über sie. Sie fühlte ihre Stirn und den Atem und atmete anschließend erleichtert auf. »Das Fieber ist gesunken!«, jubelte sie. »Ich glaube, deine Frau wird gleich aufwachen.«

Tatsächlich beruhigte sich das Flackern, und Sonja öffnete die Augen. Ihr Blick war klar, wenn sie auch noch sehr schwach war. Sie lächelte Raffael und ihr zu, dann schlief sie wieder ein. Doch dieses Mal lag ein entspannter Zug auf ihrem Gesicht.

★

Aufgeräumt und in einem frischen Anzug betrat Raffael das Gebäude, in dem sich die Kanzlei befand. Nach der ersten durchschlafenen Nacht seit einer Woche fühlte er sich wieder tatkräftig und stark. Sonja ging es stündlich besser, dafür sorgte seine Schwester höchstpersönlich. Sie hatte bei Professor Fassbender vorgesprochen und ihn davon überzeugt, dass sie von nun an die Betreuung der Patientin übernehmen würde. Dr. Jonker war davon überhaupt nicht angetan und hatte sich beschwert. Doch das war Jella wieder einmal herzlich egal. Raffael musste bei dem Gedanken schmunzeln, wie seine Schwester ihrem »Kollegen« die Stirn geboten hatte. Die gute Nachricht hatte zum Glück auch bewirkt, dass Benjamin nun begann, etwas mehr Zuneigung für seine Geschwister zu empfinden.

Voller Elan stieg Raffael die Treppen zur ersten Etage hinauf und öffnete die schwere Eichentür, die geradewegs ins Vorzimmer von Fräulein Julich führte. Die Sekretärin streckte überrascht ihren Hals in die Höhe und musterte ihn durch ihre dickrandige Brille. Mit einem Schwung zauberte Raffael einen kleinen Strauß Kapastern hinter seinem Rücken hervor und überreichte ihn ihr.

»Für mich? Wieso das denn?« Fräulein Julich war normalerweise nicht schnell aus der Fassung zu bringen. Dr. Schmiedel war in all den Jahren, die sie für ihn tätig war, noch nie auf die Idee gekommen, seiner Sekretärin ein Geschenk zu machen. Diese unerwartete Geste verunsicherte sie deshalb umso mehr.

»Ich bin heute der glücklichste Mensch auf dieser Welt«, strahlte Raffael. »Meine Frau ist endlich auf dem Weg der Besserung. In ein paar Tagen wird sie wieder zu uns nach Hause kommen. Ist es da nicht selbstverständlich, dass man dann auch die Menschen beglückt, mit denen man jeden Tag so herrlich zusammenarbeitet?«

Fräulein Julich schluckte gerührt und betrachtete den Strauß voller Hingabe. »Ich werde ihn auf meinen Schreibtisch stellen, damit ich ihn unentwegt ansehen kann«, meinte sie hingerissen. Raffael räusperte sich.

»Ähm … Gibt es etwas Neues im Fall Oppenheimer?«, fragte er. »Ich habe einige Erkundigungen einziehen lassen und erwarte dringend Nachrichten.«

Fräulein Julich antwortete, ohne ihn anzusehen. Sie konnte immer noch nicht den Blick von den Blumen wenden.

»Ihre Post liegt auf dem Schreibtisch«, meinte sie verträumt. »Und dann war da noch so ein Schwarzer, vermutlich ein

Herero, der darauf bestand, mit Ihnen persönlich zu reden. Als er Sie nicht vorfand, verschwand er, ohne eine Nachricht zu hinterlassen.«

Raffael nickte zufrieden. Das war bestimmt Nils gewesen. Wenn er nichts Wichtiges für ihn gehabt hätte, wäre er niemals zu ihm in die Kanzlei gekommen. Die Dinge gingen voran. Vielleicht würde er Oppenheimer schon bald Neuigkeiten überbringen können. Er wollte gerade in seinem Arbeitszimmer verschwinden, als sich die Tür von Dr. Schmiedel öffnete und er in Begleitung eines Mandanten heraustrat. Stirnrunzelnd erkannte er Jon Baltkorn, der ihn mit einem geradezu unverschämten Grinsen begrüßte.

»Gratuliere zum Nachwuchs!« Baltkorns Stimme klang ölig und falsch. Doch Raffael war das an dem heutigen Tage völlig gleichgültig. Er fragte sich allerdings, woher dieser von der Geburt seiner Zwillinge wusste. Ohne ihn zu beachten, begrüßte er Dr. Schmiedel, der jedoch unerwartet reserviert reagierte. Er fragte ihn nicht einmal nach dem Wohlergehen seiner Frau und der Kinder. Der Kanzleichef war zwar von Natur aus ein zurückhaltender Mann, aber Raffael hielt ihn keineswegs für herzlos.

»Sonthofen«, meinte Schmiedel knapp. »Wenn Sie doch bitte schon mal in mein Büro vorgehen. Ich habe mit Ihnen zu reden.« Das war keine höfliche Aufforderung, das war ein Befehl. Raffael sah Fräulein Julich an, die ebenso ratlos wie er die Schultern hob. Da er sich keines Fehlers bewusst war, folgte er der Anordnung ruhig und wartete auf seinen Chef. Kurze Zeit später trat der ins Zimmer und schloss hinter sich die Tür. Er bot ihm auf der gegenüberliegenden Seite des Schreibtischs einen Platz an. Raffael sah ihn erwartungsvoll an. Schmiedel nahm seine randlose Brille von der Nase und fuhr sich über das Gesicht. Dann setzte er sie wieder auf, straffte sich und sah ihn aus seinen grauen Augen direkt an.

»Ich kann nicht sagen, wie sehr Sie mich enttäuscht haben, Sonthofen«, begann er. »Sie haben nicht nur mich, sondern die ganze Gesellschaft dieses Landes hintergangen.« Raffael versuchte das Wort zu ergreifen, doch Schmiedel beschied ihm mit einer ungeduldigen Handbewegung zu schweigen. »Ich habe Sie eingestellt, weil Sie ein hervorragendes Examen als Barrister in London abgelegt haben. Dabei habe ich sogar über Ihre Hautfarbe hinweggesehen. Ihre Qualifikation schien mir überzeugender als der Makel Ihrer Abstammung. Der gesellschaftliche Status Ihres Vaters in diesem Land ist unbestritten. Ich hielt Sie für einen integren Charakter. Doch jetzt muss ich feststellen, dass Sie mich auf niederträchtige Weise hintergangen haben.«

»Herr Dr. Schmiedel, ich muss doch sehr bitten«, protestierte Raffael. Er war zutiefst erschrocken über die Art und Weise, wie Schmiedel mit ihm umging, und wusste immer noch nicht, worauf er hinauswollte.

»Sie haben behauptet, mit Sonja von Nachtmahr verheiratet zu sein.« Schmiedel spie die Worte voller Verachtung heraus. »In Wirklichkeit leben Sie mit ihr in wilder Ehe zusammen und beschmutzen die Ehre einer untadeligen weißen Frau. Sie sind ein Urkundenfälscher und Betrüger. Außerdem sagt man Ihnen nach, dass Sie versucht haben, den Vater Ihrer ›Lebensgefährtin‹ umzubringen! Was sagen Sie dazu?«

Raffael spürte, wie er kreidebleich wurde. Diese grässlichen Diffamierungen konnten von niemand anderem als von seinem ehemaligen Schulkameraden Jon Baltkorn stammen. Daher wehte also der Wind. Natürlich war er sich immer der Gefahr bewusst gewesen, dass ihre Lüge eines Tages auffliegen konnte. Auf der anderen Seite hatten sie immer gehofft, diesen Makel durch eine Heirat im Ausland rechtzeitig beseitigen zu können. Das war nun fehlgeschlagen.

»Es stimmt, dass meine Frau und ich noch nicht verheiratet sind«, sagte Raffael mit belegter Stimme. »Aber da ich Farbiger bin, werden mir bei den Formalitäten andauernd Steine in den Weg gelegt. Wie Sie wissen, verbietet die südafrikanische Mandatsregierung Heiraten zwischen Farbigen und Weißen.«

»Ihr Sohn ist doch bereits über fünf Jahre alt. Damals waren solche Hochzeiten noch nicht verboten. Sie haben allen vorgegaukelt, dass Sie bereits vor seiner Geburt verheiratet waren. Das bezeugt auch diese Heiratsurkunde.« Schmiedel verzog missliebig den Mund und zeigte mit spitzem Finger auf die Kopie vor sich.

»Heiratsurkunde?«, fragte Raffael überrascht. »Es gibt keine Heiratsurkunde. Wie kommen Sie dazu?«

»Die haben Sie selbst beim Einwohnermeldeamt hinterlegt, wahrscheinlich, um an Ihr Haus zu kommen.«

»Aber das ist nicht wahr!« Raffael sprang entsetzt auf. »Der Besitzer des Hauses wollte nur den Nachweis einer regelmäßigen Beschäftigung sehen, aber niemals eine Heiratsurkunde. Das muss ein fürchterliches Missverständnis sein. Irgendjemand …«

»Das glaube ich nicht«, unterbrach ihn Schmiedel ungehalten. »Die Tatsachen sprechen eindeutig gegen Sie. Herr Baltkorn hat mich damit beauftragt, juristisch gegen Sie vorzugehen.«

»Aber das können Sie gar nicht. Ich bin immerhin Ihr Mitarbeiter.«

»Sie *waren* mein Mitarbeiter!«, sagte Dr. Schmiedel kalt. »Packen Sie Ihre Sachen, und verschwinden Sie. Wir sehen uns vor Gericht.«

Raffael verließ das Zimmer wie in Trance. Als Fräulein Julich ihn fragte, was er habe, winkte er nur ab und verschwand in seinem Arbeitszimmer. Apathisch sank er in den Ledersessel, den er von seinem ersten Gehalt gekauft hatte, und starrte zum Fenster hinaus. Ein wolkenloser Himmel strafte seine momentane Situation Lügen. Das Glücksgefühl, das er noch vor wenigen Augenblicken empfunden hatte, war wie weggeblasen.

Stattdessen sickerte unaufhörlich die Erkenntnis in sein Bewusstsein, dass ihm soeben die Lebensgrundlage seiner Familie entzogen worden war. Keiner seiner Mandanten würde von nun an mit ihm zusammenarbeiten wollen. Natürlich konnte er auf eine Reihe von Erfolgen zurückblicken, doch selbst wenn er sich selbstständig machte – wer von den angesehenen und betuchten Bürgern Windhuks würde seine Hilfe in Anspruch nehmen wollen, wenn herauskam, dass er ihnen falsche Tatsachen vorgegaukelt hatte? Die Heiratsurkunde kam ihm in den Sinn. Er hatte nur einen kurzen Blick darauf werfen können, aber selbst er konnte erkennen, dass es nur eine schlechte Fälschung war. Es war offensichtlich, dass Baltkorn vorhatte, ihm einen Strick daraus zu drehen. Raffael krampfte vor Empörung die Hände zu Fäusten. Dieser verdammte Mistkerl. Er fühlte Zorn und Rachegefühle in sich aufsteigen, wie damals, als Baltkorn versucht hatte, ihn durch plumpe Intrigen von der Abschlussprüfung der Schule auszuschließen. Mit dem einzigen Unterschied, dass es Raffael damals gelungen war, unbeschadet aus der Situation herauszukommen. Dieses Mal schien Baltkorn die Oberhand zu haben.

Er erhob sich von seinem Sessel und begann seine Sachen zusammenzupacken. In Gedanken versunken, überhörte er das Klopfen an der Tür. Erst als Fräulein Julich vor ihm stand, bemerkte er sie. Sie wirkte völlig durcheinander und hatte ganz verheulte Augen.

»Es tut mir ja so leid«, schluchzte sie. Ihr hagerer Körper zitterte dabei. »Ich kann das einfach alles nicht verstehen. Sie sind so ein hervorragender Anwalt …« Sie machte eine kleine Pause und stieß mit dem Brustton der Überzeugung »… und Mensch!« hervor. Raffael fasste sie über den Schreibtisch am Arm.

»Ich werde Sie ja auch vermissen«, versuchte er zu lächeln. »Sie sind eine hervorragende Sekretärin, die beste, die ich mir vorstellen kann.«

Fräulein Julich nickte nur wenig getröstet. Sie schien noch etwas auf dem Herzen zu haben, wagte aber offensichtlich nicht, es zu sagen. Raffael bemerkte es.

»Nun sagen Sie schon, was gibt es noch?«

Die Sekretärin wagte nicht, ihn anzusehen.

»Herr Dr. Schmiedel sagt, dass Ihnen selbstverständlich alle Fälle entzogen sind.« Sie schluckte, bevor sie leise hinzufügte »... auch der Fall Oppenheimer. Das Geld, das Sie als Vorschuss erhalten haben, sollen Sie auf Dr. Schmiedels Konto auf der Bank einbezahlen. Er wird sich jetzt der Angelegenheit annehmen.«

»Aber Mister Oppenheimer wollte unbedingt von mir vertreten werden! Er hat darauf be...« Raffael sprach den Satz nicht zu Ende. Es hatte keinen Sinn. Sowohl Oppenheimer als auch Kappler würden von nun an nichts mehr mit ihm zu tun haben wollen. Resigniert zuckte er mit den Schultern und schob Fräulein Julich alle Akten zu, die sich auf seinem Schreibtisch befanden. »Nehmen Sie sie. Ich habe ohnehin keine Verwendung mehr für sie.«

Rege Zeiten

Ricky atmete tief durch, bevor sie energischen Schrittes die Behrensstraße überquerte und auf den Eingang des Metropol-Theaters zustrebte. Sie war fest entschlossen, diese einmalige Chance beim Schopf zu ergreifen. Dieses Mal musste es einfach klappen. Eine bessere Möglichkeit würde sich ihr so schnell nicht mehr bieten. Außerdem gingen ihre Ersparnisse langsam zu Ende. Sie war jetzt schon über ein halbes Jahr in Berlin und hatte immer noch kein Engagement. In den Briefen, die sie ihren Eltern alle zwei Monate schrieb, verschwieg sie dieses kleine, aber sehr bedeutende Detail. Sie schwärmte von Berlin und seinem Theater- und Musikleben, als gehöre sie als feste Größe dazu. Tatsächlich kannte sie mittlerweile fast alle Theater und Opernhäuser, weil sie dort überall versucht hatte, ein Engagement zu bekommen. Leider immer vergeblich. Vor drei Monaten hatte sie die Wohnung von Heinrich Zille verlassen und war zu einer verwitweten, älteren Jüdin in die Winterfeldstraße gezogen. Zilles Sohn Walter hatte von dem günstigen Zimmer in der Nähe des Nollendorfplatzes erzählt, und sie war gleich hingegangen, um es sich anzusehen. Frau Teitelbaum war eine äußerst sympathische Frau, lebensklug, warmherzig und außerdem ehemals eine Klavierlehrerin gewesen. Sie und Ricky mochten einander auf Anhieb, denn Frau Teitelbaum fand es äußerst anregend, eine Untermieterin zu bekommen, die selbst gerne musizierte. Ricky fühlte sich sehr wohl in ihrem kleinen, aber gemütlichen Zimmer. Im Salon stand ein Klavier, auf dem sie so oft üben durfte, wie sie wollte. Manchmal begleitete die alte Dame sie sogar darauf, wenn sie neue Lieder einstudierte. Während der Monate in der Sophie-Charlotte-Straße hatte Ricky bis auf wenige Ausnahmen auf Musik verzichten müssen. Onkel Heinrich war äußerst lärmempfindlich. Es war nicht so, dass er Musik nicht gemocht hätte, aber Rickys Gesangsübungen hinderten ihn daran, in Ruhe an seinen Zeichnungen zu arbeiten. In dieser Beziehung war also alles wunderbar. Aber auf der anderen Seite musste sie nun um einiges mehr an Miete bezahlen und für ihren Unterhalt sorgen. Von dem wenigen Geld, das ihr ihre Eltern telegrafisch anwiesen, konnte sie kaum die Miete für ihr Zimmer begleichen. Also musste sie ihre Reserven angreifen, die sie von Großvater Johannes erhalten hatte. Da sie auch noch privaten Tanzunterricht nahm, schmolz ihr Guthaben rasch dahin und würde in kürzester Zeit aufgebraucht sein. Natürlich war sie immer noch viel besser dran als viele andere. Sie bekam von ihren Eltern englische Pfund, die in dem inflationären Deutschland weitaus mehr wert waren. Aber da es sich nur um eine geringe Summe handelte, reichten sie dennoch hinten und vorne nicht, um sich damit über Wasser zu halten. Ricky machte sich nichts vor. Wenn es mit diesem Engagement nicht klappte, dann musste sie in den sauren Apfel beißen und die Stelle als Bürogehilfin in Valentins Theater annehmen. Allerdings wäre es dann auch mit dem Tanzen vorbei, weil Joel nur tagsüber Zeit hatte, sie zu unterrichten, da er abends im Varieté auftrat. Ähnlich war es mit Valentin. Auch er stand meistens abends im Orchestergraben. Manchmal begann sie tatsächlich schon an ihrem Talent zu zweifeln. Vielleicht war sie ja doch nicht so begabt, wie sie immer geglaubt hatte? In ihrer provinziellen Heimat Afrika war es leicht gewesen, Anerkennung zu bekommen. Schließlich gab es ja dort kaum Sänger, aber hier …? Ricky zwang sich dazu, die negativen Gedanken abzuschütteln. »Ich werde Erfolg haben«, murmelte sie, als sie durch die große Schwungtür das

Foyer des Metropol-Theaters betrat. Vor dem Zimmer des Intendanten warteten bereits eine Hand voll anderer Bewerberinnen, die sie sofort misstrauisch musterten. Die meisten schienen sich bereits zu kennen.

»Bist wohl neu hier, wa?«, fragte eine Brünette mit gerümpfter Nase. »Am besten verschwindste wieda! Die Stelle jehört mir schon so jut wie sicha.« Die anderen Frauen lachten sie aus.

»Nur weil de Fritzi heeßt, bist de noch lange keine Massary«, spottete eine andere. Fritzi Massary war der große Operettenstar im Metropol-Theater. Im Moment trat sie gerade als Adele in Johann Strauss' Operette »Die Fledermaus« auf. Da die Sängerin, die den Prinz von Orlowski sang, krank geworden war, suchte man nun nach einem raschen Ersatz. Johann Strauss hatte den Prinzen als Hosenrolle angelegt, eine Paraderolle, wie Ricky fand. Sie beschloss, die lästernden Frauen nicht weiter zu beachten, und setzte sich ans Ende der Reihe. Kurze Zeit später ging die Tür auf, und die erste Bewerberin wurde ins Intendantenzimmer gerufen. Es dauerte nicht lange, da kam sie auch schon wieder heraus. Jeglichen Blickkontakt vermeidend verließ sie das Theater. Die zweite war nicht viel länger in dem Raum. Sie reagierte sehr viel emotionaler und stürmte heulend an ihnen vorbei. Auch die dritte Kandidatin blieb nur wenig länger im Raum. Nun waren nur noch die Brünette, die von den anderen Fritzi genannt worden war, und sie übrig. Mit hoch erhobenem Kopf marschierte Fritzi an ihr vorbei. Tatsächlich blieb sie deutlich länger als die anderen. Als sie nach zwanzig Minuten das Zimmer endlich verließ und wieder neben Ricky Platz nahm, war ihr der Triumph deutlich anzusehen. »Ick hab dir ja jesacht, dat de gleich wieder verschwinden kannst. Die Rolle jehört mia.«

Ricky biss sich auf die Unterlippe. »Das werden wir ja sehen!« Sie erhob sich und begab sich so selbstbewusst, wie es ihr nur möglich war, zu der Tür, von der aus sie gerade aufgerufen wurde. Der Intendant, ein kleiner, relativ unscheinbar wirkender Mann, begrüßte sie freundlich und bat sie einzutreten. In seinem geräumigen Zimmer stand ein Flügel, an dem der musikalische Leiter des Theaters lehnte. Er war eine beeindruckende Persönlichkeit mit einem wallenden Vollbart und funkelnden Augen hinter einer dicken Brille.

»Ist das die Letzte?«, fragte er sichtlich genervt. Es war offensichtlich, dass er seine Wahl schon getroffen hatte. Ricky atmete tief durch. Sie würde sich auf keinen Fall dadurch beeinflussen lassen. Noch war gar nichts entschieden.

»Wo sind Sie denn bislang aufgetreten?«, fragte der Leiter gelangweilt, während er in ihren Unterlagen blätterte. »Hier steht, dass Sie aus den ehemaligen afrikanischen Kolonien stammen.« Er sah sie über den Rand seiner Nickelbrille amüsiert an. »Lernt man da denn was anderes als Negergesang?«

Ricky fühlte, wie sie rot wurde, und begann sich bereits klein und minderwertig zu fühlen.

»Sie wird immerhin von Ihrem Kollegen Valentin Reuter vom Luisentheater im Gesang unterrichtet. Das scheint mir Reputation genug zu sein«, mischte sich der Intendant nun ein. Er zwinkerte Ricky beruhigend zu. »Ich finde, Sie sollten sie jetzt einfach mal singen lassen.«

»Gut, gut«, lenkte der musikalische Leiter ein, setzte sich an den Flügel und gab Ricky die Passage an, die sie singen sollte. Nach den ersten perlenden Akkorden setzte sie ein. Einen Moment hatte sie gefürchtet, dass ihre Stimme vor Aufregung versagen könnte, doch das tat sie zum Glück nicht. Nach den ersten Zeilen verlor sie ihre anfängliche Unsicherheit, und es gelang ihr, sich auf den Ausdruck zu konzentrieren und sich in die Rolle hineinzufinden. Mitten in der Arie brach der musikalische Leiter das Stück ab. Es herrschte Schweigen im Raum. Ricky sah erschrocken vom Intendanten zum Musikdirektor.

»War ich wirklich so schlecht?«, fragte sie fassungslos. Zum ersten Mal trat ein wohlwollendes Lächeln auf das Gesicht des Musikdirektors. »Nein, das waren Sie nicht, aber ich muss nicht mehr hören. Sie haben wirklich Talent, junges Fräulein. Wenn es nach mir geht, dann haben Sie die Rolle.«

Ricky gelang es nur schwer, ihre Erleichterung und Freude nicht lauthals zum Ausdruck zu bringen. Alles in ihr jubelte. Endlich, endlich …

»Na, dann wollen wir gleich die vertraglichen Konditionen besprechen«, meinte der Intendant fröhlich. »Schließlich werden die Proben gleich morgen fortgesetzt.«

Ricky konnte ihr Glück immer noch nicht fassen. Sie hatte ein Engagement, ihr erstes! Auf dem Schreibtisch des Intendanten klingelte das Telefon. Ungnädig hob er ab. »Ich habe Ihnen doch gesagt, dass ich jetzt nicht gestört werden will«, schimpfte er seine Sekretärin im Vorzimmer an. Doch dann ließ er sie das Gespräch durchstellen. »Frau Massary«, flötete er kurz darauf mit überschwänglicher Stimme. »Welch ein Vergnügen, Ihre Stimme zu hören. Ja, wir sind gerade mit dem Vorsingen durch. Der Herr Musikdirektor und ich haben uns gerade entschieden … Wir haben eine wunderbare Besetzung für den Grafen von Orlowski.« Er warf Ricky einen aufmunternden Blick zu. »Wie meinen? …« Seine Konzentration wandte sich wieder seiner Gesprächspartnerin zu.

Ricky war viel zu aufgeregt, um das Gespräch weiterzuverfolgen. Ihr Herz klopfte vor Aufregung, während sie sich ihre Zukunft in buntesten Bildern ausmalte. Bald würde sie mit der großen Sängerin Fritzi Massary zusammen auf der Bühne stehen! In ihrer Fantasie stellte sie sich vor, wie sie als Graf von Orlowski der Adele eine Bühnenausbildung als Mäzen ermöglichen würde. Daraufhin würde Adele sie umarmen und dann …«

»Fräulein van Houten?«

Freudestrahlend kehrte sie in die Wirklichkeit zurück. Den veränderten Ausdruck im Gesicht des Intendanten bemerkte sie erst nicht.

»Es tut mir leid«, räusperte er sich und warf dem musikalischen Leiter einen bedauernden Blick zu. »Frau Massary hat mir soeben mitgeteilt, dass sie darauf besteht, dass die Rolle des Grafen von Orlowski mit einem Mann besetzt wird und nicht mit einer Hosenrolle. Ihr schwebt ihr Freund Hugo Wachter vor, der ihr bereits auch schon zugesagt hat.«

»Hugo Wachter, dass ich nicht lache!«, wetterte nun der Musikdirektor. »Richard Strauss hat die Rolle nicht umsonst als Mezzosopran ausgelegt. Das ist einfach unglaublich, wie die Massary sich über den Meister hinwegsetzt. Ich bestehe auf den Mezzosopran. Fräulein van Houten ist eine gute Wahl. Sagen Sie ihr das!« Er rollte drohend mit den Augen. Der Intendant hob beschwichtigend die Hände. »Aber Carel, nun haben Sie sich doch nicht so. Es ist durchaus üblich, dass auch ein Tenor die Rolle übernimmt. Wenn Sie sich so anstellen, wird die Massary überhaupt nicht auftreten. Mir wäre Fräulein van Houten auch lieber. Vor allem, weil dieser Wachter nur mit Mühe seinen Part durchbringen wird. Aber mir sind die Hände gebunden. Er ist ein enger Freund der Massary und …«

Ricky hörte dem weiteren Streitgespräch fassungslos zu. Für die beiden Theatermenschen war sie längst zu einem unwichtigen Utensil geworden. Ihre eben noch so heftig empfundene Euphorie platzte wie eine Seifenblase. In ihren Ohren begann es wild zu rauschen. Wie in Trance stolperte sie auf die Tür zu und verließ den Raum, ohne sich zu verabschieden.

»Na, ick hab dir ja jleich jesacht, dat det nischt wird!« Mit diesen aufmunternden Worten wurde sie ausgerechnet von ihrer Mitkonkurrentin Fritzi empfangen. Die Schadenfreude stand ihr richtig ins Gesicht geschrieben. »Dann werd ick mir mal meene Rolle holen.« Ricky hatte für sie nicht viel mehr als ein resigniertes Schulterzucken übrig.

»Von mir aus«, entgegnete sie verbittert. »Wenn du glaubst, dass du ein Mann bist, dann kannst du es ja versuchen.«

»Wa? Willste mia veräppeln?« Fritzi baute sich drohend vor ihr auf.

»Die Massary will, dass ihr Freund Hugo Wachter die Rolle übernimmt«, erklärte Ricky tonlos. »Und der Herr Intendant hat sofort klein beigegeben, obwohl er mir vorher die Rolle versprochen hat. Das ist einfach nur gemein.« Sie konnte nicht verhindern, dass ihr jetzt Tränen hochstiegen. All ihre Hoffnungen waren nun mit einem Schlag begraben.

»Nu heul doch nich«, meinte Fritzi ganz kumpelhaft. Sie schien sich aus dieser Niederlage weit weniger zu machen. »Davon jeht die Welt ooch nich unter!«

»Eben doch!«, schniefte Ricky und ließ ihren Tränen nun freien Lauf. »Das war meine letzte Chance!«

»Ach, Quatsch!« Fritzi übernahm ganz selbstverständlich die Rolle der Trösterin. »Irjendwo jibt es imma ne Lösung.« Sie legte ihr beruhigend den Arm um die Schulter und führte sie aus dem Metropol auf die belebte Behrensstraße. Wie zum Hohn stach die Sommersonne ihnen mitten ins Gesicht.

»Nu komm, ick kenn ein Café, da kannst mir deen janzes Herz ausschütten«, schlug Fritzi nicht ganz uneigennützig vor. »Musste mia nur en Kaffe für spendieren.« Ohne ihre Antwort abzuwarten, zog sie Ricky mit sich.

Nach einer Tasse Kaffee und einem herrlich duftenden Stück Apfelkuchen sah die Welt auch für Ricky nicht mehr ganz so trüb aus. Fritzi plapperte ohne Unterlass und erzählte ihr en passant, als wäre es das Selbstverständlichste auf der ganzen Welt, von ihren eigenen verpatzten Bewerbungen. Die junge Frau war eine waschechte Berliner Göre aus dem Wedding mit dem Herzen auf dem rechten Fleck. Ihre muntere Art wirkte ansteckend, und bald gelang es sogar Ricky, ihrer gerade gescheiterten Bewerbung eine gewisse Komik abzugewinnen. Fritzi war nicht unbedingt eine Schönheit, eher mager und ziemlich knochig, dafür besaß sie einen koketten Charme, der sie Ricky sympathisch erscheinen ließ. Außer ein paar Gesangsstunden bei einem fragwürdigen Hinterhof-Troubadour, der sich als Leierkastenmann und Jahrmarktskünstler durchs Leben schlug, hatte Fritzi keinerlei musikalische Ausbildung genossen. Trotzdem bezeichnete sie sich ausgesprochen selbstbewusst als »Chansonnette«.

»Weeste«, erläuterte sie selbstbewusst, »singen musste nur unjefähr können, det andere is nur der Charme.« Ricky bezweifelte das, wollte ihre neue Freundin jedoch auf keinen Fall beleidigen und schwieg. Vielleicht traf das ja für die Revuen und Kabaretts zu, von denen es in Berlin so viele gab. Bislang hatte sie es nie auch nur in Erwägung gezogen, sich für solch ein – wie Valentin es nannte – »triviales« Engagement zu bewerben. Er hatte sie immer als ernsthafte Sängerin gesehen, obwohl Ricky durchaus Spaß an der leichten Muse hatte. Während sie so nachdachte, plauderte Fritzi unbekümmert eine um die andere Anekdote aus ihrem verkorksten Leben aus, die schlussendlich mit dem Fazit endeten, dass sie als Chormädchen in drittklassigen Revuen auftrat. »Wenn de nischt alles jibst«, fasste sie zusammen, »dann haste ooch keene Changse. Die meesten Kerle wollen dir nur an die Wäsche.«

Ricky unternahm erst gar keinen Versuch, ihr zu widersprechen, denn auch ihr war längst klar geworden, dass sie ohne Beziehungen oder unanständige Zugeständnisse in der Theaterbranche so gut wie keine Möglichkeiten bekommen würde. War sie nicht an allen großen Opern- und Schauspielhäusern gescheitert? Meist hatte man sie nicht einmal bis zum Intendanten vorgelassen, und wenn doch, wurde aus dem Vorsingen rasch eine Einladung für ein Tête à Tête, das eindeutig nichts mit ihren musikalischen Fähigkeiten zu tun hatte. Ricky war nicht naiv und hatte diese eindeutigen Offerten freundlich, aber bestimmt abgelehnt. Ein schales Gefühl war dennoch geblieben. Außerdem begannen ihre Misserfolge ihr allmählich aufs Gemüt zu schlagen. Sie hatte sich hier in Berlin alles viel leichter vorgestellt und musste sich nun eingestehen, dass ihr Talent entweder nicht groß genug war oder sie einfach nicht geschickt genug war, um in diesem Haifischbecken zu bestehen. Sollten ihre Eltern am Ende doch recht behalten? Zwar gab sich Valentin alle Mühe, ihr zu helfen. Doch bislang hatte er ihr nicht viel mehr als die Stellung einer Bürogehilfin in seinem Theater in Aussicht stellen können. Sie hatte diese erst kürzlich naserümpfend ausgeschlagen. Aber jetzt sah es so aus, als wäre es noch die beste aller schlechten Möglichkeiten gewesen, es sei denn, sie würde wieder nach Afrika zurückgehen. Aber so weit wollte sie es nicht kommen lassen. So schnell ließ sich eine Ricky van Houten nicht unterkriegen! Wenn es mit der Bühne nicht klappte, dann eben anders.

»Adieu, du schöne Opernwelt!«, seufzte sie schicksalsergeben. »Jetzt muss ich wohl oder übel eine Arbeit im Büro beginnen.«

»Bäh.« Fritzi rümpfte angewidert die Nase. »Lieber würd ick mir mit dem Zeh in der Nase bohren! Kannste denn nischt anderes?«

Ricky zuckte mit den Schultern. Es war Zeit zu gehen. Ihr blieb im Moment nur die Hoffnung, dass die Stelle im Büro noch nicht besetzt war.

»Mach's gut«, meinte sie mit einem säuerlichen Lächeln. »Wir sehen uns bestimmt mal wieder.«

»Nu wart doch mal!« Fritzi zog sie wieder auf ihren Stuhl zurück und kratzte sich nachdenklich am Kopf. »Ick glob, ick hab da doch noch 'ne Idee. Haste nich jesacht, dass de tanzen jelernt hast?«

Ricky horchte auf. »Nun ja«, gab sie zu. »Meine Ausbildung

zur Balletttänzerin habe ich fast abgeschlossen. Ich hatte bis vor Kurzem Tanzunterricht. Joel meinte, ich sei nicht ganz unbegabt.«

»Na, Hauptsache, du bist beweglich«, meinte Fritzi großspurig. »Im *Folies-Caprice,* da suchen se noch Tanzgirls, weeste, det sind die, die wie Maschinen tanzen. Die zahlen zwar nich sönderlich ville, aber kennenlernen tuste da allet, wat Rang und Namen hat. Hin und wieder treten da sogar so Berühmtheiten wie die Claire Waldoff und der Otto Reutter uff, jawoll! An deener Stelle würd ick da mal vorbeikieken!«

Ricky, die mittlerweile bereit war, sich an jeden Strohhalm zu klammern, der ihr das Schicksal einer Bürogehilfin ersparen konnte, nahm den Tipp nur zu gerne auf. Bis zum *Folies-Caprice* war es nur ein Katzensprung.

*

»Du machst waaas?« Valentin glaubte seinen Ohren nicht zu trauen.

»Ich bin ab sofort Tänzerin im *Folies-Caprice,* du hast ganz richtig gehört.« Ricky nahm wie eine Diva ganz selbstverständlich auf dem schäbigen Stuhl vor seinem mit Noten und Papierkram überfüllten Schreibtisch Platz und strahlte wie schon seit Wochen nicht mehr. »Ich verdiene zwar nicht sehr viel, aber damit werde ich fürs Erste über die Runden kommen. Sogar den Tanzunterricht bei Joel werde ich mir weiterhin leisten können.«

»Heißt das, du hast eine Solonummer bekommen?« Valentin freute sich aufrichtig für sie. Doch dann bemerkte er, dass ihr Gesicht von einer leichten Röte überzogen wurde.

»Nun ja, ich werde nicht gerade als Solotänzerin auftreten«, gestand sie etwas kleinlauter. »Ich werde eher so mit einigen anderen im Hintergrund einer Revue tanzen.«

Er sah sie einen Augenblick sprachlos an, dann begann er

reichlich verärgert den Kopf zu schütteln. Dafür hatte er Ricky nicht ausgebildet. Diese Option war einfach lächerlich.

»Das glaub ich nicht«, wetterte er los. »Wie kannst du dich nur auf so ein niederes Niveau einlassen? Du besitzt eine hervorragend ausgebildete Stimme, bist mittlerweile eine vielversprechende Tänzerin mit unglaublichem Talent. Und das alles willst du bei diesem dilettantischen Tingeltangel verschleudern?«

»Das *Folies-Caprice* ist kein Tingeltangel!«, versuchte sich Ricky zu wehren. Seine offensichtliche Kritik verletzte sie ernsthaft. Valentin tat das leid, auf der anderen Seite fühlte er, dass es seine Pflicht war, sie vor solch einem Unfug zu bewahren.

»Du darfst dort einfach nicht hin!« Er bemühte sich um einen etwas ruhigeren Tonfall, um sie nicht noch mehr gegen sich aufzubringen. »Du kannst doch viel mehr.«

Doch Ricky zeigte sich uneinsichtig. »Im *Folies-Caprice* treten auch Größen wie Claire Waldoff und Otto Reutter auf!«, meinte sie trotzig. »Ich werde zumindest im gleichen Haus wie sie auftreten!«

Valentin raufte sich die Haare. Wie konnte Ricky nur so naiv sein! Ausgerechnet heute fühlte er sich selbst ziemlich erschlagen. Er war müde von dem vielen Papierkram und hatte überdies auch noch Ärger mit dem Gastdirigenten. Ihm war ganz und gar nicht nach einer Auseinandersetzung zumute, aber er konnte auch nicht zulassen, dass sie den falschen Weg einschlug. Also ließ er nicht locker.

»Wenn du dein Talent als drittklassige Tänzerin verschleuderst, dann wirst du niemals wieder die Chance haben, auf einer großen Bühne aufzutreten. Kein Intendant gibt einer Sängerin eine Chance, die einmal im Varieté als Go-go-Girl aufgetreten ist.«

»Mir gibt auch so kein Intendant eine Rolle«, widersprach ihm Ricky mit einer Heftigkeit, aus der viel Verbitterung sprach. »Anscheinend ist es schon ein Makel, wenn man in

Afrika aufgewachsen ist. Da kann ich genauso gut ans Varieté gehen.«

»Aber doch nicht als Tiller Girl!« Valentin erinnerte sich plötzlich an einen Artikel, den er erst kürzlich im *Berliner Tageblatt* gelesen hatte. Er kramte danach auf seinem Tisch und fand den Artikel tatsächlich.

»Hier! Da siehst du, was anständige Leute von solchen Revuegirls halten.« Er schob Ricky die Zeitung zu, die sie nur widerwillig aufnahm. Der Artikel stammte ausgerechnet von dem renommierten Wiener Autor Alfred Polgar. Er schrieb darin:

»Girls nennt man Gruppen jüngerer Frauen, die bereit sind, ziemlich entkleidet auf einer Bühne genau vorgeschriebene parallele Bewegungen zu machen. Der Zweck ihres Erscheinens und Tuns ist, Zuschauer erotisch anzuregen und diese hierdurch über das, was sonst auf der Bühne vorgeht, zu trösten.«

Valentin hatte gehofft, Ricky damit die Unsinnigkeit ihres Vorhabens vor Augen führen zu können, doch stattdessen knallte sie ihm wütend die Zeitung auf den Tisch und sprang auf. »Ich dachte immer, du hältst zu mir. Anstatt dich mit mir darüber zu freuen, dass ich endlich am Theater eine Beschäftigung habe, machst du mir Vorwürfe?«

»Ich mache dir keinesfalls Vorwürfe.« Auch er begann allmählich aus der Haut zu fahren. Wieso verstand sie denn nicht, dass er sie nur vor einem dummen Fehler bewahren wollte? »Ich will nur dein Bestes. Als Go-go-Tänzerin wirst du von den Männern wie Freiwild behandelt. Es ist allgemein bekannt, dass diese Mädchen leicht zu haben sind.«

»Das also ist deine Meinung von mir?« Ricky geriet außer sich. »Du möchtest mir damit sagen, dass ich ein leichtes Mädchen bin?« Ihre bernsteinfarbenen Augen funkelten ihn wütend an. »Dann weiß ich jetzt also, was du von mir hältst.«

Valentin schwieg bestürzt. Es war alles andere als seine Absicht gewesen, Ricky zu beleidigen.

»Ich möchte doch nur das Beste für dich«, versuchte er sie zu beschwichtigen. »Natürlich bist du kein leichtes Mädchen. Das würde ich niemals behaupten.« Er fühlte sich plötzlich um Worte verlegen. Warum verstand sie denn nicht, dass er sich nur Sorgen um sie machte? »Du wärst um ein Haar im Metropol genommen worden. Der Intendant und der musikalische Leiter haben dich in bester Erinnerung. Warum versuchst du es nicht in ein paar Wochen dort noch einmal? Ich bin sicher, dass es dann klappt.«

Rickys Wut ließ endlich etwas nach. Die Arme hielt sie jedoch trotzig vor der Brust verschränkt.

»Ich werde das Angebot dennoch annehmen. Mir bleibt nämlich gar keine andere Wahl. Wenn ich nicht tanze, dann kann ich bereits nächsten Monat meine Miete nicht mehr bezahlen.«

Valentin sah sie erstaunt an. Ricky hatte ihm nie erzählt, wie knapp sie bei Kasse war. Er war immer davon ausgegangen, dass sie über ausreichende Mittel von zu Hause verfügte. Er besaß zwar auch nicht viel, aber wenn sie beide sich zusammentaten …

»Ich könnte dir etwas leihen«, schlug er spontan vor. Aber dann revidierte er seine Aussage und fügte schnell hinzu. »Wir könnten uns auch gleich ganz zusammentun.« Er sah sie hoffnungsvoll an. Das war die Gelegenheit, um sich ihr endlich zu erklären. Er liebte sie, das musste sie längst wissen, aber er war leider auch ganz und gar kein Romantiker. »Ich verdiene genug für zwei«, beendete er lapidar seinen Antrag. Er fragte sich, ob sie nun wusste, wie er es gemeint hatte. Wenn Ricky nur wollte, so würde er sie ihr Leben lang auf Händen tragen. Doch sie lehnte rundheraus ab.

»Ich kann dein Geld nicht nehmen«, meinte sie grimmig. »Damit würde ich mich von dir abhängig machen.«

»Wäre das denn so schlimm?« Valentin sah sie enttäuscht an. Hatte sie denn gar nicht verstanden, dass er ihr gerade einen Heiratsantrag gemacht hatte? Er suchte nach anderen Worten, um seinen Antrag deutlicher zu machen, doch Ricky ließ es nicht zu.

»Ach, Valentin!« Sie lächelte bereits wieder versöhnlich. »Lass uns nicht streiten. Es ist lieb von dir, dass du mir Geld anbietest, aber mein Stolz verbietet mir, es anzunehmen. Vor allem, weil ich nicht weiß, ob ich es dir jemals wieder zurückzahlen könnte. Ich habe bereits zugesagt. Heute Nachmittag beginnen die ersten Proben. Großmutter Imelda sagt immer: Lieber ein Spatz auf der Hand als eine Taube auf dem Dach. So ist das nun mal. Übermorgen trete ich bereits das erste Mal auf. Wirst du kommen?« Sie sagte es mit einem betörenden Augenaufschlag, dem Valentin nicht widerstehen konnte.

»Natürlich«, murmelte er säuerlich. »Jemand muss doch auf dich aufpassen.«

*

Voller Energie und Anspannung erschien Ricky zu ihrer ersten Probe. Für sie war dieses kleine Engagement ein erster Anfang. Alles Weitere würde sich schon ergeben. Der Hausmeister, ein mürrischer alter Kerl mit Schiebermütze und schlechtem Atem, führte sie durch einen spärlich erleuchteten Gang vor die Tür des Umkleideraums. »Da müssen Se rinn«, beschied er sie unfreundlich und überließ sie kommentarlos ihrem weiteren Schicksal. Ricky hörte Stimmen und Gelächter und klopfte an. Als ihr niemand antwortete, drückte sie die Klinke herunter und betrat einen hell erleuchteten Raum, an dessen Front mehrere Spiegel mit Friseurtischen und kleinen Hockern standen. Die meisten der Tänzerinnen waren gerade dabei, sich umzuziehen. Sie warfen Ricky teils neugierige, teils misstrauisch abschätzende Blicke zu; keine reagierte auf ihren Gruß. Kurz entschlossen wandte sie sich an die Nächstbeste, eine etwas pummelige Rothaarige, zwischen deren Schneidezähnen eine größere Lücke klaffte.

»Kannst du mir sagen, woher ich mein Kostüm bekomme?«, fragte sie freundlich. Die Rothaarige musterte Ricky mit gerümpfter Nase und deutete dann auf eine Tür. »Da hinten ist der Fundus«, erklärte sie knapp. »Du kannst dich einfach bedienen. Heute proben wir in den kurzen Volantröcken. Aber beeil dich, der Kranz hasst es, wenn jemand zu spät kommt.« Ricky suchte sich rasch ein passendes Kostüm sowie Schuhe und zog sich um. Kaum war sie fertig, stellte sich die Rothaarige neben sie und sah kopfschüttelnd auf sie herab. Mit dem Kinn deutete sie auf ihre Schuhe.

»Die gehen nich«, beschied sie sie. Ricky verstand nicht. »Aber wieso? Die Schuhe passen hervorragend.« Die Rothaarige rollte mit den Augen. »Du musst welche suchen, die dich so groß machen wie mich.« Allem Anschein nach war sie keine Freundin genauer Erklärungen. Ricky sah sich um und stellte fest, dass jedes Mädchen unterschiedlich hohe Schuhe anhatte. Nur langsam dämmerte ihr der Grund. Die unterschiedlichen Absatzhöhen sollten alle Mädchen gleich groß machen. Ricky hatte nach relativ flachen Schuhen gegriffen, weil sie ihr am bequemsten erschienen. Hastig wollte sie sich erneut in den Fundus begeben, als die Klingel ertönte. Die Rothaarige rollte erneut mit den Augen und zeigte zur Bühnentür.

»Du musst jetzt da durch. Pech für dich.«

Ricky zuckte mit den Schultern. Nun, dann musste es eben so gehen.

Auf der Bühne erwartete sie Choreograf Kranz, ein schlanker, fast hagerer Mann Mitte dreißig. Er trug eine eng geschnittene schwarze Hose mit grauem Seitenstreifen und einem ebenso eng anliegenden dunklen Rollkragenpullover. Seine dünnen Haare waren pomadiert, was die markante Adlernase in seinem Gesicht noch stärker hervortreten ließ. Die achtzehn Tänzerinnen defilierten lächelnd an ihm vorbei, um sich vor dem Prospekt am hinteren Rand der Bühne in einer Reihe aufzustellen. Kranz nickte jeder Einzelnen zu und musterte sie kritisch von oben bis unten. Ricky wurde erst jetzt bewusst, wie kurz der Volantrock war, den sie trug. Nur gut, dass sie eine blickdichte Strumpfhose darunter trug. Als sie als Letzte an Kranz vorbeizog, gab er ihr zu verstehen, dass sie stehen bleiben sollte. Ohne sein Gesicht zu verziehen, musterte er sie von Kopf bis Fuß und blieb an ihren Schuhen hängen.

Ricky hielt die Luft an. Einen Augenblick fürchtete sie schon, dass ihr Engagement beendet war, bevor es überhaupt begonnen hatte. Dem Tuscheln der Mädchen hatte sie entnommen, wie cholerisch der Choreograf reagieren konnte.

»Du bist die Neue?«

Es war üblich, dass man sich beim Theater gleich duzte. Seine Stimme klang jedoch nicht unfreundlich.

»Sehr wohl«, antwortete Ricky und machte aus Verlegenheit einen Knicks. Die Mädchen hinter ihr kicherten, und sie hörte bissige Bemerkungen wie »Landpomeranze« und »Einfaltspinsel«. Ricky fühlte, wie ihr vor Scham das Blut in den Kopf stieg. Sie ärgerte sich über sich selbst. Kranz tat so, als hätte er nichts gehört.

»Es ist wichtig, dass alle Tänzerinnen gleich groß sind«, erklärte er geduldig. Er winkte die erste Tänzerin in der Reihe zu sich. »Lilo, geh mit der Neuen in den Fundus und suche mit ihr nach passenden Schuhen. Aber hopp! Wir haben schon genügend Zeit versäumt.« Er klatschte in die Hände und scheuchte die beiden von der Bühne. Ricky spürte plötzlich einen eisenharten Griff um ihren Oberarm, mit dem sie fortgezogen wurde. »Aua, du kannst mich jetzt loslassen«, beschwerte sie sich, als sie hinter der Bühne waren. Lilo, eine Blonde mit üppigen Brüsten, verschärfte noch einmal den Griff, bevor sie losließ und sie aus harten blauen Augen ansah.

»Wenn de noch einmal hier ’ne Sonderrolle markierst, dann setzt es was, kapiert?«, zischte sie böse. Ricky schwieg. Sie wollte nicht gleich am ersten Tag Ärger bekommen. Schweigend folgte sie dieser Lilo in den Fundus und suchte sich passende Schuhe.

Die Probe verlief für Ricky zum Glück ohne weitere Schwierigkeiten. Kranz studierte mit ihnen eine relativ einfache Schrittfolge ein und ließ dann jede von ihnen einmal kurz nach vorne treten, um sie allein vorzuführen. Die meisten der achtzehn Tänzerinnen waren schon länger bei der Truppe und beherrschten die banale Schrittfolge, die aus abwechselnd hochgeworfenen Beinen mit jeweils zwei kleinen Zwischenschritten bestand. Dennoch kritisierte er an beinahe jeder von ihnen herum. Als Ricky an die Reihe kam, war sie die Einzige, die er ohne Beanstandung durchwinkte. Er nickte ihr sogar wohlwollend zu. Dann klatschte er in die Hände.

»So, jetzt noch eine Trockenprobe ohne Orchester und dann einen Durchlauf mit Musik. Hopp, hopp!«

Nachdem sie ihren Part mehrere Male wiederholt hatten, war Pause. Die Mädchen begaben sich verschwitzt in die Umkleidekabinen, um sich erneut umzuziehen. Beim Hinausgehen wurde Ricky von Lilo angerempelt. Sie stieß ihr ziemlich unsanft den Ellenbogen zwischen die Rippen. Anstatt sich zu entschuldigen, warf sie ihr einen drohenden Blick zu. »Spiel dir hier bloß nich so uff!«, knurrte sie finster. »Bloß weil der Kranz nicht an dir rumgemeckert hat, biste noch lang nischt Besseres!«

»Ich bin aber auch nicht schlechter als ihr«, gab Ricky nun schon viel selbstbewusster zurück. Sie hatte schnell kapiert, dass sie sich von dieser Lilo nicht alles gefallen lassen durfte. Ein paar Mädchen kicherten beifällig, bis Lilo ihnen einen mörderischen Blick zuwarf, der sie sofort verstummen ließ. Offensichtlich war sie hier die große Wortführerin. Mit in die Hüften gestemmten Fäusten baute sie sich vor ihr auf. Ricky begegnete ihrem Blick ruhig.

»Herjeloofene Kanalratte! Du bist hier schneller weg, als dass de bis zehn zählen kannst.«

»Bist du sicher, dass du überhaupt bis zehn zählen kannst?«, gab Ricky schlagfertig zurück. Damit war das Maß für Lilo voll. Sie stieß Ricky vor die Brust, sodass sie nach hinten taumelte und stürzte. Die Mädchen lachten, und Lilo sah sich triumphierend um. Nur die Rothaarige half Ricky auf und zog sie von den anderen weg.

»Zeit zum Umziehn«, warnte sie auf ihre knappe Art. Ricky verstand die Warnung und ließ die Sache auf sich beruhen.

Die von den Revuegirls getanzte Einlage wurde im Volksmund »Maschinentanz« genannt. Ricky wusste bald, weshalb. Außer der Fähigkeit, die Beine zu schwingen, brauchte man nur noch Kondition, um die wenigen, sich ständig wiederholenden Bewegungsabläufe zu beherrschen. Mit künstlerischem Ausdruck oder Tanz hatte das so gut wie gar nichts zu tun. Ihrem ersten Auftritt, der abends um elf Uhr begann, hatte sie noch entgegengefiebert. Doch der Applaus, den sie sonst so genoss, hatte hier einen schalen Beigeschmack, denn die Bewunderung galt weniger ihrem Tanz als vielmehr der nackten Haut, die sie zu zeigen gezwungen waren. Ricky war nicht prüde, aber sie fühlte sich dennoch bald nur noch auf ihren Körper reduziert. Auf diese Weise verflog der anfängliche Zauber des *Folies-Caprice* schneller, als ihr lieb war. Ein weiteres Ärgernis war, dass ihre Mittänzerinnen es ihr nicht leicht machten. Sie waren zum größten Teil einfache Mädchen aus dem Wedding oder vom Land, denen die zierliche, elegante Ricky trotz ihrer ärmlichen Kleidung ein Dorn im Auge war. Nur Kiki, die Rothaarige mit der Zahnlücke, brachte ihr auf wortkarge Art eine gewisse Sympathie entgegen. Obwohl Ricky alles unternahm, um weitere Konfrontationen mit ihrer Rivalin Lilo zu vermeiden, gelang ihr das nicht immer. Bis zu ihrer Ankunft war Lilo unter den achtzehn Tänzerinnen Kranz' Liebling gewesen. Sie beherrschte die Tanzschritte von allen am besten und besaß zudem eine gewisse, wenn auch ordinäre Laszivität, die Kranz veranlasste, sie als Blickfang vorne in der Reihe tanzen zu lassen. Damit fiel sie bei den Zuschauern am meisten auf. Doch schon nach wenigen Auftritten durfte Ricky in der Reihe immer weiter nach vorne rücken. Dem Choreografen war ihre Anmut und Beweglichkeit ebenso wenig entgangen, wie ihr kecker Blick und ihre Ausstrahlung. Kranz war homosexuell und deswegen für weibliche Reize völlig unempfänglich, doch er war Ästhet und hatte ein Gespür für Talente. Eines Tages forderte er Lilo unverblümt auf, für Ricky ihren Platz zu räumen.

»Das meinst du nicht ernst, Kranz«, donnerte die Zurückgesetzte los. »Diese Schlampe meint doch nur, sie wäre was Besseres. Diese unjelenke …«

Kranz brachte sie mit einer ungnädigen Handbewegung zum Schweigen. »Es ist meine Entscheidung, und so wird es gemacht«, meinte er streng. Seine Stimme duldete keine weiteren Widersprüche. Lilo musste notgedrungen klein beigeben und ließ Ricky den Vortritt. Der Blick, den sie ihr dabei zuwarf, sprach jedoch Bände. Ricky wusste, dass sie von nun an eine unerbittliche Feindin im Ensemble hatte, und das war das Letzte, was sie wollte. Die erste Position war ihr im Grunde genommen völlig gleichgültig, denn mit Kunst hatten diese Darbietungen für sie ohnehin nichts zu tun. Um Lilo zu beschwichtigen, ging sie zu Kranz und bat ihn, sie wieder auf eine hintere Position zu versetzen. Doch der Choreograf reagierte ungehalten. »Willst du mir jetzt auch noch ins Handwerk pfuschen?«, schimpfte er ungewohnt heftig. Als Ricky daraufhin erschrocken vor ihm zurückwich, beruhigte er sich allerdings rasch und versuchte es ihr zu erklären. »Mensch, Mädchen«, meinte er versöhnlich. »Du vergeudest in der Truppe dein Talent. Das sieht sogar ein Blinder mit Krückstock. Sieh deine neue Position als Chance. Ich bin sicher, dass du über kurz oder lang einem meiner werten Kollegen aus den anderen Theatern auffallen wirst. Die kommen hier gewissermaßen immer undercover herein, um nach neuen Talenten auszuschauen, verstanden?«

Ricky nickte. Von dieser Seite hatte sie die Angelegenheit noch nicht betrachtet.

Zwischen den Proben und den Aufführungen, die erst kurz vor Mitternacht begannen, besuchte Ricky häufig Valentin. Er freute sich über ihre Besuche, auch wenn er das Gefühl nicht loswurde, dass sie nicht seinetwegen kam, sondern nur, um sich zu zerstreuen. Er brauchte nicht über viel Einfühlungsvermögen zu verfügen, um zu sehen, dass Ricky nicht glücklich war. Er vermutete, dass es nur ihr Stolz war, der ihr verbot, ihm einzugestehen, wie sehr sie ihr Engagement als Revuegirl anödete. Ihm gegenüber verhielt sie sich immer betont zufrieden. Doch in Wirklichkeit lachte sie nur noch selten und wirkte angespannt und wenig glücklich. Um sie aufzuheitern, schlug er vor, mit ihr neue Lieder einzustudieren, Couplets, aber auch freche Schlager, wie sie derzeit immer mehr in Mode kamen. Tatsächlich taute Ricky dann richtig auf und bekam wieder Spaß am Leben. Dieses Mädchen konnte ihn immer wieder überraschen. Sie beherrschte nicht nur das ernste Fach wie Opernpartituren und schwierige Kunstlieder, sondern fand sich auch mühelos in die leichte Muse ein. Ihr natürlicher Charme paarte sich mit einer gewissen Keckheit, die er einfach hinreißend fand. Doch leider fehlte ihr immer noch das geeignete Publikum. Wie gerne hätte er ihr geholfen. Doch Valentins Stern war in Wirklichkeit ebenfalls am Sinken. Er war nie so richtig glücklich mit seiner Anstellung als musikalischer Leiter gewesen. Immer wieder gab es unerfreuliche Reibereien mit dem Intendanten, der ihm fortwährend Vorschriften machte und ihn seiner Meinung nach viel zu sehr mit unnötigem Papierkram eindeckte. Erst heute hatte er seine selbst komponierte komische Operette, die kurz vor der Vorführung stand, einfach abgesetzt, weil ein anderer, derzeit in Berlin angesagter Komponist mit einem eigenen Sonderprogramm an deren Stelle treten sollte. Valentin hatte getobt, doch der Intendant hatte ihm nur die kalte Schulter gezeigt und auf den Vertrag verwiesen, der ihm keinerlei Rechte einräumte. Die Auseinandersetzung war weiter eskaliert, bis sie in einen handfesten Streit ausgeartet war. Ihm war schlussendlich keine andere Wahl geblieben, als zu kündigen. Sein Vertrag band ihn jedoch noch bis zum Ende der Spielzeit. Er hatte keine Ahnung, wie es dann mit ihm weitergehen sollte. Im Moment war er einfach nur frustriert. Valentin verzweifelte an seiner Ohnmacht, denn es ging wie immer nur um das liebe Geld. Seither fragte er sich, ob seine Entscheidung, Afrika zu verlassen, wirklich richtig gewesen war. Manchmal spielte er sogar mit dem Gedanken, dort irgendwann einmal ein eigenes Theater zu eröffnen …

»Wo bist du denn mit deinen Gedanken?«, unterbrach Ricky seine Grübeleien und brachte ihn damit wieder zurück in die Wirklichkeit. Er zwang sich zu einem Lächeln. »Ich bin nur ein wenig müde«, log er sie an. Er wich absichtlich ihrem forschenden Blick aus. »Wenn du willst, können wir gleich beginnen. Ich habe da ein schönes Lied von Walter Kollo.«

»Später«, lehnte Ricky fröhlich ab. »Ich muss dir erst noch etwas erzählen.« Valentin sah sie erstaunt an. Ihm fiel erst jetzt auf, wie selten gut gelaunt sie heute war.

»Stell dir vor«, erzählte sie aufgedreht. »Morgen soll ich im *Folies-Caprice* tatsächlich vortanzen. In der Solotruppe wird der Platz einer Tänzerin neu belegt. Wenn ich nicht alles vermassle, dann bekomm ich den Job. Kranz hat mir versichert, dass es mehr oder weniger nur noch eine Formalität ist. Dann kann ich endlich dem Gehopse entkommen.«

»Ach, nun ist es also doch nur ein Gehopse?«, spottete er, von ihrer Fröhlichkeit angesteckt. Ricky verdrehte die Augen. »Jetzt kann ich es ja sagen, wo ich doch nun endlich etwas Anspruchsvolleres zu tun bekomme.«

»Ich freu mich ja für dich«, meinte er aufrichtig. Wenigstens lief es für Ricky endlich einmal etwas besser. »Das sollte gefeiert werden«, meinte er. »Was hältst du davon, wenn ich dich auf ein Glas Champagner am Kurfürstendamm einlade?«

Ricky strahlte. »Aber nur ein einziges Glas, denn ich muss morgen in bester Form sein.«

*

Das Vortanzen sollte direkt im Anschluss an die Proben der Revuegirls stattfinden. Ricky musste wie üblich daran teilnehmen. Sie konnte es kaum erwarten, bis sie endlich vorüber waren. Verschwitzt begab sie sich mit den anderen in die Umkleidekabine. Keines der Revuegirls wünschte ihr Glück. Im Gegenteil, sie straften sie mit Missachtung und offenem Neid. Ricky versuchte es zu ignorieren. Ihr blieben noch zwanzig Minuten, um sich umzuziehen und etwas zu erholen. Ihr Kostüm, das aus dem Fundus für Bizets Oper *Carmen* stammte, lag bereits an ihrem Platz, ebenso die schwarzen, hochhackigen Tanzschuhe. Während sie sich das rote Kleid anzog, ging sie gedanklich nochmals die einzelnen Tanzschritte und ihre Folgen durch. Man erwartete von ihr eine Tanzszene als Zigeunerin in einer spanischen Taverne. Die Schrittfolge war kompliziert und rasend schnell. Einmal musste sie sogar auf einem Tisch einen Flamenco tanzen und danach auf den Boden springen, doch Ricky hatte alles unendlich oft mit Joel geübt und war sich sicher, dass sie nicht patzen würde. Gerade als sie die Schuhe anziehen wollte, kam Rieke, eine der Revuetänzerinnen, von draußen in die Kabine.

»Draußen im Foyer wartet jemand uff dir«, meinte sie muffig. Ricky fragte sich, wer das sein mochte. Aber dann fiel ihr ein, dass es vielleicht Valentin war, um ihr nochmals Glück zu wünschen. Wie lieb von ihm! Strumpfsockig eilte sie hinaus, aber im Foyer war niemand zu sehen. Sie fragte den Hausmeister, doch der schüttelte nur mürrisch den Kopf und schlurfte wieder davon.

»Komisch«, dachte sie, nachdem sie sich nochmals gründlich umgesehen hatte. Dann fiel ihr Blick auf die Uhr. Sie erschrak. Sie hatte nur noch knapp zehn Minuten Zeit. Es war Zeit, sich fertig zu machen.

Gleich war es so weit. Ricky schielte hinter dem Vorhang hervor und blinzelte in das helle Licht der Deckenbeleuchtung. Sie holte tief Luft und wünschte sich, jemand würde ihr viel Glück wünschen. Nun musste es eben so gehen. Sie hatte ihre dunklen Haare hochgesteckt und mit einer roten Rose geschmückt. Ihre Lippen hatte sie feuerrot bemalt, was gut zu ihrem dunkelroten Kleid passte. Sie spannte ihren Körper an und schritt selbstbewusst auf die Mitte der Bühne. Kranz nickte ihr wohlwollend zu, auch der Intendant und der Regisseur lächelten freundlich. Auf der Bühne stand nichts als ein quadratischer Tisch und ein Stuhl, über den sie mit einem Sprung auf den Tisch gelangen konnte. Kranz gab ein Zeichen, und die Beleuchtung ging aus. Von oben fiel der einzelne Strahl eines Scheinwerfers auf die Tänzerin und kreiste sie ein. Kurz darauf setzte das Orchester ein. Die lebendige, südländische Musik durchströmte Ricky bis ins äußerste Glied. Sie schloss die Augen und genoss für einen kurzen Augenblick die Spannung vor ihrem Auftritt. Dann begann ihr Einsatz. »Du musst den Tanz leben«, hatte ihr Joel immer wieder eingeprägt. »Werde die Person, die du darstellst!« Als Ricky die Augen öffnete, war sie tatsächlich die Zigeunerin. Ungebärdig, wild, feurig. Sie stampfte herausfordernd auf und blickte mit blitzenden Augen in die Runde. Wie eine junge Weidengerte bog sie ihren Oberkörper nach hinten durch und begann gleichzeitig, dazu die Beine zu bewegen. Erst ganz langsam und gedehnt, dann immer schneller werdend. Als Nächstes durchschritt sie mit großen Schritten die Bühne, blieb stehen, wirbelte herum und stampfte erneut auf, um einen neuen Kontrapunkt zu setzen. Dabei geschah etwas völlig Unerwartetes. Beim Aufsetzen brach ihr linker Absatz ab. Sie geriet leicht ins Wanken, konnte sich jedoch zum Glück sofort wieder fangen. Nur nichts anmerken lassen! Der Gedanke flog wie ein Funke durch ihr Gehirn. Es gelang ihr, die aufsteigende Panik niederzukämpfen. Wie konnte das geschehen sein? Gestern noch hatte sie die Schuhe eigenhändig kontrolliert. Auf keinen Fall durfte sie jetzt die Fassung verlieren. Die nächsten Schritte waren schnelle Pirouetten. Die konnte sie spielend auf den Zehenspitzen absolvieren. Es gelang ihr, wie ein Wirbelwind in Richtung Tisch zu fegen. Nun musste sie darauf achten, dass sie mit dem rechten Fuß absprang, dessen Absatz noch in Ordnung war. Es gelang ihr ohne Probleme. Sie spürte, wie sie wieder zuversichtlicher wurde. Vielleicht fiel es den Zuschauern ja gar nicht auf. Doch nun musste sie den Flamenco tanzen und dabei abwechselnd mit den Absätzen aufstampfen. Ricky beschloss, die Schrittfolge abzuändern und nur mit dem rechten Fuß aufzustampfen. In diesem Augenblick brach auch dieser Absatz. Diesmal konnte sich Ricky nicht fangen. Sie knickte knirschend mit dem Knöchel um. Als Folge davon geriet sie aus dem Gleichgewicht und taumelte über die Tischkante. Mit einem harten Schlag prallte sie auf den Boden.

Die Musik hörte sofort auf, und Kranz kam erschrocken auf sie zugerannt.

»Um Gottes willen, Ricky! Wie konnte das nur passieren?«

Sie versuchte sich aufzurappeln, aber ein stechender Schmerz durchfuhr ihren rechten Knöchel und ließ ihr schwarz vor Augen werden. Entsetzt sah sie ihren seltsam abgewinkelten Fuß an. Erst da begriff sie die vollen Ausmaße ihres Sturzes.

Zweiter Teil

1925 und 1926

Aufwärts

Berlin, Herbst 1925

Mit halb geschlossenen Augen, den Kopf voller trüber Gedanken, döste Ricky vor sich hin. Wie schon die Tage zuvor lag sie ausgestreckt auf der Chaiselongue, die Frau Teitelbaum ihr zur Verfügung gestellt hatte. Trotz des schönsten Herbstwetters hatte sie darauf bestanden, dass die Vorhänge zugezogen blieben, denn sie wollte von nichts und niemandem gestört werden. Von draußen drangen nur die unvermeidlichen Straßengeräusche der Winterfeldstraße zu ihr nach oben. Das Hupen eines Automobils unterbrach für einen Augenblick das gleichmäßige Klappern eines Pferdefuhrwerks. Immer wieder ertönte aufgeregtes Kindergeschrei und Gelächter. Eine Hausbewohnerin regte sich lauthals über die wachsenden Müllberge auf. Und dann hörte sie noch das vom Bimmeln einer Handglocke unterbrochene Rufen des Milchmanns. Vor ihrer Zimmertür knirschten die Dielen, sie vernahm schwere Schritte, und schließlich klopfte jemand an die Tür. Ricky versuchte sich aufzurichten, was gar nicht so leicht war, denn ihr bandagierter Fuß lag etwas erhöht auf einem neben ihr stehenden Stuhl. Vor gut einer Woche erst war sie aus dem Krankenhaus entlassen worden. Während ihres sechswöchigen Aufenthalts dort hatte sie sich wie im Gefängnis gefühlt. Der Geruch von Äther und Sterilisationsmittel, die Isoliertheit von der Außenwelt und die Tatsache, dass sie ans Bett gefesselt war, waren ihr aufs Gemüt geschlagen. Da mochten Valentin und Doktor Sauermann noch so zuversichtliche und tröstende Worte für sie finden, sie halfen nicht über die Tatsache hinweg, dass ihre Zukunft als Tänzerin unwiederbringlich vorüber war. Nach jenem unglücklichen Sturz, der ohne Zweifel auf eine Intrige ihrer neidischen Mittänzerinnen zurückzuführen war, hatte man sie sogleich in die Charité gebracht. Kranz war außer sich gewesen und hatte den Tänzerinnen schwerwiegende Konsequenzen angedroht. Allerdings hätte er die ganze Truppe entlassen müssen, denn keines der Mädchen, nicht einmal Kiki, hatte Lilo verraten. Doch was nutzte das schon? Ihre große Chance war vertan. Stattdessen musste sie sich auf einen langen Heilungsprozess einstellen. Doktor Sauermann, ein erfahrener Chirurg, hatte sie sofort operiert. Der Knöchel war gesplittert und musste gerichtet werden, sonst wäre sie für den Rest ihres Lebens gehbehindert gewesen. Allerdings standen die Chancen, dass ihr Fuß wieder ganz in Ordnung kam, nicht sehr gut. Anfangs hatte sie das ignoriert und wider jede Vernunft gehofft, dass sie in wenigen Wochen wieder würde tanzen können. Doch diese Hoffnung hatte sie fallen lassen müssen. Die Operation war zunächst recht positiv verlaufen, aber die Heilung machte nur langsame Fortschritte, und nach einigen Wochen stellte sich heraus, dass ihr Fuß wohl nie wieder so belastbar werden würde wie vorher. Als Doktor Sauermann ihr das mitteilte, war für Ricky eine Welt zusammengebrochen. Seither hatte sie jegliches Interesse an ihrer Umwelt verloren und mit Depressionen gekämpft. Selbst Valentin, der sie trotz seiner eigenen Arbeit beinahe jeden Tag besuchte, gelang es nicht, sie aufzuheitern. Im Gegenteil, Ricky ärgerte sich über seine plötzlich so fürsorgliche Art. Er las ihr beinahe jeden Wunsch von den Augen ab und ertrug ihre schlechte Laune mit unglaublicher Geduld. Entgegen seiner sonstigen Art behandelte er sie besonders rücksichtsvoll und verwöhnte sie bei seinen Besuchen mit Blumen und Gebäck. Wenige Tage zuvor war ihr schließlich der Geduldsfaden gerissen. Als er sie zum dritten Mal innerhalb einer halben Stunde fragte, ob sie auch bequem liege, war sie außer sich geraten. »Hast du nichts anderes zu tun, als mich ständig zu betüdeln?«, hatte sie ihn angefahren. »Kümmere dich gefälligst um deinen eigenen Kram, und geh mir nicht ständig auf die Nerven.« Die Worte hatten ihr schon leidgetan, während sie sie aussprach. Doch nun waren sie heraus …

Valentin war so brüskiert gewesen, dass er seinen Hut geschnappt hatte und ohne Abschied gegangen war. Seither hatte er sie nicht mehr besucht. Anfangs hatte sie sich nicht viel daraus gemacht, doch schon nach einem Tag fehlte er ihr. Ricky hoffte nun, dass er der Besucher vor ihrer Tür war und ihr die Gelegenheit geben würde, sich bei ihm zu entschuldigen. Sie hatte sich ihm gegenüber einfach unmöglich dumm benommen.

»Herein«, rief sie mit einer Stimme, die betont schwach klang. Die Tür öffnete sich, und herein trat nicht Valentin, sondern Professor Heinrich Zille.

»Onkel Heinrich!«, entfuhr es ihr überrascht.

»Mensch Kleene, wat is denn det hier für 'ne Dunkelheit«, begrüßte er sie kopfschüttelnd. Ohne Umschweife trat er ans Fenster und schob die schweren Vorhänge beiseite. »Wat du jetzt brauchst, is Sonnenschein und jute Luft!« Sprach's und öffnete auch noch die großen Fenster. Das helle Sonnenlicht blendete Ricky, und sie musste blinzeln.

»Onkel Heinrich! Ich bin gar nicht auf deinen Besuch vorbereitet! Was machst du hier?«

Zille sah sie erstaunt an. »Na, sieht man det denn nich? Ick mache gerade 'nen Krankenbesuch.«

Er setzte sich ungefragt auf den Stuhl neben ihr und sah sie, die Hände auf den Stockknauf gestützt, eine Weile kritisch an.

»Du machst mir Sachen«, brummte er. »Ick hab jehört, dat du immer noch nicht wieder loofen willst?«

»Von Wollen ist keine Rede. Ich habe immer noch schreckliche Schmerzen«, klagte Ricky. »So wie es aussieht, werde ich für immer ein Krüppel bleiben. Es will gar nicht besser werden. Ach, Onkel Heinrich, mein Leben ist vorüber.«

»Na, na«, beschwichtigte er sie. »Een Bein jebrochen is besser als zwee! Det kommt schon wieder alles in Ordnung.«

Ricky widersprach ihm verbittert. »Nichts kommt mehr in Ordnung. Die Ärzte haben mir jede Hoffnung genommen. Ich werde nie wieder tanzen können. Meine ganzen Zukunftsträume sind ... wie eine Seifenblase ...«

Zille schnaubte ungehalten. »Ick hätte nie jedacht, dass du so 'ne Heulsuse bist! Nu stell dir nicht so an. Deene Mutter is mit noch janz anderen Dingen in ihrem Leben fertigjeworden. Ein kaputter Fuß ist noch keen Weltuntergang«, beschied er sie kurzerhand. »Du hast dein Leben noch vor dir. Es wird Zeit, dass du es wieder in die Hand nimmst.«

Ricky sah ihn aus großen Augen an. Was für einen Ton erlaubte sich Onkel Heinrich?

»Mein Fuß lässt das nicht zu«, klagte sie voller Selbstmitleid. »Ich werde noch Wochen hier liegen müssen und vielleicht nie wieder richtig gehen können.«

»Papperlapapp!« Zille zog ungnädig seine Brauen zusammen. »Dein Knöchel ist doch längst schon wieder verheilt. Und wenn die Ärzte sagen, dass du nie wieder tanzen kannst, dann muss das längst noch nicht wahr sein. Kann es sein, dass du nur zu wehleidig bist und dich deshalb fürchtest, endlich mal wieder mit dem Gehen anzufangen?«

»Wehleidig? Ich?« Ricky starrte ihn fassungslos an.

Zilles ungeschminkte Worte trafen sie hart. Frau Teitelbaum und Valentin behandelten sie immer voller Rücksicht und Anteilnahme. Sie gaben sich wenigstens den Anschein, das Ausmaß dieser Katastrophe zu verstehen. Dass ausgerechnet der sanftmütige Onkel Heinrich ihr Wehleidigkeit und Selbstmitleid unterstellte, kränkte sie sehr. »Natürlich versuche ich immer wieder aufzutreten. Aber die Schmerzen lassen es einfach nicht zu. Du müsstest sehen, wie verkümmert mein Fuß ist.« Ihre Augen füllten sich mit empörten Tränen, während sie ihren Rock ein Stück hochschob, um ihm das abgemagerte kranke Bein zu zeigen. Aber selbst das beeindruckte den Maler nicht.

»Nun, das scheint mir nicht besonders ungewöhnlich zu sein«, bemerkte er, ohne ihrem Fuß weitere Aufmerksamkeit zu schenken. »Schließlich hast du ihn über mehrere Wochen nicht benutzt. Die Muskeln müssen ja verkümmern, wenn du sie nicht gebrauchst. Sie können sich nur wieder aufbauen, wenn sie auch beansprucht werden.«

»Ich wünsche keinem die Schmerzen, die ich habe«, schnappte sie fassungslos über seine Gefühlskälte. »Willst du dich etwa über mich lustig machen?«

»Keineswegs«, entgegnete Zille ruhig. »Aber ich habe den Eindruck, dass es dringend nötig ist, dass dir einmal jemand gehörig den Marsch bläst. Das bin ich deiner tapferen Mutter einfach schuldig. Steh auf, und lern endlich wieder tanzen!«

Ricky war für einen Moment sprachlos. In diesem Ton hatte schon lange niemand mehr zu ihr gesprochen. Im ersten Moment hätte sie ihn am liebsten des Zimmers verwiesen, aber das wagte sie dann doch nicht. Stattdessen begann sie wohl oder übel über die harten, aber auch ehrlichen Worte des alten Mannes nachzudenken. So unangenehm es ihr auch sein mochte, aber Zille hatte zumindest ein bisschen recht. Das musste sie sich selbst eingestehen. Sie hatte sich viel zu lange selbst bedauert und war in Selbstmitleid versunken. Statt dem Schicksal zu trotzen, hatte sie sich hinter dem Schmerz versteckt. Beschämt schlug sie die Augen nieder.

»Vielleicht sollte ich mich wirklich etwas mehr zusammennehmen«, gab sie schüchtern zu. Zille tätschelte zufrieden ihre Hand.

»Versuch es wenigstens!«

Umständlich zog er zwei Karten aus seiner Westentasche und überreichte sie ihr. »In vierzehn Tagen findet die Uraufführung meines Films *Die Verrufenen* statt. Es würde mich freuen, wenn du kommst.«

»Aber wie soll ich denn … Dafür müsste ich …«

»Du kannst die Straßenbahn oder einen Mietwagen nehmen.« Zille deutete herausfordernd auf ihren hochgelegten Fuß. »Allerdings musst du bis dorthin schon selber gehen. Am besten fängst du gleich an zu üben.«

*

Noch am gleichen Tag setzte Ricky ihr Vorhaben in die Tat um. Sie nahm die zwei Stöcke, die Valentin ihr unlängst besorgt hatte, und richtete sich damit auf. Vorsichtig verlagerte sie einen Teil ihres Gewichts auf den kranken Fuß und versuchte einen kleinen Schritt. Der Schmerz war so überwältigend, dass ihr schwarz vor Augen wurde. Ihr krankes Bein fühlte sich so weich und kraftlos wie ein Pudding an. Wie sollte sie nur jemals wieder laufen lernen? Der nächste Versuch war nicht weniger schlimm, auch wenn sie nun ungefähr wusste, was sie erwartete. Als der Schmerz sie wie ein Stromstoß durchfuhr, sank sie mit einem leisen Aufschrei zu Boden. Doch sie war nun fest entschlossen, nicht zu verzagen. Mit Tränen in den Augen gelang es ihr endlich, sich wieder aufzurichten. Mit zusammengebissenen Zähnen versuchte sie es erneut. Die Wochen der Untätigkeit hatten ihre Muskelmasse so sehr schwinden lassen, dass sie nach einer Viertelstunde völlig geschwächt ihre Übungen aufgeben musste. Ihre Stirn war schweißüberströmt, als sie sich wieder auf die Chaiselongue legte, um sich ein wenig auszuruhen. Dann versuchte sie es erneut. Als Frau Teitelbaum gegen Abend bei ihr anklopfte, um ihr einen Teller Eintopf zu bringen, konnte sie über Rickys erste erfolgreiche Gehversuche nur staunen.

Als Valentin sich nach über einer Woche endlich dazu bequemte, mal wieder bei Ricky vorbeizusehen, staunte er nicht schlecht, als sie ihm persönlich die Tür öffnete. Er hatte sie absichtlich schmoren lassen, denn ihre harschen Worte hatten ihn tatsächlich verletzt.

»Du läufst? Das ist ja großartig!« Er war so überrascht von ihren wunderbaren Genesungsfortschritten, dass er seine beleidigte Haltung von einem Moment zum anderen aufgab und sie vor Freude in die Arme nahm.

»Da staunst du, nicht?«, meinte Ricky errötend. Sie schaffte es mittlerweile ganz gut, sich in der Wohnung zu bewegen, auch wenn ihre Schritte noch unsicher waren. Sie humpelte ihm voran in den Salon, wo Frau Teitelbaum, die Wirtin, mit einer Handarbeit beschäftigt war. Die alte Dame begrüßte ihn mit einem freundlichen Lächeln.

»Herr Reuter, wie schön, Sie wieder einmal bei uns zu sehen.« Sie streckte ihm ihre Hand entgegen, auf die er galant einen Handkuss setzte. Rickys Verhältnis zu der jüdischen Witwe war im Laufe der Monate immer inniger geworden. Die beiden Frauen mochten einander sehr und hatten viele gemeinsame Vorlieben entdeckt. Die alte Dame schätzte nicht nur die Musik, sondern auch Rickys feine humorvolle Art. Zudem war sie froh, nach dem Tod ihres Mannes wieder Gesellschaft zu haben. Dafür genoss Ricky Frau Teitelbaums mütterliche Fürsorge und, was für sie fast noch wichtiger war, ihre konstruktive Kritik in Musikdingen. Als ehemalige Klavierlehrerin hatte sie ein erstaunlich gutes Gespür für Musik und verschloss sich auch modernen Musikstilen nicht. Die Miete, die Ricky ihr bezahlte, war deshalb für Berliner Verhältnisse geradezu lächerlich, auch wenn sie der alten Dame mehr zu zahlen hatte, als die Familie Zille von ihr verlangt hatte. Anfangs hatte sie deswegen ein schlechtes Gewissen gehabt, da Frau Teitelbaum über nicht sehr große Ersparnisse verfügte. Doch mit der Zeit fand sie selbst heraus, dass die alte Dame offenkundig viel Vergnügen an ihrem Vorspielen fand. »Wenn Sie spielen, liebes Kind«, hatte sie schmunzelnd gemeint, »dann spar ich mir doch die teuren Konzertkarten. Was will eine alte Frau denn mehr?« Nach ihrem Unfall hatte Ricky allerdings nie wieder gesungen. Doch genau das sollte sich heute ändern.

»Ist es nicht wunderbar?«, strahlte Frau Teitelbaum. »Fräulein van Houten wird uns endlich mal wieder etwas vorsingen.«

Valentin hob überrascht eine Augenbraue. Er war immer noch ein bisschen gekränkt, weil Ricky ihn so angefahren hatte. Deshalb hatte er sich vorgenommen, ihr gegenüber zumindest heute deutlich reserviert aufzutreten.

»Nun sieh mich nicht so an«, meinte sie plötzlich verlegen. Anscheinend tat ihr ihre Unbeherrschtheit längst selber leid. Valentin ließ sie noch etwas schmoren und hielt sich zurück. »Ich hab mir eben gedacht, dass es endlich wieder an der Zeit ist, an alte Gepflogenheiten anzuknüpfen«, fuhr sie unsicher fort. »Wirst du mich begleiten?« Ihre Bitte kam schon fast schüchtern.

Valentins Widerstand begann zu bröckeln. Die Art, wie Ricky ihn ansah, eine Mischung aus Koketterie und Verlegenheit, berührte ihn und machte ihm wieder mal schmerzlich deutlich, wie viel ihm an ihr lag. Ganz leicht wollte er es ihr jedoch nicht machen.

»Ich weiß nicht«, meinte er deshalb zögernd.

»Ach, bitte.« Sie versuchte es mit einem bezaubernden Augenaufschlag.

»Ich bin heute nicht in der Stimmung«, zierte er sich. »Spiel allein.«

»Du bist böse, weil ich mich neulich so scheußlich benommen habe«, räumte sie endlich ein. Er sah, dass ihr die Entschuldigung nicht leichtfiel. »Kann ich dich umstimmen, wenn ich mich bei dir entschuldige? Es tut mir wirklich leid.«

Valentin wiegte den Kopf, so als müsse er es sich noch genau überlegen, dann erst lenkte er ein. Ihm war gerade eine Idee gekommen. So ganz ungeschoren würde Ricky heute nicht davonkommen.

»Also gut! Allerdings bestimme ich, welches Lied du singen wirst. Du musst es vortragen, auch wenn es dir vielleicht nicht in den Kram passt.«

Ricky stutzte kurz, war aber rasch einverstanden. Mit einem süffisanten Lächeln setzte sich Valentin ans Klavier und begann die Anfangstakte eines Liedes anzustimmen, mit dem die Kabarettistin Claire Waldoff gerne auftrat. Ricky schnappte tatsächlich einen Augenblick empört nach Luft, als sie es erkannte. Sie biss sich kurz auf die Lippen, aber dann erschien plötzlich ein schelmisches Lächeln auf ihrem Gesicht, und sie setzte mit dem Refrain ein:

»Nach meine Beene ist ja janz Berlin verrückt.
Mit meine Beene hab' ick manches Herz jeknickt.
Und zeig' ick meine Beene voller Intell'jenz,
Da schlag' ick aus dem Felde jede Konkurrenz.

Das Lied verlangte, dass sie in irgendeiner Weise ihre Beine einsetzte oder zumindest zeigte. Da mit ihnen im Moment jedoch kein Staat zu machen war, benutzte sie – eine spontane Eingebung – ihre Stöcke, als wären es ihre Beine. Wie bei einem Cancan hob sie die Stöcke abwechselnd in die Luft. Dann intonierte sie die dritte Strophe des Couplets.

Studenten, Leutnants, Assessoren,
Die gucken stets nach meine Beene hin.
Selbst mein Kapellmeister sagt unverfroren:
»In deine Beene liegt Musike drin.«
Wenn meine Schritte ick mal zum Zoo hin lenke,

Grüßt voller Freude laut der Elefant,
Selbst alle Affen machen gleich Menkenke,
Sie winken durch det Gitter mit der Hand.
Und neulich blieb ich lachend steh'n,
Det hätten Sie mal sollen seh'n.
Da kam schon gleich der Wärter ran,
Und wütend schrie der olle Mann:
»Nach Ihre Beene ist ja janz Berlin verrückt,
Die janzen Affenherzen sind total jeknickt.«
Drauf sagt' ich immer wieder voller Seelenruh:
»Sie oller Lulatsch, leg'n Se man Ihr Herz noch zu.«

Ricky sang nicht einfach die Melodie. Sie lebte sie, indem sie das etwas derb wirkende Lied durch ihre Mimik zum Leben erweckte. Grimassen schneidend imitierte sie Elefanten, Affen und auch den dämlichen Wärter. Durch die staksig schwingenden Stöcke, die ihre lahmen Beine ersetzten, nahm sie sich immer wieder selbst auf den Arm. Selbst Frau Teitelbaum wischte sich ein paar Lachtränen aus den Augen, als sie schließlich endete.

»Damit müssen Sie auf die Bühne«, keuchte sie vor lauter Lachen. »Sie haben ja ein wahrhaft komödiantisches Talent.« Auch Valentin war höchst amüsiert.

»Frau Teitelbaum hat recht«, meinte er nachdenklich. »Das musst du ausbauen. Ich hätte nie gedacht, dass du so eine komische Ader hast!«

»Vielleicht gerade wegen meines kaputten Beins«, meinte sie mit einem schiefen Grinsen.

*

Was Valentin als kleine Revanche gedacht hatte, sollte für Ricky noch zu einem wahren Segen werden. Schon bald bekam sie die Gelegenheit, ihre komödiantischen Talente vor einem deutlich größeren Publikum auszuprobieren. Doch bis es so weit war, nutzte sie die Zeit, um weiterhin tapfer das Gehen zu üben. Zur Uraufführung von Heinrich Zilles Film *Die Verrufenen* benötigte sie immerhin nur noch einen Stock. Valentin, dem sie die zweite Premierenkarte geschenkt hatte, holte sie mit einem Mietwagen ab. Als sie vor dem Ufa-Theater in der Turmstraße vorfuhren, wartete dort bereits eine ansehnliche Menschenmenge. Ricky hatte immer gewusst, dass Heinrich Zille einen gewissen Ruf in Berlin hatte, aber dass so viele Menschen seinen Film sehen wollten, überraschte sie dann doch. An diesem Abend traf sich in Berlin alles, was Rang und Namen hatte.

Vor dem Eingang des Filmtheaters lag ein roter Teppich, über den die Ehrengäste ins Innere liefen. Ricky und Valentin mischten sich unter die Menschenmenge und beobachteten, wie der preußische Innenminister Severing mit dem Oberbürgermeister von Berlin an ihnen vorbeischritt. Sie wurden vom Polizeidirektor und den Direktoren der Berliner Gefängnisse begleitet.

»Nee, nu bin ick aber froh, dat ick mir keene Karte nich leisten kann«, rief ein Mann mit Schiebermütze. »Wenn de jetzt in det Theater jehst, dann fühlst de dir ja wie mittenmang im Knast!« Die Leute um ihn herum lachten und machten weitere Späße, bis schließlich der Wagen von Heinrich Zille vorfuhr. Mit einem Mal drängten die Menschen nach vorne. Die meisten von ihnen waren nur seinetwegen gekommen – wegen des großen Künstlers, der nie vergessen hatte, dass er auch von ganz unten kam. Sie jubelten und klatschten, als er aus dem Wagen zu steigen versuchte. Schlussendlich musste die Schutzpolizei eingreifen. Zille waren die begeisterten Zurufe der Menschen sichtlich peinlich. Er mochte es nicht, wenn man so viel Aufhebens um ihn machte, musste es aber jetzt wohl oder übel erdulden. Schließlich entdeckte er Ricky am Seitenrand inmitten der Menschenmenge und steuerte auf sie zu. Er kniff sie in die Wange und freute sich offensichtlich, sie zu sehen.

»Det is mir aber heute die jrößte Freude, dass du hier uff de eigene Beene stehst. Warte nachher im Foyer. Im Anschluss jibt es noch eine kleene Feier.«

Ricky fühlte sich geschmeichelt und wollte etwas entgegnen, doch Zille wurde bereits von Gerhard Lamprecht, dem Regisseur des Films, in Beschlag genommen und winkte ihr nur noch zu. Nun wurde es langsam auch für sie Zeit, in das Theater zu gehen. Valentin führte sie zu einem etwas weniger benutzten Seiteneingang, damit sie nicht in das Gedränge kam. Zur Premierenvorstellung waren nur geladene Gäste zugelassen. Eine zweite Vorstellung im Anschluss war ebenfalls schon ausverkauft. Valentin geleitete die humpelnde Ricky zu ihrem Platz in einer der vorderen Reihen. Einige Zeit später ging das Licht aus, und das gleichmäßige Gemurmel der Zuschauer verebbte.

»Das ist mein erster Filmbesuch«, gestand Ricky ganz aufgeregt. »Es muss herrlich sein, bei so etwas mitzumachen.«

Bevor der Film jedoch als Hauptattraktion anlief, wurde ein ausgiebiges Vorprogramm auf der Bühne vor der Leinwand gezeigt. Unter anderem gab es eine Bühnenschau unter dem Motto »Sein Milljöh«. Das Bühnenbild, vor dem Balletttänzer agierten, war voller Zille-Motive, und dann trat als Überraschungsgast die große Claire Waldoff auf, die in Wirklichkeit an Körpergröße eher klein war. Die roten Haare unter einer Ballonmütze versteckt, kam sie als Gauner aus dem »Milljöh« verkleidet auf die Bühne – und beherrschte sie mit ihrer Präsenz vom ersten Augenblick an. Ricky beobachtete fasziniert, wie ihre eigenartige Ausstrahlung, die weder durch Schönheit noch durch eine wirklich schöne Stimme zu erklären war, alle anwesenden Zuschauer in ihren Bann zog. Es war das Kesse und gleichzeitig auch Herbe in ihren Sprüchen und Liedern, die voller deutlicher und treffender Redensarten waren und nicht nur das Herz der Berliner berührten. Fast alle ihre Couplets wurde zu Schlagern, die man noch jahrelang in den Berliner Straßen und Gassen hören konnte. An diesem Abend sang Claire nur ein Lied – und der Saal tobte. *Was muss das für ein herrliches Gefühl sein,* dachte Ricky sehnsüchtig.

Als die Bühne dann endlich leer geräumt war, begann der lang erwartete Film. Der samtene Vorhang hob sich schwerfällig und legte die große Leinwand frei. Zeitgleich mit dem Vorspann begann ein Klavierspieler den Film zu begleiten. Er übertönte das laute Surren des Filmprojektors und nahm mit seinen Melodien kongenial die Stimmung des Films auf. Wie so oft in Zilles Werken war wieder das »Milljöh« sein Hauptthema. Dieses Mal wurde es dem reichen Berlin gegenübergestellt. Ergriffen verfolgten die Zuschauer, wie der Ingenieur Robert Kramer durch einen Meineid ins Gefängnis kommt und danach in der Gosse landet. Er verliert Arbeit und Wohnung und möchte schließlich sein Leben beenden. Doch dann tritt die Prostituierte Emma auf und rettet ihn. Über sie und einen Fotografen, der eindeutig Zille ähnelt, kehrt er schließlich in sein altes Leben zurück. Er findet wieder Arbeit und lernt die Tochter eines reichen Industriellen kennen. Als er sich bei Emma bedanken will, stirbt sie in seinen Armen.

Tränen rannen über Rickys Wangen – so sehr berührte sie dieser Film. Den übrigen Zuschauern erging es ganz ähnlich. Der Film war schon eine ganze Weile zu Ende, als im Saal immer noch betroffenes Schweigen herrschte. Schließlich fing ein Einzelner an zu klatschen, bevor endlich der verdiente Applaus einsetzte.

Die Premierenfeier fand im Toppkeller statt, einem angesagten und auch etwas berüchtigten Etablissement in der Schwerinstraße. Das »Topp« war für seine Freizügigkeit bekannt. Maler,

Schauspieler und Künstler gaben sich genauso ein Stelldichein wie Lebenskünstler und Industrielle, oft auch mit einer gewissen Vorliebe für das gleiche Geschlecht.

Claire Waldoff war für die Wahl dieses Ortes verantwortlich. Sie war es auch, die für ihren Freund Heinrich und einige seiner besten Freunde dieses Fest ausgerichtet hatte. Ricky stellte amüsiert fest, dass sich der alte Herr hier anscheinend auch viel wohler fühlte als unter der offiziellen Berliner Prominenz.

Gleich beim Betreten des Lokals bekam jeder Gast erst einmal ein Glas Sekt in die Hand gedrückt.

»Hoch die Tassen«, rief Claire fröhlich und prostete damit Heinrich zu.

»Hoch die Tassen«, riefen nun auch die anderen und leerten ihre Gläser in einem Zug.

»Du hast aber einen Durst«, wurde Ricky von Valentin geneckt. Tatsächlich hatte sie ihr Glas ebenfalls in einem Zug geleert. »Soll ich dir noch eines bringen?«

»Unbedingt!« Sie streckte ihm keck ihr leeres Glas entgegen. Ihre Augen blitzten so vergnügt wie schon seit Monaten nicht mehr. Zille, der es sich bereits an einem Tisch bequem gemacht hatte, winkte sie zu sich herüber.

»Komm mal her, ich möchte dir eine gute Freundin vorstellen.«

Die gute Freundin war niemand anderes als die von ihr so verehrte Claire Waldoff. Sie gesellte sich gerade mit einer weiteren Frau im Schlepptau an den Tisch.

»Du bist also das gestutzte afrikanische Vögelchen, das nicht mehr tanzen kann«, begrüßte sie Ricky fröhlich. »Darf ich mich vorstellen: Bin selber ein gestutztes Vögelchen, das nämlich nicht singen kann!« Claire lachte polternd.

»Oh, das dürfen Sie nicht sagen!«, protestierte Ricky eifrig. »Sie sind eine wundervolle Sängerin. Sie wissen ja gar nicht, wie sehr ich Sie bewundere. Wie Sie heute Abend ...«

»Nu mach mal halblang«, unterbrach sie Claire schroff. »Von dem Gelobe wird mir ja ganz schwindelig. Lass uns lieber etwas trinken!« Sie winkte den Kellner herbei, der gerade mit einem ganzen Tablett voller Sektgläser vorbeispazierte.

»Absetzen!«, befahl sie und nahm sich gleich zwei Gläser. Eines davon gab sie ihrer Nachbarin und prostete erst ihr und dann den anderen zu. Schwuppdiwupp waren die Gläser erneut geleert. Ricky, die sich bislang in der illustren Runde ziemlich deplatziert vorkam, tat es ihr nach. Das zweite Glas Sekt stieg ihr dann auch prompt zu Kopfe. Der Alkohol ließ sie ihre Hemmungen überwinden, und plötzlich fühlte sie sich längst nicht mehr so schüchtern.

»Erzähl was von Afrika«, duzte Claire sie ohne Umschweife. »Da war ich noch nie und werde wohl auch nie hinkommen. Also musst du mir alles erzählen.« Sie schob Ricky ein drittes Glas Sekt zu. Dieses Mal war Ricky vorsichtiger und nippte nur an dem Getränk. Sie schielte Hilfe suchend zu Valentin, doch der war gerade dabei, mit Heinrich Zille und dem Regisseur Lamprecht angeregt über den Film zu diskutieren.

Claire ließ nicht locker, also begann sie tatsächlich von Afrika zu erzählen. So unpassend es ihr anfangs auch erschienen war, umso mehr geriet sie jetzt in Fahrt. Sie erzählte von ihrem Heimatland und seiner Weite, von den wilden Tieren und der trockenen Luft. Und plötzlich stellte sich bei ihr so etwas wie Sehnsucht ein. Das Gefühl war für sie neu, denn bislang hatte sie sich immer eingebildet, dass sie außer ihrer Familie nichts vermissen würde. *Schon komisch,* dachte sie etwas wehmütig.

Claire hörte ihr interessiert zu und auch ihre Freundin, die ihr als Olga von Roeder vorgestellt worden war, lauschte aufmerksam. Die Fragen, die die beiden ihr stellten, waren wie aufeinander abgestimmt. Zwischen den Frauen herrschte eine eigenartige Harmonie, die Ricky ins Nachdenken brachte. Sie brauchten sich nur anzusehen, um einander zu verstehen. Und das Lächeln, das sie sich schenkten, war immer eine Spur inniger. Ob sie wohl …?

»Heinrich hat mir erzählt, dass du auch singen kannst«, wechselte Claire schließlich das Thema. In ihrem Zwinkern lag etwas Kumpelhaftes. »Ich meine, dass du so richtig singen kannst, Oper und so'n Kram. Willst du uns nicht mal eine Kostprobe davon geben? Da vorne steht ein Klavier. Na los!«

Claire hatte mittlerweile noch zwei weitere Gläser Sekt in sich hineingekippt und war ordentlich angeschwipst.

»Hier?« Ricky fühlte sich total überrumpelt. Sie warf einen panischen Blick durch das Lokal. Das, was sie da an Publikum entdeckte, ermutigte sie nicht gerade. Die meisten Besucher waren schon ziemlich angetrunken und hatten wohl kaum etwas für ein Kunstlied übrig. Außerdem würde sie mit ihrem Stock eine Witznummer abgeben. Sie wollte rundheraus ablehnen, als Valentin, der die Unterhaltung am Rande mitverfolgt hatte, sich einmischte.

»Mach es!«, drängte er sie, obwohl er doch sehen musste, wie unmöglich es ihr schien. »Ich begleite dich.« Ricky warf ihm einen vernichtenden Blick zu. Doch er ließ sich nicht davon abbringen. »Du könntest das Lied von neulich singen! Das ist *die* Gelegenheit!«

»Aber das geht nicht«, protestierte sie mit einem neuerlichen Anflug von Panik. »Ich würde mich schrecklich blamieren.«

»So ein Quatsch!«, fuhr ihr jetzt auch noch Claire in die Parade. Und auch Onkel Heinrich hatte keinerlei Verständnis für ihre Ängste.

»Glaub mir, Kleene«, brummte er, »du kannst det.«

Ricky blieb schließlich gar nichts anderes übrig, denn Claire war bereits aufgestanden und auf das kleine Podium mit dem Klavier getreten, auf dem ab und zu Musiker spielten.

»Alle mal herhören!«, rief sie mit ihrer durchdringenden

Stimme. »Zur Feier des Tages bekommen wir heute Abend noch eine Premiere.«

»Ja, Claire, sing uns was!«, riefen die Gäste, doch sie hob nur abwehrend die Arme.

»Nee, ich hab heute schon. Heute bekommt ihr mal was Junges, Knackiges, und nicht so ne olle Kamelle wie mich!«

Sie hörte nicht auf die bedauernden Proteste, sondern half der humpelnden Ricky auf die Bühne. Einige Gäste lachten und machten zotige Bemerkungen, aber Claire brachte sie sofort zum Schweigen.

»Lasst eure dummen Witze. Ich hab noch nie gehört, dass man zum Singen Beine braucht. Darf ich vorstellen? … Wie heißt du noch mal?«

Wieder Gelächter. Doch mittlerweile hatte Ricky sich gefangen. Sie hatte oft genug auf einer Bühne gestanden, um zu wissen, dass es irgendwann kein Zurück mehr gab. Wenn sie schon untergehen sollte, dann aber mit Bravour.

»Ich bin Ricky Ticky, die humpelnde Coupletistin«, stellte sie sich selbstbewusst vor. Der Name war ihr einfach so in den Sinn gekommen, denn als Riccarda van Houten konnte sie wohl kaum ein Couplet singen. Valentin, der bereits am Klavier saß, lächelte ihr aufmunternd zu. Im letzten Moment fiel ihr noch etwas ein. Sie rief einem älteren Herrn in Frack und Zylinder zu, der sich auf einen lackierten Stock mit Silberknauf stützte: »Dürfte ich mir wohl mal Ihr drittes Bein für eine Weile ausleihen?« Der Herr kam ihrer Aufforderung nach und übergab ihr seinen feinen Stock, den Ricky sofort mit fachkundigem Blick inspizierte.

Die Zuschauer lachten, besonders als sie ihn neben ihren knotigen Gehstock hielt und beide miteinander verglich. Mit einem koketten Augenaufschlag blickte sie schließlich in die Menge, die sie nun aufmerksam musterte, und sagte: »Nun denn. Nach meine Beene ist ja janz Berlin verrückt.« Sie nickte Valentin zu, und dann begann sie mit dem Lied.

Was sie beim letzten Mal an Mimik nur angedeutet hatte, lebte sie jetzt richtig aus. Ricky war nicht Claire Waldoff und versuchte es auch gar nicht zu sein. Statt auf herben, oft provozierenden Charme setzte sie auf unfreiwillige Komik, die immer wieder ihre wohl ausgebildete Stimme durchbrach. Mochten am Anfang auch noch ein paar Skeptiker unter den Zuschauern gewesen sein, am Ende waren alle begeistert. Der Saal tobte und verlangte nach einer Zugabe. Doch Ricky ließ es dabei bewenden. Über ein größeres Repertoire verfügte sie auch nicht. Sie hatte zum Glück in den letzten Wochen einige Male mit Valentin geprobt und noch einiges an Pointen verbessert, was ihr jetzt zugute kam, aber mehr Nummern in dieser Art hatte sie definitiv noch nicht parat. Sie genoss den Applaus, den sie für ihre kleine Einlage bekam, aber noch wertvoller für sie war, dass Claire Waldoff ihr höchstpersönlich gratulierte. Die schimpfte mit Heinrich Zille und meinte mit schelmischem Lachen: »Mensch, Heinrich, dass du mir diesen Goldschatz nicht schon früher vorgestellt hast!«

An diesem Abend begann Rickys Karriere.

Wilderer und Gauner

Sommer 1926

»Ich werde langsam alt«, stöhnte Jella, als sie mit schmerzendem Rücken von ihrem Wallach stieg. Fritz, der noch auf seinem Pferd saß, lachte nur. »Im Gegenteil, für mich wirst du immer jünger und unvernünftiger. Wer kommt schon auf die Idee, mitten im Winter in die Savanne zu reiten, anstatt es sich vor dem warmen Kaminfeuer bequem zu machen?«

»Du wolltest auch mal wieder raus«, protestierte Jella und erwiderte sein Lachen. »In Wirklichkeit fühlst du dich nirgendwo so wohl wie hier!« Sie zeigte auf die karge und doch so bezaubernde Landschaft um sich herum. Kurz vor Sonnenuntergang waren die Farben besonders klar. Die kugeligen Felsen um sie herum leuchteten in einem satten Rot und bildeten eine theaterähnliche Kulisse für die weit ausladenden Schirmakazien und Makalanipalmen, die im Abendlicht als blauschwarze Silhouetten erschienen. Der Himmel über ihnen zeigte sich noch in einem strahlenden Coelinblau, während die Sonne rasch hinter den Bergen verschwand und den Horizont in eine von rosa- über gelb- bis türkisfarbene Farbsinfonie verwandelte. Eng umschlungen genossen die beiden diese einzigartige Vorstellung. Bevor es ganz dunkel wurde, sammelte Fritz noch rasch genügend Holz für die Nacht und entzündete dann ein wärmendes Feuer. Die Nächte waren im Juli kalt in der Savanne, aber dafür umso bezaubernder. Sie hatten warme Decken dabei, und Teresa hatte ihnen genügend Proviant eingepackt, um eine ganze Woche in der Wildnis zu bleiben. Darunter befand sich auch eine Flasche Cognac, den sie in ihren Tee schütten konnten. Jella wärmte den Eintopf in einem kleinen mitgebrachten Topf über dem Feuer auf und gab jedem reichlich davon auf einen Blechteller. Schweigend löffelten sie das Schaffleisch, dem man allerlei Wurzelwerk und Süßkartoffeln hinzugefügt hatte. Die Flammen des Feuers züngelten munter in den mittlerweile nachtschwarzen Himmel und wurden regelmäßig von dem Knacken des Feuerholzes unterbrochen. Das dünne, helle Kreischen einer Schleiereule drang durch die Nacht. Ansonsten war es ungewöhnlich friedlich und still. Jella stellte ihren leeren Teller beiseite und lehnte sich an Fritz.

»Ist es nicht herrlich hier?«, seufzte sie verträumt. »Hier draußen habe ich immer das Gefühl, ganz bei mir zu sein.« Fritz' Finger strichen ihre Wirbelsäule entlang, bis sie ein wohliger Schauer überzog. Als er an ihrem Hosenbund angelangt war, zupfte er die Bluse heraus und fuhr mit seinen Fingern auf ihrer nackten Haut in Richtung ihres Hosenknopfes.

»Iiih, deine Hand ist kalt«, beschwerte sich Jella. Dennoch rutschte sie näher an ihn heran. Fritz sah es als Aufforderung und öffnete Knopf und Reißverschluss. Zielstrebig wanderte sein Finger weiter abwärts. Mit einem sehnsuchtsvollen Stöhnen ließ sie ihn gewähren. Jella spürte, wie sie feucht wurde, und öffnete ihre Schenkel noch ein wenig mehr. Fritz' Mittelfinger drang nun in sie ein, während sie sich mit ansteigender Erregung an seiner Hand rieb. Schließlich kam sie mit einem genussvollen Aufschrei zum Höhepunkt.

»Ich liebe es, wenn du wie eine brünstige Zebrastute schreist«, meinte Fritz mit liebevollem Spott. Jellas grüne Augen blitzten ihn im Feuerschein tadelnd an. Statt einer Antwort begann sie nun ihrerseits seine Hose zu öffnen und befreite sein hart gewordenes Geschlecht. Als Jella es zwischen ihre Lippen schob, war es an ihm, sich wie ein wildes Tier zu gebärden.

Im orangefarbenen Licht der aufsteigenden Sonne packten sie ihre Sachen wieder zusammen und bestiegen erneut ihre Pferde. Ihr Ziel war eine Wasserstelle südlich von Aruchab, an der Fritz vor einiger Zeit die selten gewordenen Breitmaulnashörner beobachtet hatte. Eine Nashornkuh war trächtig gewesen. Nun wollten sie nachsehen, ob sie ihren Nachwuchs bereits bekommen hatte. Sie ritten in flottem Trab durch die locker bewaldete Savanne und erreichten die Wasserstelle noch vor Mittag. Immer wieder hielten sie mit ihren Ferngläsern nach den Nashörnern Ausschau. Jella entdeckte sie als Erste.

»Sieh nur«, flüsterte sie begeistert. »Die Kuh ist tatsächlich schon niedergekommen.«

Fritz folgte ihrem Finger, bis er sie auch sah. Sie waren noch mehrere hundert Meter von der kleinen Nashorngruppe entfernt. »Es sind tatsächlich Breitmaulnashörner«, erklärte er. »Ich erkenne sie daran, dass das Kalb seiner Mutter voranläuft. Wäre es ein Spitzmaulnashorn, liefe es hinterher.« Er zählte die Gruppe durch und nickte zufrieden. »Es sind noch alle da. Sieh nur, was der Leitbulle für ein prächtiges Horn hat! Es ist weit über einen Meter lang.«

Er prüfte die Windrichtung und schlug Jella vor, sich gegen den Wind an die Tiere heranzuschleichen. Als sie sich auf etwa zweihundert Meter den Nashörnern genähert hatten, banden sie ihre Pferde hinter einem Felsen an. Vorsichtshalber nahm Fritz sein Gewehr mit, bevor sie sich zu Fuß der Gruppe näherten. Der Leitbulle war wirklich ein prächtiges Tier, dessen zweites Horn gewaltig herausragte. Misstrauisch äugte er mit seinen kleinen Augen in die Landschaft und wedelte nervös mit den trichterförmigen und fransig behaarten Ohren.

»Komisch«, wunderte sich Fritz. »Warum ist der Bulle nur so nervös? Er dürfte uns eigentlich gar nicht wittern. Wir haben den Wind eindeutig auf unserer Seite.« Jella blickte durch ihr Fernglas. Hinter den Nashörnern, noch ein ganzes Stück entfernt, bewegte sich etwas Dunkles hinter den Rosinenbüschen. Sie machte Fritz darauf aufmerksam. Sofort zog er seine Stirn in Falten. Es handelte sich eindeutig um mehrere Männer, die sich ebenfalls an die Tiere heranschlichen. Beim Anblick ihrer Gewehre sog er scharf die Luft ein. »Wilderer«, meinte er mit rauer Stimme. Sein Gesicht verhärtete sich und nahm sofort einen entschlossenen Zug an. Er dachte einen Augenblick nach, dann hatte er einen Plan. »Hör zu. Du bleibst auf jeden Fall hier in Deckung«, befahl er ihr. »Folge mir auf keinen Fall. Ich werde mich von hinten an die Mistkerle heranschleichen und sie dann stellen. Du darfst erst herauskommen, wenn ich dich rufe. Hast du verstanden?«

»Das ist viel zu gefährlich«, protestierte Jella erschrocken. »Das sind doch mindestens vier. Was, wenn sie dich vorher entdecken?«

»Ich kann sie nicht entkommen lassen!« Fritz ließ sich nicht davon abbringen. Er legte seine Hand auf Jellas Schulter und lächelte sie beruhigend an. »Ich werde vorsichtig sein. Aber du musst hierbleiben.«

Im nächsten Augenblick schlug er sich in die Büsche. Geschickt suchte er hinter den Bäumen und Felsen Deckung. Das Blut in seinen Adern pulsierte in starken Schlägen. Endlich bekam er die Chance, die Wilderer einmal auf frischer Tat zu ertappen. Die Region gehörte eindeutig zum Nationalpark. Dieses Mal würde er dafür sorgen, dass die Wilderer hinter Schloss und Riegel kamen. Er hoffte nur, dass ihr Anführer auch darunter war. Grimmig entschlossen näherte er sich ihnen in einem großen Bogen. Sein Ziel war, die Männer zu stellen, bevor sie einen Schuss auf die Tiere abgeben konnten. Er wollte auf keinen Fall, dass den Tieren etwas geschah. Zum Glück war der Leitbulle misstrauisch und begann sich mit seiner Gruppe von den Männern wegzubewegen. Das gab Fritz etwas Zeit. Hinter einer kleinen Felsgruppe entdeckte er einen größeren Geländewagen. Er schien verlassen zu sein. Fritz überlegte kurz, ob er den Schlüssel abziehen sollte, um die Männer an einer möglichen Flucht zu hindern, doch dann entschied er sich aus Zeitgründen dagegen. In raschem Lauf bewegte er sich weiter durch das Gebüsch. Schon bald konnte er die Wilderer genauer erkennen. Es waren tatsächlich vier Männer, zwei Schwarze, ein Buschmann und ein Weißer. Sie schienen arglos, denn sie kehrten ihm den Rücken zu. Noch trennten ihn etwa dreißig Meter von ihnen. Das war immer noch viel zu weit, um sie zu stellen. Zu seinem Glück blieben sie als Gruppe beieinander. Das würde es ihm leichter machen. In gebückter Haltung entsicherte er sein Gewehr. Die Wilderer waren viel zu sehr mit ihrem anvisierten Ziel beschäftigt, als dass sie ihn bemerkt hätten. Als er noch etwa zehn Meter von ihnen entfernt war, richtete er sich auf.

»Hände hoch und Gewehre fallen lassen!«

Wie von der Tarantel gestochen fuhren die Männer herum und sahen ihn entgeistert an. Der Weiße hatte seinen Hut so tief ins Gesicht gezogen, dass er auf den ersten Blick nicht genau zu erkennen war. Er hob die Arme betont langsam und gab gleichzeitig einem seiner Begleiter ein verstecktes Zeichen. Dieser riss in einer schnellen Bewegung sein Gewehr hoch und versuchte auf Fritz zu schießen. Doch der hatte dessen Absicht durchschaut und schoss ihm geistesgegenwärtig das Gewehr aus der Hand. Trotz seiner Einarmigkeit war Fritz ein ausgezeichneter Schütze. Der Schwarze schrie auf und blickte entsetzt auf seinen lädierten Arm. Sofort ließen die anderen drei Männer ihre Gewehre zu Boden fallen. Fritz war viel zu beschäftigt, die Situation unter Kontrolle zu behalten, als dass er Zeit gehabt hätte, sich die Wilderer sofort genauer anzusehen. Er musste erst zusehen, dass er sie möglichst schnell unschädlich machte. »Schiebt die Gewehre mit den Füßen beiseite, alle auf einen Haufen«, befahl er und achtete darauf, dass sie es unverzüglich taten. Dann dirigierte er sie weg von den Waffen und rief nach Jella.

Die kauerte in einiger Entfernung mit klopfendem Herzen in ihrer Deckung. Sie betete, dass Fritz nichts geschehen möge, denn sie ahnte, wie gefährlich sein Vorhaben war. Gleichzeitig wünschte sie, dass es ihm endlich gelingen möge, die Wilderer zu stellen. Vielleicht waren es tatsächlich dieselben, die das Massaker im Buschmanns Paradies veranstaltet hatten. Immer noch überzog sie ein grausiger Schauer, wenn sie an diesen sinnlosen Frevel dachte. Diese Bastarde hatten nicht nur unzählige Tiere abgeschlachtet. Sie hatten den heiligen Ort der Buschmänner entweiht. Fritz und sie waren noch mehrere Male dort gewesen, doch sie hatten niemals wieder Tiere angetroffen. Angespannt spähte sie in die Richtung, in die ihr Mann verschwunden war. Auch die Wilderer waren nun aus ihrem Blickfeld entschwunden. Von ihren Beobachtungen abgelenkt, bemerkte sie nicht, dass die aufgeschreckte Nashorngruppe sich ihr nun von der anderen Seite wieder näherte. Sie wurde erst auf sie aufmerksam, als sie das Aufschnauben des Leitbullen hörte. Jella stockte das Herz. Die Tiere waren kaum zehn Meter von ihr entfernt. Kurzsichtig, wie sie waren, konnten sie sie zwar nicht sehen, aber sie würden sie hören, falls sie irgendeinen Laut von sich gab. Der Leitbulle war überaus nervös. Er schien zu spüren, dass etwas nicht so war, wie es sein sollte. Ungeduldig scharrte er mit seinem Vorderfuß. Jella war sich durchaus bewusst, wie gefährlich Nashörner werden konnten, vor allem, wenn sie Junge hatten. Da sie schlecht sahen, vermuteten sie hinter jedem ungewöhnlichen Geräusch einen potenziellen Angreifer, dem sie sich mit donnerndem Gegenangriff entgegenstellten. Sie zwang sich, ruhig zu atmen, und blieb wie zu einer Salzsäule erstarrt stehen. Der Leitbulle schnaubte noch einmal, schien sich aber dann zu beruhigen. Mit seinem großen, quadratischen Maul begann er zu grasen. Das war auch für die anderen Tiere das Zeichen, dass alles in Ordnung war. Jella atmete erleichtert auf. Mit leisen Rückwärtsschritten wollte sie sich gerade aus der Gefahrenzone bewegen, als ein donnernder Schuss erklang. Das Geräusch schreckte die Nashörner auf. Mit aufgebrachtem Schnauben setzten sie sich in Bewegung, und zwar ausgerechnet in ihre Richtung.

Als Fritz endlich klar geworden war, dass er Rüdiger von Nachtmahr vor sich hatte, musste er gegen sein spontanes Verlangen ankämpfen, ihm den Gewehrkolben ins Gesicht zu rammen. Nach mehr als zwanzig Jahren zog sich sein Magen immer noch krampfhaft zusammen, wenn er an diesen Unmenschen dachte. Aufgrund von dessen Falschaussage war er damals unschuldig im Konzentrationslager in der Haifischbucht gelandet. Die dort erlebten Schikanen, Quälereien und schrecklichen Erlebnisse hatten sein ganzes Leben geprägt und verfolgten ihn in seinen Träumen immer noch. Er hatte oft versucht, seinen unchristlichen Hass zu bekämpfen, aber es war ihm nie ganz gelungen. Und jetzt kreuzten sich wieder ihre Wege.

Falls Nachtmahr überrascht war, gelang es ihm gut, dies zu verbergen. Mit einem geradezu unverschämten Grinsen senkte er seine Arme und trat einen Schritt auf ihn zu.

»Was soll das, van Houten? Wieso verletzen Sie einen meiner Männer?«

»Stehen bleiben, und Hände hoch!« Fritz hob unmissverständlich sein Gewehr. Nachtmahr machte eine beschwichtigende Geste, bevor er seiner Aufforderung nachkam. Fritz wurde bei seinem Anblick übel.

»Sie widern mich an, Nachtmahr. Doch dieses Mal werden Sie nicht entkommen.«

»Was wollen Sie mir denn vorwerfen?« Nachtmahr strotzte immer noch vor Selbstbewusstsein. Fritz wusste, dass der Kerl ihn nur provozieren wollte, damit er womöglich einen Fehler machte. Diesen Gefallen wollte er ihm nicht tun. Mühsam zwang er sich zur Ruhe. »Wollen Sie etwa abstreiten, dass Sie gerade dabei waren, die Nashörner abzuknallen? Sie befinden sich in einem Naturschutzgebiet. Diese Tiere sind geschützt. Und das wissen Sie ganz genau! Dafür werden Sie sich verantworten müssen.«

»Lächerlich!« Nachtmahr spie verächtlich vor ihm aus. »Kein Mensch wird Ihnen glauben.« Er sah sich nach seinen Männern um. »Oder wollte hier irgendjemand von euch etwa Nashörner abknallen?«

Die beiden Orlams grinsten unverschämt. Allein der Buschmann blieb mit gesenktem Kopf stehen. Fritz hatte ihm bisher noch keine besondere Aufmerksamkeit geschenkt. Der junge Mann kam ihm flüchtig bekannt vor. An wen erinnerte er ihn nur? Nachtmahr riss ihn aus seinen Gedanken.

»Wie es aussieht, gibt keinen Grund, uns hier festzuhalten.«

Fritz verengte seine Augen zu Schlitzen. Er fühlte, wie eiskalte Wut in ihm hochkroch. Er war kurz davor, Nachtmahr mit dem Gewehrkolben ins Gesicht zu schlagen. Dennoch tat er ihm nicht den Gefallen. »Darüber wird die Polizei entscheiden«, knurrte er stattdessen. »Sie bleiben auf jeden Fall hier stehen und rühren sich nicht vom Fleck«, befahl er. Er dirigierte die Männer zu dem Geländewagen und untersuchte die Pritsche. Unter einer Plane entdeckte er den Kadaver eines männlichen Löwen. Angewidert wandte er sich ab. »Wollen Sie jetzt immer noch behaupten, dass Sie hier nur Tiere beobachten?«

Nachtmahr biss sich verärgert auf die Lippen und schwieg. Fritz sah sich suchend um. Wo Jella nur blieb? Sie musste längst bei ihm sein. Nur mit ihrer Hilfe konnte er die Männer fesseln und somit vollständig unter seine Kontrolle bringen.

»Los, mitkommen!«, befahl er kurzerhand und forderte die Bande auf, sich zu bewegen. Als Nachtmahr zögerte, gab er einen Warnschuss vor seine Füße ab. »Der nächste Schuss geht in Ihr Knie«, drohte er grimmig. Nachtmahr presste die Lippen zusammen und machte keinerlei Schwierigkeiten mehr.

Kurz darauf hörte er einen gellenden, menschlichen Schrei. Fritz fuhr es durch Mark und Bein, als er Jellas Stimme erkannte. Ohne Zweifel befand sie sich in Gefahr, und er wurde hier von den Wilderern gebunden. Fieberhaft überlegte er, wie er der Situation Herr werden konnte. Ungehalten trieb er die Männer zur Eile an. Im Dauerlauf näherten sie sich der Stelle, von der der Schrei gekommen war. Schon bald hörten sie wütendes Schnauben. Dann ein Krachen, gefolgt von einem neuen Schrei. Keine fünfzig Meter von ihnen entfernt rammte der Leitbulle gerade zum dritten Mal einen nicht sehr dicken Dolfholzbaum, in dessen Äste sich eine vor Angst zitternde Jella klammerte. Dieses Mal folgte auf das Krachen ein hässliches Bersten, und dann stürzte der Baum samt Jella zu Boden. Fritz konnte in dem ganzen Wirrwarr nicht erkennen, ob sie sich bei dem Sturz verletzt hatte. Unterdessen nahm das wütende Nashorn erneut Anlauf, um sein Werk endlich zu vollenden. Er musste es unter allen Umständen stoppen. Mit drei rasch aufeinanderfolgenden Schüssen, die er genau vor die Füße des grauen Kolosses setzte, brachte er das Tier zum Stehen. Einen Augenblick äugte der Bulle verwirrt in die Landschaft, dann drehte er um und folgte den anderen Nashörnern, die sich längst durch die Büsche davongemacht hatten.

»Alles in Ordnung?« Fritz' Stimme bebte vor Sorge. Noch immer kam keine Antwort. Seine Aufmerksamkeit war im Moment nur noch halb auf die Männer gerichtet. Nachtmahr ergriff sofort die Gelegenheit. Er gab seinen Männern ein Zeichen. Während er und die beiden anderen in Richtung des Geländewagens rannten, stürmte der vierte auf Fritz zu und rammte ihm aus vollem Lauf den Kopf in den Bauch. Von dem unerwarteten Angriff überrascht, fiel er zu Boden. Bis er sich wieder aufgerappelt hatte und das Gewehr in Anschlag gebracht hatte, hatten die Wilderer schon gut fünfzig Meter Vorsprung.

Fritz zielte auf Nachtmahrs Beine und drückte ab. Statt des erwarteten Knalls kam nur ein leises Klick. *Verdammt!* In der Aufregung hatte er vergessen nachzuladen.

»Hilf mir«, krächzte es aus dem Astgewirr. Fritz musste einsehen, dass eine Verfolgung jetzt wenig Sinn hatte. Er ließ die Männer laufen und rannte zu seiner Frau. Sie lag unter dem Baum begraben und konnte sich nicht selbst befreien. Ein dicker Ast lag quer über ihrer Brust und quetschte sie ein. Fritz stieg in die Baumkrone und versuchte den Ast mit seinem einen Arm anzuheben. Als das nicht funktionierte, suchte er nach einem anderen Ast, um ihn als Hebel einzusetzen. »Roll dich raus!«, ächzte er schließlich. Jella gelang es nur unter schmerzhaftem Stöhnen. Sie hatte sich bei dem Sturz die Rippen geprellt. Endlich hatte sie sich befreit und stand mühsam auf. In der Ferne hörte man das Aufheulen eines Motors.

»Du hast die Schweine doch nicht etwa meinetwegen entkommen lassen?« Jella biss vor Schmerzen die Zähne zusammen, während sie dem davonrasenden Automobil nachblickte. Jeder Atemzug bereitete ihr höllische Beschwerden, doch hatte sie noch eine Spur Galgenhumor übrig.

»Soll das jetzt etwa ein Vorwurf sein?« Fritz hob fragend eine Augenbraue. Sie knuffte ihn in die Seite und lehnte sich mit leisem Stöhnen an ihn.

»Ach, Fritz«, meinte sie enttäuscht. »Jetzt war alles umsonst!« Er legte seinen Arm um sie und küsste sie auf den Scheitel. »Wir wissen nun immerhin, mit wem wir es zu tun haben. Ich bin sicher, dass Nachtmahr noch eine ganze Menge mehr zu verbergen hat. Lass uns nach Hause reiten.« Auch ihm war die Enttäuschung deutlich anzumerken.

»Ich habe mich schon immer gewundert, wie die Wilderer es angestellt haben, Buschmanns Paradies zu finden. Ich fürchte, jetzt weiß ich es. Einer ihrer eigenen Leute hat diesen Halunken die Stelle verraten. Es war ein junger Buschmann. Das Merkwürdige daran ist, dass er mich an jemanden erinnert.«

»Welcher von den Buschmännern, die wir kennen, würde schon solch einen Verrat begehen?«, widersprach Jella ungläubig. »Selbst wenn er mit seinen Traditionen gebrochen hat und jetzt für die Weißen arbeitet, so würde er doch niemals einen solch heiligen Platz verraten. Es sei denn …« Sie schüttelte angewidert den Kopf, ehe sie fortfuhr. »Es sei denn, jemand hat ihn irgendwie dazu gezwungen. Bei Nachtmahr kann ich mir das durchaus vorstellen! Du musst diesen Bastard endlich zur Strecke bringen«, forderte sie empört. »Dieser Mensch hat wirklich genügend Unheil angerichtet.« Fritz machte ihr nicht viele Hoffnungen. »Ich habe nichts Konkretes gegen ihn in der Hand. Seine Männer werden ihm den Rücken stärken und jede Jagdabsicht leugnen. Der tote Löwe auf ihrer Pritsche wäre natürlich ein guter Gegenbeweis gewesen, aber leider ist er mit den Gaunern ja auf und davon!«

Jella lachte plötzlich triumphierend auf. »Ja, aber ihre Reifenspuren, die sind immer noch da. Ich fresse einen Besen, wenn es nicht dieselben sind, die du in Buschmanns Paradies gefunden hast.«

Fritz drückte ihr einen zärtlichen Kuss auf die Stirn. »Vielleicht haben wir ja dann wirklich etwas gegen den Mistkerl in der Hand!«

⋆

Raffael saß auf seinem Schaukelstuhl im Schatten der überdachten Veranda und blickte auf die baufälligen Hütten der Old Location. Wie so oft in letzter Zeit hing er trübsinnigen Gedanken nach. Die kleine Margarete, die gerade laufen gelernt hatte, versuchte sich an seinem Knie hochzuziehen. »Papa«, bettelte sie immer wieder, bis er sie schließlich auf seinen Schoß setzte, um mit ihr zu schaukeln. Ihr Zwillingsbruder Gustav saß ebenfalls in ihrer Nähe und war ganz versunken in sein Spiel mit den Bauklötzen, die ihm Großvater Johannes zu seinem ersten Geburtstag geschenkt hatte. Im Haus kontrollierte Sonja gerade die Hausaufgaben ihres Ältesten. Benjamin war seit einigen Monaten mit großem Eifer in der Schule und konnte bereits fließend lesen und schreiben. Während der ersten Jahre wurden alle Kinder in einer Klasse unterrichtet, wobei in der Regel die Älteren den Jüngeren halfen, wenn sie etwas nicht verstanden. Als einziger jüngerer Schüler gehörte Benjamin bereits zu denen, die den anderen etwas erklären konnten. Darauf war der sechsjährige Junge besonders stolz. Wenigstens das war ein Lichtblick. Raffael wartete wie üblich umsonst auf einen zahlungskräftigen Mandanten. Sonja musste dringend ein paar Anschaffungen für die Kinder machen, und er hätte sie gerne darin unterstützt. Die gebrauchte Nähmaschine musste abgestottert werden. Außerdem brauchte sie dringend neue Stoffe, um Kleider zu nähen. Raffael versetzte es jedes Mal einen Stich, wenn er daran dachte, dass im Moment seine Frau zum größten Teil für ihr Einkommen sorgte. Sonja war schon immer eine talentierte Näherin gewesen. Da sie nie viel Geld besessen hatte, hatte sie sich ihre Kleider schon lange selbst genäht. Die Schnitte und Vorlagen hatte ihr Isabella aus Illustrierten besorgt, aber mittlerweile war sie so geschickt, dass sie selbst Modelle nach ihren eigenen Vorstellungen anfertigte. Anfangs hatte sie nur für die eigene Familie genäht, aber dank der Fürsprache von Jella und deren Freundin Lisbeth hatte es sich in Windhuk bald herumgesprochen, dass Sonja eine begabte Schneiderin war. Den weißen Bürgerfrauen war der gesellschaftliche Status der Mischfamilie herzlich egal, solange sie nur nach der neuesten Mode eingekleidet wurden. Sie riefen die junge, bescheidene Frau gerne in ihre Häuser, blätterten mit ihr französische oder deutsche Modezeitschriften durch, bevor sie ihr dann einen Auftrag gaben.

Ganz anders stand es mit Raffael. Im Gegensatz zu seiner Frau haderte er weiterhin mit seinem Schicksal. Über ein Jahr war es nun schon her, dass er seine Stellung in der Kanzlei Schmiedel verloren hatte. Welche weitreichenden Folgen dies für ihre Familie hatte, hatten sie bald zu spüren bekommen. Von einem auf den anderen Tag hatte die junge Familie vor dem gesellschaftlichen und finanziellen Ruin gestanden. So erfolgreich und angesehen Raffael zuvor in der Windhuker Gesellschaft gewesen sein mochte, so unerwünscht war er nun. Seit sich herumgesprochen hatte, dass er als Farbiger in wilder Ehe mit einer weißen Frau lebte, mieden ihn die meisten seiner ehemaligen Bekannten und Klienten. Hinzu kam die Tatsache, dass Raffael allen vorgegaukelt hatte, er sei ordentlich verheiratet. Gesellschaftlich war die junge Familie Sonthofen somit untragbar. Es war ein auswegloses Dilemma. Im Falle einer raschen Heirat würde über diese Geschichte wohl bald Gras gewachsen sein. Über kurz oder lang würde keiner mehr darüber reden. Aber genau das wurde durch die Politik verhindert, weil er kein reinrassiger Weißer war. Eine ganze Zeit hatte Raffael versucht – allen gesellschaftlichen Hindernissen zum Trotz –, weiterhin als Anwalt Fuß zu fassen. Unermüdlich hatte er all seine Mandanten persönlich besucht und sie davon zu überzeugen versucht, dass es doch um seine Arbeit und nicht um ihn als Person ginge. Aber er hatte ein ums andere Mal bittere Absagen hinnehmen müssen. Manchmal musste er sich sogar Beschimpfungen anhören. Selbst ihm gewogene Mandanten wie Ruus Kappler und Ernest Oppenheimer hatten sich von ihm abgewandt, wenn auch nur aus einer gewissen Loyalität Dr. Schmiedel gegenüber. Es war ein Desaster. Nach einem halben Jahr war Raffael so weit gewesen, dass er vorgeschlagen hatte, zurück nach England zu gehen. Dabei hatte er allerdings nicht mit Sonjas Widerstand gerechnet. Sosehr sie früher bereit gewesen war, sich ihm unterzuordnen, so sehr weigerte sie sich jetzt, mit ihm nach England zu gehen. »Was sollen wir in dem fremden, kalten Land allein und ohne Familie?«, hatte sie ihm entrüstet Paroli geboten. »Wir kennen niemanden dort, und du hast selbst gesagt, dass es sehr schwer ist, dort ohne Geld anständig zu leben.«

»Wir haben es hier auch nicht besser«, hatte Raffael erregt geantwortet. »Wir müssen nächsten Monat aus unserem Haus ausziehen. Und ich habe kein Geld, um uns ein anderes ebenbürtiges Haus zu mieten. In England kann ich noch einmal von vorne anfangen. Ich habe noch gewisse Verbindungen, die ich sicherlich nutzen kann.«

»Du denkst immer nur an dich«, warf ihm Sonja nicht weniger erhitzt vor. »Hast du dir mal überlegt, wie sich die Kinder fühlen werden, wenn sie ihre ganze Familie verlieren? Du würdest ihren Großeltern das Herz brechen und auch Jella und Fritz. Wir gehören nach Afrika. Lass uns zurück nach *Owitambe* gehen. Ich könnte dort wieder Jella im Lazarett helfen, und du könntest in Okahandja arbeiten. Überleg dir …«

»Dieses Thema haben wir schon oft genug diskutiert«, hatte er sie ungehalten unterbrochen. »Diese Genugtuung werde ich meinem Vater ganz gewiss nicht bieten. Unsere Zukunft liegt in England.« Er schlug auf den Tisch, um seiner Absicht zusätzliches Gewicht zu verleihen. Doch dieses Mal hatte sich Sonja nicht einschüchtern lassen. Sie hatte ihn ruhig aus ihren graublauen Augen angeblickt und geantwortet: »Dann musst du eben allein gehen.«

Damit war die Diskussion für sie beendet. Raffael hatte getobt, doch sie war stur geblieben. Schließlich war er zu seinem Freund Nils in die Old Location gegangen und hatte sich mit Bier volllaufen lassen. Als er so betrunken gewesen war, dass er kaum noch stehen konnte, hatte er seinem Freund das Herz ausgeschüttet. Nils kannte sich mit Frauengeschichten bestens aus. Er war ein gefürchteter Schürzenjäger, aber dennoch stand er unter der Fuchtel seiner Mathilde. Er wusste, wovon er sprach. »Glaub mir, wenn du deine Frau und deine Kinder nicht verlieren möchtest, musst du in Afrika bleiben«, hatte er ihm geraten. Auch in Bezug auf seine Arbeit gab er ihm einen neuen Anstoß. »Warum arbeitest du für die Weißen?«, fragte er ihn. »Hier bei uns gibt es so vieles, was ungerecht ist. Und wenn du willst, besorgen wir dir auch noch ein neues Zuhause!« Der letzte Satz war mehr als Trost gedacht gewesen. Bei Raffael war jedoch etwas hängengeblieben. Als er am nächsten Morgen mit grässlichen Kopfschmerzen erwacht war, hatte er plötzlich einen Plan. Nils hatte ihm unwissentlich die Augen geöffnet. War es nicht immer schon seine Absicht gewesen, für die Aufhebung der Rassentrennung zu kämpfen? Nun hatte er die Gelegenheit dazu. Wenn er seine letzten Ersparnisse zusammenkratzte, dann hatte er Geld genug, um sich in der Nähe der Old Location ein Haus zu suchen, wo er eine Anwaltspraxis eröffnen konnte, um sich für die Rechte der Farbigen einzusetzen. Seine einzige Sorge war, dass Sonja vielleicht nicht mitgehen würde. Doch genau das Gegenteil war der Fall gewesen. Seine Frau hatte sich in dem dunklen Haus bei der Brauerei nie wohlgefühlt. Sie hatte seinen Vorschlag mit geradezu beängstigendem Wohlwollen aufgenommen. Wie versprochen half Nils ihm bei der Suche nach einer geeigneten Unterkunft. Bereits nach kurzer Zeit hatten sie ein kleines, aber innen sehr lichtes Holzhaus am Rande der Old Location gefunden. Die ehemaligen Besitzer waren dort vor vielen Jahren ausgezogen, als sich die Homelands der Schwarzen immer weiter ausgedehnt hatten. Sie wollten nicht am Rande eines Slums wohnen und waren in einen anderen Stadtteil umgezogen. Aus diesem Grund hatte er das Haus zu einem relativ günstigen Preis bekommen. Sonja hatte sich sofort darangemacht, ihr neues Heim für sie so behaglich wie möglich zu machen. Im Grunde genommen war das Häuschen für eine fünfköpfige Familie viel zu klein.

Doch es war licht und strahlte eine gewisse Heimeligkeit aus. Das Zentrum des Hauses war eine große Wohnküche mit einer angrenzenden im Boden eingelassenen Speisekammer. An die Küche schloss sich noch ein kleineres Wohnzimmer an, das Raffael als Kanzleizimmer nutzte. Über eine kleine, leiterähnliche Treppe kam man in den ersten Stock, der aus zwei kleinen Zimmern und einer winzigen Abstellkammer bestand. Es gab weder fließendes Wasser noch elektrischen Strom, dafür befand sich im hinteren Garten ein eigener Brunnen, aus dem sie bequem Wasser schöpfen konnten. Von der Veranda des Hauses hatte man einen direkten Blick auf die schäbigen Hütten der Old Location, doch das störte weder Sonja noch Raffael. Im Gegenteil, es erinnerte sie ein wenig an *Owitambe,* wo das Miteinander von Schwarzen und Weißen ebenfalls ganz selbstverständlich war. Auch Benjamin fühlte sich von Anfang an wohl in seiner neuen Umgebung und freundete sich bald mit Alice, einer von Nils' Töchtern, an. Raffael seufzte. Im Grunde genommen schienen sich Sonja und die Kinder trotz aller Armut und Einschränkungen jetzt wohler zu fühlen als früher in dem dunklen vornehmen Haus bei der Brauerei. Ihm dagegen saß der soziale Abstieg immer noch wie ein Stachel im Fleisch. Er konnte sich mit den Ungerechtigkeiten, die er als Farbiger zu ertragen hatte, nicht abfinden. Wäre er ein reinblütiger Weißer gewesen, dann wäre ihre Situation nie so weit eskaliert. Sonja und er wären rechtmäßig verheiratet, und er wäre nun Mitbesitzer der Kanzlei Schmiedel. Hatte sein Blut etwa nicht dieselbe Farbe wie das eines Weißen? Wie oft hatte er sich in seinem Leben diese Frage schon gestellt! Und es änderte doch nichts an der Tatsache, dass er jetzt hier am Rande der Homelands saß und um jeden Penny kämpfen musste. In der Tat hatten sich schon bald in seiner provisorischen Kanzlei die ersten Mandanten gemeldet. Doch sie kamen aus der Old Location und suchten in ihm in der Regel nur einen Streitschlichter. Meist ging es um Eigentumsdelikte oder Eifersuchtsgeschichten, die jeder vernünftige Mann hätte regeln können. Es war nicht so, dass Raffael diese Arbeit keinen Spaß gemacht hätte. Geduldig hörte er sich die Probleme der Menschen an und versuchte, die Angelegenheiten in ihrem Sinne zu regeln. Hin und wieder musste er auch einen seiner Mandanten zum Gericht begleiten und für seine Rechte kämpfen. Doch die wenigsten konnten ihn für seinen Einsatz bezahlen. Also blieben sie weitgehend auf die Einkünfte angewiesen, die Sonja mit ihrer Schneiderei erwirtschaftete.

Immerhin war vor einiger Zeit zum ersten Mal ein vielversprechender Mandant zu ihm gekommen und hatte ihm zu seinem ersten größeren Fall verholfen. Eugen Wyk, einer der Sprecher der Rehobother Baster, war eigens den langen Weg von Rehoboth zu ihm angereist, um ihn um Hilfe zu bitten. Wyk wollte, dass Raffael bei der südafrikanischen Mandatsregierung die beschränkten Autonomierechte seiner Bevölkerungsgruppe erneut durchsetzte. Die schon seit Jahrzehnten geltenden Rechte waren ihnen erst vor Kurzem abgesprochen worden. Die Südafrikaner hatten kurzerhand die Baster-Kapitäne abgesetzt und der Bevölkerung burische Ortsvorsteher vor die Nase gesetzt, die ihr mit unnötigen Vorschriften und Einschränkungen das Leben schwermachten. Die Baster waren nicht bereit, das zu dulden. Als Nachkommen von Mischlingen zwischen Namafrauen und burischen Einwanderern aus der Kapregion waren sie 1871 aus der Kapprovinz nach Südwestafrika gezogen. Ihre Siedlung sollte als Puffer zwischen den ständig Krieg führenden Namas von Hoachanas und den Herero von Okahandja dienen. Im Zuge dieser Streitigkeiten war Rehoboth oft der Schauplatz blutiger Auseinandersetzungen gewesen, und diese hatten auch die Einstellung der Baster geprägt, sich ihre Rechte notfalls mit Gewalt zu holen. Eugen Wyk verabscheute jedoch Gewalttätigkeiten. Er gehörte zu den gemäßigten Bastern, die ihre Rechte auf juristischem Wege durchzusetzen hofften. Raffael hatte eine gewisse Chance in der Auseinandersetzung gesehen, da die Südafrikaner die Autonomierechte der Baster ohne jede Begründung beschnitten hatten. Das widersprach eindeutig dem englischen Recht, das in Präzedenzfällen in anderen Kolonien für die Beibehaltung von Autonomierechten entschieden hatte. Raffael hatte Klage eingereicht. Guten Mutes waren sie zu der Verhandlung vor dem obersten Gericht gegangen – und hatten eine herbe Abfuhr erhalten. Raffael erinnerte sich nur ungern daran. Allein der Gedanke, mit welcher Überheblichkeit ihm der südafrikanische Richter und der Staatsanwalt entgegengetreten waren, brachte sein Blut erneut in Wallung. Sogar einige Mitglieder der Ratsversammlung waren im Gerichtssaal anwesend gewesen. Bezeichnenderweise hatte es sich bis auf einen ausschließlich um Buren gehandelt, die offen gegen die Autonomiebestrebungen eintraten. Der einzige Deutsche war ein bekannter Nationalist, der sich nach der guten alten deutschen Kolonialzeit sehnte und deshalb für die Beibehaltung der Autonomie der Baster war. Raffael und Wyk hatten schnell einsehen müssen, dass es den Herren Richtern nicht um das Recht ging – denn das stand eindeutig auf Seiten der Baster –, sondern dass der Fall politisch betrachtet wurde. Die von Südafrika eingesetzte Mandatsregierung hatte eindeutig aus Südafrika die Weisung erhalten, die Rassentrennung weiter voranzutreiben. Das Ende des Prozesses gipfelte dann in einem Eklat, als Wyk bei der Urteilsverkündung die Fassung verlor und mit erhobener Faust Vergeltung androhte. Daraufhin hatte der Richter die Ordnungshüter holen lassen und den Baster gewaltsam des Saales verwiesen. Raffael war ihm gefolgt. Es hatte ihn einige Mühe gekostet, den sonst so friedliebenden Mann zu beruhigen. Kaum war ihm das einigermaßen geglückt, trat einer der burischen Ratsmitglieder auf sie zu. Es handelte sich um einen kleinen Mann in hellem Leinenanzug und Strohhut. Er überreichte Wyk mit knappen Worten eine Depesche und wartete in sicherem Abstand auf dessen Reaktion. Wyk riss den Umschlag ungehalten auf, las aufmerksam die Nachricht und wurde dabei immer bleicher. »Sie wissen, was das bedeutet?«, fragte der Abgeordnete mit hochgezogener Augenbraue. Er hielt es nicht einmal für notwendig, dem Baster in die Augen zu sehen. Wyk biss die Zähne zusammen und ballte vor Wut die Fäuste. Raffael bekam nun endlich die Gelegenheit, das Schreiben ebenfalls zu lesen. Die Depesche war laut Datum bereits vor einigen Tagen verfasst worden. Darin drohte die südafrikanische Regierung im Falle eines Aufstandes mit dem Einmarsch von Truppen. »Sie haben demnach gewusst, wie die Richter heute entscheiden würden«, stellte er fassungslos fest. Der Ratsabgeordnete lächelte überheblich und hob Unwissenheit vortäuschend die Hände. »Wir leben in einem Rechtsstaat, Herr Anwalt. Das sollten Sie doch am besten wissen.« Damit wandte er sich um und ging.

Margaretes Händchen zupften an Raffaels Schnurrbart, den er sich vor einiger Zeit hatte stehen lassen, und rissen ihn damit aus seinen trüben Gedanken. Voller Zärtlichkeit fuhr er mit der Hand über ihren roten, lockigen Flaum, der ihn an seine Halbschwester Jella erinnerte. »Ach, Gretchen«, murmelte er, »wenn es doch nur so einfach wäre!« Vor lauter Grübeln war ihm entgangen, dass sich schon seit geraumer Zeit ein kleiner beleibter Mann zu Fuß den Berg hinaufquälte. Raffael erkannte ihn erst, als er bereits vor seiner Veranda stand.

»Eintritt gestattet?«, drang eine altbekannte wohltönende Stimme zu ihm herauf.

»Herr Pastor! Was machen Sie denn hier?« Raffael setzte die protestierende Margarete auf dem Boden neben ihrem Bruder ab, um den Besucher zu begrüßen. Er streckte ihm die Hand entgegen, um ihm die kleine Treppe auf die Veranda hinaufzuhelfen. »Mit Ihnen habe ich nun gar nicht gerechnet.«

»Hast du ein Glas Wasser für einen Gottesmann?«, schnaufte Traugott Kiesewetter atemlos. Umständlich nahm er seinen Strohhut vom Kopf und betupfte seine schweißglänzende Glatze mit einem Taschentuch. Während Raffael sich anschickte, eine Karaffe mit Wasser zu holen, ließ sich der Pastor schwerfällig in den Schaukelstuhl fallen. »Konntet ihr nicht auf einen noch höheren Hügel ziehen?«, meinte er schließlich beinahe vorwurfsvoll, als Raffael mit Sonja und Benjamin wieder auf die Veranda trat. Er schnaufte immer noch und war sichtlich erschöpft. Sonja goss Kiesewetter ein Glas Wasser ein und reichte es ihm. Der Gottesmann trank es in einem Schluck leer und verlangte sofort ein weiteres. Erst als er dieses ebenfalls geleert hatte, fiel ihm ein, dass er Sonja und den Jungen noch gar nicht richtig begrüßt hatte. »Bitte verzeihen Sie, werte Frau Sonthofen«, entschuldigte er sich. »Das war jetzt wohl doch etwas unhöflich, aber ich wäre doch glatt beinahe verdurstet.« Sonja lachte etwas verlegen. »Sie müssen sich nicht entschuldigen, Herr Pastor. Wir freuen uns über jeden Besuch, seit wir hier wohnen.« Sie sah Raffael Hilfe suchend an. Der sprang ihr sofort mit einer fast trotzigen Erklärung bei. »Vielleicht wissen Sie es noch nicht, Herr Pastor, aber wir sind nicht verheiratet, auch wenn ich Sonja als meine Frau betrachte.« Schützend legte er den Arm um ihre Schultern. »Die Ratsversammlung erlaubt uns die Ehe nicht. Für Mischlinge wie mich ist deshalb nur Platz in Gegenden wie dieser.« Mit einem bitteren Lächeln deutete er auf die schäbigen Hütten der Old Location. Kiesewetter winkte nur ab. »Ach, das weiß ich doch längst! Die ganze Stadt hat sich wohl schadenfroh über euch den Mund zerrissen. Ich habe davon leider erst jetzt erfahren, weil ich gerade von einem längeren Aufenthalt aus dem Betschuanaland zurückkehre. Ich musste dort einem kranken Kollegen zur Seite stehen. Jetzt ist er wieder auf dem Damm, und ich bin auf dem Weg in meine kleine Mission.« Kiesewetter musterte die beiden beinahe vorwurfsvoll. »Warum seid ihr denn nach deiner Rückkehr aus England nicht gleich zu mir gekommen? Ich hätte euch schon längst getraut.«

»Eine kirchliche Eheschließung allein ist in den Augen der Ratsversammlung nicht gültig. Das wissen Sie doch genau«, antwortete Raffael harscher als beabsichtigt. »Es bedarf eines amtlichen Dokuments, um wirklich verheiratet zu sein.«

»Das ist doch alles Kokolores«, empörte sich Traugott Kiesewetter, während er sein drittes Glas Wasser leerte. »Eine Ehe sollte nur vor Gott geschlossen werden.« Er kratzte sich mit seinen kurzen Fingern im Gesicht und schien nachzudenken. Plötzlich änderte sich sein Gesichtsausdruck, und er zwinkerte ihnen verschwörerisch zu. »Aber auch ein amtliches Dokument kann man bekommen, selbst wenn es die Gesetze dieser menschenrechtsverachtenden Ratsversammlung nicht vorsehen«, meinte er vielsagend. Raffael horchte erstaunt auf. Einen womöglich gesetzeswidrigen Vorschlag hätte er von einem Gottesmann am allerwenigsten erwartet, und schon gar nicht von Traugott Kiesewetter, den er immer für die Ehrlichkeit in Person gehalten hatte.

»Wenn Sie damit andeuten wollen, dass man sich ein solches Dokument auch illegal erwerben kann, dann muss ich Sie enttäuschen«, meinte er unterkühlt. Kiesewetter amüsierte Raffaels Bemerkung so, dass er vor Vergnügen in seine feisten Hände klatschte.

»Wat du mir wieder alles zutraust!«, rheinländerte er fröhlich. »Wer redet denn von Betrug und Fälschung? Ich habe doch eine viel bessere Idee. Zufällig habe ich einen alten Freund, der euch helfen könnte. Er ist Engländer, recht unkonventionell. Ihn scheren die einfältigen Gesetze unserer Regierung keinen Deut. Er könnte euch jederzeit trauen.« Raffael runzelte missgelaunt die Stirn.

»Mensch, Junge!«, tadelte ihn der Pastor erneut. »Du traust Traugott Kiesewetter wohl wirklich krumme Dinge zu. Das enttäuscht mich jetzt aber sehr. Mein Freund ist ein ebenso ehrenwerter Mann wie ich und zudem noch Kapitän zur See. Sein Dampfer läuft alle Monate die Walfischbay an. Weißt du denn nicht, was so ein Kapitän für Befugnisse hat?«

Raffael zuckte mit den Schultern, was bei Kiesewetter wiederum ein Kopfschütteln zur Folge hatte. »Sobald ein Kapitän auf hoher See ist«, erklärte er umständlich, »ist er der absolute Herrscher auf seinem Schiff. Alle müssen ihm gehorchen, und wenn jemand aus seiner Mannschaft meutert, dann darf er ihn sogar am Mast aufknüpfen. Aber so ein Kapitän hat noch ganz andere Befugnisse: Er kann Ehen schließen, die in jedem Land rechtsgültig sind.«

Sonja sah Raffael überrascht an, aber dessen Gesicht begann sich gleich wieder zu verdunkeln.

»Leider kommt der Vorschlag etwas spät«, meinte er bitter. Er konnte es nicht verbergen, dass er sich ärgerte, nicht selbst und viel früher auf diese simple Idee gekommen zu sein.

»Und trotzdem ist es ein guter Vorschlag«, mischte sich nun Sonja ein. Sie nahm die Idee viel positiver auf. Kameradschaftlich knuffte sie Raffael in die Seite. »Ich finde, wir sollten so schnell wie möglich zu diesem netten Kapitän reisen und endlich heiraten. Oder willst du mich am Ende gar nicht mehr?«

»Doch, natürlich«, meinte Raffael gequält. »Es ist nur der blanke Hohn, dass dieser Vorschlag erst jetzt kommt, wo wir alles verloren haben.« Sonja verzog beleidigt das Gesicht. »So hatte ich mir allerdings einen Heiratsantrag nicht vorgestellt.« Raffael starrte sie verdutzt an, aber dann besann er sich, und es gelang ihm endlich, dem Vorschlag etwas Positives abzugewinnen. »Natürlich möchte ich dich immer noch heiraten!«, sagte er aufrichtig. Sein Bein schmerzte höllisch, als er sich vor ihr umständlich niederkniete. »Möchtest du, liebe Sonja von Nachtmahr, endlich, endlich meine Frau werden?«

Sonja lächelte gerührt, sank ebenfalls auf die Knie und gab ihm einen ausgiebigen Kuss.

»Nee, is dat schön!«, kommentierte Traugott Kiesewetter gerührt die Szene, während Benjamin fasziniert seine küssenden Eltern betrachtete.

Endlich lösten sich die beiden voneinander und besannen sich darauf, dass sie nicht allein waren.

»Entschuldigung«, meinte Raffael und strich seinem Sohn kurz über die Haare. »Ich weiß, dass sich das so nicht gehört!« Er sah Kiesewetter plötzlich misstrauisch an. »Sie sind doch nicht etwa nur deshalb den Berg hochgestiegen, um uns diese Neuigkeit zu überbringen?«

»Nun, nicht ganz«, gab der Gottesmann unumwunden zu. »Natürlich habe ich nun auch noch eine Bitte an dich.« Und dann erzählte er Raffael von einer neuen Minengesellschaft im Norden des Landes, die vor einiger Zeit begonnen hatte, Schächte auf dem Weideland der Ovambos anzulegen, um dort Silber und seltene Mineralien abzubauen. Den Hirten fehlte nun der Platz, um ihre Rinder zu hüten. Natürlich waren sie wütend und hatten sich beim Polizeichef in Tsumeb beschwert. Doch der konnte ihnen nicht helfen. Raffael erkundigte sich, wo das Gebiet lag, und erfuhr zu seinem Erstaunen, dass es sich um genau die Gegend handelte, an der vor etwa zwei Jahren Ruus Kappler Interesse gezeigt hatte. Seine Geologen hatten ebenfalls größere Silber- und Edelsteinvorkommen in dem Boden vermutet, doch die Ovambos waren seinerzeit nicht bereit gewesen, sich ihren kostbaren Weidegrund abkaufen zu lassen. Raffael erinnerte sich, dass es unstrittig gewesen war, dass den Schwarzen das Land gehörte. Ruus Kappler hatte aufgeben müssen.

»Worauf begründet sich der Anspruch der Minengesellschaft?«, wollte er wissen.

»Angeblich gibt es einen alten Vertrag aus der deutschen Schutztruppenzeit, der besagt, dass einer der Gesellschafter der Mine Besitzer eben jenes Landes ist. Das Land war seinerzeit seinem Vater als Farmland übergeben worden. Dieser hatte es nur nie genutzt, weil er in der Nähe des Waterbergs eine reiche Farmerstochter samt Farm geheiratet hatte.«

»Das hört sich nach einer faulen Ausrede an«, überlegte Raffael. »Ich habe damals für einen meiner Mandanten die Katasterauszüge überprüft. Es wäre mir aufgefallen, wenn das Land an einen Weißen vergeben worden wäre.«

Kiesewetter stimmte ihm zu. »Das denke ich auch. Vor allem, weil der Name Baltkorn meines Wissens nach burischen und nicht deutschen Ursprungs ist.«

»Baltkorn?« Raffael verschluckte sich beinahe, so überrascht war er. »Doch nicht etwa Jon Baltkorn?«

»Du kennst den Mann?«

Raffael verzog angewidert sein Gesicht. »Ich wünschte, es wäre nicht so. Dieser Mensch hat es sich zur Aufgabe gemacht, meinen Ruf zu ruinieren. Er war es, der dafür gesorgt hat, dass ich keine weißen Mandanten mehr bekomme.«

»Na, dann dürfte es dir doch ein Vergnügen sein, ihm das Handwerk zu legen«, lachte Traugott Kiesewetter zufrieden. Sofort wurde sein Gesichtsausdruck wieder ernster. »Die Ovambos haben leider kein Geld, um einen Anwalt zu bezahlen«, fügte er bedauernd hinzu, »aber ich werde in meiner Gemeinde für dich sammeln gehen. Es wird vielleicht nicht viel sein, aber immerhin ein Obolus!« Raffael zuckte mit den Schultern. Das hatte er sich bereits gedacht. Die wenigsten Schwarzen hatten genügend Geld, um sich einen Anwalt leisten zu können. »Ich werde mich auch ohne Honorar in den Fall einarbeiten«, meinte er gefasst. »Schon allein wegen Baltkorn.«

»Nichts anderes habe ich von dir erwartet!«, freute sich Kiesewetter. »Leider ist das noch nicht alles«, fuhr er sogleich fort.

»Weil die Arbeitsbedingungen in der neuen Mine erbärmlich und sehr gefährlich sind und zudem die Männer schlecht entlohnt werden, wird es für die Minengesellschaft zunehmend schwierig, genügend Arbeiter zu bekommen. Um ihren Bedarf zu decken, werden jetzt Männer aus der Umgebung gewissermaßen zu der Arbeit gezwungen.«

»Wie ist das möglich?«, erkundigte sich Raffael interessiert. »Selbst die Südafrikaner sehen so etwas nicht in ihrer Verfassung vor. Kein auch noch so voreingenommenes Gericht wird das billigen.«

»Das mag wohl sein, aber die Minengesellschaft geht in dieser Hinsicht sehr subtil vor. Die Männer kommen ja gewissermaßen freiwillig, obwohl sie es eigentlich gar nicht wollen.«

»Das verstehe ich nicht.«

Kiesewetter machte ein Gesicht, das großes Unbehagen ausdrückte. »Nun, es scheint da so eine Art Seelenhandel zu geben«, versuchte er zu erklären. »Seit einiger Zeit treibt nämlich in der Gegend ein Medizinmann sein Unwesen. Er ist ein Sangoma aus Südafrika. Keiner weiß, was er dort verloren hat, aber es ist unbestritten, dass er einen großen Einfluss auf die Menschen in der Gegend hat. Er ist bei den Einheimischen sehr angesehen und mindestens genauso gefürchtet. Sie sagen, wen sein Fluch trifft, der hat nicht mehr lange zu leben. Natürlich ist das alles nur Hokuspokus, aber die Menschen sind einfältig genug, es zu glauben.« Kiesewetter kratzte sich nachdenklich am Kopf. »Es gab tatsächlich einige Todesfälle unter denen, die nicht bereit waren, für die Mine zu arbeiten. Seither weigert sich kaum noch eine Familie, mindestens einen von ihren Söhnen als Minenarbeiter zu stellen.«

»Sie gehen davon aus, dass der Sangoma und die Minengesellschaft unter einer Decke stecken?«

Kiesewetter hob die Hände. »Das weiß nur Gott!«

Ungerechtigkeiten

Mein Herz ist voller Leid.
Ich sterbe, denn ein Teil von mir ist verloren.
Gwi streitet darum mit Kauha.
Die Kräfte des Bösen wachsen und Kauhas Kräfte schwinden!
Ich fürchte mich, Sternenschwester!
Steh mir bei!

»Jella fuhr jäh aus dem Schlaf auf und lauschte in die Dunkelheit. Die Stimme, die sie gerade im Schlaf gehört hatte, hallte so wirklich in ihr nach, als würde Nakeshi direkt neben ihr stehen. Sie wusste sofort, dass dies etwas Schlimmes bedeutete. Sie fürchtet, dass Bô stirbt, dachte sie beklommen. Das Asthma machte dem Buschmann jetzt in der kalten Jahreszeit besonders zu schaffen. Sie schlug rasch die Decke beiseite, um aufzustehen. Neben ihr bewegte sich nun auch Fritz.

»Was ist los? Es ist noch viel zu früh zum Aufstehen!«, murmelte er verschlafen. Jella strich ihm sanft über sein verstrubbeltes Haar. »Schlaf weiter, Liebster. Ich muss zu Nakeshi und Bô. Sie brauchen meine Hilfe.«

Fritz grunzte etwas, was sich wie »Das hat auch noch bis morgen Zeit« anhörte, drehte sich dann aber brav wieder in seine Schlafposition und schlief sofort wieder ein.

Es war halb fünf. Erst in gut einer Stunde würde die Sonne aufgehen. Zeit genug, um die notwendigen Dinge zu packen, die sie für eine längere Tour in den Busch benötigte. Proviant und Schlafsack hatte sie schnell beisammen; was ihr allerdings mehr Kopfzerbrechen bereitete, war die Frage, welche Medikamente sie mitnehmen sollte. Schulmedizinisch gesehen waren ihre Möglichkeiten, Bô zu helfen, ziemlich begrenzt. Die herkömmlichen Therapien mit kaliumarsenhaltigen Pillen hatten bei ihm in keiner Weise angeschlagen. Im Gegenteil. Jella meinte an ihm sogar Vergiftungserscheinungen bemerkt zu haben, die durch das Arsen hervorgerufen worden sein konnten, obwohl sie die Medikamente nur niedrig dosiert hatte. Zwar waren die Asthmaanfälle anfangs seltener geworden, dafür hatte Bô über Magenschmerzen und Verdauungsprobleme geklagt. Daraufhin hatte sie die Pillen sofort wieder abgesetzt. Auch Nakeshi war mit ihrer Weisheit schon längst am Ende. Jella seufzte. Die Befürchtungen ihrer Sternenschwester waren nur zu begründet. Wenn sie nicht bald eine Therapie fanden, die Bô das Atmen erleichterte, dann würde er über kurz oder lang an einem seiner Anfälle ersticken. Plötzlich fiel ihr ein, dass ihr Nokoma bei einem ihrer letzten Treffen etwas über die schleimlösende Kraft einer Pflanze erzählt hatte. Wie hatte sie nur geheißen? In ihrem Arbeitszimmer im Lazarett griff sie nach ihrem Notizbuch, in dem sie all das zu notieren pflegte, was sie von dem alten Medizinmann erfahren hatte. Nach einigem Blättern fand sie, was sie suchte.

»Waldrebe, Kletterstrauch mit gefiederten Blättern. Die Blättchen, meist fünf an der Zahl, sind eiförmig und gezähnt. Kleine weiße Blüten vereinen sich zu Rispen. Die Pflanze hat einen scharfen Geschmack und reizt die Schleimhäute des Mundes, wenn man sie kaut. Der Blättertee wird bei Kopfschmerzen, Erkältung, Husten und Brustbeschwerden getrunken. Den Dampf von Wurzel, Stängel und Blatt kann man inhalieren. Er hilft bei Erkältung, Asthma, Sinusitis und Malaria.

Sie überlegte, wo sie dieses besondere Hahnenfußgewächs in der Nähe finden konnte. Natürlich! Sarah hatte die hübsche Kletterpflanze an ihrer Pergola gepflanzt und dann einen Witz gemacht, dass die Früchte der Waldrebe aussähen wie der weiße Bart von Johannes. Sie beschloss, sofort einige Wurzeln, Stängel und Blätter der Pflanze pflücken zu gehen. Nokomas reichhaltiges Wissen bereicherte Jella in vielerlei Hinsicht. Mittlerweile stand sie der animistischen Heilkunst des Medizinmannes längst nicht mehr so kritisch gegenüber. Der alte Mann hatte ihr auf ihren unregelmäßig stattfindenden Ausflügen in die »Welt der Pflanzen, Tiere und Geister« Dinge gezeigt und erleben lassen, die sie mit ihrer Vernunft nicht erklären konnte. Bei all ihrer anfänglichen Skepsis hatte sie bald akzeptieren müssen, dass es gewisse Ereignisse gab, die nach wissenschaftlichem Ermessen unmöglich schienen. Allein die wundersame Heilung Saburis war ihr immer noch ein Rätsel. Als sie den Medizinmann danach gefragt hatte, hatte er ihr auf seine rätselhafte Art und Weise ausführlich geantwortet:

»Alle Krankheiten haben eine Ursache«, hatte er ihr erklärt. »Willst du heilen, so musst du herausfinden, wer die Krankheit gemacht hat. Mal sind es die Geister der Erde, mal die des Wassers, der Luft oder die neidischen Ahnen. Es kann auch ein Fluch sein oder ein Verbrechen. Erst wenn du den Schuldigen erkannt hast, kannst du die Krankheit bekämpfen. Saburis Krankheit kam von einem bösen Fluch. Der Sangoma hat die Erdgeister auf sie gehetzt. Ich habe sie gerufen und mit ihnen verhandelt. Sie wollten nicht auf mich hören und waren stur, aber ich habe versucht, stärker zu sein als sie. Für den Augenblick halten sie Abstand, aber sie werden schon bald zurückkommen und dann ist es an dir, sich ihnen zu stellen. Erst wenn du sie zum Einlenken zwingst, wird meine Medizin Saburis Körper endgültig heilen.«

Jella hatte lange über seine Worte nachgedacht und ihn dann gefragt, woher er die Kraft nahm, sich diesen mächtigen Geistern entgegenzustellen. Nokoma hatte nur gelacht.

»Das weißt du so gut wie ich! Hast du nicht die Kraft des Schlangengottes gespürt?«

»Das war eine Illusion«, hatte sie behauptet, »eine Art Einbildung, die es nicht wirklich gibt!« Ihr Verstand weigerte sich nach wie vor, an derartig Übersinnliches zu glauben. Doch Nokoma schien das nicht zu stören. »Nenn es, wie du willst«, meinte er gleichmütig. »Wichtig ist nur, dass der Gott oder deine Illusion dir im richtigen Moment beistehen!«

Jella verstaute die restlichen Sachen im Bakkie. Im letzten Augenblick griff sie nach dem Amulett, das sie am Buschmanns Paradies gefunden hatte. Vielleicht konnte Nakeshi etwas damit anfangen. Wenn alles gutging, würde sie am nächsten Tag wieder zurück in *Owitambe* sein.

Eine große, warme Hand legte sich plötzlich auf ihre Schulter, und Jella hatte den wohlvertrauten Geruch ihres Mannes in der Nase, noch bevor sie sich zu ihm umwandte.

»Willst du wirklich zu Nakeshi?«, fragte er gähnend. Er trug trotz des kalten Morgenwetters nur eine Hose.

»Bô ist sehr krank. Ich weiß es von Nakeshi.« Es war ihr immer noch unangenehm, so beiläufig über die telepathische Verbindung zu ihrer Sternenschwester zu reden, doch Fritz nahm es ohne Widerspruch hin. »Ich wünsche dir, dass du ihm helfen kannst«, meinte er aufrichtig. »Am liebsten würde ich mit dir gehen, aber du weißt ja, dass ich wegen der Wilderer nach Windhuk zum Polizeichef muss. Ich möchte endlich, dass Nachtmahr hinter Gitter kommt. Auf dem Rückweg werde ich noch bei Raffael und seiner Familie vorbeisehen. Sie wollen tatsächlich nächsten Monat auf einem Schiff heiraten. Soll ich ihnen nicht vorschlagen, ihre Hochzeit hier auf *Owitambe* nachzufeiern?«

»Was für eine wundervolle Idee«, freute sich Jella. »Dann können wir endlich einmal wieder alle beisammen sein. Ach, wenn doch nur auch Ricky kommen könnte!« Sie seufzte sehnsüchtig. »Glaubst du im Ernst, dass sie in Berlin wirklich so glücklich ist?« Fritz wollte seine Frau nicht anlügen. Auch er war sich keinesfalls sicher. »Sie schreibt jedenfalls, dass es ihr gut geht«, meinte er ausweichend. »Die Sache mit dem Sturz hat sie schwer mitgenommen, auch wenn sie es nicht zugeben will.«

»Ich hätte damals gleich zu ihr fahren müssen«, warf sie sich nicht zum ersten Mal vor. »Wer weiß, an was für Ärzte sie geraten ist!« Fritz strich ihr liebevoll über den Rücken. »Du machst dir wieder mal zu viele Gedanken. Sie ist in den besten Händen. Das Theater hat ihr zudem eine Entschädigung bezahlt, obwohl sie dazu nicht verpflichtet gewesen wären. Ricky schreibt selbst, dass sie wieder ganz auf dem Damm ist.«

»Ich finde, sie sollte zurück nach Afrika kommen.«

»Das wird sie eines Tages!«, tröstete sie Fritz. »Da bin ich ganz sicher!«

*

In dem Augenblick, als Jella ihrer Sternenschwester das Amulett zeigte, wusste sie, dass es ein Fehler gewesen war. Nakeshis Reaktion ließ keinerlei Zweifel zu, dass sie das Amulett sofort erkannt hatte. Die sonst so ausgeglichene Buschmannfrau fasste sich an den Kopf und geriet ins Torkeln. Dann stieß sie einen Klageschrei aus, von dem sogar Bô aus seinem fiebrigen Schlaf erwachte.

»Was ist los mit dir?«, fragte er verwirrt. Nakeshi schüttelte heftig den Kopf und befahl ihm weiterzuschlafen. Dann winkte sie Jella, ihr zu folgen. Sie begaben sich außerhalb des Lagers, bis sie ungestört waren. Ihre Freundin war schrecklich aufgewühlt. In Jella stieg plötzlich eine düstere Ahnung auf, die schon bald zur Gewissheit werden sollte. Sie hatte Nakeshi natürlich erzählt, wo und in welchem Zusammenhang sie das Amulett gefunden hatte. Es gab nur eine Erklärung, weshalb die Buschmannfrau so aus der Fassung geraten sein konnte. Das durfte einfach nicht sein!

»Du irrst dich, ganz bestimmt.«

Jella war mindestens genauso entsetzt wie ihre Sternenschwester. Nakeshis Körper krümmte sich vor Gram.

»Ich habe das Amulett selbst für ihn angefertigt«, sagte sie mit tonloser Stimme. Tränen rannen über ihr von Kummer verzerrtes Gesicht. Ihr Schmerz war so greifbar, dass er auch Jella wie eine heftige Woge erfasste. Es hatte nur wenige Augenblicke gedauert, in denen sie mit ansehen musste, wie sich ihre sonst so jugendliche Freundin in eine alte Frau verwandelte, die, vom Leben gezeichnet, aller Zuversicht beraubt war. Es dauerte Minuten, bevor sie sich wieder so weit im Griff hatte, dass sie wenigstens flüstern konnte. »Warum hat mein Sohn seinem Volk das angetan?«, hauchte sie kraftlos. »Haben wir ihm nicht zeigen können, wie sehr unser Leben mit den Geistern verbunden ist?« Ihre braunen Augen glänzten vor Leid. »Er hat immer nur nach den Weißen geschaut. Ich habe ihn ausgeschimpft und ihm gesagt, dass es böse enden wird. Er hat nicht zugehört. Nun sind die Geister böse auf uns. Sie wollen Bô und mich, weil wir keine guten Eltern waren. Oh weh!« Ihre Schultern fielen in sich zusammen, und sie ließ sich wie ein Häuflein Elend auf den staubigen Boden sinken. Jella kniete sich neben sie und strich ihr besänftigend über den Rücken. Sie wusste, dass es nichts gab, das ihre Freundin jetzt hätte trösten können.

Bôs heftiger Asthmaanfall riss sie aus ihrer Erschütterung und machte ihr den eigentlichen Grund für ihren Besuch bei den Freunden wieder bewusst. Sie überließ Nakeshi ihrer Trauer und ging zu ihm, um ihn näher zu untersuchen. Sie erschrak über seinen Zustand. Auch der Buschmann war in letzter Zeit sehr gealtert. Seine zunehmend schwächer gewordene Konstitution verhinderte, dass er noch auf die Jagd ging. Seine Muskeln waren schwach geworden, und sein Oberkörper war eingefallen und hob und senkte sich in unregelmäßigen Abständen. Bô versuchte sich mühsam aufzurichten, während er schwer nach Luft rang, doch es fehlte ihm die Kraft. Jella sah seinen fiebrig glänzenden Augen an, dass er am Ende seiner Kräfte war. Sie stützte ihn, damit ihm das Atemholen leichter fiel. Besonders beim Einatmen hatte er Schwierigkeiten, weil seine Atemwege geschwollen waren und viel zu viel Schleim produzierten. Jella rief nach Nakeshi. Sie brauchte für die Diagnose ihre Hilfe. Äußerlich schien sie wieder gefasst zu sein. Jella kramte nach der Wurzel, den Stängeln und den Blättern der Waldrebe und trug ihrer Freundin auf, diese einige Minuten zu kochen und dann samt dem Topf zu ihr in die Hütte zu bringen. Nakeshi gehorchte wortlos. Als der Sud bereitet war, brachten die beiden Frauen Bô in eine kauernde Position, sodass sein Gesicht nur wenige Zentimeter über den dampfenden Sud kam. Dann legte Jella ihm ein Baumwolltuch über Kopf und Schultern, damit er inhalieren konnte. Sie wusste, dass die Dämpfe allein ihren Freund nicht retten konnten. Die Worte Nokomas kamen ihr wieder in den Sinn. »Du musst erst herausfinden, wer für die Krankheit verantwortlich ist.«

Verdammt! Wie soll das denn gehen?, fragte sie sich ungeduldig. Nokoma kannte »Zaubersprüche«, die ihn in eine Art Trance versetzen konnten. In diesem Zustand suchte er den Kontakt zu seinen Geistern. Doch Jella hatte keine Ahnung davon. Bislang hatte sie sich gegen diesen Teil der Übungen gesträubt. Jeder Zauber hatte ihrer Meinung nach seine Grenzen. Wie auch immer! Ihr blieb nichts anderes übrig, als neben dem Buschmann zu verharren und darauf zu hoffen, dass die Pflanze ihn auch so heilen würde. Tatsächlich fiel ihm nach etwa einer halben Stunde das Atmen wieder erheblich leichter. Die Dämpfe weiteten seine Atemwege und ließen den Schleim flüssiger werden, sodass er ablaufen konnte. Nach einigen Stunden sank sein Fieber, und er verspürte sogar etwas Appetit. Nakeshi reichte ihm etwas Wurzelsuppe, die ihm sichtlich gut tat. Sein Allgemeinzustand verbesserte sich nochmals, obwohl er immer noch sehr schwach blieb. Nakeshi zwang sich zu einem Lächeln, während sie zaghaft Jellas Arm streichelte. »Du bist eine große Medizinfrau«, meinte sie anerkennend. In ihrer Stimme schwangen dennoch Trauer und auch Verzagtheit mit. »So gut ging es Bô seit vielen Monden nicht.«

»Nakeshi hat recht«, pflichtete Bô ihr bei. Er hatte die beiden Frauen gebeten, ihn an das Feuer zu holen. Nun saß er in eine wärmende Decke gehüllt neben ihnen. Die Sonne strahlte noch warm vom Himmel und tat ihm gut. Bislang hatte er von der Sache mit dem Amulett nichts mitbekommen. »Lass uns eine Pfeife rauchen«, meinte er und bat seine Frau, ihm den Lederbeutel mit den Kräutern zu holen. Jella riet ihm davon ab, doch der Buschmann lächelte nur. »Es bedeutet, dass es mir besser geht«, beruhigte er sie. Also blieb ihr nichts anderes übrig, als ihn gewähren zu lassen. Bô war noch zu schwach, um sich die Pfeife selbst zu stopfen. Nakeshi musste ihm helfen. Sorgfältig öffnete sie die Schnüre und stopfte getrocknete, bräunliche Kräuter in den Wurzelkopf der Pfeife. Als Bô die Pfeife mit einem Holzspan entzündete, stieg würziger, wohlriechender Rauch empor. Bei Jella jedoch schrillten im gleichen Augenblick sämtliche Alarmglocken. Der Duft erinnerte sie an eine der Pflanzen, die Nokoma ihr kürzlich gezeigt hatte. Es waren unangenehme Erinnerungen, die sie so wachsam werden ließen. »Darf ich den Tabak einmal sehen?«, bat sie Nakeshi. Sie nahm den Lederbeutel und zupfte die getrockneten Blätter auseinander, um sie zu untersuchen. Auf den ersten Blick handelte es sich hauptsächlich um Dakka, eine Art Hanf, die die Buschmänner üblicherweise zu rauchen pflegten, doch dann entdeckte sie untypische, lanzettförmige Blätter und Stücke von länglichen, fein behaarten Steinfrüchten. Jella war sofort alarmiert. »Hast du den Tabak selbst hergestellt?«, fragte sie Bô, der genüsslich an seiner Pfeife zog. Der Buschmann verneinte. »Ich habe ihn von Kao, einem Hai//Om, als Wiedergutmachung bekommen. Es ist ein sehr guter Tabak. Möchtest du ihn probieren?« Jella nahm die Pfeife und klopfte sie sofort aus.

»Was machst du?« Verärgert versuchte Bô ihr die Pfeife zu

entreißen. Statt einer Antwort zog sie eines der lanzettförmigen Blattstückchen und eine zerdrückte Steinfrucht aus dem Beutel und reichte sie Nakeshi. »Kennst du das?« Ihre Freundin betrachtete die Pflanze mit gerunzelter Stirn.

»Mae?«, fragte sie unsicher. Jella kannte nicht die Joansi-Bezeichnung, sondern nur den deutschen Begriff, nahm aber an, dass Nakeshi sie erkannt hatte.

»Bei uns nennt man es Giftblatt«, bestätigte sie. Die Pflanze war bei den Farmern sehr gefürchtet, denn sie spross als eine der Ersten nach der Trockenzeit. Das frische Grün lockte die Tiere an, die es gerne fraßen, weil ihr Geschmack unauffällig neutral war. »Bô, du rauchst giftiges Kraut!«

»Aiih! Kao hat dich vergiftet!«, rief Nakeshi empört. »Er hat sich dafür gerächt, dass du ihn lächerlich gemacht hast.«

Jella war überrascht. Sie war immer davon ausgegangen, dass die Buschmänner ein friedliches Leben untereinander führten. Natürlich gab es immer mal wieder wilde Geschichten von Giftanschlägen, die die Buschmänner weißen Farmern gegenüber begangen haben sollten. Doch sie hatte diese Berichte meist für rassistisch aufgebauscht gehalten. In der Regel steckte hinter solchen Geschichten die Absicht, unliebsame Buschmänner durch Schauermärchen loszuwerden. Doch sich untereinander vergiften? Sie sah die beiden Buschmänner fragend an.

»Ich habe Kao erwischt, wie er unsere Fallen geplündert hat«, erzählte Bô. »Fast wäre es zu einem ernsthaften Streit zwischen seiner und unserer Gruppe gekommen, weil Kao es abgestritten hat, aber ich habe ihn durchschaut und meine Fallen Tag und Nacht bewacht, bis ich ihn erwischt habe.«

»Und dann haben wir alle beisammengesessen und darüber beratschlagt, was Kaos Strafe sein soll«, ergänzte Nakeshi. »Weil Bô ihn erwischt hatte, sollte er seinen Tabak bekommen. Kao ist bei seinem Volk bekannt dafür, dass er guten Tabak mischt.«

Sie entriss Jella den Lederbeutel und warf ihn voller Abscheu in die Glut. »Die Welt ändert sich. Gwi bringt das große Gleichgewicht in Unordnung.«

Jella biss sich auf die Unterlippe. Konnte die Verschlimmerung von Bôs Krankheit mit dem Giftkraut in Verbindung stehen? Sie fragte Bô nach den Symptomen seiner Krankheit und fand tatsächlich heraus, dass sich sein Zustand erst so drastisch verschlechtert hatte, seitdem er den Tabak besaß. Verblendet, wie sie gewesen war, hatte sie sein Asthma ausschließlich in Verbindung mit dem kalten Winterwetter gesehen. Das Giftblatt war in allen Pflanzenteilen entsetzlich giftig. Jella rief sich die Symptome in Erinnerung. Die Tiere wurden nach dem Genuss der Pflanze unruhig, erregt, legten sich plötzlich nieder, um gleich darauf wieder aufzustehen, und waren unsicher auf den Beinen. Ihre Atmung wurde schwach und schnell, das Sehvermögen wurde beeinträchtigt, bis sie sich schließlich zuckend in einem Todeskrampf wanden.

»Jetzt wird mir vieles klar!«, rief sie erregt, »Bôs Atemprobleme hängen unmittelbar mit dem Tabak zusammen.« Wie zum Beweis begann der Buschmann tatsächlich zu husten. Allerdings beruhigte er sich schnell, da er nicht mehr als zwei Züge von dem giftigen Kraut geraucht hatte.

»Wie lange rauchst du das Kraut schon?«, wollte sie wissen.

»Erst seit wenigen Monden«, gab Bô zurück. An seiner Miene konnte Jella sehen, dass er enttäuscht war, dass Nakeshi seinen Tabak dem Feuer überlassen hatte. »Hast du noch andere Beschwerden als deinen Husten?«, forschte sie vorsichtig nach. Sie befürchtete, dass das Gift bereits Magen, Darm und Leber angegriffen haben könnte. Bô gab bereitwillig Auskunft. »Meine Ausscheidungen sind in letzter Zeit weich, und es drückt mich hier in der Seite. Wirst du mir auch dafür eine Medizin geben?«

»Natürlich!« Jella versuchte ihrer Stimme etwas Hoffnungsvolles zu verleihen, dabei sorgte sie sich ernsthaft. Bôs gesamte

Gesundheit war durch den Giftanschlag in Mitleidenschaft gezogen. Es war durchaus möglich, dass sein Organismus bereits irreparabel geschädigt war. Im Moment blieb ihr leider nichts anderes übrig, als ihm eine leichte Diät zu verordnen – was sich im Leben der Buschmänner nicht so ganz einfach gestalten ließ – und ihm einen leberstärkenden Kräutersud zu verabreichen.

Als die Sonne schon fast untergegangen war und nur noch als orangefarbener Streif vor dem nachtblauen Himmel stand, suchte Jella nach Nakeshi, die sich schon längere Zeit zurückgezogen hatte. Sie fand ihre Freundin abseits der Buschmanngruppe auf einer kleinen Kuppe kauernd und in die Ferne starrend. Wortlos setzte sie sich neben sie, um zu beobachten, wie sich der Himmel völlig verdunkelte. Es war Neumond, sodass die Nacht bis auf den strahlenden Sternenhimmel besonders dunkel war. Ein Kudubulle brüllte ungehalten in der Nähe, und in den Ästen und Zweigen suchten sich die Tokos lautstark ihren nächtlichen Ruheplatz. Keine von beiden Frauen sagte ein Wort. Schweigend lauschten sie in die Savanne, die mit ihren überraschenden Geräuschen nie zur Ruhe zu kommen schien. Jella dachte an ihre Tochter, die jetzt irgendwo im fernen Berlin weilte und dort trotzig, wie sie es einst selbst gewesen war, ihrem Schicksal die Stirn bot. So gerne Jella sie wieder bei sich in Afrika gehabt hätte, so stolz war sie auf sie. Ricky hatte sich für einen schwierigen Weg entschieden und ließ sich anscheinend selbst durch den schrecklichen Unfall nicht aus der Bahn werfen. Unermüdlich arbeitete sie daran, ihre Verletzung völlig auszukurieren. Aus langjähriger Erfahrung als Ärztin wusste Jella, dass ein komplizierter Knöchelbruch ihre Tochter für immer beeinträchtigen konnte. Sie wünschte ihr von Herzen, dass es für sie glimpflich ablief …

»Du denkst an Ricky«, unterbrach Nakeshi plötzlich das

Schweigen. »Weißt du, ob es ihr am anderen Ende des großen Wassers gut geht?«

Jella ließ nachdenklich etwas Sand durch ihre Finger rieseln. »Nein«, sagte sie entschieden. »Sie möchte aber, dass ich es glaube. In Wahrheit hat sie es nicht leicht – wie Debe.«

»Debe hat uns verraten«, meinte Nakeshi verbittert. »Die Llangwasi werden ihn dafür verfolgen und bestrafen. Und Bô wird sterben, weil wir Debe keine guten Eltern waren. Jeder bekommt, was ihm zusteht.«

Noch nie hatte Jella ihre Freundin so verhärtet erlebt. Es erschreckte sie, und gleichzeitig tat sie ihr leid. Worte konnten ihr in ihrer jetzigen Lage nicht helfen, aber vielleicht die Geisterwelt? Jella kam der Gedanke mit einem Mal gar nicht mehr so abwegig vor. Konnte es nicht eine Art von psychischer Heilung bedeuten, wenn sie Nakeshi zu einer Geistreise ermunterte? Schon einmal, vor vielen Jahren auf ihrer Flucht durch die Namibwüste, hatte sie mit der Buschmannfrau eine Art Trancezustand durchlebt, der ihr im Nachhinein viel Klarheit für ihr eigenes Leben verschafft hatte. Es war einen Versuch wert. Sie nahm Nakeshis kleine, abgearbeitete Hand in die ihre und drückte sie. Wie viel Kraft hatte ihr die Buschmannfrau in ihrem Leben bereits gegeben! Vielleicht hatte sie jetzt die Möglichkeit, etwas davon zurückzugeben? Ohne groß darüber nachzudenken, fing sie an, ihren Oberkörper immer wieder hin und her zu bewegen und eine monotone, wortlose Melodie zu summen. Nakeshi sah sie überrascht an, aber als Jella keinerlei Anstalten machte, damit aufzuhören, verstand die Buschmannfrau und fiel in ihren Gesang ein.

Jella wunderte es nicht mehr, als plötzlich der große Schlangenkopf vor ihrem Gesicht auftauchte und ihre wiegenden Bewegungen im Gleichklang mit ihr durchführte. Sie hatte ihn im Grunde ihres Herzens längst erwartet. »Mein Freund«, sagte sie mit einer Zärtlichkeit, die angesichts ihrer Schlangenphobie kaum erklärbar war. Die längs geschlitzten Augen des Reptils fixierten sie, als wollten sie, dass sie ihnen eine Frage stellte. »Hilf meiner Freundin Nakeshi, die bösen Geister zu vertreiben«, bat sie den Schlangengott. Das mächtige Reptil schien in ihr Inneres zu sehen, bevor es wieder auf den Boden sank, um ihr den Weg zu weisen. Sie folgte ihm, bis sie die Gegend erkannte, in der einst Nakeshis Vater die Tränensteine für Jellas Vater Johannes geholt hatte. »Was soll ich hier tun?«, fragte sie ihren Beschützer. Doch der hatte sich bereits in Luft aufgelöst. Ratlos blickte sie sich um. Überall war karge Wüste. Der Boden war rissig und ausgetrocknet. Nur vereinzelt standen dürre, laublose Bäume wie krumme Finger in der Öde. Sie erinnerte sich, dass sie nach einem Berg suchen musste, der eine ellipsenähnliche Form hatte. Ein einzelner, hell strahlender Stern prangte am Himmel. Da wusste sie, dass sie ihm folgen musste. Nebel zog aus dem Nichts auf und versperrte ihr die Sicht, in der Ferne hörte sie das Rufen verirrter Seelen. Jella hielt unbeirrt an ihrem Weg fest, auch wenn sie den Leitstern nicht mehr sehen konnte. Doch der Nebel und die Ahnengeister narrten sie, und schließlich stand sie wieder genau da, wo sie aufgebrochen war. Die Angst, in diesem leeren Nichts verloren gegangen zu sein, kroch immer höher und drohte sie zu ersticken. Sie rief nach Nakeshi, doch ihre Sternenschwester schien ihr nicht in die Anderswelt gefolgt zu sein. »Ich muss zurück!« Der Wunsch paarte sich mit Panik und wuchs und wuchs über sie hinaus. Auch der Schlangengott ließ sich nicht mehr sehen. Allein und verlassen stand sie da, bis sie einen heißen Wind auf ihrer trockenen Haut spürte. Erst sachte und leicht, dann immer heftiger und stürmischer werdend. Feine Sandkristalle rasten wie Peitschenschläge über ihre Haut und zwangen sie, ihre Augen zu schließen. Schließlich erfasste sie eine Böe und wirbelte sie durch die Luft. Wild mit den Armen rudernd versuchte sie ihr Gleichgewicht zu halten, doch die Windhose spielte mit ihr wie mit einem hilflosen Blatt. So plötzlich, wie der Wind eingesetzt hatte, so plötzlich hörte er auf. Wie ein achtlos hingeworfenes Spielzeug prallte sie auf dem harten Boden auf. Ihre Knochen schmerzten, als wären sie allesamt gebrochen, bis sie den großen Felsen direkt vor ihren Augen sah. »Der Tränensteinberg«, dachte sie erleichtert. »Ich habe ihn gefunden!« Sie fand den Eingang in die Höhle ohne Schwierigkeiten wieder, allerdings gelang es ihr nicht, sie ohne Weiteres zu betreten. Im Innern der Höhle herrschte ein wildes, rohes und gewalttätiges Treiben. Die Llangwasi jagten die Ahnengeister, die einen leblosen Körper zu schützen versuchten. Jella erkannte Bô, der mit vor Angst geweiteten Augen das Schauspiel verfolgte. Gerade hatten die Llangwasi einen seiner Ahnengeister erwischt und zerrissen ihn wie ein Stück Papier in tausend kleine Teile. Mit schrillem Kreischen löste sich der Ahnengeist auf und zerstob in alle Richtungen. Im gleichen Augenblick wurde Bôs Umriss etwas durchscheinender. Jella begriff, dass er sich ohne den Schutz seiner Ahnen bald auflösen würde. Sie wusste nicht ein noch aus. Wie gerne hätte sie dem Treiben ein Ende gesetzt. Doch was konnte sie gegen die fürchterlichen Dämonen schon tun? Dann fielen ihr Nokomas Worte wieder ein: »Du musst stärker sein als sie. Vertraue auf die Kraft des Schlangengottes!« Sie rief ihn nochmals um Hilfe an. Doch die Riesenschlange kam nicht zurück. »Vertraue auf die Kraft des Schlangengottes!« – bedeutete das, dass sie die Kraft in sich trug? Sie spürte, wie eine gewisse Zuversicht zurückkehrte, die, je länger sie sich auf sie besann, auch noch stärker wurde und sich schließlich in laute Wut umwandelte. »Verschwindet, ihr törichten Geister, und lasst Bô in Ruhe!«, donnerte sie mit lauter Stimme. Die wilde Jagd wurde für einen Augenblick unterbrochen. Llangwasi wie Ahnengeister blickten erstaunt auf die wütende Frau, die bislang keiner beachtet hatte. Ermutigt von ihrem kleinen

Erfolg betrat sie die Höhle und begab sich an den Platz, wo der sich in Auflösung befindende Bô lag. Neugierig näherten sich die Llangwasi und umschwirrten Jellas Kopf wie ein wütender Hornissenschwarm. Als sie merkten, dass sie ihr außer Worten nichts entgegenzusetzen hatte, wurden sie mutiger und begannen sie zu attackieren. Sie zogen an ihren Haaren, stachen mit spitzen Krallen auf sie ein und versuchten sie mit sich zu ziehen. Jella schrie erneut, aber dieses Mal aus Angst. Erst im letzten Augenblick fiel ihr das Amulett ein, das sie einst bei ihrer ersten Begegnung mit der Riesenpython gefunden hatte. Sie umklammerte das Stückchen Schlangenholz mit beiden Fingern und spürte plötzlich neue Kraft in ihren Adern. Dieses Mal war sie es, die die Geister in Angst und Schrecken versetzte.

Als Jella wieder zu sich kam, stand die Sonne schon hoch am Himmel. Sie blinzelte verwirrt durch das Blättergewirr über ihr und versuchte sich zu erinnern. Ihr war entsetzlich übel, und ihr Mund war staubtrocken. Ihr Körper war so erschöpft, als hätte sie drei Tage nicht geschlafen. Nakeshis kleine, raue Hand strich sanft über ihre Wangen, als sie ihr aus dem Straußenei etwas Wasser einflößte.

»Was ist geschehen?« Jella war verwirrt. Nur langsam kehrte die Erinnerung zurück. Das Letzte, an das sie sich erinnerte, war, dass sie, um Nakeshi zu trösten, versucht hatte, sie in die Anderswelt zu begleiten.

»Ist dir deine Geistreise geglückt?«, fragte sie mit krächzender Stimme. Sie war immer noch ganz benommen. Nakeshi beantwortete ihre Frage mit einem erstaunten Blick. »*Du* warst in der Anderswelt, nicht ich! Ich habe nur auf dich geachtet. Einmal dachte ich, dass ich dich verloren habe, aber dann spürte ich deine Kraft. Du bist sehr stark, Sternenschwester!«

Jella richtete sich mühsam auf. Ihre gequetschten Rippen bereiteten ihr immer noch Probleme. »Ich muss zurück nach *Owi-*

tambe«, meinte sie. »Im Lazarett werden sie schon lange auf mich warten.«

Bevor sie abfuhr, sah sie nochmals nach Bô und schärfte ihm ein, mehrere Male am Tag zu inhalieren. Sein Fieber war weiter gesunken, und sie hatte den Eindruck, dass etwas Farbe in seine graue, fahle Haut zurückgekehrt war. Nakeshi begleitete sie zu ihrem Bakkie. Das Gesicht der Buschmannfrau war gramzerfurcht. »Weiß Bô schon von dem Amulett?«, wollte Jella wissen. Nakeshi verneinte. »Ich werde ihm nichts sagen«, meinte sie mit trauriger Stimme. »Er ist viel zu schwach. Wenn er erfährt, dass sein Sohn uns verraten hat, wird sein Herz brechen. Es ist besser, wenn er nichts erfährt.« Jella verstand ihre Freundin nur zu gut. Außerdem rührte es sie, mit welcher Umsicht sie immer zuerst an die anderen dachte. »Du musst auch auf dich gut Acht geben«, ermahnte sie ihre Sternenschwester. »Debe ist vielleicht einen falschen Weg gegangen, aber ich bin sicher, dass er es längst bereut. Du kennst Nachtmahr. Er ist ein rücksichtsloser Mann, der Menschen manipulieren und erpressen kann. Aber Fritz ist ihm auf die Schliche gekommen. Bald wird er niemandem mehr Leid antun.«

*

Lieutenant Colonel Elliot Pitman bat Fritz in sein Büro. An der Decke seines Amtszimmers drehte sich mit leisen Summtönen ein elektrischer Propeller. Die Wände waren bis auf halbe Höhe mit dunklen Holzpaneelen verkleidet und erinnerten eher an ein englisches Clubzimmer als an eine Amtsstube. Vor dem Fenster stand ein schwerer Mahagonischreibtisch, der bis auf eine Fotografie von seiner Frau und seiner Tochter leer war. Neben dem Schreibtisch befanden sich eine Anrichte mit Gläsern und einer Karaffe Whisky sowie zwei bequeme Ledersessel. Pitman verwies Fritz jedoch auf den unbequemen Stuhl vor seinem Schreibtisch und setzte sich in steifer Haltung dahinter. Er machte keinen Hehl daraus, dass er nicht viel Zeit für ihn aufzubringen gedachte. Offensichtlich hielt er ihn für einen deutschen Farmer, der ihn mit irgendeiner Lappalie zu belästigen gedachte. Fritz stellte sich vor. Beim Nennen seines Namens entspannten sich Pitmans Gesichtszüge ein wenig und wurden etwas freundlicher. Wie viele aus England stammende Südafrikaner mit militärischem Rang hegte er aufgrund des Weltkriegs keine großen Sympathien für die Deutschen. Er hatte seinerzeit an der Besetzung Südwestafrikas teilgenommen und war während eines Gefechts schwer verwundet worden. Die Erlebnisse aus dieser Zeit gehörten zu den bittersten in seinem Leben. Zum Ende des Jahres sollte seine Dienstzeit enden, und er freute sich darauf, endlich auf das Weingut seiner Familie nach Südafrika zurückkehren zu können.

Die aus Südafrika eingewanderten Buren engagierten sich in Südwestafrika vorwiegend politisch, doch blieb die Militär- und Polizeigewalt zum größten Teil in den Händen der Engländer. Kaum einer der hier stationierten Militärs liebte seinen Dienst in diesem in ihren Augen öden Land. Und daraus machten sie auch keinen Hehl. Wenn es nach Menschen wie Pitman gegangen wäre, dann hätte die südafrikanische Armee Südwestafrika schon längst verlassen. Das ganze Land war pleite, und er hielt es für reine Geldverschwendung, dass Südafrika, um die Wirtschaft in Gang zu halten, beinahe drei Millionen Pfund Sterling als Anleihen nach Südwestafrika gepumpt hatte. Wie sehr er dieses karge Land mit seinen ausgedehnten Wüsten und trockenen Savannen im Grunde genommen verachtete!

»Wie kann ich Ihnen helfen?«, fragte er schließlich, nachdem sie ein paar Höflichkeiten ausgetauscht hatten. Fritz spürte von Anfang an, dass es nicht leicht werden würde. Immerhin war er froh, endlich zur Sache kommen zu können. Geduldig erklärte er dem Polizeichef, dass er maßgeblich am Aufbau und an der Instandhaltung der Nationalparks teilhatte. »Leider ist die Wilderei in diesen Schutzgebieten immer noch unser größtes Problem«, meinte er und brachte sein Anliegen endlich auf den Punkt. »Bislang waren unsere Erfolge eher bescheiden. Wir haben allenfalls ein paar bezahlte Handlanger dingfest machen können; an die Hintermänner sind wir nicht herangekommen. Doch jetzt scheint uns ein Durchbruch gelungen zu sein.« Pitman hörte Fritz aufmerksam zu. Auch er war ein begeisterter Großwildjäger; allerdings war er umsichtig genug, um einzusehen, dass die Überjagung in den letzten Jahren und Jahrzehnten zu einem massiven Rückgang des Wildbestandes geführt hatte. Der Sinn eines Nationalparks, wo die Wildtiere unbehelligt leben und sich wieder vermehren konnten, schien ihm durchaus plausibel. Das Jagen in den Parks war in jedem Fall eine Straftat, und er musste der Sache wohl oder übel nachgehen. Er nahm zum Ende ihrer Unterhaltung die kopierten Reifenabdrücke entgegen und versicherte Fritz, sich mit dem Fall zu beschäftigen.

»Wenn sich alles bestätigt, was Sie mir hier überaus einleuchtend dargelegt haben, dann werden wir diesem deutschen Baron schon bald das Handwerk legen.«

Fritz verabschiedete sich zufrieden. Das war doch besser gegangen, als er zu hoffen gewagt hatte. Pitman versprach, ihn noch im Laufe der Woche über die Ermittlungen zu informieren.

*

Fritz entschied sich, noch ein wenig in Windhuk zu bleiben. Er wollte sich unbedingt selbst davon überzeugen, dass man Nachtmahr endlich das Handwerk legte. Die Zeit konnte er gut nutzen, um Raffael und seine Familie zu besuchen. Jella hätte es ihm nie verziehen, wenn er nicht nach ihnen gesehen hätte. Gut gelaunt stieg er den Berg zu dessen Haus hoch. Raffael empfing seinen Schwager mit offenen Armen, und auch Sonja und Benjamin begrüßten ihn überschwänglich. Fritz staunte, wie groß die Zwillinge geworden waren, und überreichte ihnen zwei Hereropüppchen, die er auf dem Markt für sie erstanden hatte. Für Benjamin hatte er einen kleinen Werkzeugkasten dabei mit Hammer, Zange, Säge und Nägeln, den Samuel für ihn gezimmert hatte. Der Junge war völlig aus dem Häuschen und verschwand umgehend in der Old Location, um seinen Freunden die neue Errungenschaft zu zeigen. Unterdessen machten es sich die Erwachsenen auf der Veranda bequem. Sonja hatte frischen Nusskuchen gebacken, dessen Duft ihnen verführerisch in die Nase stieg. Während sie davon kosteten, erzählte Fritz von den vielversprechenden Ermittlungen. Er genierte sich ein wenig, sich so offen über seinen Erfolg zu freuen. Immerhin war Sonja Nachtmahrs Tochter. Aber sie reagierte erstaunlich ungerührt. »Dieser Mensch hat meine Mutter, meinen Bruder und mich sein ganzes Leben lang gequält«, meinte sie ohne jegliches Bedauern. »Ich finde es nur gerecht, wenn er endlich einmal für etwas zur Rechenschaft gezogen wird.« Sie legte Fritz mitfühlend die Hand auf die Schulter. »Ich weiß auch, was er dir angetan hat.«

Raffael wechselte schließlich das Thema und begann von Traugott Kiesewetters jüngstem Besuch zu erzählen. Er hatte unterdessen schon einige Erkundigungen eingezogen und feststellen müssen, dass es in den Unterlagen des Katasteramtes doch einen Vermerk gab, in dem Baltkorns Vater das Ovamboland damals von Gouverneur Leutwein vermacht worden war.

»Das Merkwürdige daran ist nur«, fuhr er fort, »dass ich mir ziemlich sicher bin, dass ich diesen Vermerk vor zwei Jahren noch nicht bemerkt habe. Ruus Kappler war ebenfalls an dem Land interessiert, konnte es aber nicht kaufen, da es den Ovambos gehört. Ich verstehe das nicht.«

»Könnte jemand den Vermerk erst später hinzugefügt haben?«, überlegte Fritz. Raffael wiegte abwägend den Kopf. »Das ist erst einmal unwahrscheinlich. Die Unterlagen werden in einem Tresor aufbewahrt. Man kann sie nur mit einer Sondergenehmigung einsehen. Und Zugang zu den Akten haben ohnehin nur die Katasterbeamten.«

»Beamte kann man bestechen«, wandte Sonja ein.

»Daran habe ich auch schon gedacht«, bestätigte Raffael ihren Verdacht. »Anders lässt es sich nicht erklären. Aber wie soll ich das beweisen? Ich habe zwar Nils gebeten, ein Auge auf den betreffenden Beamten im Katasteramt zu werfen, aber bislang scheint er völlig unauffällig zu sein. Vielleicht muss ich doch nach einem anderen Ansatz suchen.«

»Was willst du tun?«

Raffael zuckte mit den Schultern. »Erst einmal werden Sonja und ich endlich heiraten.« Er lächelte seiner Frau liebevoll zu. »Und dann werde ich nach Tsumeb reisen, um mir die Lage mal vor Ort anzusehen. Angeblich treibt dort ein südafrikanischer Sangoma sein Unwesen und schüchtert die Ovambos ein. Mich würde nicht wundern, wenn es derselbe ist, der auch Saburi so geängstigt hat.«

»Ein Sangoma?« Fritz war überrascht. »Jella wird das sicherlich interessieren. Vielleicht hat sie ja einen Vorschlag, wie man ihm beikommen kann. Sie befasst sich seit einiger Zeit mit dem ganzen Zauber- und Heilkunstkram der Afrikaner. Manchmal glaube ich, sie hat tatsächlich vor, selbst eine von ihnen zu werden.«

»Dann sollte ich auf jeden Fall mit ihr sprechen«, meinte Raffael aufgeräumt. »Ich hatte ohnehin vor, Sonja und die Kinder nach *Owitambe* zu bringen, wenn ich nach Tsumeb reise.«

*

Zwei Tage später sprach Fritz erneut beim Polizeichef vor, um sich nach dem Stand der Ermittlungen zu erkundigen. Elliot Pitman hatte, obwohl sein erster Eindruck ein anderer gewesen war, gegen Ende ihrer Unterhaltung einen sehr entschlossenen Eindruck auf ihn gemacht, und er war guter Dinge, dass Nachtmahr bereits hinter Gittern saß. Im Vorzimmer bedeutete man ihm, sich noch ein wenig zu gedulden, da der Lieutenant Colonel noch Besuch habe. Fritz setzte sich geduldig auf einen der Stühle und betrachtete die Fotografie an der Wand. Sie zeigte den südafrikanischen Premierminister James Barry Munnick-Hertzog, wie er dem südwestafrikanischen Administrator Werth die Hand schüttelte. Die Art, wie die beiden Männer einander gegenüberstanden, machte unmissverständlich klar, dass Hertzog der überlegene Staatsmann war und Werth nur ein Verwalter unter Südafrikas Gnaden. Aufgrund des Balfour-Berichts war Südafrika kürzlich von England durch seinen Status als selbst regiertes Herrschaftsgebiet im britischen Commonwealth faktisch in die Unabhängigkeit entlassen worden. Damit konnte das Land eigene diplomatische Beziehungen knüpfen und sich ohne Einmischung von außen frei verwalten. Als Bure wusste Fritz um die Reibereien, die es innerhalb des Landes gab. Die gegenseitige Abneigung zwischen Buren und Engländern war seit den Burenkriegen nur noch mehr gewachsen. Einig waren sich die beiden Parteien nur darin, dass sie der dunkelhäutigen Bevölkerung überlegen waren. Allerdings war die Art und Weise, wie sich die Buren gegen die Schwarzen abgrenzten, in vielerlei Hinsicht radikaler. Fritz schämte sich für diese Einstellung vieler seiner Landsleute.

Die Tür zu Pitmans Amtszimmer öffnete sich endlich. Zu seiner Überraschung trat der Anwalt Dr. Schmiedel heraus und verabschiedete sich sichtlich zufrieden von dem Polizeichef. Ihm selbst widmete er nicht viel mehr als ein knappes Kopfnicken. Fritz betrat das Büro und bekam dieses Mal einen der bequemen Ledersessel sowie einen Whisky angeboten, den er jedoch höflich ablehnte. Er hielt Pitmans Freundlichkeit für ein gutes Zeichen.

»Konnten Sie Baron von Nachtmahr schon aufspüren?«, begann er neugierig das Gespräch. Pitman nippte etwas zu lange an seinem Whisky. »Nun …«, begann er zögernd. »Wir wissen allerdings, wo Baron von Nachtmahr sich aufhält und haben ihn auch bereits hier im Polizeipräsidium befragt.«

»Er wird sicherlich alles abgeleugnet haben?«, vermutete Fritz gespannt. Pitman nickte und begegnete nun direkt Fritz' Blick. »Wir haben ihn aufgrund der offenkundig klaren Beweislage auch in Haft genommen.«

Entspannt lehnte sich Fritz zurück. Doch Pitman war noch nicht am Ende. »Allerdings hat der Untersuchungsrichter die Sachlage zwischenzeitlich anders beurteilt.«

»Was soll das heißen? Die Reifenabdrücke stimmen eindeutig überein.«

»Das mag wohl sein«, stimmte ihm Pitman zu. Es war ihm sichtlich unangenehm, weiterzureden. »Allerdings steht Ihr Wort gegen das von Baron von Nachtmahr.«

»Das ist doch lächerlich«, fuhr Fritz auf. »Meine Frau war beide Male dabei, als ich die Abdrücke nahm. Sie wird meine Aussage bestätigen.«

»Das glaube ich Ihnen gerne!« Pitman hob bedauernd die Hände. »Leider ist die Aussage Ihrer Frau vor Gericht rein gar nichts wert. Sie stehen in einem zu engen Verhältnis zueinander. Gerade eben war Dr. Schmiedel bei mir, um die sofortige Haftentlassung von Baron von Nachtmahr zu verlangen. Ich konnte sie ihm nicht verwehren.«

Fritz fühlte, wie ihm das Blut aus dem Gesicht wich.

»Das heißt also, dass dieser Gauner ohne Strafe davonkommt?«, fragte er mit tonloser Stimme.

»Ich fürchte, ja. Falls Sie nicht handfestere Beweise liefern können.«

Erkenntnisse

»Du verdammter, mieser Kaffer!« Nachtmahr packte den schmächtigen Buschmann und entriss ihm die halb leere Flasche. Er schleuderte sie auf den steinigen Boden, wo sie in tausend Scherben zerbrach. »Hast du es immer noch nicht kapiert?« Um seiner Rede Nachdruck zu verleihen, schlug er ihm mehrere Male mit der flachen Hand ins Gesicht. »Du bekommst erst wieder was zu trinken, wenn du mir den Löwen gebracht hast.«

Debes Reaktion war durch den Alkohol so beeinträchtigt, dass er auch nicht annähernd in der Lage war, sich gegen die Schläge zu schützen. Stattdessen wimmerte er um Gnade, was Nachtmahr noch zorniger werden ließ.

»Hör mir gut zu, du widerliche Kreatur«, zischte er aufgebracht, »ich sag es nicht noch einmal. Wenn du mir morgen keine Löwen bringst, dann jage ich dich endgültig davon.«

»Hier gibt es keine Löwen mehr«, heulte Debe wie ein kleines Kind. »Sie sind alle tot.«

»Dann musst du die Löwen eben im Nationalpark aufspüren.«

»Bitte, Herr, bitte!« Debe streckte ihm flehend die Hände entgegen. »Bitte gib mir eine neue Flasche Schnaps. Ich bin krank, wenn ich nichts trinke.«

»Du bekommst keinen Tropfen mehr von dem Zeug!« Nachtmahr spuckte verächtlich vor ihm aus. »Erst bringst du mir einen männlichen Löwen. Ich brauche die Trophäe. Meine Geduld ist allmählich zu Ende.«

»Hier gibt es keine Löwen mehr«, wiederholte Debe verzweifelt. »Wir müssen weiter nach Norden.«

»Dazu ist jetzt keine Zeit mehr. Der Nationalpark ist nicht weit. Versuch es dort«, forderte Nachtmahr ohne Erbarmen.

Debe schüttelte entsetzt den Kopf. »Überall sind Patrouillen. Es ist viel zu gefährlich.«

»Dann sieh zu, wie du ihnen aus dem Weg gehst. Hier hast du jedenfalls nichts mehr verloren.« Er versetzte dem Buschmann einen kräftigen Stoß in den Bauch, sodass er wie ein Taschenmesser zusammenklappte und stöhnend zu Boden fiel. Ohne ihn eines weiteren Blicks zu würdigen, begab er sich zu den anderen Männern im Lager. Debe blieb im Staub liegen und heulte vor Selbstmitleid. Warum quälten ihn die Männer nur so? Tat er nicht alles, was sie von ihm wollten, obwohl er sich dafür hasste? Wegen dieser Männer hatte er sein Volk verraten und den Unmut der Llangwasi auf sich gezogen. Sie hatten ihn in ihren Fängen und quälten ihn mit seiner Sucht nach diesem Gift, von dem er nicht lassen konnte. Wenn er nicht trank, dann konnte er ihre Schatten überhaupt nicht mehr ertragen. Sie durchdrangen seinen Schlaf und quälten ihn mit den Bildern der vielen Tiere, die er ohne Not in den Tod geführt hatte. Schon zweimal war er davongelaufen, weil er die Rohheit dieser Männer nicht mehr ertragen hatte. Er wollte nicht mehr Teil von ihnen sein, lieber einsam in der Savanne umherstreifen. Doch er hielt es nicht durch. Schon nach wenigen Stunden hatte ihn die Sucht wieder so sehr im Griff, dass er wieder zurückgekehrt war. Die Geister des Alkohols hatten ihn zu fest in ihrer Gewalt. Er konnte ohne den Schnaps nicht mehr sein. Nur wenn er trank, konnte er die Abscheu, die er sich selbst gegenüber empfand, ertragen. Es war sein Schicksal. Mühsam rappelte er sich auf. Sein Magen krampfte sich schmerzhaft zusammen, weil er außer Alkohol kaum noch etwas anderes zu sich nahm. Dann holte er das Gewehr, das Nachtmahr ihm überlassen hatte, und lief in Richtung der Grenze zum Nationalpark. Was blieb ihm schon anderes übrig!

Nachtmahr sah, wie der Buschmann verschwand, und nickte zufrieden. »Diesen Buschkaffern muss man hart kommen«, meinte er zu Hendrik, der gemeinsam mit ihm Kaffee trank. Er war unter den Orlams sein engster Vertrauter. »Sie leben allenfalls auf dem Entwicklungsstand von Primaten und verstehen nur die Sprache der Züchtigung.«

»... und die Sprache des Alkohols«, ergänzte der Orlam grinsend. »Für eine Flasche Schnaps bringt der sogar seine Eltern um.«

Nachtmahr winkte verächtlich ab. »Hauptsache, er bringt mir den verdammten Löwen. Ich brauche die Trophäe, um die Klunker darin zu verstecken. Baltkorn hat eine neue Lieferung angekündigt. Es wird die letzte sein.«

Nachtmahr starrte auf die dunkle Oberfläche seines Getränks, bevor er fortfuhr. Das Gesöff war es kaum wert, Kaffee genannt zu werden. »Es wird immer gefährlicher, die Steine aus der Sperrzone zu bekommen. Selbst im Hafen werden verstärkt Kontrollen gemacht.«

»Meinen Männern wird die Sache langsam auch zu brenzlig. Um ein Haar wären wir alle im Gefängnis gelandet«, bestätigte Hendrik.

»Und das alles nur wegen dieses verdammten van Houten!« Nachtmahr schüttelte sich. »Wenn Baltkorn nicht so viel Einfluss gehabt hätte, dann hätten sie mich tatsächlich drangekriegt.«

»Petrus ist beim letzten Mal ebenfalls beinahe aufgeflogen«, fügte Hendrik hinzu. »Es war schwer, ihn dazu zu bringen, diese letzte Tour zu machen. Eigentlich schade, denn wir haben alle gut daran verdient.«

»Ja, ja, ich weiß!« Es war ein Thema, das Nachtmahr überhaupt nicht behagte. Wenn Baltkorn mit dem Diamantenschmuggel aufhörte, dann würde auch seine Haupteinnahmequelle versiegen. Mit der Großwildjägerei allein konnte man kaum noch Geschäfte machen. Im Lauf der Zeit hatte er zwar einen Teil seiner Schulden zurückzahlen können, doch es reichte längst noch nicht, um ein Auskommen für sein Alter zu haben. Er träumte von einer neuen Farm und etwas Ruhe. Auch wenn er es sich nur ungern eingestand: Er wurde alt. Andere Männer in seinem Alter saßen längst im Kreise ihrer Familie und ließen es sich gut gehen. Voller Bitterkeit dachte er an seine Tochter Sonja und deren Familie. Über Baltkorn hatte er gehört, dass er bereits drei Enkel hatte. Keinen von ihnen hatte er je zu Gesicht bekommen. Diese Bastarde! Dennoch konnte er nichts dagegen tun, dass sie ihm immer wieder durch seine Gedanken jagten. Manchmal fragte er sich sogar, ob nicht die Möglichkeit bestand, dass einer von ihnen ihm ähnlich war. Ärgerlich schüttelte er den Kopf: Schluss mit den Sentimentalitäten.

»Was werden wir anschließend tun, Baas?«, hakte Hendrik nach. Nachtmahr zuckte mit den Schultern. »Das wird sich noch herausstellen.« Baltkorn hatte ihm auf sein Drängen hin fünfundzwanzig Prozent an seiner neuen Mine bei Tsumeb übertragen. Sie hatten gerade mit der Förderung begonnen. So, wie es aussah, konnte es ein ertragreiches Geschäft werden. »Vielleicht werden wir nach Tsumeb gehen«, meinte er schließlich. »Baltkorn und ich besitzen dort eine Mine. Allerdings machen die Arbeiter dort immer wieder Schwierigkeiten. Kann gut sein, dass wir sie etwas unter Druck setzen müssen. Baltkorn hat dafür nicht die nötige Durchsetzungskraft. Er verschwendet seine ganze Energie darauf, Ratsmitglied zu werden. Wohl oder übel werde ich mich darum kümmern müssen. Wer von euch will, kann sich mir anschließen.«

Hendrik nickte zufrieden. »Hört sich gut an. Ich werde mit den Männern reden.«

»Ist in Windhuk alles vorbereitet?«, vergewisserte sich Nachtmahr.

»Unser Kontaktmann weiß, dass wir nächste Woche anliefern«, bestätigte der Orlam. »Wir lassen die Ware wie immer über Nacht in dem Depot. Erst wenn wir weg sind, wird Petrus die Steine in den Trophäen verstecken.«

»Das ist gut! Wir tauchen dann erst wieder am nächsten Morgen auf und organisieren wie gewohnt den Abtransport in die Walfischbay. Selbst wenn wir beobachtet werden sollten, wird niemand Verdacht schöpfen.«

»Was ist, wenn der Buschmann wirklich keinen Löwen findet?«, gab Hendrik noch zu bedenken. »Meine Männer brauchen eine gewisse Zeit, um den Kopf zu präparieren.«

»Darüber habe ich mir auch schon Gedanken gemacht«, brummte Nachtmahr unwillig. »Wir werden die Steine dann eben in den Stoßzähnen der Elefanten verbergen müssen.«

»Das ist aber gefährlich!« Hendrik gefiel der Vorschlag nicht. »Elfenbein wird von den Zollleuten immer am genausten untersucht.«

»Nun mach dir mal nicht ins Hemd«, knurrte Nachtmahr. »Ich bin sicher, dass unser Buschmann alles tun wird, um uns den Löwen zu beschaffen.

*

Debe hatte fürchterliche Kopfschmerzen, und in seinem Magen grummelte es, als wären Termiten darin. Immer wieder musste er anhalten, um das Zittern seiner Glieder in den Griff zu bekommen. Wenn er doch nur einen winzigen Schluck Schnaps gehabt hätte, um es zu bezwingen! Unter normalen Umständen war er ein geschickter Jäger, der sich fast unsichtbar durch die Savanne bewegen konnte, doch durch den Entzug war er unkonzentriert. Er torkelte mehr, als er lief. Zum Glück fand er in seinem Beutel noch einen Rest von der Hoodia-Pflanze. Er nahm sie heraus und begann darauf herumzukauen. Die Säfte der Blätter besänftigten sofort seinen Magen, und das Zittern legte sich zumindest teilweise. Vor wenigen Stunden hatte er die Grenze zum Nationalpark überschritten. Noch war es ziemlich einfach, sich unbemerkt fortzubewegen, denn die Landschaft war von genügend Bäumen und kleinen Felshügeln durchzogen. Doch allmählich löste sich die Landschaft in eine große, weiß grünliche Salzebene auf, die sich scheinbar endlos bis hin zum Horizont zog. Auf den ersten Blick sah die Salzwüste lebensfeindlich aus. Die Buschmänner nannten sie »großer weißer Platz des trockenen Wassers«. Doch obwohl die Landschaft so karg wirkte, barg sie doch eine Vielzahl an Tieren und Vögeln. Anders als in der Savanne war es hier ein Leichtes, die Tiere aufzustöbern, denn man musste nur die Wasserlöcher kennen, zu denen sie regelmäßig in großer Zahl zum Trinken kamen. Debe suchte den weiten Horizont nach Automobilen ab, bevor er die Ebene betrat. Er wusste, dass hier regelmäßig bewaffnete Patrouillen kontrollierten. Sie hielten nach Wilderern, aber auch nach Buschmännern Ausschau. Das Gebiet rund um die Salzpfanne war bis vor kurzer Zeit noch die Heimat der Hai//Om-Buschmänner gewesen. Doch man hatte sie vertrieben und ihnen ein Homeland östlich des Naturschutzparks angewiesen. Dort gab es allerdings nicht ausreichend Wild für sie, deshalb kehrten sie immer wieder in den wildreichen Etoscha zurück. Es war immer ihre Heimat gewesen, und sie verstanden nicht, weshalb sie nun nicht mehr hier jagen sollten. Um es ihnen einzubläuen, sperrte man aufgegriffene Wilderer wie Erdferkel in dunkle Löcher ein. Die Vorstellung war für Debe genauso unerträglich wie seine Schuldgefühle. Der Himmel über ihm war milchig grau und verschwamm mit dem rissigen Boden der Etoscha. Der Dunst begünstigte

Debes Vorwärtskommen, solange er sich in gebückter Haltung vorwärtsbewegte. Aus der Entfernung war er so nur als kleiner schwarzer Punkt wahrnehmbar, der wie eine einzelne, versprengte Antilope aussah. Doch Debe war mit seinen Kräften am Ende. Seine Gedanken drehten sich um nichts anderes als um die Flasche Schnaps, die er als Belohnung für den Löwen erhalten sollte. Immer wieder musste er anhalten, um das Zittern in den Griff zu bekommen. Jetzt im Winter zogen die Tiere südlich der zersprungenen Salzpfanne zu den Wasserstellen um die Halali Plains. An deren westlichem Ende gab es einen grasbewachsenen Einschnitt in die Salzpfanne, in dem die bevorzugte Wasserstelle der Löwen lag. »Ich werde dem Baas den Löwen nur für zwei Schnapsflaschen überlassen«, fantasierte Debe trotzig, als er den Ort erreichte. Rund um die Wasserstelle befand sich ein lichter Mopanewald, der von einzelnen Drusen- und Schirmakazien durchsetzt war. Dazwischen lag ein Dickicht aus Gabbabos, die den Raubkatzen eine sichere Zuflucht boten. Auch wenn der Buschmann schwach war, so funktionierten seine Instinkte doch noch hervorragend. Er hielt die Nase in den Wind und erschnupperte tatsächlich bald den strengen Uringeruch von Raubkatzen. Vorsichtig zog er sich in ein Dickicht zurück und schlich sich gegen den Wind an. Keine zwanzig Meter von ihm entfernt sah er ein Rudel Löwen im Gebüsch die heiße Tageszeit abwarten. Die Löwinnen hielten sich mit ihren halbwüchsigen Jungen etwas abseits. Ein paar männliche Junglöwen duldeten sie in ihrer Nähe. Debe hielt nach dem dominanten Leittier Ausschau. Die Junglöwen kamen als Beute nicht in Frage. Sie besaßen noch nicht einmal eine richtige Mähne. Damit würde sich der Baas nie zufriedengeben. Also umkreiste er das Rudel weiträumig, bis er schließlich einen prächtigen Löwen mit einer dunklen, langen Mähne erblickte. Auch der döste auf einem erhöhten Stein liegend vor sich hin. Es war ein Prachttier, das bestimmt so viel wog wie vier erwachsene Männer. »Dafür wird der Baas mir eine Handvoll Schnapsflaschen geben müssen«, dachte der Buschmann sehnsüchtig. So wie der Löwe lag, konnte er sich leider nicht auf Schussweite anschleichen. Deshalb war er gezwungen zu warten. Notgedrungen sah er sich nach einem sicheren Plätzchen um, wo er ihm auflauern konnte. Bis zur Dämmerung würden noch einige Stunden vergehen. Erst dann würde die Katze aktiv werden.

Das Brüllen des Leitlöwen schreckte ihn auf. Er war eingeschlafen und immer noch benommen. Sein Kopf schmerzte, und sein Bauch fühlte sich an, als hätte jemand Luft hineingepumpt. Das Verlangen nach Alkohol war in diesem Moment so übermächtig, dass er kaum fähig war, sich zu konzentrieren. Dann fiel ihm wieder seine Aufgabe ein. Er griff nach dem Gewehr und überprüfte die Munition. Mittlerweile war er ein guter Schütze und handhabte das Gewehr so gut wie die weißen Männer. Seit er eine Schusswaffe besaß, hatte Debe Pfeil und Bogen sowie den Speer beiseitegelegt. Auch die traditionelle Buschmannskleidung hatte er gegen Hose und Pullover getauscht, was ihn wie eine Vogelscheuche aussehen ließ. Indem er in die Rolle eines Weißen schlüpfte, hoffte er, sein früheres Leben vergessen zu können. Schwerfällig kroch er aus seinem Versteck und hielt nach dem Löwen Ausschau. Das kräftige Tier bewegte sich gemächlichen Schrittes auf die Wasserstelle zu. Dabei kam es ganz in seiner Nähe vorbei. Um auf den Löwen zielen zu können, musste Debe nur ein wenig aus seiner Deckung heraustreten. Der Wind stand ihm günstig. Noch einmal hob sich der Kopf des Löwen, und er stieß einen markerschütternden Schrei aus. Nun regten sich auch die Löwinnen und traten aus dem Gebüsch. Sie warteten in sicherem Abstand und ließen das Leittier zuerst trinken. Doch der ließ sich Zeit.

»Was für ein schöner Löwe«, schoss es Debe durch den Kopf. Der Buschmann in ihm bewunderte das kraftvolle Tier mit seinen majestätischen Bewegungen. »Er ist ein von Kauha Begünstigter.« Unwillig schüttelte er den Gedanken ab und versuchte sich wieder zu konzentrieren. Er musste den Löwen töten und dem Baas seinen Kopf zu bringen. Langsam, um das Tier nicht aufzuscheuchen, trat er aus der Deckung. Er brachte das Gewehr in Schussposition und entsicherte es. Sein gekrümmter Finger lag bereits am Abzug, als seine Hände unkontrolliert zu zittern begannen. Dadurch wurde er gezwungen, die Schusswaffe wieder zu senken. In diesem Augenblick sah der Löwe zu ihm herüber. Seine gelben Augen musterten ihn, als wollte er abschätzen, ob der Buschmann eine Gefahr für ihn darstellte. Offensichtlich entschied er sich dagegen. Debe hob nochmals das Gewehr. Er rechnete damit, dass die Raubkatze die Gefahr erkannte und davontrottete. Dann würde er endlich schießen können. Doch das mächtige Tier blieb weiterhin stehen und fixierte ihn mit seinem aufmerksamen Blick. Der Buschmann starrte zurück und sah sich plötzlich in den Augen des Löwen gefangen. Dessen gelbe Augen bannten ihn und ließen ihn reglos verharren. Wie Fetzen, ohne es beeinflussen zu können, begannen plötzlich Bilder vor seinen Augen zu tanzen.

Er sah seine Mutter, wie sie mit den anderen Frauen lachte. – Sein Vater brachte einen Ducker nach Hause. – Die alten Männer drehten Sisalschnüre unter dem Mankettibaum, während die alten Frauen den Mädchen zeigten, wie man Perlenschmuck aus Straußeneiern anfertigt. – Er sah seine Sippe tanzen und feiern und hörte zu, wie sie sich die alten Geschichten erzählten.

Genauso schnell, wie die Vision über ihn gekommen war, so schnell war sie wieder verschwunden. Zurück blieb eine schmerzvolle Leere, die Debe innerlich auseinanderzureißen drohte. Willenlos ließ er das Gewehr zu Boden fallen. Mit Tränen in den Augen sah der junge Buschmann, wie der Löwe sich ohne Hast abwandte und zwischen den Büschen verschwand. Am liebsten hätte er ihm zugerufen, er möge noch ein wenig bleiben, doch seine Stimme versagte. Er fühlte sich so allein. Wie sich bei Regen ein Trockenfluss plötzlich mit ungebremster Wucht in einen reißenden Strom verwandelt, so wurde Debe von seinen Gefühlen überflutet. Er konnte nichts dagegen tun, sondern musste sie ungeschützt ertragen. Weinend sank er in die Knie und barg den Kopf in seinen Händen. Die Sehnsucht nach seinem früheren Leben zerriss ihn. Gleichzeitig erkannte er, dass es kein Zurück mehr gab. Bis an sein Lebensende würde er ein Ausgestoßener und Verfluchter bleiben …

Es war längst dunkel geworden, als Debe sein Gewehr nahm und sich aufrappelte. Alles in ihm war leer. Er fühlte sich wie ein Toter, der seine Seele in der Anderswelt verloren hatte. Sein Leben war verwirkt, und er wünschte, es würde bald enden. Doch die Zeit, die ihm bis dahin blieb, wollte er nicht länger bei dem tieremordenden Baas verbringen. Er würde weggehen, weg von dem Baas und weg von seinen eigenen Leuten. Mit einer gewissen Entschlossenheit, die nur aus dem Gefühl der Verzweiflung geboren war, machte er sich in Richtung Westen auf. Viele Stunden kämpfte er sich entlang der salzigen Etoschapfanne, über ihm nur der Mond und die Sterne, die ihm den Weg wiesen. Als er sich vor Müdigkeit nicht mehr aufrecht halten konnte, sank er einfach zu Boden und schlief ein. Frostige Kälte ließ ihn nach wenigen Stunden wieder erwachen. Mit steifen Gliedern setzte er seinen Marsch fort. Mit der Leere, die er verspürte, war auch sein Hunger- und Durstgefühl weitgehend verschwunden. Selbst der Gedanke an Alkohol war für eine gewisse Zeit in den Hintergrund gerückt. Debe machte sich über nichts mehr Gedanken. Genauso wenig versuchte er, sich zu verstecken. Als ihn kurz nach dem Morgengrauen eine Patrouille von Wildschützern aufgriff, ließ er sich ohne Gegenwehr festnehmen.

*

Fritz war über Nachtmahrs Freilassung so aufgebracht, dass er wie ein Tiger im Käfig auf Raffaels Veranda auf und ab schritt. »Ich möchte bloß wissen, wer da wieder dahintersteckt«, polterte er los. »Das stinkt nach Korruption und Vetternwirtschaft. Erst waren meine Beweise Pitman gut genug gewesen, und dann wurden sie mit einem Federstrich für null und nichtig erklärt. Einfach so!«

»Mein Vater hatte schon immer gute Kontakte zu den Buren«, meinte Sonja unbehaglich. Sie konnte Fritz' Ärger gut verstehen. Die Erinnerung an den selbstherrlichen, dominanten Vater, der sie nie als Person, sondern bestenfalls wie ein Stück Eigentum behandelt hatte, war von nur wenigen positiven Gefühlen geprägt.

»Ja, und bevor er mit den Buren kollaborierte, hatte er beste Beziehungen zu den Befehlshabern der deutschen Schutztruppe.« Fritz schüttelte angewidert den Kopf. »Es tut mir leid, Sonja. Schließlich ist er dein Vater. Aber für diesen Menschen empfinde ich nichts als Verachtung.«

»Fritz, bitte denk an die Kinder.«

Benjamin stand neben seinem Onkel und hörte ihm fasziniert zu. Noch nie hatte jemand in seiner Anwesenheit so offen über seinen unbekannten Großvater geschimpft. Fritz strich ihm ungelenk über den blonden Strubbelkopf.

»Entschuldige. Ich sollte nicht so reden.« Resigniert ließ er sich auf den nächstbesten Stuhl fallen. »Leider scheint es mein Schicksal zu sein, dass ich diesen Kerl nicht erwische. Dabei ...«

Er sah erneut Sonjas warnenden Blick und verstummte endgültig.

»Ist ja schon gut! Morgen nehme ich den ersten Zug in Richtung Waterberg. Jella wird schon längst auf mich warten.«

In diesem Augenblick kam Raffael von der Old Location zurück.

»Oh«, meinte er verwundert. »Hier ist ja mächtig dicke Luft.«

»Das kann man wohl sagen.« Fritz erzählte nun auch seinem Schwager, was geschehen war. Raffael hörte ihm aufmerksam zu. Als Dr. Schmiedel erwähnt wurde, stutzte er. »Schmiedel vertritt Nachtmahr?« Er war darüber sichtlich verwundert. »Es ist im ganzen Land bekannt, dass der Alte völlig pleite ist und überdies eine Menge Schulden hat. Von *Hakoma* gehört ihm nur noch das Haus, mit dem er ohne Land herzlich wenig anfangen kann. Dr. Schmiedels Honorar ist beträchtlich. Ich kann mir nicht vorstellen, dass er sich das leisten kann.«

»Das sag ich doch«, brummte Fritz. »Hinter seiner Freilassung steckt vermutlich eine ganze Lobby. Viele Buren sind gegen die Nationalparks. Sie würden aus dem Land lieber Farmland oder neue Homelands für die Schwarzen errichten – und das erreicht man am schnellsten, wenn man alle Wildtiere abknallt.«

»Offensichtlich kann man mit der Großwildjägerei doch eine Menge Geld verdienen«, stellte Sonja fest. »Mein Vater mag ein Spieler sein, aber er würde sich nie mit etwas abgeben, das sich nicht lohnt.«

»Viele Europäer und Amerikaner zahlen hohe Abschussprämien«, bestätigte Fritz. »Das spült schon ordentlich Geld in die Kasse.«

»Und dann handelt er wahrscheinlich noch in großem Stil mit Trophäen«, überlegte nun auch Raffael. »So, wie du es schilderst, knallen Nachtmahr und seine Männer ja alles ab, was ihnen vor die Flinte kommt. In Swakopmund und in der Walfischbay gibt es genügend Händler, die sie gerne aufkaufen, aber sie zahlen nicht besonders viel, da es hohe Zollaufschläge gibt. Es lohnt sich nur, wenn man die Trophäen am Zoll vorbeischmuggelt …« Er strich sich nachdenklich übers Kinn. »Da fällt mir ein, dass Nils mir gerade erzählt hat, dass heute Nacht angeblich eine größere Ladung Ware in einem Schuppen in der Old Location zwischengelagert werden soll. Allein die Tatsache, dass etwas in dem Homeland gelagert wird, lässt die Vermutung zu, dass damit etwas nicht stimmt. Ich habe dem Ganzen nicht sonderlich viel Bedeutung beigemessen, aber jetzt, da wir davon reden …« Er wandte sich an Fritz. »Hast du nicht vorhin in Zusammenhang mit Nachtmahr auch Orlams erwähnt?« Fritz bestätigte es. Über Raffaels Gesicht huschte ein Hoffnungsschimmer. »Nun, angeblich mietet ein Orlam namens Hendrik regelmäßig diesen Schuppen, um dort für ein oder zwei Nächte etwas zwischenzulagern. Ich frage mich nun, warum. Weshalb wird die Ware nicht gleich weitertransportiert?«

»Weißt du, um was für Ware es sich handelt?«

Raffael zuckte mit den Schultern und grinste. »Wir könnten ja versuchen, es herauszufinden!«

»Glaubst du, dass Nachtmahr dahinterstecken könnte?« Fritz war plötzlich wieder hellwach. Raffael nickte vielsagend. »Wer weiß? Wir sollten heute Abend mal ein Bier bei Nils trinken und der Sache auf den Grund gehen.«

Die Luft in dem engen Schankraum war trotz der geöffneten Tür schier unerträglich. Zigarettenqualm, Schweiß und der Geruch nach billigem Alkohol vermengten sich zu einem säuerlich beißenden Gemisch, das Fritz übel werden ließ. Die beiden Männer kämpften sich dennoch durch das Gewühl bis hin zur Theke. Weiße wurden in der Old Location nicht gerne gesehen, aber da Fritz in Begleitung von Raffael kam, duldeten sie seine Anwesenheit mit grimmiger Verachtung. Raffael dagegen wurde immer wieder mit Schulterklopfen oder einem respektvollen Kopfnicken begrüßt. Viele schätzten seinen Einsatz für die Menschen in dem Homeland, außerdem war er ein Freund des Wirtes, der in der Old Location eine Art Häuptlingsstellung innehatte.

Nils begrüßte die beiden mit einem strahlenden Lächeln, das einen fehlenden Schneidezahn preisgab. »Ist das dein Schwager?«, fragte er und stellte unaufgefordert zwei geöffnete Bierflaschen vor sie auf den Tresen. Raffael bestätigte es ihm. Wie üblich wischte er den Flaschenhals ab, bevor er einen großen Schluck nahm. »Schmeckt gut«, nickte er anerkennend und ermunterte Fritz, ebenfalls zu trinken. Das selbst gebraute Maisbier war würzig und stark. Wortlos tranken die beiden ihre Flaschen leer, bevor Raffael Nils erneut bat, sich zu ihnen zu gesellen. Er fragte nach Mathilda und den Kindern, bevor er sich beiläufig über die geplante Anlieferung der Waren erkundigte. »Weißt du, wer die Ware anliefert?«, fragte er schließlich. Nils hob erstaunt die Augenbraue. »Warum willst du das wissen? Ich dachte, du wärst nur an Diamanten interessiert.« Raffael verzog sein Gesicht. Der Gedanke an den verlorenen Auftrag schmerzte ihn noch immer. »Das war mal«, meinte er gezwungen lässig. »Mit der Ware ist doch sicherlich etwas faul, oder?«

Nils wiegte den Kopf. Es war kein Ja, aber auch kein Nein.

»Könnte es sich um Wildererware handeln?«, hakte Fritz ein.

»Möglich.«

»Für jede Trophäe muss ein Zollpapier besorgt werden, das ordentlich Geld kostet«, überlegte nun auch Raffel. »Ohne diese Papiere darf nichts ausgeführt werden. Was ist, wenn die Männer die Papiere fälschen?«

»Das geht mich nichts an«, meinte Nils ablehnend. »Frag Ombongo. Er hat den Männern die Scheune zur Verfügung gestellt. Er ist da hinten.«

Nils zeigte auf einen stämmigen Mann mit kahl rasiertem Schädel. Raffael machte sich gleich zu ihm auf. Als er wenig später zurückkam, zuckte er nur mit den Schultern. »Sehr aufschlussreich war mein Gespräch nicht«, meinte er enttäuscht. »Er hat nicht mehr gesagt, als wir ohnehin schon wissen. Ombongo vermietet den Schuppen hin und wieder diesem Orlam namens Hendrik. Der zahlt gut, vor allem dafür, dass Ombongo sich aus allem raushält. Deshalb ist er ja auch heute Abend hier.«

»Wir sollten uns die Sache ansehen.« Fritz bezahlte das Bier und drängte Raffael zu raschem Aufbruch.

Von Nils' Bar bis zu Ombongos Schuppen mussten sie beinahe die ganze Old Location durchqueren. Die Werkstatt mit dem Schuppen lag am äußeren Ende des Homelands. Raffael führte Fritz dennoch zielstrebig durch das scheinbar planlose Gewirr aus staubigen Gassen. Es war stockdunkel, nur hin und wieder leuchtete schwaches Petroleum- oder Kerzenlicht durch die Ritzen der grob zusammengehauenen Behausungen. Aus deren Inneren drangen diffuse Gesprächsfetzen, lautes Husten, Streitereien oder das ungenierte Stöhnen während eines Beischlafs. Schließlich erreichten sie den abgelegenen Schuppen. Das Gebäude war aus Holzlatten und Wellblech zusammengezimmert und hatte ein flaches Dach. Daneben befand sich eine Schmiedewerkstatt. Es war ein ideales Versteck, weil man von außen relativ ungesehen dorthin kam. Rund um die Werkstatt schien alles ruhig. Doch aus dem Schuppen huschte hin und wieder das flackernde Licht einer Lampe in die Nacht hinaus. »Was sollen wir jetzt tun?«

»Wir schleichen uns an und versuchen einen Blick hineinzuwerfen«, schlug Fritz vor. Doch außer ein paar Lichtfetzen konnten sie nichts erkennen. Sie einigten sich darauf zu warten, bis die Männer herauskamen. Dann würden sie weitersehen. Lange Zeit geschah gar nichts. Fritz fragte sich, was sie darin so lange machten. Erst nach ungefähr einer halben Stunde hörten sie das Quietschen der Schiebetür, und eine einzelne, dunkle Gestalt schlüpfte hinaus. Sie verharrte einen Augenblick in der Dunkelheit, wohl um sicherzugehen, dass sie allein war. Dann verschwand der Mann rasch zwischen den Wellblechhütten. Raffael und Fritz sahen einander kurz an. »Es ist nur einer. Bestimmt kann er uns einiges erzählen. Den kaufen wir uns!« Fritz spurtete los, Raffael folgte ihm etwas langsamer. Sein Bein hinderte ihn daran, ebenso schnell zu laufen. Als der Mann bemerkte, dass er verfolgt wurde, beschleunigte er seine Schritte. Immer wieder versuchte er das chaotische Gewirr der Gassen zu nutzen, um seine Verfolger abzuschütteln. Schließlich landete er jedoch in einer Sackgasse und lief Fritz direkt in die Arme.

»Hier bleiben, Freundchen!«, rief er und versuchte den Mann mit seiner einzigen Hand festzuhalten. Es war stockdunkel, und der Kerl dachte gar nicht daran, sich wehrlos zu ergeben. Plötzlich blitzte ein Messer in seiner Hand auf, und er stach damit nach Fritz' Arm. Der erkannte zwar die Gefahr, konnte aber nicht verhindern, dass das Messer seine Haut ritzte. Der Schmerz war so überraschend, dass er gezwungen war loszulassen. Diesen Augenblick nutzte der Mann, um zu verschwinden. Raffael kam einen Bruchteil zu spät. Fritz wollte ihm erneut nachsetzen, doch sein Schwager hielt ihn zurück.

»Hier entlang«, meinte er keuchend und zog ihn in eine andere Gasse. »Das ist eine Abkürzung, die direkt aus dem Homeland hinausführt. Der Kerl scheint sich nicht besonders gut auszukennen. Ich bin sicher, dass er noch eine Weile braucht. Wir können ihn leichter außerhalb abfangen.«

Erst jetzt sah er, dass Fritz blutete. »Bist du schlimm verletzt?«

»Nur eine Schramme.«

Sie hetzten weiter, bis sie tatsächlich nach kurzer Zeit das Homeland verlassen hatten. Im Schutz eines großen Baumes spähten sie die Straße entlang, die in die eine Richtung aus Windhuk hinaus und in die andere direkt in die Stadt führte. Sie mussten nicht lange warten, bis der Kerl tatsächlich auftauchte. Unterdessen hatten sie sich darauf verständigt, dass es besser war, den Mann nicht zu stellen, sondern ihm einfach nur zu folgen. »Der Kerl ist brandgefährlich«, gestand Fritz mit säuerlicher Miene ein. »Ich bin einfach nicht mehr jung genug, um allein mit solch einem Kaliber fertigzuwerden.« Dennoch – da Raffael durch sein verletztes Bein gehandicapt war, übernahm Fritz die Verfolgung allein. Raffael wollte so lange den Schuppen unter die Lupe nehmen.

Gut gedeckt und in sicherem Abstand machte sich Fritz an die Verfolgung. In dem kurzen Augenblick ihres Zusammenpralls hatte er gemeint, in dem dunklen Gesicht des Mannes eine Narbe entdeckt zu haben. Seine Hoffnung, dass es sich um einen der Orlams aus Nachtmahrs Gefolge handelte, hatte er aufgeben müssen, denn der Kerl war dafür viel zu dunkelhäutig gewesen. Er war sich ziemlich sicher, ihn noch niemals gesehen zu haben. Der Mann schlug überraschenderweise den Weg in die Stadt ein. Immer wieder sah er sich um, sodass Fritz genötigt war, einen relativ großen Abstand zu ihm einzuhalten. Als sie den Fuß des Hügels erreicht hatten, befürchtete er, dass sich der Mann in die unübersichtlichen Randbezirke der Stadt begeben könnte, wo viele Schwarze wohnten. Doch der Kerl hielt direkt auf die Innenstadt zu und querte die Kaiserstraße in Richtung des Tintenpalastes, in dem sich nun das Parlament befand. Vor dem Gebäude wandte er sich nach links und folgte einer Straße, die sich an einem Park entlangzog. In der Gegend, in die sie nun kamen, wohnten die reichen und angesehenen Bürger von Windhuk. Schließlich gelangten sie in die Schützenstraße, wo einige wenige prachtvolle Villen standen. Fritz fragte sich, was der Mann ausgerechnet in dieser Gegend zu suchen hatte. Der

Lichtschein der elektrischen Straßenlaternen zwang ihn, großen Abstand zu halten. Es wurde immer schwerer, als Verfolger unbemerkt zu bleiben. Schließlich beging Fritz einen Fehler, als er zu schnell aus seiner Deckung trat und der Mann ihn prompt entdeckte. Noch ehe Fritz reagieren konnte, flüchtete der Mann in die Dunkelheit des angrenzenden Parks.

Überraschende Erkenntnisse

»Verdammt! Wo bleibt der Bote nur?«

Nachtmahr zog zum wiederholten Mal seine Taschenuhr aus der Weste und fluchte erneut. Sie hatten ihr Lager in der Nähe von Brakwater längst abgebaut und warteten nun am verglühenden Lagerfeuer auf ihren Aufbruch. Ungeduldig stieß er mit einem Zweig in die verglimmende Glut. Wie üblich war alles bis ins kleinste Detail geplant. Damit möglichst niemand eine Verbindung zwischen ihm und Baltkorn erkennen konnte, versuchten sie, nie direkt miteinander in Kontakt zu kommen. Sobald Baltkorns Mann Petrus die Diamanten erfolgreich in den Trophäen versteckt hatte, suchte er sich einen beliebigen Jungen aus dem Slum aus und schickte ihn mit einer unverfänglichen Botschaft zu ihm. Das war das Zeichen, dass alles in Ordnung war. Erst dann schickte er seine Orlams los, um die Ware auf direktem Wege aus dem Homeland ans Meer zu transportieren. Diese Sicherheitsmaßnahme hielt Baltkorn für notwendig. Während dieser nach außen hin über eine weiße Weste verfügte, hing Nachtmahr schon lange wegen seiner Spielsucht ein zwielichtiger Ruf an. Nachtmahr schnaubte, als er an seinen Kompagnon dachte. Er musste sich vor ihm hüten. Der Kerl war hinterhältig genug, ihn auszubooten. Durch den Einfluss und die Unterstützung seines Vaters war es Baltkorn gelungen, als Kandidat für die Ratsversammlung aufgestellt zu werden. Seine Wahl war gewissermaßen nur noch reine Formsache. Als Ratsmitglied wollte er seinen Einfluss nutzen und verstärkt die burischen Interessen vertreten. Dazu gehörte auch, dass man Eingeborene enteignete, indem man sie in Homelands abschob. Das bot den großen Vorteil, scheinbar rechtmäßig an wertvolles Land zu kommen. Nachtmahr hatte diese Absichten zum Glück bald erkannt. Jetzt profitierte er wiederum von Baltkorns politischem Ehrgeiz, denn als Mitwisser seiner schmutzigen Geschäfte konnte er sichergehen, dass dieser ihn nicht fallenließ. Außerdem hatte er gegen seinen Partner noch einen Trumpf im Ärmel. Durch einen Zufall hatte er herausgefunden, dass dieser äußerst abstoßende Vorlieben hegte. Wenn herauskam, dass Baltkorn sich regelmäßig an Kindern verging, wäre der Mann gesellschaftlich ruiniert. Ein paar Andeutungen vor gar nicht allzu langer Zeit hatten schon genügt, um den jungen Baltkorn tüchtig einzuschüchtern. Nachtmahr sah nochmals auf die Uhr. Es war schon verdammt spät. Hendrik und seine Männer warteten längst auf das Zeichen zum Aufbruch.

»In drei bis vier Stunden wird es hell«, knurrte Nachtmahr ungeduldig. »Wenn wir nicht bald aufbrechen, dann ist der Wachwechsel bei den Zollbeamten schon vorüber. Dann kommen wir niemals ohne eingehende Kontrolle über die Zollstelle. Wir dürfen wegen des Elfenbeins kein Risiko eingehen.«

»Wir könnten den Transport um einen Tag verschieben«, schlug Hendrik vor. »Das Schiff geht erst in drei Tagen.«

»Das ist zu riskant. Keiner unserer Männer beim Zoll hat morgen Dienst. Wir müssen die Sache jetzt durchziehen.« Nachtmahr fuhr sich durch sein schlohweißes Haar. In Momenten wie diesen fühlte er sein Alter mehr denn je. Er war es leid, ständig auf Achse sein zu müssen. Das Leben in der Wildnis taugte für einen alten Mann wie ihn nicht mehr. Er sehnte sich nach Ruhe und Behaglichkeit. Er freute sich schon auf Tsumeb, wo er wenigstens in einem ordentlichen Haus wohnen und ein beschaulicheres Leben führen würde. Es war Zeit, diesen letzten Deal so schnell wie möglich hinter sich zu bringen.

»Wir pfeifen auf den Boten. Lasst uns aufbrechen!«

Hendrik sah ihn überrascht an. »Das hört sich so an, als wolltest du uns dieses Mal begleiten, Baas.« Nachtmahr nickte bestätigend. »Ja, so verlieren wir keine Zeit. Wir sind ohnehin spät dran und können von dort direkt die Zollstelle anfahren.«

Normalerweise wurde die Ware von Hendrik und zwei seiner Orlams abgeholt, während Nachtmahr schon mal zu der Zollstelle hinter Windhuk fuhr, um sich nochmals zu vergewissern, dass dort alles reibungslos ablief. Im Laufe der Jahre war es ihm gelungen, zwei der Zollbeamten zu bestechen. Gegen eine gewisse Summe Geldes drückten sie beide Augen zu, wenn Nachtmahr mit seinen Lieferungen den Zoll überquerte. Zwar hatte er für die Felle und Trophäen gefälschte Papiere dabei, was die Zollbeamten, die keine Bestechungsgelder von ihm erhielten, allerdings nicht davon abhielt, die Ware genauer zu untersuchen. Das galt es zu vermeiden.

»Und wenn unser Mann heute keinen Dienst hat?«, fragte Hendrik, der das Sicherheitsbedürfnis seines Baas durchaus teilte.

»Er wird schon da sein«, knurrte Nachtmahr ungeduldig. »Und wenn nicht, dann werden wir es eben mit unseren Papieren versuchen. Im Grunde genommen kann gar nichts schiefgehen.«

Mit ausgeschalteten Lichtern umfuhr der Lastwagen die Old Location, bis sie in die Nähe der Stelle kamen, wo sich zwischen der Schmiede und dem Schuppen eine schmale Gasse auftat. In sicherer Entfernung stoppte Nachtmahr den Lieferwagen. Bis zum Sonnenaufgang waren es noch gut zwei Stunden. Stille lag über dem Homeland. Es war die Zeit des tiefsten Schlafes. Dennoch befahl er Hendrik und einem anderen, die Gegend zu überprüfen. Nach einigen Minuten kamen sie zurück und gaben ihm zu verstehen, dass die Luft rein war. Der Lieferwagen näherte sich nun dem Schuppen. Vier Orlams sprangen von der Pritsche und machten sich daran, die Schiebetür zu dem Schuppen zu öffnen. Sie hatten sie kaum einen Spalt weit offen, als ihnen eine kräftige Stimme entgegendonnerte:

»Hände hoch, und ran an die Wand!«

Grelle Lampen blendeten die Männer und ließen sie für einen Augenblick erstarren.

Hendrik reagierte als Erster. Blitzschnell zog er seinen Revolver und schoss mehrmals in die gleißend helle Wand vor sich. Dann machte er einen Satz zur Seite und rollte sich ab in die Dunkelheit. Die Polizisten eröffneten nun ihrerseits das Feuer. Einer der Orlams ging mit einem Schrei zu Boden, den anderen gelang die Flucht in die Dunkelheit.

Nachtmahr, der gerade auf dem Weg zu der Scheune gewesen war, rannte zurück zum Wagen und versuchte ihn zu starten. Der erste Versuch misslang. Er startete ein weiteres Mal. Endlich sprang der Motor an. Als er den Gang einlegen wollte, um Gas zu geben, wurde die Tür aufgerissen, und ein Polizist zog ihn gewaltsam am Ärmel aus dem Wagen. Er schlug hart auf dem Boden auf und versuchte aufzustehen. Doch der Schlag mit einem Gewehrkolben in seine Magengegend ließ ihn erneut zusammensacken. Qualvoll schnappte er nach Luft.

»Schön liegen bleiben«, rief der Polizist, ein kräftiger Bure mit entschlossenen Gesichtszügen. Nachtmahr blieb nichts anderes übrig, als sich in sein Schicksal zu fügen. Die anderen Polizisten waren unterdessen mit der Verfolgung der Orlams beschäftigt. Befehle ertönten, dann hörte er einzelne Schüsse. Allem Anschein nach war wenigstens seinen Männern die Flucht gelungen. In aller Eile rechnete er sich seine Chancen aus, den Polizisten auszuschalten. Im Moment war er ihm eindeutig unterlegen, denn der Bure stand über ihm und drückte ihm seinen Gewehrlauf in den Bauch. Eine Bewegung, und er war erledigt. Dann nahm Nachtmahr aus den Augenwinkeln eine Bewegung aus dem Dunkeln heraus wahr. Es war nicht mehr als ein Schatten, und doch barg er für ihn eine unerwartete Hoffnung. Allerdings schien auch der Polizist etwas gehört zu haben. Ohne den Gewehrlauf von ihm wegzunehmen, sah er sich um. In diesem Moment stürzte sich Hendrik aus dem Hinterhalt auf ihn. Der Polizist war nicht sehr behände, dafür umso kräftiger. Mühelos gelang es ihm, den schmächtigen Orlam abzuschütteln und von sich zu schleudern. Diesen winzigen Augenblick nutzte Nachtmahr, packte mit beiden Händen den Lauf des Gewehres und entriss es dem Polizisten. Der Bure versuchte nach ihm zu treten, doch Nachtmahr war bereits zur Seite gerollt und versuchte nun das Gewehr in Schussposition zu bekommen. Bevor er zielen konnte, war der Polizist wieder bei ihm und entriss ihm das Gewehr. Unterdessen startete Hendrik seinen nächsten Angriff. In seiner Hand blitzte ein Messer. Reflexartig versuchte der Polizist, ihn mit dem Gewehrkolben abzuwehren. Hendrik unterlief ihn jedoch geschickt und stach ihm von unten sein Messer bis zum Heft in den Bauch. Er hatte die Baucharterie getroffen. Ungläubig starrte der Polizist auf den sich rasch ausbreitenden Blutfleck auf seinem Bauch. Wie in Zeitlupe ließ er das Gewehr fallen und sank zu Boden. Von Ferne näherten sich bereits eilige Schritte.

»Stehen bleiben!«, rief jemand und schoss in ihre Richtung.

»Los, rein in den Wagen!«, schrie Nachtmahr, während er sich mühsam aufrappelte. Hendrik zog ihn mit sich und schob ihn in den Lieferwagen, während die ersten Schüsse an ihnen vorbeipeitschten. Keuchend legte Nachtmahr den Gang ein und startete. Bevor der nächste Polizist sie erreicht hatte, setzte sich ihr Wagen in Bewegung und verschwand in der Dunkelheit.

*

»Sie haben die Anführer also wieder nicht erwischt«, stellte Raffael sichtlich enttäuscht fest. Er war gerade dabei, seine Schilderung des Abends zu geben. Aufmerksam hörte Fritz ihm zu. Wie abgesprochen war Raffael zurück zu dem Schuppen gegangen. Mit Hilfe einer Brechstange war es ihm gelungen, das Vorhängeschloss aufzuhebeln und ins Innere zu schlüpfen. In der Dunkelheit konnte er einige zugenagelte Holzkisten ausmachen. Als er ebenfalls mit der Brechstange eine von ihnen geöffnet hatte, fand er genau das darin, was sie erwartet hatten.

»Obwohl ich darauf vorbereitet war, war es erschütternd«, erzählte er. »Wenn man bedenkt, mit welcher Anmut und Würde diese Tiere in der Savanne umherziehen, dann kann man sich nur schwer damit abfinden, dass sie nun nichts Weiteres als ein Dekorations- oder Möbelstück in den Villen ignoranter Snobs sein werden. Ein Hocker, aus dem Fuß eines Elefanten, ich bitte dich! Wie pervers kann man denn noch sein?« Fritz stimmte ihm verbittert zu. »Diese Leute sehen nicht die Schönheit der Natur, sondern sie wollen sie sich unterwerfen. Es ist ein sinnloses Männlichkeitsritual, dass sie die wilden Tiere töten. Ich werde es nie verstehen. Aber nun erzähl, wie bist du darauf gekommen, dass in einigen Trophäen Diamanten versteckt sein könnten?« Raffael grinste. »Nun, der Zufall hat mir natürlich auch ein wenig in die Hände gespielt. Nachdem ich die erste Kiste inspiziert hatte, beschloss ich, noch weitere zu öffnen, nur um sicherzugehen, dass darin auch Trophäen lagen. Irgendwie konnte ich mir immer noch keinen Reim darauf machen, weshalb die Ware in diesem Schuppen zwischengelagert wurde. Wenn sie wirklich illegal war und es nur um die gefälschten Papiere ging – warum behielten die Wilderer sie dann nicht an einem sichereren Ort irgendwo in der Wildnis und ließen sich die Papiere bringen? Doch auf den ersten Blick fand ich in der nächsten und übernächsten Kiste immer dasselbe: Felle, geschmacklose Möbel und Accessoires aus allen möglichen Tierteilen. Das Abscheulichste war wohl der Trinkbecher aus einem Löwenpenis. Wie dem auch sei, als ich die dritte oder vierte Kiste öffnen wollte, entdeckte ich neben ihr eine Schachtel mit Nägeln. Ich inspizierte die Kiste genauer und stellte fest, dass sie mit anderen Nägeln zugenagelt war als die vorherigen Kisten. Das machte mich stutzig. Offensichtlich hatte unser Unbekannter in genau dieser Kiste etwas gesucht oder hinzugefügt. Ich öffnete auch diese mit meiner Brechstange und entdeckte darin neben den üblichen Fellen auch einige Stoßzähne von Elefanten. Nun packte ich einen um den anderen Gegenstand aus, um herauszufinden, weshalb unser Mann sie geöffnet hatte. Doch ich entdeckte zunächst nichts. Als ich aber den zweiten Stoßzahn aus der Kiste hob, fiel mir auf, dass er um einiges schwerer war als der andere, obwohl er etwas kleiner war. Das weckte meine Neugier, und ich untersuchte ihn genauer. Tatsächlich fand ich am dicken Ende des Stoßzahns einen feinen Einschnitt, der einem auf den ersten Blick ganz gewiss nicht ins Auge sprang. Ich fuhr mit meinem Taschenmesser hinein und siehe da, das Ende ließ sich lösen. Du kannst dir vorstellen, wie verblüfft ich war, als ich die Ledersäckchen mit den Diamanten darin fand.«

»Und dann bist du damit zur Polizei gegangen«, vermutete Fritz.

»Die Diamanten waren ja wohl ein schlagender Beweis«, bestätigte Raffael etwas säuerlich. »Trotz der vorgerückten Nachtstunde bestand ich darauf, dass Lieutenant Colonel Elliot Pitman höchstpersönlich informiert wurde. Er war weiß Gott nicht sehr erbaut darüber. Das änderte sich erst, als ich ihm die Steine zeigte. Von diesem Zeitpunkt an ließ er es sich nicht mehr nehmen, den Einsatz selbst zu leiten. Seine Männer hatten den Befehl, die Schmuggler erst in den Schuppen zu lassen, um sie dann zu überwältigen. Leider waren sie zu voreilig. Sie stellten sie, noch bevor sie in dem Schuppen waren. Kein Wunder, dass bis auf einen alle entkommen sind.«

»Hat er schon etwas verraten?«, erkundigte sich Fritz hoffnungsvoll. Raffael schüttelte enttäuscht den Kopf. »Der Orlam ist bei dem ersten Schusswechsel gleich ums Leben gekommen. Er konnte keinen Ton mehr sagen.« Bei dem Wort »Orlam« horchte Fritz erneut auf. Ihm fielen sofort wieder Nachtmahr und seine Männer ein. Dessen Helfershelfer waren allesamt Orlams gewesen. Fritz hatte sich damals die Gesichter gut einprägen können. »Wo haben sie den toten Orlam hingebracht?«, fragte er, plötzlich hellhörig geworden.

»Ich nehme an, sie werden ihn dem Leichenbestatter übergeben haben«, meinte Raffael überrascht. »Weshalb interessiert dich das?« Fritz erklärte es ihm.

*

Am nächsten Tag erkannte Fritz in dem toten Orlam tatsächlich einen von Nachtmahrs Leuten wieder. Er informierte sofort Lieutenant Colonel Pitman in dessen Dienststelle, der zwar interessiert, aber dennoch skeptisch seinen Ausführungen lauschte. »Selbst wenn dieser Orlam in Nachtmahrs Diensten stand«, tat er Fritz' Beweisführung ab, »so ist noch längst nicht bewiesen, dass er in seinem Auftrag gehandelt hat. Leider können wir den Toten nicht mehr als Zeugen befragen.«

»Aber es liegt doch auf der Hand, dass Nachtmahr etwas mit der Sache zu tun hat«, erregte sich Fritz erneut. »Was brauchen Sie denn noch für Beweise, um diesem Gauner endlich das Handwerk zu legen?«

»Sie ergehen sich in Vermutungen«, wehrte Pitman ungehalten ab. »Solange ich keine handfesten Beweise habe, werde ich keinen Haftbefehl erlassen.« Er erhob sich und machte Fritz damit unmissverständlich klar, dass er nun gehen konnte.

»Die Polizei wird weitere Nachforschungen anstellen«, versprach er ihm widerwillig beim Abschied. Auch Pitman war nun in Zugzwang geraten, denn schließlich ging es nicht mehr nur um vermeintlich harmlose Wilderei, sondern um einen groß angelegten Diamantenschmuggel. In der Zwischenzeit hatte man festgestellt, dass die Diamanten tatsächlich aus dem Sperrgebiet stammten. Kein Mensch konnte sich jedoch erklären, wie sie von dort hinausgeschmuggelt worden waren. Pitman versprach Fritz, ihn auf dem Laufenden zu halten. Verbittert über Pitmans Ignoranz verließ dieser das Polizeigebäude. Es war wie verflucht: Dieser Gauner Nachtmahr schien der Justiz wie ein glitschiger Fisch jedes Mal durch die Finger zu flutschen. Für Raffael, den er auf dem Nachhauseweg traf, war der Fall längst noch nicht erledigt. Er empfand es als Ironie des Schicksals, dass er durch Zufall ausgerechnet mit genau dem Fall in Berührung gekommen war, mit dem ihn einst Ernest Oppenheimer beauftragt hatte. Sein Ehrgeiz war dadurch erneut geweckt worden. Wenn es ihm gelang herauszufinden, wer hinter dem Schmuggel stand, dann würde sich der reiche Minenbesitzer sicherlich erkenntlich zeigen und ihm für weitere Fälle zu einem guten Leumund verhelfen. Raffaels Gesichtszüge strafften sich vor Entschlossenheit. »Ich werde noch weitere Erkundungen einziehen und herausfinden, wer hinter dem Diamantenschmuggel steckt«, erklärte er seinem Schwager. Fritz nahm es gleichgültig zur Kenntnis. Für ihn war die Angelegenheit erledigt. Hinzu kam, dass sein Vertrauen in die Justiz noch einmal grundlegend erschüttert war. Ziemlich einsilbig teilte er Raffael mit, dass er so schnell wie möglich zurück nach *Owitambe* reisen wollte.

*

Mit einem wohligen Seufzer ließ sich Jon Baltkorn seinen Rücken massieren. Die kundigen Hände des Ovambo kneteten die verspannte Muskulatur unter seinen Fettpölsterchen. Das Dampfbad und die Massage versetzten ihn in eine angenehme Schläfrigkeit, die die Vorfreude auf den ihn erwartenden Genuss nur noch verstärkte. Baltkorns Lust regte sich, als er an die zarte, elfenbeinfarbene Haut der zehnjährigen Tochter seiner Haushälterin dachte. Er hatte ihre Mutter für einen längeren Botengang außer Haus geschickt. Sie würde erst weit nach Einbruch der Dunkelheit zurück sein. Bislang hatte er seine Lust immer an schwarzen Mädchen stillen müssen. Doch das war nichts im Vergleich zu der Vorstellung, es mit der kleinen Elisabeth treiben zu können. Er war von Anfang an auf sie scharf gewesen, vom ersten Augenblick an, als er sie gesehen hatte. Er hatte ihre Mutter nur deswegen als Haushälterin engagiert, um ihrer Tochter nahe sein zu können. Was für ein geschickter Schachzug. Anfangs hatte er sich mit begehrlichen Blicken begnügt, doch nun reichte ihm das nicht mehr. Der jungfräuliche Reiz des Mädchens brachte ihn noch zum Wahnsinn. Ihn erregte schon allein der Gedanke an sie. Ihre Brüste begannen gerade erst zu sprießen, und ihre Scham war bestimmt noch unbehaart. Anfangs hatte er sich noch mit seinen Fantasien begnügt, doch im Laufe der Zeit waren sie so übermächtig geworden, dass er beschlossen hatte, seinem Trieb endlich nachzugeben. Was würde ihm schon passieren können?, dachte er übermütig. Mathilde Weiß, ihre Mutter, war völlig mittellos, und außerdem hatte er sie in der Hand. Er hatte herausgefunden, dass der Vater ihres Kindes sich in Schulden gestürzt hatte und dann mit allem geliehenen Geld verschwunden war. Jetzt saßen die Gläubiger ihr im Nacken. Baltkorn hatte ihr großzügig ausgeholfen. Wenn er das Geld zurückforderte, war sie erledigt. Sie würde ihm bestimmt keine Schwierigkeiten machen. Baltkorn gab dem Masseur zu verstehen, dass er genug hatte, und stand auf. Er schlüpfte nackt in seinen Bademantel und verließ die Baderäume. Im Salon seines Stadthauses in der Schützenstraße war bereits angerichtet. Er hatte verschiedene Kuchenstücke, etwas Kaffee für sich und heiße Schokolade für Elisabeth auftragen lassen.

»Schick mir das Mädchen, und dann verschwindet alle«, befahl er dem Butler, während er sich genüsslich auf der Chaiselongue niederließ. Er vergewisserte sich, dass die Puppe, die er für die Kleine besorgt hatte, auch genau dort war, wo er sie hinbeordert hatte, und wartete ungeduldig auf das Erscheinen des Mädchens.

Elisabeth klopfte an, bevor sie den Salon betrat. Ihre Mutter hatte ihr beigebracht, immer höflich zu dem Baas zu sein. Es war das erste Mal, dass er sie zu sich rief, und das verunsicherte sie. Ob sie etwas falsch gemacht hatte? Der Baas empfing sie mit einem einschmeichelnden Lächeln. Etwas erstaunt nahm sie zur Kenntnis, dass er gar nicht richtig angekleidet war. Sie beschloss deshalb, ihre Augen gesenkt zu halten.

»Ich habe mir gedacht, dass du dich vielleicht etwas einsam fühlen könntest, wo deine Mama doch heute so lange fort sein muss«, begrüßte er sie. Sein Tonfall war eine Spur zu betulich, was Elisabeth noch mehr verunsicherte. Sie war noch niemals ohne ihre Mutter bei dem Herrn gewesen und konnte sich nicht vorstellen, was er von ihr wollte. Ihre blonden Zöpfe waren zu zwei Kringeln über die Ohren gesteckt. Sie zupfte daran, um ihre Unsicherheit zu überspielen.

Baltkorn fand die Geste hinreißend. Am liebsten hätte er die Kleine sofort auf seine Knie gezogen und geküsst. Doch er wusste, dass er behutsam vorgehen musste, wenn er sie nicht verschrecken wollte. Das Mädchen musste das Gefühl bekommen, dass es von ihm abhängig war; erst dann konnte er es wagen, sich ihr körperlich zu nähern. Erst wenn er sie eingesponnen, mit Geschenken bestochen und herausgefunden hatte, wie ihr schlechtes Gewissen funktionierte, konnte er sie gefügig machen. Genüsslich leckte er sich über die Lippen. Gerade das machte den unwiderstehlichen Reiz von jungen Mädchen aus. Er deutete auf den Stuhl neben seiner Chaiselongue. »Möchtest du dich nicht ein wenig setzen?«, fragte er. »Ich habe

Kuchen und eine Tasse Schokolade für dich. Es würde mich freuen, wenn du mir etwas Gesellschaft leistest.«

Elisabeth betrachtete den Kuchen mit begehrlichen Blicken. Es kam nicht oft vor, dass sie so etwas Leckeres zu essen bekam. Ohne Scheu setzte sie sich auf den Stuhl neben ihn und ließ sich etwas von dem Kuchen auftun. Auch von der Schokolade nahm sie gern. »Iss nur«, ermunterte Baltkorn sie zufrieden. Er konnte es nicht lassen, ihr mit seinen fleischigen Fingern in ihre zarten Wangen zu kneifen. Elisabeth ließ es ohne Argwohn geschehen. Sie lächelte ihn sogar aus ihren veilchenblauen Augen unschuldig an. Baltkorn spürte, wie sich unter seinem Bademantel etwas regte.

»Darf ich noch einen Kuchen haben?«, fragte die Kleine artig. Baltkorn atmete tief durch, bevor er es ihr erlaubte. Er hatte nicht damit gerechnet, dass ihn die Kleine *dermaßen* erregen würde. »Gefällt es dir in meinem Haus?«, erkundigte er sich. Elisabeth nickte eifrig. »Mama sagt, dass es ein großes Glück ist, dass wir hier wohnen können«, meinte sie. Baltkorn schluckte. Vielleicht kam er ja schneller an sein Ziel als gedacht. »Nun, da du ja noch länger hier wohnen wirst, ist es langsam an der Zeit, dass wir uns etwas besser kennenlernen, meinst du nicht auch?«

»Sie sind sehr nett.« Elisabeth strahlte ihn an.

»Möchtest du dich zu mir auf die Chaiselongue setzen?«, bot Baltkorn ihr an. Sie sah ihn überrascht an, doch dann setzte sie sich ohne Weiteres zu ihm. Er konnte ihren zarten Maiglöckchenduft schnuppern, als er sie zart auf den Nacken küsste.

»Das kitzelt«, kicherte Elisabeth. Du meine Güte, die Kleine machte ihn noch wahnsinnig. Wahrscheinlich war sie richtig scharf auf ihn. Baltkorn begann seine Zurückhaltung aufzugeben. Scheinbar unabsichtlich löste er den Gürtel um seinen seidenen Bademantel und ließ den Stoff zurückgleiten, sodass Elisabeth sein erigiertes Glied sehen konnte. Die Kleine erschrak und rutschte sofort ein Stück beiseite.

»Du musst nicht erschrecken«, besänftigte Baltkorn sie mit rauer Stimme. »Fass ihn an. Er ist ganz weich und zart.«

»Ich will das nicht«, piepste Elisabeth entsetzt. »Ich möchte lieber gehen.«

»Das geht jetzt nicht«, belehrte Baltkorn sie unnachgiebig. Er packte ihr Handgelenk, damit sie nicht fliehen konnte. »Du bist schließlich schuld daran, dass er so groß geworden ist. Wenn du ihn nicht anfasst, dann wird er nie wieder klein – und das willst du doch auch nicht, oder?«

Elisabeth schüttelte panisch den Kopf. Sie war völlig verunsichert und wusste nicht, wie sie sich verhalten sollte. Baltkorn spürte, dass er sie gleich so weit hatte. »Fass ihn an, und streichle ihn«, forderte er sie erneut auf. Er nahm Elisabeths kleine Hand und führte sie an seinen Penis. »Das ist gut so«, stöhnte er mit geschlossenen Augen, »und jetzt etwas fester …«

In diesem Augenblick klopfte jemand an die Verandatür. Baltkorn fuhr mit einem Stöhnen hoch und bedeckte schleunigst seine Blöße. Auch Elisabeth war beim Anblick des Mannes hinter dem Fenster erschrocken zurückgewichen. Mit einem Fluch auf den Lippen war Baltkorn aufgesprungen, als er den Mann hinter dem Glas erkannt hatte.

»Verflucht! Was will der Kerl hier?«, schimpfte er. Bevor er sich zur Tür begab, wandte er sich an Elisabeth. »Das hier bleibt unser kleines Geheimnis«, raunte er ihr eilig zu. »Geh jetzt in dein Zimmer, und warte auf deine Mama. Wenn du ihr etwas verrätst, dann wird sie sehr traurig und böse mit dir sein, weil du mir das angetan hast. Also schweig lieber still! Ich werde ebenfalls nichts verraten.« Elisabeth nickte eingeschüchtert und verließ eilig das Zimmer.

»Bist du wahnsinnig, hierherzukommen?«, brüllte Baltkorn erregt und zog Nachtmahr eilig ins Haus. Vorsichtshalber sah er sich um, ob noch jemand draußen war. »Du weißt genau, dass uns niemand zusammen sehen darf!« Nachtmahr winkte verächtlich ab. »Jetzt mach nicht so ein Theater«, knurrte er ungeduldig. »Mir ist niemand gefolgt. Außerdem bin ich es leid, dass immer ich die Kohlen aus dem Feuer holen soll. Heute Nacht hätten sie mich um ein Haar erwischt. Unser Deal ist geplatzt. Irgendjemand hat von unserer Sache Wind bekommen. Ich bin nur noch hier, weil ich Geld brauche, um für eine Weile unterzutauchen.«

»Was?« Baltkorn fuhr sich durch sein schütteres Haar und versuchte seine Gedanken zu ordnen. »Wo ist Petrus? Haben sie den auch erwischt?«

»Er war schon über alle Berge, als wir ankamen«, beschwichtigte ihn Nachtmahr.

»Ich muss ihn trotzdem warnen.« Baltkorn begann wie eine Raubkatze auf und ab zu laufen, während ihm Nachtmahr in knappen Worten die Ereignisse der letzten Nacht schilderte.

»Bist du sicher, dass dich niemand erkannt hat?«, fragte er nochmals besorgt. Nachtmahr nickte finster. »Allerdings haben sie einen meiner Orlams erwischt. Wenn sie den richtig einschüchtern, dann wird er singen wie ein Vogel. Deshalb muss ich ja verschwinden.«

Baltkorn musterte seinen Partner aus zusammengekniffenen Augen. »Deine Orlams wissen nur von den Diamanten, aber nichts von mir«, überlegte er. »Die Polizei wird also dich für den Drahtzieher halten.«

»Wenn es dumm läuft, dann fliege ich auf«, bestätigte Nachtmahr finster. Er trat dicht an Baltkorn heran und packte ihn am Revers seines Bademantels. »Du musst aber nicht denken, dass du deswegen fein aus der Sache heraus bist«, funkelte er ihn an. »Wir stecken beide bis zum Hals in diesen Schwierigkeiten!« Er ließ ihn mit einem Ruck los und musterte ihn verächtlich. »Wenn sie mich drankriegen, springst du mit mir über die Klinge. Denke bloß nicht, dass ich die Kleine nicht gesehen hätte!«

»Nun beruhige dich doch, Rüdiger«, versuchte Baltkorn ihn zu beschwichtigen. Nachtmahrs Drohung war durchaus bei ihm angekommen. Sein Partner sah müde und heruntergekommen aus. In seinen Augen flackerte die Angst eines verwundeten Tieres. Er konnte brandgefährlich werden, auch für ihn. »Du bleibst erst einmal hier«, schlug er hastig vor. »Hier wird dich niemand suchen. Heute Abend bin ich zum Dinner bei Ernest Oppenheimer eingeladen. Der Polizeichef wird ebenfalls dort sein. Es wird nicht schwer werden, ihn ein wenig auszufragen.«

»Was soll das?«, fragte Nachtmahr misstrauisch. »Zahl mir lieber meinen Anteil von der Mine aus. Dann verschwinde ich damit in Richtung Südafrika. Darauf wird es ohnehin hinauslaufen.«

»Wir müssen die Aussage des Orlams verhindern«, sagte Baltkorn beinahe panisch. »Ich werde den Gefängnisaufseher bestechen, damit er ihm Gift in die Nahrung gibt. Es ist schließlich allgemein bekannt, wie schlecht die Verhältnisse in unseren Gefängnissen sind.«

»Gib mir lieber mein Geld. Ich muss auf jeden Fall von hier verschwinden.«

»Ich bin im Moment nicht flüssig, das weißt du genau«, erinnerte ihn Baltkorn. »Unser ganzes Geld ist für den Ausbau der Mine in Tsumeb gebunden. Ich kann dir nicht viel mehr als tausend Pfund geben.«

Nachtmahr überlegte. Er konnte ohnehin erst nach Einbruch der Dunkelheit verschwinden. Falls man nach ihm suchte, war es tagsüber in Windhuk viel zu gefährlich für ihn. Hendrik und die anderen warteten nahe Brakwater auf ihn. Da konnte er genauso gut abwarten, was Jon herausfand. Außerdem war er müde und konnte dringend ein heißes Bad gebrauchen.

»In Ordnung«, brummte er. »Ich warte bis heute Nacht. In der Zwischenzeit kannst du dir überlegen, wie du an mehr Geld kommst.«

Baltkorn schlug Nachtmahr erleichtert auf die Schulter. »Mach dir keine Sorgen, Rüdiger. Ich lasse meine Freunde nicht im Stich.«

*

Am Abend machte sich Baltkorn fein, indem er sich in Frack und Zylinder warf. Darunter trug er ein blütenweißes Hemd mit frisch gestärktem Stehkragen. Während er sich den Zylinder auf sein schütteres Haar setzte, musterte er sich selbstgefällig in dem großen Stehspiegel. »Ratsmitglied Baltkorn«, nannte er sich bereits selbstbewusst. »Den Posten werde ich mir von niemandem nehmen lassen.«

Er hatte Nachtmahr in einem der oberen Gästezimmer untergebracht, ihm persönlich etwas zu essen und zu trinken gebracht und ihm eingebläut, sich nirgends im Haus zu zeigen. Weder die Haushälterin noch ein anderer Angestellter sollten ihn zu sehen bekommen. Der alte Mann war am Ende seiner Kräfte gewesen. *Er macht Fehler,* überlegte Baltkorn ohne Emotionen. Es wird Zeit, dass ich ihn loswerde. In den letzten Stunden war er zu der Überzeugung gelangt, dass es das Beste war, wenn Nachtmahr ein für alle Mal aus seinem Leben verschwand. Allein die Vorstellung, dass dieser unberechenbare, jähzornige Mann ihn wegen seiner Affären in der Hand hatte, bereitete ihm Unbehagen. Egal, was er heute Abend herausfinden würde, er würde Nachtmahr glauben lassen, dass er sich absetzen musste. Er war noch am Nachmittag auf der Bank gewesen und hatte sich einen Kredit über dreitausend Pfund geben lassen. Mit diesem Geld würde sich Nachtmahr erst einmal beschwichtigen lassen. War er erst einmal außer Landes, würde er sich ganz gewiss nicht mehr nach Südwestafrika wagen, und für Baltkorn bestand somit keine Gefahr mehr.

Wesentlich zuversichtlicher als noch am Nachmittag ließ er das Auto vorfahren und sich ins Hotel Kaiserhof chauffieren, in dem der Diamanten-Mogul Oppenheimer für die vornehme Gesellschaft Windhuks ein Abendessen gab.

Leise Orchestermusik tönte aus dem großen Ballsaal, während livrierte Diener ihm Mantel und Schal abnahmen. Ernest Oppenheimer begrüßte seine Gäste persönlich am Saaleingang.

»Schön, dass Sie mir die Ehre erweisen«, sagte er zu Baltkorn. »Wie ich höre, sind Sie gerade dabei, in Tsumeb eine Mine zu eröffnen. Anscheinend haben Sie mehr Glück gehabt als mein Freund Ruus Kappler.«

Baltkorns feistes Lächeln strahlte Siegesgewissheit aus. Er konnte sich eines gewissen Triumphgefühls nicht erwehren. Natürlich war ihm bekannt, dass Oppenheimers Freund ebenfalls an diesem Land interessiert gewesen war. Das hatte ihn ja erst auf seine famose Idee gebracht.

»Ja, es muss Fügung gewesen sein«, meinte er mit gespieltem Bedauern. »Mein Vater erwähnte eines Tages nur beiläufig, dass wir dort Land besitzen. Dass sich dort auch noch der Abbau von Edelsteinen lohnt, war uns bis dahin nicht bekannt.«

»Beiläufig, so so«, meinte Oppenheimer mit leicht gerunzelter Stirn. Dann wandte er sich den nächsten Gästen zu. Baltkorn war die leise Ironie nicht entgangen, aber sie kümmerte ihn nicht im Geringsten. Zufrieden nahm er ein Glas Champagner, das ihm einer der Livrierten auf einem Tablett anbot, und trank es in einem Zug leer. Wie zu erwarten waren unter den Gästen auch einige Farbige. Es war allgemein bekannt, dass Oppenheimer keinerlei Rassenkonventionen kannte. Sogar sein Sekretär und engster Mitarbeiter Petrus war ein Farbiger. Baltkorn musste schmunzeln. Oppenheimer hielt ihn für besonders vertrauenswürdig. Unauffällig hielt er nach ihm Ausschau. Eigentlich schade, dass nun alles vorbei ist, dachte er mit leisem Bedauern. Fast drei Jahre hatte der Diamantenschmuggel ihnen regelmäßig ein ausgesprochen lukratives Einkommen beschert. Petrus, Oppenheimers Sekretär, unterhielt sich gerade mit einem indischen Juwelier und dessen Frau am anderen Ende des Saales. Er trug eine auffällige Narbe im Gesicht. Sobald er Baltkorn entdeckte, verabschiedete er sich von seinen Gesprächspartnern und gab ihm ein unauffälliges Zeichen. Baltkorn nahm sich ein weiteres Glas Champagner und schlenderte beiläufig in Richtung der Toiletten. Petrus erwartete ihn bereits hinter einem Pfeiler. Er war sichtlich aufgeregt.

»Die ganze Stadt spricht von dem Diamantenschmuggel«, berichtete er hastig. Baltkorn beruhigte ihn. »Ich weiß, aber deswegen musst du dich nicht so aufführen. Weißt du etwas über den Orlam, den sie geschnappt haben?« Petrus verneinte. Er hatte andere Sorgen.

»Sie hätten mich um ein Haar erwischt. Wenn ich mich nicht hätte losreißen können, wäre ich aufgeflogen.«

Baltkorn wurde bleich. »Hat dich jemand erkannt?«

Petrus zuckte mit den Schultern. »Es gab ein Gerangel, aber ich konnte entkommen. Es war dunkel. Was weiß ich? Haben Sie mein Geld?«

»Vergiss das Geld«, zischte Baltkorn aufgebracht. »Schon vergessen? Die Diamanten sind verloren!«

»Aber ich brauche das Geld! Außerdem schulden Sie mir noch etwas vom letzten Mal.«

»Nicht jetzt. Oder möchtest du, dass wir hier auffallen?«

Baltkorn packte Petrus am Kragen. In diesem Augenblick öffnete sich die Tür zu den Toilettenräumen, und ein groß gewachsener Mann mit grau meliertem Haar trat heraus. Er musterte sie für einen Augenblick überrascht und ging dann grüßend an ihnen vorüber. Trotz seiner dunklen Hautfarbe wurde Petrus plötzlich blass.

»Was ist?«, fragte Baltkorn, indem er Petrus wieder losließ. »Kennst du den Mann?«

»Er … er hat mich an den Mann erinnert, der mich gestern geschnappt hatte. Er hatte auch nur eine Hand.«

»Bist du sicher?«

»Nein, es war ja dunkel.« Petrus' Augen flackerten unsicher.

»Hör zu.« Baltkorn bemühte sich, Ruhe zu bewahren. Sie durften jetzt auf keinen Fall einen Fehler machen. »Verschwinde so schnell wie möglich von hier. Sag Oppenheimer, dass du krank bist. Wir dürfen auf keinen Fall das Risiko eingehen, dass dich jemand erkennt.«

»Und mein Geld?«

»Das wirst du schon noch bekommen. Nun verschwinde endlich!«

Petrus zögerte nicht länger und eilte sogleich davon, während Baltkorn sich zurück in den Ballsaal begab. Was hat van Houten bei diesem Empfang verloren?, grübelte er misstrauisch. Auch er hatte ihn sofort erkannt. Er gehört weder zur gehobenen Windhuker Gesellschaft noch war er als Freund Oppenheimers bekannt. Alles, was er mit diesem Mann verband, roch nach Ärger. Er beschloss, vorsichtig zu sein. Hatte Nachtmahr nicht erwähnt, dass er hinter ihm herschnüffelte? Er hielt Ausschau nach Pitman. Er musste unbedingt erfahren, wie weit die Ermittlungen gediehen waren. Und dann musste er dafür sorgen, dass dieser eingesperrte Orlam so schnell wie möglich von der Bildfläche verschwand. Auf seinem Weg dorthin wurde er allerdings von einem Mitglied der Ratsversammlung aufgehalten, das ihn einigen wichtigen Freunden vorstellen wollte. Baltkorn konnte sich ihm nicht entziehen und wurde rasch in ein politisches Gespräch über die Einführung von weiteren Homelands verwickelt. Es blieb ihm nichts anderes übrig, als sich auf die Unterhaltung einzulassen. Schließlich wollte er in ein paar Wochen in den Kreis der zwölf regierenden Ratsmitglieder gewählt werden, und seine Wahl hing von der Unterstützung durch eben jene Männer ab.

Nebenbei registrierte er, dass mittlerweile auch Lieutenant Colonel Pitman eingetroffen war und sich in einem regen Gespräch mit Oppenheimer und einem weiteren Mann befand, der ihm den Rücken zuwandte. Es dauerte eine ganze Weile, bevor sich Baltkorn endlich aus dem Gespräch mit den Ratsmitgliedern lösen konnte. Ein Blick auf seine Taschenuhr zeigte ihm, dass er nur noch wenig Zeit hatte, denn in wenigen Minuten würde das Abendessen serviert werden. Zielstrebig steuerte er direkt auf die Gruppe von Oppenheimer und Pitman zu. Baltkorns Vater und der Polizeichef spielten gelegentlich Schach gegeneinander, sodass er ihm ohne Weiteres Grüße von ihm ausrichten konnte. Mit einem Räuspern machte er auf sich aufmerksam. Oppenheimer und der Polizeichef warfen einander erstaunte Blicke zu, die er nicht zu deuten vermochte.

»Oh, Baltkorn«, meinte Pitman knapp. »Wir haben gerade über Sie gesprochen!«

Baltkorn fühlte sich geschmeichelt. Sein Gesicht verzog sich jedoch unangenehm berührt, als er in dem jungen Mann, der mit dem Rücken zu ihm gestanden hatte, ausgerechnet Raffael Sonthofen erkannte. Es gelang ihm jedoch rasch, die Fassung zurückzugewinnen.

»Ach, bestimmt ging es um meine Kandidatur für die Ratsversammlung«, meinte er selbstgefällig. »Ich hatte gerade ein sehr aufschlussreiches Gespräch, das mir Hoffnung gibt, demnächst gewählt zu werden. Meine Wahl steht so gut wie fest.« Er warf Raffael einen hochmütigen Blick zu. Doch statt Ärger bemerkte er nur dessen selbstbewusstes Lächeln, das ihn schon zu Schulzeiten in Wut versetzt hatte.

»Das freut uns natürlich für Sie«, meinte Oppenheimer höflich. »Doch unser Thema war weniger politischer Natur …«

»Wir haben uns gerade über die seit einiger Zeit aus dem Sperrgebiet verschwindenden Diamanten unterhalten«, klärte Pitman ihn auf. »Gestern Abend wäre es uns fast gelungen, die Drahtzieher festzunehmen.«

Baltkorn tat überrascht. Er hatte nicht zu hoffen gewagt, dass es so leicht sein würde, auf das Thema zu kommen. »Ach ja? Wie schade! Dann sind die Ganoven also alle entkommen?«

Pitmans Mundwinkel zuckte bedauernd. »Einer wurde bei der Schießerei getötet, die anderen konnten entkommen.«

»Oh, es gab Tote!« Baltkorn spielte den Bestürzten. Innerlich atmete er jedoch erleichtert auf. Das Problem mit dem Orlam hatte sich also erledigt. Doch Pitman war noch nicht zu Ende. »Allerdings haben wir mittlerweile neue Erkenntnisse.« Er deutete mit einer Kopfbewegung auf Raffael. »Anwalt Sonthofen und sein Schwager haben ein paar bemerkenswerte Beobachtungen gemacht, die uns der Aufklärung des Falles ein ganzes Stück näher gebracht haben.«

»Aufklärung? Ich dachte, die Drahtzieher konnten entkommen.« Baltkorn spürte wieder leises Unbehagen. Wieso musterte Oppenheimer ihn mit steigendem Interesse?

»Woher kennen Sie eigentlich meinen Sekretär?«, fragte er ihn unvermittelt. »Soviel ich weiß, hatten Sie von meiner Seite aus noch nie mit ihm zu tun.«

»Ihren Sekretär?« Baltkorn war so überrumpelt, dass er zu schwitzen begann. Er überlegte hastig. Natürlich! Van Houten musste geplaudert haben. Leugnen würde also nichts nutzen. »Ach, dieser Schwarze … Nun, eigentlich kenne ich ihn gar nicht. Er hat wohl die Gelegenheit des heutigen Abends genutzt, um mir seine politische Meinung kundzutun. Er ist bedauerlicherweise in Bezug auf die Abschiebung seiner Leute in Homelands ganz anderer Meinung als ich.«

»Wollen Sie damit sagen, dass Petrus Sie belästigt hat?« Oppenheimer zog erstaunt die Augenbraue hoch. Baltkorn hob bedauernd die Schultern. »Man könnte es so nennen.« Langsam spürte er, wie er wieder festen Boden unter den Füßen gewann.

»Seltsam«, meinte Oppenheimer nachdenklich. »Petrus kommt aus Belgisch Kongo. Seine Leute waren noch niemals in Gefahr, in Homelands abgeschoben zu werden.« Bevor Baltkorn sich herausreden konnte, mischte Sonthofen sich ein. »Mein Schwager hat beobachtet, wie du ihn am Kragen gepackt hast. Es sah ganz nach einer handfesten Auseinandersetzung aus. Wollte Petrus etwa Geld von dir?«

»Was soll diese unverschämte üble Nachrede?«, echauffierte sich Baltkorn. Er entschloss sich zu einem Gegenangriff auf Sonthofen. »Etwas anderes ist von dir ja wohl nicht zu erwarten!« Er wandte sich aufgebracht an den Gastgeber. »Ich muss mich schon wundern, mit welchen Leuten Sie hier verkehren.«

»Ich denke, es steht Ihnen nicht zu, so über die Gäste von Herrn Oppenheimer zu reden, Baltkorn«, verbat sich Pitman seine Wortwahl. »Die Nachforschungen von Herrn Sonthofen ergaben interessante Details, die auch Sie höchstwahrscheinlich etwas angehen.«

»Mich? Ich muss schon bitten! Wollen Sie mich etwa in die Nähe dieser Verbrechen rücken?« Baltkorn nestelte nervös an seinem Kragen, während Pitman ohne auf ihn einzugehen fortfuhr.

»Kennen Sie Baron von Nachtmahr?«

»Baron von *Nacht-mahr?*«

»Wir fragen uns, was du mit ihm zu tun haben könntest«, bemerkte Raffael liebenswürdig. »Er ist gestern nur knapp der Polizei entkommen.«

»Und was soll ich, bitte schön, damit zu tun haben?« Baltkorn schnappte nach Luft. Die Angelegenheit begann eine unangenehme Wendung für ihn zu nehmen. »Ich habe mit diesem Wilderer nichts zu tun. Wir sind uns vor Jahren im Hause meiner Eltern begegnet und danach nie wieder.«

»Aber dass er ein Wilderer ist, das weißt du?«, fragte Raffael mit einem betont unschuldig wirkenden Lächeln.

»Jeder weiß, dass er ein Wilderer ist und Schulden hat«, meinte Baltkorn erregt. Er fühlte sich in die Ecke getrieben und beschloss abermals auf Sonthofen loszugehen, indem er sich entrüstet an den Gastgeber wandte. »Wie können Sie es dulden, dass dieser Bastard und Lügner mich in aller Öffentlichkeit beleidigt? Ich verlange, dass er sofort von hier verschwindet. Leute wie er …«

Baltkorn war so echauffiert, dass er unweigerlich lauter als beabsichtigt geworden war. Einige der Gäste sahen sich bereits neugierig nach ihnen um. Sonthofen lächelte nur über die Beleidigungen seines Widersachers und schwieg. Nun war es an Colonel Pitman, sich einzumischen. Er wirkte sichtlich ungehalten. Mit schneidender Stimme unterbrach er Baltkorns Redeschwall. »Mäßigen Sie sich, und erklären Sie uns lieber, was Baron von Nachtmahr in Ihrem Haus zu suchen hat.«

Baltkorn wich die Farbe aus dem Gesicht. Nervös fuhr er sich mit einem Taschentuch über die Stirn. »In meinem Haus? Ich … ich verstehe nicht, was Sie meinen. Dieser Nachtmahr war noch nie in meinem Haus.«

»Einer meiner Leute hat ihn aber heute Nachmittag dabei beobachtet. Er hat sogar gesehen, wie du ihn über die Verandatür hereingelassen hast.« Sonthofen blitzte ihn triumphierend an. »Leugnen ist zwecklos.«

Baltkorn rieb sich die schweißnassen Hände und fuhr sich damit durch sein schütteres Haar. Er sah sich plötzlich gezwungen, seine Taktik zu ändern. »Baron von Nachtmahr war tatsächlich heute Nachmittag bei mir«, gestand er schließlich ein. Ihm blieben nicht mehr viele Möglichkeiten, um seinen Kopf aus der Schlinge zu ziehen.

»Und was wollte er von Ihnen?« Pitman warf Sonthofen einen anerkennenden Blick zu.

»Er bedrängte mich und wollte von mir Geld«, erklärte Baltkorn zerknirscht. »Dabei wurde er so aufdringlich, dass ich ihn nicht mehr loswurde. Ich hatte vor Jahren seine Farm gekauft, und er meinte, ich schulde ihm deswegen noch Geld. Er gestand mir, dass er in Not sei und schleunigst verschwinden müsse. Tatsächlich machte er einen gehetzten Eindruck.«

»Du hättest deine Bediensteten rufen können, um ihn loszuwerden«, warf Raffael spöttisch ein. »Nachtmahr ist ein alter Mann.«

»Ich wollte keine Unannehmlichkeiten.« Baltkorn sah Pitman Verständnis heischend an. »Jeder weiß, dass der Ruf dieses Mannes nicht der beste ist. Ich wollte wegen der anstehenden Wahlen nicht mit ihm in Verbindung gebracht werden.«

Pitman rieb sich nachdenklich das Kinn. »Das hört sich durchaus plausibel an. Vielleicht können Sie uns dann auch noch erklären, weshalb sich Nachtmahr immer noch in Ihrem Haus aufhält?«

Baltkorn schlug die Augen nieder. »Ich bin auch nur ein schwacher Mensch«, unterbreitete er demütig seine Erklärung. »Um kein unnötiges Aufsehen zu erregen, entschloss ich mich, ihm etwas Geld zu besorgen. Sie können auf der Bank nachfragen; ich habe das Geld vorhin abgeholt. Nach dem Abendessen hier wollte ich ihn ausbezahlen.«

»Du warst schon immer ein Mann mit einem großen Herzen«, spottete Sonthofen bissig. »Die Sache ist nur, dass kein Wort davon wahr ist. Ich glaube vielmehr, dass du mit Nachtmahr und Petrus unter einer Decke steckst.«

Baltkorn warf ihm einen hasserfüllten Blick zu. »Ich habe mit Nachtmahr und seinen illegalen Geschäften nichts zu tun. Kein Mensch wird mir diesbezüglich etwas nachweisen können.«

»Es wird eine Untersuchung darüber geben, so viel steht fest«, schnitt der Polizeichef die Diskussion ab. »Ich habe bereits einen Haftbefehl gegen Nachtmahr erlassen. Und mit diesem Petrus werden wir uns auch noch befassen. Zur Klärung der Umstände bitte ich auch Sie, Herr Baltkorn, sich morgen für eine Befragung bereit zu halten. Wenn Sie mich jetzt bitte entschuldigen.« Er nickte ihm zu und wandte sich dann wieder an den Gastgeber.

»Die Schlinge um deinen Hals ist im Moment vielleicht noch etwas locker«, drohte ihm Sonthofen verstimmt. »Sie wird sich dennoch rasch zuziehen. Nur weil du dich für den Moment herausgeredet hast, bist du längst noch nicht in Sicherheit. Ich werde schon dafür sorgen, dass du noch zur Rechenschaft gezogen wirst.«

»Drohungen, nichts als Drohungen, Sonthofen«, lachte Baltkorn gezwungen. Doch seine zitternden Hände straften ihn Lügen.

Dreimal Hochzeit

Kapitän Joshua Ryder war kein Freund von großen Worten, sondern ein Mann der Tat. Sobald das erste Morgenlicht den Horizont beleuchtete, ließ er die Schiffsglocke läuten. Kurze Zeit später rührten sich seine Passagiere an Bord und erschienen verschlafen und reichlich verkatert in ihren Morgenmänteln auf der Brücke. Manch einer von ihnen befürchtete schon einen Schiffsuntergang, denn warum sonst wurde zu so früher Stunde Alarm geschlagen? Die Hochzeitsgesellschaft war am vorigen Abend kurz vor Sonnenuntergang in der Walfischbay an Bord gekommen, um sofort mit Kapitän Ryder auf dessen Frachter in See zu stechen. Da es seine Zeit brauchte, bis das Schiff das Hoheitsgebiet Südwestafrikas verlassen hatte und sich in internationalen Gewässern befand, hatte Ryder ihnen seine drei Gästekabinen überlassen, die zwar nicht sehr luxuriös, aber immerhin zweckmäßig und einigermaßen gemütlich waren. Die Jahre auf See hatten den Kapitän wortkarg und menschenscheu werden lassen. Vielen galt er als brummig und unfreundlich. Dennoch war er im Grunde genommen ein großherziger Mensch, der sich nach einigem Hin und Her von seinem Freund Traugott Kiesewetter dazu hatte überreden lassen, Sonja von Nachtmahr und Raffael Sonthofen zu trauen. Hinzu kam, dass er ein äußerst liberaler Mann war, der den Immorality Act, der kürzlich in Südafrika eingeführt worden war, aus tiefstem Herzen ablehnte. Die Tatsache, dass sexuelle Beziehungen zwischen Schwarzen und Weißen unter Strafe standen und verboten waren, empörte ihn als Mensch und

Freigeist. Es galt zudem in vielen Kreisen nur als eine Frage der Zeit, bis dieses Gesetz auch in Südwestafrika seine Gültigkeit erlangen würde. Schon aus diesem Grund verschaffte es ihm eine nicht unbedeutende Genugtuung, denen, die hinter diesem Gesetz standen, ein Schnippchen schlagen zu können – was freilich nichts daran änderte, dass er diese Angelegenheit möglichst schnell hinter sich bringen wollte. Schließlich war Zeit auch für ihn Geld, und die nächste Fracht nach Südafrika wartete bereits darauf, von ihm verschifft zu werden. Seinen Gästen waren allesamt die Folgen des letzten Abends noch anzusehen. Zwei der Frauen hatten es sich nicht nehmen lassen, in der Schiffsmesse ein kleines Fest zu organisieren. Sie hatten kurzerhand die Kombüse besetzt und aus ihren mitgebrachten Lebensmitteln ein kleines Menü gezaubert. Wein, Bier und reichlich Cognac hatten für eine gute Stimmung gesorgt und sie bis tief in die Nacht feiern lassen. Selbst die Kinder des Brautpaares waren noch unausgeschlafen. Sie teilten sich eine Kabine mit ihrer Großmutter.

»Wir sind nun außerhalb der Zwölfmeilenzone«, teilte der Kapitän ihnen kurzerhand mit. Unter dem Arm hielt er eine abgegriffene Lederbibel, die er dem Brautpaar, das sich als Letztes eben erst aus der Kabine gequält hatte, entgegenhielt.

»Hand auflegen, beide«, befahl er ohne jeden Schnörkel. Die Braut blickte entsetzt an sich herab. Sie trug nur ihren Mantel über dem Nachthemd. Auch die anderen Gäste befanden sich noch mehr oder weniger in ihrer Schlafgarderobe. »Aber mein Brautkleid! Ich muss mich erst umziehen!«, protestierte sie schließlich entrüstet. Kapitän Ryder schüttelte verständnislos den Kopf.

»Wieso? Der Bräutigam heiratet doch Sie und nicht Ihre Plünnen!«

Die Schwester des Bräutigams verkniff sich ein Lachen, und auch deren Mann schmunzelte. Doch die Brautmutter hatte durchaus Verständnis für die Nöte ihrer Tochter und sprang ihr hilfreich zur Seite.

»Die Zeit werden wir wohl noch haben«, meinte sie energisch. »Komm, mein Kind, ich helfe dir beim Ankleiden. Schließlich ist dies der wichtigste Tag in deinem Leben.«

Ryder grummelte etwas von Zeitverschwendung und Weiberkram und bestand weiterhin auf der sofortigen Trauung. Erst als man ihm aus der Kombüse eine schöne Tasse Kaffee brachte, lenkte er ein.

Eine knappe Stunde später fanden sich alle wieder auf der Brücke ein, und dieses Mal machte die Gesellschaft einen durchaus ansehnlichen Eindruck. Sonja überraschte alle mit ihrem eigenhändig geschneiderten Hochzeitskleid. Sie hatte sich damit selbst übertroffen. Das weiße, eng geschnittene Chiffonkleid reichte ihr knapp über die Knie. Es war an der Seite geschlitzt und ließ immer wieder ihre wohlgeformten Beine hervorblitzen. Eine weiße Taftrose an dem schrägen Ausschnitt bildete einen schönen Kontrapunkt zu der dunkelblauen Saphirkette, die Isabella ihrer Tochter geschenkt hatte. Der neuesten Mode entsprechend trug sie ihre weißblonden, gewellten Haare nun ebenfalls halblang und zierte sie durch ein einfaches, himmelblaues Stirnband, das wiederum das Graublau ihrer Augen unterstrich. Passend dazu war der Brautstrauß gehalten, den Isabella aus violetten und blauen Kapastern und Kornblumen gebunden hatte. Raffael konnte vor Staunen kaum die Augen von seiner Braut lassen. Nun kannten sie sich schon so viele Jahre, hatten drei Kinder miteinander, und doch war ihm, als sähe er sie heute zum ersten Mal.

»Du machst mich zum glücklichsten Mann auf der Welt«, begrüßte er sie strahlend und reichte ihr seinen Arm. Kapitän Ryder, der in seinen Cordhosen und der schmuddeligen Wolljacke seltsam deplatziert wirkte, grunzte ungeduldig und streckte ihnen erneut seine abgegriffene Bibel entgegen. Raffael und Sonja lächelten einander kurz zu, bevor sie folgsam ihre Hände darauflegten. Hinter ihnen standen Jella und Fritz, Sonjas Mutter Isabella mit den drei Enkelkindern sowie Traugott Kiesewetter, die allesamt als Trauzeugen fungierten. Nur Johannes und Sarah waren auf *Owitambe* geblieben, da ihnen die Reise zu anstrengend erschien.

»Nun ...« Ryder räusperte sich umständlich und suchte nach den richtigen Worten. »Also, da es wohl in euren Wünschen und in meiner Macht steht ... ähm, erkläre ich euch als Kapitän des Frachtschiffes *Horizon,* also ... ähm, nach dem internationalen Seerecht, zu Mann und Frau.«

Der Kapitän wirkte reichlich erleichtert und wunderte sich über die erwartungsvollen Blicke seiner Gäste.

»Jau, das war's«, meinte er abschließend und entzog dem Brautpaar die Bibel, um sich wieder in sein Steuerhaus zu begeben.

»War das etwa alles?«

Wie immer hatte Jella als Erste die Sprache wiedergefunden. Der Kapitän wandte sich erstaunt um.

»Ja, wieso?« Seiner Meinung nach war dem allem nichts mehr hinzuzufügen. Dann fiel ihm doch noch etwas ein. »Ach so, der Papierkram! Den bring ich auch noch in Ordnung.« Sprach's und verschwand in seinem Steuerhaus, um die längst fällige Rückreise in die Wege zu leiten. Schließlich war er in erster Linie Kapitän und kein Standesbeamter.

Traugott Kiesewetter rettete kurzerhand die Situation, indem er die Rolle des Kapitäns einnahm und sich anbot, das Paar nun noch einmal kirchlich und mit umso blumigeren Worten zu trauen. Alle waren es zufrieden. Nach dem Tausch der Ringe, reichlichen Ermahnungen und guten Wünschen durften sich die Brautleute endlich küssen und sich von allen hochleben lassen. Fritz schenkte den mitgebrachten Sekt aus, während Sonja ihren Brautstrauß in die Luft warf, der ausgerechnet von Kapitän Ryder aufgefangen wurde, der nur einmal kurz nachsehen wollte, weshalb so ein Radau auf seinem Schiff herrschte. Völlig überfordert von dem darauf ausbrechenden Gelächter warf er schließlich die Blumen kurzerhand über Bord.

Ursprünglich hätte die kirchliche Trauung erst einige Tage später auf *Owitambe* stattfinden sollen. Sarah und Teresa waren gemeinsam mit Fritz' Mutter Imelda schon eifrig mit den Vorbereitungen beschäftigt und erwarteten sie. Jetzt fürchtete Sonja, dass das Fest ausfallen müsse, weil sie ja bereits kirchlich getraut waren. Doch Traugott Kiesewetter zerstob all ihre Bedenken mit einem Augenzwinkern. »Der liebe Gott drückt da wohl noch mal ein Auge zu«, meinte er unbekümmert. »Was ihr euch hier auf dem Wasser versprochen habt, das könnt ihr genauso gut auch noch ein drittes Mal an Land versuchen.«

*

Nachtmahr erwachte vom Knarren der Tür. In der einfachen Jagdhütte war es stockdunkel, nicht einmal etwas Mondlicht fiel durch die vielen Ritzen. Er griff sofort nach dem geladenen Revolver neben seinem Lager und richtete sich auf. An der Art des Geräusches erkannte er sofort, dass es sich um kein Tier handelte. Mit der linken Hand griff er nach der Taschenlampe, die er ebenfalls immer bereithielt, und versuchte damit, den Eindringling zu blenden. Seit er auf der Flucht war, war sein Schlaf noch unruhiger, und er fürchtete hinter jedem ungewöhnlichen Geräusch einen Angreifer. Als er Hendrik erkannte, ließ er erleichtert die Waffe sinken.

»Du kommst spät«, knurrte er verstimmt. »Ich habe dich bereits gestern erwartet.«

Der Orlam trat mit einem Sack über den Schultern in die kleine Hütte ein.

»Hast du alles bekommen?« Nachtmahr nahm ungeduldig

den Proviant entgegen. Außer Konserven und Munition fand er Kaffee, Mehl, Streichhölzer und Tabak, eine Zeitung und zwei Flaschen mit Schnaps. Er entkorkte sofort eine und tat einen tiefen Schluck, um die Magenschmerzen, die ihn in letzter Zeit immer häufiger quälten, zu lindern. Während er an einem Kanten Brot herumkaute, griff er nach der Zeitung. Neben den üblichen politischen Debatten war das Hauptthema immer noch der vor einigen Wochen aufgedeckte Diamantenschmuggel. Interessiert verfolgte er die Berichterstattung. Bislang hatte es so ausgesehen, als würde Baltkorns Beteiligung am Diamantenschmuggel auffliegen. Für Nachtmahr bedeutete das in Anbetracht seiner misslichen Lage eine gewisse Genugtuung. Wenn schon alles in die Hose ging, dann sollte der Mistkerl auch seine Strafe erhalten. Petrus, Ernest Oppenheimers Sekretär, hatte nach seiner Festnahme und eingehenden Verhören tatsächlich eine Aussage gemacht, die Baltkorn schwer in Bedrängnis gebracht hatte. Doch jetzt musste Nachtmahr lesen, dass der Mann seine Aussage widerrufen hatte und stattdessen behauptete, nur mit Nachtmahr gemeinsame Sache gemacht zu haben. Nachtmahr schnaubte verächtlich, während er weiterlas. Natürlich hatte niemand Petrus' Widerruf geglaubt, denn es war für alle offensichtlich, dass nur er die Diamanten aus der Sperrzone hatte herausschmuggeln können. Also wurden die Verhöre fortgesetzt. Am Ende des Artikels stand jedoch, dass die Gerichte Baltkorn schließlich aus Mangel an Beweisen freigesprochen hätten, zumal der Zeuge im Gefängnis überraschend an einem Herzanfall gestorben war.

»Herzanfall, dass ich nicht lache! Wenn Baltkorn nichts mit Petrus' Tod zu tun hat, dann fresse ich einen Besen!« Er schmiss angeekelt die Zeitung von sich und fühlte, wie sich sein Magen erneut verkrampfte. *Verdammt!* Hendrik hatte unterdessen die Petroleumlampe in der Hütte angezündet und sich auf den einzigen Stuhl gesetzt. Geduldig wartete er ab, bis sich der Baas beruhigt hatte. Von allen Orlams war er der Einzige, der noch bei ihm geblieben war. Doch auch das würde nur noch eine Frage der Zeit sein. Nachtmahr machte sich nichts vor. Er besaß nicht mehr genügend Geld, um ihn weiter auszuhalten. Und wenn ihm nicht bald etwas einfiel, war auch er selbst am Ende. Doch Selbstmitleid war nicht seine Sache. Stattdessen nährte er seinen Hass auf die Menschen. Dass Baltkorn ihn zum Sündenbock gemacht hatte, warf er ihm nicht wirklich vor. Er hätte an dessen Stelle genauso gehandelt. Was den Hass in ihm schürte, war vielmehr, dass es diesen Sonthofens und Van Houtens tatsächlich gelungen war, ihn beinahe völlig zu vernichten. Ohne diese Bastarde wäre er nie in diese aussichtslose Situation geraten. Dieser Abschaum von *Owitambe* hatte alles zerstört, was er sich in seinem Leben aufgebaut hatte. Wie sehr er diese Familie hasste! Er machte sie dafür verantwortlich, dass er alles verloren hatte, verantwortlich für den Tod seines Sohnes, dafür, dass seine Frau ihn verlassen hatte, nur weil dieser Nigger seine Tochter geschwängert hatte, und auch für den Verlust von *Hakoma.* Alle seine Niederlagen standen in Zusammenhang mit den Bewohnern von *Owitambe.* Obendrein hatte sein Niedergang diesem Mischling auch noch geholfen, sich gesellschaftlich wieder zu etablieren. Ernest Oppenheimer, der Diamantenmogul, hatte ihn in aller Öffentlichkeit rehabilitiert. Mittlerweile ließ sich ganz Windhuk von Sonthofen als Rechtsanwalt vertreten. Was für ein Hohn! Ein Mischling, ein Bastard, der ihm seine einzige Tochter geraubt hatte! Wenn Nachtmahr jemals so etwas wie Liebe empfunden hatte, dann hatte sie seiner Tochter gegolten … Er schüttelte unwirsch den Kopf, um die Gedanken abzuschütteln.

»Warst du bei Baltkorn?« Eigentlich hätte er sich die Frage sparen können. An Hendriks Haltung erkannte er, dass er nichts erreicht hatte. Der Orlam schüttelte prompt den Kopf. »Der Baas hat überall Wachen aufgestellt. Es war unmöglich, zu ihm vorzudringen. Man redet, dass er sich gar nicht mehr in Windhuk aufhält.«

»Dieser Feigling! Bestimmt hat er sich nach Tsumeb abgesetzt.«

Hendrik wusste noch mehr. »Die Leute reden viel Schlechtes über Baas Baltkorn. Ich habe gehört, dass man ihn als Kandidaten für die Regierung der Weißen abgesetzt hat. Seine Freunde haben ihn im Stich gelassen.«

»Geschieht ihm recht. Das wird diesem perversen Weichei ganz und gar nicht gefallen.« Bei aller Genugtuung war dies für Nachtmahr allerdings nur ein schwacher Trost. Auch wenn Baltkorn gesellschaftlich ruiniert war, so hinderte es ihn nicht daran, weiterhin seinen lukrativen Geschäften nachzugehen. Unter anderem mit der Mine in Tsumeb, die schon jetzt beträchtlichen Gewinn einbrachte. Und jetzt dachte der Mistkerl bestimmt, dass er ihm seinen Anteil niemals würde auszahlen müssen. Aber da hatte er sich geschnitten. Nachtmahr standen immer noch fünfundzwanzig Prozent von der Mine zu. Und er würde sich seinen Anteil notfalls mit Gewalt nehmen. Baltkorn war ein Feigling. Nachtmahr hatte nichts als Verachtung für ihn übrig. Im Moment hatte er allerdings andere Sorgen. Seine Lage war alles andere als gut. Die anfängliche Freude darüber, seinen Häschern entkommen zu sein, hatte sich schnell gelegt und war der bitteren Erkenntnis gewichen, nun ein im ganzen Land gesuchter Verbrecher zu sein. Nur durch einen Zufall war es ihm gelungen, der Polizei zu entkommen. Hätte er nicht spätabends noch einen Spaziergang in Baltkorns Garten gemacht, dann hätten ihn die Polizisten im Haus überrascht. Zum Glück waren die Beamten ungeschickt genug gewesen, sich beim Umstellen des Hauses durch Geräusche zu verraten. Nachtmahr war sofort in der Deckung eines Busches verschwunden, als sie durch das Tor in den Garten eingedrungen waren. Als routinierter Jäger war es ihm ein Leichtes gewesen, sich unbemerkt davonzustehlen. Die ganze Nacht hindurch hatte er sich dann in Richtung Brakwater durchgeschlagen, wo seine Männer auf ihn gewartet hatten. Bis auf Hendrik hatte er alle Orlams fortgeschickt und war dann mit dem Wagen in Richtung Norden aufgebrochen. Doch bereits in Okahandja stießen sie auf Straßensperren und mussten den Wagen zurücklassen. Zu Fuß schlugen sie sich weiter durch die Wildnis, alle Orte und Farmen meidend. Ab und zu drang Hendrik heimlich in eine der Farmen ein und stahl Lebensmittel, jedoch nie zu viel, um ja nicht aufzufallen. Die Suche nach Nachtmahr hatte sich mittlerweile auf das ganze Land ausgedehnt. Schließlich galt er als einer der größten Diamantenräuber der südwestafrikanischen Geschichte. Die Flucht hatte an seinen Kräften gezehrt. Er spürte das Alter in jedem seiner Knochen. Auch seine Magenkrämpfe hatten sich verschlimmert, und er musste seinen Plan, sich über das Owamboland nach Angola abzusetzen, erst einmal verschieben. Schließlich war ihm die einfache Schutzhütte auf seinem ehemaligen Land auf *Hakoma* eingefallen. Er hatte sie einst als Zwischenlager für seine Jagdtrophäen bauen lassen. Sie stand abseits von allen Wegen ziemlich einsam in einem dicht bewachsenen kleinen Tal. Hier würde ganz bestimmt niemand nach ihm suchen.

Und jetzt hauste er in dieser erbärmlichen Hütte wie ein waidwundes Tier. Eine neue Woge des Hasses überrollte ihn, als ihm einfiel, dass nur wenige Meilen von hier entfernt *Owitambe* lag, deren Bewohner nun hämisch über ihn triumphieren mussten. Nachtmahr griff ungeduldig nach der Zeitung und blätterte sie zerstreut durch. Mehr zufällig blieb sein Blick auf einer kleinen Anzeige hängen:

Ihre Vermählung geben bekannt:
Barrister Raffael Sonthofen und seine Gemahlin Sonja, geborene Baronin von Nachtmahr.
Zur kirchlichen Trauung sind alle Freunde der Familie am folgenden Sonntag herzlich nach Owitambe geladen.

Nachtmahr wurde kurzzeitig schwarz vor Augen. Ungläubig las er die Anzeige ein weiteres Mal. Seine Hände zitterten dabei. Sein Hass und seine Abscheu fraßen sich wie ein eitriges Geschwür in seinen Eingeweiden fest. Diese wenigen, knapp gehaltenen Worte trafen ihn mehr als alles andere. Ihm war, als würde er die letzte Verbindung zu seiner Vergangenheit verlieren. Schlimm genug, dass sich seine einzige Tochter mit diesem Farbigen eingelassen hatte, aber dass sie nun auch noch seinen Namen angenommen hatte, war für ihn, als verbrannte man die Erinnerung an ihn auf dem Scheiterhaufen. Erst jetzt wurde ihm bewusst, dass er seltsamerweise einen gewissen Trost daraus gezogen hatte, dass seine Tochter und deren Kinder, die immerhin seine Enkel waren, von Nachtmahrs geblieben waren. Überrascht musste er sich nun eingestehen, dass sie ihm nicht ganz gleichgültig geblieben waren, egal, wer ihr Vater war. Bislang waren sie ihm immer als farbiger Abschaum einer unseligen Verbindung erschienen, aber nun kam ihm plötzlich in den Sinn, dass der Anteil ihres dunklen Blutes doch nur ein Viertel betrug. Er schalt sich selber einen verweichlichten Schwachkopf, doch er konnte nicht verhehlen, dass er die Kinder seiner Tochter gerne einmal gesehen hätte. »Verdammt!«, wiederholte er wieder und wieder. Er hasste sich selbst für diese sentimentalen Gedanken. Er brauchte jemanden, der dafür büßen musste. Die ganze Sippe gehörte ausgerottet. Ein Blick auf das Datum der Zeitung verriet ihm, dass die kirchliche Hochzeit am nächsten Tag stattfinden sollte. Wäre er jünger gewesen und hätte er über mehr Leute verfügt, dann hätte er die Gesellschaft aufgemischt und die Farm in Brand gesteckt, aber sein Zustand erlaubte ihm solche Torheiten nicht mehr. Doch der Hass in ihm loderte weiter, und seine Gedanken zielten nur noch auf eines. Wie konnte er den Leuten auf *Owitambe* und vor allem dem jungen Sonthofen schaden?

»Geht es dir nicht gut, Baas?«, fragte Hendrik besorgt. Nachtmahr war immer noch aschfahl und sein hageres Gesicht zu einer hassverzerrten Maske erstarrt. Er sah den Orlam verwirrt an, als hätte er ihn eben erst bemerkt. Und dann kam ihm plötzlich der Funke einer Idee, die sofort zu schwelen begann und sich in ihm ausbreitete.

»Was schmerzt einen Vater am meisten?«, fragte er ohne scheinbaren Zusammenhang. Hendrik zuckte gleichgültig mit den Schultern. »Ich habe keine Kinder. Was weiß ich!«

»Aber ich weiß es«, meinte Nachtmahr, und zum ersten Mal seit langer Zeit trat so etwas wie ein Lächeln in sein Gesicht.

*

Schon lange war es auf *Owitambe* nicht mehr so turbulent zugegangen. Die Hochzeitsvorbereitungen liefen auf Hochtouren, und die ersten Gäste waren bereits angekommen. Teresa war dabei, sich selbst zu übertreffen. Gemeinsam mit ihrem Sohn Matteus, der mittlerweile seinen Vater Samuel als Vorarbeiter abgelöst hatte, und dessen Frau Petarina waren sie für das leibliche Wohl der Gäste zuständig. Ebenso wie bei den anderen großen Festen auf der Farm sollte auch dieses Mal wieder unter der großen Schirmakazie gefeiert werden. Überall hingen bunte Girlanden und Lampions, die dem ganzen Anwesen den Anstrich der Unbekümmertheit eines Jahrmarktes verliehen. Selbst Johannes, der sich immer mehr aus dem alltäglichen Leben zurückzog, hatte alle überrascht, indem er mit einem Kudubock und zwei Antilopen von einem Ausflug aus der Savanne zurückgekehrt war. Er hatte sie, ohne sich einen Kommentar abringen zu lassen, bei Teresa in der Küche abgeliefert und war dann wieder seines Weges gegangen. Keiner konnte sich erklären, wie er zu dem Wild gekommen war, denn er nahm niemals eine Waffe mit in die Wildnis. Nur die Art der Wunden verriet, dass die Tiere mit Pfeil und Bogen getötet worden waren. Jella war sich ziemlich sicher, dass die Tiere ein Geschenk der Einheimischen waren. Es war ihnen offiziell von der Regierung verboten worden zu jagen, aber ihr Vater und auch Fritz drückten in dieser Hinsicht so manches Auge zu. Matteus hatte außerdem ein Rind und zwei Schafe schlachten lassen sowie ein Dutzend Hühner. Ein Teil des Fleisches wurde mit frischem Gemüse aus Sarahs Garten zu deftigen Eintöpfen gekocht, während die großen Stücke über offenem Feuer gegrillt wurden. Die ganze Gegend roch bereits nach Kräutern und frisch gebratenem Fleisch und Würsten. Dazu waren auf provisorischen Bänken, die mit weißen Tischdecken überzogen wurden, diverse Salate, gekochte Süßkartoffeln, frisch gebackenes Brot und zum Nachtisch Pudding und reichlich Obstsalate angerichtet.

Alfred Knorr, der mittlerweile Imeldas Store ganz übernommen hatte, brachte Kisten voller Wein und zwei Fässer Bier mit. Wie gewohnt spielte er sich als Organisator auf und mischte sich in alles und jedes ein. Er schien an diesem Tag besonders gut gelaunt, wahrscheinlich deshalb, weil seine Frau, eine liebenswerte, wenn auch sehr resolute Herero, wegen einer Unpässlichkeit zu Hause bleiben musste. Sie war die Einzige, der es gelang, seinen Redefluss wenigstens für kurze Zeit einzudämmen. Gerade redete er auf Imelda ein, die es sich nicht hatte nehmen lassen, wie damals vor vielen Jahren, als ihr Sohn Jella geheiratet hatte, für die musikalische Untermalung zu sorgen. Allerdings verzichtete sie dieses Mal auf das Zusammenstellen eines kleinen Orchesters und setzte auf das bewährte Grammofon, an das ihr Mann Rajiv gerade ein Starkton-Gerät anschloss, mit dessen Hilfe die Musik auf dem ganzen Platz um die Schirmakazie herum zu hören sein würde.

»Das Gerät ist völlig falsch platziert«, echauffierte sich Knorr wichtigtuerisch. »Es steht viel zu hoch. Schall geht immer nach oben. Da, da unten muss es hin.«

Rajiv lächelte und versuchte erst gar nicht, Alfred Knorr zu widersprechen. »Aber selbstverständlich, lieber Freund«, beschwichtigte er ihn. »Aber du wirst mir doch sicherlich zustimmen, dass es gar nicht so schlecht hier steht, wenn man bedenkt, dass weiter oben und nicht dort unten getanzt wird.«

»Dort oben also, ach so!« Knorr schüttelte ungeduldig den Kopf und eilte weiter zu Matteus und seinen Männern, die seiner Meinung nach keine Ahnung vom Grillen des Fleisches hatten. Imelda sah ihm kopfschüttelnd nach. »Wie haben wir es nur all die Jahre mit diesem Kerl aushalten können?«

Rajiv strich ihr zärtlich über die von unzähligen Lachfalten durchzogene Wange. »Weil wir die gutmütigsten Menschen in ganz Südwestafrika sind.« Auch seine Haare waren mittlerweile schneeweiß geworden, wenn auch sein Gesicht trotz seines Alters noch recht jugendlich wirkte. »Hast du Jella schon Rickys Brief gezeigt?«, fragte er Imelda. »Ich hatte den Eindruck, dass sie von ihrem Erfolg noch gar nichts mitbekommen hat.«

»Dazu hatte ich noch keine Gelegenheit«, schmunzelte Imelda. »Jella ist mal wieder in ihrem Lazarett. Sie hat ein schlechtes Gewissen, weil sie ein paar Tage weg war, und will jetzt alles nachholen, was sie meint versäumt zu haben. Ich würde mich nicht wundern, wenn sie zum Fest in ihrem Arztkittel erscheint.«

*

Jella war tatsächlich völlig in ihre Arbeit vertieft. Sie war gerade dabei, in ihrem Labor ein interessantes Experiment durchzuführen. Unter ihrem Mikroskop befand sich eine Kultur von Streptokokken, denen sie kleine Stücke eines Schimmelpilzes beifügte, den sie von Nokoma erhalten hatte. Ihr naturwissenschaftlicher Ehrgeiz trieb sie dazu an, hinter sein Geheimnis zu kommen. Im Laufe der letzten beiden Jahre hatte ihr der alte Medizinmann vieles von seinem Heilwissen beigebracht. Immer wieder und zu den unmöglichsten Tages- und Nachtzeiten war er aufgetaucht und hatte sie mit in die Savanne genommen, um sie zu unterweisen. Neben Heilpraktiken und Pflanzenkunde hatte er sie in die geheimnisvolle Welt der Geister und Dämonen eingeführt. Es hatte lange gedauert, bis Jella sich vorbehaltlos darauf hatte einlassen können. Und auch jetzt gab es immer wieder Situationen, in denen sich ihr analytischer Geist dagegen wehrte, zum Beispiel wenn er von ihr forderte, sich mit bestimmten Gesängen in Trance zu versetzen, um gegen die bösen Geister zu kämpfen.

»Nur wenn du dich ihnen stellst, hast du die Möglichkeit, ihren Hinterhalt zu durchschauen. Du musst lernen, ihnen zu schmeicheln, um sie dazu zu bringen, dass sie sich verraten. Dann wird es leicht sein, sie in ihre Schranken zu weisen.« Jella hatte es immer wieder versucht. Allerdings hatte sie nie das Gefühl gehabt, dass es ihr wirklich gelungen war, selbstbewusst in diese Dimension vorzudringen. Alles Übernatürliche, das ihr bislang widerfahren war, war von allein zu ihr gekommen. Sie bezweifelte, dass es ihr jemals gelingen würde, es durch ihren eigenen Willen herbeirufen zu können. Was sie jedoch tun konnte, war, die Geheimnisse von Nokomas Heilkünsten auf naturwissenschaftlichem Wege zu erkunden. Vielleicht gelang es ihr ja, die Pilzsporen, die soeben dabei waren, die Streptokokken zu vernichten, irgendwie zu kultivieren. Sobald ihr das gelang, konnte sie damit Versuche an Tieren durchführen. Und wenn das erfolgreich war, vielleicht auch einmal an Menschen. Fasziniert beobachtete sie, wie die länglichen Bakterien von den Pilzsporen in der Mitte attackiert und von innen heraus aufgefressen wurden, bis sie ganz verschwanden. Sie war so in ihre Beobachtungen vertieft, dass sie nicht bemerkte, wie jemand ihr Labor betrat.

Ein leichtes Hüsteln ließ sie endlich aufsehen. Hinter ihr stand Nokoma. Er war wie immer aus dem Nichts aufgetaucht.

Jella wunderte sich schon lange nicht mehr darüber. Im Gegenteil: Sie freute sich, ihn zu sehen, und deutete sofort auf ihr Mikroskop.

»Sieh mal«, forderte sie ihn auf. Interessiert beugte sich der alte Mann über das Instrument. Doch er konnte nichts erkennen. »Du musst deine Augen auf diese Linsen halten«, erklärte ihm Jella. Sie drehte an den Okularen, bis er ein scharfes Bild erhielt. Nokoma zog erschrocken den Kopf zurück, als er das Gewimmel in der Petrischale entdeckte. »Sind die Tiere wirklich in dem Wasser drin?«, fragte er ungläubig.

»In jedem Wasser findest du solche ›Tiere‹«, versuchte Jella zu erklären. »Viele von ihnen sind völlig harmlos. Manche von ihnen sind allerdings gefährlich und können die Menschen krank machen. Die länglichen Teile, die aussehen wie ein Stück Grashalm, sind ›böse‹ Tiere. Sie sind für Entzündungen verantwortlich. Sie vermehren sich ständig, bis sie den ganzen Körper vergiften. Der Körper besitzt nichts, um sie aufzuhalten.«

Nokoma sah nochmals in das Mikroskop und beobachtete aufmerksam das Gewusel.

»Aber das stimmt nicht«, widersprach er. »Ich sehe genau, dass sie angegriffen werden. Es gibt andere Tiere, die sie zerstören.«

Jella wunderte sich über Nokomas scharfe Beobachtungsgabe und gab ihm recht. »Erinnerst du dich noch an den Pilz, den wir an den Wurzeln des Baumes gesammelt haben?«, fragte sie. »Ich habe etwas davon in das Wasser getan. Auf dem Pilz leben andere Tiere. Auch sie haben Hunger. Sie fressen die Tiere, die die Entzündungen verursachen.«

Nokoma sah sie verständnislos an. »Warum willst du das sehen? Ich habe dir gezeigt, dass der Pilz Wunden heilen kann.«

Jella versuchte es ihm zu erklären. »Ich möchte versuchen zu verstehen, *wie* dieser Pilz die bösen Erreger vertreibt und *ob* man ihn noch wirkungsvoller einsetzen kann. Es ist unbestritten, dass der Pilz äußere Wunden heilen kann, aber ich möchte herausfinden, ob ich ihn auch innerlich anwenden kann. Vielleicht gelingt es mir ja, aus ihm eine Medizin herzustellen, die vielen Menschen helfen kann. Verstehst du?«

Der Medizinmann wiegte nachdenklich den Kopf. »Das ist eine große Aufgabe«, meinte er schließlich. Er sah Jella lange an. In seinem Blick lag Zuneigung, etwas Stolz, aber auch so etwas wie Wehmut, die sie nicht zu deuten vermochte.

»Ich hatte heute Nacht einen Traum«, begann er endlich. Seine Augen lösten sich von ihr und bohrten sich in die Wand hinter ihr, als erblicke er darin etwas. »Über dir und den deinen liegt eine schwarze Wolke«, prophezeite er. »Sie wird nicht gehen, wenn du nicht gegen das Böse in ihr kämpfst. Ich habe dich lange genug unterwiesen. Biete deinem Widersacher die Stirn. Du bist stark genug.«

Jella fröstelte plötzlich. Die Eindringlichkeit, mit der Nokoma sprach, hatte etwas Bezwingendes. Sie hatte sich im Laufe der Zeit sehr wohl an seine kryptische Ausdrucksweise gewöhnt, aber dieses Mal lag etwas besonders Unheilvolles in seinen Worten.

Sein Blick wanderte langsam zu ihr zurück. Seine dunklen, leicht milchig werdenden Augen ruhten lange auf ihr. Dann berührte er sie mit seiner rauen, abgearbeiteten Hand leicht am Arm. »Unsere gemeinsame Zeit ist vorüber«, erklärte er ohne Umschweife. Jella benötigte einen Augenblick, um den Inhalt seiner Worte zu begreifen.

»Was redest du da? Das hört sich ja wie ein Abschied an!«

»So ist es.«

Sie mochte es nicht glauben.

»Du kannst nicht einfach gehen!«

Ihr Verstand und ihr Gefühl weigerten sich, das einzusehen. Dieser alte, unbeugsame Mann war ihr im Lauf der Zeit sehr lieb geworden. Er war längst ein Teil ihres Lebens. Sie vertraute ihm und hörte auf seine Ratschläge. So vieles hatte sie von ihm gelernt. Er hatte ihr in vielerlei Hinsicht die Augen geöffnet und sie als geduldiger Lehrer in sein geheimes Wissen eingeweiht. Es gab so vieles, was sie ihn noch fragen wollte und was sie nicht verstand.

»Es wird Zeit, zu meiner Familie zurückzugehen«, erklärte Nokoma. »Ich bin ein alter Mann, der dem Ende seiner Reise entgegensieht.«

»Du hast nie etwas von deiner Familie erzählt«, widersprach Jella hilflos. »Außerdem bist du gesund und wirst sicherlich noch viele Jahre leben. Ich möchte nicht, dass du gehst. Und dann ist meine Ausbildung noch keineswegs abgeschlossen.«

Nokoma blieb unbeeindruckt. Beinahe unwillig schüttelte er den Kopf. »Ich dachte, du hast mir zugehört«, sagte er streng. »Es gibt viele Wege, die du gehen kannst. Ich habe sie dir gezeigt. Den richtigen Weg zu finden, das bleibt dir allein überlassen. Du bist stark genug und wirst es schaffen.«

Nokoma hatte offensichtlich alles gesagt, was es zu sagen gab. Mit seiner knotigen Hand berührte er fast zärtlich Jellas Schulter und verschwand dann im gleißenden Licht der geöffneten Tür.

*

»Wie oft wollen Mama und Papa denn noch heiraten?«, fragte Benjamin seinen Großvater. Johannes kniff seinem Enkel selten vergnügt in die Backe.

»Das weiß ich auch nicht, Junge. Auf jeden Fall kann nun niemand mehr etwas gegen diese Verbindung haben.«

Er blickte zufrieden auf das Brautpaar, das gerade von Pastor Traugott Kiesewetter seinen Segen erhalten hatte und sich unter dem Beifall der Gäste küsste. Endlich war etwas Ordnung in diese Familie eingekehrt!

»Lass uns zu unserem Sohn gehen.« Auch Sarah strahlte. Der

Himbafrau bedeutete dieser christliche Segen nicht sonderlich viel, aber dass ihr Sohn nun endlich glücklich war, das erfüllte sie mit großer Freude. Sie zog Johannes mit sich und forderte ihren Enkel auf, ebenfalls den Eltern zu gratulieren. Doch Benjamin hatte keine Lust, sich dem allgemeinen Gedrängel anzuschließen, sondern bummelte in entgegengesetzter Richtung zu den Stallungen. Dort stand etwas, das ihn viel mehr interessierte. Tante Jella und Onkel Fritz hatten ihm erst tags zuvor ein Pony geschenkt, das für ihn viel spannender war als die vielen Gäste, die sich nur wenig um die Kinder kümmerten. Da alle auf *Owitambe* abgelenkt waren, war dies eine gute Gelegenheit, sich unbemerkt zu Lucky zu stehlen. Er hatte sich fest vorgenommen, jede freie Minute, die er noch auf der Farm bleiben konnte, mit dem Tier zu verbringen. Benjamin vermisste *Owitambe* immer noch sehr. Nach all der Zeit in der Stadt sehnte er sich nach dem freien Landleben. Zwar fühlte er sich am Rande der Old Location wesentlich wohler als in dem vornehmen Stadthaus, aber dennoch fehlte ihm das freie Leben auf der Farm mit all seinen Tieren und Menschen und den Aufregungen und Abenteuern, die in der Savanne warteten. Lucky begrüßte seinen neuen Herrn mit einem fröhlichen Schnauben. Benjamin machte sich an dem Riegel der Boxentür zu schaffen und schlüpfte in die Box. Das weiß-schwarz gescheckte Pony rieb sogleich den Kopf an seiner Schulter und brachte ihn fast aus dem Gleichgewicht.

»Nicht so stürmisch, mein Freund«, meinte Benjamin glücklich. Er holte aus seiner Tasche ein Stück Brot, das er am Frühstückstisch heimlich hatte mitgehen lassen. Lucky riss es ihm ungeduldig aus den Fingern, und er lachte darüber. Es war das erste Mal in seinem Leben, dass ihm wirklich etwas gehörte. Durch das Pony fühlte er sich erwachsen und wichtig genommen. Plötzlich kam ihm eine Idee. »Wollen wir ein wenig ausreiten?«, fragte er. Lucky schnaubte, was Benjamin als Einverständnis verstand. Während er das Tier sattelte und aufzäumte, verschwendete er nur kurz einen Gedanken daran, dass er nicht ohne Begleitung ausreiten durfte. Onkel Fritz hatte ihn eindringlich vor den Gefahren gewarnt, die einem kleinen Jungen in der Savanne drohen konnten. Doch davor fürchtete er sich nicht. Schließlich wollte er sich nicht weit von der Farm entfernen. Ebenso wenig kümmerte es ihn, ob ihn die anderen vermissen würden. Schließlich würde er ja bald wieder zurück sein.

*

»Ich kann einfach nicht glauben, dass unsere Tochter in Berlin tatsächlich so glücklich ist, wie sie schreibt«, zweifelte Jella. Sie hatte den Brief, den Imelda ihr mitgebracht hatte, schon mehrmals gelesen. Doch sooft sie ihn auch las, sie konnte darin nur Positives entdecken. Vor allem hatte Ricky endlich Erfolg, was die beigelegten Zeitungsartikel eindeutig bewiesen. »Ich weiß, dass ich so nicht reden sollte«, fügte sie zerknirscht hinzu, »und natürlich freue ich mich auch, dass es ihr so gut geht. Aber ich kann doch auch nichts dafür, wenn sie mir so fehlt.« Fritz lächelte ihr verständnisvoll zu und blickte ebenfalls gedankenverloren in die Ferne.

Sie hatten sich beide kurzerhand entschlossen, dem Trubel der Hochzeit für eine Weile zu entkommen. Nun saßen sie in den bequemen Korbstühlen auf ihrer Veranda und genossen ihre Abgeschiedenheit, während sich nicht weit von ihnen die Gäste unter der Schirmakazie amüsierten. Es war beruhigend, das Gemurmel und Gelächter aus der Ferne zu hören. Die Stimmung war fröhlich und ausgelassen und drang wie das muntere Plätschern eines Gebirgsbaches zu ihnen herüber. Der Himmel hatte unterdessen das strahlende Türkis der in Kürze hereinbrechenden Nacht angenommen und begann sich am Horizont bereits indigoblau zu verfärben. Die Sonne war gerade hinter dem Waterberg verschwunden und ließ ihn nun dunkel und geheimnisvoll erscheinen. Jella fühlte sich glücklich und traurig zugleich. Der Abschied von Nokoma schmerzte sie. Gleichzeitig freute sie sich darüber, dass sich für ihren Bruder nun endlich alles zum Besseren gewendet hatte. Seine Ehe musste nun selbst von den böswilligsten Neidern anerkannt werden, und beruflich hatte er dank der Aufklärung des Diamantenschmuggels auch wieder Fuß gefasst. Schon bald wollte er nach Tsumeb aufbrechen, um dort die Besitzverhältnisse für einen Ovambostamm zu klären. Raffael hatte ihr auch von dem Sangoma erzählt, der dort sein Unwesen trieb. Diese Nachricht hatte sie durchaus beunruhigt. Allem Anschein nach handelte es sich um denselben Mann, der auch Saburi so eingeschüchtert hatte. Sein Einfluss war nicht zu unterschätzen. Obwohl sie ihm noch nie begegnet war, fühlte sie, dass er seine Fühler auch nach *Owitambe* ausstreckte. Saburi wurde seit Kurzem erneut von Albträumen gepeinigt, seitdem sie am Eingang ihrer Hütte eines Morgens einen an den Füßen aufgehängten toten Vogel vorgefunden hatte. Niemand konnte sich erklären, wie er dorthin gekommen war, doch Jella vermutete, dass der Sangoma oder einer seiner Gehilfen dahintersteckte. Sie musste einen Weg finden, diesem Unheilstifter endlich das Handwerk zu legen.

Ihr Blick wanderte zu dem frisch vermählten Ehepaar, das sich eng umschlungen auf der kleinen Tanzbühne im Takt der Musik wiegte. Trotz des momentanen Glücks würden es die beiden in der Windhuker Gesellschaft nie leicht haben. Einige der geladenen Gäste waren aus Protest nicht zu der Hochzeit erschienen. Damit wollten sie zum Ausdruck bringen, wie sehr sie diese Mischehe missbilligten. Auch wenn Raffael ein hervorragender Anwalt sein mochte, gesellschaftlich würde er immer ein Außenseiter bleiben. Zum Glück schien das ihren Bruder nicht zu kümmern, und auch Sonja stand bislang tapfer an seiner Seite. Jella seufzte. So viele Gedanken gingen ihr durch den Kopf.

Wenn doch nur Ricky heute bei uns wäre! Jella stellte sich vor, wie sie zwischen den Gästen herumschwirrte und vielleicht etwas Musik für sie alle machte. Sie und Raffael hatten sich immer so gut verstanden. Besonders am heutigen Tag fehlte ihr die Tochter sehr. Es tat weh, sie so weit weg zu wissen. Ob sie wohl noch manchmal an Afrika dachte? Jella war sich nicht einmal sicher, wie sehr sich ihre Tochter überhaupt mit dem Land verbunden fühlte. Sie war so anders als sie selbst. Sie kam ihr manchmal vor wie ein bunter Schmetterling, der mal von dieser und mal von jener Blume kostete. Ob sie sich wohl schon verliebt hatte? Dieser Valentin Reuter schien kein übler Bursche zu sein. Er passte gut zu ihrer Tochter und würde ihrem Leben bestimmt Beständigkeit verleihen. Allerdings war er für Jellas Geschmack etwas zu zurückhaltend. Rickys Briefen konnte sie nur entnehmen, dass auch sie ihn wirklich mochte. Er arrangierte alle Konzerte, wählte mit ihr das Programm aus und handelte als ihr Agent die anstehenden Verträge aus. Doch verliebt …?

»Nun mach doch nicht so ein trauriges Gesicht«, unterbrach Fritz endlich ihre Gedanken. »Wenn man dich ansieht, könnte man ja meinen, heute fände eine Beerdigung statt und keine Hochzeit.«

Jella schüttelte sich und bemühte sich um ein fröhlicheres Gesicht. »Du hast ja recht. Wir sollten wieder zurück zu den anderen gehen. Raffael und Sonja werden sicherlich gleich das Büfett eröffnen.«

Isabella kam ihnen aufgeregt entgegen. »Habt ihr Benjamin bei euch?«, fragte sie sichtlich beunruhigt. »Wir suchen ihn schon überall. Seit der Trauung hat ihn niemand mehr gesehen. Und das ist nun schon Stunden her.«

»Sicherlich ist ihm langweilig geworden«, beruhigte Jella sie.

»Ich könnte mir schon vorstellen, wo er steckt«, überlegte Fritz. »Es würde mich nicht wundern, wenn er bei Lucky im Stall wäre. Die beiden sind ja unzertrennlich. Ich werde gleich nachsehen.«

Kurz darauf kam er jedoch mit besorgtem Gesicht zurück. »Allem Anschein nach ist der Junge ausgeritten. Das Pony fehlt, ebenso Sattel und Zaumzeug. Verdammt! Ich habe ihm doch klargemacht, wie gefährlich das ist.«

»Benjamin ist ein guter Reiter und Lucky ein gutmütiges Tier«, meinte Jella um Ruhe bemüht. »Sicherlich werden sie bald wieder ganz vergnügt hier auftauchen.«

»Darauf will ich mich lieber nicht verlassen«, meinte Fritz düster. »Ich werde ihn suchen gehen. Es wird bald dunkel, und dann wird es noch schwieriger, ihn zu finden. Bestimmt hat er sich verirrt.«

Er informierte Raffael, der sich ihm sofort anschloss. Er war völlig außer sich und machte sich Vorwürfe, weil er nicht besser auf seinen Sohn geachtet hatte. Matteus und Joseph waren ebenfalls mit von der Partie. Die Männer nahmen Laternen und Taschenlampen mit und begannen umgehend, die ganze nähere Umgebung zu durchforsten. Als es dunkel wurde, setzten sie noch zusätzlich Automobile ein, die die Gegend weiträumiger ausleuchten konnten. Einige Gäste boten sich ebenfalls an, bei der Suche zu helfen. Auch Johannes ließ es sich nicht nehmen, nach dem Jungen zu suchen. Er spannte die Kutsche an und verfolgte seine eigene Fährte. Doch auch nach Stunden fehlte von Benjamin und Lucky immer noch jede Spur. Das Verschwinden des Jungen hatte traurige Auswirkungen auf das Hochzeitsfest. Wo eben noch alle fröhlich getanzt und miteinander geplaudert hatten, herrschte jetzt betretenes Schweigen und unheilvolles Geflüster von denen, die gleich immer das Schlimmste annahmen. Sonja bemühte sich tapfer um Ruhe und Gelassenheit, doch die Sorge um ihren Ältesten machte sie in Wirklichkeit fast wahnsinnig. Sie machte sich heftige Vorwürfe.

»Wir haben überhaupt nicht auf ihn geachtet. Sicherlich fühlte er sich ausgestoßen. Er ist ein so empfindsamer Junge.«

»Benni ist vor allem ein kluger Junge«, widersprach Jella entschieden. »Und Lucky kommt, wenn er Hunger hat, sowieso von allein wieder in den Stall.« Dass dies schon längst hätte geschehen müssen, verschwieg sie hingegen lieber. Dennoch wollte sie die Hoffnung nicht aufgeben. Benjamin hatte sich bestimmt nur verirrt. Es gab einige Seitentäler im Waterberg-Massiv, die ihn in die Irre geführt haben mochten. Schlimmstenfalls würde er die Nacht im Freien verbringen müssen. Zum Glück war es im Moment nicht kalt, und dass er von wilden Tieren angefallen werden würde, war ebenfalls nicht sehr wahrscheinlich, denn Raubkatzen wagten sich in der Regel nicht in die Nähe der Farm. Jella hasste es, untätig herumzusitzen, also begann sie sich um die verbliebenen Gäste zu kümmern. Sie drängte sie, von den reichlichen Speisen zu kosten, die nahezu unberührt auf sie warteten, ließ Tee kochen und flüchtete sich in blinden Aktionismus.

Als die Männer weit nach Mitternacht müde und ohne Erfolg zurück nach *Owitambe* kamen, bekam Sonja einen Nervenzusammenbruch. Laut schluchzend brach sie zusammen und wurde von heftigen Weinkrämpfen geschüttelt. Als Raffael sie behutsam aufrichten wollte, richtete sie ihre Verzweiflung gegen ihn.

»Er ist bestimmt abgehauen, weil wir ihn zu wenig beachtet haben«, schrie sie ihn hysterisch an und wehrte jede Berührung ab. »Du kümmerst dich immer nur um deine Kanzlei.«

Raffael wurde von Sonjas unerwartet heftigen Vorwürfen genauso überrascht wie die Umstehenden. Er ließ die Hände sinken und trat betroffen einen Schritt zurück. Er machte sich mindestens ebenso viele Sorgen wie Sonja, aber ihre Vorwürfe empfand er als ausgesprochen ungerecht. Isabella kümmerte sich unterdessen um ihre Tochter und führte sie ins Haus. Fritz klopfte seinem Schwager aufmunternd auf die Schulter. »Lass uns schlafen gehen. Wir suchen morgen weiter, dann können wir auch die Spuren besser verfolgen. Deinem Jungen geschieht schon nichts.«

Raffael lächelte ihm bemüht zu. Doch er fühlte sich schrecklich.

Noch vor dem nächsten Morgengrauen versammelten sich die Männer erneut. Die Frauen und Kinder waren noch in der Nacht abgereist. Ein großer Teil der männlichen Gäste war jedoch geblieben, um sich abermals der Suche anzuschließen. Die meisten von ihnen waren Farmer wie die Sonthofens, und da war es Ehrensache, dass man sich untereinander half. Während Raffael die Suche mit den Automobilen koordinierte, stellte Fritz einen Reitertrupp zusammen, mit dem er auch durch unwegsames Gebiet streifen konnte. Sie waren alle aufbruchbereit, bis Raffael auffiel, dass sein Vater noch fehlte. Erst jetzt wurde ihm bewusst, dass er ihn auch am Abend zuvor nicht mehr wahrgenommen hatte. Er fragte Fritz und die anderen nach ihm, aber keiner wollte ihn gesehen haben. Auch seine Mutter wusste von nichts. Allerdings machte sie sich keine übermäßigen Sorgen.

»Dein Vater ist in letzter Zeit oft weg. Er kommt und geht, wann er will. Bestimmt lässt ihn die Sorge um seinen Enkel nicht nach Hause kommen.« Raffael bekam bei diesen Worten wiederum ein schlechtes Gewissen. Er hatte geschlafen, während sein Vater die Suche nach seinem Enkel fortgesetzt hatte.

Systematisch suchten die Männer den ganzen nächsten Tag das Gebiet rund um *Owitambe* ab. Leider waren sämtliche Spuren, die anzeigen konnten, wohin Benjamin geritten war, durch ihre eigenen Spuren verwischt worden. Der Junge blieb verschwunden. Als die gesamte nähere Umgebung erfolglos abgesucht worden war, dehnten sie die Suche aus.

Der alte Johannes war es schließlich, der einen ersten Hinweis gefunden hatte. Er war, wie von Sarah vermutet, die ganze Nacht draußen in der Wildnis geblieben. Allerdings hatte er sich nicht wie die anderen von der hektischen Suche anstecken lassen, sondern erst einmal gründlich nachgedacht. Früher hatte er Benjamin oft mit in die Savanne genommen. Genau wie er liebte sein Enkel die kleinen Hügel von Epongo. Von dort hatte man einen wunderbaren Blick auf den fernen Waterberg, und nirgendwo sonst hatte man einen so schönen Blick auf die Savanne, die dort wie ein Flickenteppich unter einem lag. An diesem Ort hatte er seinem Enkel viele Geschichten erzählt, denen der Junge eifrig gelauscht hatte. Immer wenn Benjamin auf *Owitambe* weilte, wollte er mit seinem Großvater nach Epongo. Die Hügel lagen im Nordwesten von *Owitambe,* auf halbem Weg nach *Hakoma.* Johannes kannte den Weg auch im Dunkeln. Hin und wieder hielt er an und suchte mit seiner Laterne in dem weichen Boden vor sich nach Spuren. Tatsächlich entdeckte er bald Luckys kleine unverkennbare Hufabdrücke. Sie waren erst ein paar Stunden alt und führten genau in die Richtung, die er vermutet hatte. Einen kurzen Augenblick überlegte er, ob er die anderen informieren sollte. Um keine Zeit zu verlieren, aber auch, weil er sich sicher war, dass er den Jungen finden würde, entschloss er sich, die Spuren alleine zu verfolgen. Jetzt, da er das Ziel vor Augen hatte, kam er auch schneller voran. Als er jedoch Epongo erreicht hatte, war von Benjamin weit und breit nichts zu sehen. Johannes, dem mittlerweile jeder Knochen im Leibe von dem Schütteln der Kutsche wehtat, quälte sich vom Kutschbock und leuchtete den Platz ab. Er konnte zunächst nichts entdecken, denn der Untergrund war hier felsig. Wiederholt rief er nach Benjamin, aber niemand antwortete ihm. Müde fuhr er sich mit seiner knotigen Hand über die Stirn und musste einsehen, dass er ohne Licht nichts ausrichten konnte. Also stieg er wieder in sein Gefährt und machte es sich bis zum Morgengrauen darin notdürftig bequem. Als das erste purpurne Licht ihn weckte, lange noch, bevor die Sonne über den Horizont trat, wachte er auf. Seine Glieder waren von der unbequemen Nacht so steif, dass er schon befürchtete, nicht aufstehen zu können. Unter leisen Flüchen gelang es ihm schließlich doch, sich vom Kutschbock zu bewegen. Mit schwerfälligen Schritten erklomm er die Anhöhe und entdeckte schließlich weitere Spuren in einer kleinen Senke, in der ein Kameldornbaum stand. Offensichtlich hatte der Junge sein Pony hier angebunden, denn daneben fand er auch Benjamins Fußabdrücke. Aber wohin war er dann gegangen? Johannes stutzte, als er plötzlich noch einen weiteren Fußabdruck von einem Erwachsenen entdeckte. Er musste von einem Eingeborenen stammen, denn die Abdrücke hatten keine Profile – genau wie die einfachen Sandalen, die von vielen Schwarzen getragen wurden. Die Spuren des Jungen führten weg vom Pferd, aber nicht zurück. Johannes konnte sich zunächst keinen Reim darauf machen. Unter Umständen hatte jemand Benjamin beobachtet und ihm dann, als er am Aussichtspunkt war, das Pony gestohlen. Vielleicht hatte der Junge es bemerkt und war dem Dieb hinterhergelaufen. Falls dies so sein sollte, dann war Benjamin jetzt ganz alleine da draußen! Johannes schauderte. Er hatte plötzlich ein verdammt ungutes Gefühl.

Dritter Teil

1926–1928

Vorwürfe

Debe hatte jedes Gefühl verloren. Seit er von der schrecklichen Dunkelheit umschlossen wurde, war er dem Wahnsinn nahe. Die Wildhüter hatten nicht viel Federlesens mit ihm gemacht, als sie ihn aufgegabelt hatten. Die Tatsache, dass er in dem Wildschutzgebiet ein Gewehr bei sich hatte, war ihnen Beweis genug dafür, dass er ein Wilderer war. Sein Leben war ihm ohnehin so sinnlos erschienen, dass er sich ohne Gegenwehr hatte festnehmen lassen. Doch dann hatten sie ihn in das Fort von Namutoni gebracht und dort der Polizei übergeben. Erst in dem Moment, als er einen Blick in das dunkle Verlies geworfen hatte, war ihm das namenlose Grauen, das ihm bevorstand, in aller Schrecklichkeit bewusst geworden. Für einen Buschmann gab es nichts Schlimmeres, als eingesperrt zu sein. In einem verzweifelten Aufbegehren hatte er versucht, seinem Schicksal zu entgehen. Er hatte sich wie ein Wilder gebärdet, um sich geschlagen und versucht davonzulaufen. Doch die Männer waren schneller gewesen. Sie hatten ihn gepackt und grob in das dunkle Loch gestoßen. Umhüllt von dichter Finsternis und feuchter Kälte war er endgültig allein. Das Wissen, von allen Seiten von dunklen Mauern umgeben zu sein, war für ihn unerträglich. Sein ganzes Leben hatte er unter freiem Himmel verbracht und sich der Obhut der Sterne anvertraut. Ihm war, als hätte man ihm die Luft zum Atmen geraubt. Wie ein erstickender Sandsturm überrollte ihn Panik. Sein Herz begann zu rasen, und er schrie aus Leibeskräften. Niemand schenkte ihm Beachtung. Es war, als gäbe es ihn nicht. Je verzweifelter er wurde, desto größer wurde auch wieder sein Verlangen nach Alkohol. Es kroch wie eine Schlange durch seine Eingeweide und verzehrte ihn von innen heraus. Bald war es so groß, dass er wie ein kleines Kind zu wimmern begann. Schweißausbrüche wechselten sich mit Schüttelfrost ab. Und nichts geschah, um sein Leid zu lindern. Schließlich war er so ausgelaugt, dass er zusammengekauert auf dem kühlen Lehmboden liegen blieb und in einen todesähnlichen Schlaf fiel. Als er wieder zu sich kam, fühlte er neue Zuversicht. Mit ausdauernder Akribie begann er damit, in der Dunkelheit Zentimeter für Zentimeter seines Verlieses abzutasten. Er versuchte herauszufinden, ob er sich irgendwo würde durchgraben können. Doch der Lehmboden war hart und die Mauern aus massivem Stein. Ohne Werkzeug war hier nichts zu machen. Außer einer Pritsche mit einem übel riechenden Strohsack befand sich nichts in dem Raum. Debe kauerte sich wieder auf dem Boden zusammen und wartete. Da es stockdunkel war, verlor er bald jedes Zeitgefühl. Er wusste nicht, wann es Tag oder Nacht war. Zweimal am Tag brachte ihm jemand etwas zu essen. Das war sein einziger Anhaltspunkt. Es war nicht die Einsamkeit, die ihn immer mehr zermürbte, sondern die unerträgliche Dunkelheit, die sehr schnell auch die Llangwasi anlockte. Sie waren plötzlich da gewesen. Für sie stellten die Gefängnismauern kein Hindernis dar. Sie waren ein willkommener Ort, um ihn mit seinen Fehlern zu quälen. Erst lachten sie über ihn, um ihn dann schmählich zu verspotten. Es gab niemanden unter den Geistern, der Partei für ihn ergriff. Debe hielt sich die Ohren zu – umsonst. Viel schlimmer als ihr Hohn waren jedoch die grausigen Visionen, die sie ihm schickten. All die Tiere, deren Tod er zu verantworten hatte, stampften wütend auf ihn zu. Sie umringten ihn und klagten ihn an, weil er sie ohne Würde in das Reich der Anderswelt geschickt hatte. Er spürte ihre Verzweiflung, als wäre es seine eigene. Er fühlte ihre Schmerzen und die Todesangst, in die er sie gebracht hatte. Debe flehte sie um Verzeihung an. Doch die Llangwasi kannten keine Gnade. Wieder und immer wieder quälten sie ihn mit ihren Visionen. Schließlich lockten sie seine Ahnen an, damit sie Zeugen seiner Fehler wurden. Plötzlich stand Debe seinem Großvater gegenüber, dessen großen Namen er in den Schmutz gezogen hatte. Neben ihm war dessen Schwester Sheshe, die Sternenschwester seiner Mutter, und dann war da noch Großmutter Chuka, deren Liebling er immer gewesen war. Ihre Gesichter waren voller Trauer und Empörung. Sie verfluchten ihn mit bösen Worten, und schließlich kamen sie mit dolchspitzen Fingern auf ihn zu. Er spürte ihre Berührungen wie eiskalte Nadeln, die sich in seine Eingeweide bohrten. Jeder einzelne Stich schmerzte mehr als die Verletzung durch einen Pfeil, denn sie waren durchdrungen von Vorwürfen und bitterer Enttäuschung. Debe hatte keine Möglichkeit, sich dagegen zu wehren, denn alles, was sie gegen ihn vorbrachten, hatte seine Berechtigung. Langsam und unerbittlich nagten sie an seinem Verstand, bis er schließlich in völlige Lethargie versank.

Irgendwann – Debe war jegliches Zeitgefühl längst abhandengekommen – zerrten ihn zwei Polizisten aus seinem dunklen Loch. Der Buschmann war so geschwächt, dass er sich nicht auf den Beinen halten konnte. Das grelle Tageslicht blendete ihn so, dass er sich mit seinen Armen davor schützen musste. Die Polizisten schleiften ihn vor einen weißen Offizier, der ihm etwas vorlas, was er nicht verstand. Danach verfrachteten sie ihn auf die Ladefläche eines Lastwagens, auf dem bereits andere Gefangene auf ihren Abtransport warteten. Debe kauerte apathisch zwischen den Männern, die ihn kaum beachteten. Für sie war der Buschmann kaum mehr wert als ein Haufen Dreck. Über holprige Pisten, die die menschliche Fracht wild durcheinanderschüttelten, wurden sie in den Norden gebracht.

Sie fuhren den ganzen Tag und erreichten erst gegen Abend ein Lager aus Zelten, das für den Straßenbau errichtet worden war. Dort, wo man sie aussteigen ließ, war die Landschaft gebirgig und äußerst karg, sodass für ihre Wächter keine Notwendigkeit bestand, ihren Gefangenen Ketten anzulegen. Sie mussten sofort mit der Arbeit beginnen. Man gab Debe einen Hammer und wies ihn an, damit Steine zu zerklopfen und in einen Tragekorb zu füllen. Ein anderer Gefangener transportierte die vollen Körbe weg und brachte sie denen, die damit die Straße aufschütteten. Es war eine monotone und anstrengende Arbeit, vor allem, weil Debe viel kleiner und zierlicher war als die stämmigen Owambos, Damarra und Herero, die mit ihm schufteten. Doch der Buschmann war froh über die Beschäftigung, denn alles war besser als die fürchterliche Dunkelheit mit all den bösen Geistern.

In der Nacht zwang man sie, in den aufgestellten Mannschaftszelten zu schlafen. Auch dort war es dunkel, aber er war immerhin nicht allein. Die ersten Nächte fiel er sofort in einen traumlosen Schlaf. Doch nach einigen Tagen hatte sich sein Körper an die harte Arbeit gewöhnt; sie strengte ihn nicht mehr so sehr an. Und dann kamen die Llangwasi wieder. Sie quälten ihn so sehr, dass er immer wieder erschreckt aus dem Schlaf hochfuhr und voller Angst zu schreien begann. Seine Mitgefangenen hatten dafür überhaupt kein Verständnis. Sie schimpften und drohten, ihn zu verprügeln, wenn er nicht endlich schwieg. Zitternd verbrachte Debe die Nächte auf seiner Pritsche hockend und starrte angstvoll auf ein kleines Stückchen Nachthimmel, das durch die nicht ganz geschlossene Zeltöffnung zu sehen war. Er konzentrierte sich auf die funkelnden Sterne und erinnerte sich plötzlich an die Worte seiner Mutter, die ihm so oft erzählt hatte, dass die Sterne das Tor zur Anderswelt seien. Sie hatte immer behauptet, dass auch er ein großes Num besäße. Er müsse sich nur öffnen und es in sein Leben lassen. Debe hatte sich ihm immer verweigert. Es war ihm zu anstrengend gewesen, den mühsamen Weg eines Heilers zu gehen. Stattdessen war er den Verlockungen der Weißen erlegen und hatte sein Volk verraten. »Es tut mir so leid«, weinte er leise. Seine Augen füllten sich mit Tränen, sodass die Sterne vor seinen Augen zu hellen Streifen verschwammen. Plötzlich war seine Sehnsucht, den Sternen nahe zu sein, so groß, dass er zum ersten Mal seit seiner Gefangennahme an Flucht dachte. Er wusste, dass er nie wieder zu seinem Volk zurückkonnte, aber er konnte versuchen, die bösen Geister loszuwerden, indem er die Ahnen um Vergebung bat und das Gleichgewicht wiederherstellte. Doch dazu musste er weg von hier.

Der Gedanke an ein Ziel verlieh ihm wieder Kraft. In den nächsten Tagen begann er Stück für Stück seine Flucht vorzubereiten. Er suchte sich einen spitzen Stein, der hart genug war, um die Zeltwand zu durchtrennen. Den verbarg er in seiner Hosentasche und schmuggelte ihn unbemerkt unter die Strohmatte seiner Pritsche. Dann beobachtete er, wie und wo Wachen aufgestellt waren. Auf welchen Wegen sie patrouillierten und wann sie abgelöst wurden. Da die Gegend, durch die sie die Straße bauten, karg und wüstenähnlich war, verhielten sich die Wachmänner recht nachlässig. Soweit er feststellen konnte, bewachten nachts nicht mehr als zwei Männer gleichzeitig das gesamte Lager. Eines Abends war es endlich so weit. Debe wartete, bis die Männer um ihn herum tief schliefen. Dann glitt er von seiner Pritsche und robbte an die Zeltwand. Vorsichtig schabte er mit der Spitze seines Steins an dem Stoff. Immer wieder hielt er inne, weil das Kratzen an der Leinwand Geräusche verursachte. Dann endlich ließ sich der Stoff auseinanderreißen. Die meisten Männer waren in ihrem ersten tiefen Schlaf gefangen, nur ab und zu drehte sich einer grunzend um. Schließlich war der Riss groß genug, dass Debe durchschlüpfen konnte. Er sah sich um. Die Wachen waren weit genug entfernt und konnten ihn nicht sehen. Für den Buschmann war es ein Leichtes, mit der Dunkelheit zu verschmelzen. Immer wieder hielt er an und lauschte. Nun konnte er die Wachen hören. Unbekümmert unterhielten sie sich etwa zwanzig Schritte von ihm entfernt. Geschickt nutzte er die Schatten der Zelte und Felsbrocken aus und schlich unentdeckt aus dem Lager in die Freiheit.

*

Die Suche nach Benjamin blieb weiterhin erfolglos. Bei den Felsen von Epongo verloren sich die Spuren endgültig. Auch ein Suchtrupp der Polizei fand keinerlei Hinweise auf seine Anwesenheit oder auf den Weg, den er genommen haben konnte. Benjamin blieb wie vom Erdboden verschluckt. Das große Fest war zum bitteren Nachhall einer Tragödie geworden. Die dunkle Wolke, die Jella von Nokoma prophezeit worden war, hatte sich über *Owitambe* gesenkt. Jeder der Bewohner ging anders mit der Situation um. Jella versuchte sich mit Arbeit abzulenken. Sie war Pragmatikerin genug, um zu erkennen, dass es niemandem half, wenn sie vor Kummer wie gelähmt blieben. Ganz anders verhielt sich dagegen ihr Vater. Der alte Johannes wurde noch einsilbiger und verschlossener. Er ließ niemanden an sich heran und zog sich immer öfter in die Wildnis zurück. Sarah und Isabella, die beiden Großmütter, teilten sich die Sorge um die Zwillinge. Deren Mutter befand sich lange Zeit in einer Art Schockstarre. Sonja schien unfähig, sich am normalen Leben zu beteiligen. Sobald sie sich dazu zwang, ihren alltäglichen Beschäftigungen nachzugehen, verzettelte sie sich; sie war einfach nicht in der Lage, die Dinge, die sie anfing, auch zu Ende zu führen. Daraufhin wurde sie ungeduldig mit sich selbst und verhielt sich oft ungerecht, vor allem Raffael gegenüber. Jella wusste nur allzu gut, wie sich Sonja fühlte, und versuchte auf ihre Art, ihr aus der Depression herauszuhelfen, indem sie ihr vorschlug, wieder im Lazarett mitzuarbeiten. Erst hatte Sonja abgelehnt, aber dann ließ sie sich doch überreden. Tatsächlich gelang es ihr, sich zumindest in diesen wenigen Stunden etwas abzulenken. Gemeinsam mit Fritz, Matteus und zwei Fährtensuchern war Raffael wochenlang jeder möglichen Spur gefolgt. Sie hatten die gesamte Gegend abgeritten, bis sie schließlich einsehen mussten, dass die Suche vergeblich war. Sonja gegenüber fühlte er sich wie ein Versager. Die Vorwürfe, die sie ihm am ersten Abend von Benjamins Verschwinden gemacht hatte, nagten an seinem Selbstwertgefühl. Hinzu kam, dass seine Frau sich seit dem Vorfall immer mehr von ihm zurückzog, was sein Gefühl verstärkte, dass sie ihm nicht verzeihen konnte. Dabei zermürbte ihn das ungewisse Schicksal seines Sohnes genauso sehr wie sie. Unfähig, mit ihr darüber zu reden, vergrub auch er sich immer mehr in sein Leid. Anstatt gemeinsam um ihren verlorenen Sohn zu trauern, lebten sie sich immer mehr auseinander. Schließlich hielt es Raffael nicht mehr aus. Er konnte nicht länger in diesem lähmenden Zustand verharren und beschloss, endlich wieder mit seiner Familie nach Windhuk zurückzukehren. Seine Arbeit als Rechtsanwalt duldete keinen weiteren Aufschub, wenn er nicht alle seine Mandanten verlieren wollte. Außerdem sehnte er sich nach etwas Normalität. Als er Sonja mit seinen Absichten konfrontierte, stieß er auf erbitterten Widerstand.

»Ich werde auf *Owitambe* bleiben«, erklärte sie entschieden. »Hier habe ich wenigstens eine Aufgabe. Ich kann nicht zurück nach Windhuk. Außerdem …« Sie schluckte. Dann sah sie ihm zum ersten Mal seit langer Zeit wieder in die Augen. »… außerdem möchte ich, dass unser Kind hier zur Welt kommt.«

»Du bist wieder schwanger?« Für Raffael kam die Nachricht aus heiterem Himmel. Er suchte nach passenden Worten. Beide hatten sie sich noch weitere Kinder gewünscht, doch nun brachte ihn die Neuigkeit völlig aus dem Konzept. »Bist du sicher?«

Sonja stieß ein bitteres Lachen aus. »Ja, leider!«, meinte sie und begann plötzlich zu weinen. »Ich kann doch jetzt kein Kind bekommen, wo Benjamin nicht mehr hier ist. Er wird denken, dass wir ihn einfach durch ein neues Kind ersetzen wollen.«

Raffael streckte hilflos die Hand in Richtung seiner Frau aus, doch die wandte sich schluchzend ab. Er suchte nach tröstenden Worten, aber nichts fiel ihm ein.

»Benjamin wird uns nicht böse sein«, sagte er nur. »Wir werden einen Privatdetektiv in Windhuk beauftragen. Er wird das ganze Land nach unserem Jungen durchsuchen. Du wirst sehen, er wird ihn finden.«

Er glaubte selbst nicht so recht an seine Worte, aber er wollte auch nichts unversucht lassen. Andererseits hatte Sonja recht: Die Geburt der Zwillinge hatte sie fast das Leben gekostet. Wenn Jella in der Nähe war, würden sie und das Ungeborene viel sicherer sein. Er durfte sie nicht noch einmal einer so großen Gefahr aussetzen.

»Möchtest du, dass ich auch hierbleibe?«, bot er ihr schließlich schweren Herzens an.

»Nein!« Fast war er erleichtert, jedoch verletzte ihn ihre schroffe, knappe Antwort. Sie merkte es und lenkte ein. »Ich möchte jetzt gerne allein sein«, fügte sie hinzu. Sie bewegte ihre Hand ein kleines Stück in seine Richtung, doch dann zog sie sie rasch wieder zurück. »Vielleicht tut uns beiden ein wenig Abstand gut.« Ihre Stimme klang traurig und resigniert. »Ich kann dich nicht ansehen, ohne an Benjamin zu denken. Und dann bleibt mir nichts übrig, als uns beiden schreckliche Vorwürfe zu machen. Wir haben als Eltern versagt.«

Raffael war es, als hätte sie ihm eine Ohrfeige verpasst. Er fühlte sich durch ihre Worte bis ins Mark verletzt. War sie wirklich der Meinung, dass nur sie allein den Schmerz trug? Er suchte nach Worten, um sich ihr zu erklären, ihr seine

Gefühle zu offenbaren, doch die Worte blieben ihm im Hals stecken.

»Wie du meinst«, sagte er schließlich und verließ den Raum. Am nächsten Tag reiste er allein nach Windhuk zurück.

*

Sonja wusste sehr wohl, dass sie sich Raffael gegenüber ungerecht verhalten hatte. Er konnte ebenso wenig dafür, dass Benjamin verschwunden war, wie jeder andere hier auf *Owitambe.* Und dennoch machte sie ihn insgeheim dafür verantwortlich. War ihm letztendlich nicht immer seine Arbeit wichtiger gewesen als seine Familie? Sein Lebensinhalt bestand darin, allen zu beweisen, dass er als Mischling besser war als jeder Weiße. Warum blieb er nicht einfach ein Mensch? Sie hatte immer wieder versucht, mit ihm darüber zu reden, und war voller Hoffnung gewesen, ihn davon zu überzeugen. Aber jetzt, nachdem ihr Sohn verschwunden war, hatte sie nicht mehr die Kraft dazu. Sie war froh, wenn sie den Alltag auf *Owitambe* einigermaßen überstand. Und dabei half ihr die Tätigkeit im Lazarett. Also stürzte sie sich in die Arbeit. Gemeinsam mit Saburi pflegte sie die Kranken. Sie wechselte Verbände, teilte Medikamente aus und unterstützte Jella immer wieder bei Operationen. Die Zwillinge waren unterdessen bei den Großmüttern bestens aufgehoben. Im Gegensatz zu Raffaels Optimismus schwand Sonjas Zuversicht, Benjamin jemals lebend wiederzusehen, von Tag zu Tag. Und sie war mit ihrer Meinung nicht allein. Um Epongo wurden immer wieder Löwen gesichtet. Es war nicht auszuschließen, dass Benjamin ihnen zum Opfer gefallen war.

*

Zurück in Windhuk, stürzte sich Raffael ebenfalls in seine Arbeit. Die erfolgreiche Aufklärung des Diamantenschmuggels hatte sich in Windeseile herumgesprochen. Alle Vorurteile bezüglich seiner Hautfarbe spielten mit einem Mal keine Rolle mehr. Innerhalb kürzester Zeit konnte er sich vor neuen Aufträgen kaum noch retten. Er arbeitete von früh bis spät und beauftragte außerdem einen Privatdetektiv mit der Suche nach seinem Sohn. Er sollte in alle Richtungen forschen und ihm regelmäßig Bericht erstatten. Da die Kosten für den Detektiv beträchtlich waren, war Raffael gezwungen, möglichst viele lukrative Aufträge zu bearbeiten. Das hielt ihn zu seinem großen Bedauern davon ab, sich endlich um die Rechte der Ovambos von Tsumeb zu kümmern, worum ihn Kiesewetter gebeten hatte. Dies änderte sich erst, als ihn eines Tages Ruus Kappler in seiner Kanzlei aufsuchte und ihn beauftragte, die Grundstücksverhältnisse bezüglich Baltkorns Mine in Tsumeb nochmals genauer unter die Lupe zu nehmen. Raffael war äußerst überrascht.

»Darf ich fragen, was Sie dazu veranlasst?«, wollte er wissen. »Sie wissen doch genau, dass die Katasterauszüge keine Zweifel mehr zulassen. Kein Gericht wird im Moment etwas zu bemäkeln haben.«

Kappler verschränkte seine großen Hände vor seinem Bauch und grinste Raffael verschmitzt an. »Sagen wir einmal so«, fing er an. »Seit dieser Diamantenschmuggelaffäre bin ich von Baltkorns Anständigkeit nicht mehr so ganz überzeugt. Natürlich konnte ihm niemand etwas nachweisen. Vor Gericht bleibt er weiterhin ein unbescholtener Bürger. Dennoch haftete dieser Sache ein schaler Geschmack an. Wie Sie wissen, war ich selbst an dem Land in Tsumeb interessiert. Es waren meine Geologen, die dort die Edelstein-, die Kupfer- und auch die Silbervorkommen entdeckt hatten. Leider konnte ich das Land damals nicht erwerben, weil Sie mir glaubhaft versicherten, dass dazu die Einwilligung der dort ansässigen Ovambos nötig sei. Sie haben selbst mit ihnen verhandelt und mir ihre Weigerung mitgeteilt.«

Raffael bestätigte es. »Ich habe damals ebenfalls einen Blick in die Katasterauszüge geworfen und bin felsenfest davon überzeugt, dass das Land den Ovambos zusteht. Leider habe ich es versäumt, davon eine Kopie anfertigen zu lassen. Ich hielt es nicht für notwendig, weil es zu keinem Gerichtstermin kam. Allerdings bin ich mir sicher, dass die jetzigen Auszüge gefälscht sein müssen. Das Problem ist nur, dies auch nachzuweisen.«

»Und dafür sind Sie genau der richtige Mann«, meinte Kappler. »Ich möchte, dass Sie diesen Fall zu Ihrer Hauptaufgabe machen.«

Das war ein verlockendes Angebot, doch dadurch geriet er auch in einen Interessenkonflikt. Schließlich blieb er weiterhin der Rechtsvertreter der Ovambos. Welchen Vorteil hatte Kappler, wenn er sich für ihn einsetzte?

»Das wird leider sehr schwierig werden«, antwortete er deshalb vorsichtig. »Ich habe noch andere wichtige Auftraggeber, die ich zufriedenstellen muss.« Kappler winkte ab. »Schieben Sie sie etwas an den Rand. Ich zahle Ihnen das doppelte Honorar. Meine Eile hat nämlich einen triftigen Grund. Die Ratsversammlung möchte schon demnächst über einen Antrag abstimmen, wonach die schwarze Bevölkerung Südwestafrikas in Homelands abgeschoben werden soll. Das bedeutet, dass die Ovambos von Tsumeb, wenn das Gesetz in Kraft tritt, zwangsumgesiedelt werden und das Land zum Verkauf ansteht. Damit hätten Baltkorns Besitzansprüche selbst dann eine Berechtigung, wenn sich herausstellen sollte, dass die Katasterauszüge und seine Schenkungsurkunde für das Land gefälscht sind. Er hätte allenfalls mit einer Geldstrafe zu rechnen und könnte dennoch das Land behalten.«

Nun war die Katze aus dem Sack. Kappler war selbst an Baltkorns Mine interessiert. Das war ganz und gar nicht in Raffaels Sinn.

»Von diesem Antrag habe ich auch gehört«, meinte Raffael.

Er nahm sich etwas Zeit mit seiner Antwort. »Allerdings hoffe ich im Gegensatz zu Ihnen, dass der Gesetzesentwurf auf Ablehnung stoßen wird. Ich muss Ihnen deswegen eine Absage erteilen.«

Er begegnete entschieden Kapplers überraschtem Blick. »Wollen Sie mir das erläutern?«

»Ihr Angebot ehrt mich natürlich«, begann Raffael verbindlich. »Und Ihr Geld könnte ich, ehrlich gesagt, nur allzu gut gebrauchen. Wie Sie vielleicht gehört haben, ist mein Sohn verschwunden, und ich habe beträchtliche Auslagen, um ihn suchen zu lassen. Aber der Punkt ist der, dass ich bereits von den Ovambos damit beauftragt wurde, den Fall zu übernehmen.«

»Diese Schwarzen werden wohl kaum in der Lage sein, Sie ausreichend zu entlohnen«, tat Kappler seinen Einwand ab. »Außerdem wird denen Ihr Einsatz nichts nutzen, wenn man sie kurz darauf ohnehin enteignet. Warum machen Sie das?«

Er schien an einer aufrichtigen Antwort interessiert.

»Vielleicht weil ich ebenfalls schwarzes Blut in mir habe«, entgegnete Raffael selbstbewusst. Er mochte Kappler und entschied sich deshalb dafür, ihm mit Ehrlichkeit zu begegnen. »Ich finde außerdem, dass es den Weißen nicht zusteht, den Menschen, die dort schon seit vielen Generationen leben, ihr Land einfach wegzunehmen. Die Ovambos sollten selbst bestimmen können, was sie damit tun wollen. Warum sollen sie nicht in eigener Verantwortung eine Mine betreiben und mit dem Ertrag ihrem Stamm helfen?«

Kappler musste plötzlich lachen. Raffaels entwaffnende Offenheit hatte ihn überzeugt. Außerdem war er ein guter Verlierer. »Mit Ihnen als Gegner kann ich meine Hoffnungen auf das Land also begraben«, stellte er bedauernd fest. »Schade! Dann stehen wir also in dieser Angelegenheit auf zwei verschiedenen Seiten.« Er stand auf und reichte Raffael seine Hand. »Ich hoffe dennoch, dass Sie mich in anderen Fällen weiterhin so engagiert beraten.«

*

»Komm jetzt endlich! Wir haben nicht den ganzen Tag Zeit.« Nachtmahr drängte ungeduldig zum Aufbruch. Bis Tsumeb war es noch ein gutes Stück, und er wollte den Ort noch an diesem Tag erreichen. Benjamin blieb trotzig auf dem Boden sitzen. »Ich will nicht weiter. Ich möchte zurück nach *Owitambe.«*

»Fängst du schon wieder mit dieser Leier an?«, brauste Nachtmahr auf. Er saß bereits auf seinem Pferd. »Wenn du nicht sofort auf dein dämliches Pony steigst, dann setzt es eine Tracht Prügel.«

»Mir tut immer noch mein Hintern weh. Ich will nicht mehr reiten«, klagte der Junge.

»Du wirst tun, was ich dir sage. Und wenn nicht, dann binde ich dich wieder wie einen Sack auf dein Pferd.«

Benjamin kniff die Augen zusammen, um seine Tränen zu unterdrücken. Dann stand er auf und begab sich zu Lucky, den Hendrik für ihn hielt. »Besser du tust, was dein Großvater sagt«, raunzte er den Jungen an und hob ihn mit Schwung auf den Rücken des Ponys. Benjamin ballte die Hände zu Fäusten, fügte sich aber in sein Schicksal. Man zwang ihn, zwischen den beiden Männern zu reiten. Sie ließen ihn keinen Augenblick aus den Augen. Der Junge hatte immer noch nicht verstanden, was dieser alte grimmige Mann, der behauptete, sein Großvater zu sein, von ihm wollte.

Sie hatten ihm kurz hinter der Farm aufgelauert. Plötzlich waren sie da gewesen und hatten ihm angeboten, ihn ein Stück zu begleiten. Da sie freundlich waren, hatte er keinerlei Misstrauen gehegt. Im Gegenteil, er war sogar froh über die Begleitung gewesen, weil Lucky sich noch manchmal recht ungestüm verhielt. Als sie in der Nähe von Epongo gewesen waren, wollte er wieder nach Hause. Doch der dunkelhäutige Mann, den sein Großvater Hendrik nannte, hatte Lucky an den Zügeln genommen und ihn weiter mit sich gezerrt. Benjamin hatte erst protestiert und schließlich laut geschrien, bis ihm der alte Mann eine schallende Ohrfeige versetzt hatte, die ihn fast vom Rücken seines Pferdes gefegt hatte. Danach hatte er es vorgezogen zu schweigen. Erst da fiel ihm auf, dass die Hufe der Pferde seiner Entführer mit Stofflappen umwickelt waren, um keine Spuren zu hinterlassen. Bei Epongo musste er kurz absteigen. Nun wurden auch Luckys Hufe mit Lappen umwickelt, bevor sie in halsbrecherischem Tempo ihren Weg fortsetzten. Die Ohrfeige hatte Benjamin gleichermaßen eingeschüchtert wie empört. Er war noch nie in seinem Leben geschlagen worden und empfand den Schlag als eine Demütigung. Als der alte Mann mit den vielen Haaren – sie wuchsen ihm sogar aus Ohren und Nase – ihm bei einer Rast erzählt hatte, dass er sein Großvater sei und Benjamin fortan bei ihm leben würde, konnte er nicht mehr an sich halten. »Du bist niemals mein Großvater«, hatte er den alten Mann empört angeschrien. »Mein Großvater würde mich niemals schlagen!« Der alte Mann hatte ihn nur ausgelacht, was die Wut des Jungen noch mehr angestachelt hatte. »Ich werde niemals bei dir bleiben«, verkündete er. »Ich hasse dich. Du bist böse!« Dann war er aufgestanden und hatte versucht wegzulaufen. Nach nur wenigen Metern hatte ihn Hendrik wieder eingefangen und am Genick gepackt. Er hatte wild um sich geschlagen, doch der Orlam hielt ihn mühelos auf Abstand. Als sie wieder neben dem Großvater standen, lernte Benjamin zum ersten Mal dessen unberechenbare Wut kennen. Der alte Mann war außer sich gewesen. Kaum hatte Hendrik ihn vor ihm abgesetzt, hatte der Junge auch schon die nächste Ohrfeige abbekommen. Seine Wange glühte vor Schmerz, und sein Ohr war ganz taub von dem Schlag. Als Nächstes fühlte er, wie er an der Schulter gepackt und über ein Knie gelegt wurde.

Dann hörte er einen Ratsch und bemerkte zu seiner Beschämung, dass ihm der Alte die Hose heruntergerissen hatte. Er wusste nicht, was schlimmer war, die nun folgenden Schläge mit der Reitgerte auf sein blankes Hinterteil oder die Scham, die er dabei empfand. Der böse alte Mann drosch mit ungezügelter Wut auf ihn ein, bis ihm die Haut aufsprang und er zu bluten begann. Hätte Hendrik nicht eingegriffen, hätte er ihn vielleicht zu Tode geprügelt. Gedemütigt und halb besinnungslos vor Schmerz war er vor ihm liegen geblieben. Er war selbst zum Heulen zu schwach.

Der alte Mann keuchte vor Erregung und blinder Wut. »So ergeht es jedem, der sich mir widersetzt«, schnaufte er. »Dies soll dir eine Lehre sein. Sieh mich an, wenn ich mit dir rede!« Benjamin zwang sich, ihn anzusehen. Seine anfängliche Empörung wich jämmerlicher Angst. In diesem Moment hatte er erkannt, dass es keinen Sinn hatte, sich diesem Unhold zu widersetzen.

Die Schläge hatten dem Jungen so zugesetzt, dass er zwei Tage lang nicht fähig gewesen war zu reiten. Doch der alte Mann hatte darin keinen Grund dafür gesehen, ihn zu schonen. Kurzerhand ließ er ihn bäuchlings über Luckys Rücken legen und dort festbinden. Dann waren sie weitergezogen, obwohl dem Jungen das Blut in den Kopf gestiegen war und er kaum noch Luft bekam. Nach wenigen Stunden war er so am Ende gewesen, dass er immer wieder ohnmächtig wurde. Notgedrungen hatten sie in der Wildnis ein Lager aufgeschlagen, in dem sie zwei Tage geblieben waren. Der alte Mann hatte ihm eine Salbe gegeben, mit der er seinen Hintern einreiben konnte. Benjamin nahm sie nur an, weil er Angst vor weiteren Schlägen hatte.

Gegen Abend erreichten sie die von Hügeln umschlossene Stadt Tsumeb. Bereits die Buschmänner hatten hier vor langer

Zeit Kupfervorkommen entdeckt und das Metall in Termitenbauten, die sie zu Hochöfen umfunktioniert hatten, gewonnen. Nachdem die Weißen ins Land gekommen waren, wurden in dem einzigartigen Gestein dieser Gegend auch seltene Minerale, Edelsteine und Erze gefunden. Manche Edelsteine waren sogar außergewöhnlich kostbar, weil man sie nur hier fand. Eine besonders mineralienreiche Gegend war ausgerechnet das Land, das Baltkorn sich unter den Nagel gerissen hatte. Um kein Aufsehen zu erregen, ließ Nachtmahr außerhalb der Stadt absitzen. Sie warteten, bis es ganz dunkel geworden war. Er hatte einen Plan. Zum ersten Mal seit langer Zeit war er wieder zuversichtlich. Die Entführung seines Enkels hatte seinem Leben wieder einen Sinn verliehen. Der Junge war gar nicht so übel, fand er. Mit der Zeit würde er ihn sich schon so biegen, wie er zu sein hatte. Er erkannte in ihm einiges von seiner Tochter wieder. Das Lächeln und die zarten Finger. Die Vorstellung, dass er sich mit der Entführung des Jungen eine nur angemessene Entschädigung für das Leid geholt hatte, das die Menschen auf *Owitambe* ihm angetan hatten, war wie Balsam auf seiner Seele. Selbst seine Magenbeschwerden hatten sich seither gebessert. Es bereitete ihm satte Genugtuung, wenn er nur daran dachte, wie verzweifelt nun dessen Vater, dieser elende Bastard, sein musste. Er malte sich aus, wie sie vergeblich nach ihm suchten, bis sie schließlich einsehen mussten, dass sie ihn für immer verloren hatten. Und er hatte etwas gewonnen! Nachtmahr musterte seinen Enkel nachdenklich aus den Augenwinkeln. Nein, der kleine Bursche war wirklich nicht so übel. Wenn er es nicht besser gewusst hätte, so hätte er in ihm niemals einen Mischling erkannt. Benjamins Haut war hell, seine Augen von einem strahlenden Blau. Nur die Krause seiner blonden Haare zeugte von seiner negroiden Abstammung. Er würde ihn sich zurechtbiegen und aus dem Jungen einen echten Nachtmahr machen. Die Prügel, die er ihm verpasst hatte, waren gut investiert. Seither war der Junge völlig eingeschüchtert. Es würde nicht mehr lange dauern, und der Kleine würde genau das tun, was er von ihm verlangte – und dabei das Richtige lernen. Doch in manchen sentimentalen Momenten wünschte er sich auch, dass der Junge nicht nur Angst vor ihm hatte, sondern ihn auch respektierte. In einer plötzlichen Gefühlsaufwallung schlug er ihm kameradschaftlich auf die Schulter, was Benjamin sofort verschreckt zusammenzucken ließ.

»Wenn ich das hier erledigt habe, werden wir in unser neues Zuhause ziehen«, verkündete er gut gelaunt. Sein Enkel reagierte nicht. Er starrte trotzig auf den Hals seines Ponys. Nachtmahr lachte nur. »Wir zwei werden noch richtig gute Freunde.« Dann wandte er sich an Hendrik und befahl ihm, mit dem Jungen in den Bergen zu bleiben, bis er zurückkam. »Ich möchte nicht, dass sich jemand in der Stadt an ihn erinnert. Sobald ich meine Geschäfte mit Baltkorn erledigt habe, werde ich mit dem Jungen verschwinden. Du wirst hierbleiben. Ich bin sicher, dass Baltkorn bei der Aufsicht seiner Minen Verwendung für dich hat.« Mit einem kurzen Nicken verabschiedete er sich und gab seinem Pferd die Sporen.

*

Nach dem für ihn entsetzlich schmachvollen Vorfall in Windhuk hatte Jon Baltkorn einige Zeit gebraucht, um seine Wunden zu lecken. Sonthofen hatte es tatsächlich geschafft, seine politische Zukunft zu zerstören. Sie war zu Ende, bevor sie überhaupt erst richtig angefangen hatte. Auch als Geschäftsmann konnte er sich eine Zeit lang in Windhuk nicht mehr sehen lassen. Gesellschaftlich war er sowieso erledigt. Sein alter Herr war mächtig sauer auf ihn gewesen, weil er sich so ungeschickt angestellt hatte. Der Vater hatte sogar gedroht, ihn endgültig zu enterben, falls er sich noch einen einzigen Patzer leisten würde. Im Vergleich zu Windhuk war Tsumeb lediglich eine Provinzstadt. Doch mittlerweile hatte Baltkorn auch ihre Vorzüge entdeckt. Etwas außerhalb der Stadt hatte er ein großzügiges Haus erworben, das einst von einem hochrangigen Offizier der deutschen Schutztruppen gebaut worden war. Mit einer kleinen Gehaltserhöhung hatte er Mathilde Weiß überzeugen können, mit ihrem süßen Töchterchen Elisabeth zu ihm nach Tsumeb zu ziehen. Die Frau war ihm überaus dankbar dafür gewesen, dass sie trotz seines Wegzugs ihre Stellung als Haushälterin hatte behalten können. Wenn diese einfältige Kuh nur wüsste, was für herrliche Stunden er bereits mit ihrer kleinen Tochter verbracht hatte. Das Kind war mittlerweile Wachs in seinen Händen. Das Mädchen erregte ihn, sobald er sie nur ansah. Sie war kein Vergleich zu den schwarzen Schlampen, die er sonst gevögelt hatte. Durch sein geschicktes Vorgehen war sie ihm regelrecht hörig geworden. Es kostete ihn nur noch wenig Überredungskunst, und schon war sie ihm willig. Wie er es liebte, wenn die Kleine aus lauter Furcht und Scham zitternd vor ihm stand. Er hatte es tatsächlich geschafft, ihr einzureden, dass sie der Grund für diese »bösen« Dinge sei, die er mit ihr zu machen gezwungen sei. Ha! Wie er ihre Naivität liebte. Auch sonst konnte er sich nicht beklagen. Die Arbeiten an der Mine gingen gut voran. Deren Ausbeutung begann bereits beträchtliche Gewinne abzuwerfen. Nur mit den Eingeborenen hatte er nach wie vor immer wieder Schwierigkeiten. Doch das ließ sich durch gutes Wachpersonal und den bestechlichen Sangoma, der den Menschen Angst einflößte und sie durch Flüche einschüchterte, ebenfalls leicht lösen.

Baltkorn saß in seinem Arbeitszimmer hinter dem Schreibtisch und blätterte die neuesten Aufstellungen der Minenerträge durch. In seiner linken Hand hielt er einen Cognacschwenker, aus dem er hin und wieder etwas nippte. Zufrieden legte er die Papiere beiseite, als es an seiner Tür klopfte und Frau Weiß ihm einen Besucher ankündigte. Baltkorn sah auf seine Taschenuhr. Es war bereits halb zehn Uhr abends. Wer zum Teufel mochte jetzt noch etwas von ihm wollen? Er musste nicht lange raten, denn der Besucher stand bereits hinter Frau Weiß und drängte ungeduldig an ihr vorbei ins Zimmer.

»Schenkst du mir auch einen Cognac ein?«, fragte Nachtmahr mit einem hämischen Grinsen im Gesicht. Er genoss offensichtlich Baltkorns Überraschung. Nachtmahr begab sich zur Anrichte und bediente sich eigenmächtig. Dann nahm er ihm gegenüber Platz.

»Du hast wohl geglaubt, dass du mich endgültig los bist, was?«, stellte er genüsslich fest. »Es tut mir leid, dass ich dich in dieser Hinsicht enttäuschen muss. Du wirst dir sicher denken können, was ich von dir will.«

Baltkorn versuchte seine Überraschung in den Griff zu bekommen. Einen Augenblick lang hatte er tatsächlich überlegt, ob er Frau Weiß bitten sollte, die Polizei zu rufen. Schließlich war Nachtmahr ein landesweit gesuchter Verbrecher. Doch dann fiel ihm ein, dass dessen Wissen über seine Geschäfte auch für ihn eine große Gefahr darstellte, und er entschloss sich, es zu unterlassen. Das Beste war, den Alten erst einmal zu Wort kommen zu lassen.

»Was willst du von mir?«, fragte er deshalb mit scheinbar gleichmütiger Miene. »Die Mine wirft noch keine Erträge ab. Ich kann dir nichts von deinem Anteil geben.« Vorsichtshalber legte er seine feisten Ellenbogen über die Papiere, die er gerade durchgesehen hatte. Nachtmahrs scharfem Blick war das nicht entgangen. Mit der Wendigkeit eines Fuchses beugte er sich zu ihm hinüber und zog die Blätter kurzerhand hervor. Beim Durchblättern erhellte sich sein Gesicht noch mehr. »So so, keine Erträge«, meinte er spöttisch. »Jon Baltkorn macht mal wieder Witze.« Seine Mundwinkel verzogen sich zu einem jovialen Lächeln, während sich seine Augen zu gefährlichen Schlitzen verengten. »Du müsstest mich in der Zwischenzeit gut genug kennen, um zu wissen, dass ich auf solche Spielchen wenig Lust habe«, sagte er plötzlich mit scharfer Stimme. »Du wirst mir geben, was ich verlange. Andernfalls fliegt der ganze Laden hier auf. Ich habe nichts mehr zu verlieren, du hingegen schon. Also rate ich dir, dich kooperativ zu zeigen. Ich schlage vor, dass wir uns fortan konstruktiv unterhalten.«

Seine Drohung zeigte unmittelbare Wirkung. Baltkorn fürchtete sich in der Tat vor dem jähzornigen, unberechenbaren Temperament seines Kompagnons. Eingeschüchtert hob er sein Glas und prostete Nachtmahr zu. Von nun an hörte er ihm aufmerksam zu. In der folgenden Unterhaltung einigten sie sich auf zwanzigtausend englische Pfund und ein Stück Land am Kunene River mit einem kleinen Farmhaus, das Baltkorn Nachtmahr zur Verfügung stellen wollte. »Das Land gehört einem Bekannten von mir, einem gewissen Gerd Appeldorn. Er schuldet mir noch einen Gefallen. Seine Farm liegt unweit von Angola. Dort wird euch ganz sicher niemand finden.« Nachtmahr hatte es in seiner Eitelkeit nicht unterlassen können, Baltkorn von der Entführung seines Enkels zu erzählen. Es bereitete ihm sichtlich Genugtuung, seinen Triumph mit jemandem zu teilen. Tatsächlich freute sich Baltkorn sogar mit ihm. Allerdings aus ganz anderen Gründen. Das Wissen, dass der Sohn von Raffael Sonthofen noch am Leben war, konnte einmal sehr wertvoll für ihn werden.

Unerwartetes Wiedersehen

Tosender Applaus erfüllte das *Folies-Caprice,* kaum dass *Ricky Ticky* – Coupletistin, Tänzerin und Komödiantin – mit einem letzten kecken Hüftschwung ihren Auftritt beendet hatte.

»Bravo!«

»Zugabe!«

»Ricky Ticky« – »Ricky Ticky« – »Ricky Ticky«, skandierte das Publikum. Hüte wurden in die Luft geworfen, während Hunderte von Füßen wie eine wild gewordene Elefantenherde auf den Boden stampften.

Ricky verneigte sich nochmals und kostete das kribbelnde Gefühl aus, das sich von ihrem Scheitel aus bis in die Zehenspitzen ausbreitete. Mit einer Handbewegung brachte sie anschließend ihr Publikum wieder zum Schweigen. Gleichzeitig gab sie dem Orchester das Zeichen für die verabredete Zugabe. Noch einmal genoss sie es, das Publikum mit sich zu reißen. Doch dann war.Schluss. Mit einem neckischen Handkuss verabschiedete sie sich und verschwand hinter die Bühne.

»Je kürzer und knackiger die Zugabe, umso gieriger wird das Publikum, dich wiederzusehen.« Claires Ratschlag war Gold wert. Rickys Aufführungen waren jeden Abend ausverkauft – und das nun schon seit gut einem Monat. Und heute war die letzte Vorstellung, mit der ihr erstes Engagement endete.

Valentin wartete hinter dem Vorhang mit einem Bademantel auf sie. Er legte ihn fürsorglich über ihre Schultern und strahlte sie übermütig an.

»Rate mal, was ich für gute Neuigkeiten habe.« Seine Hand wedelte verlockend mit einem Stück Papier.

»Heißt das, wir bekommen eine Verlängerung?« Rickys Herz machte einen Hüpfer, während sie nach dem Papier zu greifen versuchte. Aber Valentin entzog es ihr.

»Ach was, Verlängerung«, winkte er großspurig ab. »Du sollst die ganze Saison auftreten, bis in den Herbst hinein. Du bekommst eine eigene Garderobe und einen Zuschuss für die Kostüme. Und dann …« Er machte eine betont lange Kunstpause, um sie noch ein wenig auf die Folter zu spannen. »… und dann gehen wir auf Tournee. Paris, London, Budapest und Wien. Wir werden dazu natürlich noch ein paar neue Stücke einstudieren müssen, aber darum musst du dir keine Sorgen machen, denn ich habe da schon so eine Idee …«

Bei all dem Glücksgefühl und der Freude, die Ricky in diesem Moment empfand, entdeckte sie zu ihrer eigenen Überraschung etwas ganz Neues an Valentin. Staunend stellte sie fest, dass sie zum ersten Mal in ihm den Mann und nicht nur den Freund und Musiklehrer erkannte. Ihr war nie zuvor aufgefallen, wie gut er aussah mit seinen zurückgekämmten, dunkelbraunen Haaren, dem feinen Oberlippenbart, der seinen ausdrucksstarken Mund zierte, und den graugrünen Augen, die seine Gefühle so lebendig widerspiegelten. Aus einem spontanen Gefühl heraus schnitt sie seinen Redefluss ab, indem sie ihn mit ihren Armen umschlang und mitten auf den Mund küsste. Valentin wurde davon mindestens ebenso überrascht wie sie selbst. Kaum hatte sie sich von ihm gelöst, umfasste er mit beiden Händen ihre Schultern und sah sie ungläubig an. Dann begannen seine Augen einen warmen Glanz anzunehmen, bevor er sie mit einer überraschenden Heftigkeit zu sich heranzog und nochmals küsste. Bereitwillig ließ sie es geschehen. Seine Lippen lagen warm und angenehm auf den ihren, und als seine Zunge fordernd ihren Mund zu erkunden begann, wehrte sie sich nicht. Es war ungewohnt, aber durchaus angenehm und plötzlich auch erregend.

»Nu verzieht euch doch mit eurem Geknutsche in ein anderes Eck!« Raunzend wurden sie von einem Bühnenarbeiter unterbrochen, der noch eine letzte Requisite vor der nächsten Nummer platzieren musste. Ricky und Valentin rückten auseinander und sahen einander verlegen grinsend an. Sie fühlten sich wie zwei ertappte Kinder. Valentin wollte noch etwas sagen, aber dann winkte Kranz ihnen hinter den Kulissen zu. Ricky zog Valentin kurzerhand mit sich zu dem Choreografen, der sie überschwänglich auf beide Wangen küsste.

»Ich habe immer gewusst, dass du etwas ganz Besonderes bist«, lobte er sie begeistert. »Und deine Tanzeinlagen werden auch immer ausgefallener. Wer hätte das vor einem Jahr noch gedacht!«

Ricky freute sich. Sie knuffte Valentin in die Seite und meinte: »Wenn Valentin und Onkel Heinrich mir nicht so viel Mut gemacht hätten, dann würde ich wahrscheinlich immer noch am Stock gehen.«

»Na, das hast du wohl ganz alleine hinbekommen!«, wehrte Valentin bescheiden ab und strahlte sie verliebt an. Kranz zog amüsiert eine Augenbraue hoch.

»Na, wenn da mal zwischen euch nichts im Busch ist …«, bemerkte er anzüglich und verabschiedete sich mit einem munteren Zwinkern, um sich gleich darauf seiner Tanzgruppe zu widmen, die als nächste Nummer auftreten sollte.

»Es ist schon ein komisches Gefühl, dass ich ausgerechnet in dem Theater auftrete, mit dem ich so hässliche Erinnerungen verbinde«, versuchte Ricky von der Peinlichkeit der Situation abzulenken. Wozu hatte sie sich nur hinreißen lassen! Ihre Gefühle spielten im Moment total verrückt. Valentin ließ sich davon allerdings nicht beeindrucken. Er legte seinen Arm um ihre Schulter und drückte sie zärtlich an sich.

»Ich glaube einfach, dass es das Schicksal wirklich gut mit dir meint. Du hast endlich bewiesen, dass du dich nicht unterkriegen lässt.«

Sie spürte plötzlich, wie ihr warm ums Herz wurde. »Du siehst in allem immer das Positive. Woher nimmst du nur die Kraft?«

Valentin wurde plötzlich verlegen. Er räusperte sich, bevor er mit belegter Stimme antwortete.

»Ricky, ich muss dir etwas sagen. Ich wollte es schon längst tun, aber irgendwie war nie der richtige Zeitpunkt …«

Sie erschrak. Wieso wurde er plötzlich so förmlich? Bestürzt sah sie ihn an.

»Sag jetzt nicht, dass du ein neues Angebot bekommen hast und mich allein lässt.« Der Gedanke war so schrecklich, dass sie weiche Knie bekam. Doch Valentin verschloss ihren Mund mit einem sanften Kuss. Schließlich strich er eine dunkle Haarsträhne aus ihrem Gesicht und sah sie zärtlich an.

»Ich liebe dich, Ricky«, sagte er mit rauer Stimme. »Schon vom ersten Tag an, als wir uns in Windhuk begegnet sind.« Seine graugrünen Augen sahen sie forschend an. »Für mich ist heute der schönste Tag in meinem Leben, weil ich spüre, dass auch du etwas für mich empfindest.«

Seine Worte drangen tropfenweise in Rickys Bewusstsein – es war so viel, was sie heute erlebt hatte. Nur langsam wurde sie sich ihrer Tragweite bewusst. Vor Erleichterung darüber, dass er sie nicht einfach für ein besseres Engagement allein lassen würde, nahm sie seine Liebeserklärung zunächst gar nicht recht wahr. Ohne Valentin wäre sie total aufgeschmissen gewesen. Er hatte ihr so viel geholfen und war immer da, wenn sie ihn brauchte. Erst dann drangen die Worte »Ich liebe dich« wirklich bis zu ihr vor. Sie waren für sie nicht wirklich überraschend, denn sie ahnte schon länger, dass er etwas für sie empfand. Nur sie selbst war sich ihrer Gefühle für ihn bislang nie bewusst gewesen. Erst der heutige Abend hatte in ihr eine Tür aufgestoßen, die bislang fest verschlossen gewesen war. In einer zarten Geste schmiegte sie ihre Wange in seine Hand und sah ihn verwirrt an: »Ach, Valentin, natürlich empfinde ich etwas für dich. Du bist der wundervollste Mann, den ich kenne. Ich weiß gar nicht, was ich ohne dich täte.« Die Worte kamen ihr leichter über die Lippen, als sie vermutet hatte. Und sie fühlten sich gut und richtig an. Als Valentin sie vor ihrer Garderobe erneut küsste, ließ sie es bereitwillig geschehen.

Die nächsten Wochen arbeiteten sie fieberhaft daran, an Rickys Auftritten zu feilen und sie zu verbessern. Valentin nahm während ihrer Arbeit keine Rücksicht auf ihre Beziehung. Er kritisierte sie schonungslos und ließ sie die Proben so lange wiederholen, bis alles saß. Seinem scharfen Auge entging nicht die geringste Kleinigkeit, und er hakte sofort ein, wenn eine Pointe nicht richtig saß oder sich musikalische Ungenauigkeiten eingeschlichen hatten. Manchmal war Ricky am Ende ihrer Nervenkraft und zankte mit ihm. Doch so liebevoll er im Privaten zu ihr war, so unerbittlich erwies er sich als ihr Impresario und künstlerischer Berater. Zusätzlich zu den häufigen Proben nahm Ricky weiterhin mehrere Stunden die Woche Tanzunterricht bei Joel. Was vor knapp einem Jahr niemand außer Heinrich Zille für möglich gehalten hatte, war nun wahr geworden. Rickys unermüdliche Disziplin hatte ihren Fuß wieder so beweglich gemacht, dass sie es wagen konnte, kleinere Tanzeinlagen in ihr Programm einzubauen. Sobald sie sich allerdings zu viel zumutete, bekam sie Schmerzen, und der Knöchel schwoll sofort wieder an. Rickys wachsender Erfolg basierte auf der originellen Mischung, die sie auf der Bühne darbot. Mal sang sie mit verführerisch eindringlicher Stimme ein Chanson, um kurz darauf die Zuschauer mit burlesken Tanzeinlagen zu amüsieren, dann wirbelte sie wie ein Derwisch herum und vollführte akrobatische Kunststücke, um dann wieder innezuhalten und ein gesellschaftskritisches Couplet zu singen. Es war ihre erfrischende, abwechslungsreiche und kecke Art, die immer wieder für Überraschungen sorgte. In den Bohemienkreisen der Stadt galten ihre Auftritte bald als Geheimtipp.

Bei all ihrem Erfolg vergaß sie jedoch nie, dass sie das alles der Fürsprache von Claire Waldoff zu verdanken hatte. Die große Künstlerin hatte Ricky nach ihrem ersten Auftritt im Toppkeller unter ihre Fittiche genommen und ihr schließlich auch das erste Engagement verschafft. Die Freundschaft zu Claire war ein echter Gewinn.

Eines Tages überraschte Valentin Ricky mit zwei selbst komponierten Liedern. Erwartungsvoll überreichte er ihr die beiden Texte und beobachtete sie genau. Während sie aufmerksam las, erhellte sich ihr Gesicht immer mehr. Das eine Lied war ein frecher, wortwitziger Schlager, der das leichte Fach bediente. Es war eine lockere Zwischennummer, die rein auf das Amüsement aus war. Die andere Komposition war ein politisierendes Couplet, das den immer stärker werdenden Nationalsozialismus aufs Korn nahm. Valentin und sie hatten sich gleichermaßen empört, als sich im März Kampfverbände der Nationalsozialisten und Kommunisten blutige Straßenschlachten auf Berlins Straßen geliefert hatten. Zwar wurden daraufhin die Nationalsozialistische Deutsche Arbeiterpartei und alle ihre Unterorganisationen verboten und aufgelöst, aber dennoch blieb der Geist dieser Partei in den Köpfen vieler Menschen lebendig. Man munkelte sogar, dass ihr Anführer Adolf Hitler sich derzeit bei den Führungspersönlichkeiten der Schwerindustrie im Ruhrgebiet Unterstützung suchte, um sich und seine Partei erneut zu formieren. Valentin verfasste ein Couplet voller Kritik und Spott über radikal militaristische Parolen und unverhohlenen Rassismus. In dem eingängigen Refrain schilderte er, wie die Sturmabteilung der Nationalsozialisten als aufziehbare Spielzeugsoldaten ohne jeden Willen in einer Puddingschüssel ihre dummen Ideen auskämpfte. Das Lied war drastisch, oft komisch und doch eine klare politische Stellungnahme gegen die politische Bewegung des Nationalsozialismus.

Ricky umarmte ihn begeistert. »Das müssen wir so schnell wie möglich bringen. Lass uns gleich mit den Proben beginnen!« Sie summte bereits die Melodie und notierte sich gleich ein paar Ideen dazu, wie sie die Nummer ausgestalten konnte. Sie schlug vor, ein paramilitärisches Kostüm zu tragen und sich am Rücken einen riesigen Aufziehschlüssel befestigen zu lassen, wie man ihn für mechanische Spielfiguren brauchte. Valentin freute sich über ihre Begeisterung und fügte noch einige eigene Vorschläge hinzu. Nach einigen Stunden intensiven Übens war die Nummer nahezu perfekt.

Im Anschluss an eine der täglichen Proben, die wie gewöhnlich morgens um zehn Uhr begannen und sich bis weit über die Mittagszeit hinausgezogen, bat Valentin Ricky, noch etwas zu bleiben. Sie mussten noch einige Einzelheiten der bevorstehenden Tournee besprechen. Es hatte sich beinahe von selbst ergeben, dass er nicht nur als ihr musikalischer Begleiter, Lehrer und Komponist agierte, sondern auch ihr Impresario wurde, der sich um Engagements, Verträge und ihre gesamte Karriereplanung kümmerte. Ricky hatte ihn darum gebeten, und er hatte es gerne angenommen, obwohl er dabei auf eine eigene Karriere verzichtete.

»Ich habe einige der Liedtexte bereits ins Englische übersetzt«, begann er und reichte ihr einen Stapel von Texten. »Am besten nimmst du sie mit und sagst mir, ob du sie gut findest. Die englischen Versionen stammen von mir. Bei den französischen Texten müssen wir Pascal vertrauen. Er ist ein fantastischer französischer Liedtexter. Außerdem ist seine Mutter Deutsche.«

»Meinst du, sie verstehen im Ausland überhaupt meinen Humor?«, zweifelte Ricky plötzlich. »Wahrscheinlich ist er ihnen doch viel zu deutsch.« Sie saß Valentin am anderen Ende des Schreibtischs gegenüber und runzelte skeptisch die Stirn. Sie hatte ihre Beine übereinandergeschlagen und wirkte in ihrem Kostüm sehr damenhaft. Valentin betrachtete sie hingerissen und kämpfte gegen sein Verlangen, sie auf seinen Schoß zu ziehen. Seit jenem Kuss hinter der Bühne waren erst ein paar Wochen vergangen, und doch war er ihr noch nicht so nahegekommen, wie er es gerne gehabt hätte. Ricky ließ lediglich zu, dass er sie küsste, wenn er sie nach Hause begleitete. Auch verbrachten sie so manche freien Tage miteinander und machten Ausflüge und kleine Bootsfahrten, aber er spürte immer noch eine gewisse Zurückhaltung, die es ihm nicht zu durchbrechen gelang. Er hatte längst eingesehen, dass er Ricky zu nichts drängen durfte. Sie mochte es nicht, wenn man sie einengte. In gewissem Sinne war sie wie ein kleiner wilder Vogel, der seine Freiheit brauchte. Die musste er ihr wohl oder übel lassen. Die Zeit jedoch würde für ihn arbeiten, da war er sich ganz sicher.

»Dein Humor ist überaus ansteckend«, beruhigte er sie schließlich mit einem aufmunternden Lächeln. »Du wirst sehen, dass die Menschen in Paris und London genauso begeistert sein werden wie die Berliner!«

»Das sagst du nur, weil du in mich verliebt bist«, neckte ihn Ricky. Sie sah auf ihre Uhr. »Ach, du meine Güte. Es ist ja schon nach drei. Ich muss los. Ich habe Frau Teitelbaum versprochen, noch ein paar Besorgungen für sie zu erledigen. Gibt es noch etwas Wichtiges?«

»Ja, die Verträge. Ich habe sie genau geprüft. Das Angebot der Agentur ist wirklich nicht schlecht; allerdings glaube ich, dass wir noch eine Erfolgsklausel aushandeln sollten, wenn die Aufführungen ausverkauft sind.«

»Ist das nicht unverschämt?«

»Es ist durchaus üblich, dass der Künstler noch einen Bonus erhält, wenn er Erfolg hat.«

Ricky zuckte mit den Schultern und erklärte sich einverstanden. Beim Aufstehen entdeckte sie einen Brief, der das Siegel einer ausländischen Botschaft trug und an sie adressiert war. Sie deutete darauf und fragte, ob es etwas Wichtiges sei. Valentin winkte ab. »Das ist von der englischen Botschaft. Sie haben für sich und ihre indischen Gäste heute Abend eine ganze Loge gemietet. Sie fragen an, ob es dir im Anschluss an die Vorstellung genehm wäre, mit den Herren ein Glas Champagner zu trinken.«

»Ach, du meine Güte«, wehrte Ricky entsetzt ab. »Das sind doch sicherlich alles todlangweilige Diplomaten. Sag ihnen, dass ich leider schon etwas anderes vorhabe.«

»Das habe ich mir schon gedacht«, meinte Valentin. Er trat hinter seinem Schreibtisch hervor und küsste sie zum Abschied auf die Nase. »Deshalb wollte ich dich auch gar nicht damit belästigen.«

*

Ricky saß vor dem Spiegel und wischte sich die Schminke vom Gesicht. Sie fand, dass das Publikum des *Folies-Caprice* an diesem Abend etwas zäh gewesen war. Vielleicht lag es ja an dem Regenwetter, das schon seit Tagen aus Berlin eine graue, trostlose Steinwüste machte. Oder kam es von den Leuten der englischen Gesandtschaft, denen ihr Humor zu plump war? Wie gut, dass sie ihnen abgesagt hatte.

»Ich lass mich von euch nicht unterkriegen«, meinte Ricky trotzig zu ihrem Spiegelbild. Einmal mehr musste sie sich eingestehen, dass sie sich dringend ein dickeres Fell zulegen sollte.

Doch das war einfacher gesagt als getan. Ein Klopfen an ihrer Garderobentür unterbrach ihre Gedanken.

»Herein«, rief sie nicht eben einladend und band sich den seidenen Morgenmantel, den Valentin ihr geschenkt hatte, enger um die Hüften. Ein Botenjunge trat mit einem riesigen Korb voller weißer Blumen ein, stammelte ein paar unbeholfene Worte, stellte den Korb auf einen kleinen Beistelltisch und war auch schon wieder verschwunden. Ricky staunte. Es war schon einige Male vorgekommen, dass ihr jemand Blumen verehrt hatte, aber diese hier übertrafen einfach alles, was sie bisher erhalten hatte. Der große Korb quoll über von exotischen Blumen, Orchideen, Lilien, Frangipaniblüten und weißen Rosen, die ein Vermögen gekostet haben mussten. Sie schnupperte an ihnen. Ihr Duft war betörend und erinnerte sie plötzlich an ihre Kindheit. Neugierig suchte sie nach einer Karte, aber sie fand keinen Hinweis darauf, wer ihr Verehrer war. Immerhin bewirkte das Geschenk, dass sich ihre Laune sofort besserte, und sie registrierte zufrieden, dass ihre Vorstellung so schlecht doch gar nicht gewesen sein konnte.

Am nächsten Abend erhielt sie nach der Vorstellung einen Korb voller blauer Blumen. Wieder fand sie keinen Hinweis, wer ihr Bewunderer war. Dieses Mal hielt sie den Botenjungen zurück und fragte ihn, wer ihm den Auftrag gegeben hatte. Der junge Mann, ein schlaksiger Kerl von vielleicht fünfzehn Jahren, zuckte nur hilflos mit den Schultern. »Det weeß ick nich«, meinte er etwas einfältig. »Ick tu nur, was der Meester mir uffträgt!« Ricky bat ihn, falls er noch einmal einen Auftrag bekommen sollte, seinen Meister nach dem Auftraggeber zu befragen. Um ihr Anliegen zu unterstreichen, drückte sie ihm eine Geldmünze in die Hand. Der Botenjunge grinste zufrieden und versprach, sich umzuhören. Ricky stellte den Korb mit den weißen Blüten auf den Boden und den blauen auf das kleine Tischchen. Voller Bewunderung erkannte sie zartblaue Frangipaniblüten mit einem tief orangefarbenen Blütenansatz, duftende Orchideen, Iris, königsblaue Veronica und violette Nelken. Sie war hingerissen. Die ganze Garderobe roch nach den betörenden Blumen. Sie wusste gar nicht, was sie mit ihnen anfangen sollte. Wenn sie sie mit nach Hause nehmen wollte, müsste sie ein Automobil mieten. Doch das hielt sie für ein wenig zu viel Aufwand. Als Valentin sie am dritten Tag nach der Vorführung abholte, stand neben den beiden anderen Körben noch ein dritter mit orangefarbenen Blumen. Dieses Mal waren es Lilien, Nelken, Rosen und Gerbera.

Valentin zog erstaunt die Augenbrauen hoch.

»Olala! Ich wusste gar nicht, dass du nebenbei noch einen Blumenladen betreibst«, bemerkte er trocken.

»Sind sie nicht wunderschön?«, fragte Ricky immer noch ganz hingerissen. Auch dieses Mal hatte ihr der Blumenjunge nichts über den Auftraggeber verraten können.

»Darf man wissen, wer dieser Verehrer ist?«

»Bist du etwa eifersüchtig?« Ricky rümpfte amüsiert die Nase. Statt einer Antwort nahm Valentin sie in den Arm und gab ihr einen Kuss. »Auf Blumen?«, meinte er leichthin. »Mit denen konkurriere ich doch noch allemal.«

Ricky stieß ihn leicht von sich. »Du musst dich nicht lustig machen«, schmollte sie. Ihrer Meinung nach konnte Valentin ruhig etwas mehr Eifersucht zeigen. »Derjenige, der mir diese Blumen schickt, muss wirklich einen Narren an mir gefressen haben«, versuchte sie ihn zu ärgern.

»Der soll sich vor mir hüten«, knurrte Valentin prompt mit verstellter Stimme. Er spreizte die Finger und tat so, als hätte er eine Pistole in der Hand. Ricky kicherte, nahm ihren Mantel und hakte sich bei Valentin ein.

»Lass uns gehen. Ich bin schrecklich müde.«

Am vierten Tag kam der Bote mit einem Strauß langstieliger roter Rosen. Es waren exakt dreiundzwanzig Stück. Sie schloss daraus, dass es sich um eine Anspielung auf ihr Alter handelte. Dieses Mal fand sie inmitten der Blumen eine kleine perlmuttfarbene Schachtel, die einen Ring mit einem großen blauen Saphir enthielt, der von zwölf strahlenden Diamanten eingefasst wurde. Ricky hielt die Luft an. Der Ring musste ein Vermögen wert sein. Wieder war keine Karte bei den Blumen, aber in die Innenseite des Goldringes waren vier Buchstaben eingraviert: *R. H. & B. S.* Was sollte das bedeuten? Für gewöhnlich waren es nur Verlobungsringe, die man in dieser Weise gravieren ließ. Die ersten beiden Buchstaben bezogen sich mit größter Wahrscheinlichkeit auf ihre Initialen, Riccarda van Houten. Die anderen beiden wiesen auf den Auftraggeber hin. Trotz intensivem Nachdenken fiel ihr beim besten Willen kein Mann mit diesen Anfangsbuchstaben ein. Befremdet steckte sie den Ring zurück in die Schachtel. Was war das nur für ein Spiel? Sie beschloss, Valentin davon zu erzählen, aber dann fiel ihr ein, dass er ja für ein paar Tage nach Dresden gereist war, um dort als Ersatzdirigent für einen erkrankten Kollegen einzuspringen.

Am darauffolgenden Abend begab sie sich lange vor ihrem Auftritt hinter die Bühne und betrachtete vom Vorhang aus neugierig das Publikum. Sie zweifelte keinen Augenblick daran, dass ihr Verehrer irgendwo dort unten saß. Durch die Beleuchtung auf der Bühne war die Sicht aufs Publikum allerdings schlecht. Dennoch suchte sie Reihe für Reihe mit einem Opernglas ab. Die meisten Herren waren in Damenbegleitung und schieden von vornherein aus. Aber auch von den anderen machte keiner den Eindruck eines schwärmerischen Verehrers. An diesem Abend kamen keine Blumen. Und auch nach den folgenden Auftritten blieben sie aus. Ricky war einerseits erleichtert, aber andererseits auch etwas enttäuscht. Das Spiel, das der unbekannte Verehrer mit ihr getrieben hatte, hatte sie neugierig gemacht. Und jetzt sollte es einfach so vorbei sein? Sie betrachtete die Blumen in ihrer Garderobe mit leichtem Bedauern, als sie allmählich verblühten. Den Ring nahm sie mit nach Hause. Ursprünglich wollte sie ihn Valentin zeigen, aber dann ließ sie es doch sein. Er war immer so vernünftig und würde ihr nur raten, ihn im Pfandhaus zu Geld zu machen. Aber das brachte sie nun doch nicht übers Herz.

*

Nach zwei Wochen hatte sie die Blumenepisode fast völlig vergessen, zumal die erste Vorstellung mit der neuen Nummer anstand. Sie war mächtig aufgeregt, denn ihr war von Anfang an klar gewesen, dass sie sich mit solch einer politischen Satire nicht nur Freunde machen würden. Doch Claire, die eine der Proben gesehen hatte, war begeistert von der Nummer und sprach ihr Mut zu.

Schon während sie das Couplet vortrug, spürte sie die geteilte Spannung im Publikum. Es gab herzliches Gelächter, aber auch vereinzelte Buhrufe. Sie war darauf vorbereitet gewesen und ließ sich nicht verunsichern. Als ein Statist, verkleidet als Mitglied der Sturmabteilung, sie schließlich an dem Drehschlüssel auf ihrem Rücken aufzog und sie mit stapfenden Schritten sinnlos im Kreis marschierte, lachten viele im Publikum und klatschten Applaus, aber es gab auch einige, die unter Protesten und lauten Buhrufen das Theater verließen. Am nächsten Tag hatte sie zum ersten Mal eine Schlagzeile in einer der Boulevardzeitungen.

Neuer Wind im Folies-Caprice!
Ein erfrischend frecher Stern strahlt am Berliner Kabarett-Himmel. Die Kabarettistin und Künstlerin Ricky Ticky nimmt selbst in politischen Dingen kein Blatt vor den Mund. Gnadenlos und bissig führte sie in ihrer gestrigen Vorstellung ihrem Publikum die Lächer-

lichkeit militärischer Aufmärsche vor Augen. Die Anspielung auf die inzwischen verbotene, aber durchaus immer noch präsente Sturmabteilung der Nationalsozialisten war kaum verkennbar. Als fremdgesteuerte Aufziehpuppen mussten sie in einer Puddingschüssel marschieren. Die junge Künstlerin versteht es auf ebenso freche wie charmante Weise, der Gesellschaft den Spiegel vorzuhalten. Nicht zur Freude aller, wie man gestern sehen konnte!

Der Artikel löste eine Flut von Reaktionen aus, die Ricky völlig überrumpelten, wie ein Lichtschalter, der plötzlich angeknipst worden war. Mit einem Mal stand sie im Mittelpunkt des Berliner Theatergeschehens. Jeder wollte die freche Ricky Ticky sehen und sich über ihre Soldatenparodie amüsieren oder auch aufregen. Der Große Weltkrieg war allen noch in schrecklicher Erinnerung. Allerdings gab es über seinen Ausgang ebenso wie über Rickys Parodie geteilte Meinungen. Die einen waren froh, den Krieg einigermaßen überstanden zu haben, auch wenn er verloren gegangen war. Sie sahen in der Weimarer Republik eine Chance dafür, dass das Volk endlich demokratisch regiert werden würde. Den nationalsozialistischen Bestrebungen im Volk standen sie eher kritisch gegenüber, denn die stellten eine Gefahr dar; die Partei war trotz Verbot straff organisiert und nach Kräften dabei, die junge Demokratie zu unterwandern und von innen her auszuhöhlen. Diejenigen im Publikum, die das so sahen, amüsierten sich königlich über Rickys Parodie. Vielen anderen steckte jedoch noch die Schmach von Versailles und die damit dem Land von den Großmächten zugefügte Demütigung in den Knochen. Die zweite und dritte Zone des Rheinlandes war immer noch von den Alliierten besetzt. Das hemmte die wirtschaftliche Gesundung Deutschlands ungemein, da sich vor allem dort die für die Industrie so wichtigen Stahlwerke und Kohlegruben befanden. Hinzu kamen die hohen Reparationszahlungen, die das Deutsche Reich an die Siegermächte zu zahlen hatte. Innerhalb der schwachen Regierung waren die Kabinettsmitglieder sich oft uneinig, sodass in vielen Bürgern der Wunsch nach einer starken Hand wuchs, die wirkungsvoll die Arbeitslosigkeit bekämpfte und aus Deutschland wieder einen starken Staat machte. Diesen Menschen stieß die despektierliche und, wie sie es nannten, »zersetzende« Art von Ricky Tickys Parodie übel auf. Für Riccarda als Künstlerin war das kein Nachteil. Gerade die kontroverse Beurteilung machte das Couplet und ihre Person so bekannt. Vom Erfolg beflügelt, schlug der Intendant des *Folies-Caprice* Ricky vor, sie als die Hauptattraktion der Vorstellung zu präsentieren, und ließ sogar extra Plakate für sie drucken. Auch Valentins Name war als Komponist und Texter plötzlich in aller Munde. Er bekam Anfragen von anderen Künstlern, die ihn ebenfalls baten, etwas für sie zu komponieren. Doch er lehnte mit der freundlichen Begründung ab, dass er Lieder ausschließlich für Ricky Ticky schriebe. Nur kurze Zeit später präsentierte er Ricky den ersten Schallplattenvertrag und berichtete, dass die Plattenfirma beabsichtigte, gleich mehrere Lieder mit ihnen aufzunehmen. Endlich ging es bergauf.

*

Rickys Gage war bald ausreichend hoch, sodass sie sich hin und wieder ein motorisiertes Taxi für die Nachhausefahrt leisten konnte. Diesen Luxus gönnte sie sich vor allem dann, wenn sie nach der Aufführung noch mit Kollegen feiern ging. Im Gegensatz zu Valentin fand sie das Berliner Nachtleben ungemein aufregend. Sie liebte jede Art von Geselligkeit und freute sich, nun endlich dazuzugehören. Am Bockbiertrubel auf der Jungfernwiese mit den Menschen aus dem einfachen Volk hatte sie genauso viel Spaß wie in den großen Tanzpalästen, wo sie sich oft bis in die Morgenstunden an modernen Tänzen vergnügten. In der ersten Zeit war Valentin ihr ein treuer Begleiter.

Obwohl er dem nächtlichen Treiben nicht allzu viel abgewinnen konnte, sah er es als seine Pflicht an, Ricky nicht unbegleitet ausgehen zu lassen. Außerdem hoffte er auf diese Weise, ihr noch näherkommen zu können. Mit erzwungener Gelassenheit folgte er ihr in die unterschiedlichsten Etablissements, ging mit ihr auf Maskenbälle und Privatfeste, wo sie die angesehensten Filmstars, Schauspieler, Sängerinnen und Künstler ganz Berlins trafen. Doch nach ein paar Wochen war er es leid, ihr wie ein Hündchen zu folgen, ohne ihr wirklich nah sein zu können. Ricky war äußerst gesellig und schwirrte, kaum dass sie eine Lokalität betreten hatten, weg von ihm, um sich mit den anderen Gästen zu unterhalten. Es war nicht so, dass er dann allein gewesen wäre, aber er hatte sich ihre Zweisamkeit ganz anders vorgestellt. Ihre Flatterhaftigkeit begann ihm genauso zu missfallen wie ihre neue Angewohnheit, Zigaretten zu rauchen.

»Du verdirbst deine schöne Stimme mit dem grässlichen Qualm«, warf er ihr immer wieder vor. Doch Ricky wollte davon nichts wissen. »Das ist schick und schmeckt«, winkte sie unbekümmert ab und ließ sich auch auf keine weitere Diskussion ein. Valentin blieb nichts anderes übrig, als klein beizugeben.

»Kommst du heute Abend mit?«, fragte sie nach der letzten Probe gut gelaunt. »Claire und Olga wollen mich heute in der *Pyramide* einführen. Das wird bestimmt sehr amüsant.«

Valentin rümpfte missbilligend die Nase. »Das ist doch dieser selbst ernannte Lotterieverein, der aus einem Haufen lesbischer Frauen besteht. Nein, danke! Da musst du schon allein hingehen.«

»Nun sei doch nicht so spießig!«, protestierte Ricky gekränkt. »Es ist ein Schaulokal, da dürfen auch Männer von der Marine rein.« »Marine« war der umgangssprachliche Ausdruck für heterosexuelle Männer. »Claire will mich Anita Berber vorstellen. Das ist die Gelegenheit, die große Tänzerin endlich einmal persönlich kennenzulernen.«

»Wie schön für dich!« Valentin war reichlich verstimmt. »Hatten wir uns nicht heute Abend zum Essen verabredet?«

»Ach du je! Das hatte ich völlig vergessen«, gab Ricky mit verletzender Ehrlichkeit zu. Valentin musste schlucken. Es war Wochen her, seit sie einen Abend allein verbracht hatten. »Ich hatte mich so darauf gefreut«, murmelte er und hoffte, dass sie merkte, wie sehr es ihn kränkte.

Ricky strich ihm über den Arm. »Ach, Valentin«, meinte sie bekümmert. »Ich will dich doch nicht versetzen, aber Anita reist schon diese Woche in Richtung Damaskus ab. Das ist die Gelegenheit. Bitte!« Sie nahm seine Hand und knetete sie zwischen ihren Fingern. »Morgen gehen nur wir beide aus. Wir haben doch noch ein ganzes Leben zusammen. Was macht da dieser eine Abend aus? – Einverstanden?« Sie sah ihn aus ihren bernsteinfarbenen Augen so flehentlich an, dass er ihr nicht mehr böse sein konnte.

»Einverstanden«, lenkte er unglücklich ein. »Dann wünsche ich dir für heute Abend viel Spaß.«

*

Für den Abend in der *Pyramide* wählte Ricky ein mit hellblauen Glasperlen durchsetztes saphirblaues Volantkleid, das der Mode entsprechend eine Handbreit über ihrem Knie endete und vorne wie hinten ein gleich großes Dekolleté hatte. Dazu trug sie hochhackige, extravagante Sandaletten, die sie etwas größer erscheinen ließen. Über die gewellten Haare legte sie ein blaues Stirnband, in das sie eine weiße Feder steckte. Nachdem sie ihre Lippen mit einem tiefroten Lippenstift nachgezogen hatte, betrachtete sie sich zufrieden im Spiegel. Nun fehlte noch etwas Schmuck. Plötzlich fiel ihr der Ring mit dem Saphir von ihrem unbekannten Verehrer ein. Sie hatte ihn beinahe vergessen. Zu ihrem blauen Kleid würde er eine tadellose Ergänzung sein. Sie kramte ihn aus ihrer kleinen Schmuckschatulle und streifte ihn sich über. Der Ring passte wie angegossen.

Jeden Montag traf sich um neun Uhr abends der Lotterieverein *Die Pyramide.* Der scheinbar harmlose Name kaschierte die Zusammenkunft der lesbischen Berliner Damenwelt. Claire Waldoff verkehrte hier mit ihrer Lebensgefährtin Olga von Roeder ebenso wie andere gleichgesinnte Künstlerinnen und Schauspielerinnen. Die Gesellschaft traf sich im ersten Stock und vergnügte sich bei stimmungsvoller Orchestermusik in kleinen Grüppchen stehend, sitzend oder tanzend.

Ricky hatte sich an diesem Abend den Luxus eines Taxis gegönnt. Es war ihr erster Besuch in diesem Etablissement. Als sie den Saal im ersten Stock betrat, kam sie sich dann doch etwas verrucht vor. Das ganze Ambiente erschien ihr recht ungewöhnlich. Der geräumige, von Zigaretten- und Zigarrenqualm durchwobene Saal war in warmes, schummriges Licht getaucht. Eine kleine Tanzfläche, neben der eine kleine Combo amerikanische Rhythmen spielte, wurde von rötlichem Licht beschienen, das hin und wieder erlosch, um dann in einer anderen Farbe neu zu erstrahlen. Manche Frauen nutzten diese romantische Dunkelheit, um einander ungeniert zu küssen. Überhaupt waren die Sitten hier recht locker, und Ricky fragte sich schon, ob sie nicht doch lieber auf Valentin hätte hören sollen. Irgendwie kam sie sich wie ein Fremdkörper vor. Suchend sah sie sich nach Claire und Olga um, doch sie waren nirgendwo zu sehen. Auch sonst kannte sie niemanden, auf den sie hätte zusteuern können. Sie begab sich an die Bar und bestellte sich ein Glas Sekt. Während sie sich eine Zigarette auf ihre Zigarettenspitze steckte und sie anzündete, musterte sie ihre Umgebung. Nicht weit von ihr entdeckte sie eine große, fast knabenhaft schlanke Frau in einem eng anliegenden roten Kleid. Sie lag elegant ausgestreckt auf einer Chaiselongue und beobachtete sichtlich gelangweilt das Geschehen. Ricky erkannte in der dunkelhaarigen Frau sofort Anita Berber, die berühmte Tänzerin, Schauspielerin und Selbstdarstellerin, deren skandalumwittertes Leben in aller Munde war. Fasziniert, wie sie war, bemerkte Ricky gar nicht, wie sie sie unanständig lange anstarrte.

»Was gaffst du mich so an, Schätzchen?«, sprach sie die Diva daraufhin prompt an. Es klang eher amüsiert als ungnädig. »Bist wohl auf der Suche, was?« Ricky senkte peinlich berührt den Blick. Auf diese Art von Ansprache war sie nicht gefasst. Die Berber zog an ihrer Zigarettenspitze und lächelte provokant. »Für zweihundert Mark mach ich's dir die ganze Nacht.«

Ricky verschluckte sich fast an ihrem Rauch, als ihr die Unanständigkeit des Angebots bewusst wurde. Doch sie fasste sich schnell, lächelte freundlich, um dann schlagfertig zu entgegnen: »Und ich mach's dir für das Doppelte in 'ner halben Stunde.«

Die Berber lachte herb und richtete sich etwas auf. Beiläufig winkte sie dem Ober zu, der sich sofort anschickte, einen doppelten Cognac zu ihrem Sofa zu bringen. »Prost«, sagte sie und trank das Glas in einem Zug leer. Sie bedeutete Ricky, auf dem Sessel neben ihr Platz zu nehmen, und fragte sie, wer sie sei.

»Ach, sieh einmal einer an, die kleine Ricky Ticky«, meinte sie. In ihrem Blick lag mit einem Mal eine Spur von Interesse und durchaus Sympathie. »Gehörst du zu den *Seh-Leuten* oder manchmal auch zu denen da?« Sie deutete mit dem Kopf auf zwei eng umschlungene Frauen auf dem Tanzparkett. Ricky fühlte, wie sie rot wurde. Wollte ihr die Berber tatsächlich ein Angebot machen? Zum Glück steuerten jetzt Olga und Claire auf sie zu und enthoben sie einer Antwort.

»Ach, ihr habt euch ja schon miteinander bekannt gemacht«, begrüßte Claire sie wohlgelaunt. Sie umarmte erst die Berber und dann Ricky, indem sie beide herzlich auf den Mund küsste.

»Ich glaube, ich habe die kleine Ricky Ticky etwas verunsichert«, lachte die Berber und blies ihr neckisch den Rauch ihrer soeben angezündeten Zigarette ins Gesicht. »Ich wollte nur mal sehen, aus was für einem Holz sie geschnitzt ist.«

»Und zu was für einem Ergebnis bist du gekommen?«, fragte Olga amüsiert. »Nun, ich glaube, für die Damenwelt ist sie verloren«, gab Anita bedauernd zurück. »Aber auf den Mund gefallen scheint sie mir auch nicht zu sein.«

»Willst du wirklich mit Henri in den Nahen Osten reisen?«, wechselte Claire das Thema. Anitas Augen verschleierten sich für einen Augenblick. »Das Zerwürfnis zwischen meinem Vater und mir ist unüberbrückbar«, meinte sie düster. Bevor Claire oder sonst jemand darauf eingehen konnte, fand sie jedoch ihre gute Laune wieder und setzte ein betont fröhliches Lachen auf.

»Lasst uns feiern, Mädels!«, rief sie aus und bestellte gleich den nächsten Drink. Ungeduldig nahm sie vom Ober schließlich das Glas entgegen. Auch den nächsten Doppelten trank sie in einem Zug leer. Dann begann sie übergangslos von ihrem neuesten Skandal zu erzählen, der dazu geführt hatte, dass auch ihr letztes Engagement wieder einmal geplatzt war. »Henri hatte extra feines Kokain aufgetrieben, das mich so aufgekratzt hat, dass ich völlig außer mir war«, erzählte sie ohne jede Hemmungen. »Um wieder runterzukommen, habe ich ein wenig Morphin gespritzt. Der Cognac hinterher war dann allerdings etwas zu viel. Die Folge war …« Sie machte eine kleine Kunstpause, in der sie vielsagend die Augen rollte. »… dass ich nach ein paar Tanzschritten von der Bühne fiel und einem der werten Herren in der ersten Reihe über den feinen Smoking gekotzt habe. Der hat vielleicht verdattert dreingeschaut!« Die Berber lachte ihr kurzes, heiseres Lachen, in das Claire und Olga achselzuckend einfielen. Nur Ricky blieb das Lachen im Halse stecken. Allein die Vorstellung, betrunken auf die Bühne zu gehen, war für sie völlig abwegig. Eine unmögliche Verhaltensweise! Die Berber bemerkte mit der Empfindlichkeit einer alkoholisierten

Person ihre Zurückhaltung und stupste sie mit ausgestrecktem Zeigefinger an. Ihre dunkel umrandeten Augen waren vom Alkohol und anderen Drogen gezeichnet. »Da bleibt dir wohl die Spucke weg, was?«, meinte sie. »Bist wohl noch ein Moralist. In dir steckt noch viel zu viel Anstand, Mädchen«, meinte sie verächtlich. »Leute wie du wollen es jedem recht machen, aber das bringt nichts! Glaub mir, diese ollen preußischen Tugenden wie Pünktlichkeit, Ehrlichkeit, Anstand – die haben keinerlei Sinn! Sie schnüren dich nur ein und nehmen dir die Luft zum Atmen. Weg mit dem Korsett!« Sie machte eine weit ausladende theatralische Armbewegung, die Loslösung symbolisieren sollte. »Genieße jeden Tag, als wäre er dein letzter – und mach dir ja keine Gedanken über die ohnehin schon verlorene Zukunft!«

Claire bemerkte Rickys zweifelnden Blick und mischte sich ein. »Anitas Leben ist so verschwenderisch wie die Inflation«, erklärte sie ihr augenzwinkernd. Und an die Berber gewandt meinte sie: »Aber pass nur auf, meine Schöne, irgendwann rückt die Bank kein Geld mehr raus – und dann hast du nichts mehr zuzugeben.«

»Und wenn schon. Wen kümmert der Untergang, wenn er doch noch bevorsteht?«

Jetzt lachten alle, die Berber am meisten.

Die hemmungslose Atmosphäre in der *Pyramide* war für Ricky neu und völlig ungewohnt. Gewöhnliche gesellschaftliche Regeln spielten hier keine Rolle. Es wurde provoziert und einander geärgert, als wäre es ein Spiel, Konventionen jeder Art bewusst zu brechen. Diese Schrankenlosigkeit faszinierte sie einerseits, andererseits fühlte sie sich davon abgestoßen. Normalerweise fiel es ihr leicht, sich in fremden Gesellschaften zurechtzufinden, doch hier fühlte sie sich wie ein Fremdkörper. Ihr fehlte das sichere Parkett bekannter Regeln. In der *Pyramide* konnte sich jeder geben, wie er wollte. Das mochte für Lesbierinnen wie Claire und ihre Freunde sehr befreiend sein, doch ihr fiel es schwer, auf diese Leichtigkeit einzugehen. Das war für sie eine neue Erfahrung. Ihre schlagfertige Entgegnung am Anfang ihrer Unterhaltung mit der Berber war mehr oder weniger ein Glücksfall gewesen. In der nun folgenden Unterhaltung kam sie sich jedoch völlig einfallslos und langweilig vor. Notgedrungen beschränkte sie sich im Folgenden darauf, dem lockeren Gespräch der Frauen als stumme Zuhörerin zu lauschen. *Offenbar bin ich doch viel biederer, als mir bewusst war,* dachte sie leicht frustriert. Dabei hatte sie sich so auf die Bekanntschaft mit der großen Berber gefreut. Sie hatte sie bewundert und lange als ihr großes Vorbild gesehen, doch je länger sie sie beobachtete, desto mehr tat ihr die Frau leid. Sie wirkte haltlos und verloren, wie ein Blatt im wirbelnden Wind.

»Kommst du mit?«, unterbrach Olga ihre Gedanken. »Wir gehen noch in die *Zauberflöte.* Dort wird heute amerikanisch getanzt.« Ricky war etwas unentschlossen. Ihre Laune war angesichts ihrer neuen Erkenntnis nicht besonders gut, doch Claire hakte sich bei ihr unter und zog sie einfach mit sich. »Nur noch ein klein bisschen«, meinte sie übermütig. »Bis uns die Sonne hinter den Kaminen zuzwinkert …«

Die *Zauberflöte* war eines der größeren Tanzlokale mit mehreren Sälen. Im Hauptsaal spielte an diesem Abend ein großes Orchester auf. Dementsprechend herrschte dichtes Gedränge. Auf der großen Tanzfläche tummelten sich Dutzende von Paaren und verrenkten auf beinahe groteske Art ihre Glieder. Kaum hatten die drei den Saal betreten, winkte ein Freund von Claire sie an seinen Tisch. Dort saß eine lustige gemischte Runde beieinander, die sie launig aufnahm. Rickys Laune besserte sich schnell. Endlich wieder ein Parkett, auf dem sie sich sicher fühlte. Die Atmosphäre war locker und ungezwungen, die Gespräche leicht und amüsant. Als ihr Tischnachbar, ein junger schlaksiger Maler, sie zum Tanzen aufforderte, folgte sie ihm gut gelaunt auf die Tanzfläche. Das Orchester spielte gerade einen Shimmy. Dieser Modetanz, der mit der Jazzmusik vor einigen Jahren von Amerika nach Deutschland gelangt war, sah sehr komisch aus. Es konnten mehrere Leute miteinander tanzen, dabei blieb man meistens auf einer Stelle und schüttelte wild den ganzen Körper durch, beugte sich vor und zurück und machte dabei möglichst X-Beine. Ricky versuchte sich an dem neuen Tanz und hatte schnell die Schrittfolge heraus. Der junge Maler stand jedoch wie ein Trottel auf der Tanzfläche und machte eine so hilflose Figur, dass sie sich schließlich beide vor Lachen ausschütteten. Den darauf folgenden Quickstepp und den Slowfox beherrschte er zum Glück um einiges besser. Sie tanzten zwei Runden lang, bis Ricky in ihrem Knöchel Schmerzen verspürte. Sie brach den Tanz sofort ab, um die nächste Vorstellung nicht zu gefährden. Der Maler brachte sie zurück an ihren Tisch, der mittlerweile etwas verwaist war. Eine Weile lang unterhielten sie sich miteinander, dann verabschiedete sie sich. Sie hatte ohnehin ein schlechtes Gewissen – wegen Valentin. Claire und Olga winkte sie aus der Ferne zu und verließ das Tanzlokal. Die frische, kühle Nachtluft tat ihr gut. Sie sah sich nach einem Taxi um. Leider war im Moment weit und breit keines zu sehen. Ricky überlegte, zur nächsten Straßenbahnhaltestelle zu gehen, aber ein Blick auf die Uhr sagte ihr, dass bereits Betriebsschluss war. Also würde sie warten müssen. Um sich die Zeit zu vertreiben, zündete sie sich eine Zigarette an. Plötzlich vermisste sie Valentin, und zum ersten Mal wurde ihr bewusst, dass ein Abend ohne ihn weitaus weniger schön war als einer, bei dem er ihr Gesellschaft leistete. Sie blies den Rauch ihrer Zigarette in die blaue Nachtluft hinaus und nahm sich vor, in Zukunft mehr Rücksicht auf ihn zu nehmen. Gedankenversunken bemerkte sie die Scheinwerfer des herannahenden Autos erst, als es neben ihr zu stehen kam. Es handelte sich um ein elegantes Cabriolet, einen rot lackierten

Mercedes Benz mit der lang gestreckten Armbruster-Karosserie – ein sündhaft teures Auto. Ricky trat etwas beiseite, um den Insassen das Aussteigen zu erleichtern, doch das Auto folgte ihr und hielt direkt neben ihr an. Etwas pikiert versuchte sie hinter die Scheiben zu blicken, aber in der Dunkelheit war es ihr nicht möglich, den Fahrer zu erkennen. Die Fahrertür öffnete sich, und ein uniformierter Chauffeur stieg aus dem Wagen. Er kam direkt auf sie zu und öffnete dann mit einer leichten Verbeugung die hintere Tür. Sie wollte gerade fragen, was das alles zu bedeuten habe, als sie aus der Dunkelheit des Wageninneren eine Stimme vernahm, die ihren Herzschlag für einen Moment zum Verstummen brachte.

»Willst du nicht einsteigen, Riccarda?«

Schwere Zeiten

Schwere Regenfälle hatten die rötliche Erde von *Owitambe* in ein rutschiges Schlammfeld verwandelt. Jella stapfte durch knöchelhohen Lehm vom Farmhaus in Richtung des Lazaretts, um noch einmal nach ihren Patienten zu sehen. Unter den Dorfbewohnern hatte sich ein hartnäckiger Grippevirus ausgebreitet, der bei einigen zu schweren Lungenentzündungen geführt hatte. Jella hatte sie zur Beobachtung bei sich im Lazarett behalten und verabreichte ihnen den Wurzelsud, den sie nach Sonjas schwerer Geburt ebenfalls angewandt hatte. Mittlerweile erzielte sie damit bei bakteriellen Infektionen beachtliche Erfolge, auch wenn sie sich mit der Dosierung nicht immer sicher war.

Sonja erwartete sie bereits. »Die meisten sind über den Berg«, berichtete sie erschöpft. »Nur die Frau, die sie erst gestern zu uns gebracht haben, liegt noch im Fieberwahn.«

Jella hörte ihr aufmerksam zu. »Nach meiner Erfahrung dauert es gute vierundzwanzig Stunden, bevor die Therapie anschlägt«, meinte sie. »In wenigen Stunden müsste auch bei der Frau das Fieber sinken. Ich werde gleich mal nach ihr sehen.« Ihr fiel auf, wie blass Sonja war. Seit Monaten hielt sie sich mehr im Lazarett als zu Hause auf. »Ich möchte, dass du jetzt nach Hause gehst«, sagte sie. »Gustav und Margarete werden dich sicherlich vermissen.« Sonja lächelte gequält. »Es geht ihnen bei ihren Großmüttern blendend«, behauptete sie. Jella wusste, dass dies nur die halbe Wahrheit war. Sonja hatte Angst davor, mit ihren Zwillingen alleine zu sein, weil sie dann noch mehr an

Benjamin denken würde, als sie es ohnehin schon tat. *Es ist ein Jammer,* dachte sie. *Sie kann sich einfach nicht damit abfinden, dass sie ihn vielleicht nie mehr wieder sieht. Dabei steht die nächste Geburt kurz bevor.* Als hätte Sonja ihre Gedanken erraten, schüttelte sie den Kopf. »Ich glaube, ich werde nie über Benjamins Verschwinden hinwegkommen«, meinte sie. Jella drückte voller Anteilnahme ihren Arm. »Du darfst nicht dauernd daran denken. Die Zwillinge und das neue Baby brauchen dich – genauso wie Raffael.« Bei der Erwähnung von Raffaels Namen presste Sonja die Lippen aufeinander. Jella ärgerte sich, dass sie so weit vorgeprescht war. Es war ihr schließlich bekannt, dass die beiden derzeit nur wenig Kontakt hatten. Zwar telefonierte Raffael möglichst jede Woche mit seiner Frau, aber Jella hatte nicht das Gefühl, dass sie sich viel zu sagen hatten. Die beiden fanden immer noch keinen Weg, Benjamins Verschwinden gemeinsam zu verarbeiten.

»Dann werde ich mal zu den Kindern gehen«, lenkte Sonja schließlich ein. »Falls du mich brauchst, kannst du mich jederzeit rufen.«

Jella sah nochmals die Krankenakten durch und verglich die Fieberkurven mit ihren bisherigen Aufzeichnungen. Dann ergänzte sie die Liste, bevor sie nach den Kranken sah. Wie Sonja es ihr berichtet hatte, waren die meisten ihrer Patienten über den Berg. Ihre Behandlung war ein voller Erfolg. Zufrieden trat sie unter das Vordach des Lazaretts, wo die Angehörigen der Kranken geduldig warteten. Es war üblich bei den Schwarzen, dass sie ihre Familienmitglieder nicht allein im Krankenhaus ließen. Meist erschienen gleich mehrere Angehörige und wechselten sich mit der Betreuung ab. Jella hatte längst erkannt, wie wertvoll deren Anwesenheit war. Ihre Anteilnahme trug erheblich zum Heilungsprozess bei. Unter dem Vordach herrschte ein ziemlicher Trubel. Eine grüne Meerkatze turnte ohne Scheu durch die Menge. Jella sah sich nach weiteren Affen um.

In der Regel tauchten diese Tiere in größeren Gruppen von bis zu sechzig Tieren auf. Sie waren eine Plage und mussten mit aller Entschiedenheit von der Farm vertrieben werden, bevor sie größeren Schaden anrichten konnten. Doch dieser Affe schien allein zu sein. Bemerkenswert war, dass das Tier keinerlei Scheu vor den Menschen zeigte. Im Gegenteil. Es bewegte sich zwischen ihnen, als wäre es gezähmt.

»Wem von euch gehört dieser Affe?«, fragte sie stirnrunzelnd. Sie beobachtete gerade, wie er aus dem Korb einer heftig protestierenden Herero eine Frucht stahl.

»Er kam von da«, meinte eine korpulente Frau um die dreißig. Sie trug die bunte ausladende Kopfbedeckung einer Hererofrau. Sie zeigte in Richtung des Gebüschs. »Wir müssen ihn von hier verjagen«, entschied Jella. Sie wusste, wie penetrant diese Meerkatzen sein konnten, und hoffte nur, dass das Tier wirklich alleine hergekommen war. Jella klatschte in die Hände und versuchte es zu verscheuchen. Doch der Affe sprang völlig unbeeindruckt von ihr auf das Geländer und bleckte mit den scharfen Zähnen. Für einen Moment hatte sie den Eindruck, dass er sie auslachte. Das schwarze Gesicht mit dem weißen Haarkranz hatte für Jella etwas Bedrohliches. Die eng stehenden Augen musterten sie voller Argwohn. Dann begann das Tier vor ihr zu onanieren, wobei es ihr den Unterkörper mit dem rötlichen Penis ungeniert entgegenstreckte. Mit einem Mal entdeckte sie das Amulett um den Hals des Affen. Es bestand aus Menschenhaaren und einem kleinen Knochen. Nokoma hatte ihr viel über Talismane und Amulette beigebracht. Meist stellten sie irgendwelche Schutzzauber dar, aber dieser Affe da trug ein Amulett, das eindeutig etwas Bedrohliches an sich hatte. Jemand versuchte, durch den Affen das Böse auf die Farm zu bringen. Sie fühlte, wie ihr ein kalter Schauer über den Rücken lief. Umso energischer wollte sie das Biest wieder loswerden. Sie griff nach einem Besen, der an der Wand lehnte, und versuchte den Affen mit dem Stiel von der Verandabrüstung zu stoßen. Meerkatzen waren nicht besonders groß, nicht viel größer als eine schwere Hauskatze, aber sie waren wendig und äußerst hinterlistig. Der Affe wich ihrem Stoß aus, indem er seitlich von dem Geländer sprang und sich ihr nun unerschrocken von der Seite näherte. Mit zwei Sätzen war er bei ihr und versuchte sie ins Bein zu beißen. Zum Glück trug sie dicke Lederstiefel. Einige Schwarze stießen angstvolle Schreie aus, denn die untypische Angriffslust des Tieres ließ auf Tollwut schließen. Jella gelang es gerade noch, einem neuerlichen Angriff des Affen auszuweichen und ihn mit dem Besenstiel wegzudrücken. Doch das Biest umkreiste sie weiterhin mit gebleckten Gebiss und suchte nach einem neuen Angriffspunkt. Die Dorfbewohner drängten sich ängstlich in eine Ecke. Niemand unternahm irgendetwas, um ihr zu helfen. Jella ging ein Stück weit in die Knie und beugte sich vor, um den Angriffen besser ausweichen zu können. Dabei rutschte die Schnur mit dem Schlangenanhänger aus ihrer Bluse und baumelte vor ihrer Brust. Der Affe war gerade dabei, einen neuen Sprung zu wagen, als er den Anhänger erblickte. Plötzlich stieß er einen gellenden Schrei aus, wendete sich von ihr ab und galoppierte zurück in den Busch. Ein befreites Aufatmen ging durch die Anwesenden und löste sofort heftige Diskussionen aus. Solche Ereignisse bedeuteten meist Unglück, war die einhellige Meinung der Schwarzen. Auch ihnen war das Amulett um den Hals des Affen aufgefallen. Die stämmige Herero sprach aus, was alle dachten. »Jemand will Fluch auf *Owitambe* bringen!«, verkündete sie unheilschwanger. Die anderen gaben ihr sofort recht. »Überall in der Nähe der Farm hängen Fluch-Totems in den Büschen«, berichtete eine andere. »Sie bedeuten Tod.«

Jella spürte ein Kribbeln auf ihrem Rücken. Nicht zum ersten Mal kam ihr Nokomas Prophezeiung in den Sinn. Er hatte, kurz bevor er sie für immer verlassen hatte, von einer »dunklen

Wolke über *Owitambe«* geredet. Wenig später war Benjamin verschwunden. Sie zwang sich, den Gedanken abzuschütteln. Jetzt hieß es Ruhe bewahren. Bevor sich die Herero noch weiter in ihre Unheilstheorien hineinsteigerten, musste sie versuchen, sie auf andere Gedanken zu bringen.

»Die meisten eurer Leute sind wieder gesund«, verkündete sie. »Ihr seht also, es erwartet euch kein Unglück. Wenn ihr wollt, könnt ihr sie noch heute mit nach Hause nehmen.«

Wie erwartet, ließen sich die Dorfbewohner schnell ablenken. Sie drängten an ihr vorbei, um ihren Angehörigen die gute Nachricht zu überbringen.

*

Saburi erwachte aus einem schweren Traum. Schweiß stand auf ihrer dunklen Stirn, und sie fühlte das Böse in ihrer Nähe. Zitternd vor Angst richtete sie sich auf. Es war dunkel. Lediglich das fahle Mondlicht, das durch den schmalen Eingang ihrer Hütte fiel, erhellte den Raum ein wenig. Der dreijährige Nuru schlief friedlich neben ihr. Dann hörte sie draußen etwas rascheln. Sie lauschte in die Dunkelheit. Da war es wieder, das Geräusch. Es hörte sich nach einem wilden Tier an. Wie die anderen Bewohner von *Owitambe* hatte auch sie von dem seltsamen Affen gehört. Ob er zurück auf die Farm gekommen war? Es lag nun schon beinahe drei Jahre zurück, dass der Sangoma sie verflucht hatte, aber die Furcht vor seinem bösen Zauber war nie ganz verschwunden. Plötzlich spürte sie einen eisigen Windhauch, der durch die Öffnung in ihre Hütte kroch. Saburis Augen weiteten sich vor Schreck, als sich der Eingang vor ihrer Hütte verdunkelte und sie ein hässliches Lachen hörte.

*

Wie jeden Morgen saß der alte Johannes am Küchentisch und trank seinen Kaffee. Er versteckte sich hinter der Zeitung, die ihnen jede Woche zugestellt wurde, und machte sich so seine Gedanken. Immer öfter wanderten sie zurück in die Vergangenheit und hakten sich dort fest, besonders seit sein Enkel Benjamin verschwunden war. Er gab sich selbst einen Teil der Schuld daran, dass der Junge nie gefunden worden war. Wäre er nur ein paar Jahre jünger gewesen, hätte er seine Suche in der Wildnis weiter ausdehnen können. Es wäre ihm dann sicherlich gelungen, die Spuren des Jungen wiederzufinden. Früher, ja, da war er noch zu etwas nütze gewesen …

Sarah kam mit Gustav und Margarete in die Küche. Sie stürmten sofort auf den Großvater zu und erzählten ihm aufgeregt von dem Stachelschwein, das sie aus Großmutter Sarahs Garten vertrieben hatten. Gustav zeigte ihm stolz den langen Stachel, den das Tier auf seiner Flucht abgeworfen hatte.

»Das ist mein Schwert«, verkündete der Zweijährige stolz. Johannes bewunderte die Trophäe des Jungen gebührend und strich ihm liebevoll über seinen krausen, braunen Schopf. Von all seinen Enkeln sah Gustav Sarah am ähnlichsten. Bei ihm trat sein Himbablut am deutlichsten zutage. Während Margarete und Benjamin durchaus als reinblütige Weiße durchgehen mochten, war Gustavs Erbe nicht zu verleugnen. Seine Haut war dunkler als die seines Vaters, zwar nicht so dunkel wie Sarahs, aber doch eindeutig negroid. Johannes nahm sich vor, auf ihn besonders zu achten.

»Schau, Oma hat mir eine Puppe gemacht«, meinte nun auch Margarete und versuchte sogleich auf seinen Schoß zu klettern. Johannes half ihr und setzte sie auf sein Knie. Natürlich wollte nun auch Gustav auf seinen Schoß und forderte sofort ein »Hoppe-hoppe-Reiter«-Spiel. Johannes grummelte ein wenig, aber dann ließ er die Zwillinge immer abwechselnd auf seinen Knien hopsen. Sie quietschten vergnügt und juchzten vor Freude, als er sie schließlich nach hinten überfallen ließ.

Sarah lachte ebenfalls aus vollem Herzen. Bei all dem Leid,

das nach Benjamins Verschwinden über sie alle gekommen war, war sie dankbar, dass sie die Zwillinge so oft bei sich hatte. Gemeinsam mit Isabella kümmerten sich die beiden Großmütter mit Hingabe um die Kleinen. Johannes fiel plötzlich ihr Strahlen auf. So schön war ihm seine Frau schon lange nicht mehr erschienen. Plötzlich stellte er ein schon lange verloren geglaubtes Gefühl bei sich fest. Behutsam setzte er seine Enkel wieder ab und erhob sich. Seine Schritte waren mittlerweile etwas ungelenk, als er sich Sarah näherte und sie bei der Hand nahm. Erstaunt über die unerwartete Annäherung sah sie ihn an.

»Ist etwas?«, fragte sie erstaunt.

Johannes grunzte. »Eigentlich nicht!« Plötzlich kamen ihm seine sentimentalen Gefühle ziemlich lächerlich vor, und er genierte sich. Eigentlich wollte er Sarah sagen, wie schön sie war und dass er sie liebte, aber dann kam er sich dumm vor. »Ich werde nach Epongo gehen«, teilte er ihr stattdessen mit. »Wartet nicht auf mich mit dem Mittagessen.«

»Pass auf dich auf!«, meinte Sarah nachdenklich. Dann lächelte sie ihn an. Sie verstand auch so, was er ihr hatte sagen wollen. Johannes zog seine Hand aus ihrer und schlurfte zur Tür. Dort drehte er sich nochmals nach ihr um. Es fiel ihm immer noch schwer, die richtigen Worte zu finden. Also sagte er nur: »Danke!«

*

Ungefähr zur gleichen Zeit, als ihr Vater die Farm in Richtung Epongo verließ, machte sich Jella erneut auf den Weg zum Lazarett. Sie war spät dran, denn sie hatte seit Langem mal wieder in Ruhe mit Fritz gefrühstückt. Gemeinsam mit ihrem Vorarbeiter Matteus wollte Fritz an diesem Tag die Schaf- und Kuhweiden abfahren und nachsehen, ob die Windräder für die Wasserpumpen noch in Ordnung waren. Die Männer beabsichtigten erst am nächsten Tag zum Sonnenuntergang wieder zu Hause zu sein. Und am Tag darauf musste Fritz schon wieder zu einer Viehversteigerung nach Outjo fahren. *Wir sehen uns viel zu selten, und wenn, dann ist es, als hinge eine dunkle schwarze Wolke über uns,* dachte Jella schwermütig. Benjamins Verschwinden hatte bei ihnen allen Spuren hinterlassen. Unbeschwerte Momente gab es seither so gut wie überhaupt nicht mehr. Und dennoch musste das Leben weitergehen. Sie beschleunigte ihre Schritte und wäre fast an dem an einen Verandapfosten genagelten Kadaver vorübergegangen. Sie stutzte nur, weil ihr plötzlich ein intensiver Blutgeruch in die Nase stieg. Etwa in Augenhöhe, direkt neben ihr, hing kopfüber ein frisch geschlachtetes Huhn. Es war mit einem langen Holzdorn an dem Pfosten befestigt. Seine Eingeweide hingen in einem Knäuel aus seinem aufgeschlitzten Bauch. Der Anblick war an sich schon ekelhaft, aber Jella grauste es noch mehr, als sie bemerkte, dass dem Tier der Kopf fehlte. Stattdessen steckte in dem Stumpf ein Fremdkörper. Als sie ihn näher betrachtete, stieß sie unwillkürlich einen leisen Schrei aus. Es handelte sich eindeutig um einen frisch abgetrennten menschlichen Finger! Entsetzt wich sie zurück und sah sich panisch um. Allem Anschein nach war das Totem erst vor kurzer Zeit an den Pfosten genagelt worden. Aus seinem Körper tropfte immer noch Blut. Sie konnte allerdings niemanden entdecken. Nur mit Mühe gelang es ihr, ihren schneller werdenden Herzschlag zu beruhigen. Das war eindeutig der Zauber eines Medizinmanns. Nokoma hatte sie lange genug in der Herstellung und dem Gebrauch von Talismanen und Amuletten unterwiesen; sie erkannte daher gleich, wie böse der Zauber war. Er versprach Zerstörung und Tod. Sie musste das Totem so schnell wie möglich vernichten, bevor es einer der Einheimischen erblickte. Nicht auszudenken, was das für eine Aufregung brächte! Sie hatten weiß Gott genügend andere Probleme auf *Owitambe.* Eilig holte sie aus dem Lazarett Gummihandschuhe und einen alten Leinensack, in den sie gewöhnlich gebrauchtes Verbandsmaterial steckten. Angewidert zog sie den Dorn aus dem toten Tierkörper, sodass das massakrierte Huhn zu Boden fiel. Dabei löste sich der Finger aus dem Schlund des Tieres. Er glitt zu Boden und rutschte direkt vor ihre Füße. Jella kämpfte mit einem Würgereiz, als sie nach dem Huhn griff und es im Sack verstaute. Der Finger dagegen machte ihr Angst. Wie eine Schuldzuweisung zeigte er direkt auf sie. Er war dunkelhäutig und stammte wahrscheinlich von einer Frau. Jella mochte sich gar nicht fragen, von wem er stammte. Tatsächlich spürte sie plötzlich einen Druck auf ihrer Brust, der ihr das Atmen erschwerte. Etwas zwang sie, auf den Finger zu starren, anstatt ihn rasch zu beseitigen. Erst als sie Schritte hinter dem Lazarett auf sich zugehen hörte, löste sich die Starre. Mit spitzen Fingern packte sie den Finger und warf ihn zu dem Huhn in den Sack. Danach atmete sie tief durch und überlegte, was sie damit tun sollte. Die Schritte entfernten sich zum Glück wieder, doch Jella saß der Schock immer noch fest im Nacken. Ihr brach der Schweiß aus, und sie hatte das Gefühl, als wanke der Boden unter ihren Füßen. Mit zitternden Knien setzte sie sich auf die Verandatreppe. Dort blieb sie sitzen, bis sich ihr Puls beruhigt hatte und sie wieder fähig war, klar zu denken.

Nokoma!, – dachte sie wehmütig. Der alte Medizinmann fehlte ihr so sehr. Er würde jetzt wissen, was sie zu tun hatte.

Das Huhn mit dem grausigen Finger, gestern der angriffslustige Affe, die seltsamen anderen Totems, von denen die Herero gesprochen hatten – das alles deutete darauf hin, dass es wieder einmal jemanden gab, der den Menschen auf *Owitambe* etwas Böses tun wollte. Ihr kam sogleich Saburis unheimlicher Sangoma in den Sinn. Sie hatten lange nichts von ihm gehört. Jella war davon ausgegangen, dass er weitergezogen war. Gab es noch mehr von seiner Sorte? Dann erinnerte sie sich an Nokomas und an Nakeshis Worte.

»Du musst dich den Geistern stellen, wenn du das Unheil abwenden willst.«

Hatte sie nicht am eigenen Leib erfahren, wie sehr dieser Hokuspokus, wie sie diese Zaubereien immer noch heimlich nannte, auch auf ihr Leben Einfluss nahm? Falls dieser Sangoma tatsächlich zurückgekehrt war, dann musste sie etwas gegen seine Machenschaften unternehmen!

Sie nahm den Sack und brachte ihn kurzerhand zu der Stelle, an der für gewöhnlich die Abfälle verbrannt wurden. Eilig stapelte sie etwas Holz auf und zündete es an. Als das Feuer prasselte, warf sie den Sack mitten hinein. Erleichtert sah sie zu, wie alles verbrannte.

Doch es wartete noch mehr Unheil auf die Menschen auf *Owitambe.* Saburi war nicht im Lazarett erschienen. Gewöhnlich begann sie gleich nach Sonnenaufgang die Räume auszufegen und zu reinigen. Jella schickte jemanden, um in ihrer Hütte nach ihr zu sehen. Dort war sie auch nicht zu finden. Ihr Sohn Nuru hingegen war wie gewöhnlich um diese Zeit bei Teresa in der Küche.

»Er stand heute Morgen früher als sonst vor meiner Tür«, meinte die Köchin. »Das ist an vielen Tagen so. Aber heute ist Nuru sehr müde.« Als Jella das zu Ohren kam, ließ sie den Jungen in ihre Praxis bringen. Sie sah sofort, dass er vor Fieber glühte. Seine rötlichen Augen blickten teilnahmslos an ihr vorbei. Sofort ließ sie ein Bett für ihn herrichten und sorgte dafür, dass ihm jemand Umschläge machte, um das Fieber zu senken. Auch Nuru konnte nicht sagen, wo seine Mutter steckte, nur, dass sie ihn zu Teresa geschickt hatte.

Sie fanden Saburi Stunden später in der Savanne, keinen Kilometer von der Farm entfernt. Zwischen zwei Rosinenbüschen lag ihr Körper bizarr ausgestreckt. Neben ihr saß die grüne

Meerkatze und onanierte. Josef und Ezechiel hatten sie auf ihrem Rückweg von der Weide gefunden. Das bisschen Leben, das noch in ihr steckte, gab kaum noch Anlass zu irgendeiner Hoffnung. Die Männer brachten Saburi zu Jella ins Lazarett. Ihre Blicke verrieten, dass sie darüber nicht besonders glücklich schienen. »Saburis Fluch ist wieder da«, meinte Josef düster. Er deutete auf ihren entzündeten Arm. Jeder auf *Owitambe* wusste davon.

»Das ist eine andere Entzündung«, behauptete Jella entschieden. »Der Fluch ist längst aufgehoben.« Dann erst sah sie, dass an der Hand des entzündeten Armes ein Finger fehlte. Dieses Mal gelang es ihr nicht, ihren Würgereiz zu unterbinden. Sie erbrach sich vor den Augen der erschrocken dreinblickenden Männer. Die fühlten sich in ihrer Meinung nur bestätigt. »Neben Saburi saß der Affe«, sagte Josef angstvoll. »Jeder, der im Dorf krank wurde, hatte vorher den Affen gesehen.«

Nun meldete sich der sonst so schweigsame Ezechiel zu Wort. »Viele von uns wollen, dass Saburi und Nuru gehen. Sie bringen Unglück.«

»Das werde ich auf keinen Fall zulassen«, wies Jella die Männer empört zurecht. Sie hatte sich gerade den Mund abgewischt und machte sich nun daran, die Blutung an Saburis Hand zu stillen. »Saburi und Nuru sind unschuldig, und dieser Zauberer, der hier sein Unwesen treibt, wird es mit mir persönlich zu tun bekommen. Geht an eure Arbeit! Ich will nicht noch einmal so einen Unsinn hören!«

Die Männer zogen ab, aber Jella wusste, dass die Sache noch längst nicht ausgestanden war.

*

Johannes saß auf der Pritsche seiner Kutsche und hing seinen Gedanken nach. Nach dem Regen der letzten Tage war heute der Himmel besonders klar. Die Sicht in die Ferne war so gut, dass er Epongo schon von Weitem sehen konnte. Die kleine Ansammlung von runden Felsen hatte auf ihn eine besondere Anziehungskraft. Nur hier gelang es ihm, mit sich und der Welt im Reinen zu sein. Der Ort strömte eine Ruhe aus, die seiner inneren Unzufriedenheit Einhalt gebot. In letzter Zeit wanderten seine Gedanken immer weiter in die Vergangenheit zurück. Er musste an seinen Vater denken, Baron Gernot von Sonthofen, dessen übersteigerte preußische Disziplin ihn zu einem gefühllosen Machtmenschen gemacht hatte. Wie viele Jahre hatte er ihn dafür gehasst, dass er sein und Rachels Leben zerstört hatte. Hätte er die bürgerliche Rachel als seine Schwiegertochter akzeptiert, so würde er heute mit Jella und Rachel in Deutschland leben. Wie anders wäre sein Leben verlaufen! Doch im Laufe der letzten Jahre hatte er für seinen Vater viel mehr Nachsicht aufgebracht. Der Baron war das Opfer einer untergehenden Spezies gewesen, des preußischen Adels, dem mehr an Regeln und vordergründiger Moral gelegen war als an Selbstbestimmung der Menschen. Auch Johannes selbst gehörte zu einer aussterbenden Generation. Nicht ohne eine gewisse Selbstironie hatte er sich diese Tatsache bewusst gemacht. *Als ich in Afrika ankam, habe ich als Erstes meinen Titel als Baron abgelegt. Das fand ich recht fortschrittlich. Doch ich war zu stur, um zu erkennen, dass mein Sohn kein guter Farmer geworden wäre. Er ist ein guter Junge, ein tüchtiger Anwalt,* dachte er. *Ich muss es ihm bei Gelegenheit sagen.* Plötzlich stolperte seine Stute, und er schrak für einen Moment aus seinen Gedanken auf. Westlich von Epongo zog eine Gewitterfront auf. Sie war noch weit entfernt, und so machte er sich weiter keine Sorgen. Sie konnte ebenso gut wieder abziehen. Seltsamerweise ballten sich nun im Osten ebenfalls Wolken am Himmel. Sie waren für diese Jahreszeit recht ungewöhnlich und bildeten bizarre Formationen. Wie eine Armee marschierten sie über den Himmel, verbanden sich miteinander und nahmen dann die Form eines Gesichts an.

»Rachel!« Johannes' Stimme klang heiser vor Aufregung. Die Frau, deren Bild er da so deutlich in den Wolken erkannte, sah genauso aus, wie er seine große Liebe, Jellas Mutter, in Erinnerung hatte. Er spürte einen heftigen Stich hinter dem Brustbein. Wie schön sie war! Für einen Moment hatte er das Gefühl, dass sie ihm zulächelte.

»Ich habe dich mein ganzes Leben lang vermisst«, murmelte er ihr zu. Jetzt lachte sie wirklich. Johannes fasste sich an die Brust. Der Schmerz verdichtete sich und strahlte auf seinen linken Arm aus. Doch er ignorierte es, denn mit einem Mal hörte er sogar ihre Stimme.

»Ich bin gekommen, um für immer bei dir zu sein«, hauchte sie mit einer Stimme, die ihm süß in den Ohren klang. Dann begann sich das Wolkengebilde zu materialisieren und wurde zu Rachel selbst. Sie kam nun direkt auf ihn zu. Verzückt richtete sich Johannes auf seinem Kutschbock auf und streckte ihr die Arme entgegen. Noch einmal spürte er, wie der Schmerz ihm den Atem stahl. Danach fühlte er sich unendlich frei.

★

Kurz vor dem heftigen Gewitter starb Saburi. Sie hatte noch einmal kurz das Bewusstsein erlangt und Jella angefleht, ihren Sohn in Sicherheit zu bringen.

»Er hat uns alle verflucht.« Ihre Stimme klang panisch, ihr Gesichtsausdruck war voller Angst. Ihre Pupillen rollten wie Murmeln in den Augenhöhlen und gaben ihr ein erschreckendes Aussehen. Gelblicher Schaum bildete sich in ihren Mundwinkeln – für Jella eindeutige Anzeichen einer Vergiftung.

»Was hast du zu dir genommen?«, wollte sie wissen.

»Der Affe«, sagte Saburi mit immer schwächer werdender Stimme.

»Hat er dich gebissen?«

Sie schüttelte den Kopf. »Er ist die Krankheit. Er wird alle auf *Owitambe* …« Ihr fehlte der Atem, um weiterzusprechen. Erschöpft schloss sie die Augen. Dann überfiel sie ein neuer Schmerz, und sie krallte verzweifelt ihre Hände in die Laken. Mit letzter Anstrengung riss sie noch einmal die Augen auf, starrte voller Schrecken auf einen Fleck an der Decke, bevor sich ihr Körper ein letztes Mal aufbäumte.

Sonja und Jella sahen einander entsetzt an. Saburis Tod hatte etwas unmenschlich Grausames an sich gehabt.

»Meinst du, sie hatte Tollwut?« Sonja war leichenblass.

»Unmöglich!« Jella kaute auf ihrer Unterlippe. Diese verdammte Angelegenheit nahm sie mehr mit, als sie es sich zugestehen wollte. »Wenn der Affe der Ursprung war, dann ist die Zeit von der Ansteckung bis zum Ausbruch viel zu kurz. Meines Wissens war Saburi kaum mit Tieren zusammen. Sie arbeitete den ganzen Tag im Lazarett. Ich glaube eher, sie wurde vergiftet.«

»Vergiftet?« Sonja wich erschrocken einen Schritt zurück. »Aber wer um Gottes willen sollte sie vergiften? Du glaubst doch nicht etwa, es hat etwas mit dieser alten Sangoma-Geschichte zu tun?«

Jella zuckte hilflos mit den Schultern. Sie wollte Sonja nicht auch noch mit ihren eigenen Problemen belasten. »Ich weiß es auch nicht!«, wich sie aus. »Viel wichtiger ist es jetzt zu überlegen, was nun mit Saburis Sohn geschehen soll. Er hat niemanden mehr.«

»Ich werde Teresa fragen«, schlug Sonja vor. »Sie ist ganz vernarrt in den Jungen. Er steckt ohnehin die meiste Zeit bei ihr in der Küche. Ich bin sicher, dass sie ihn aufnehmen wird.«

Draußen blitzte und donnerte es. Ein trockener, heißer Wind fegte über den Hof von *Owitambe.* Die Luft war voller Elektrizität. Im Stall stampften und wieherten die Pferde vor Angst, während ein gelbliches Grau den Himmel überzog. Jella sah durch das Fenster ihres Labors und überlegte, was sie als Nächstes tun sollte. Saburis Tod würde sich schnell auf der Farm und in den umliegenden Dörfern herumsprechen. Und dann würde das Gerücht um den Fluch wieder aufleben. Die Folgen waren leicht absehbar. Der Aberglauben steckte tief in diesen Menschen. Es war gut möglich, dass sie *Owitambe* mieden, bis der Fluch aufgehoben war. Und gerade jetzt brauchten sie jede Hand. Mit einem leisen Schaudern dachte sie an ihre Albträume zurück, die sie nur mit Nokomas Hilfe in den Griff bekommen hatte. Sie fuhr sich fahrig durch die Haare, während sie nach einer Lösung suchte.

Von draußen näherten sich Schritte. Einen Augenblick später trat Sarah durch die Tür. Das war ungewöhnlich, denn die alte Frau besuchte nur äußerst selten die Praxis.

»Johannes …«, sagte sie nur. Ihre Augen blickten starr an ihr vorbei. Jella spürte sofort, dass etwas nicht in Ordnung war. Sie packte Sarahs Hände, als ein Blitz für wenige Augenblicke ihr Gesicht gespenstisch beleuchtete.

»Um Gottes willen, sag mir, was los ist!«

Sarah sah durch sie hindurch, als könne sie es selbst noch nicht begreifen. »Die Kutsche, sein Pferd, Johannes, sie sind gerade auf den Hof gefahren«, meinte sie tonlos.

»Was ist mit Vater?« Jella spürte, wie sich ein Band um ihre Brust schnürte. Im gleichen Augenblick, als sie fragte, wusste sie, was mit ihm geschehen war.

»Er ist tot, nicht wahr?«, hauchte sie kraftlos. Draußen setzte endlich der Regen ein. Ein ohrenbetäubendes Prasseln dröhnte von dem Wellblechdach. Sie konnte mit einem Mal das Blut in ihren eigenen Ohren rauschen hören. Es war ein Brausen und Sausen, als stünde sie unter einem Wasserfall. Es überdeckte alle Gedanken; es war, als hätte sie sich aus allem losgelöst. Erst als Sarah sie aufforderte, mit ihr zu kommen, wurde sie zurück in die Realität katapultiert. Verwirrt schüttelte sie den Kopf, als wäre das alles nicht wahr. Dann spürte sie erneut, wie sich ihr Herz zusammenkrampfte.

Durch den strömenden Regen kämpften sie sich zum Haus. Man hatte ihren Vater bereits ins Haus getragen und auf dem Esstisch aufgebahrt. Sonja und Isabella waren bei ihm, während sich Teresa in der Küche um die Zwillinge und Nuru kümmerte. In diesem Moment, als Jella ihn so daliegen sah, wurde ihr erst klar, was dieser Anblick bedeutete. Mit zögernden Schritten trat sie neben ihren Vater und beobachtete sein Gesicht, die wettergegerbte, faltige Haut, die weißen Bartstoppeln und die wirren Haare, die immer noch eine Spur von Rot in sich trugen. Jemand hatte ihm die Augen geschlossen. Jella bedauerte es, denn sie hätte so gerne noch einmal in seine leuchtend hellen Pupillen geblickt. Dann fiel ihr auf, dass auf seinem Gesicht ein zufriedenes Strahlen lag – fast so, als wäre er glücklich aus dieser Welt geschieden.

»Ach, Papa«, seufzte sie und streichelte sein raues Gesicht. »Warum lässt du uns jetzt auch noch allein?« Sie sank neben ihm nieder und legte ihren Kopf an seine Schulter. Es fühlte sich kühl und fremd an. Langsam richtete sie sich wieder auf; ein Gefühl von Scham kroch in ihr hoch, weil sie in diesem Moment nicht weinen konnte. Sarah stand ebenfalls unbeweglich neben ihr. Sie zeigte keinerlei Regung, sondern blickte nur auf einen entfernten Punkt in der Wand. Jella griff nach ihrer Hand und drückte sie. Sarah wandte ihr den Kopf zu, und dann endlich füllten sich ihrer beider Augen mit Tränen.

*

Wegen der Witterung fanden die Beerdigungen gleich am nächsten Tag statt. Es war ein stürmischer, grauer Tag – schwülheiß, eine Luft zum Schneiden. Saburi wurde gleich am Morgen auf dem kleinen Dorffriedhof beigesetzt, während Johannes erst gegen Abend bestattet werden sollte. Fritz hatte Raffael sowie Imelda und Rajiv noch am Abend zuvor telefonisch verständigt; die brauchten jedoch einige Stunden für ihre Anreise. Auch hatte er den Geistlichen aus Otjiwarongo holen lassen, einen blassen, jungen Mann, der erst vor Kurzem die dortige Gemeinde übernommen hatte. Die Trauerfeierlichkeiten fanden unter der großen Schirmakazie statt – unweit des Platzes, wo auch Johannes' Grab ausgehoben worden war.

Die Trauergemeinde war erstaunlich groß. In Windeseile hatte sich Johannes' Tod herumgesprochen. Alle Arbeiter und ihre Familien, die auf der Farm arbeiteten, aber auch Jellas Patienten aus den umliegenden Dörfern kamen herbei, um noch einmal von dem »guten Baas«, wie sie ihn nannten, Abschied zu nehmen. Jella fühlte sich durch ihre Anwesenheit ein wenig getröstet. Es war die Bestätigung, dass ihr Vater etwas Wunderbares auf *Owitambe* geschaffen hatte. Gleichzeitig fühlte sie mehr denn je die Verpflichtung, dies in seinem Sinne weiterzuführen. Als der Sarg endlich ins Grab gelassen worden war und jeder von ihnen Johannes noch einmal die letzte Ehre erwiesen hatte, trat Sarah hervor. Sie trug zum ersten Mal, seit sie sie kannten, ihre Himbakleidung, den rindsledernen Lendenschurz und die Erembe, die sie als verheiratete Frau auszeichnete. In ihren Händen trug sie den vom Fleisch gelösten frischen Schädel eines Rindes sowie einen Stab. Sie bat ihren Sohn, den Stab neben dem Holzkreuz in den Boden zu rammen und den Schädel daraufzusetzen. Als Raffael damit fertig war, nickte sie zufrieden und trat wieder zurück. Es war ihre Art, von ihrem Mann Abschied zu nehmen.

Folgenschwere Entscheidungen

Valentin überprüfte feierlich den Sitz seines hellen Anzugs, bevor er sich den Strohhut aufsetzte und nach dem Blumenstrauß griff – rote Rosen und weiße Nelken. Er wusste, dass Ricky diese Blumen besonders gerne mochte. Mit der anderen Hand vergewisserte er sich, dass die kleine Schatulle mit den Ringen noch in der Westentasche steckte. Erst dann verließ er seine Wohnung. Seit Wochen grübelte er darüber nach, wann wohl der günstigste Zeitpunkt war, um Ricky einen Heiratsantrag zu machen. Wenn er es nicht endlich herausfand, war es vielleicht zu spät. Zwar hatte sie ihn tags zuvor wieder einmal versetzt, ihm aber gleichzeitig versichert, dass sie noch ein ganzes gemeinsames Leben vor sich hätten. Wenn das keine Ermunterung war! Nun stand sein Entschluss fest. Heute würde er sie fragen. Verständlicherweise klopfte sein Herz, und er war mindestens so nervös wie damals bei seinem ersten Auftritt als Dirigent. Das gemeinsame Abendessen würde der ideale Rahmen sein. Er hatte in Rickys Lieblingslokal an der Spree einen Einzeltisch in einem Separee bestellt, wo sie ganz unter sich sein würden.

Da er früh dran war, beschloss er, den Weg zu Fuß zurückzulegen. Es war ein herrlicher lauer Sommerabend. Gut gelaunt pfiff er den neuesten Schlager von Efim Schachmeister, »Mein Papagei frisst keine harten Eier«, während er den Straßen in Richtung Nollendorfplatz folgte. Seine Gedanken waren völlig auf die Zukunft mit Ricky gerichtet. Wenn sie einverstanden war, würden sie nach ihrer Tournee heiraten. Alle sich anschließenden Engagements würden sie aufschieben, sodass sie mindestens drei Monate ohne Verpflichtungen waren. In dieser Zeit konnten sie in die Heimat reisen und vielleicht sogar die Hochzeit auf *Owitambe* ausrichten. Der Gedanke an Afrika hob Valentins Stimmung noch mehr. Den Kopf voller aufregender Gedanken erreichte er endlich den geschäftigen Nollendorfplatz. Von dort aus waren es nur noch wenige hundert Meter bis zur Winterfeldstraße, in der Ricky wohnte. Mit klopfendem Herzen und weichen Knien betrat er das mehrstöckige Haus und klingelte an der Tür von Frau Teitelbaum. Er hörte Schritte nahen, und schließlich öffnete Ricky ihm die Tür. Bevor sie etwas sagen konnte, überreichte er ihr mit einer galanten Verbeugung den Blumenstrauß.

»Valentin! Was ist denn in dich gefahren?«, fragte sie sichtlich erstaunt. Mit einem verlegenen Lächeln nahm sie ihm den Blumenstrauß ab und ließ ihn an sich vorbei in die Wohnung treten. Erst jetzt bemerkte er, dass sie sich noch gar nicht umgezogen hatte. Sie trug immer noch einen Morgenmantel.

»Geht es dir nicht gut?«, fragte er schon enttäuscht.

»Doch, sicher«, meinte Ricky fahrig. »Ich bin nur etwas spät dran.«

Er versuchte sie zu küssen, doch sie entwand sich ihm geschickt und deutete auf den Salon. »Warte dort! Ich will nur noch die Blumen ins Wasser stellen und mich dann rasch fertig machen.«

*

Kaum war Valentin im Salon verschwunden, atmete Ricky laut vernehmbar aus. Sie fühlte sich schwindlig und immer noch von den Erlebnissen des letzten Abends verwirrt. Am liebsten hätte sie ein Unwohlsein vorgetäuscht und Valentin sofort wieder nach Hause geschickt, doch das wagte sie nicht. Schließlich hatte sie ihn gestern erst versetzt, ein weiteres Mal würde er ihr wohl kaum verzeihen. Nein, sie musste den Abend mit ihm heute durchstehen. Sie nahm die Blumen mit in ihr Zimmer und legte sie achtlos auf die Kommode. Mechanisch fischte sie ein knielanges, helles Sommerkleid aus dem Schrank. Während sie in ihre Seidenstrümpfe schlüpfte und sie an ihrem Mieder befestigte, musste sie unentwegt an den gestrigen Abend denken. Es war wie ein unglaubliches Märchen, das endlich wahr geworden war! Gedankenverloren spielte sie mit dem Ring an ihrem Finger, den sie immer noch trug.

Mukesh!

Ihr Herzschlag begann sich allein bei dem Gedanken an ihn zu beschleunigen. Sie hatte seine Stimme sofort erkannt, obwohl sie ihn seit mehr als acht Jahren nicht gesehen hatte. Der Klang war etwas reifer und männlicher geworden, hatte aber immer noch dieses Warme, Seidige, das sie so geliebt hatte. War das gestern Wirklichkeit gewesen? Oder nur eine Halluzination ihres überdrehten Geistes? Sie traute sich immer noch nicht so recht, daran zu glauben.

»Willst du nicht einsteigen, Riccarda?« Im Geiste hörte sie seine Worte immer wieder. Erst war sie wie erstarrt gewesen, doch dann war sie erschreckt zurückgewichen. Der Schmerz, den er ihr vor Jahren zugefügt hatte, war plötzlich so präsent gewesen, dass sie geglaubt hatte, es würde sie zerreißen. Ihre Hände hatten sich verkrampft. Gleichzeitig waren ihr Tränen in die Augen gestiegen, als sie plötzlich seine Hand auf ihrer Schulter gespürt hatte. Er war aus dem Auto gestiegen und neben sie getreten. Seine dunklen, durchdringenden Augen ruhten voller Besorgnis auf ihr, als er sie erneut ansprach.

»Ich wollte dich nicht erschrecken«, meinte er verlegen. »Verzeih mir!«

Sie löste sich von ihm mit einer abrupten Bewegung. Langsam, ganz langsam gewann sie ihre Fassung zurück.

»Was tust du hier?«, fragte sie tonlos.

»Ich suche dich«, meinte er schlicht. Seine ebenmäßigen Züge mit dem geschwungenen Mund wirkten plötzlich angespannt. »Du willst nichts mehr von mir wissen, nicht wahr?« In seiner Stimme lag hilflose Trauer, fast Resignation. Ricky sah ihn verständnislos an. Erst dann fand sie ihre Sprache wieder.

»Ja, was denkst du denn?«, fragte sie außer sich. »Meinst du etwa, du kannst hier einfach auftauchen und ich erwarte dich mit offenen Armen? Weißt du, wie lange das her ist? Einmal ganz abgesehen davon, was du mir damals angetan hast! Ich habe dir vertraut, und du hast mich nur benutzt, um ein wenig Spaß mit einer Europäerin zu haben.«

»Aber das ist nicht wahr!«, widersprach Mukesh aufgewühlt. »Ich habe immer nur dich geliebt. Seit wir uns zum ersten Mal in der Durbar meines Onkels gesehen haben, hat mein Herz nur für dich geschlagen. Deine einzigartigen Augen haben sich für immer und ewig in mein Herz gebrannt.«

»Du lügst«, behauptete Ricky. Sie musste sich unglaublich beherrschen, denn in ihrem Inneren brodelten ihre Gefühle wie in einem Vulkan. »Du hast dich all die Jahre niemals wieder gemeldet.«

Mukesh war völlig zerknirscht. »Ich habe viel zu spät bemerkt, wie viel du mir bedeutet hast. Mein Onkel hatte mich dazu auserwählt, einer Delegation beizutreten, die ausloten sollte, wie sich die englisch-indischen Beziehungen weiterentwickeln würden. Du weißt, dass ich für die Unabhängigkeit unseres Landes eintrete und darin eine unglaubliche Chance sah, unseren Träumen ein Stück näherzukommen.«

»Ich kann nur hoffen, dass es sich für dich gelohnt hat«, meinte Ricky, um Distanz bemüht. Doch Mukesh ließ sich nicht beirren.

»Natürlich wusste ich, dass du wieder in Afrika warst. Ich wollte dir schreiben, aber dann ließ ich es sein.« Er versuchte ihre Hand zu ergreifen, doch sie entzog sie ihm mit einer entschiedenen Geste. »Mein Vater bestand auf der Hochzeit mit Indira«, fuhr Mukesh betrübt fort. »Ich bin seit meinem vierten Lebensjahr mit ihr verlobt und musste sie heiraten, um uns die Unterstützung der Bergvölker zu sichern. Ich konnte mich gegen die Bräuche in unserem Land nicht wehren.«

Ricky spürte plötzlich einen Groll, den sie nicht mehr zurückhalten konnte. »Warum erzählst du mir das?«, fuhr sie ihn heftig an. »Dein Leben interessiert mich nicht mehr. Ich habe mein eigenes, das mir sehr gut gefällt.«

»Du bist eine wundervolle Künstlerin geworden«, bestätigte Mukesh voller Bewunderung. »Haben dir meine Blumen gefallen? Der Ring scheint wenigstens deinen Geschmack getroffen zu haben.« Er deutete auf ihre Hand.

»Wenn ich gewusst hätte, dass er von dir ist, hätte ich ihn nicht übergestreift«, behauptete Ricky. Zur Bekräftigung versuchte sie den Ring von ihrem Finger zu bekommen, doch er steckte fest.

»Bitte behalte ihn«, bat Mukesh. »Es liegt mir sehr viel daran.«

»Das Ganze ist doch eine Farce!«, wehrte sich Ricky erneut. »Lass mich bitte in Ruhe! Die Vergangenheit ist vorbei, und das ist auch gut so.« Ihre Gefühle waren plötzlich völlig außer Kontrolle geraten. Das Einzige, was sie noch wollte, war, nach Hause zu gehen.

»Darf ich dich wenigstens nach Hause fahren lassen?«, fragte er beinahe unterwürfig. Sie willigte widerwillig ein und stieg neben ihn in den Fond seines Cabriolets. Die Fahrt über schwiegen sie. Erst als der Wagen vor ihrer Haustür hielt und er ihr beim Aussteigen half, richtete er nochmals sein Wort an sie.

»Bitte gib mir noch eine Chance«, bat er sie mit gesenktem Blick. In seiner Stimme lag eine Leidenschaft, die sie frösteln ließ. »Ich spüre, dass auch du noch für mich Gefühle hast. Ich werde alles tun, um dein Herz wieder zurückzugewinnen.«

Er verbeugte sich mit gefalteten Händen vor ihr und stieg dann wieder in seinen Wagen.

Mukesh! Die unerwartete Begegnung mit ihrer Jugendliebe hatte sie die ganze Nacht nicht schlafen lassen. Seither fühlte sie sich unsicher und ganz durcheinander. Sie wusste selbst nicht, was in sie gefahren war; es war wider alle Vernunft, aber sie wünschte sich nichts sehnlicher, als ihn wiederzusehen. Als ihr endlich, nach vielen Stunden, Valentin wieder in den Sinn kam, schalt sie sich eine Idiotin. Mukesh war nur ein Traum, eine für kurze Zeit hergeholte Erinnerung aus ihrer Vergangenheit, aber Valentin war der Mann, mit dem sie ihr Leben teilen wollte.

*

Den ganzen Abend über bemühte sich Ricky redlich, das Essen mit Valentin zu genießen. Doch ihre Gedanken schweiften immer wieder zu der gestrigen Nacht und ihrer Begegnung mit dem jungen indischen Fürstensohn zurück. Selbst in ihren kühnsten Gedanken hätte sie sich nicht ausmalen können, welche Flut an Gefühlen er erneut in ihr wecken konnte. Sie fühlte sich wie ein Staubkorn, das in einem Sandsturm herumgewirbelt wurde. Dabei hatte sie vergessen, wo oben und unten war. Sie war so gefangen in ihrer Erinnerung, dass sie erst gar nicht bemerkte, dass Valentin sie schon zum wiederholten Male angesprochen hatte.

»Ricky? Hörst du mir überhaupt zu?«

Verwirrt sah sie ihn an. Was hatte er gesagt?

»Aber natürlich«, meinte sie irritiert und spielte mit dem Saphirring an ihrem Finger. »Bitte entschuldige, aber ich habe plötzlich schreckliche Migräne.«

»Migräne?«

Valentin hob überrascht eine Augenbraue. »Ich kann mich

nicht erinnern, dass du jemals unter Kopfschmerzen gelitten hättest.« Mehr zufällig blieb sein Blick auf ihrem Ringfinger haften, woraufhin Ricky versuchte, ihn eilig zu verdecken. Doch es war zu spät.

»Du wunderst dich sicherlich über den Ring.« Ricky bemühte sich um einen leichten Plauderton. Wie gedankenlos von ihr, dass sie vergessen hatte, ihn abzulegen. »Ich habe ihn von dem unbekannten Verehrer, der mir vor einiger Zeit die Blumen geschickt hat. Er passte zufällig gestern Abend zu meinem Kleid.«

»Oh!« Valentin gab sich Mühe, möglichst beiläufig zu klingen. »Er muss ein Vermögen gekostet haben. Seltsam, dass du mir nie davon erzählt hast …« Seine Augen musterten sie so eindringlich, dass sie das Gefühl hatte, er erwarte eine ausführliche Erklärung. Das ärgerte sie. Sein Tonfall erinnerte sie an ein Verhör.

»Ich habe es wohl vergessen«, meinte sie schnippisch. »Wolltest du mir nicht etwas sagen?« Sie blickte ihn herausfordernd an. Doch Valentin schüttelte nur verstimmt den Kopf.

»Es war nicht so wichtig«, murmelte er verkniffen. »Du hast schließlich Kopfschmerzen. Soll ich dich nach Hause bringen?« Seine Züge strafften sich, und er vermied es, Ricky anzusehen. Sie hatte keine Lust auf eine weitere Auseinandersetzung. Valentin konnte manchmal so kompliziert sein.

»Meine Kopfschmerzen werden tatsächlich immer schlimmer. Ich werde mich zu Hause gleich hinlegen.« Auch sie wich seinem Blick aus. Sie schämte sich natürlich für ihre Lüge, aber wie hätte sie ihm denn erklären können, was in ihr vorging? Es war das erste Mal, dass sie ihn anlog.

»Möchtest du mir nicht sagen, was wirklich los ist?« Valentin ließ nicht locker. Irgendwie schien er zu spüren, dass mit ihr etwas nicht stimmte. »Du bist so anders seit gestern.«

»Das bildest du dir nur ein. Ich bin gestern Abend einfach etwas zu spät ins Bett gegangen und habe jetzt Kopfschmerzen.«

Ricky wusste selbst nicht, weshalb sie ihn so brüsk von sich stieß. Warum erzählte sie ihm nichts von ihrer Begegnung mit Mukesh? Sie hatte nichts zu verbergen. Nichts war zwischen ihnen geschehen. Doch jetzt war es zu spät.

Valentin biss sich enttäuscht auf die Unterlippe und nickte. »Ich verstehe«, meinte er steif und ließ den Ober die Rechnung bringen.

»Vielleicht lässt sich dieser Abend ja ein andermal wiederholen«, meinte sie versöhnlich. Valentin schüttelte frustriert den Kopf, bevor er sie endlich wieder ansah.

»Möchtest du das wirklich?«

»Aber sicher! Ich …« Sie meinte es ehrlich, doch dann kam ihr wieder Mukesh in den Sinn, und sie ließ ihren Satz unvollendet verklingen. »Es tut mir leid«, sagte sie schließlich. »Ich bin heute einfach nicht in der richtigen Stimmung.«

*

Seit jenem Abend stand etwas Unausgesprochenes zwischen ihnen beiden. Die Offenheit und Vertrautheit, die sie immer so eng miteinander verbunden hatte, wurde von Rickys Geheimnis überschattet. Sie fragte sich selbst immer wieder, warum sie Valentin nichts von ihrer Begegnung mit Mukesh erzählt hatte. Doch dann musste sie sich eingestehen, dass sie seit jenem Abend an nichts anderes mehr denken konnte. Voller Sehnsucht wartete sie auf ein Zeichen von ihm. Als ihr zwei Tage später tatsächlich von Frau Teitelbaum ein Brief übergeben wurde, klopfte ihr Herz zum Zerspringen. »Der ist von einem Boten aus dem Adlon übergeben worden«, meinte Frau Teitelbaum mit einem neugierig forschenden Seitenblick. »Der sah irgendwie fremdländisch aus. Was da wohl drin stehen mag? Bestimmt ist er von einem Ihrer Bewunderer.« Offensichtlich wartete sie darauf, dass Ricky ihn öffnete. Doch sie murmelte nur etwas Unverständliches und zog sich in ihr Zimmer zurück. Mit zitternden Fingern öffnete sie das weiße Kuvert mit Mukeshs Fürstensiegel und zog hastig drei eng beschriebene Seiten aus weißem Büttenpapier heraus.

Liebe Riccarda,
verzeih mir, dass ich deinen Wunsch nicht respektiere, mich von dir fernzuhalten. Glaube mir, ich habe alles versucht! Es ist mir nicht gelungen. Seit unserer Begegnung vor zwei Tagen kann ich an nichts anderes denken als an dich! Mein Herz verzehrt sich nach dir und wird ausbrennen, wenn ich dich nicht wiedersehe.
Ich weiß, dass der Kummer, den ich dir damals zugefügt habe, durch nichts wiedergutzumachen ist, lass es mich dennoch versuchen! Die Regeln meiner Kaste und meines Standes legten mir damals Zwänge auf, denen ich nicht entkommen konnte. Du wolltest, dass wir beide fliehen und uns abseits jeglicher Konventionen ein Leben aufbauen. Aber das durfte und konnte ich nicht verantworten, so gerne ich auch mit dir zusammengeblieben wäre. Du warst damals erst fünfzehn Jahre alt, in deiner Gesellschaft zähltest du noch als Kind. Ich hätte dich nur unglücklich gemacht. Die Entscheidung, mich von dir zu trennen, hat mich selbst zerrissen. In all den Jahren gab es keinen Tag, an dem ich nicht an dich gedacht habe! Damit du siehst, wie ehrlich ich es mit dir meine, will ich ganz offen sein. Ja, ich habe die Frau geheiratet, die mein Vater für mich ausgewählt hatte, und habe mit ihr, wie es die Sitte verlangt, einen Stammhalter gezeugt. Jinjal ist nun fünf Jahre alt und wird mich einmal beerben. Mit Indira, seiner Mutter, lebe ich schon lange nicht mehr zusammen. Außer unserem Sohn verbindet uns nichts. Sie lebt in der Zenana, den Frauengemächern. Ich sehe sie nur zu offiziellen Anlässen. Sie trägt meinen Namen, aber mein Herz gehörte immer nur dir! Für dich würde ich mich von allem trennen, wenn du nur willst.
Wie lange konnte ich nicht einmal hoffen, dich jemals wiederzusehen. Und dann spielte der Zufall diese wunderbare Rolle. Als ich

vor einigen Wochen zum ersten Mal mit meiner Gesandtschaft in Berlin weilte, wurden wir von den Herren der englischen Botschaft in das Theater geladen, in dem auch du auftrittst. Du kannst das Glück nicht fassen, das ich empfand, als ich dich dort auftreten sah! Von diesem Abend an war ich in jeder deiner Aufführungen und habe dir Blumen und schließlich den Ring gesandt. Ich hoffte, du würdest dich durch die Initialen, die ich eingravieren ließ, an mich erinnern: Bashir Mukesh Singh und Riccarda van Houten.
Am nächsten Abend wollte ich dich persönlich aufsuchen, doch eine wichtige politische Angelegenheit erforderte meine sofortige Abreise nach London. Dich so nahe zu wissen und doch nicht zu sehen war für mich eine unmenschliche Qual. Sobald es die Umstände jedoch erlaubten, bin ich wieder zurück nach Berlin gereist.
Nachdem ich deine Wohnung ausfindig gemacht hatte, habe ich jeden deiner Schritte verfolgt, bis ich endlich vorgestern die Gelegenheit erhielt, dich unauffällig anzusprechen. Nun bleibt mir noch eine ganze Woche, um dich von meiner Liebe zu überzeugen.
Du bist die Frau meines Lebens, liebste Riccarda, und ich werde dir den Mond und alle Sterne vom Himmel holen, wenn du nur zu mir kommst. Biete mir die Möglichkeit, dir das zu beweisen!
Heute Abend um 19 Uhr wird mein Chauffeur vor deinem Haus auf dich warten. Wenn du es ihm gestattest, wird er dich zu einem gemeinsamen Abendessen zu mir in das Hotel Adlon bringen, wo ich derzeit logiere.
Verwehre mir nicht diese Bitte!
In ewiger Liebe
Bashir Mukesh Singh

Ricky holte tief Luft, nachdem sie den Brief gelesen hatte. Mit zitternden Händen legte sie ihn beiseite. Mukeshs Worte hatten sie tief aufgewühlt. Zum ersten Mal nach so vielen Jahren war sie in der Lage, auch seine Gründe für ihre damalige Trennung nachvollziehen zu können. Seine Handlungsweise erschien selbst ihr heute vernünftig und reif. Er hatte ihr niemals etwas vorgemacht. Sosehr er auch unter den strengen Regeln seiner Herkunft litt, so hatte er niemals einen Hehl daraus gemacht, dass er ihnen folgen musste. Seine Worte klangen aufrichtig und zeugten von großen Gefühlen für sie. Ob er sie wohl wirklich niemals vergessen hatte? Schließlich war es auch ihr nie wirklich gelungen, ihn ganz aus ihrem Herzen zu verbannen. Manchmal litt selbst ihre Beziehung zu Valentin unter dem Schatten seiner heimlichen Anwesenheit. Valentin! Sie schob den Gedanken an ihn wie eine lästige Angelegenheit schnell beiseite. Stattdessen holte sie den Saphirring aus der Schatulle und betrachtete nochmals die Eingravierungen. B. S. und R. H. Ihr Blick fiel zurück auf den letzten Bogen Papier, wo sich seine Unterschrift befand. Sie hatte nicht gewusst, dass sein vollständiger Name Bashir Mukesh Singh gewesen war. Deshalb hatte sie von den Initialen her nicht auf seinen Namen schließen können. Beim Gedanken an den möglichen gemeinsamen Abend pochte ihr Herz. Er musste gewusst haben, dass sie heute keine Vorstellung hatte. Ob sie wirklich …? Wieder keimte das schlechte Gewissen in ihr auf. Wenn sie Mukesh traf, dann hinterging sie Valentin. Beinahe trotzig versuchte sie sich einzureden, dass es nicht stimmte. Schließlich waren sie beide noch nicht verheiratet, und außerdem würde sie keinesfalls auf Mukeshs Avancen eingehen. Schließlich war er ein verheirateter Mann!

Ja, sie würde seine Einladung annehmen.

Mukeshs Chauffeur stand pünktlich vor der Haustür. Er benutzte wieder das rote Armbruster-Cabriolet, mit dem sie neulich schon gefahren waren. Ricky ließ sich genüsslich auf den weichen, hellbraunen Lederbezügen nieder und beobachtete voller Neugier die belebten Straßen, durch die sie fuhren. Vom Brandenburger Tor aus waren es nur noch wenige Meter, bis der Wagen vor dem Haupteingang des Hotel Adlon auf dem Pariser Platz hielt. Obwohl es lange noch nicht dunkel war, leuchteten die Kristallleuchter der Lobby hell bis auf die Straße hinaus. Über einen roten Teppich betrat sie das Innere des Hotels, wo ein indischer Bediensteter sie bereits erwartete. Er begrüßte sie ehrerbietig mit gefalteten Händen und einer tiefen Verbeugung, bevor er sie aufforderte, ihn in die Lounge zu begleiten. Mukesh saß allein auf einem der gepolsterten Sofas bei einem Glas Whisky. Er stand sofort auf, als er Ricky bemerkte, und eilte ihr entgegen. Seine dunklen Augen glänzten vor Freude, als er sie mit einem formvollendeten Handkuss begrüßte, der seine ausgezeichnete englische Erziehung verriet.

»Die Sonne geht für mich erst jetzt auf, seitdem du hier bist!« Er sah ihr tief in die Augen, sodass Ricky vor Verlegenheit den Kopf abwenden musste. Er bot ihr auf einem der Sessel Platz an und ließ von einem der Ober zwei Gläser mit Champagner kommen. »Auf einen wunderbaren Abend«, sagte er, als sie das Glas in Empfang nahm. Er prostete ihr zu und nahm selbst einen Schluck.

»Ich weiß gar nicht, weshalb ich gekommen bin«, gestand Ricky offen. »Es ist absolut unvernünftig.«

Mukesh verzog amüsiert seinen fein geschwungenen Mund. »Ist es das wirklich? Vielleicht ist es endlich mal an der Zeit, etwas Unvernünftiges zu tun, meinst du nicht auch?« Bevor sie etwas darauf antworten konnte, beugte er sich zu ihr vor und fixierte sie erneut mit seinen undurchdringlichen schwarzen Augen. Es war wie ein Zauber, der sich mit einem Mal über sie legte, und Ricky spürte, wie es ihr vor Wonne eiskalt den Rücken herunterlief. Plötzlich musste sie an den ersten Kuss denken, den er ihr vor vielen Jahren vor der Ruine gegeben hatte.

»Denkst du auch an damals?«

Erriet er wirklich ihre Gedanken? Verlegen lächelnd wandte sie sich von ihm ab. Mukesh akzeptierte es und richtete sich wieder auf. Er lehnte sich in seinem Sitz zurück und begann, mit ihr über belanglosere Dinge zu plaudern. Während sie ihm fast gedankenlos antwortete, beobachtete sie eingehender seine Erscheinung. Aus dem jungen, etwas verträumten Prinzen von damals war ein stattlicher Mann geworden. Er trug einen dunklen Frack mit gestärkter, weißer Hemdbrust, was den olivfarbenen Teint seiner Haut vorteilhaft betonte. Mittlerweile trug er einen gestutzten Schnauzbart, der ihn älter und reifer wirken ließ. Ricky entging auch nicht sein Tick, sich immer wieder mit dem Zeigefinger über die leicht gebogene Adlernase zu streichen. Heimlich interpretierte sie es für sich als leichte Nervosität. Nach den anfänglichen, harmlosen Plaudereien begann er über seine Heimat zu reden, die sich langsam, aber immer deutlicher von der Bürde des englischen Kolonialismus zu befreien begann. Seine Ausführungen waren gestenreich und voller Enthusiasmus. Die dunklen Augen leuchteten und entfachten auch Rickys Begeisterung für Indien erneut. Fasziniert lauschte sie seinen munteren, oft humorvollen Erzählungen und ließ sich von ihnen wie in einen bunten, märchenhaften Kokon einweben. Ihrer beider Unsicherheit verschwand, und mit einem Mal hatte sie das Gefühl, noch nie etwas anderes getan zu haben, als sich mit Mukesh zu unterhalten.

»Was hältst du davon, wenn wir nun zu Abend essen?«, fragte er sie schließlich. »Ich habe meinen eigenen Koch mitgebracht. Er hat in meiner Suite für uns ein indisches Essen vorbereitet. Oder möchtest du lieber etwas anderes?« Er sah sie fürsorglich an.

»Oh, wie herrlich!« Die Aussicht auf ein indisches Essen ließ Ricky plötzlich hungrig werden. Begeistert stimmte sie zu. »Ich habe seit Jahren nicht mehr indisch gegessen. Das letzte Mal in Afrika, als Großvater Rajiv für uns gekocht hat. Das ist eine wundervolle Idee!«

Ein Page in roter Uniform und keck auf der Seite sitzender Schachtelkappe auf dem Kopf fuhr sie mit dem elektrischen Aufzug in die oberste Etage, wo Mukesh eine luxuriöse Suite aus mehreren Räumen bewohnte. Neben einem Schlafzimmer bestand sie aus einem Salon, einem weiteren geräumigen Zimmer mit Schreibtisch, einem Ankleidezimmer und einem großzügigen Badezimmer. Jeder Raum war mit erlesenen Möbeln geschmackvoll ausgestattet.

»Das ist einfach herrlich«, staunte Ricky und fuhr sachte mit einer Hand über den kostbaren Bezug eines Bembé-Sofas. Mukesh führte sie zu dem bereits gedeckten Tisch vor den großzügigen Fenstern und bat sie Platz zu nehmen. Von hier aus hatte man einen wundervollen Blick auf den geschäftigen Pariser Platz.

»Ganz Berlin liegt einem hier zu Füßen!« Ricky war immer noch ganz hingerissen. Unterdessen öffnete Mukesh eine Flasche Champagner, die er aus einem silbernen Eiskübel gezogen hatte. Er schenkte ihnen beiden ein und reichte ihr das Glas, wobei er scheinbar unabsichtlich kurz ihre Hand berührte. Ricky war wie elektrisiert, obwohl sie so tat, als hätte sie es nicht bemerkt.

»Ich möchte auf unser Wiedersehen anstoßen …«, begann Mukesh mit seiner sanften Stimme. Während er ihr zuprostete, beobachtete er sie genau. » … und auf unsere Zukunft!«

Ricky wollte etwas erwidern, ihm sagen, dass es geradezu lächerlich war, sich irgendwelche Hoffnungen zu machen, aber dann erlahmte ihr Widerstand aus unerfindlichen Gründen, und sie schwieg. Mukesh quittierte es mit einem zufriedenen Lächeln.

Unterdessen fuhr einer seiner Bediensteten auf einem mehrstöckigen Rollwagen die unterschiedlichen Speisen herein und richtete sie auf dem Tisch an. Sie dufteten köstlich. Es gab im Tandoori-Ofen gegrilltes Huhn, Lamm in Currysoße, Biryani, angerösteten Reis mit erlesenen Gemüsen, Raita, eine gewürzte Joghurtsoße, Chutney, Palak Paneer, Spinat mit Käse, Aloo Gobi, ein Kartoffelcurry mit Blumenkohl, gebratenen Fisch, reichliche Brotsorten wie Naan, Chapati und Roti und vieles mehr. Dazu tropische Früchte wie Bananen und Mangos, süße Quarkspeisen, Feigenkuchen und allerlei Konfekt. Bei all den Köstlichkeiten liefen Ricky die Augen über. Sie fühlte sich plötzlich an ihre Kindheit erinnert, die unbeschwerten Tage, die sie auf den Basaren und bei den Tempeln genossen hatte, die Spaziergänge und Ausritte und an die vielfältigen Gerüche, die es nur in Indien gab.

»Du kannst jetzt gehen, Balbul«, befahl Mukesh seinem Diener, nachdem dieser noch die Kerzen auf dem Tisch angezündet und das Hauptlicht gelöscht hatte. Außer den Kerzen brannte nur noch ein kleines Seitenlicht neben einem großen Spiegel. Balbul zog sich mit einer höflichen Verbeugung zurück und ließ sie allein.

»Bediene dich! Ich hoffe, es ist alles nach deinem Geschmack«, bat er sie und reichte ihr die erste Schüssel. Er bestand darauf, dass sie von allem kostete. Zum Essen schenkte er ihnen einen dunklen, schweren Bordeaux ein, der Ricky bald zu Kopf stieg.

»Ich werde gleich platzen«, drohte sie schon leicht beschwipst, als er ihr zum Abschluss noch ein Stückchen Mandelkuchen reichte. Obwohl sie mehr als genug gegessen hatte, nahm sie es dennoch an. »Diese Leckereien kann man einfach nicht ausschlagen«, fügte sie mit einem koketten Augenaufschlag hinzu. Mukesh legte seine Serviette beiseite und strahlte sie an. Schließlich stand er auf, zog die Schublade einer Kommode auf und nahm ein kostbar gefertigtes Collier heraus. Es bestand aus drei Reihen ineinander verwobener Goldketten, in die abwechselnd blaue Saphire und strahlend leuchtende Diamanten hineingearbeitet waren. Jeder Stein war so groß wie ein Fingernagel und für sich genommen ein Vermögen wert. Das Besondere des Colliers war jedoch der taubeneigroße rote Rubin, der wie ein Tropfen in der Mitte der unteren Kette hing. Ricky hatte noch nie etwas Schöneres gesehen.

»Dieses Collier gehörte meiner Mutter«, erklärte Mukesh, während er damit von hinten auf sie zutrat und versuchte, es ihr umzulegen. »Ich möchte es dir schenken.«

Erschrocken fuhr Ricky herum und wehrte ihn ab. »Das kannst du nicht machen! Es ist viel zu wertvoll.«

»Nichts ist wertvoller, als du es bist«, antwortete Mukesh ernst. Er schob ihre Hand beiseite und legte ihr das Collier um. »Sie nur, wie schön es leuchtet!« Er nahm sie bei den Schultern und zog sie von ihrem Stuhl empor zu dem großen Spiegel. »Du siehst wundervoll darin aus! Ich möchte, dass du es behältst. Tu mir den Gefallen. Ich habe meiner Mutter versprochen, es nur der Frau meines Herzens zu schenken.«

Ricky protestierte erneut, aber Mukesh, der dicht hinter ihr stand, drehte sie einfach zu sich herum und legte ihr sachte den Finger auf den Mund. »Psst!«, meinte er zärtlich und fuhr mit dem Finger abwärts, ihren Hals entlang zu dem Collier. Ricky war wie gebannt. Die zarte Berührung setzte sie wie unter Strom. Die unmittelbare Nähe zu Mukesh tat fast weh, so sehr verzehrte sie sich plötzlich nach ihm. Sie konnte sein Rasierwasser riechen und darunter seinen erregenden Körperduft, der sie noch mehr betörte. Seine Augen funkelten in dem abgedunkelten Raum und hielten die ihren gefangen. Dann beugte er sich zu ihr herunter und küsste sie auf den Mund. Sein Kuss war zart und doch fordernd zugleich, während in ihrem Kopf ein ganzes Bataillon von Raketen explodierte. Ihr wurde schwindlig, und der Boden unter ihren Füßen begann zu schwanken. Um nicht umzufallen, musste sie sich an ihm festhalten. Mukesh umfing sie bereitwillig mit seinen Armen, drückte sie an sich und begann ihren nackten Hals mit fliegenden Küssen zu bedecken. Sie fühlte sich wie im Rausch, ließ bereitwillig ihren

Widerstand schwinden und gab sich dem Zauber des Moments ganz hin. Erst als Mukesh sie sanft in Richtung des Schlafzimmers führen wollte, kehrte ein letzter Rest von Vernunft zurück. Sie stieß ihn erschrocken von sich. »Nicht!«, stieß sie plötzlich ernüchtert aus. »Das dürfen wir nicht tun!«

Mukesh ließ sofort von ihr ab. »Bitte verzeih mir«, meinte er zerknirscht. »Ich habe mich vergessen.«

Ricky lächelte gerührt und strich ihm sanft über die Wange. »Wir hätten das nicht tun dürfen«, meinte sie. Ihr Herz verkrampfte sich, während sie es sagte. Dann griff sie an den Verschluss des Colliers und öffnete ihn. Schweigend reichte sie es Mukesh zurück. »Es war ein schöner Traum«, meinte sie wehmütig. »Aber wir haben keine gemeinsame Zukunft.« Mukesh reagierte so impulsiv, wie sie es nie erwartet hätte. Statt das Collier zurückzunehmen, fiel er vor ihr auf die Knie. In seinen Augen standen Tränen. Dann griff er nach ihrer freien Hand. »Bitte!«, flehte er. »Hör mich wenigstens an! Ich habe mich schon längst von Indira getrennt. Wir leben schon seit Jahren nicht mehr zusammen. Werde meine Frau. Ich werde dich auf Händen tragen und bis in alle Ewigkeit lieben. Vertraue mir, und gib unserem Glück eine Chance!«

Ricky wich zurück. Gleichzeitig kämpfte sie dagegen an, ihn zu sich hochzuziehen, um ihn erneut zu umarmen. »Wie stellst du dir das vor?«, fragte sie leise. »Ich kann nicht einfach mit dir nach Indien kommen. Ich habe Verpflichtungen.«

»Das musst du auch nicht.« Mukesh ließ ihre Hand nicht los. »Ich weiß, dass du Künstlerin bist und noch ein Engagement mit einer anschließenden Tournee hast. Nimm dir die Zeit und denke über uns nach! Ich werde so oft es geht in deiner Nähe sein. Ich liebe dich und will nie wieder ohne dich sein.« Langsam stand er auf und ließ jetzt auch ihre Hand los. »Gib mir, gib unserer Liebe eine Chance!«

Er nahm das Collier aus ihrer anderen Hand und wollte es ihr erneut umlegen, doch Ricky schüttelte nur den Kopf. »Nicht«, bat sie. »Gib es mir erst, wenn ich mir sicher bin!« Auf Mukeshs Gesicht entstand ein Leuchten. »Du willst es dir also überlegen?«, fragte er hoffnungsvoll.

»Ich habe dich nie vergessen«, antwortete sie ausweichend.

*

In den darauffolgenden Tagen bis zu Mukeshs Abreise nach Indien trafen sie sich noch einige Male. Sie unternahmen eine Spazierfahrt mit dem Cabriolet nach Brandenburg, gingen gemeinsam zum Essen aus oder besuchten Museen. Ricky fühlte sich ausgesprochen wohl in Mukeshs Gesellschaft. Seine verbindliche Art, ihr jeden Wunsch von den Lippen abzulesen, schmeichelte ihr. Oft schien er im Voraus zu ahnen, was sie sagen wollte. Außerdem mochte sie die Leichtigkeit, mit der er komplizierte Dingen anzugehen pflegte. Jedes Problem, so schwierig es auch sein mochte, drehte und wendete er so lange, bis es keines mehr zu sein schien. Mit dem jungen Fürsten schien alles so leicht. Manchmal fühlte sie sich wie ein Vulkan, dessen Schlote lange verstopft gewesen waren. Mit einem Mal kamen Dinge in ihr hoch, die sie noch nie an sich entdeckt hatte. Mit ihm fühlte sie sich frei und völlig ungebunden. Er umwarb sie weiterhin, küsste sie leidenschaftlich und flüsterte ihr tausend Zärtlichkeiten ins Ohr, aber er achtete auch auf ihre Ehre und versuchte sie nicht mehr zu verführen. Dafür war Ricky ihm ebenfalls dankbar. Am Ende ihrer gemeinsamen Zeit fand sie die Vorstellung, zugunsten ihrer großen Liebe auf ihre künstlerische Laufbahn zu verzichten, gar nicht mehr so abschreckend.

Valentin erfuhr von ihrer Liaison mit dem Prinzen zunächst nichts. Natürlich hatte sie ihm gegenüber ein schlechtes Gewissen und ging ihm deswegen so gut es ging aus dem Weg.

Selbst ihre Proben reduzierte sie auf ein Mindestmaß, was nicht weiter schlimm war, denn sie hatte in dieser Woche nur eine Aufführung. Valentin nahm es schweigend hin, aber sie spürte auch, dass sein Misstrauen weiter wuchs. Über kurz oder lang musste sie eine Entscheidung treffen. Doch dann reiste Mukesh zurück nach Indien, und der Alltag zog wieder in Rickys Leben ein. Zum Glück hatte sie unendlich viel zu tun, sodass ihr die gemeinsame Zeit mit dem Fürsten wie ein ferner Traum erschien. Neue Nummern mussten für die Tournee einstudiert und Reisevorbereitungen getroffen werden. Nur allzu gerne ließ sie sich von dem Trubel anstecken, denn er lenkte wohltuend von der bevorstehenden Entscheidung ab. Über ihre gemeinsame Arbeit kam sie zwangsläufig auch Valentin wieder näher. Sie waren über die Jahre solch ein eingespieltes Team geworden, dass sie sich blind verstanden. Die Arbeit an den neuen, meist von Valentin komponierten Nummern machte beiden Spaß, und sie freuten sich gemeinsam, wenn sich ein Stück so gestaltete, wie sie es sich vorgestellt hatten. In diesen Wochen intensiven Arbeitens rückte der Inder immer weiter in den Hintergrund, und Ricky und Valentin waren so glücklich wie in den Tagen, bevor der indische Fürst wieder in ihr Leben getreten war. Dann erhielt sie einen Brief von Mukesh. Sobald sie ihn gelesen hatte, begann sie wieder, sich nach ihm zu verzehren, und träumte nachts von seinen zärtlichen Küssen. Manchmal kam Ricky ihre Situation richtig absurd vor. Weder Mukesh noch Valentin wusste vom jeweils anderen. Im Grunde genommen betrog sie beide Männer und konnte sich doch nicht für einen von ihnen entscheiden.

Einige Wochen später ging die Tournee endlich los. Das Programm stand, und schon die erste große Aufführung in Wien brachte ihnen in allen Boulevardzeitungen fabelhafte Kritiken. Nach Wien folgte Budapest, dann Paris und schließlich, als krönenden Abschluss, absolvierte sie mehrere Auftritte in London im Lyceum an der Wellington Street. *Ricky Ticky* war mittlerweile in aller Munde. Ihr Ruf eilte ihr voraus, und jeder wollte die freche, charmante Göre mit ihrem abwechslungsreichen Repertoire auf der Bühne bewundern. Ricky genoss ihren Ruhm gemeinsam mit Valentin. Als er ihr erste Ideen für eine völlig neue Show präsentierte, war sie Feuer und Flamme. Es sollten noch mehr politische Themen in den Vordergrund rücken, und als Kontrast dazu sollten zauberhafte Bühnenillusionen und Revuenummern entstehen. Durch die Entwicklung der Technik waren mittlerweile Bühneneffekte möglich, die dem Zuschauer Dinge vorgaukelten, die in Wirklichkeit gar nicht möglich waren. Valentins neue Vorschläge begeisterten sie so, dass sie ganz vergaß, dass die Zeit für eine Entscheidung nun immer näherrückte. Erst als Mukesh eines Abends nach einer grandiosen Vorstellung mit einem Bukett voller Blumen vor ihrer Garderobe auf sie wartete, wurde sie sich wieder dieses Umstands bewusst.

»Mukesh!«, rief sie völlig überrascht. Sie freute sich, ihn wiederzusehen, gleichzeitig bekam sie einen Schreck, denn jeden Moment konnte Valentin auftauchen. Sie hatten sich für ein spätes Abendessen verabredet. Mukesh überreichte ihr das Bukett und wollte sie zurück in ihre Garderobe schieben. Doch Ricky blockte ab. »Das geht jetzt nicht«, stammelte sie verlegen. »Ich habe gleich noch eine Verabredung.«

Mukesh ließ sich nicht abwimmeln. Er umarmte Ricky und gab ihr einen leidenschaftlichen Kuss. Seine plötzliche Nähe verwirrte sie, und sie gab seinem Drängen für einen Augenblick nach. »Sag die Verabredung ab«, flüsterte Mukesh und küsste ihren Hals, sodass ihr Wellen voller wohliger Schauer über den Rücken huschten. »Ich habe mich seit Monaten auf diesen Moment gefreut.« In einem letzten Anflug von Vernunft schob Ricky ihn wieder von sich. »Geh schon mal nach draußen«, forderte sie ihn auf. Sie war verwirrt und gleichzeitig aufgeregt. »Ich komme gleich nach. Ich war nicht darauf vorbereitet, dass du heute hier auftauchst. Warum hast du mich nicht im Hotel besucht?«

»Ich konnte es nicht abwarten, dich wiederzusehen.« Mukesh drückte sie gegen die Wand und küsste sie erneut. In diesem Augenblick kam Valentin um die Ecke. Auch er hatte einen Blumenstrauß in der Hand. Als er Ricky in Mukeshs Armen sah, blieb er wie angewurzelt stehen, fassungslos, seine Augen weiteten sich. Dann verschleierte sich sein Blick, und seine Gesichtszüge zeigten eine völlige Unnahbarkeit. Ohne ein Wort zu sagen, machte er auf dem Absatz kehrt und verschwand.

»Valentin! Warte!«, rief Ricky ihm erschrocken nach. Sie löste sich aus Mukeshs Armen, um ihm hinterherzueilen, doch der hielt sie zurück. »Wer ist Valentin?«, fragte er mit gerunzelter Stirn. Er hielt ihre Hand fest, und sie hörte die Eifersucht, die in seiner Stimme mitschwang. In Rickys Herz tobten die unterschiedlichsten Gefühle. Einerseits strebte alles in ihr danach, Valentin hinterherzulaufen, um ihm die Situation zu erklären, auf der anderen Seite fürchtete sie, auch noch Mukesh damit zu vergrätzen. »Valentin ist mein Impresario«, presste sie schließlich hervor. »Wir waren nach der Vorstellung noch verabredet.«

Mukesh ließ sie los. Er war mit der Antwort zufrieden und strahlte bereits wieder. »Dann bist du also jetzt frei?«

Ricky sah ihn überrascht an. Wie es den Anschein hatte, hatte der Zufall ihr die schwere Entscheidung abgenommen.

Kampf gegen Geister

Jella konnte nicht schlafen. Mit aufgestützten Ellenbogen saß sie am Küchentisch und grübelte. Fritz war wie alle anderen schon lange zu Bett gegangen. Ihr jedoch gelang es nicht, diesen traurigen Tag hinter sich zu lassen. Sie vermisste ihren Vater. Trotz seiner Verschrobenheit war er immer wie ein Fels gewesen, der ihr Kraft gegeben hatte. Gab es denn nichts, was von Dauer war? Warum musste sich immer wieder alles im Leben verändern? Warum mussten geliebte Menschen sterben? Sie wusste natürlich, dass dies müßige Gedanken waren, dass dies der ganz normale Lauf der Welt war, aber dennoch empfand sie es als ungerecht. Die Endgültigkeit des Todes tat ihr so weh.

Sie lauschte in die Dunkelheit. Auf der Farm war es ruhig. Nur ein Käuzchen rief. Und doch spürte sie da draußen etwas, das sie nicht erklären konnte. Sie schob ihren Stuhl zurück und erhob sich leise. Ohne Licht zu machen, bewegte sie sich durch die Dunkelheit zur Verandatür. Sie öffnete sie und trat hinaus. Draußen war nichts Verdächtiges zu sehen. Der Himmel war immer noch bedeckt, was die Nacht finster und undurchdringlich machte. In der Luft lag erneut Regen, sie konnte den feuchten Geruch der Erde schnuppern. Es war schwül. Sie wartete noch eine ganze Weile und starrte in die dunkle Nacht. In dem Moment, als sie wieder zurück ins Haus wollte, riss der Himmel ein wenig auf. Erst war der Mond noch hinter vorbeihuschenden weißen Wolkenfetzen verborgen, doch dann lag er plötzlich frei und beschien den Hof von *Owitambe* mit seinem fahlen Licht. Erst jetzt sah Jella die hochgewachsene, dunkle Gestalt. Sie stand starr wie eine Statue keine zwanzig Meter von ihr entfernt. Auch ohne dass er sich ihr vorstellte, wusste sie, dass es der Sangoma war. Auf seiner Schulter konnte sie die dunklen Umrisse der Meerkatze erkennen. Er trug ein Leopardenfell über der Schulter und zu Zöpfen geflochtenes, langes Haar. Sein Gesicht war weiß bemalt, was seinen großen, runden Augen etwas Dämonisches verlieh. In seiner Hand hielt er einen langen Stab. Sie war beinahe froh, dass sie nun endlich wusste, wie ihr schrecklicher Gegner aussah. Die Tatsache, dass er auch nur ein Mensch wie sie selbst war, beruhigte sie. Und doch wusste sie, dass sie ihn nicht unterschätzen durfte. Dieser Zauberer hatte viel Unheil über die Menschen gebracht. Er hatte große Macht und eine widerwärtige Anziehungskraft, der auch sie sich kaum entziehen konnte.

»Was willst du hier?«, sprach sie ihn an. Sie bemühte sich, ihrer Stimme einen festen Klang zu geben. »Ich habe keine Angst vor dir.«

Ihr Gegenüber lachte ein kehliges, raubtierhaftes Lachen. Er machte sich nicht die Mühe, ihr zu antworten. Er wollte ihr allein durch seine Anwesenheit Angst machen. Das wiederum machte Jella wütend, und diese Wut gab ihr etwas mehr Selbstsicherheit. Eine der ersten Lektionen, die Nokoma sie gelehrt hatte, war, dass man immer selbstsicherer wirken musste als sein Gegenüber. Sie löste sich von der Tür und trat bis an den Rand der Veranda. Ihr etwas erhöhter Standpunkt erlaubte ihr, auf den Sangoma herabzuschauen. Sie hoffte, das würde ihn beeindrucken. Der Zauberer trat nun ebenfalls vor. Nun trennten sie keine zehn Meter mehr voneinander. Sein Blick bohrte sich in Jellas, als versuche er sie damit zu durchdringen. Sie hielt ihm stand, obwohl ihr das Fanatische, das aus seinen Augen wie Lichtblitze zuckte, Angst machte.

»Gib mir das Kind!« Seine Stimme klang wie das heisere Gejaule einer Hyäne. Er ließ sie keinen Augenblick aus den Augen. Jellas Gesichtszüge strafften sich.

»Niemals! Verschwinde, oder ich lasse dich vom Hof peitschen!«

Der Sangoma stieß wütend seinen Stab auf den Boden und fauchte wie eine angriffsbereite Wildkatze. Gleichzeitig sprang der Affe von seiner Schulter und stürzte sich mit gebleckten Zähnen auf sie. Jella beugte sich nach vorn, um seinen Angriff abzuwehren, wobei sie instinktiv ihr Schlangenmedaillon aus der Bluse zog. Sofort hielt das Tier inne. Laut aufschreiend machte es auf dem Absatz kehrt und suchte ängstlich Zuflucht bei seinem Herrn. Für einen winzigen Augenblick wirkte der Zauberer verunsichert. Seine Augen huschten misstrauisch zwischen Jella und dem Affen hin und her, doch dann nahm er wieder Haltung an und stellte seine Forderung. »Bring mir den Jungen eine Stunde vor dem Morgengrauen – oder mein Fluch wird euch alle töten.«

Jella erkannte plötzlich, dass dies einer Herausforderung gleichkam. Wenn sie sie nicht annahm, würde die Spirale des Grauens nie ein Ende finden. Sie unterschätzte keineswegs den Einfluss, den der Sangoma auf die Menschen hier bereits hatte. Saburis Tod war den Leuten Beweis genug für seine Macht. Solange dieser Mann hier sein Unwesen trieb, war der kleine Nuru nicht sicher. Es war gut möglich, dass jemand von der Farm ihn sogar heimlich auslieferte. Sie musste sich dem Sangoma stellen.

»Nun gut. Wir treffen uns eine Stunde vor dem Morgengrauen unter dem großen Baum in dieser Richtung«, lenkte sie schließlich ein. Bis dahin waren noch einige Stunden Zeit. Auf dem Gesicht des Zauberers tanzte ein triumphierendes Lächeln, als er wieder mit der Dunkelheit verschmolz.

*

Jella blieb nicht viel Zeit bis zur Morgendämmerung. Sie hatte zwar den festen Willen, dem Scharlatan endlich das Handwerk zu legen, aber keine genaue Vorstellung, wie sie das bewerkstelligen konnte. Auf die Idee, Fritz zu wecken und ihn gar um Rat zu fragen, kam sie erst gar nicht. Es war eine Sache zwischen ihr und diesem Zauberer. Sie machte sich in der Küche eine starke Tasse Kaffee und setzte sich damit auf die beleuchtete Veranda. Irgendwo da draußen lauerte der Sangoma. Gut möglich, dass er sie sogar beobachtete.

Er soll sehen, dass ich mir überhaupt nichts aus ihm mache, dachte sie grimmig. Doch tief in ihrem Innern war sie bei Weitem nicht so zuversichtlich. Sie wusste nur zu gut, dass sie sich auf ein gefährliches Spiel eingelassen hatte. Um den Zauberer auf Dauer einzuschüchtern, musste sie ihn auf psychologischer Ebene kleinkriegen. Der Mann war eitel und herrschsüchtig – und er verfügte zweifelsohne über eine Menge Kenntnis in afrikanischer Magie. Jella stellte längst nicht mehr infrage, dass es in Afrika Dinge gab, die man mit dem Weltblick eines Europäers nicht erklären konnte. Sie hatte sich bereitwillig von Nokoma unterweisen lassen. Aber war sie nun wirklich bereit, sich mit einem Meister dieses Fachs zu messen?

Sie lehnte sich auf ihrem Lehnstuhl zurück und betrachtete den Himmel. Immer noch huschten Wolkenschwaden über ihn hinweg. Allerdings waren sie so licht geworden, dass sie den Mond und einige Sterne hervorblitzen sah.

Nakeshi! Jella fühlte ihre Nähe und öffnete bereitwillig ihren Geist. Was soll ich nur tun?, fragte sie verzagt. Sie wartete auf den Widerhall ihrer Gedanken und konnte ihn bald wahrnehmen. Denke an die Kraft, die in dir wohnt, riet ihr die Sternenschwester. Dein Num ist groß genug, um es mit dem Zauberer aufzunehmen. Ich werde bei dir sein! Nakeshis beruhigende Worte machten sie schläfrig. Jellas Augenlider wurden immer schwerer, bis sie schließlich einschlief.

Sie erwachte durch ein unangenehmes Zucken, als ihr Kopf plötzlich nach vorne sackte. Erschreckt fuhr sie auf und sah nach der Uhr. Es wurde Zeit, sich auf den Weg zu machen. Bevor sie zu der Lichtung unter dem großen Mankettibaum ging, holte sie noch einige Dinge aus ihrem Labor, die sich vielleicht als nützlich erweisen mochten: etwas Magnesium, ein Feuerzeug und einige Kräuter, die Nokoma immer in die Glut schmiss, um sich in Trance zu versetzen. Dann vergewisserte sie sich, dass Nuru bei Teresa und Samuel in sicherer Obhut war; erst dann ging sie zur Lichtung. Der Sangoma war noch nicht da. Sie nutzte die Zeit, um ein Feuer zu machen. Als es einigermaßen abgebrannt war, warf sie eine Handvoll Kräuter in die Glut. Ihr würziger Duft stieg ihr angenehm in die Nase und öffnete ihre Lungen. Die Nacht begann bereits dem Morgengrauen zu weichen. Immer noch war keine Spur von dem Zauberer zu sehen. Jella spielte nervös mit Nokomas Schlangenanhänger. Sie trug ihn als Erinnerung an den alten Medizinmann. Ob die riesige Python sich immer noch in der Nähe des Mankettibaums aufhielt? Sie war nach ihrem damaligen Erlebnis noch oft hierhergekommen, hatte die Schlange aber nie mehr angetroffen. Nur in den Träumen war sie ihr erschienen. Mittlerweile war sie sich nicht mehr sicher, ob ihr ihre Fantasie nicht damals einen Streich gespielt hatte.

»Wo ist der Junge?«

Der Sangoma war so unvermittelt aufgetaucht, dass Jella einen furchtbaren Schreck bekam. Bei seinem Erscheinen war sie merklich zusammengezuckt, was dem Zauberer ein zufriedenes Grinsen entlockte. Breitbeinig stand er ihr in seinem Leopardenfell gegenüber. Auf seinen Schultern saß der grässliche Affe und feixte. Sein Gesicht hatte der Sangoma neu mit weißer Farbe bemalt, was seine großen glühenden Augen noch furchterregender machte. Jella versuchte sich davon nicht einschüchtern zu lassen. Sie ärgerte sich zudem maßlos, dass er sie hatte überrumpeln können und sie ihm diese anfängliche Schwäche gezeigt hatte.

»Setz dich«, forderte sie ihn auf. Der Sangoma nahm ihr gegenüber auf der anderen Seite des Feuers Platz. Er schnupperte in die aufsteigenden Dämpfe und lachte. »Willst du deine Ahnen zur Hilfe holen?«, fragte er spöttisch. »Dein Geist ist viel zu schwach, um über die Anderswelt zu bestimmen.«

»Woher willst du das wissen?«, fragte Jella herausfordernd. »Etwa, weil ich eine weiße Frau bin?«

Der Sangoma spuckte verächtlich vor ihr aus. »Deine Macht ist nicht mehr wert als dies hier.« Er griff nach einem vorbeihuschenden Mistkäfer, nahm ihn zwischen zwei Finger und biss ihn mit einem hässlichen Knacken entzwei. »So wie dieser Kreatur wird es dir auch ergehen, wenn du mir nicht den Jungen übergibst.«

Jella lachte. »Ist das alles, was du kannst? Käfer zerkauen?« Es lag in ihrer Absicht, ihn zu ärgern, in der Hoffnung, dass er ihr eine Schwachstelle bieten würde. Doch der Sangoma war nicht so leicht aus der Reserve zu locken. Seine Mundwinkel glitten nur mitleidig nach unten. »Wenn dir das nicht reicht, lasse ich andere Menschen sterben.« Er sah sie provozierend an. »Wie wäre es, wenn dein Mann als Nächster stirbt? Ich habe Muti genug, um seine Leber von Würmern zerfressen zu lassen.«

Jella schauderte es. Der Sangoma schien über sie alle Bescheid zu wissen. Allein der Gedanke, dass Fritz etwas zustoßen könnte, ließ sie verzagen. Aber dann entdeckte sie das triumphierende Aufblitzen in seinen Augen und schämte sich für ihren Moment der Schwäche. Sie konzentrierte sich erneut darauf, ihn zu provozieren.

»Dein Zauber ist lächerlich. Du arbeitest mit faulen Tricks. Mir machst du damit keine Angst.«

Der Sangoma kniff arglistig seine Augen zusammen. Daran,

dass seine Lippen bebten, konnte Jella erkennen, dass es ihr endlich gelungen war, ihn zu beleidigen.

»Dein Muti ist schwach«, legte sie nach. »Jedes Kind findet dagegen einen Gegenzauber.«

»Hrrraah!« Unbeherrscht drang sein Ruf aus dem tiefsten Grund seiner Kehle hervor. »Schweig, Weib! Für deine erbärmlichen Worte verdienst du den Tod!«

Er warf in einer theatralischen Geste seine Arme hoch und beschrieb mit ihnen einen großen Kreis. Dann legte er seinen Kopf in den Nacken und stieß erneut einen heiseren Schrei aus, der an den Ruf einer Hyäne erinnerte. Als er sie wieder anblickte, leuchteten seine Augen in einem funkelnden, dämonischen Rot. Sein Oberkörper begann wie in einem Krampf zu zittern, als er in eine seiner Taschen griff und ebenfalls anfing, Kräuter in die Glut zu werfen. Jella stiegen die aufsteigenden Dämpfe sofort in den Kopf. Instinktiv hielt sie den Atem an, doch sie hatte bereits von dem Rauch eingeatmet. Von Nokoma wusste sie, dass diese Kräuter eine drogenähnliche Wirkung hatten, die ihre Widerstandskraft aufweichen sollten. Der Sangoma gab noch etwas von seiner Mischung in das Feuer und murmelte dabei unverständliche Beschwörungsformeln. Jella wandte ihren Kopf ab, um frische Luft einzuatmen, doch die Dämpfe breiteten sich aus und begannen bereits, ihre Sinne zu vernebeln. Ich darf die Kontrolle nicht verlieren, versuchte sie sich einzureden. Sie bemühte sich um Konzentration. Er darf keine Macht über mich bekommen! Ihre Augen begannen zu tränen, während sie sich verzweifelt gegen die Wirkung der Gifte zur Wehr zu setzen versuchte. Doch es war bereits zu spät. Im Grau des aufsteigenden Tages begannen sämtliche Konturen miteinander zu verschwimmen. Der von der Glut beschienene Körper des Sangoma fing an, sich in die Länge zu ziehen. Seine Gliedmaßen streckten sich wie bei einer Gummipuppe, wurden lang und länger und bewegten sich auf sie zu, um sie wie

Schläuche zu umwinden. Dasselbe geschah mit dem Affen. Sie beide versuchten sie zu ersticken. Er ist ein Trickster, erkannte Jella mit Schrecken, ein bösartiger Totengeist, der über uns alle das Unheil gebracht hat. In dem Moment, als sich der Affe zu ihr vorbeugte, konnte sie in seinen Augen das Verhängnis sehen. Saburis Schmerzen, ihr Todeskampf, den Willen, weiteres Unheil zu stiften. Das Tier saß immer noch auf der Schulter des Zauberers, aber sein Körper verlängerte sich ebenso unnatürlich wie der seines Herrn. »Du musst den Affen vernichten, um den Zauber des Sangoma zu zerbrechen!« Es waren Nakeshis Worte, die plötzlich einen Funken Hoffnung in sie pflanzten. Doch der Kopf des Affen näherte sich ihrem Hals. Sein schwarzes Gesicht mit den eng stehenden Augen sah so lächerlich aus, dass Jella wider Willen kichern musste. Erst als er sein Maul aufriss und sie seine dolchartigen Zähne sah, begriff sie, dass sein Biss auch sie vernichten würde. Ihre Finger fuhren schützend an ihren Hals, wo sie sich in ihrem Schlangenamulett verfingen. In dem Moment, als sie es berührte, spürte sie, wie sich in ihr eine wohltuende Wärme auszubreiten begann. Sie öffnete ihre Finger und hielt dem Affen das Amulett entgegen. Sein fauliger Atem drang bereits in ihre Nase, als das Tier einen gellenden Schrei ausstieß und sich mit einem seitlichen Sprung von ihr wegkatapultierte. »Besinne dich auf dein Num«, hörte sie plötzlich wieder die Stimme ihrer Sternenschwester. »Du bist stark, viel stärker, als du denkst.« Die Wärme, die von dem Amulett ausging, hatte sich nun in ihrem ganzen Körper ausgebreitet, und in gleichem Maße wuchs ihre Zuversicht. Um Zeit zu gewinnen, warf sie etwas von ihrem Magnesium in die Glut. Sofort gleißte eine helle Stichflamme aus der Glut. Der Sangoma unterbrach seine Beschwörung für einen Augenblick und starrte verdutzt auf das lodernde Feuer und dann auf seinen verängstigten Affen. Seine roten Augen verengten sich zu schmalen Schlitzen, als seine Hand wütend nach dem Affen griff und ihn wieder in Jellas Richtung schubste. Doch das Tier sträubte sich, bis sein Herr einen neuen Zauber aussprach, der den Affen gefügig machen sollte. Das Tier krümmte sich vor Schmerz und bäumte sich auf. Jella sah mit Schrecken, wie es wuchs und die Größe eines Pavians bekam. Im gleichen Maße, wie der Affe wuchs, verlor er auch die Angst vor ihr. Die Muskeln seines Körpers spannten sich an, und er machte sich zum Sprung auf sie bereit. Ihre Hände umfassten immer noch das Amulett, doch es schien, als habe es seine abschreckende Wirkung auf den Affen verloren. Der Sangoma lachte sein hyänenartiges, kehliges Lachen und gab dem Affen das Zeichen zum Angriff. Jella schloss schicksalsergeben die Augen – und wartete auf den tödlichen Biss des Affen.

Vor ihrem inneren Auge tanzten kaleidoskopartige Schatten, die sich wie Puzzelteile allmählich zu einem Ganzen fügten. »Warum hast du mich nicht eher gerufen?«, kam die erstaunte Frage. Jella wusste keine Antwort. »Deine Hilfe kommt zu spät!«, murmelte sie, in dem Moment, als sie die giftigen Zähne des Affen auf ihrem Handrücken spürte. Sie hatten ihre Haut nur angerissen, doch sie machte sich nichts vor; selbst diese kleine Verletzung würde tödlich sein. »Warum hast du solch eine Angst?«, zischelte der Schlangengott verwundert. »Weißt du nicht, dass Trickster nur bluffen?«

»Er blufft nicht, Saburi ist tot – und Nuru wird auch sterben, genau wie ich.«

»Ist das alles, was du mir zu sagen hast?« Der Schlangengott schien bekümmert. Jella wusste zunächst nicht, was er meinte, aber dann erinnerte sie sich wieder an Nakeshis Ruf: Vertraue auf dein Num. Du bist viel stärker. Plötzlich begriff sie, was der Schlangengott meinte. Er konnte ihr nur helfen, wenn sie ihn um Hilfe bat. Sie straffte ihren Körper, richtete sich auf und befahl mit lauter Stimme: »Schaff den Trickster aus der Welt!«

Als sie die Augen wieder aufschlug, sah sie das Vorderteil der riesigen Python aus dem Gebüsch hervorschnellen. Der Affe war so auf seine Attacke auf Jella fixiert, dass er sie nicht hörte. Erst als die Schlange den Affenkörper bereits umschlungen hatte, begriff er die Falle. Wie eine Ackerwinde schlängelte sich der Schlangenkörper um den sich heftig wehrenden Affenkörper und schnürte ihn ein. Das Tier schrie verzweifelt seinen Meister um Hilfe an. Doch der mindestens ebenso überraschte Sangoma wich voller Schreck zurück und musste hilflos mit ansehen, wie die Kreatur, die er erschaffen hatte, von der mächtigen Schlange zerquetscht wurde und schließlich vollkommen erschlaffte. Die Python lockerte ihre Umklammerung und richtete sich für einen Moment auf. Ihr Kopf schwankte vor Jellas Augen hin und her, als wollte sie fragen, ob sie noch mehr von ihr verlange. Erst als Jella lächelte, ließ sie sich wieder auf den Boden gleiten und züngelte abwartend vor sich hin. Der Sangoma stand zitternd jenseits des Feuers. Sein Selbstbewusstsein, das ihn vor kurzer Zeit noch so mächtig hatte erscheinen lassen, war nun auf ein Minimum geschrumpft. Er wirkte plötzlich alt und gebrechlich. Das böse, rote Funkeln seiner Augen war vollkommen erloschen. Stattdessen blickten Jella drogenverschleierte konturlose Pupillen an.

»Verschwinde von hier!«, befahl sie kalt. Sie saß immer noch auf dem Boden, doch nun war es ihre Haltung, die dem Sangoma Ehrfurcht gebot. »Wenn ich dich noch einmal hier sehe, wird dich dasselbe Schicksal ereilen wie deinen Trickster, den Affen.«

Die Gestalt des Sangoma schrumpfte noch mehr in sich zusammen. Mit einem Mal war er nicht mehr als ein ängstlicher, nicht einmal besonders kräftiger Mann. Trotzdem hatte Jella für ihn nichts als Verachtung übrig. Sie wusste nicht, woher sie das Wissen hatte, dennoch war sie sich sicher, dass dieser Mensch nie wieder anderen würde Schaden zufügen können. Seine Kraft war gebrochen. Mit schleppenden Schritten machte er sich davon. Dann fiel ihr noch etwas ein. Damit auch die Einheimischen ihr glaubten, musste er noch etwas für sie tun. »Das war noch nicht alles! Bevor du gehst, wirst du alle bösen Totems von unserer Farm entfernen. Jeder hier auf der Farm muss es sehen. Gleichzeitig wirst du uns allen ein langes Leben und Gesundheit wünschen. Hast du mich verstanden?«

Der Sangoma zuckte zusammen. Sein Gesicht wurde von Hass und Demütigung verzerrt. Doch ein wütendes Zischeln der Python genügte, um ihn eingeschüchtert zum Einlenken zu bewegen. Jella nickte zufrieden. Sie machte sich auf den Weg zum Haus, ohne sich noch einmal umzusehen. Mittlerweile hatte sich die Sonne eine Handbreit über den Horizont erhoben. Auf der Farm begann bereits das tägliche Leben. Sie zeigte auf das Totem, das direkt vor Saburis Hütte stand. »Du kannst gleich mit dem Zerstören des bösen Zaubers beginnen«, sagte sie, ohne sich umzudrehen. »Ich werde mich selbst davon überzeugen, dass du nichts vergisst.«

Melinda

Debe lief nach seiner Flucht die ganze Nacht hindurch. Sein Körper war von der monatelangen Haft so geschwächt, dass er immer wieder Pausen einlegen musste. Dennoch kämpfte er sich tapfer weiter. Der Gedanke an Freiheit trug ihn voran. Bei Sonnenaufgang suchte er sich einen Unterschlupf. Er verkroch sich in einem Erdbau unter einem Felsen, der den Spuren nach zu urteilen ansonsten von einem Honigdachs bewohnt wurde. Sofort fiel er in einen tiefen, traumlosen Schlaf. Als er wieder erwachte, neigte sich die Sonne bereits gen Westen. Der junge Buschmann rappelte sich auf und lauschte in die Landschaft. Alles schien friedlich zu sein. Wie es schien, hatten seine Verfolger seine Spur noch nicht aufgenommen. Er sah sich um. Um ihn herum war immer noch karge Wüste, doch vor ihm wurde die Landschaft hügeliger und ging schließlich in ein hohes Gebirge über. Alles hier war Debe fremd. Keiner seiner Leute war jemals so weit nördlich gewandert. Seine größte Sorge war, dass er kein Wasser finden könnte. Doch diese Angst war unbegründet. Nachdem er einige Stunden später die Wüste verlassen hatte, stellte sich die hügelige Landschaft aus rötlichem Gestein als überaus fruchtbar heraus. Es gab Flüsse, die ständig Wasser führten, und grünes Gras mit reichlich Feldfrüchten. Trotz des Überflusses litt Debe immer noch unter den Folgen seines Alkoholmissbrauchs. Zwar hatte er schon seit Monaten wegen seiner Gefangenschaft nichts mehr getrunken, doch seine Gedanken kreisten weiterhin um die Droge, die ihm sein Leben erträglicher machte. Wieder lief er einen Großteil der Nacht hindurch. Er orientierte sich an den Sternen, die ihn immer weiter in Richtung Nordwesten führten. Am nächsten Morgen hatte er das Hügelland fast durchquert. Er befand sich nun am Rande eines schroffen Gebirges, das sich wie eine unüberwindbare Wand vor ihm auftürmte. Hin und wieder stieß er auf Spuren von Menschen. Den Fährten nach zu urteilen waren es keine Weißen, sondern Himba mit ihren Rinderherden. Debe ging ihnen aus dem Weg. Sie mochten ihn als Viehdieb betrachten und ihm Böses wollen. Die Einsamkeit war außerdem sein Verbündeter. Hier in der freien Natur gelang es ihm viel besser, seinen Geist gegen die quälenden Llangwasi abzuschirmen, und er fühlte, wie er wieder ruhiger wurde. Bei seiner Flucht hatte er alles zurücklassen müssen. Er besaß nur die zerrissene Hose und den alten durchlöcherten Wollpullover auf seinem hageren Leib. Auf seinem Weg hielt er nach einem scharfkantigen Stein Ausschau, den er als Messer benutzen konnte. Auch am dritten Tag seiner Flucht wagte er es nicht, eine längere Pause einzulegen. Die Gefahr, dass seine Verfolger ihn einholen könnten, war ihm zu groß. Die Weißen besaßen Pferde und waren daher wesentlich schneller als er. Dies war auch der Grund dafür, dass er immer weiter in die Berge floh. Hier wurde das Gelände zunehmend unwegsamer, was für ihn ein Vorteil war, denn dorthin konnten sie ihm auf Pferden nicht folgen. Er hielt nur an, wenn er etwas Wasser oder eine Feldfrucht fand. Als er am vierten Tag immer noch keine Verfolger hinter sich bemerken konnte, ließ seine Anspannung etwas nach. Er beschloss, eine längere Rast einzulegen, um sich mit dem Notwendigsten zu versorgen. Er brauchte dringend Pfeil und Bogen, musste nach Giftlarven Ausschau halten und etwas jagen. Hier in den Bergen gab es jede Menge Klippschliefer und Erdmännchen. Auch Antilopen und Zebras hatte er schon gesehen. Mit geübten Griffen machte er sich an die Arbeit. Noch bevor die Sonne unterging, hatte er sich einen Bogen samt einigen Pfeilen gefertigt. Außerdem hatte er sich aus Grashalmen eine Umhängetasche geflochten, in der er die ausgegrabenen, giftigen Käferlarven verstaute. Damit beabsichtigte er am nächsten Morgen auf die Jagd zu gehen. An diesem Abend war Debe zum ersten Mal seit vielen Tagen nicht so erschöpft, dass er gleich einschlief. Er lag unter dem Sternenhimmel und dachte nach. Obwohl er sich dagegen zu wehren versuchte, kreisten seine Gedanken immer wieder um seine Familie. Er vermisste Nakeshi und Bô und auch die vielen anderen in seiner Gruppe. Bestimmt saßen sie jetzt beieinander an den Feuern und erzählten sich die Erlebnisse ihres Alltags. Seine Sehnsucht nach ihnen war so groß, dass er neben den vielfältigen Geräuschen der Wildnis nun auch die Stimme seiner Mutter zu hören glaubte. »Komm zurück!«, flehte sie so inständig, dass es ihn fast zerriss. Ihr Ruf drang so tief in sein Herz, dass er zu weinen begann. Sein Schmerz wurde immer größer, bis er glaubte, daran zerbrechen zu müssen.

Auch in den nächsten Tagen gelang es ihm nicht, die Gedanken an sein Volk zu verdrängen. Egal, ob er auf der Jagd war oder nach Feldkost suchte, Nakeshi rief ihn immer wieder. Der Klang ihrer Stimme verletzte seine geschundene Seele und führte ihm immer wieder seine Verfehlungen vor. Er hatte die Gesetze seines Volkes gebrochen und war nun für immer ein Ausgestoßener. Schließlich wurde ihm klar, dass er so nicht weiterleben konnte. Solange er in der Wildnis blieb, würden ihn die Geister nie mehr loslassen. Also fasste er einen Entschluss. Er würde diese Berge überqueren, bis er auf eine Siedlung der Weißen stieß. Dort würde er um Arbeit bitten. Man würde ihm Lohn geben, mit dem er das Wasser des Vergessens kaufen konnte. Alkohol war das beste Mittel, um die Llangwasi zu vertreiben.

Er packte seine wenigen Habseligkeiten zusammen und

machte sich wieder auf den Weg. Er folgte den Tierpfaden über die immer steiler werdenden Berge, überquerte schließlich einen windigen Pass und kämpfte sich von dort bergabwärts, nur um zu sehen, dass der nächste Berg bereits wieder vor ihm lag. Debe fühlte sich in den Bergen nicht wohl. Er war flache Landschaften gewohnt und tat sich schwer mit dem Klettern. Er fürchtete sich vor der Höhe und hatte Angst, sich zwischen den feindlichen Felsen zu verlieren. Dennoch marschierte er unermüdlich weiter.

Wenn sich die Gelegenheit bot, jagte er kleinere Tiere, trank deren warmes Blut und verzehrte ihr rohes Fleisch. Wasser oder wasserhaltige Knollen fand er in der Höhe nicht. Abends entzündete er sich ein Feuer, kauerte sich davor und fiel sofort in einen bleiernen Schlaf. Wenigstens diesen Vorzug bot ihm die große körperliche Anstrengung. Nach weiteren vier Tagen erreichte er einen letzten Pass und konnte von seiner Höhe zum ersten Mal wieder flaches Land unter sich erblicken. Vor ihm lag eine fruchtbare Ebene, die von einem großen Fluss durchzogen wurde. Rechts und links von seinen Ufern befanden sich lichte Wälder, die voller Wild sein mochten. Und sofern ihn seine Augen nicht täuschten, befand sich dort auch eine Farm oder eine kleine Siedlung. Er konnte in der Ferne, jenseits des Flusses, mehrere Gebäude erkennen und einen staubigen Pad, der zu ihnen hinführte. Rasch machte er sich an den Abstieg.

*

Die Farm, die Baltkorn ihm versprochen hatte, war nicht viel mehr als eine einfach zusammengezimmerte Jagdhütte mit einer kleinen überdachten Veranda. Sie bestand aus einem einzigen Raum, in dem zwei Betten standen, ein Tisch mit Stühlen, ein offener Kamin und eine kleine Kochnische mit Spüle und einem Herd, dessen Abzug nur unzureichend funktionierte. Sie lag etwa fünf Kilometer von der Appeldorn-Farm entfernt direkt an einem kleinen Nebenfluss des Kunene. Die Hütte war so abgeschieden, dass sich in diese Gegend nur äußerst selten einmal Fremde verirrten.

In den ersten Wochen nach ihrer Ankunft hatte Nachtmahr Benjamin tagsüber in der Hütte eingeschlossen. Der Junge war immer noch untröstlich darüber, dass sein Großvater das Pony verkauft hatte. Der hatte es in der Absicht getan, den Willen des Jungen zu brechen. Da dies nicht funktioniert hatte, versuchte er es nun mit Einsperren. Es wurde Zeit, dass Benjamin endlich begann, sich unterzuordnen. Nachtmahr selbst war in der Zwischenzeit auf die Jagd gegangen oder hatte Appeldorns Gesellschaft gesucht. Allerdings war der Farmer kein geselliger Mann, sondern verschlossen und unzugänglich. Er hatte Nachtmahr nur ungern die Jagdhütte überlassen und ließ ihn das auch spüren. Nachtmahr fühlte einmal mehr, dass er alt wurde. Noch vor gar nicht langer Zeit hätte er sich diese abfällige Behandlung nicht gefallen lassen. Er hätte diesem Appeldorn schon gezeigt, was er von ihm zu halten hatte. Jetzt sehnte er sich nur nach Ruhe. Er hatte seine Rache bekommen und wollte sie nun auskosten, indem er den Jungen nach seinem Ebenbild formte. Doch Benjamin blieb ihm gegenüber verstockt und eingeschüchtert. Wenn er ihn etwas fragte, so antwortete er zwar, beschränkte sich jedoch auf das Notwendigste. Außerdem vermied er jeglichen Augenkontakt mit ihm. Nachtmahr ärgerte sich darüber und tat seinen Unmut zunächst mit Schlägen kund. Bei seinem Sohn Achim hatten sie schließlich auch Wirkung gezeigt. Allerdings musste er schon bald feststellen, dass sein Enkel aus anderem Holz geschnitzt war. Die Schläge bewirkten bei Benjamin das genaue Gegenteil. Sie machten ihn noch verstockter, und manchmal glaubte er sogar so etwas wie Verachtung in den Augen des Jungen aufflackern zu sehen. Das verunsicherte den alten Mann. Früher hätte es wahrscheinlich seine Wut noch mehr angestachelt, doch jetzt hatte er immer häufiger das Gefühl, seinem Enkel in gewisser Beziehung unterlegen zu sein. Der Junge hatte etwas an sich, was ihm widerwilligen Respekt abnötigte: Der kleine Kerl behielt seine Würde. Er hatte Angst vor ihm, aber er zog niemals feige den Schwanz ein. Plötzlich ertappte sich Nachtmahr dabei, wie er versuchte, wenn schon nicht Liebe, so doch ein wenig Achtung von ihm zu gewinnen. Also begann er, den Jungen mit auf die Jagd zu nehmen. Nicht weit von ihrer Hütte entfernt befand sich eine Furt, an die die Tiere morgens und abends zum Trinken kamen. Dorthin nahm er den Jungen mit. Tatsächlich taute Benjamin beim Anblick der Tiere ein wenig auf. Fasziniert beobachtete er, wie Zebras und Antilopen in kleinen Gruppen ans Wasser kamen und ihren Durst stillten. Ein paar der Tiere blieben immer abseits und beobachteten aufmerksam die Umgebung. Nachtmahr duckte sich mit Benjamin hinter einen Busch. Als ein besonders schöner Buschbock ihnen seine Flanke zuwandte, hob Nachtmahr sein Gewehr. Es war ein prächtiges Tier mit einem Geweih von über einem halben Meter Länge. Sein rötliches Fell war von zahlreichen weißen Abzeichen an Flanke, Hals und Kehle übersät. Die großen löffelförmigen Ohren bewegten sich ständig. Nachtmahr entsicherte das Gewehr und nahm den Buschbock ins Visier. Plötzlich spürte er die kleine Hand seines Enkels auf seinem Arm. Er wollte ihn barsch zurückstoßen, aber dann ließ er es bleiben. Unwillig senkte er das Gewehr und raunzte ihn an.

»Was soll das? Es ist ein wunderschönes Tier!«

Zum ersten Mal seit langer Zeit wich ihm sein Enkel nicht aus. Er sah ihn fest aus seinen blauen Augen an und fragte dann: »Warum schießt du ihn dann tot? Wir haben genügend Fleisch zu essen.«

Nachtmahrs erste Regung war, seinem Enkel eine zu scheuern. Er hob seine Hand, ließ sie aber dann wieder sinken. Er atmete tief ein und aus, um sich zu beruhigen.

»Wenn du so denkst, wirst du nie ein guter Jäger«, schimpfte er schließlich. Benjamins Blick war ruhig und bestimmt, als er sagte: »Ich will doch auch gar kein Jäger werden!«

»Du bist mein Enkel. Also wirst du auch mal ein Jäger. Es ist höchste Zeit, dass du lernst, wie das geht.« Er drückte Benjamin die Flinte in die Hände und wollte ihm zeigen, wie man sie handhabte. Benjamin legte das Gewehr auf den Boden.

»Ich will gerne schießen lernen«, erklärte er ernst, »aber nicht auf diese Tiere.« Der Junge erhob sich und trat dabei auf einen trockenen Ast. Die Tiere am Fluss horchten auf und beobachteten argwöhnisch, was da vor sich ging. Als Nachtmahr sich nun ebenfalls erhob, sprangen sie davon.

»Jetzt hast du sie vertrieben, du Trottel«, sagte er ungehalten. »Ich hätte es wissen müssen, dass du nicht mal dazu taugst.« Er packte Benjamin am Kragen und wollte ihm die längst fällige Ohrfeige verpassen. Instinktiv schützte der Junge sein Gesicht mit seinen Armen und krümmte seinen Rücken. Er schien direkt auf seine Strafe zu warten.

Nachtmahr ließ ihn los. »Verdammt! Du hast eine Strafe verdient.« Er war verunsichert.

»Dann schlag mich«, forderte Benjamin. In seinen Augen standen Tränen, aber er schien immer noch bereit, seine Strafe zu ertragen. Nachtmahr ließ seinen Arm sinken und schubste den Jungen von sich. »Lass uns nach Hause gehen«, knurrte er nur.

Zwei Tage später brachte er einen kleinen gelben Hundewelpen von der Appeldorn-Farm mit. Er war gerade mal sechs Wochen alt und kaum von seiner Mutter entwöhnt. Er setzte ihn Benjamin vor die Füße, wo der Kleine gleich mit seinem Stummelschwanz zu wedeln begann.

»Möchtest du dich um ihn kümmern? Appeldorn hat keine Verwendung für ihn.«

Der Junge beugte sich sogleich nieder und kraulte das kleine Fellknäuel hinter den Ohren. Der Welpe zeigte sich begeistert und legte sich auf den Rücken. Zum ersten Mal, seit er den Jungen zu sich geholt hatte, trat ein Lächeln auf dessen Gesicht. Nachtmahr wandte sich ab. Es war ihm unangenehm, dass er zugeben musste, dass ihm das gefiel.

»Willst du ihm keinen Namen geben?«, fragte er schließlich. Benjamin hörte auf, mit dem Hund zu spielen, und sah seinen Großvater misstrauisch an. »Willst du mir den Hund wirklich schenken?«

»Was denn sonst?«

Benjamin überlegte einen Augenblick. Dann presste er die Lippen zusammen und schüttelte entschlossen den Kopf. »Ich will ihn aber nicht.«

Nachtmahr war sichtlich überrascht. »Gefällt er dir nicht? Er ist gesund und wird bestimmt ein guter Jagdhund werden.«

»Er ist wunderschön!«

»Dann gibt es keinen Grund, mein Geschenk abzulehnen.«

Benjamin schüttelte trotzig den Kopf. »Ich will ihn nicht.«

»Warum nicht?«

»Weil du ihn mir sowieso wieder wegnimmst«, sagte der Junge trotzig. »Du bist böse und willst mir bestimmt wieder wehtun.«

Nachtmahr war sprachlos. »Du denkst, ich bin böse?«, fragte er gedehnt. Die Worte hatten ihn verletzt, und das wiederum machte ihn wütend. Außerdem wollte er auf keinen Fall vor seinem Enkel das Gesicht verlieren. Kurzerhand packte er den Welpen am Genick und setzte ihn vor die Tür.

»Dann sollen ihn halt die Hyänen holen«, meinte er grimmig. Benjamin ballte seine Hände zu Fäusten. »Du bist nicht nur böse, du hast auch kein Herz«, schluchzte er und warf sich auf sein Bett. Dort blieb er liegen und rührte sich nicht mehr vom Fleck. Nachtmahr verließ wütend die Hütte.

Als Benjamin am nächsten Morgen aufwachte, lag der Welpe schlafend neben ihm auf dem Boden. In einem Napf stand frisches Wasser. Sobald der kleine Hund merkte, dass der Junge wach war, sprang er auf und kratzte jaulend an seinem Bett. Benjamin hob ihn auf seinen Schoß und begann ihn zu kraulen. Der alte Mann war zum Glück nicht in der Hütte.

»Ich werde dich Stromer nennen«, flüsterte er dem Welpen in sein Fell. »Aber der alte Mann darf nicht merken, dass ich dich lieb habe, hörst du? Sonst nimmt er dich mir wieder weg.« Er setzte Stromer auf den Boden und holte sich etwas Brot und einen Streifen Biltong von der Anrichte. Dem kleinen Hund gab er etwas von dem Trockenfleisch ab. Dann ging er mit ihm nach draußen. Von dem alten Mann war weit und breit nichts zu sehen. Benjamin setzte sich auf die Verandastufe und spielte mit dem Hund, als er Melinda auf die Jagdhütte zukommen sah. Die kleine Buschmannfrau arbeitete auf der Appeldorn-Farm und kam zweimal in der Woche vorbei, um ihnen Lebensmittel zu bringen. Außerdem machte sie in der Hütte sauber und kochte ihnen etwas. Meist war es Wildeintopf mit Gemüse und Bohnen. Benjamin mochte die junge Frau, denn sie war freundlich, und zudem bot ihm ihre Anwesenheit die einzige Abwechslung, die er hier draußen im Busch hatte. Er lief ihr entgegen, wobei der kleine Stromer sich an seine Fersen heftete. Der alte Mann mochte es nicht, wenn er mit der Buschmannfrau sprach, aber jetzt, da er nicht da war, konnte er auch nicht mit ihm schimpfen.

»Was ist das denn für ein süßer Kerl?«, fragte Melinda. Sie kauerte sich nieder und begann Stromer zu streicheln. »Hast du ihn von deinem Großvater?«

Benjamin nickte. »Ich hoffe nur, dass er ihn mir nicht wieder wegnimmt!«

Melinda sah den Jungen erstaunt an, nickte dann aber verständig. »Dein Großvater ist manchmal sehr streng, nicht wahr?

Aber wenn er dir den Hund schon mal geschenkt hat, wird er ihn dir sicher nicht wieder wegnehmen.«

»Glaubst du?« Benjamin zweifelte immer noch. Melinda strich ihm über den blonden Wuschelkopf. »Bestimmt nicht.«

»Wo ist dein Großvater denn? Ich habe neue Medizin für ihn. Baas Appeldorn war gestern im Ort beim Einkaufen.«

»Ich weiß es nicht. Als ich heute Morgen aufstand, war er nicht mehr da.«

»Na, dann wollen wir mal ins Haus gehen.«

»Erzählst du mir etwas?«, bat Benjamin und nahm vertraulich Melindas Hand. »Meine Mama erzählt mir auch immer Geschichten.«

»Armer Junge«, meinte Melinda mitfühlend. »Du bist bestimmt traurig, dass deine Mama tot ist, nicht wahr?«

Benjamin schreckte auf. »Meine Mama ist nicht tot!«, wehrte er sich vehement. »Sie ist auf *Owitambe* und wartet auf mich.«

»Owitambe«, nickte Melinda verständig. »So nennst du also die Anderswelt.«

»Das ist keine Anderswelt«, widersprach Benni aufgeregt. *»Owitambe* ist die Farm von meinem Großvater Johannes und meiner Tante Jella. Dort haben wir ein Lazarett und viele Tiere. Ich möchte wieder dorthin zurück. Kannst du mir helfen …?«

Benjamin wollte noch mehr sagen, doch da kam sein Großvater auf das Haus zu. Sofort ließ der Junge die Hand der Buschmannfrau los und versuchte sich hinter ihr zu verstecken. Der alte Mann nahm kaum Notiz von ihnen. Er quälte sich auf die Veranda und ließ sich ächzend auf den Schaukelstuhl fallen. Die Buschmannfrau eilte sofort zu ihm hin. Nachtmahr sah fürchterlich aus. Sein Gesicht war aschfahl und schweißüberströmt. Offensichtlich hatte er höllische Schmerzen. Als er Melinda bemerkte, herrschte er sie ungeduldig an. »Hast du die Medikamente? Gib sie mir, schnell!« Sie eilte in die Hütte, um etwas Wasser und die Tabletten zu holen. Benjamin blieb in sicherer

Entfernung stehen und beobachtete, was da vor sich ging. Er hatte kein Mitleid. Der alte Mann war böse.

*

Debe hatte tatsächlich auf der Farm jenseits des Flusses Arbeit gefunden. Man hatte ihn bei seiner Ankunft an den Vorarbeiter verwiesen, einen groß gewachsenen Hünen vom Stamm der Ovambo. Martin war ein gutmütiger Mann, der ihn ohne Vorbehalt musterte.

»Was kannst du?«, fragte er ihn rundheraus. Debe zuckte gleichmütig mit den Schultern. »Dies und das.«

»Bist du ein guter Spurenleser?«, wollte der Vorarbeiter wissen. »Der Baas braucht immer welche für die Jagd.«

Debe verneinte. Er würde nie wieder sinnlos Tiere töten.

»Schade«, meinte Martin bedauernd. »Du hättest dafür mehr Lohn bekommen.« Er musterte ihn kritisch. »Für die Feldarbeit scheinst du auch nicht zu taugen, also bleibt nur der Stall. Kannst du mit Tieren umgehen?«

Debe zuckte wieder mit den Schultern, nickte aber dabei. Martin war zufrieden. »Okay, dann kannst du gleich anfangen. Bring deine Sachen zu der Hütte am Ende des Weges. Sie ist frei. Außerdem bist du da in Gesellschaft deiner Leute.«

»Meiner Leute?« Debe runzelte die Stirn. Er war hierhergekommen, um seinen Leuten aus dem Weg zu gehen. Doch Martin zerstreute seine Bedenken, indem er sagte: »Sie sind wie du. Sie haben ihre Stämme verlassen.«

Martin hatte recht. Die anderen Buschmänner auf der Farm schienen genauso entwurzelt wie er. Kein Buschmann würde freiwillig in Hütten schlafen. Es waren außer ihm noch drei. Ein älteres Paar lebte in dem einen Bretterverschlag, in dem anderen lebte eine alleinstehende Frau. Die kleinste und verfallenste Hütte blieb für ihn. Alle drei waren Khoisan aus der Gegend und hatten schon vor vielen Jahren ihr ursprüngliches

Leben aufgegeben. Als Debe in seinen Schuppen einzog, traf er nur auf die ältere Frau. Ihr Mann war als Hirte auf den Weiden unterwegs, die andere Frau hatte außerhalb der Farm zu tun. Die Khoisan begrüßte Debe recht einsilbig. Es war offensichtlich, dass sie nicht sonderlich an ihm interessiert war. Immerhin zeigte sie ihm auf Nachfrage den Platz, wo er etwas Stroh für sein Lager und Holz für ein Feuer auftreiben konnte, dann widmete sie sich wieder ihrer eigenen Arbeit. Die Appeldorn-Farm war nicht besonders groß. Sie bestand aus dem Farmhaus, in dem der Baas allein hauste, sowie einem Stall und zwei Geräteschuppen. In einem von ihnen war auch eine Schmiede untergebracht. Etwas abseits von der Farm standen die windschiefen Hütten, in denen die schwarzen Arbeiter mit ihren Familien wohnten.

Nachdem Debe sich in dem dunklen, zugigen Schuppen umgesehen hatte, schlenderte er zum Stall, um zu sehen, was es dort zu tun gab. Martin erwartete ihn bereits und stellte ihm zwei Ovambos vor, die ihm seine Aufgaben zuwiesen. Im Großen und Ganzen bestand Debes Arbeit darin, die Ställe auszumisten und mit frischer Einstreu zu versehen. Morgens und abends musste er Appeldorns Milchkühe melken und sie füttern. Um die Pferde kümmerten sich die beiden anderen Stallburschen. Als er nach Sonnenuntergang wieder zurück zu seinem Schuppen kam, waren seine Nachbarn bereits zu Hause. Das ältere Paar saß vor seiner Hütte und aß. Sie grüßten ihn, baten ihn aber nicht zu sich an ihr Feuer. Debe war es recht, dass sie ihn in Ruhe ließen. Er begab sich in seine Hütte und überlegte, ob er ein Feuer machen sollte. Aus der Dunkelheit hörte er plötzlich Schritte. Es musste die Buschmannfrau sein, die in der anderen Hütte wohnte. Sie schien über ihren neuen Nachbarn überrascht zu sein.

»Wohnst du jetzt hier?«, fragte sie ihn und trat aus der Dunkelheit etwas heraus. Das Erste, was Debe auffiel, waren ihre flinken, schräg geschnittenen Augen. Sie blickten ihn offen an. Er nickte. Sie schien ziemlich selbstbewusst zu sein und viel jünger, als er es sich vorgestellt hatte.

»Ich heiße Melinda«, stellte sie sich vor. Sie lächelte, sodass er die Zahnlücke zwischen ihren Schneidezähnen sehen konnte. Sie verlieh ihr etwas Spitzbübisches. Wie er trug auch sie die Kleidung der Weißen, einen dunklen Rock und eine gelbe Bluse. Ihre Haare standen in vielen Zöpfen von ihrem Kopf ab. Als Debe immer noch schwieg, sah sie ihn mit schief gelegtem Kopf an.

»Haben deine Eltern vergessen, dir einen Namen zu geben«, fragte sie keck, »oder willst du ihn mir nur nicht nennen?«

Debe ärgerte sich ein wenig über ihre Forschheit. Es ging sie gar nichts an, wer er war.

»Ich bin Debe«, antwortete er einsilbig. »Jetzt bin ich müde, gute Nacht.« Damit verabschiedete er sich und verzog sich in seinen Schuppen.

Kaum war er allein, ärgerte er sich, dass er so unfreundlich gewesen war. Melinda war nur freundlich zu ihm gewesen. Außerdem bedrückte ihn die Enge des geschlossenen Raums. Er hatte sofort wieder Beklemmungen. Ungeduldig wartete er darauf, bis Melinda mit den anderen Nachbarn ihren Schwatz beendet hatte und endlich in ihrer Hütte verschwunden war, dann ging er wieder nach draußen und machte sich dort ein Feuer. Dort saß er und kaute auf dem letzten Stück Fleisch herum, das er noch in seiner Grastasche gefunden hatte. Aus Melindas Hütte strömte unterdes ein wunderbarer Duft. Es roch nach gekochten Wurzeln und Fleisch. Debe versuchte die Gerüche zu ignorieren, doch sein Magen knurrte unüberhörbar. Ärgerlich kauerte er sich zusammen und versuchte zu schlafen.

»Möchtest du etwas Eintopf?«, hörte er plötzlich ihre Stimme. Er rappelte sich wieder auf und nahm ihr die Holzschüssel schweigend aus der Hand. Gierig begann er mit den Fingern zu essen. Melinda lächelte und verschwand wieder in ihrer Hütte. Der Eintopf war köstlich. Debe hatte schon lange nicht mehr so etwas Gutes gegessen. Nachdem er die Schüssel geleert hatte, wischte er sie mit etwas Sand und Gras aus und wollte sie Melinda vor die Tür stellen. Dabei fiel sein Blick in das Innere ihrer Hütte. Im Gegensatz zu seinem Verschlag sah es bei ihr richtig gemütlich aus. Alles war aufgeräumt und sauber, der Boden war gefegt. Ihr Lager bestand aus einer richtigen überzogenen Strohmatratze, und an den Wänden hatte sie aus Brettern ein Regal gezimmert, auf dem ihre Holzschüsseln und Töpfe sowie eine Petroleumlampe standen. Unter einem Abzug hatte sie ein Feuer entfacht, auf dem der Eintopf schmorte. Melinda sah ihn in der Tür stehen und bat ihn freundlich zu sich hinein.

»Möchtest du noch mehr?«, fragte sie. Debe verneinte. Immerhin trat er zögernd ein. Für eine Hütte war es gar nicht so übel. Gleichzeitig konnte er nichts gegen sein Gefühl unternehmen, dass sie ihn beengte. Melinda fiel es sofort auf. »Du bist lieber draußen?« Debe nickte. »Ich mag keine geschlossenen Räume.«

»Hier drinnen ist es aber wärmer. Wir lassen die Tür auf. Du kannst dich so setzen, dass du immer den Himmel siehst«, schlug sie vor. Debe war einverstanden. Er setzte sich neben sie auf den Boden, den Blick auf die geöffnete Tür gerichtet.

»Ich bin eine Khoisan«, eröffnete Melinda das Gespräch. »Meine Vorfahren haben dort gelebt, wo jetzt die Farm steht.«

»Wo leben sie jetzt?« Debe fragte aus Höflichkeit. Die Antwort interessierte ihn kaum.

»Mein Volk gibt es schon lange nicht mehr«, meinte Melinda bedauernd. »Viele sind zu den Weißen gezogen, um dort zu arbeiten – auch meine Eltern. Die anderen wurden vom Vater des Baas verjagt oder getötet. Ich lebe schon fast mein ganzes Leben auf der Farm, aber ich träume manchmal noch von meiner Kindheit in der Savanne. Woher kommst du?«

»Von jenseits der Berge«, antwortete Debe vage.

»Gibt es dein Volk auch nicht mehr?«

Die Frage war ihm unangenehm. Er wollte nicht über seine Vergangenheit reden. Doch Melinda ließ nicht locker.

»Wo sind deine Wurzeln?«

»Ich habe mein Volk verlassen. Mein Platz ist hier bei den Weißen.«

Melinda nickte nachdenklich. »So denken viele von uns. Das Leben in der Wildnis ist oft schwierig. Immer mehr Menschen kommen ins Land und nehmen uns den Platz zum Leben. Trotzdem wünsche ich mir oft, dass ich wieder so leben könnte wie in meiner Kindheit. In meiner Erinnerung war das Leben bei meinem Volk so viel wärmer. Jeder war für jeden da.«

»Bei den Weißen gibt es keinen Hunger«, unterbrach Debe ihre romantischen Vorstellungen barsch. »Außerdem haben sie eine Medizin, die alles Böse vergessen lässt.«

Melinda lachte verächtlich. »Du meinst den Schnaps? Er ist der Fluch der Llangwasi. Er ist es, der unser Volk zerstört hat. Er hat auch meinen Vater in seinen Bann gezogen. Er hat ihm seine Würde genommen.«

Debe sah Melinda von der Seite an. Sie war sichtlich erregt und ballte die Hände zu Fäusten. Plötzlich begegnete sie seinem Blick und sah ihn beinahe flehentlich an.

»Lass die Finger von dem Zauberzeug«, bat sie ihn. »Es hat schon so viele von uns vernichtet.«

Debe zuckte nur mit den Schultern. Was wusste die Frau schon von den Llangwasi? Ihn jedenfalls ließen sie nur in Ruhe, wenn er das Wasser des Vergessens trank. Es würde das Erste sein, was er gegen seinen Lohn eintauschen würde.

In der ersten Nacht an seinem Feuer suchten die Llangwasi ihn prompt wieder heim. Seine Ahnen tanzten in furchterregenden Posen um ihn herum und zeigten immer wieder auf die vielen

Tiere, deren Tod er zu verantworten hatte. Debe wälzte sich unruhig auf seinem Lager hin und her. Er bekam Schweißausbrüche und begann schließlich laut zu schreien. Als er erwachte, war sein Kopf auf Melindas Schoß gebettet. Verwirrt sah er um sich und blickte direkt in ihre warmen braunen Augen.

»Du hast geträumt, da habe ich nach dir gesehen«, entschuldigte sie sich etwas verlegen. Sie wirkte ehrlich besorgt. »Was quält dich so? Willst du es mir nicht erzählen?«

Debe richtete sich mit einem Ruck auf. Er zitterte am ganzen Körper. Die Träume beherrschten immer noch sein Denken. Er war viel zu erschüttert, um Melinda zurückzuweisen. Außerdem tat ihm ihre aufrichtige Anteilnahme gut. Es war lange her, dass er Mitgefühl erfahren hatte. »Ich habe Kauha verärgert«, begann er zögernd. »Nun fliehe ich vor den Llangwasi …« Es kostete ihn viel Mühe und Überwindung, ihr seine Geschichte zu erzählen, doch Melinda ließ ihn ihre Erschütterung nicht spüren, sondern hörte ihm aufmerksam zu. Schließlich sprudelte es aus ihm nur so heraus. Es tat so gut, endlich seine Last mit jemandem zu teilen. Ungeschminkt begann er ihr seine Vergehen zu schildern, die ihn so weit weg von seiner Heimat und seinem Volk getrieben und jede Rückkehr unmöglich gemacht hatten. Als er mit seinem Geständnis zu Ende war, sah er sie resigniert an. Er erwartete, auf ihrem Gesicht Widerwillen und Abscheu zu entdecken, doch sie sah ihn nur unendlich traurig an. Nach langer Zeit brach sie schließlich das Schweigen.

»Es ist schrecklich, was du getan hast«, meinte sie voller Mitgefühl. »Und es ist grausam, wie sehr du dafür leiden musstest. Ich finde, Kauha hat seine Vergeltung gehabt.«

Debe sah sie überrascht an. Aus seinen Augen sprach immer noch die Qual, die er empfand. »Es wird niemals genug sein«, brach es verzweifelt aus ihm heraus. »Verstehst du jetzt, weshalb ich mich nach dem Wasser des Vergessens sehne?«

Melinda wurde plötzlich wieder wütend. »Das ist falsch! Das

›Wasser des Vergessens‹ treibt dich den Llangwasi nur noch mehr in die Arme. Sie werden dich nie mehr in Ruhe lassen, wenn du davon trinkst. Hast du denn kein Num, um dich ihnen entgegenzustellen? Hör auf die Stimme deiner Mutter! Kehre zurück zu deinem Volk!«

»Ich kann nicht!«, schluchzte Debe verzweifelt auf. »Ich gehöre nicht mehr zu meinem Volk!«

Melinda sah, wie Debe zitterte. Sie hätte ihn am liebsten in ihre Arme genommen, doch sie wusste, dass er sie zurückweisen würde. Also murmelte sie nur einen traurigen Gutenachtgruß und verschwand wieder in ihrer Hütte.

Als sie am nächsten Morgen aufstand, war Debe schon in den Ställen. Sie hätte gerne noch mit ihm gesprochen, doch der Baas hatte sie damit beauftragt, sich um den kranken alten Mann und seinen Enkel in der Hütte zu kümmern. Von nun an musste sie jeden Morgen die weite Strecke bis zu der Jagdhütte laufen und kam am Abend erst spät zurück. Debe schien auf ihre Gesellschaft keinen großen Wert mehr zu legen. Am Abend, als sie nach Hause kam, war er nicht in seiner Hütte. Sie fand schnell heraus, dass er sich mit den beiden anderen Stallburschen angefreundet hatte und mit ihnen Bier trank. Spät am Abend hörte sie, wie er betrunken nach Hause torkelte und sich vor seiner Hütte zum Schlafen legte. Melinda war darüber sehr traurig. Sie empfand etwas für den jungen Buschmann und schätzte seine stolze, unabhängige Art, doch je öfter er trank, umso mehr würde er sich verlieren. Und das machte sie dazu noch wütend. Sie hatte mit ansehen müssen, wie ihr Vater durch den Alkohol zugrunde gegangen war. Sie wollte das nicht nochmals erleben. Also beschloss sie, etwas dagegen zu unternehmen.

Am nächsten Tag verließ sie die Jagdhütte etwas früher als gewöhnlich. Dem Alten ging es mittlerweile besser, sodass sie sich nicht ständig um den Jungen kümmern musste. Noch bevor Debe Feierabend hatte, war sie wieder zurück auf der Farm. Sie ging zu den Stallungen und passte ihn ab, bevor er sich mit den Ovambos zum Trinken verabreden konnte. Zu diesem Anlass hatte sie ihr bestes Kleid angezogen und sich frisch gewaschen.

»Ich möchte dir etwas zeigen«, meinte sie. Sie hatte ihre Hand auf die Hüften gestützt und sah ihn unbefangen an. »Kommst du mit?« Der eine Stallbursche pfiff anerkennend durch die Finger. »Die Gelegenheit solltest du dir nicht entgehen lassen«, rief er vielsagend und wiegte die Hüften vor und zurück. Debe hatte Melinda eigentlich zurückweisen wollen, aber nun wollte er vor seinen Zechkumpanen nicht sein Gesicht verlieren. Er grinste seine Freunde an und ging schließlich mit ihr. Doch kaum waren sie aus ihrem Blickfeld entschwunden, fuhr er Melinda an. »Was soll das?«, fragte er ungehalten. »Ich möchte selbst bestimmen, ob ich bei dir liegen will.«

Melinda schluckte gekränkt. Es war nicht ihre Absicht gewesen, Debe mit in ihre Hütte zu nehmen. Sie wollte ihm den heiligen Ort der Khoisan zeigen, weil sie hoffte, dass dort sein Num zu ihm sprechen würde. Ihr Aussehen diente nur dazu, dass es ihm leichter fiel, ihr zu folgen.

»Wir gehen nicht in meine Hütte«, beschied sie ihn deshalb kurz angebunden. »Ich möchte, dass du dir etwas ansiehst.«

»Und ich hatte eine Verabredung!«, antwortete Debe mürrisch.

Melinda drehte sich ihm wütend zu. »Du wolltest trinken«, schnaubte sie verächtlich. »Das kannst du später auch noch. Es dauert nicht lange, dann sind wir zurück.«

Sie verließen die Farm und wanderten ein Stück in Richtung der Berge. Melinda lief voraus und vergewisserte sich nur hin und wieder, ob Debe ihr folgte. Schließlich machte sie sich an den Anstieg zu einem steilen Hügel. Ein lautes Tosen begleitete sie dabei, das immer stärker wurde, je höher sie kamen. Es wurde immer lauter und gewaltiger.

»Was ist das?«, fragte Debe misstrauisch. »Ich habe so etwas noch nie gehört.«

»Es ist der Ort, wo die Khoisan früher ihr Num gestärkt haben«, sagte Melinda. »Wir sind gleich da.«

Sie griff nach seiner Hand und zog ihn das letzte Stück hinter sich her. Auf dem Hügelkamm bot sich ihnen ein unvergesslicher Ausblick. Von überallher strömte plötzlich Wasser und glänzte silbern in der Nachmittagssonne. Es sammelte sich aus allen Richtungen und floss in das tief in das Gestein gegrabene Flussbett des Kunene, der sich zwischen zwei Felskanten verengte, um dann abrupt in die Tiefe zu stürzen. Die ungeheuren Wassermassen verursachten das tosende Grollen. Auf der dichten, schaumigen Gischt tanzten Regenbogen und verliehen dem Anblick etwas Magisches. Das sauerstoffreiche Wasser des Flusses wallte in wild tanzenden Wellen auf und nieder, bevor es mit ungestümer Wucht viele Meter in die Tiefe fiel. Melinda führte den zögernden Debe bis an die Felskante, von wo aus er die stürzenden Wassermassen bis auf den Grund verfolgen konnte. Sie rief ihm etwas zu. Doch das Tosen war so laut, dass Debe ihre Worte nicht verstand. Voller Angst, aber auch voller Bewunderung starrte er in die wilde Urgewalt der Natur. Es war, als hülle sie ihn von allen Seiten ein. Das wilde Wasser rief und lockte, es sprudelte und sog, es warf sich empor und riss alles mit hinab. Gebannt überließ er sich dem Spiel der Natur und vergaß plötzlich seinen Kummer. Sein Geist löste sich aus seinem engen Körper und schoss wie ein Strahl in die Höhe, um sich sogleich mit den feinen Wassertropfen um ihn herum zu verbinden. Er spürte, wie er Teil des Wassers wurde, seine Festigkeit verlor und wie sein Wesen sich aufteilte in die Abermillionen von Wasserteilchen. Gemeinsam mit ihnen stürzte er in die Tiefe, so leicht, so sorglos – ein winziger Teil eines großen Ganzen.

Als er wieder zu sich kam, stand Melinda dicht neben ihm und hielt seine Hand. Immer noch erstaunt sah er sie voller Dankbarkeit an. Sie lächelte, und er lächelte zurück. Hand in Hand machten sie sich auf den Rückweg. Erst als sie die Gebäude der Farm schon sahen, brach er das Schweigen.

»Ich danke dir«, sagte er nur.

Melinda hatte ihm geholfen, ein Stück von seinem ursprünglichen Ich zurückzugewinnen.

Große Gefühle

Ricky schloss für einen Moment die Augen und genoss den sanften Abendwind in ihrem Gesicht. Sie hatte sich auf dem Oberdeck ein einsames Fleckchen an der Reling gesucht, um noch einmal die Ruhe des Augenblicks zu genießen. Die untergehende Sonne stand noch mehr als eine Handbreit über dem Meereshorizont und bestrahlte alles mit ihren warmen Gelbtönen. Selbst die Wellenkämme des Indischen Ozeans reflektierten ihr Licht wie tanzende, funkelnde Perlen. Es war ein Moment, in dem ihr die Unendlichkeit des Meeres wie ein Spiegel ihrer Seele vorkam. Wärme, Licht, Glück, das alles lag nun vor ihr. So oft kam es ihr wie ein unwirklicher Traum vor. Vor kaum mehr als drei Wochen hatte sie in London ihre Abschiedsvorstellung gegeben, und nun war sie tatsächlich mit Mukesh auf dem Weg nach Indien.

»Bist du glücklich?«

Er hatte sich ihr so leise genähert, dass sie kurz zusammenzuckte, bevor sie sich ihm zuwandte. Die Sonne spiegelte sich auf seinem olivfarbenen Gesicht und ließ ihn in seinem weißen Anzug wie eine Lichtgestalt erscheinen.

»Ich fühle mich immer noch wie in einem Traum«, antwortete sie wahrheitsgemäß. »Manchmal fürchte ich mich davor, einfach aufzuwachen, und nichts ist mehr so, wie es war.«

Mukesh strich ihr sanft mit dem Handrücken über die Wange. Auch sie hatte sich bereits für das Dinner umgezogen und trug jetzt ein eng anliegendes, silbernes Cocktailkleid, das ihre zarte Figur vorteilhaft umschmeichelte. Es war ihr letzter

Abend auf See. Schon am nächsten Morgen würden sie in den Hafen von Bombay einlaufen. Dann war die Zeit ihrer trauten Zweisamkeit erst einmal vorüber.

»Es wird dir an nichts fehlen«, versprach Mukesh zärtlich. Wie einfühlsam und zärtlich seine Stimme klang. Sie schlug in ihr immer wieder eine Saite an, die sie innerlich vibrieren ließ. »Ich weiß«, sagte sie und schenkte ihm ihr bezauberndstes Lächeln.

»Meine Familie wird dich genauso mögen wie ich«, versprach er. »Erinnerst du dich noch an meine jüngeren Schwestern?« Ricky lachte. »Oh ja, ich habe sie ja damals während der Tigerjagd kennengelernt. Allerdings ist das lange her.«

»Sie werden dich wie eine Schwester lieben.«

»Und was ist mit deinem Vater?« Ricky fiel erst jetzt auf, dass er bisher noch gar nicht über ihn gesprochen hatte. Bei der Erwähnung seines Vaters presste Mukesh kurz die Lippen aufeinander. »Er ist ein Mann, dem alle großen Respekt erweisen«, entgegnete er ausweichend. »Aber er wird unserer Ehe nicht im Weg stehen.« Er machte eine kurze Pause. »Das verspreche ich dir.« Bevor Ricky etwas erwidern konnte, nahm er sie bei der Hand und führte sie davon. »Lass uns schon mal in den Speiseraum gehen. Der Kapitän hat uns für heute Abend an seinen Tisch geladen.«

Früh am nächsten Morgen lief die *Strathnaver* mit dampfenden Schornsteinen in den weitläufigen, von Inseln geschützten Hafen von Bombay ein. Da es Mitte Dezember war, war die Luft angenehm kühl und bei Weitem nicht so stickig, wie sie Ricky von ihrem ersten Besuch in Erinnerung hatte. Das Gate of India leuchtete in der Morgensonne, und noch vom Schiff aus konnte man das laute Treiben der großen Stadt hören. In das Rufen der Hafenarbeiter mischten sich das Hupen von Autos und das Schreien der Straßenhändler. Alles, was Beine hatte, schien bereits auf den verstaubten Straßen und Wegen unterwegs zu sein. Während sie sich von der Gangway einen Weg zu einem wartenden Automobil bahnten, mussten sie zwischen Teeverkäufern, Wasserträgern und Jungen, die auf wackligen Fahrrädern Türme voller Fladenbrote auf ihren Köpfen balancierten, durch. Frauen in leuchtend bunten Saris boten Obst und Gemüse feil. Zerlumpte Kinder bettelten am Straßenrand um einen Teller Dal, eine einfache Linsensuppe. Von Ferne ertönte das Läuten einer Tempelglocke, während über all dem bunten Leben der unvergleichliche Geruch von Kardamom, Kreuzkümmel, Gelbwurz und gemahlenem Ingwer lag. Ricky atmete tief ein und strahlte. Für einen Moment glaubte sie wieder das kleine Mädchen zu sein, das hier in Indien seine Kindheit verbracht hatte. Glücklich sah sie zu Mukesh hin, der gerade dabei war, seinen Dienern Anweisungen für den Transport ihres Gepäcks zu geben. Jetzt würde sich ihr Traum also doch noch erfüllen. Die Entscheidung, so schnell wie möglich mit Mukesh abzureisen, war ihr nach einem Streit mit Valentin leichtgefallen. Er hatte sich in ihren Augen wirklich unmöglich benommen. Ricky verdrängte den Gedanken an die unschöne Szene, die sich zwischen ihnen beiden abgespielt hatte. Nachdem Valentin sie in Mukeshs Armen erwischt hatte, war sie am folgenden Tag mit bangem Herzen zur Probe erschienen, um sich mit ihm auszusprechen. Sie hatte gehofft, dass er ihre Gefühle für Mukesh verstehen und ihr helfen würde, ihre aus den Fugen geratenen Gefühle wieder zu ordnen. Sie hatte doch selbst nicht gewusst, was für sie richtig war. Doch kaum hatte sie ihm ihre gesamte Situation erklärt – unter anderem auch, dass Mukesh ihre erste große Liebe gewesen war und sie ihn nie vergessen hatte –, da war er mit einem bitteren Lachen aufgesprungen. Seine Reaktion war so heftig gewesen, dass der Stuhl, auf dem er gesessen hatte, umgefallen war. »Willst du damit sagen, dass du diesen indischen …«, er verbiss sich offensichtlich das Wort

Schnösel, »… Fürsten liebst?« Seine graugrünen Augen blitzten vor Enttäuschung. »Dann war das alles zwischen uns also für dich nichts als … ein Zeitvertreib?« Ricky war entsetzt gewesen. Sie hatte nochmals versucht, ihm ihre verwirrten Gefühle zu erklären, aber wahrscheinlich war sie schrecklich ungeschickt gewesen. Wie hätte sie ihm auch erklären können, dass sie ihn wohl liebte, dass Mukesh sie aber viel mehr verzauberte als er, dass ihr Herz schon schlug, wenn sie nur an ihn dachte, während er, Valentin, ihr in so viel anderem unersetzlich war? Stattdessen hatte sie sich hinter Ausflüchten versteckt, die Valentin mit verbissenem Schweigen quittierte. Als ihr Wortschwall schließlich verebbt war, sagte er immer noch nichts. Seine Gesichtszüge waren so verhärtet, dass sie darüber erschrak. Schließlich hatte er grußlos den Proberaum verlassen. Sie wartete eine geschlagene halbe Stunde auf ihn, doch er kam nicht zurück. Auch am folgenden Tag erschien er nicht zur Probe. Als Ricky ihn in seinem Hotelzimmer aufsuchen wollte, um nochmals ein Gespräch mit ihm zu suchen, erfuhr sie vom Portier, dass er nach Deutschland abgereist war.

Die Enttäuschung, die sie darüber empfand, erstaunte sie selbst. Seine Abreise schmerzte sie, und sie empfand sie wie einen Verrat. Später wurde sie wütend auf ihn und wollte seine Zurückweisung so nicht akzeptieren. Mehrere Male versuchte sie ihn telefonisch in seinem Büro zu erreichen, aber sie hatte keinen Erfolg. Insgeheim hoffte sie, dass er sich nach einiger Zeit wieder beruhigen würde, aber stattdessen erreichte sie am folgenden Tag ein Brief, in dem er ihr in knappen Worten mitteilte, dass ihre gemeinsame Zeit mit Abschluss der Tournee vorüber sei. Er hatte neue Pläne für seine Zukunft und werde Europa wohl bald endgültig den Rücken kehren. Er dankte ihr für ihre Zusammenarbeit und wünschte ihr weiterhin viel Erfolg. Die nüchternen Worte trafen Ricky wie ein Schlag ins Gesicht. Sie waren ihr Beweis genug, dass auch er ihre Beziehung nie besonders ernst genommen hatte. Sie fühlte sich verletzt, gekränkt und zurückgewiesen. Das war bitterer, als sie es sich eingestehen wollte. Zum Glück war Mukesh an ihrer Seite gewesen!

Ricky seufzte und lehnte sich im Fond des Wagens zurück.

»Was betrübt dich, mein Herz?«, fragte Mukesh sofort. »Möchtest du noch eine Erfrischung, bevor wir ins Hotel fahren?« Ricky lächelte ihn warm an. »Ich bin nur so glücklich, dass wir endlich hier sind!«

Mukesh belohnte sie mit seinem strahlenden Lächeln. Er war immer so zuvorkommend. Die letzten Tage in London, in denen sie so unglücklich gewesen war, hatte er immer an ihrer Seite gestanden. Er musste gespürt haben, dass sie unter Valentins Abreise litt, denn er umwarb sie mit einer Intensität, die sie rasch auf andere Gedanken kommen ließ. Jeden Tag überraschte er sie mit einer neuen Aufmerksamkeit. Mal schenkte er ihr ein neues Kleid, mal führte er sie nach der Vorstellung auf den Maskenball eines südamerikanischen Baumwollbarons. Er tat alles, um ihr Zerstreuung zu bieten. Am meisten spürte Ricky seine körperliche Präsenz. In seiner Nähe stellten sich automatisch die Härchen auf ihren Armen auf. Sie spürte ein Kribbeln und eine körperliche Sehnsucht nach ihm. Doch Mukesh blieb in seinen Annäherungen zurückhaltend. Er küsste sie wohl, aber sobald er merkte, dass sie allzu erregt wurde, distanzierte er sich wieder, um sie nicht in Verlegenheit zu bringen. Manchmal ärgerte sich Ricky über diese Zurückhaltung. Sie wünschte sich, dass er sie wieder so begehrte wie bei ihrem ersten Treffen im Hotel Adlon. Damals war sie es gewesen, die ihn zurückgewiesen hatte. Ihr Körper verzehrte sich nach mehr Nähe, auch wenn sie sich dafür schämte. In ihren Träumen sah sie sich nackt neben Mukesh auf einem Bett liegen – und wenn sie aufwachte, dann war sie enttäuscht, dass es nicht so war. Sie konnte sich ihre Gefühle selbst nicht erklären. Schließlich kam sie zu dem Schluss, dass es wahre Liebe sein musste. Als Mukesh sie an einem der letzten Abende mit einer Schiffspassage nach Indien überraschte, brauchte sie keine lange Bedenkzeit, um sie anzunehmen. Mukesh blieb der vollendete Gentleman. Er drängte sie nicht dazu, sich zwischen ihrer Karriere oder einer Ehe mit ihm zu entscheiden, sondern er bot ihr nur die Reise an. »Du bist zu nichts verpflichtet. Lerne in aller Freiheit meine Familie kennen. Wir werden in meinem Palast leben, und ich werde dir meine Heimat zeigen. Erst dann magst du entscheiden, wie es weitergehen soll.« Die Aussicht auf diese Abwechslung schien Ricky im Moment weitaus verlockender, als wieder nach Berlin zurückzukehren. Nach der Tournee war sie frei – warum sollte sie also nicht nach Indien reisen, um sich dort über ihre Zukunft klar zu werden? In aller Eile hatte sie ein paar Briefe geschrieben, einen an Frau Teitelbaum, die sie sicherlich vermissen würde, und einen anderen an ihre Eltern, um sie darüber zu informieren, dass sie sie auf der Rückreise von Indien in Afrika zu besuchen gedenke – vielleicht ja, um ihnen ihre Hochzeit mit Mukesh zu verkünden!

Nun war sie also endlich da! Verträumt sah sie durch die Fensterscheiben des Automobils das bunte, hektische Stadttreiben vorüberziehen. Rikschas und Automobile suchten sich gleichermaßen chaotisch ihren Weg durch die wirren, von Menschen überfüllten Straßen. Überall sah man Leute, selbst in den hintersten Winkeln, inmitten von Müll und Unrat, der die Straßen so selbstverständlich säumte wie ein sauberes Trottoir die Straßen europäischer Großstädte. Der Chauffeur lenkte ihren Wagen entlang der östlichen Küstenlinie, genannt Apollo Bunder, zu dem größten Hotel der Stadt. Obwohl es von einem englischen Architekten stammte, sah es aus wie ein mächtiger, heller indischer Palast, der in der Mitte von einer großen Kuppel überhöht wurde. Auch an den Gebäudeecken befanden sich Kuppelpavillons. Das mehrstöckige Gebäude bestand im Erdgeschoss aus großzügigen Arkaden, während sich in den darüber liegenden Stockwerken Speisesäle, Zeichen- und Leseräume sowie luxuriöse Suiten befanden. Alles in allem war das Hotel ein gelungener Mix aus mittelalterlichen Formen aus dem ehemaligen Sultanat Gujarat, viktorianisch-gotischen Einflüssen sowie arabisch-islamischen Formen. Die Limousine fuhr vor den prächtigen, überdachten Eingangsbereich. Sofort wurden ihnen die Türen von weiß livrierten Bediensteten mit roten Turbanen geöffnet, die sie mit nicht enden wollenden Verbeugungen in die kühle Lobby des Hotels führten. Die Wände des großzügigen Empfangsraums waren mit riesigen Spiegeln und kostbaren Einlegearbeiten ausgestaltet. Davor befanden sich Sitzgruppen mit Tischchen, an denen sich die Gäste die Zeit vertreiben oder Besucher empfangen konnten. Der Geschäftsführer des Hotels erwartete sie bereits und führte sie nach einer wortreichen Begrüßung zu den Aufzügen, die sie zu ihren Zimmern brachten. Mukeshs Suite bestand aus einer ganzen Flucht von Zimmern, die durch eine Schiebetür von Rickys Reich abgetrennt waren.

»Du verfügst nur über drei Zimmer sowie einen Ankleideraum und ein Bad«, entschuldigte er sich. »Ich hätte dir gerne etwas mehr Platz geboten, aber dann …«, er sah sie plötzlich fast verlegen an, »… aber dann wärst du so weit von mir entfernt gewesen.« Ricky errötete, denn sie spürte plötzlich wieder diese prickelnde Erotik zwischen ihnen. Um sie zu überspielen, winkte sie rasch ab. »Die Räume werden mir für unseren kurzen Aufenthalt schon genügen«, meinte sie. Das war natürlich eine blanke Untertreibung. Sie hatte noch nie allein in einer so luxuriösen Unterkunft gehaust. Mukesh lächelte und verabredete sich mit ihr zum Lunch in seiner Suite.

Ricky zog sich in ihre Zimmer zurück und überlegte, wie sie die nächsten Stunden verbringen sollte. Doch kaum hatte sie sich alle Zimmer angesehen, klopfte es, und eine junge Frau in einem roten Sari trat ein und stellte sich als ihre persönliche Dienerin vor. Ihr Name war Sita.

»Der Herr wünscht, dass Ihr Euch für den Lunch landestypisch kleidet«, meinte sie freundlich. »Ich habe Ihnen eine Auswahl mitgebracht.« Sie klatschte in die Hände, und sogleich erschienen zwei weitere Mädchen und breiteten gut ein Dutzend seidene, gold- oder silberbestickte Saris in den unterschiedlichsten Farben vor ihr aus. Eine Schatulle voller erlesenem Schmuck war ebenfalls dabei. Ricky staunte, als sie die Stoffe zwischen ihren Fingern durchgleiten ließ. Sita erklärte ihr, dass sie aus der kostbaren assamesischen Muga-Seide hergestellt seien. Die sechs Meter langen Saris waren federleicht, und doch fielen sie wie schwerer Stoff. Mit Sitas Hilfe entschied sie sich für einen weinroten Sari, in dessen Ränder aufwendige Goldmuster eingewebt waren. Doch bevor sie ihn anzog, ließ Sita Badewasser in die auf Löwenkopffüßen ruhende Badewanne ein. Sie gab allerlei ayurvedische Essenzen hinein und streute obendrauf mehrere Hände voller weißer und roter Rosenblätter. Mit einer anmutigen Verbeugung lud sie Ricky zum Baden ein und zog sich dezent zurück. Die ätherischen Öle hatten eine einschläfernde Wirkung, und Ricky fiel, kaum dass sie sich in dem Badewasser ausgestreckt hatte, in einen kurzen Schlaf. Als sie erwachte, fühlte sie sich frisch und entspannt. Sita erwartete sie bereits mit einer Auswahl an Ölen, die sie ihr mit kundigen Händen auf einer eigens hereingebrachten Liege in die Haut massierte. Erst dann durfte Ricky in den nachtblauen Unterrock und die bauchfreie Bluse schlüpfen, die sie unter dem Sari tragen würde. Sita war bei allen Fertigkeiten auch eine geschickte Friseurin und drapierte ihre halblangen, schwarzen Locken eng an den Kopf, indem sie die Haare mit duftendem Öl in Form brachte. Mit geübten Handgriffen wickelte sie schließlich das lange Tuch des Saris um den Körper und zeigte ihr, wie sie damit auch den Kopf bedecken konnte.

»Nun müssen Memsahib Schmuck aussuchen«, bat sie in holperndem Englisch. Ricky fiel plötzlich ein, dass sie ja auch Hindi sprach. Allerdings war sie sich nicht sicher, ob Sita sie verstehen würde. Schließlich sprachen die Menschen in Bombay Mahrati. Sie beschloss, es einfach zu versuchen, und fragte Sita auf Hindi, woher sie komme. Die junge Frau freute sich sichtlich, dass Ricky ihre Sprache sprach. »Ich komme aus einem Dorf bei Udaipur«, meinte sie bescheiden. »Ich gehöre zu den Dienstboten des Fürsten.«

Die beiden Frauen unterhielten sich noch eine Weile, bis Sita sie wieder an den Schmuck erinnerte. Ricky wählte sich rasch ein paar lange goldene Ohrringe aus, deren Ende ein Saphir zierte, sowie eine dazu passende, schlichte Goldkette und mehrere goldene Armreife. Zufrieden betrachtete sie ihr Konterfei in einem der Spiegel.

»Wieso möchte der Fürst, dass ich mich für den Lunch so herausputze?«, wollte Ricky wissen. »Es ist doch noch früh am Tag.« Sita hatte keine Ahnung. Sie hatte nur mitbekommen, dass Balbul den Auftrag hatte, den Wagen und einen Chauffeur bereitzustellen.

Durch eine Schiebetür zwischen ihren Suiten gelangte Ricky schließlich zu dem Zimmer, in dem der Lunch angerichtet war. Mukesh empfing sie in einer weißen, eng anliegenden Seidenhose, über der er einen knielangen, dunkelblauen Mantel trug. Um seine Taille trug er einen mit roten Rubinen verzierten silbernen Dolch. In seiner traditionellen Kleidung erschien er Ricky größer und um einiges selbstbewusster. Als sie den Raum betrat, erhob er sich umgehend und trat ihr mit ausgestreckten Armen entgegen. Wohlwollend betrachtete er ihre Erscheinung, bevor er voller Hingabe ihre Hände küsste.

»Du bist die Sonne in meinem Leben«, verkündete er hingerissen und führte sie an den gedeckten Tisch, auf dem Suppe, Sandwiches und eine silberne Schale mit Thali, einer Auswahl typisch indischer Gerichte, sowie Reis stand. Dazu gab es frisches Obst und etwas Pudding. Während sie aßen, unterhielten sie sich über ihre weiteren Pläne. Mukesh erklärte ihr, dass sie schon am nächsten Tag mit dem Zug nach Udaipur aufbrechen würden. Die Reise würde zwei Tage und Nächte in Anspruch nehmen, aber, fügte er zu ihrer Beruhigung hinzu, er verfüge über einen eigenen Eisenbahnwaggon.

»Bevor wir abreisen, möchte ich dir hier noch etwas zeigen«, kündigte er ihr geheimnisvoll an. »Ich möchte mit dir eine kleine Bootsfahrt unternehmen. Hoffentlich fürchtest du dich nicht vor dem Wasser.«

Ricky war sofort Feuer und Flamme. »Eine Bootsfahrt? Das hört sich spannend an.«

»Warte es nur ab.«

Mukesh lächelte vielversprechend und bot ihr seine Hand. »Dann lass uns gleich aufbrechen!«

Ein Chauffeur brachte sie in einer gemieteten Limousine aus Bombay heraus und steuerte entlang der Küste auf eine ausladende Bucht zu, die von kleinen Inseln durchsetzt war. Je abgeschiedener die Landschaft wurde, desto zauberhafter war sie. Der Strand, der das Meer säumte, leuchtete in einem blendenden Weiß. Riesige Kokospalmen mit sanft geschwungenen Stämmen spendeten Schatten in der gleißenden Mittagshitze, während das türkisfarbene Meer in sanften Wellen heranrauschte. Nach etwa zwei Stunden hatten sie ein kleines Fischerdorf erreicht, dessen Bewohner gerade mit dem Anlanden des täglichen Fangs beschäftigt waren. Ihre lang gezogenen schmalen Boote waren so schwer, dass sie von mehreren Männern gleichzeitig an Land gezogen werden mussten. An dem kleinen befestigten Hafen befand sich eine Mole, an der ein eleganter Schoner vor Anker lag. Die Segeljacht mit ihren zwei Masten war schmal geschnitten. Kajüten und Deck waren aus geöltem Teakholz gearbeitet. Auch ohne eine Ahnung von Segelbooten zu haben, ahnte Ricky, dass es ein ungeheuer schnelles Boot sein musste. Mukesh half ihr beim Aussteigen.

»Na, wie gefällt dir meine *Swastika?*« Stolz präsentierte er ihr sein Boot. »Sie ist etwas über neunzehn Meter lang und eine elegante Seglerin. Ihr Name bedeutet ›Glücklichsein‹. Ich habe mit ihr schon so manche Regatta gewonnen. Komm mit! Ich muss sie dir unbedingt zeigen.« Er zog sie ungeduldig mit sich auf die Mole, wo die Besatzung bereits auf sie wartete. Mukesh half ihr über den Steg an Bord und stellte ihr den Kapitän vor. »Ramir kümmert sich um das Boot, wenn ich nicht da bin«, erklärte er und reichte ihr von einem Tablett eine frisch aufgeschlagene Kokosnuss, in der ein Strohhalm steckte. Ricky nahm die Erfrischung nach der staubigen Fahrt gerne entgegen. Unterdessen ließ Ramir die Segel hissen und manövrierte das Boot aus dem Hafen. Bereits nach kurzer Zeit nahmen sie Fahrt auf und steuerten aufs offene Meer zu. Ricky atmete tief durch und genoss die frische Brise, die ihr ins Gesicht blies, auch wenn ihr der schwankende Boden unter den Füßen anfangs etwas Unbehagen bereitete. Sie war noch nie zuvor auf einem Segelboot gewesen. Es war nicht zu vergleichen mit den großen Dampfschiffen, mit denen sie bisher gereist war. Immer wieder klatschte eine Welle an den Bug, und feinste Gischt kühlte ihre Haut. Mukesh stand direkt hinter ihr und achtete darauf, dass sie auf dem schwankenden Schiff nicht das Gleichgewicht verlor. »Halt dich immer mit einer Hand am Boot fest«, riet er ihr, »dann wird dir nichts geschehen. Komm, ich zeige dir jetzt mein Schmuckstück!« Er ließ sie vorausgehen und sicherte sie von hinten. Voller Stolz zeigte er ihr alles, angefangen von der Kapitänskajüte bis hin zu den Schlafkojen. Schließlich schlug er ihr vor, sich rasch etwas Bequemeres anzuziehen. Er hatte an alles gedacht. In der Koje, die er ihr angewiesen hatte, fand sie tatsächlich eine Truhe, in der sie ein leichtes, helles Sommerkleid sowie ein paar bequeme Turnschuhe fand. Beides passte wie angegossen. Als sie zurück an Deck kam, trug auch Mukesh andere Kleidung. Er hatte sich eine weiße Leinenhose und ein dazu passendes helles Hemd übergezogen.

»Lass uns nach vorne gehen«, schlug er vor. Mit seiner Hilfe kletterten sie an den Bug, wo weiche Liegematratzen unter einem Sonnensegel für sie ausgelegt waren. Der Wind blies stark, aber regelmäßig, sodass der Schoner durch den Druck auf die Segel eine leichte Schräglage einnahm. Nebeneinander liegend betrachteten sie den wolkenlosen Himmel über ihnen. Sie schwiegen in stillem Einvernehmen. Eine ganze Zeit hing jeder für sich seinen eigenen Gedanken nach. Der Wind trieb unterdes die *Swastika* mit angenehmer Stärke voran, und außer dem gelegentlichen Schlagen der Segel hörten sie nur das Plätschern der Bugwellen an den Bootskörper. Ricky fühlte sich wie losgelöst aus ihrem früheren Leben. Das Kabarett, das Tanzen, selbst *Owitambe* und ihre Eltern – das alles war so weit weg und gehörte in eine andere Zeit, in ein anderes Leben. Glücklich sah sie zu Mukesh hinüber, der mit geschlossenen Augen neben ihr lag. Seine Gesichtszüge waren völlig entspannt und erinnerten sie an eine der griechischen Statuen, die sie im Pergamonmuseum in Berlin gesehen hatte. Er musste ihre Blicke gespürt haben, denn plötzlich schlug er die Augen auf und drehte sich ihr zu. Seine unmittelbare Nähe verursachte ihr ein aufregendes Prickeln, und nur die Anwesenheit der Bootsbesatzung hinderte sie daran, ihn zu küssen. Mukesh hatte da viel weniger Bedenken. Er griff mit seiner Hand in ihr Haar und zog sie zu sich herüber. Dieses Mal war sein Kuss fordernder als gewöhnlich, und seine Zunge erkundete ihren Mund mit einer Begierde, die sie schwindlig werden ließ. Sein herber Körpergeruch betörte sie so sehr, dass sie sich eng an ihn schmiegte. Sie spürte auch seine Erregung und wünschte sich, dass er sie noch mehr berührte. Doch dann ließ er sie plötzlich los. Ricky stieß einen leisen Seufzer aus und blieb enttäuscht liegen.

Mukesh war unterdes aufgesprungen und hielt vom Bug aus nach etwas Aussicht. Sein schwarzes, halblanges Haar flatterte im Wind. Schließlich drehte er sich um und winkte Ricky zu sich an die Reling. Er deutete auf eine mit Urwald bewachsene Insel direkt vor ihnen. Sie war kaum einen Kilometer lang und vielleicht halb so breit. Feiner, weißer Sand säumte ihr mit runden, glatten Felsbrocken durchsetztes Ufer. Dazwischen wuchsen mächtige Kokospalmen, deren Stämme infolge der Windeinflüsse zum Teil bizarre Formen angenommen hatten. Dahinter lag undurchdringlicher Dschungel. »Siehst du das kleine Haus zwischen den Bäumen?« Ricky folgte seinem Finger und entdeckte ein flaches, weiß getünchtes Gebäude mit einem Säulenumlauf. Es lag etwas versteckt im Schutz der mächtigen Bäume.

»Dort werden wir heute Nacht vor Anker gehen«, verkündete er. Der Wind blies ihm das Haar aus dem Gesicht.

»Wir übernachten hier?« Ricky gelang es kaum, ihre Überraschung zu verbergen. »Aber ich dachte, wir reisen schon morgen mit dem Zug ab.«

»Das tun wir auch. Balbul und Sita werden sich um alles kümmern und unser Gepäck schon mal in unseren Waggon verladen. Wir fahren morgen direkt von hier zum Bahnhof.« Er strich ihr liebevoll mit der Fingerspitze über die Wange. »Oder möchtest du gerne wieder zurück?«

Rickys Herz klopfte, als ihr klar wurde, dass nur Mukesh und sie ganz alleine auf der Insel sein würden. Das entsprach ganz und gar keinem Anstand. Aber dann warf sie ihre Bedenken einfach beiseite.

»Nein, es ist wunderbar!« Vertrauensvoll lehnte sie ihren Kopf an seine Schulter und ließ sich zärtlich von ihm auf den Scheitel küssen.

Ramir ließ den Anker der *Swastika* in großem Abstand von der Insel setzen. Das Wasser war sehr flach, sodass sie mit einem Dinghi an Land gerudert werden mussten. Während Mukesh und Ricky die Insel erkundeten, bereiteten die Männer der Bootsbesatzung im Haus alles für ihre Übernachtung vor. Sie öffneten die Fensterläden der kleinen Villa, kehrten die Räume aus und schafften bequeme Matratzen und Sitzgelegenheiten ebenso heran wie Speisen, Getränke und frisches Obst. Als sie von ihrer Erkundung zurückkehrten, hatten Ramirs Männer bereits am Strand ein Feuer entfacht und überall Fackeln aufgestellt. Nachdem sie sich vergewissert hatten, dass alles zum Besten sei, zogen sich die Männer wieder auf die *Swastika* zurück. Sie waren nun allein auf der Insel. Ricky zog sich die Schuhe aus und spazierte den Meeressaum entlang. Die Sonne stand nur noch eine Handbreit über dem Horizont und tauchte die Insel in purpurrotes Licht, während sich das Meer wie ein glitzernder, wogender Teppich unendlich weit ausbreitete. Aus dem Urwald drangen vereinzelt die Schreie wilder Vögel. Es hörte sich etwas gespenstisch an, denn außer dem leisen Meeresrauschen waren sonst keine Geräusche zu hören. Mukesh stand plötzlich neben ihr und reichte ihr ein Glas Champagner.

»Lass uns auf die Liebe trinken«, sagte er mit rauer Stimme. In seinen dunklen Augen fingen sich die letzten Sonnenstrahlen. Rickys Herz pochte, doch sie hielt seinem intensiven Blick stand. Sie wusste plötzlich, dass sie diesen Abend nie wieder vergessen würde, und sie wollte es auch gar nicht. »Ich möchte, dass du mich hier liebst«, hörte sie sich plötzlich sagen. Sie war über sich selbst überrascht. Doch jetzt gab es kein Zurück mehr. Um ihre Absicht zu unterstreichen, nahm sie Mukeshs Hand und führte sie auf ihre Brust. Seine Finger umfassten sie bereitwillig und begannen sie leicht zu kneten. Das Leuchten in seinen Augen wurde noch eine Spur intensiver, als er sein Glas in hohem Bogen ins Wasser warf und sie heftig an sich zog. Ricky fühlte, wie ihr schwindlig wurde. Ihre Knie gaben nach, doch Mukesh fing sie geschickt auf und trug sie mühelos auf seinen Armen. Als wäre sie leicht wie eine Feder, trug er sie zu dem Lager bei dem Feuer und legte sie sanft hin. Dann machte er sich daran, sie zu entkleiden. Langsam knöpfte er ihr Kleid auf und zog es ihr über die Schultern. Sie half ihm dabei und genoss, wie er ihren Körper mit begehrenden Blicken verschlang. Mit jedem Kleidungsstück, das er ihr auszog, wurde ihre Lust größer. Sie sehnte sich nach seinen Berührungen, doch er beschränkte sich darauf, sie nur anzusehen. Als sie schließlich nackt vor ihm lag, betrachtete er sie noch einmal ausgiebig, als wäre sie ein schönes Kunstwerk. Mittlerweile war es fast dunkel geworden, sodass nur das flackernde Licht des Feuers auf ihrem Leib tanzte. Seine Blicke blieben immer noch auf ihr haften, sodass sie schon fürchtete, er würde es sich noch einmal anders überlegen. Doch dann begann auch er sich zu entkleiden. Ricky erschrak ein wenig, als sie sein stark erigiertes Glied erblickte, doch in dem Moment, als er sich endlich über sie beugte und begann, langsam ihren Körper zu erforschen, vergaß sie ihre Angst. Jede seiner Berührungen empfand sie wie kleine Explosionen, die sich wie ein Feuerwerk über ihren ganzen Körper hinzogen. Seine Lippen tasteten sich von den Fußspitzen an aufwärts, an den Innenseiten ihres Schenkels entlang bis zu ihrer Mitte. Wie ein flatternder Schmetterling huschte er über ihre Scham und löste eine Flut erregender Gefühle in ihr aus, die sie fast wahnsinnig machte. Vor ihren Augen flimmerten bunte Lichter, während sie leise stöhnte. Über den Schamhügel arbeitete sich seine Zunge zu ihrem Bauchnabel empor, füllte ihn kurz und streifte dann weiter zu ihren Brüsten, deren Warzen sich wie kleine Maulbeeren verfestigten. Als sich sein Kopf in ihrer Halsbeuge befand, hielt sie es nicht mehr aus. Sie zog ihn mit beiden Händen zu sich empor und küsste ihn mit einer Leidenschaft, die keine Grenzen mehr kannte. »Erfülle mich«, flehte sie, halb wahnsinnig vor Lust. Sie spreizte ihre Beine und schob seinen Körper dazwischen. Mukesh hielt einen Moment inne, dann stieß er in sie hinein. Der Schmerz, der sie urplötzlich erfüllte, brachte sie für einen kurzen Moment wieder zur Besinnung. Sie erschrak, denn niemand hatte sie darauf vorbereitet. Doch Mukesh strich ihr hastig über das Gesicht. »Gleich wird es dir nicht mehr wehtun«, versprach er und zwang sich dazu, seine Bewegungen etwas zu verlangsamen. Es gelang ihr, sich zu entspannen, und nur kurze Zeit später spürte sie wieder neue Erregung und genoss es plötzlich, wie er sich in ihr bewegte. Sie begannen einen gemeinsamen, immer schneller werdenden Rhythmus zu entwickeln, der sie auf ungeahnte Höhen trieb. Immer höher und höher, bis ihr plötzlich die Luft wegblieb und sie in den Sternen ihrer Lust explodierte. Sie stieß einen befreiten Schrei aus, der gleichzeitig die Heftigkeit von Mukeshs Bewegungen erhöhte, bis auch er mit einem heiseren Seufzen über ihr zusammensank. Eng umschlungen, immer noch keuchend blieben sie im Sand liegen. Der feuchte Schweißfilm, der ihre Körper überzog, glänzte im warmen Schein des Feuers. Nach dieser Nacht wusste Ricky, dass sie mit Mukesh ihr Leben verbringen wollte.

Benjamin

Raffael hatte gehofft, dass die rastlose Arbeit ihn von seinen Sorgen und seinem Kummer etwas ablenken würde. Doch er schaffte es allenfalls tagsüber, etwas Abstand zu gewinnen. Spätestens, wenn er abends sein Büro verließ, spürte er schmerzlich die Einsamkeit in seinem Haus neben der Old Location. Er sehnte sich nach Sonja und den Kindern. Gleichzeitig wusste er, dass er sie verloren hatte, wenn nicht ein Wunder geschah. Er wollte sich einfach nicht mit Benjamins Tod abfinden, deshalb suchte er mehrere Privatdetektive auf und beauftragte sie, in alle Richtungen zu ermitteln. Doch je mehr Zeit verstrichen war, desto hoffnungsloser wurde die Suche. Alle Spuren verliefen im Sand, und es gab weiterhin keinerlei Hinweise darauf, was mit Benjamin geschehen war. Nur die Tatsache, dass man keine menschlichen Überreste gefunden hatte, nährte noch die Hoffnung, dass er am Leben war. Außerdem hatten die diversen Aufträge schon bald Raffaels sämtliche Ersparnisse aufgefressen. Zu all diesen deprimierenden Erfahrungen war auch noch der überraschende Tod seines Vaters gekommen. Raffael nahm Johannes' Tod mehr mit, als er es für möglich gehalten hatte. Das Verhältnis zu seinem Vater war über viele Jahre sehr schwierig gewesen, und dennoch hatte er ihn auf seine Weise geliebt. In manchen schwermütigen Momenten ertappte er sich dabei, wie er sich Vorwürfe machte, weil er sein Leben so eigenmächtig selbst in die Hand genommen hatte. Wäre er glücklicher geworden, wenn er als Farmer auf *Owitambe* gearbeitet hätte und nicht Rechtsanwalt geworden wäre? Zumindest waren Sonja und die Kinder auf *Owitambe* viel glücklicher als in der Stadt. In solch grüblerischen Augenblicken vermisste er seine Frau ganz besonders. Sie war es immer gewesen, die ihm den Rücken gestärkt und ihm versichert hatte, dass alles so, wie es war, gut war. Doch diese Zeiten waren vorbei. Sonja lebte mit den Zwillingen auf *Owitambe* und hatte nicht die Absicht, jemals wieder zurück nach Windhuk zu kommen. Die Fronten zwischen ihm und ihr hatten sich nach dem Tod seines Vaters noch mehr verhärtet. Raffael hatte zu spät gemerkt, dass er einen guten Teil der Schuld daran selbst trug. Nach der Beerdigung hatte er seine Frau unter Druck gesetzt und verlangt, dass sie bis kurz vor ihrer Niederkunft wieder zu ihm zurück nach Windhuk kommen sollte. Er hatte versucht, ihr klarzumachen, wie sehr er sie brauchte, doch Sonja war noch nicht bereit gewesen. Sie hatte ihn gebeten, noch bis zur Geburt des Kindes Geduld zu haben. Er hatte schließlich einlenken müssen, schon allein, weil seine Schwester ihm deswegen ebenso zugesetzt hatte. Doch dann hatte Sonja im sechsten Monat beinahe eine Fehlgeburt erlitten und es ihm nicht einmal sofort mitteilen lassen. Er hatte es erst eine Woche später von Jella erfahren, als er seinen üblichen wöchentlichen Anruf tätigte. Seine Schwester bat ihn, auf die Farm zu kommen, weil Sonja seither an schweren Depressionen litt, doch er hatte sich gekränkt gefühlt, weil seine Frau so wenig Vertrauen in ihn setzte. War dies nicht ein eindeutiges Zeichen, dass sie ihn nicht mehr an ihrem Leben teilhaben lassen wollte? Als er zwei Wochen später schließlich in *Owitambe* aufgekreuzt war, um nach ihr zu sehen, verhielt sie sich ihm gegenüber tatsächlich noch abweisender als sonst. Sie schickte ihn sogar aus dem Zimmer. Also war er wieder einmal frustriert zurück nach Windhuk gereist, in der festen Überzeugung, dass seine so junge Ehe bereits gescheitert war.

In anderer Hinsicht hatte er zum Glück mehr Erfolg. Unter anderem hing das auch damit zusammen, dass Lieutenant Colonel Pitman als Polizeichef in Windhuk von Reginald Slaughter abgelöst wurde. Mit Slaughter wehte ein neuer Wind in der Stadt. Der ehrgeizige neue Polizeichef hatte es darauf abgesehen, den korrupten Sumpf, der sich quer durch die Verwaltungen zog, trockenzulegen. Außerdem war er ein durchaus liberaler Mann, der die rassistischen Vorbehalte gegen die Schwarzen nicht bedingungslos mit den Buren teilte. Seiner Einflussnahme war es auch zu verdanken, dass die Ratsversammlung das Gesetz zur Zwangsenteignung der Schwarzen mit knapper Mehrheit abgelehnt hatte. Für Raffael war das endlich mal ein Grund durchzuatmen. In der Rechtsangelegenheit um die Mine in Tsumeb trat er immer noch auf der Stelle. Wären die Ovambos zwangsenteignet worden, so wäre Baltkorn die Mine auf keinen Fall mehr zu nehmen gewesen. Jetzt blieb ihm zumindest eine theoretische Chance, ihn doch noch zu überführen. Aufgrund dieses kleinen Zeichens von Gerechtigkeit schöpfte Raffael wieder neuen Mut, und er entschloss sich, seinen Hebel nochmals am Katasteramt anzusetzen. Für ihn lag es auf der Hand, dass Baltkorn einen der Beamten bestochen haben musste. Nils, der für ihn weiterhin Botengänge und kleinere Aufträge übernahm, hatte den zuständigen Katasterbeamten einige Zeit beobachtet, aber nie eine Unregelmäßigkeit erkennen können. Hugo Reuben schien so unauffällig und tadellos, wie ein Beamter nur sein konnte. Er war alleinstehend und wohnte bei einer älteren Witwe zur Untermiete. Nach seinem Tageslauf konnte man die Uhr stellen. Unter der Woche verließ er pünktlich um acht Uhr das Haus und begab sich auf direktem Weg zum Katasteramt. Gegen fünf Uhr am Abend kehrte er wieder zurück. Manchmal ging er noch aus, um einige Besorgungen zu machen. Die Abende verbrachte er zu Hause. Gegen neun Uhr verlöschten die letzten Lichter in seiner Wohnung. Er schien keinerlei Laster zu haben. Er trank nicht, besuchte keine Freudenhäuser, und der Spielsucht war er auch nicht verfallen. Allem Anschein nach hatte er tatsächlich keinen Grund, am Gesetz vorbei etwas Unrechtmäßiges zu begehen. Und doch musste er ein Geheimnis haben, dem sie vielleicht nur noch nicht auf die Spur gekommen waren. Raffael beauftragte Nils ein weiteres Mal, ihn zu beobachten. »Lass ihn keine Minute aus den Augen«, schärfte er seinem Freund ein. »Ich will selbst wissen, wann er auf die Toilette geht, welchen Besuch er bekommt, wer wann sein Haus betritt oder wieder verlässt, auch nachts! Hast du verstanden?«

Nils versprach ihm, sein Bestes zu geben. Nach zwei Wochen brachte er tatsächlich Neuigkeiten.

»Dieser Reuben hat uns wirklich an der Nase herumgeführt«, berichtete er kopfschüttelnd. »Wer kann auch schon ahnen, dass er *so* einer ist?«

»Kannst du mir erklären, was du damit meinst?«, fragte Raffael ungeduldig. Nils wiegte vielsagend mit dem Kopf und genoss es, seinen Freund noch etwas auf die Folter zu spannen. Er bedachte ihn mit einem koketten, weibisch anmutenden Augenaufschlag und warf ihm schließlich eine Kusshand zu.

»Ach, Schätzchen, es gibt eben Dinge, von denen hast du keine Ahnung!«

»Hör endlich mit den Albernheiten auf!«, raunzte Raffael ungehalten. »Man könnte ja glatt meinen, dass du vom anderen Ufer stammst.« Er hielt inne und begann endlich zu verstehen. »Du meinst … er ist …?«

Nils nickte. »Homosexuell – genau! Aber das ist noch nicht alles. Er steht zudem noch auf Weiberklamotten. Ich habe lange gebraucht, bis ich darauf gekommen bin. Reuben ist immer pünktlich in seiner Wohnung verschwunden und erst am nächsten Morgen wieder herausgekommen. Auf die anderen Menschen, die in dem Haus der Witwe ein- und ausgingen, habe ich erst jetzt geachtet. Dabei ist mir aufgefallen, dass eine der Untermieterinnen am Wochenende gegen elf Uhr abends nochmals das Haus verließ und es erst in den frühen Morgenstunden wieder betrat. Erst dachte ich, sie hätte einen Liebhaber in der Stadt, den sie heimlich trifft, aber dann fiel mir plötzlich die Ähnlichkeit mit Reubens Gangart auf. Der hat so ein komisches Tippeln. Beim nächsten Mal bin ich der Frau gefolgt.« Nils rollte vielsagend mit den Augen, bevor er fortfuhr. »Du müsstest mir eigentlich noch was draufzahlen für das, was ich dort sehen musste.«

»Nun spiel mal nicht den Unschuldigen«, fuhr Raffael ungeduldig dazwischen. »Er hat sich also mit anderen Homosexuellen getroffen, richtig?«

»Die sind doch da alle nicht ganz richtig im Kopf«, meinte Nils. »Die treffen sich im Hinterzimmer eines Gasthauses. Das hab ich von einem der Männer, die dort arbeiten. Es sind lauter Perverse, alles Männer, die es mit Männern treiben – und das für viel Geld. Und mit einem von denen treibt es Reuben. Er kommt regelmäßig und hat sich ernsthaft in einen von denen verguckt. Der Kerl ist so krank, dass er nur einen hochkriegt, wenn er in Weiberkleidern steckt!«

»Also muss er für seine Dienste bezahlen?« Raffael hatte plötzlich das Gefühl, dass sie ihrem Ziel näherkamen.

Nils nickte grinsend. »Darauf kannst du wetten«, meinte er. »Der Typ aus dem Gasthaus hat gemeint, dass du für das Geld drei Nächte mit ’ner Nutte durchficken könntest, so teuer ist es.«

»Also viel zu viel für einen kleinen Beamten?«

»Viel zu viel«, bestätigte Nils.

*

Stromer entwickelte sich zu einem richtigen Wildfang. Er folgte Benjamin inzwischen auf Schritt und Tritt und vertrieb ihm die Langeweile. Seit der alte Mann krank war, genoss der Junge mehr Freiheiten. Nachtmahr hinderte ihn nun nicht mehr daran, die nähere Umgebung der Jagdhütte zu erforschen. Er hatte nicht einmal mehr die Kraft dazu, den Jungen zu verprügeln. Und er wollte es auch gar nicht mehr. Der alte Mann machte sich nichts vor. Er ahnte, dass er sterbenskrank war und nicht mehr lange zu leben hatte. Aber die Tatsache, dass er seinen Enkel um sich hatte, gab ihm auch wieder Kraft. Er hoffte sehr darauf, dass ihm noch eine gute Zeit mit seinem Enkel bleiben würde. Auf eine gewisse Art und Weise hatte er mit sich und der Welt seinen Frieden gemacht. Der glühende Hass auf die Menschen von *Owitambe* war zwar nicht erloschen, aber er schwelte unter einer dicken Schicht Asche. Er hatte ihnen das genommen, was sie am meisten traf – ihre Zukunft. Das war eine herrliche Rache. Benjamin war noch jung. Er würde bald seine Familie vergessen haben und sich nur noch an ihn erinnern. Dieser Gedanke gefiel ihm zunehmend besser. Je länger er durch seine Krankheit zum Nachdenken gezwungen wurde, desto mehr dachte er über seine Beziehung zu dem Jungen nach. Auf die ihm mögliche Art hatte er ihn in sein Herz geschlossen. Manchmal ertappte er sich sogar dabei, wie er sich wünschte, dass auch der Junge ihn mehr mögen würde. Seine beste Entscheidung war gewesen, ihm diesen Köter zu schenken. Das Herz des Jungen hing sehr an dem Hund, auch wenn er es tapfer ihm gegenüber zu leugnen versuchte. »Warte nur, bald wirst du auch mich mögen«, fuhr es ihm manchmal durch den Kopf. Und dann wunderte er sich über sich selbst. Bislang war es ihm herzlich egal gewesen war, ob ihn jemand mochte oder nicht. »Alte Männer werden sentimental«, schalt er sich selbst, und dennoch wuchs in ihm der Wunsch, dass der Junge endlich seine Verstocktheit ihm gegenüber aufgeben würde.

Durch Melindas gute Pflege ging es Nachtmahr zunächst wieder etwas besser. Sie kochte ihm Kräutertees, die seinen Magen beruhigten und ihm in Kombination mit den Schmerzmitteln sogar einige schmerzfreie Stunden bescherten. Nachtmahr nutzte sie, um seinem Enkel das Angeln beizubringen. Benjamin lernte schnell und war geduldig. Als er schließlich seinen ersten Fisch an der Angel hatte, lächelte er ihm zum ersten Mal voller Stolz zu.

»Das bekommt nicht jeder am ersten Tag hin«, lobte Nachtmahr ihn. Sofort verdunkelte sich das Gesicht des Jungen wieder, und er kniff seine Lippen zusammen. Nachtmahr versuchte es nicht zur Kenntnis zu nehmen. »Wollen wir ihn gleich ausnehmen und hier am Fluss grillen?« Der Junge nickte und machte sich ohne Aufforderung daran, etwas Feuerholz zu sammeln. Unterdessen nahm Nachtmahr den Fisch aus und spießte ihn auf einen angespitzten Stecken. Als das Feuer zwischen ihnen prasselte, saßen sie sich schweigend gegenüber. Stromer tollte unterdessen am Flussufer entlang und versuchte vergeblich nach einem Schmetterling zu schnappen.

»Ich habe Melinda beauftragt, dir ein paar Schulbücher zu besorgen«, begann Nachtmahr schließlich ein Gespräch. »Es wird langsam Zeit, dass du wenigstens Lesen und Schreiben lernst.«

Benjamin sah seinen Großvater verächtlich an. »Ich kann schon lange lesen und schreiben«, meinte er stolz. »Außerdem lerne ich in der Schule mehr als bei dir.«

Nachtmahr zog missmutig die Augenbraue hoch. »Du hältst mich wohl für einen ungebildeten alten Mann?«

»Du hast nicht mal Bücher in der Hütte.«

»Das stimmt, aber wenn du willst, werde ich Appeldorn bitten, uns welche zu leihen. Möchtest du, dass ich dir daraus vorlese?«

»Ich kann selber lesen!«, lehnte Benjamin stolz ab.

»Dann kannst du ja vielleicht mir vorlesen?«, schlug Nachtmahr unbeholfen vor. Benjamin schüttelte energisch den Kopf. »Lieber lese ich gar nicht.«

Die schroffe Zurückweisung verletzte Nachtmahr, und dennoch schwieg er.

Am Abend setzten die Schmerzen wieder mit aller Wucht ein. Nachtmahr musste sich noch während des Abendessens übergeben und spuckte Blut. Er quälte sich auf sein Bett und schloss die Augen. Benjamin sah wie gewöhnlich weg und versuchte den Schmerz seines Großvaters zu ignorieren, aber als selbst Stromer zu jaulen begann, begriff er, dass es ihm dieses Mal noch schlechter ging. Plötzlich fühlte er doch so etwas wie Mitleid in sich aufkeimen. Bislang hatte er in dem alten Mann immer nur das Böse gesehen. Er hatte ihn, ein Kind, entführt und seinen Eltern und Geschwistern entrissen. Er war schuld, dass er hier so unglücklich war. Aber seine Eltern hatten ihm auch beigebracht, dass man niemanden leiden lassen durfte. Der alte Mann krümmte sich vor Schmerzen. Immer wieder wurde er von schweren Krämpfen geschüttelt, die sein Gesicht zu einer schrecklichen Grimasse verzerrten. Er war selbst zu schwach, um an seine Tabletten zu kommen. Benjamin stand auf und holte sie samt einem Glas Wasser. Er stopfte zwei Tabletten in die ausgetrockneten Mundwinkel des Mannes, stemmte den Kopf etwas in die Höhe und versuchte, ihm etwas Wasser einzuflößen. Nur mit Mühe gelang es dem alten Mann, sie zu schlucken. Dann zog Benjamin ihm die Stiefel aus und deckte ihn mit einer Decke zu. Als das krampflösende Medikament zu wirken begann, fiel Nachtmahr in einen unruhigen Schlaf. Benjamin überlegte, ob er zur Farm gehen sollte, um Melinda zu holen, aber dann fürchtete er sich vor dem dunklen Weg, den er zudem gar nicht genau kannte. Der alte Mann hatte ihm immer verboten, die Farm zu betreten. Unschlüssig begab er sich zu dessen Bett. Das Angeln hatte ihn ermüdet, aber gleichzeitig spürte er, dass er sich jetzt nicht hinlegen durfte. Also rückte er einen Stuhl neben das Bett des Kranken, nahm Stromer auf seinen Schoß und wartete ab. Irgendwann überwältigte ihn die Müdigkeit, und er nickte ein.

Die Petroleumlampe auf dem Tisch war schon längst verloschen, als ihn das Röcheln des alten Mannes wieder weckte. Benjamin stand rasch auf, um neues Licht zu machen. Als er zurückkam, sah er, dass Nachtmahr versuchte, sich aufzurichten. »Hilf mir«, krächzte er mit schmerzverzerrter Stimme. Benjamin rückte ihm das Kissen im Rücken zurecht und gab ihm dann etwas Wasser. Die Äderchen in den Augäpfeln des alten Mannes waren fast alle geplatzt. Er sah hilflos aus und gar nicht mehr so furchterregend wie sonst. Benjamin fühlte ihm gegenüber zum ersten Mal keinen Hass mehr. »Brauchst du deine Tabletten?«, fragte er. Nachtmahr schüttelte leicht den Kopf.

»Sie helfen nicht mehr«, meinte er. Seine Stimme klang nun klar und gefasst. Er hatte Mühe beim Atmen und röchelte. Hilflos tastete seine knotige, immer noch dicht behaarte Hand in Benjamins Richtung. Reflexartig zog der Junge seine Hand zurück. Der alte Mann verzog den Mund zu einem bedauernden Lächeln, akzeptierte es aber. »Das habe ich nun davon«, meinte er mehr zu sich selbst als zu ihm. »Mein ganzes Leben lang habe ich mir genommen, was ich wollte. Und jetzt zeigst ausgerechnet du mir, dass ich nicht alles bekommen kann.« Er lachte kurz und bitter auf, wurde aber sofort von einem kurzen, heftigen Hustenanfall unterbrochen. »Ich werde nicht mehr lange leben, Junge«, begann er plötzlich. Der Blick aus seinen blutunterlaufenen Augen wirkte nachdenklich, ja sogar einsichtsvoll. »Vielleicht war es doch nicht richtig, dich deinen Eltern wegzunehmen.« Er richtete sich noch ein wenig höher auf, weil ihm das Atmen immer schwerer fiel. Benjamin riet ihm, sich wieder hinzulegen, doch Nachtmahr weigerte sich. »Warte, bis es hell wird«, keuchte er schwerfällig. Seine Stimme kippte nun in ein Röcheln um. »Sag Appeldorn, dass er dich zurück nach *Owi-*

tambe bringen soll. Er wird es tun, hörst du?« Seine Augen suchten Benjamins. »Vergiss mich nicht!« Noch einmal versuchte er die Hand seines Enkels zu ergreifen, doch der Junge verweigerte sie ihm weiterhin. Nachtmahr nickte bitter. Sein Kopf sank langsam auf das Kissen zurück, während sich sein Blick an einen rußigen Fleck an der Decke verlor.

Benjamin begriff eine ganze Zeit nicht, was geschehen war. Erst als er sich über den alten Mann beugte und dessen starrer Blick an ihm vorbei ins Leere ging, begriff er, dass Nachtmahr tot sein musste. Stromer saß neben ihm und winselte leise. Benjamin zögerte einen kurzen Augenblick, dann hob er seine Hand und berührte sachte mit den Fingerspitzen die kalte, haarige Hand seines Großvaters.

*

Hugo Reuben holte den Handspiegel aus seiner Schreibtischschublade und überprüfte sein Aussehen. Er tat es gewohnheitsmäßig, sobald er hinter seinem Schreibtisch in seinem Büro Platz nahm. Tatsächlich hatte sich eine Strähne aus seinem sorgfältig frisierten Haar gelöst. Er fischte den feinen Elfenbeinkamm aus seiner Gesäßtasche und fuhr sich damit durch sein pomadisiertes Haar. Zufrieden musterte er sein Aussehen. Dann legte er den Spiegel zurück, schloss die Schublade und ordnete seine Unterlagen auf dem Schreibtisch. Im rechten Eck befand sich die Ablage für die noch zu erledigenden Aufgaben, links lag die Mappe, die er für den aus Südafrika stammenden Herrn vorbereitet hatte. Er nahm sie sich nochmals vor und überflog kurz die Unterlagen. Alles war in bester Ordnung. Keinem Fachmann würden die kleinen »Korrekturen« auffallen. Der neue »Sonderauftrag« kam Reuben überaus gelegen. Er hatte sich zwar vorgenommen, keine weiteren Grundbuchfälschungen mehr vorzunehmen, aber das Angebot des Südafrikaners war einfach zu verlockend gewesen. Außerdem hatte er sich verliebt, und sein neuer Geliebter war überaus anspruchsvoll. Er zog seine Taschenuhr aus der Westentasche und runzelte ungehalten die Stirn. Der Südafrikaner war spät dran. Er hatte ihn extra um Pünktlichkeit gebeten, da seine Sekretärin in etwas weniger als einer halben Stunde aus ihrer Mittagspause kommen würde und sie dann nicht mehr ungestört waren.

Endlich klopfte es an seiner Tür.

»Herein«, rief Reuben mit forscher Stimme.

Ein elegant gekleideter Herr in feinem Nadelstreifenanzug und englischer Melone betrat sein Büro. Sein Auftreten war äußerst selbstbewusst, als er ohne weitere Aufforderung ihm gegenüber Platz nahm. Er stützte sich mit beiden Händen auf seinen Spazierstock und sah Reuben mit leicht hochgezogener Augenbraue abwartend an.

Das arrogante Auftreten ärgerte den Beamten. »Sie sind reichlich spät, Mister Clark«, brummte er unfreundlich. »Meine Sekretärin wird gleich zurück sein.«

Der Südafrikaner deutete ein feines Lächeln an. »Ich glaube kaum, dass wir sehr lange für unser … ähm … kleines Geschäft brauchen werden«, meinte er gelangweilt. »Haben Sie alles vorbereitet?«

»Selbstverständlich«, entrüstete sich Reuben. »Denken Sie vielleicht, ich mache nur halbe Sachen?«

»Kann ich die Unterlagen sehen?«

»Sie entsprechen genau unserer Abmachung. Die Einzelheiten haben wir doch neulich schon besprochen!«

»Ich möchte mich eben nochmals vergewissern«, meinte Clark bestimmt. Reuben reichte ihm die Mappe.

»Bitte sehr«, meinte er säuerlich. Während sein Gegenüber die Unterlagen studierte, fiel ihm auf, dass er für einen weißen Südafrikaner eine ungewöhnlich dunkle Hautfarbe hatte. Hätte sein Englisch nicht so eindeutig auf die Upperclass hingedeutet, hätte man ihn glatt für einen Mischling halten können. Wie auch immer, Hauptsache, der Mann hatte das Geld bei sich.

»Sie haben also das gesamte Hererogebiet südöstlich des Waterbergs nun auf meinen Namen übertragen?«

»Nicht das gesamte«, entgegnete Reuben ungeduldig. »Das westliche Dorf bleibt dem Gesindel natürlich überlassen. Dort leben über fünfhundert Menschen. Da die Zwangsumsiedlungen ausgesetzt sind, ist es unmöglich, sie von dort zu entfernen.«

»Wird es keine Schwierigkeiten mit ihren Kapitänen geben?«, erkundigte sich der Südafrikaner.

»Das glaube ich kaum«, meinte Reuben verächtlich. »Seit dem Hererokrieg machen die Schwarzen keinen Mucks mehr. Mit denen können Sie mittlerweile fast alles machen.«

»Dann bin ich ja beruhigt.«

»Darf ich fragen, was Sie mit dem Land zu tun gedenken?«, fragte Reuben. »Soviel ich weiß, ist es relativ nutzloses Weideland.«

Clark rümpfte missbilligend die Nase. »Das müssen Sie schon mir überlassen. Mein Freund Baltkorn hat sich wohl getäuscht, als er mir versicherte, dass Sie äußerst diskret seien?«

»Natürlich bin ich das!«, versicherte Reuben hastig. »Herr Baltkorn wird keine Beschwerden gegen mich vorzubringen haben. Kommen wir nun zum Geschäft?«

Mister Clark zog aus der Innentasche seines Anzugs ein dickes, braunes Kuvert heraus und übergab es Reuben. Er nahm es an sich und öffnete es sofort. Ungläubig starrte er sein Gegenüber an.

»Aber … aber … da ist ja nur Papier drin«, stammelte er fassungslos. Raffael von Sonthofen, alias Mister Clark, erhob sich lächelnd. »Das haben Sie gut erkannt, mein lieber Herr Reuben. Oder glauben Sie, ich zahle auch noch für solch einen beispiellosen Betrug?«

Der sah ihn sprachlos an. »Was wollen Sie damit sagen?«, platzte es endlich aus ihm heraus.

»Dass Sie ein Gauner und Betrüger sind – und dass es an der Zeit ist, Ihnen das Handwerk zu legen.«

Reuben wurde blass. Er versuchte Raffael die Mappe mit den gefälschten Unterlagen wieder zu entreißen, doch der trat einen Schritt zurück.

»Sie, Sie sind von der Polizei …« Reuben ließ sich kraftlos auf einen Stuhl sinken. Plötzlich war er nur noch ein Häuflein Elend. »Ich wollte mich nie darauf einlassen, aber dann wurde ich erpresst.«

»Ich nehme mal an, von Baltkorn, nicht wahr?« Raffael nahm ihm gegenüber Platz. »Er hat entdeckt, dass Sie homosexuell veranlagt sind, und gedroht, Sie deswegen bei Ihren Vorgesetzten anzuzeigen.« Reuben nickte. Er kämpfte mit den Tränen. »Ich konnte sein Angebot nicht ausschlagen, vor allem, als er mir auch noch Geld anbot. Es ist nicht einfach für jemanden wie mich«, schluchzte er. »Meine Freier wollen Geld …«

»Hören Sie auf mit Ihrem Gejammer«, unterbrach ihn Raffael angewidert. Er zog ein Papier aus seiner Aktenmappe und legte es ihm auf den Tisch. »Ich mache Ihnen jetzt einen Vorschlag, den Sie umgehend annehmen werden. Dies ist ein Geständnis, dass Sie sich von Baltkorn haben erpressen lassen. Sie bestätigen darin, dass Sie die Katasterauszüge gefälscht haben und dass das Land den Ovambos von Tsumeb gehört.«

»Aber dann bin ich erledigt«, jammerte Reuben verzweifelt.

»Das sind Sie ohnehin«, gab Raffael ungerührt zurück. »Ihre Arbeit hier werden Sie in jedem Fall verlieren. Aber ich kann Ihnen eine öffentliche Blamage bezüglich Ihrer sexuellen Vorlieben ersparen und den weiteren Betrugsversuch, den Sie gerade begangen haben, unter den Tisch fallen lassen. Das erspart Ihnen gut und gerne drei Jahre Gefängnis. Mit ein bisschen Glück dürften Sie mit einer Bewährungsstrafe davonkommen.«

Reuben überlegte nicht lange. Er zog das Geständnis zu sich her und unterschrieb es, ohne es durchzulesen.

*

Seit jenem Erlebnis beim Wasserfall hatte Debe keinen Schluck Alkohol mehr angerührt. Anstatt nach Feierabend mit den beiden Stallburschen Bier zu trinken, zog er sich jetzt lieber in die Wildnis zurück und versuchte, sich den Llangwasi, die ihn immer wieder quälten, zu stellen. Dabei suchte er oft den Wasserfall auf, setzte sich unter den großen Baum und ließ die tosenden Wassermassen auf seinen Geist wirken. Er erinnerte sich plötzlich mit einer Klarheit an seine Jugend, in der er viel mit seinem Vater Bô und seiner Mutter Nakeshi durch das Veld gezogen war. Seine Mutter hatte schon früh sein großes Num erkannt und versucht, ihm den schwierigen Weg, den die Gabe mit sich brachte, zu ebnen. Doch Debe war von seinem Charakter her nie ein Mensch gewesen, der sich seinen Weg vorschreiben lassen wollte. Er konnte nur lernen, wenn er seine eigenen Fehler machte. Aus seiner jetzigen Sicht heraus bereute er seinen Starrsinn. Er hatte ihm viele bittere Erfahrungen eingebracht. Immerhin hatte er dank Melinda erkannt, dass es immer einen Weg gab, der in die Zukunft führte. Sein unterdrücktes Num begann, sich allmählich einen Weg zu bahnen. Wenn er sich ganz den Naturkräften des Wassers hingab, gelang es ihm immer öfter, in die Anderswelt zu gehen. Seine Erlebnisse dort waren kräftezehrend, denn seine Ahnen beschuldigten ihn weiterhin des unglaublichen Frevels, den er begangen hatte. Doch Debe ließ es nicht mehr dabei bewenden. Er ließ die Vorwürfe nicht mehr unwidersprochen wie einen Gewitterguss über sich ergehen, sondern versuchte, die Ahnen um Verzeihung zu bitten. Anfangs hatten sie ihn nur mit bitterer Verachtung und Abscheu angehört, aber als er die kraftraubenden Reisen wieder und immer wieder unternahm, begannen sie ihm allmählich Respekt zu zollen. Schließlich waren sie bereit, die Llangwasi von ihm fernzuhalten. Damit hatten sie ihm den Weg frei gemacht, wieder zurück zu seinem Volk zu gehen. Nun lag nur noch ein Hindernis vor ihm – seine Eltern. Erst wenn sie ihm verzeihen konnten, würde er seinen endgültigen Frieden finden.

Melinda spürte, dass die Zeit nahte, in der Debe die Farm verlassen würde. Auf der einen Seite war sie glücklich darüber, dass er dabei war, Frieden mit sich zu schließen. Auf der anderen Seite schmerzte sie die Vorstellung, dass er sie bald für immer verlassen würde. Sie hatte sich schon lange in den jungen Buschmann verliebt. Er erinnerte sie an all das, was sie vor vielen Jahren verloren hatte – an Unabhängigkeit und an ein Leben in Einklang mit der Natur. Die Missionare hatten damals aus ihr zwangsläufig eine Christin gemacht. Essen und Kleider im Gegenzug zu Kirche und Gehorsam. Es schien so einfach zu sein. In Wirklichkeit hatte sie dabei ihre Wurzeln vergessen. Wie alle Farbigen besuchte sie regelmäßig die Gottesdienste, wenn einer der christlichen Wanderprediger in unregelmäßigen Abständen auf die Farm kam. Sie sang christliche Lieder, betete zu dem einen Gott, der seinen Sohn auf die Erde geschickt hatte, um für die Menschen zu sterben, doch ihr Herz hatte nie wirklich Anteil daran genommen. Durch Debe hatte sie gelernt, das alles wieder infrage zu stellen. Auch wenn sie vieles vergessen hatte, was ihrem Volk einmal wichtig gewesen war, so reichte die vage Erinnerung doch, um eine unbestimmte Sehnsucht in ihr zu wecken. Melinda hatte in ihrem Leben ebenfalls schon vieles verloren. Doch Zuversicht und Tatkraft gehörten nicht dazu. Wenn Debe von der Appeldorn-Farm wegging, dann wollte sie mit ihm gehen – auch wenn er noch nichts davon wusste.

Im Laufe der Wochen hatte Melinda sich angewöhnt, für Debe mitzukochen. Da sie beide zu unterschiedlichen Zeiten ihre Arbeit beendeten und Debe oftmals bis lange nach Sonnenuntergang in der Wildnis blieb, stellte sie ihm gewöhnlich eine Schale mit Essen in seine Hütte. Er aß dann alleine, sobald er zurückgekehrt war. Debe bedankte sich hin und wieder, indem er ihr einen in der Falle gefangenen Hasen mitbrachte oder Veldkost, die er auf seinen einsamen Wanderungen gesammelt hatte. Leider verhielt er sich ihr gegenüber immer noch ziemlich zurückhaltend und wortkarg. Melindas christliche Erziehung verhinderte, dass sie ihm offenherzige Avancen machte, wie es eigentlich in ihrem Volk üblich war. So wartete sie brav darauf, dass er den ersten Schritt tat. Doch Debe zeigte offensichtlich keinerlei Interesse. Es war Kobe, die ihr schließlich auf die Sprünge half. Als Melinda eines Abends wieder einmal ziemlich frustriert alleine vor ihrer Hütte saß, nachdem Debe mit einem knappen Gruß in seiner Hütte verschwunden war, setzte sich die alte Nachbarin zu ihr und schüttelte ungehalten den Kopf. »Debe ist ein Buschmann wie wir«, begann sie. Melinda sah sie befremdet an. »Ich weiß«, antwortete sie knapp. Sie war jetzt nicht in der Laune, ein belangloses Nachbarschaftsgespräch zu führen. Doch Kobe ließ sich nicht davon abbringen. »Und er ist doch anders. Er hat noch den Ruf der Freiheit in sich.«

»Ich weiß, dass er uns bald verlassen wird«, sagte Melinda traurig.

Kobe tätschelte sie mit ihrer faltigen Hand und nickte. »Du möchtest mit ihm gehen, nicht wahr?«

Melinda sah die alte Frau erstaunt an. »Sieht man mir das so sehr an?«

»Jeder, der Augen im Kopf hat, sieht es«, lachte Kobe. Melinda seufzte. »Leider merkt Debe es nicht. Er mag mich nicht.«

»Er ist ein Buschmann«, wiederholte Kobe mit wiegendem Kopf. »Woher soll er wissen, dass du ihn magst, wenn du es ihm nicht zeigst?«

»Ich habe es ihm deutlich genug gezeigt!«, behauptete Melinda. »Ich koche für ihn, bin ständig für ihn da, und er bemerkt mich nicht einmal.«

»Du denkst wie eine weiße Frau«, meinte Kobe verächtlich. »Als ich mich in Gao verliebt habe, habe ich mich zu ihm gelegt.«

»Aber das ist Sünde …«, erwiderte Melinda. Plötzlich musste sie kichern. Sie sah die alte Frau aufmerksam an. »Du meinst also, ich soll ihn einfach …«

Kobe zuckte mit den Schultern. »Versuch es!«

Als Debe am nächsten Abend in seine Hütte kam, lag Melinda nackt auf seiner Decke und lächelte ihn im Schein ihrer mitgebrachten Petroleumlampe schüchtern an. Der junge Buschmann war zunächst völlig überrumpelt und sah sie sprachlos an. Er hatte niemals zu hoffen gewagt, dass Melinda etwas für ihn empfinden könnte. Er war immer der Meinung gewesen, dass sie ihn wegen seines Lebens verachtete, auch wenn sie sich Mühe gab, es ihm nicht zu zeigen.

»Was machst du hier?«, fragte er ungläubig und kam sich gleichzeitig ziemlich dämlich vor. Statt einer Antwort klopfte Melinda mit der Hand auf den Platz neben ihr. Sie war wunderschön. Debe hatte sich oft vorgestellt, wie sie wohl in Buschmannkleidung aussehen mochte, doch dieser Anblick gefiel ihm noch viel mehr. Er spürte ein Kribbeln, das sich erst zwischen seinen Schulterblättern den Kopf hoch ausbreitete und dann auch seine Lenden ergriff. Er stand immer noch regungslos im Eingang. Als Melinda abermals ihre Hand nach ihm ausstreckte, ging er endlich auf sie zu.

Melinda wachte noch vor dem Morgengrauen auf. Vorsichtig schälte sie sich aus Debes Umarmung und zog sich an. Glücklich strich sie im Dunkeln über seine eingefallenen Wangen und registrierte sein zufriedenes Grunzen. Mit einem Lächeln auf dem Gesicht trat sie hinaus ins Freie und machte sich auf den Weg zur Jagdhütte. *Vielleicht ist es ja heute schon das letzte Mal,* dachte sie mit einem leichten Schaudern. Debe und sie hatten, nachdem sie sich geliebt hatten, die ganze Nacht Pläne gemacht. Er wollte wieder zurück zu seinem Volk, und er hatte sie gebeten, mit ihm zu kommen. Melindas Herz schlug wie das eines jungen Vogels. Ihr Leben würde sich schon bald ändern. Sie würde Entbehrungen auf sich nehmen müssen und doch wusste sie, dass sie unendlich viel dadurch gewann. Bevor sie den langen Weg zur Jagdhütte einschlug, ging sie noch zum Haus des Baas, um nachzusehen, ob er ihr etwas für den alten Mann hinterlegt hatte. Der Baas kümmerte sich nicht besonders um ihn, aber er sorgte immerhin dafür, dass er und der Junge regelmäßig Lebensmittel, Medikamente und Zeitungen bekamen, die er ihr dann mitgab. Normalerweise erhielt Melinda die Zuwendungen von der Köchin des Baas, doch heute war Baas Appeldorn bereits wach und erwartete sie.

»Wie geht es dem Alten und dem Jungen?«, erkundigte er sich bei ihr. Melinda sah ihn verwundert an. Es war seltsam, dass er sich für seine Gäste interessierte.

»Der alte Mann ist sehr krank«, antwortete sie, »und der Junge langweilt sich. Ihm fehlen Spielkameraden.«

»Sag dem Alten, er soll sich bei mir sehen lassen«, befahl Appeldorn. »Ich muss etwas mit ihm bereden.«

Melinda nickte, nahm das vorbereitete Päckchen und machte sich auf den Weg.

Noch bevor sie die Jagdhütte erreicht hatte, kam ihr der völlig aufgelöste Junge entgegen, gefolgt von dem kläffenden, kleinen Stromer.

»Benjamin, was ist los mit dir?«, fragte Melinda erschrocken. Statt einer Antwort rannte der Junge auf sie zu und umschloss fest ihren Körper. Völlig überrumpelt streichelte sie ihm über sein krauses, blondes Haar und versuchte ihn zu beruhigen. Noch bevor er etwas sagen konnte, ahnte sie, was geschehen war.

»Ist etwas mit deinem Großvater?«, fragte sie schließlich. Benjamin nickte, sein Gesicht war immer noch an ihrem Busen verborgen.

»Er ist tot«, sagte er schließlich. »Er ist kalt und rührt sich nicht mehr.«

Melinda schauderte. Wie alle Buschmänner hatte sie große Angst vor Toten. Doch dann nahm sie entschlossen Benjamins Hand. »Willst du ihn mir zeigen?«

Der Junge nickte. »Aber dann will ich weg von hier«, sprudelte es aus ihm heraus. »Der alte Mann hat gesagt, dass Baas Appeldorn mich zu meinen Eltern bringen wird.« Er sah sie aus seinen blauen Augen flehend an. »Wirst du mir helfen?«

Melinda rührte die Zuneigung des Jungen. Sie hatte ihn längst in ihr Herz geschlossen. Aber was konnte sie, eine einfache Frau, schon für einen kleinen weißen Jungen tun? Sie sah ihn unschlüssig an und spürte plötzlich, wie seine kleine Hand in ihrer zu zittern begann. Sie konnte gar nicht anders, als sie bekräftigend zu drücken. »Natürlich werde ich dir helfen.«

*

Appeldorn war kein Menschenfreund. Er war es noch nie gewesen. Er hatte die kleine, überschuldete Farm am Kunene River von seiner burischen Mutter erst vor einigen Jahren übernommen. Ihren Tod hatte er als eine Erlösung empfunden, denn seine Mutter war verbiestert gewesen und hatte ein recht kaltherziges Wesen gehabt. Sein ganzes Leben hatte er unter ihrer Lieblosigkeit und unerbittlichen Strenge gelitten. Menschen waren für sie nur Werkzeuge gewesen, derer man sich bediente. Ihr einziger Sohn war da keine Ausnahme. Er hatte von der groß gewachsenen Frau, die man sich ohne Weiteres als aussichtsreiche Ringkämpferin bei Sportveranstaltungen vorstellen konnte, außer Schlägen keinerlei Zuwendung erfahren. Leider war er ihr bis kurz vor ihrem Tod körperlich immer unterlegen geblieben. Appeldorn war eher von schmächtiger Statur, zwar wendig und nicht unterdurchschnittlich groß, aber im Vergleich zu seiner kräftigen Mutter schlichtweg ein Wicht. Dieses Gefühl der Unterlegenheit hatte er nie ablegen können, nicht einmal nach ihrem Tod. In Anwesenheit von anderen Weißen fühlte er sich ausgesprochen unwohl, während ihm die farbigen Arbeiter auf seiner Farm mehr oder weniger gleichgültig waren, solange sie ihre Arbeit verrichteten. Er war kein schlechter Herr, da er sie niemals misshandelte und nicht allzu viel von ihnen verlangte. Nur wenn sie es wagten, gegen ihn aufzubegehren oder ihn zu bestehlen, kannte er keine Gnade, dann zögerte er auch nicht, sie aufs Äußerste zu bestrafen. Die Anwesenheit Rüdiger von Nachtmahrs und seines kleinen Enkels war für Appeldorn anfangs nur schwer zu ertragen gewesen. Allerdings schuldete er Jon Baltkorn noch einen Gefallen, und der hatte keinen Zweifel daran gelassen, dass er nun auf dessen Einlösung beharrte. Nach einigem Hin und Her war ihm schließlich die alte Jagdhütte eingefallen. Sie war weit genug entfernt, dass er weiterhin seine Ruhe haben konnte. Als er dann feststellte, dass der Alte auch noch sehr krank war, hatte er sich mit dessen Anwesenheit arrangiert. Man musste kein Hellseher sein, um zu sehen, dass er nicht mehr lange zu leben hatte.

Als Melinda schließlich mit dem Jungen auf der Farm erschienen war und vom Tod des alten Nachtmahrs berichtet hatte, war ihm ein Stein vom Herzen gefallen. Er hatte endlich seine Schuld beglichen und konnte in Ruhe sein altes Leben weiterführen.

»Was soll mit dem Jungen geschehen?«, fragte Melinda endlich schüchtern. Appeldorn sah sie erstaunt an. Über den Bengel hatte er sich noch keinerlei Gedanken gemacht. Kinder waren für ihn eine unbestimmbare Spezies, die man erst ernst zu nehmen brauchte, wenn sie ausgewachsen waren.

»Er soll verschwinden. Mich geht er jedenfalls nichts mehr an.«

Benjamin wagte sich schließlich schüchtern nach vorne. Er hatte sich die ganze Zeit hinter Melinda versteckt. »Ich möchte zurück nach *Owitambe* zu meinen Eltern«, meinte er mit piepsiger Stimme. »Bitte bring mich dorthin zurück!«

»Wie stellst du dir das vor?«, raunzte ihn Appeldorn unfreundlich an. »Ich kann nicht weg von der Farm. Außerdem ...« Er hob eine Augenbraue und sah ihn zum ersten Mal genauer an. »... Außerdem hat mir dein Großvater erzählt, dass du ein Waisenkind bist. Deine Eltern sind doch tot.«

»Sind sie nicht!«, schrie Benjamin mit entrüsteter Stimme. »Der alte Mann hat gelogen. Er hat mich meinen Eltern einfach weggenommen. Ich will wieder heim!« Tränen quollen aus seinen blauen Augen, obwohl er versuchte, tapfer zu sein.

»Bitte, Baas.« Melinda versuchte es noch einmal. »Helfen Sie dem Jungen!«

Appeldorn ließ nicht mit sich reden. »Morgen nach der Beerdigung ist der Bengel verschwunden«, knurrte er. »Du kannst ihm von mir aus den Weg nach Rehoboth zeigen. Vielleicht hilft ihm ja dort jemand weiter.«

Benjamin wollte sich damit nicht zufriedengeben, doch Melinda nahm ihn bei der Hand und führte ihn zu ihrer Hütte. Im Weggehen versuchte sie ihn zu besänftigen. »Wir werden schon einen Weg für dich finden!«

Nachtmahr wurde ohne viel Aufwand direkt neben der Jagdhütte beigesetzt. Die beiden Stallburschen und Debe mussten das Grab ausheben und für den Leichnam eine Holzkiste zimmern. Darin wurde er begraben. Außer Benjamin, Debe und Melinda war niemand bei der Beerdigung anwesend. Immerhin hatte Appeldorn seinem Herzen doch noch einen Stoß gegeben und sich bereit erklärt, den Jungen am nächsten Tag mit nach Rehoboth zu nehmen. Dort befanden sich die nächstgelegene kleine Handelsstation und ein Postamt. Mit ein bisschen Glück würde man dem Jungen dort weiterhelfen. Die letzte Nacht vor seiner Abreise verbrachte Benjamin bei Melinda in der Hütte. Dort lernte er auch Debe kennen. Die beiden waren einander noch nie begegnet. Erst als Benjamin begann, voller Vorfreude von *Owitambe* zu erzählen, merkte der Buschmann auf. Natürlich kannte er die Farm. Er war einige Male als Kind mit seiner Mutter dort gewesen. Um ein Haar hätte er erzählt, dass er die Farm kannte, aber dann ließ er es doch sein. Wenn Melinda davon erfuhr, würde sie darauf bestehen, dass sie den Kleinen dorthin brachten. Doch seit er ihre Liebe besaß, fürchtete er sich wieder vor der Rückkehr. Wenn ihm sein Volk und seine Eltern nicht verzeihen sollten – wie konnte er dann mit Melinda eine Familie gründen? War es da nicht besser, einfach hierzubleiben? Auf der Farm hatte er keine Schwierigkeiten zu befürchten. Er hatte darüber noch nicht mit Melinda gesprochen. Sie war immer noch der Meinung, dass sie bald von hier aufbrechen würden. Prompt machte sie einen Vorschlag in dieser Richtung.

»Wir könnten doch endlich zu deinem Volk aufbrechen und ihn mitnehmen«, schlug sie ihm vor. »Vielleicht liegt Benjamins Heimat doch auf dem Weg zu deinem Volk?«

»Mein Volk lebt ganz woanders«, behauptete Debe, obwohl es nicht der Wahrheit entsprach. »Mit einem weißen Kind wird unser Weg noch beschwerlicher. Es wird schon für dich hart genug werden, wenn wir in der Wildnis überleben wollen. Mit einem weißen Kind würden wir es nie schaffen. Die Weißen werden den Jungen sicher nach Hause bringen.«

»Wir könnten es wenigstens versuchen«, beharrte Melinda. »Benjamin fürchtet sich vor Fremden. Mir vertraut er.« Sie versuchte Debes Hand zu nehmen, um ihn zu überzeugen, doch der entzog sich ihr und stellte sich weiterhin stur. »Du weißt nicht, wie hart die Wildnis ist. Außerdem ist es im Moment noch zu früh, um aufzubrechen. Wir müssen bis zur Regenzeit warten. Wir können jetzt nicht aufbrechen und den Jungen mitnehmen.« Debe wusste selbst nicht, weshalb er sich so gegen die Vorstellung wehrte, diesen Jungen mitzunehmen. Wenn der Junge von *Owitambe* stammte, dann stand er in enger Verbindung zu der Sternenschwester seiner Mutter. Er selber hatte Jella als kleiner Junge oft gesehen und sie gern gehabt. Doch wenn sie jetzt aufbrachen, dann würde er sich bald seinen Eltern stellen müssen – und davor hatte er schreckliche Angst.

Kurz nach Sonnenaufgang brachte Melinda Benjamin zu Appeldorn auf die Farm. Der Junge schmiegte sich eng an sie, als sie sich von ihm verabschieden wollte.

»Kannst du nicht mitkommen?«, fragte er. Sie schüttelte traurig den Kopf. »Der Baas bringt dich in die Stadt. Dort wird man dir helfen. Geh jetzt!« Sie stupste Benjamin an, damit er zu Appeldorn ging, der bereits ungeduldig vor seinem Auto wartete. Gemeinsam mit Stromer ging er zu ihm hin.

Schweigend setzte sich Benjamin auf den Beifahrersitz. Stromer sprang auf seinen Schoß. »Was will der Hund hier?«, raunzte ihn Appeldorn unfreundlich an. Er packte Stromer am Genick und schmiss ihn wieder aus dem Wagen.

»Das ist mein Hund! Er kommt mit«, schrie Benjamin aufgebracht und stieg wieder aus, um ihn zu holen. Doch Appeldorn hielt ihn mit der einen Hand am Genick fest und fuhr los. »Nichts da! Wenn ich dich mit dem Köter zusammen in den Ort bringe, nimmt dich keiner von denen auf.« Er überhörte Benjamins Geschrei und gab Gas. Stromer jaulte, als er sein Herrchen wegfahren sah.

Appeldorn versuchte erst gar nicht, mit dem Jungen eine Unterhaltung zu beginnen. Schweigend kutschierte er den Bakkie über die holprige Sandpiste in Richtung Rehoboth. Als sie den kleinen Ort, der aus einer Handvoll Holzhäusern und einem Steinhaus bestand, erreichten, hielt er vor dem Steinhaus, das nun als Poststation diente.

»Los, aussteigen«, befahl er Benjamin. Der Junge gehorchte anstandslos. Er hatte sämtlichen Mut verloren und trauerte immer noch um seinen treuen Freund. Seit man ihm auch noch Stromer weggenommen hatte, war ihm alles egal. Hinter dem Tresen der Post stand eine stämmige, rotbackige Frau, die gerade dabei war, die Briefe zu sortieren.

»Post für dich!«, rief sie Appeldorn vergnügt zu und drückte ihm einen Umschlag in die Hand. Dann zog sie erstaunt die Augenbrauen hoch, als sie den eigenbrötlerischen Farmer in Begleitung eines Jungen erblickte.

»Nanu, was ist denn in dich gefahren?«, fragte sie mit hochgezogenen Augenbrauen. »Du wirst doch wohl nicht in deinem Alter noch zu einem Familienmenschen werden?«

»Lass das Gequatsche, Swantje«, knurrte Appeldorn. »Ich habe mit dem Jungen nichts weiter zu schaffen. Er ist allein und möchte wohl irgendwo in den Süden. Vielleicht kannst du oder einer deiner Freunde ihm ja weiterhelfen.«

Er gab Benjamin einen unfreundlichen Schubs, damit er vortrat, dann wandte er sich zum Gehen. »Du bist jetzt für ihn verantwortlich. Ich habe mit ihm nichts mehr zu schaffen.«

»Das kannst du nicht einfach so machen«, beschwerte sich die Postfrau, doch Appeldorn hatte den Raum schon verlassen. Bevor Swantje hinter ihrem Tresen hervorgetreten war, hörte sie das Aufheulen des Motors. Als sie vor der Tür stand, sah sie nur noch die Staubwolke, die der Bakkie hinterließ. Kopfschüttelnd wandte sie sich notgedrungen dem Jungen zu.

Appeldorn grinste zufrieden in sich hinein. Das Problem war nun ein für alle Mal erledigt. Erst nach einigen Kilometern erinnerte er sich wieder an den Brief, den Swantje ihm in die Hand gedrückt hatte. Als er sah, dass er von Baltkorn stammte, stutzte er. Was wollte der Kerl noch von ihm? Er hatte seine Schuld ein für alle Mal abgetragen. Sie waren quitt. Er griff nach dem Umschlag, um ihn aus dem Fenster zu werfen, doch als er ihn in der Hand hielt, fühlte er, wie etwas verheißungsvoll raschelte. Mit einer abrupten Lenkbewegung setzte er den Bakkie an den Straßenrand und hielt an. In dem Umschlag steckten hundertfünfzig südafrikanische Pfund. Appeldorn pfiff anerkennend durch die Zähne und steckte sie eilig ein. Erst dann holte er den Brief hervor und las.

*

»Du hast *was ...?«*

Raffael Sonthofen spürte, wie er seine Selbstsicherheit verlor und blass wurde. Er musste die Nachrichten, die er gerade bekommen hatte, erst einmal verkraften. Im selben Maß, wie Raffael an Fassung verlor, gewann Baltkorn die Oberhand. Er wischte sich die Schweißtropfen von seiner feisten Stirn und atmete erleichtert auf. Das Wasser hatte ihm bis zum Hals gestanden, doch jetzt lag es in seinen Händen, das Blatt zu seinen Gunsten zu wenden.

»Du hast ganz richtig gehört«, schnaufte er immer noch außer Atem. »Dein Sohn ist am Leben. Und ich weiß, wo er ist.« Die Angst um seine Zukunft hatte ihm ordentlich zugesetzt. Der Kerl hatte es tatsächlich geschafft, ein Geständnis von diesem schwulen Katasterbeamten zu bekommen. Damit war er, Baltkorn, geliefert. Kein Gericht des Landes würde ihn jetzt noch freisprechen, selbst wenn er die besten Anwälte engagierte. Die betrügerische Landnahme in Tsumeb hätte ihm endgültig das Genick gebrochen und ihn ins Gefängnis gebracht, wenn Sonthofen seine Beweise ausgespielt hätte. Sobald er durch seine Anwälte von der Anklage erfahren hatte, war er zurück nach

Windhuk gereist und hatte Sonthofen umgehend in dessen Büro aufgesucht. Der Kerl hatte sich erst geweigert, ihn überhaupt zu empfangen, aber er hatte sich nicht abwimmeln lassen. Schließlich hatte ihn Sonthofen widerwillig zu sich hereingebeten. Und jetzt war es höchste Zeit, seinen Trumpf auszuspielen.

»Die Sache ist ganz einfach«, schnaufte Baltkorn zunehmend siegessicher. »Wenn du dieses vermaledeite Geständnis von Reuben im Prozess gegen mich einsetzt, wirst du deinen Sohn nie wiedersehen.«

»Wer sagt mir, dass du nicht lügst?« Raffael war hinter seinem Schreibtisch hervorgetreten und stand nun direkt vor Baltkorn. Er überragte ihn um gut einen Kopf und hatte seine Hände zu Fäusten geballt. Seine dunklen Augen glitzerten gefährlich. Erschrocken wich dieser zurück.

»Fass mich nur nicht an!«, keifte Baltkorn. »Ein Anruf von mir genügt, und dein Sohn ist tot!«

Tatsächlich trat Raffael einen Schritt zurück. Die Knöchel seiner Finger traten weiß an seinen Fäusten hervor. Umständlich fischte Baltkorn aus seiner Jackentasche einen Umschlag und zog daraus eine kraushaarige, blonde Locke hervor. Wortlos überreichte er sie ihm. »Reicht dir das als Beweis?«

Als Raffael die Locke an sich nahm, wurde sein Gesicht um noch eine Spur fahler. Seine Hände zitterten, als er sie an seine Brust drückte. Auf Baltkorns Gesicht trat ein erleichtertes Lächeln. Er hatte es geschafft: Sonthofen begann butterweich zu werden. In knappen Worten erklärte er ihm die Geschichte von Benjamins Entführung und Nachtmahrs Rache.

»Deinem Sohn geht es noch gut«, versicherte er ihm. »Allerdings wirst du ihn nur dann wiedersehen, wenn diese Sache für immer und zu meiner Zufriedenheit aus der Welt geschafft ist.«

»Die Sache ist bereits bei der Staatsanwaltschaft. Es liegt nicht mehr in meiner Hand«, sagte Raffael tonlos. Sein Gesicht spiegelte immer noch deutlich seine Emotionen wider.

»Oh, das ist mir bekannt«, entgegnete Baltkorn kalt. »Allerdings weiß ich auch, dass dem Staatsanwalt noch keine Beweise vorliegen. Du musst lediglich dafür sorgen, dass dieser Reuben für immer aus diesem Land verschwindet – genauso wie sein erzwungenes Geständnis. Noch ist alles nur eine Behauptung. Erst vor Gericht wird das Geständnis zu einem Beweis. Ich denke, wir haben uns verstanden, nicht wahr?«

Raffael nickte geschlagen. »Ich werde alles tun, was du verlangst. Allerdings erwarte ich noch einen weiteren Beweis, dass mein Junge lebt.«

Baltkorn grinste überheblich. Seine Daumen steckten in den seitlichen Westentaschen, während er mit den Füßen auf und ab wippte. »Da wirst du mir schon vertrauen müssen …«

Als er jedoch sah, dass Raffael die Beherrschung zu verlieren drohte, ruderte er eilig zurück. Beschwichtigend hob er die Hände. »Lass gut sein«, lenkte er rasch ein. »Ich weiß selbst, wo meine Grenzen sind. Wir werden jetzt und hier für alle Zeiten Waffenstillstand schließen. Du lässt mich in Zukunft in Ruhe, und dafür gebe ich dir deinen Sohn zurück, sobald etwas Gras über die Sache gewachsen ist. Du wirst ein weiteres Lebenszeichen von deinem Sohn erhalten.«

Er wandte sich zum Gehen. Bevor er das Büro verließ, drehte er sich nochmals zu ihm um. Seine blassblauen Augen verengten sich zu kleinen Schlitzen. »Und sorg dafür, dass kein Hintertürchen mehr offen bleibt! Das Leben deines Jungen schert mich sonst keinen Deut!«

Udaipur

Das schrille Pfeifen der Dampflokomotive kündigte den nächsten Halt des Zuges an. Ricky stand mit Mukesh auf dem kleinen Vortritt des Waggons und beobachtete, wie der Zug immer langsamer wurde und schließlich in den Bahnhof von Udaipur einlief. Gelber Dunst lag wie ein geheimnisvoller Schleier über der Stadt und schluckte die Geräusche der wenigen Menschen auf dem Bahnsteig. Rickys Herz klopfte vor Aufregung. Sie war nervös und zupfte immer wieder an ihren Haaren.

»Wird uns jemand von deiner Familie am Bahnhof erwarten?«, fragte sie etwas bang. Mukesh drückte ihr beruhigend die Hand. »Einige meiner Diener erwarten uns. Du wirst dich noch ein wenig gedulden müssen, bevor du meine Familie kennenlernst.«

Ricky atmete erleichtert auf. Sie fürchtete sich etwas vor der ersten Begegnung, denn jedes Mal, wenn sie in den letzten beiden Tagen das Gespräch auf seine Familie gebracht hatte, hatte er nur ausweichend reagiert. Er bemerkte ihre Unsicherheit und küsste sie flüchtig auf die Stirn. »Es wird alles gut werden«, versprach er ihr. Ricky war froh, dass die holprige Zugfahrt mit den häufigen Unterbrechungen nun endlich ein Ende hatte. Dabei hatte sie keinerlei Luxus entbehren müssen. Ihr Waggon war wie eine kleine Wohnung eingerichtet gewesen. Es gab einen holzvertäfelten Salon mit Schreibtisch, gemütlichen Sesseln und einer stattlichen Bibliothek. Daran schlossen sich ein Speisezimmer und zwei komfortable Schlafräume an.

Trotzdem hatte sie sich darin beengt gefühlt, vielleicht auch deshalb, weil Mukesh, je mehr sie sich Udaipur näherten, immer schweigsamer geworden war. Er war mit seinen Gedanken oft woanders gewesen. Wenn sie ihn darauf aufmerksam machte, entschuldigte er sich zwar und gab sich alle Mühe. Doch sie spürte, dass ihn etwas bedrückte, und war traurig, dass er es nicht mit ihr teilen wollte.

»Ich war lange weg«, hatte er ihr nur erklärt, »da gibt es bei meiner Rückkehr einiges zu bedenken.«

Auf dem Bahnsteig wurden sie von mehreren Palastbediensteten empfangen, die Balbul und Sita halfen, das Gepäck auf mehreren Pferdedroschken unterzubringen. Auf Mukesh und Ricky wartete ein silbrig grauer Rolls Royce. Der Chauffeur war ein schlanker, offenherziger Rajpute, den Mukesh mit einer freundschaftlichen Umarmung begrüßte. »Das ist Mohandas«, stellte er Ricky den etwa gleichaltrigen Mann vor. »Sein Vater war der Wesir meines Onkels. Wir kennen uns schon seit Kindertagen. Er wird dir Tag und Nacht zur Verfügung stehen.« Mohandas legte seine Hände vor der Brust zusammen und verbeugte sich.

»Namaste, Memsahib.«

Ricky lächelte ihm zu und antwortete ebenfalls mit einem »Namaste«. Der Bahnhof lag etwas außerhalb der Stadt, sodass sie ein Stück zu fahren hatten. Die aufsteigende Sonne vertrieb unterdes die nächtlichen Nebelschwaden, und als sie den Lake Pichola erreichten, funkelte seine Wasseroberfläche in ihrem warmen Licht. Wie ein Märchenschloss aus Tausendundeinernacht ragte der schneeweiße Wasserpalast mit seinen Pavillons und Kuppeln aus dem glitzernden See. Purpurfarbene Bougainvilleablüten rankten sich entlang seiner Mauern, während die goldenen Kuppeln das aufsteigende Sonnenlicht einfingen. Ricky fühlte sich leicht und beschwingt, als sie nach beinahe zehn Jahren wieder den Ort erblickte, in dem sie ihre glückliche Kindheit verbracht hatte. Am Jagannath-Tempel vorbei fuhren sie auf das große Befestigungstor zu, das zum Palast des Maharana führte. Doch anstatt die Auffahrt zu nehmen, lenkte Mohandas den Wagen am Hauptpalast vorbei und steuerte die Palastmauern entlang auf einen Seiteneingang zu, der ebenfalls zu den weitläufigen Palastanlagen gehörte. Mukeshs Privatpalais befand sich zwar noch innerhalb der Palastmauern, war jedoch so abgeschieden, dass es wie ein eigenes Reich anmutete. Inmitten von ausladenden Banjan- und Jacarandabäumen lag ein zweistöckiger Marmorpalast, der aus einem Mittelteil und zwei Seitenflügeln bestand. Eine umlaufende, überdachte Veranda spendete auch in der heißen Jahreszeit ausreichend Schatten. Von dem großzügigen Eingangsbereich führte eine geschwungene, breite Treppe in die oberen Gemächer. Unter den Decken der Räume waren große Fächer angebracht, die ständig von Bediensteten in Bewegung gehalten wurden, um frische Luft in die Räume zu bringen. Alles war mit erlesenen Stücken ausgestattet. Wertvolle Seidenteppiche schmückten die mit eingelegten Intarsien verzierten Marmorböden. Die Wände waren mit szenischen Malereien und großzügigen Spiegeln versehen. Auf Anrichten standen teure Vasen, und die Möblierung spiegelte einen Mix aus indischer Tradition und modernem englischem Mobiliar wider. Staunend bewunderte Ricky ihr neues Zuhause, auch wenn sie sich noch nicht vorstellen konnte, dass man sich in all der Pracht auch wohlfühlen konnte.

»Das alles wird nun auch dir gehören«, meinte Mukesh mit einer ausladenden Geste. Dann nahm er sie an der Hand und führte sie zu einer Zimmerflucht im oberen Stockwerk. »Hier wirst du wohnen«, erklärte er ihr. »Selbstverständlich kannst du die Räume noch nach deinen Vorlieben umgestalten.« Ricky bewunderte auch hier seinen sicheren Geschmack. Jedes Möbelstück war mit Bedacht ausgesucht worden. Die weißen Wände waren mit zarten Blumenornamenten bemalt. Auch hier mischte sich indische Bequemlichkeit mit vornehmem englischem Flair. Dennoch konnten die erlesenen Möbel nicht über den hallenartigen Charakter der Räume hinwegtäuschen. Die hohen Decken und zahlreichen Fenster verstärkten diesen Eindruck noch. Sie wusste wohl, dass dies während der stickigen Monsunzeit ein großer Vorteil war, doch im Augenblick kam sie sich darin eher verloren vor. Während der erste Raum als Salon und Aufenthaltsraum fungierte, beherbergte das zweite Zimmer ein großzügiges Bett mit einem himmelblauen Baldachin.

»Gefällt es dir?« Mukesh wartete ihre Antwort nicht ab, sondern zog sie mit sich und ließ sich gemeinsam mit ihr rückwärts auf das Bett fallen. Ricky kicherte, als er sie plötzlich leidenschaftlich zu küssen begann. Sie versuchte ihn von sich zu stoßen. »Wir können doch nicht am helllichten Tag …«, protestierte sie, doch Mukesh kümmerte es nicht. Er griff ihr zwischen die Beine und massierte sie, bis sie sich bereitwillig von ihm verführen ließ.

»Es wird Zeit, zu meinem Vater zu gehen«, meinte Mukesh schließlich und löste sich vorsichtig aus Rickys Armen. »Jetzt?« Ricky richtete sich erschrocken auf. »Aber ich bin doch noch gar nicht darauf vorbereitet!«

Sie wollte ebenfalls aus dem Bett steigen, doch Mukesh hielt sie davon ab. Er setzte sich nochmals zu ihr und fuhr ihr sanft über ihr Gesicht. »Ich werde allein gehen«, teilte er ihr mit. Ricky riss verständnislos die Augen auf. »Willst du mich deiner Familie denn nicht vorstellen?«

Mukesh nahm ihre Hand und sah sie unschlüssig an.

»Ich muss meinen Vater und auch die anderen erst auf deinen Besuch vorbereiten«, gestand er ihr schließlich.

»Heißt das, sie wissen noch gar nichts von mir?« Sie fühlte plötzlich Panik in sich aufsteigen. Mukesh versuchte sie zu beruhigen. »Natürlich wissen sie von dir! Ich habe meinem Vater noch von London aus ein Telegramm geschickt. Aber jetzt geht es darum, wie du bei Hofe eingeführt werden sollst. Du wirst durch unsere Hochzeit schließlich eine Prinzessin werden. Ich möchte, dass du in allen Ehren empfangen wirst. Dafür bedarf es vieler Vorbereitungen. Meine Familie ist sehr groß. Viele haben Einfluss, auch auf mein Leben.« Er küsste sie auf den Mund und lächelte ihr aufmunternd zu. »Lass mich nur machen. Morgen, spätestens übermorgen werde ich dich allen vorstellen. Ruh dich ein wenig aus. Mohandas und Sita stehen ganz zu deiner Verfügung. Sieh dir den Park an, und mach einen Spaziergang zum See. Heute Abend bin ich wieder bei dir und werde dich keinen Augenblick länger aus den Augen lassen …«

Ricky seufzte ergeben.

Doch weder am nächsten noch an den folgenden Tagen wurde Ricky von seiner Familie empfangen. Mukesh war über die ablehnende Haltung seiner Familie sehr unglücklich. Er hatte viele Stunden im Palast verbracht und war erst am späten Abend wieder nach Hause zurückgekehrt. Als er sie begrüßte, wirkte er müde und niedergeschlagen. Wütend berichtete er ihr, dass Indira plötzlich Schwierigkeiten machte. »Sie weigert sich, dich als meine Hauptfrau zu akzeptieren«, klagte er. »Heißt das, sie will sich nicht von dir scheiden lassen?«, fragte Ricky peinlich berührt. Ihr wurde erst jetzt so richtig bewusst, dass Mukesh immer noch ein verheirateter Mann war – und sie lediglich seine Geliebte. »Aber hast du mir nicht erzählt, dass ihr euch gar nicht mehr liebt? Wieso weigert sie sich dann? Ist sie vielleicht eifersüchtig?«

Er sah sie unglücklich an. »Indira geht es nicht um die Liebe – und eifersüchtig ist sie erst recht nicht. Unser Verhältnis ist ihr vollkommen gleichgültig. Es geht um ihren – unseren – Sohn. Sie fürchtet, dass er nicht mehr länger mein Erbe sein wird, wenn wir heiraten und eigene Kinder haben werden. Außerdem verliert sie ihre einflussreiche Stellung am Hof. Leider hat Indira mittlerweile großen Einfluss in meiner Familie. Es gibt einige, die sich auf ihre Seite stellen.« Er sprang auf und lief, die Hände auf dem Rücken verschränkt, wie ein Tiger auf und ab.

»Und wenn du schriftlich darauf verzichtest, dass unsere Kinder einmal Anspruch auf deinen Titel haben?«, überlegte Ricky. »Ich für meinen Teil lege keinen Wert darauf! Sie werden viel freier leben, wenn sie keinen Titel erben müssen.« Mukesh hielt kurz inne und lächelte sie beinahe mitleidig an. »Mein Liebes, die Dinge hier in Indien sind leider etwas komplizierter«, versuchte er ihr zu erklären. »Ein Stück Papier zählt am Hofe überhaupt nichts. Es kann verschwinden, durch ein gefälschtes ersetzt oder einfach nicht anerkannt werden. Die Beziehungen innerhalb einer fürstlichen Familie sind kompliziert und für Außenstehende nur schwer zu durchschauen. Da gibt es Intrigen und Bündnisse … Auf Dauer wird sich Indira natürlich nicht gegen mich stellen können. Leider wird das etwas Zeit kosten.« Er sah sie um Verständnis bittend an. »Wir werden unsere Hochzeit noch ein wenig aufschieben müssen.«

Ricky schluckte betreten. Sie hatte ihren Eltern zum Glück noch nichts von ihrer geplanten Hochzeit geschrieben.

»Es macht mir nichts aus, wenn wir noch etwas warten müssen«, meinte sie nach einigem Überlegen. Sie zwang sich zu einem verständnisvollen Lächeln, was er dankbar aufnahm. Er kniete vor ihr nieder und küsste ihre beiden Hände. »Du bist so wundervoll!«, sagte er voller Inbrunst. »Keine indische Frau würde solch ein Opfer auf sich nehmen. Ich verspreche dir, dass du nicht lange warten musst. In spätestens einem Jahr bist du meine Frau.«

»In einem Jahr erst?« Ricky blieb nun doch die Spucke weg. Das war ja noch eine Ewigkeit!

»Sei nicht enttäuscht«, bat er sie, »die Zeit wird schnell vorübergehen. Allein die Hochzeitsvorbereitungen werden Monate dauern. Wir werden ein großes Fest feiern und viele Leute einladen. Ganz Rajasthan wird von unserer Hochzeit reden.«

Ricky ließ sich durch seine Worte schließlich beschwichtigen. Vielleicht war sie ja nur einfach zu ungeduldig.

Auch in den nächsten Wochen blieb Ricky zum großen Teil in der Abgeschiedenheit ihres Palais. Mukeshs Familie war weiterhin nicht bereit, sie zu empfangen. Obwohl es sie kränkte, ertrug sie es mit zur Schau gestellter Gelassenheit. Sie vertraute ihrem Geliebten und glaubte seinen Beteuerungen, wenn er ihr von seinen kleinen Fortschritten erzählte. Sein Vater war ihr gegenüber angeblich schon nicht mehr ganz so ablehnend. Er dachte bereits offen über einen Besuch nach. Doch seine Mutter und seine beiden Schwestern Sujata und Samira hatten immer noch Vorbehalte ihr gegenüber und schützten Indiras Interessen. »Sujata, meine ältere Schwester, ist der Schlüssel«, erzählte ihr Mukesh einmal verstimmt. »Sie ist sehr klug, aber leider auch sehr einflussreich. Unser Verhältnis ist sehr schwierig, seit ich ihr verboten habe, diesen englischen Offizier zu treffen.« Er erzählte Ricky, dass sich Sujata vor vielen Jahren in einen englischen Offizier namens Tom Stanford verliebt hatte. Sie wollten heiraten, doch für ihren Vater war solch eine Ehe eine unerträgliche Schande. Mukesh hatte sich damals auf die Seite seines Vaters gestellt und Sujata den Umgang mit dem Offizier verboten. Als sie sich nicht daran gehalten hatte, hatte er dafür gesorgt, dass Stanford nach Südindien versetzt wurde. Das nahm sie ihm bis heute übel. Ihr Zorn war so groß gewesen, dass sie sich geweigert hatte, überhaupt jemals zu heiraten. Ricky konnte ihre Reaktion gut verstehen. »Wie soll sie auch mit mir als Weißer einverstanden sein, wenn du ihr die Ehe mit einem Weißen verboten hast?«, meinte sie verständnisvoll.

»Mir tut es ja längst auch leid«, gestand Mukesh geknickt.

»Aber leider ist es nun für Reue zu spät. Stanford hat inzwischen eine Engländerin geheiratet.«

Nach einigen Wochen begann Ricky sich zu langweilen. Ihr fehlte nun doch das abwechslungsreiche Leben in Berlin. Sie vermisste das Tanzen, die Musik und die Aufregung vor den Auftritten, auch wenn sie es sich vor sich selbst nicht eingestehen wollte und Mukesh nichts davon erzählte. Die Tage im Palais waren ewig eintönig und wenig abwechslungsreich. Sie hatte sich angewöhnt, lange zu schlafen. Danach frühstückte sie und las die englischen Zeitungen, die Mukesh ihr besorgte. Gelegentlich machte sie danach Spaziergänge durch die Palastanlagen oder ließ sich auf den Pichola-See hinausrudern. Die einzige wirkliche Abwechslung waren ihre Besuche auf dem Basar, was Mukesh allerdings nicht sehr gerne sah, weil sie noch nicht offiziell der Gesellschaft vorgestellt worden war. Als Ausgleich verwöhnte Mukesh sie mit kostbaren Geschenken. Es gab beinahe keinen Abend, an dem er ihr nichts mitbrachte. Ricky war gerührt von seiner Aufmerksamkeit und Liebe und erwartete ihn sehnsüchtig. Sobald er bei ihr war, vergaß sie ihren langweiligen Tag und genoss die Zeit mit ihm. Stundenlang saßen sie beieinander und unterhielten sich, wenn auch Mukesh die Unterhaltung zunehmend allein bestritt, indem er ihr von seinen Erlebnissen im Palast erzählte. Später zogen sie sich in das Schlafzimmer zurück und liebten sich oft die ganze Nacht. Eines Tages überraschte Mukesh sie mit einem Flügel, den er in ihren Salon stellen ließ.

»Ich möchte, dass du wieder Musik machst«, meinte er. »Vielleicht möchtest du ja auch mal wieder in einem kleineren Kreis auftreten?« Ricky war hingerissen. Ungläubig umkreiste sie das schwarz lackierte Instrument und streichelte es mit ihren Fingerspitzen. »Er ist wunderschön«, hauchte sie. Voller Ehrfurcht ließ sie sich auf dem Hocker nieder und schlug eine Taste an.

Der Klang war wunderbar. Erst zaghaft, dann mit zunehmender Begeisterung begann sie ein Chopinstück zu spielen. Als sie geendet hatte, schossen ihr plötzlich Tränen in die Augen. »Du weißt gar nicht, wie sehr mir das gefehlt hat«, gestand sie ihm endlich. Er lächelte geschmeichelt. »Das ist noch nicht alles«, meinte er geheimnisvoll. »Ich finde, es wird endlich Zeit, dass du ein paar meiner Freunde kennenlernst. Ich werde Balbul damit beauftragen, für uns ein kleines Fest zu organisieren.«

»Oh, das wird wundervoll«, rief sie begeistert aus. Die Aussicht auf Abwechslung ließ sie richtig ausgelassen werden. »Lass mich die Vorbereitungen treffen! Gibt es hier ein Tanzorchester? Wir räumen das Palais einfach um und dann …« Plötzlich hielt sie inne. »Und dann laden wir einfach auch deine Schwestern ein. Das können sie dir nicht abschlagen.«

»Auf keinen Fall! Sie würden uns nur das Fest verderben.« Mukesh war ganz und gar nicht angetan, aber Ricky ließ nicht locker. Sie bestand darauf, dass er auch sie einlud.

In den nächsten Tagen stürzte sie sich mit großem Eifer in die Vorbereitungen für das gesellschaftliche Ereignis. Mukesh ließ ihr bei der Gestaltung freie Hand und stellte ihr Balbul und das gesamte Personal zur Verfügung. Ihr schwebte eine ungezwungene Veranstaltung vor mit einem Büffet und der Möglichkeit zu tanzen. Dazu wollte sie das gesamte Erdgeschoss benutzen und ließ es deswegen fast ganz leer räumen. Die Kristalllüster an den Decken ließ sie ebenso putzen wie das Silberbesteck in den Schubladen. Das Foyer und der angrenzende Salon sollten als Tanz- und Unterhaltungsfläche dienen. Dort fand auch das kleine Orchester Platz, das neben traditionell indischer Musik auch europäische und amerikanische Tanzmusik spielen würde. Endlich waren alle Vorbereitungen getroffen, und der große Abend stand unmittelbar bevor. Im Speisesaal auf der anderen Seite des Foyers wurde gerade das Essen in Form eines Büffets aufgetischt. Überall schmückten Vasen mit frischen

Blumen die Räumlichkeiten, und in Eis gekühlte Champagnerflaschen warteten darauf, geöffnet zu werden. Zusätzliches Personal stand bereit, um die Gäste zwischendurch mit Pakoras und Samosas und anderen Köstlichkeiten verwöhnen zu können. Kurz bevor die ersten Gäste eintrafen, fühlte sich Ricky so aufgeregt wie vor einer Premiere. Sie trug ein weit ausgeschnittenes, bodenlanges Abendkleid, das nur aus goldenen Pailletten bestand. Der Stoff schmiegte sich hautnah an ihren Körper und betonte vorteilhaft ihre schlanke Figur. Die Haare trug sie in Locken gelegt eng am Kopf, was ihr fein geschnittenes Gesicht besonders hervorhob.

»Du siehst aus wie eine Göttin«, meinte Mukesh bewundernd. Sie sah an seinen Augen, dass er sie am liebsten hier und auf der Stelle geliebt hätte, und errötete. Er selbst trug eine enge weiße Seidenhose und eine goldbestickte, knielange Jacke. Dazu einen weißen Turban mit einem taubeneigroßen Rubin.

»Jetzt fehlt nur noch eine Kleinigkeit, um dein Strahlen zur Vollendung zu bringen.« Er zog das Diamantcollier seiner Mutter hinter seinem Rücken hervor. »Heute kannst du es mir nicht abschlagen«, hauchte er in ihren Rücken, sodass sie eine Gänsehaut bekam. »Nimm es als Zeichen meiner ewigen Liebe!«

Dieses Mal ließ Ricky ihn gewähren.

Die Party wurde ein großer Erfolg. Rickys Nervosität legte sich, sobald die ersten Gäste eintrafen. Mukesh hatte mit Bedacht nur die Leute eingeladen, die in keinem engeren Verhältnis zu seiner Familie standen. Ricky war darüber anfangs nicht sehr glücklich gewesen, denn sie sehnte sich danach, alle seine Freunde kennenzulernen. Jedes Mal, wenn sie ihn darauf angesprochen hatte, war er jedoch ausgewichen. Er behauptete, er müsse erst Indira von der Scheidung überzeugt haben, bevor er sie in die Familie einführen konnte. So musste sie es wohl oder übel als gegeben hinnehmen. Immerhin hatte sie durchgesetzt, dass er seine Schwestern eingeladen hatte. Doch sie hatten ihm weder zu- noch abgesagt. So kamen hauptsächlich seine Jugendfreunde, einige Rechtsanwälte, Kricketfreunde und sogar drei englische Offiziere, gegen die Mukesh hin und wieder Tennis spielte. Sie brachten ihre Frauen oder Begleiterinnen mit. Gemeinsam begrüßten sie die ankommenden Gäste, und Ricky stellte sich ihren neugierigen Blicken. Manchmal wurde sie so unverhohlen gemustert, dass es ihr überaus peinlich war. Hinzu kam, dass Mukesh sie seinen Freunden auf eine Weise präsentierte, als wäre sie eine besonders wertvolle Rennstute. Als sie ihn darauf pikiert hinwies, lachte er nur. »Du wirst dich daran gewöhnen müssen«, meinte er leichthin. Sie ärgerte sich über seine Worte und wollte noch etwas erwidern, aber er hatte sich schon wieder neu ankommenden Gästen zugewandt. Nach und nach füllte sich das Palais. Nur Mukeshs Schwestern erschienen nicht. Ricky empfand es als neuerliche Zurückweisung, die sie mehr verletzte, als sie zugeben wollte. Außerdem fühlte sie sich zurückgesetzt, weil Mukesh sich mehr seinen Gästen als ihr zuwandte. Ja, ihr schien, als nähme er sie gar nicht mehr richtig wahr. Seinen ganzen Charme versprühte er jetzt vor anderen Frauen. Zu ihrer Überraschung bemerkte sie, wie sich Eifersucht in ihr breitmachte – ein unangenehmes Gefühl, das sie noch nie an sich erlebt hatte. Ohne Zweifel war er ein blendender Gastgeber, der von einem zum anderen strebte, Bonmots loswurde, sich nach dem Befinden seiner Gäste erkundigte oder einfach nur mit ihnen lachte. Seine heitere Art wirkte allgemein ansteckend. Die meisten Gäste amüsierten sich köstlich, nur sie nicht. Ricky wollte sich jedoch auf keinen Fall den Abend verderben lassen und bemühte sich, ihrer Rolle als Gastgeberin gerecht zu werden. Sie versuchte, sich mit den Frauen zu unterhalten, die sich in einem der Nebenräume zusammengefunden hatten und in kleinen Grüppchen beieinandersaßen. Sie schienen überrascht, wenn nicht sogar befremdet, dass sie sich als Weiße zu ihnen gesellte. Zwar beantworteten sie erst höflich Rickys Fragen und erkundigten sich auch nach ihrem Wohlbefinden, aber dann wandten sie sich schnell wieder ihren Themen zu, zu denen Ricky nichts beizutragen hatte. Bei all der Freundlichkeit blieben sie ihr gegenüber weitgehend reserviert. Ricky versuchte es zu ignorieren und schob es darauf, dass sie sich noch nicht richtig kannten. Vielleicht lag es auch einfach nur an ihrer unterschiedlichen Kultur. Auch sie musste noch viel lernen. Gegen halb elf, als das Orchester dazu übergegangen war, amerikanische Tanzmusik zu spielen, traf noch ein letzter Gast ein. Es handelte sich um eine Inderin von vielleicht fünfunddreißig Jahren. Ricky erkannte an ihrem Gang, dass es eine von Mukeshs Schwestern sein musste. Sie steuerte zielsicher quer durch die Halle direkt auf ihren Bruder zu, der mit dem Rücken zu ihr stand und sie erst bemerkte, als sie direkt hinter ihm stand. Überrascht wandte er sich ihr zu. Ricky, die sich mit den englischen Offizieren unterhalten hatte, verabschiedete sich und eilte ebenfalls zu ihnen.

»Sujata! Ich hatte schon gar nicht mehr mit dir gerechnet«, meinte Mukesh gerade etwas steif. Offensichtlich schien er sich über ihre Ankunft nicht besonders zu freuen. »Ist Samira etwa auch da?« Er sah sich um, konnte jedoch keine weitere Person entdecken.

»Sie lässt sich entschuldigen«, meinte Sujata knapp. Während sie sprach, sah sie nicht ihren Bruder, sondern Ricky herausfordernd an. »Willst du mich nicht vorstellen?« Ihre dunklen, wachen Augen musterten sie prüfend. Bevor er etwas sagen konnte, nahm Ricky die Vorstellung selbst in die Hand.

»Ich bin Riccarda. Es freut mich sehr, dass Sie uns heute Abend beehren!« Sie streckte Sujata ihre Hand hin, was diese jedoch geflissentlich übersah. Peinlich berührt ließ Ricky ihren Arm wieder sinken. Sujata lächelte belehrend, legte ihre Hände aneinander und begrüßte sie ihrerseits mit einem förmlichen »Namaste«. Ricky spürte, wie sie rot wurde. Sie verstand sofort, dass Sujata Wert auf indische Tradition legte. »Verzeihung«, murmelte sie rasch, »ich wollte nicht unhöflich sein.« Sie verbeugte sich nun ebenfalls zu einem »Namaste«.

Sujata quittierte es mit einem heiseren Lachen. »Deine kleine Freundin lernt schnell«, meinte sie mit einem spöttischen Zwinkern. Sie war eine überraschend moderne Frau mit kurz geschnittenen Haaren und nach westlicher Art geschminktem Gesicht. Ihr traditioneller waldgrüner Sari wirkte dagegen fast wie ein Widerspruch.

»Muss das sein?«, fragte Mukesh gereizt. »Es war nicht sehr freundlich von dir, Riccarda in aller Öffentlichkeit zu düpieren.« Er empfand offensichtlich Sujatas Verhalten als Provokation.

Ricky spürte förmlich, wie ihm die Anwesenheit seiner Schwester ein Dorn im Auge war. Er schien sie beinahe zu fürchten.

»Ich freue mich jedenfalls sehr, dass wir uns endlich kennenlernen«, versuchte sie erneut die Situation zu überspielen. Sie wollte auf keinen Fall, dass die beiden ihretwegen anfingen zu streiten. Sujata musterte sie erneut. Dann blieb ihr Blick an ihrem Collier hängen, und Ricky registrierte, wie sie Mukesh deswegen einen verächtlichen Blick zuwarf. Sie fühlte, wie sie erneut rot zu werden begann.

»Ich muss gestehen, dass ich auch sehr neugierig war«, gab Sujata schließlich unumwunden zu. »Ihre Ankunft hier hat …« Sie sah Mukesh kurz an, der ihrem Blick jedoch dieses Mal auswich. »… nun ja, für einigen Wirbel gesorgt.«

»Das tut mir leid«, meinte Ricky mit fester Stimme. Sie hatte sich in der Zwischenzeit wieder gefangen und beschlossen, Sujata die Stirn zu bieten. Sie wollte sich von ihr auf keinen Fall unterkriegen lassen. »Ich hoffe, ich kann Sie diesbezüglich etwas beruhigen.«

Sujata reagierte erneut mit einem heiseren, diesmal amüsiert klingenden Lachen. Sie war älter als Mukesh und hatte ein ernstes, aber durchaus sympathisches Gesicht, wie Ricky fand. Ihre braunen Augen erfassten intelligent und aufmerksam ihre Umgebung.

»Möchtest du, dass ich dich den anderen Gästen vorstelle?«, mischte sich nun Mukesh wieder ein. Er nahm Sujata am Arm und versuchte sie von Ricky wegzulotsen. Doch seine Schwester stieß ihn ungeduldig zurück. »Was interessieren mich die anderen?«, meinte sie herablassend. »Ich bin schließlich nur wegen Riccarda gekommen. Wollen Sie mir ein wenig Gesellschaft leisten?« Ohne ihren Bruder weiter zu beachten, hakte sie sich bei Ricky unter. Zielsicher steuerte sie auf eine Sitzgruppe etwas abseits von den anderen zu. Ricky drehte sich Hilfe suchend nach Mukesh um, doch der zuckte nur verstimmt mit den Schultern. Sobald sie sich gesetzt hatten, ließ Sujata ihre Herablassung fallen und wandte sich ihr überraschend offen zu.

»Bitte verzeihen Sie, falls ich Sie kompromittiert habe«, meinte sie. »Aber mir lag daran, dass wir uns allein unterhalten können.« Sie drückte sich in fehlerfreiem Oxfordenglisch aus. Ricky hob herausfordernd die Augenbraue. »Wollen Sie mich jetzt einem Verhör unterziehen? Nur zu!«

Sujata lachte. »Wenn Sie es so nennen wollen, dann haben Sie recht. Am besten, wir beginnen gleich damit. Bitte erzählen Sie mir doch etwas über sich. Ich möchte mir gerne einen eigenen Eindruck verschaffen. Wo haben Sie und mein Bruder sich denn kennengelernt?« Ricky fand, dass sie nichts zu verheimlichen hatte, und erzählte ihr bereitwillig, wie sie sich vor beinahe zehn Jahren hier in Udaipur zum ersten Mal in der Stadt begegnet waren. Sujata war eine gute Zuhörerin und stellte nur ab und zu ein paar gezielte Fragen. Sie hörte aufmerksam zu, und als Ricky ihr schließlich voller Begeisterung von ihrem zufälligen Wiedersehen in Berlin erzählte, nickte sie mit einem wehmütigen Lächeln um ihren Mund. »Sie sind also tatsächlich in meinen Bruder verliebt, nicht wahr?«, stellte sie schließlich fest. In ihrer Stimme klang fast so etwas wie Mitleid mit. Das wiederum ärgerte Ricky, und sie beschloss, das Thema zu wechseln.

»Sind Sie Mukesh immer noch böse wegen damals?«, fragte sie nun ihrerseits. Sie wollte unbedingt Sujatas Groll gegenüber ihrem Bruder auflösen. »Es tut ihm längst leid, dass er damals Ihre Beziehung zu Ihrem Offizier zerstört hat.« Sujata sah sie überrascht an. »Und das glauben Sie ihm?«, wunderte sie sich. Ihre Gesichtszüge verhärteten sich, bevor sie weitersprach. »Er hat damals mein Leben zerstört«, meinte sie mit tonloser Stimme. Ihr Blick schweifte für einen Moment ins Leere, bevor er wieder zu ihr zurückkehrte. Ihre Augen waren nun mit Tränen gefüllt, was Ricky dazu veranlasste, nach ihren Händen zu greifen. Sujata hob die Augenbrauen, ließ es aber geschehen. »Machen Sie nicht den gleichen Fehler wie er«, bat Ricky inständig. »Stehen Sie unserer Liebe bitte nicht im Weg. Mukesh sagt, Sie haben auf Indira großen Einfluss. Überzeugen Sie sie, dass sie sich von ihm scheiden lässt!«

»Sich scheiden lässt?« Sujata löste sich mit einer heftigen Bewegung von Ricky und sah sie entgeistert an. Dann lachte sie hart. »Hat er Ihnen das etwa erzählt?«, fragte sie kopfschüttelnd. »Offenbar sind Sie doch naiver, als ich angenommen habe.« Sie schüttelte unwillig den Kopf, bevor sie sich etwas freundlicher an sie wandte. »Wissen Sie überhaupt, worauf Sie sich einlassen, wenn Sie Mukesh heiraten?«, wollte sie wissen.

»Ich werde mich in die Gepflogenheiten hier schon einfinden«, meinte Ricky selbstbewusst. »Vor allem, was das Repräsentieren und die indischen Sitten angeht. Bestimmt werde ich noch vieles lernen müssen. Doch ich verspreche Ihnen, dass ich Mukesh nicht blamieren werde.«

Sujata schüttelte erneut ungläubig den Kopf. »Oh, das glaube ich gerne. Aber es wird Ihnen nichts nützen, denn Sie werden niemals öffentlich etwas repräsentieren müssen. Ist Ihnen denn nicht klar, dass Sie niemals die Hauptfrau meines Bruders werden können? Diese Stellung gehört Indira. Ein Fürstensohn kann sich nicht scheiden lassen, ohne dass es diplomatische Verwicklungen gibt. Indira hat ein beachtliches Vermögen in unsere Familie gebracht – und was noch viel wichtiger ist, auch wertvolles Land mit Menschen, für die wir sorgen müssen. Darauf kann weder Mukesh noch unsere Familie verzichten. Und, glauben Sie mir, er wird es auch nicht.«

Sujatas Worte waren für Ricky wie Ohrfeigen. Sie brauchte einen Moment, bis sie sie verdaut hatte. »Das ist nicht wahr«, hauchte sie schließlich, entschlossen, ihnen keinen Glauben zu schenken. »Mukesh wird sich auf jeden Fall scheiden lassen. Das hat er mir versprochen!«

»Er will Sie nur lange genug hinhalten, bis Sie auch mit dem Status als Zweitfrau zufrieden sind«, meinte Sujata abfällig. »Das ist typisch für ihn. Mukesh hasst es, klare Verhältnisse zu schaffen. Er geht lieber diplomatische Umwege, um an sein Ziel zu kommen.«

»Was meinen Sie damit? Glauben Sie etwa, er will mich gar nicht heiraten?« Sie ballte die Hände zu Fäusten und schüttelte sich. »Sie wollen uns nur auseinanderbringen«, meinte sie plötzlich kämpferisch. »Sie wollen sich rächen für das, was Mukesh Ihnen damals angetan hat.«

Sujata lachte nur bedauernd. »Hat er Ihnen das etwa auch eingeredet? Sie tun mir leid.« Sie erhob sich und machte Anstalten zu gehen. Dann drehte sie sich noch einmal zu Ricky um. »Mukesh wird Sie bestenfalls zu einer seiner Nebenfrauen machen. Sie werden nie irgendwelche Rechte haben und mehr oder weniger ein Schattendasein führen. Wissen Sie eigentlich, dass er neben Indira noch zwei weitere Frauen hat? Sie leben mit Indira in der Zenana.«

Sie deutete mit dem Kinn auf ihr Collier. »Jede von ihnen besitzt solch einen Schmuck. Fragen Sie ihn danach.«

»Sie lügen!«, rief Ricky aufgebracht. Sie war aufgesprungen und stand Sujata nun direkt gegenüber. »Warum tun Sie das?«

Sujata hielt ihrem Blick stand. »Ich möchte Sie vor Ihrem eigenen Unglück bewahren«, meinte sie leise. »Mein Bruder wird Sie über kurz oder lang genauso vernachlässigen wie seine anderen Frauen und deren Kinder. Die einzige Liebe, der er niemals untreu werden wird, ist die Liebe zur Politik. Wenigstens zeigt er da eine gewisse Beständigkeit.«

Sujata ließ sie grußlos stehen und verließ auf direktem Weg das Palais. Ricky blieb völlig verdattert zurück. Es dauerte lange, bis sie sich wieder gefasst hatte. Sujatas Worte hallten immer noch in ihrem Kopf und hatten bereits die Saat für erste Zweifel gelegt. Aus einem ersten Impuls heraus wollte sie sofort zu Mukesh gehen, um ihn zur Rede zu stellen. Sie wollte, dass er all ihre Bedenken mit wenigen Worten aus dem Weg räumte. Sujata war gewiss nur rachsüchtig. Er hatte sie schließlich davor gewarnt. Doch sie tat es nicht, denn sie erkannte bereits jetzt, dass die Dinge viel komplizierter lagen, als sie es sich vorgestellt hatte. Was war, wenn Sujata wirklich recht hatte? Es würde so vieles erklären. Sie schlug die Hände vors Gesicht und versuchte wieder einen klaren Kopf zu bekommen. Hielt Mukesh sie tatsächlich nur hin? Wartete er darauf, dass sie sich auch mit der Rolle einer Nebenfrau zufriedengab? Wie dumm war sie eigentlich gewesen! Sie war immer davon ausgegangen, dass Mukesh nach englischem oder europäischem Recht verheiratet war. Aber natürlich war er das nicht. Er war Hindu, noch dazu ein Fürst, der so viele Frauen heiraten durfte, wie er wollte. Sie unterdrückte ein panisches Kichern über ihre eigene Dummheit. Immer noch etwas abseits stehend beobachtete sie die Menschen auf ihrem Fest. Die Stimmung wurde zunehmend ausgelassener. Es wurde jetzt auch getanzt. Sie bemerkte Mukesh, der sich nach ihr umsah. Offensichtlich wollte auch er tanzen und erinnerte sich wieder an sie. Er war glänzender Laune, als er schließlich auf sie zusteuerte.

»Na, ist der alte Drachen endlich wieder abgezogen?«, meinte er fröhlich. »Hoffentlich hat sie dich nicht allzu sehr gelangweilt.« Er umfasste ihre Hüfte und zog sie zu sich heran. »Lass uns tanzen gehen«, bat er sie und versuchte sie in Richtung der Tanzfläche zu ziehen. Doch Ricky wies ihn zurück. Sie brauchte Klarheit. »Stimmt es, dass du dich gar nicht von Indira scheiden lassen kannst?«, fragte sie mit eisiger Stimme. Mukesh ließ sie sofort los und wurde blass. »Hat Sujata dir das erzählt?«, fragte er. Ricky nickte. »Sie meint, dass du mich nur so lange hinhalten willst, bis ich mich auch mit einer Rolle als Nebenfrau zufriedengebe.«

»Sujata will nur einen Keil zwischen uns treiben«, presste er voller Ärger hervor. »Ich liebe dich, das ist doch die Hauptsache!« Er versuchte, Rickys Hände zu ergreifen, doch sie entzog sie ihm. Plötzlich fühlte sie, wie ihr eiskalt wurde. Er hatte es nicht abgestritten. Sie musste endlich Gewissheit haben. »Dann hat sie also recht?« Mukesh wand sich wie ein Aal. »Aber nein. Es ist nicht so, wie du denkst. Lass uns das später besprechen. Jetzt ist nicht der richtige Zeitpunkt. Alles wird gut. Lass uns den Abend genießen.«

»Wie kannst du jetzt nur ans Tanzen denken?«, empörte sich Ricky. »Ich habe dich etwas gefragt, und du weichst mir wieder nur aus. Ich will endlich wissen, woran ich bin!«

Mukesh sah sie an. Seine Gesichtszüge bekamen plötzlich etwas Flehendes wie bei einem Kind. »Ich habe dir vielleicht nicht die ganze Wahrheit gesagt«, meinte er kleinlaut. »Kannst du mir das verzeihen? Du wärst bestimmt nie mit mir gekommen, wenn ich dir gestanden hätte, dass ich mich nicht von Indira scheiden lassen kann. Ich habe gehofft, dass du es verstehen würdest, wenn du erst einmal hier in Indien bist. Es wird dir an nichts fehlen. Für mich wirst du immer meine Hauptfrau sein. Ich werde dich auf Händen tragen. Glaube mir!« Seine Augen begannen, sich mit Tränen zu füllen, doch Ricky ließ sich nicht davon beeindrucken. Im Gegenteil, sie fand es mit einem Mal lächerlich.

»Sujata hat mir erzählt, dass du noch zwei weitere Nebenfrauen hast.«

»Sie sind nicht wichtig. Das musst du mir glauben!«

»Was soll ich dir denn noch alles glauben?«, fragte Ricky erbost. Sie spürte, wie sie aus lauter Enttäuschung wütend wurde. »Du hast mich von Anfang an belogen. Ich bin für dich nur eine Trophäe, mit der du angeben kannst. Du hast meine Gefühle und mein Vertrauen missbraucht. Wie soll ich das jemals vergessen?«

»Aber ich liebe dich!« Mukesh versuchte nochmals nach ihren Händen zu greifen. Doch Ricky war zu enttäuscht. Sie drehte sich von ihm weg und eilte, so schnell es ging, in ihre Zimmer. Dort schloss sie sich ein. Schließlich warf sie sich auf ihr Bett und heulte.

Irgendwann war sie für ein paar Stunden eingeschlafen. Als sie erwachte, schmerzte ihr Kopf, und sie fühlte sich elend und zerschlagen. Sofort kamen ihr wieder die Erlebnisse des letzten Abends in Erinnerung. Sie spürte Schmerz, Enttäuschung und dazu eine furchtbare Leere. Mühsam rappelte sie sich auf. Plötzlich wurde ihr so übel, dass sie sich mit dem Weg ins Badezimmer beeilen musste. Würgend schleppte sie sich zur Toilette und übergab sich. Danach fühlte sie sich etwas besser. Sie wusch sich das Gesicht und betrachtete sich angewidert im Spiegel. Die Schminke war verlaufen und bildete dunkle Augenringe um ihre ohnehin verquollenen Augen. Sie sah schrecklich aus. Mechanisch machte sie sich daran, sich auszuziehen und zu waschen. Dann zog sie sich ein frisches Kleid an und kämmte ihre Haare. Es war noch früh am Morgen. Die Sonne war gerade erst aufgegangen, und abgesehen von dem Vogelgezwitscher vor ihren Fenstern war es im Haus erstaunlich still. Zum zweiten Mal in ihrem Leben war sie von Mukesh enttäuscht worden. Beide Male hatte sie sich von seinem Charme und seiner Galanterie einwickeln lassen und dabei übersehen, dass er in Wirklichkeit ein unsicherer, auf seinen Vorteil bedachter Blender war. Sie war ihm gegenüber sogar bereit gewesen, auf ihre Karriere zu verzichten. Und dennoch liebte sie ihn immer noch. Der Gedanke, sich für immer von ihm zu trennen, war ihr genauso unerträglich wie die Vorstellung, dass sie als seine Nebenfrau hier in Indien ein Schattendasein führen sollte. Sie grübelte und grübelte über ihre Situation; ihre Gedanken drehten sich im Kreis. Wenn er sie wirklich liebte, dann mussten sie beide Indien verlassen und irgendwo in Europa leben. Der Gedanke war gar nicht so schlecht. Je länger Ricky darüber nachdachte, desto besser gefiel er ihr. Sie würde wieder auftreten, und Mukesh konnte sie begleiten. Er war vermögend genug, um sich solch ein Leben zu leisten. Nur der Gedanke, dass sie dann womöglich auf Kinder verzichten mussten, schmerzte sie ein wenig. Wenn er jedoch damit einverstanden war, würde sie ihm verzeihen. Kurz entschlossen verließ sie ihre Zimmer und öffnete die Tür zu Mukeshs Schlafzimmer. Sie mussten miteinander reden.

Schwere Vorhänge verdunkelten sein Schlafgemach. Ricky tastete sich vorsichtig durch die Dunkelheit bis zu den Fenstern. Sie hörte seine gleichmäßigen Atemzüge und beschloss, ihn nicht zu abrupt aufzuwecken. Vorsichtig zog sie einen Vorhang etwas beiseite, damit etwas Licht in das Zimmer fluten konnte. Mukesh lag mit nacktem Oberkörper in seinem Bett und schlief immer noch. Allerdings begann sich direkt neben ihm etwas zu regen. Unter dem Laken tauchten erst ein Büschel langer Haare und dann ein dunkelhäutiges, verschlafenes Gesicht auf. Ricky war wie erstarrt. Nur langsam dämmerte ihr, dass es Sita, ihr Kammermädchen, war. Mit einem leisen Schrei richtete diese sich auf und schlüpfte eilig aus dem Bett. Sie war splitterfasernackt, griff eilig nach ihrem Sari und huschte schnell wie ein Schatten aus dem Raum. Von ihrem Schrei war auch Mukesh aufgewacht. Er sah sich verschlafen nach Sita um und entdeckte dann erst Ricky. Seine Augen weiteten sich erschrocken, und er öffnete den Mund, um etwas zu sagen. Doch diesen Moment wartete Ricky nicht ab. Sie war schon längst aus seinem Zimmer verschwunden. Wie betäubt floh sie zurück in ihre Gemächer und schloss sich erneut ein. Nun gab es nur noch einen Gedanken, der sie beherrschte – so schnell wie möglich aus dem Palast zu verschwinden.

Nach Hause

Mit zitternden Knien bestieg Ricky in Kapstadt das Dampfschiff, das sie auf ihrer letzten Reiseetappe nach Südwestafrika bringen sollte. In nur wenigen Tagen würde sie wieder zu Hause sein. Sie seufzte, als sie mit ihrem wenigen Gepäck an die Reling trat und dem Schiff beim Ablegen zusah. Eine Schar Möwen kreiste um ein Fischerboot, das gerade am anderen Ende des Kais festgemacht hatte und dessen dunkelhäutige Fischer gerade ihren Fang entluden. Aus dem Schornstein ihres Schiffes stieg unterdessen schwarzer Rauch, der signalisierte, dass die Maschinen zum Ablegen bereit waren. Ricky spürte das Vibrieren der Motoren unter den Füßen. Das Schiff war im Vergleich zu dem Überseedampfer, mit dem sie von Bombay nach Kapstadt gereist war, nicht sehr groß. Es transportierte hauptsächlich Handelswaren und nur wenige Passagiere. Außer ihr waren nur noch ein paar Geschäftsleute an Bord, die ihr wenig Aufmerksamkeit schenkten. Sie mochten sich allenfalls wundern, dass sie als schwangere Frau allein reiste. Seit ein paar Tagen spürte sie erste, zarte Bewegungen wie einen Schwarm Schmetterlinge in ihrem Leib. Es war ein überraschendes Gefühl gewesen, das sie so gerührt hatte, dass sie weinen musste. Das blieb bei all den schlimmen Erlebnissen der letzten Monate das einzig Positive. Seit sie Udaipur vor drei Monaten verlassen hatte, war so viel geschehen. Mukesh war ihr an jenem Morgen sofort gefolgt und hatte versucht, sie aufzuhalten. Doch sie war schneller gewesen und hatte sich in ihren Zimmern eingesperrt. Wie ein bettelnder Hund hatte er ihre Tür belagert und sie angefleht, ihr zu verzeihen. Sie hatte sich standhaft geweigert, ihn einzulassen. Daraufhin begann er, sie mit Geschenken zu überschütten, die er vor ihrer Tür ablegen ließ. Ricky rührte sie nicht an. Im Gegenteil, je mehr er versuchte, sich wieder bei ihr einzuschmeicheln, desto größer wurde ihre Distanz zu ihm. Seltsamerweise war die Tatsache, dass er sie mit ihrem Kammermädchen betrogen hatte, für sie weitaus weniger schmerzhaft als die Erkenntnis, dass er sie von Anfang an belogen hatte, nur um sie für seine eigenen egoistischen Bedürfnisse bei sich zu halten. Es war ihm nie darum gegangen, *sie* glücklich zu machen. Er hatte immer nur an sich gedacht und wollte mit ihr als seiner attraktiven, weißhäutigen Geliebten bei seinen einflussreichen Freunden prahlen. Als er am dritten Tag die Tür gewaltsam aufbrechen ließ, war sie schon längst aus dem Palast verschwunden. Sie hatte befürchtet, dass er sie nicht so ohne Weiteres aus Udaipur abreisen lassen würde. Dafür waren sein Stolz und seine Eitelkeit zu ausgeprägt. Wäre sie offiziell abgereist, hätte es für den ganzen Hof einen Triumph über ihn bedeutet, den er nur schwer verkraftet hätte. Indem sie heimlich verschwand, tat sie ihnen beiden einen Gefallen. Es war nicht schwer gewesen, Mohandas dazu zu bewegen, sie heimlich mit dem Wagen über die Grenze des Ranatums zu bringen. Sie hatte ihm gegenüber nur ehrlich sein müssen. Mohandas hatte mehr Verständnis für sie, als sie erwartet hätte. Der Rajpute kannte seinen Freund gut genug, um zu wissen, dass er ihm mit Rickys Fluchthilfe im Prinzip nur einen Gefallen tat. Natürlich würde er ihm deswegen Vorwürfe machen, weil er sein Spielzeug noch nicht satt genug hatte, aber in ein paar Monaten würde er ihm verziehen haben – wie schon so oft. Außerdem tat ihm die weiße Frau leid. Er mochte sie, weil sie ihm gegenüber niemals überheblich gewesen war. Deshalb war er bereit, ihr zu helfen.

»Mukesh wird mir dafür den Kopf abreißen«, lächelte er, als

er sie mitten in der Nacht über einen verborgenen Ausgang aus dem Palastgarten führte, wo ein Auto auf sie wartete. Als sie erschrocken innehielt, beruhigte er sie sogleich. »Aber davon muss er ja gar nichts mitbekommen. Bis es hell wird, bin ich längst wieder hier.« Schweigend fuhren sie durch die dunkle, mondlose Nacht bis zum Bahnhof der nächsten Provinzstadt. Die Fahrt dauerte lange, sodass Ricky sich fragte, ob Mohandas nicht geschwindelt hatte, als er behauptete, dass er noch vor Morgengrauen wieder zurück in Udaipur sein wollte. Außer einem Koffer mit ein paar Kleidungsstücken und etwas Schmuck, den sie in Bombay verkaufen wollte, hatte Ricky nichts bei sich. Das Bahnhofsgebäude lag einsam abseits der Stadt. In den Ecken lungerten Tee- und Wasserverkäufer herum, und einige Fahrgäste warteten bereits die ganze Nacht auf den Zug.

»Es dauert nicht mehr lange«, meinte Mohandas zuversichtlich, nachdem er ihr eine Fahrkarte in der ersten Klasse besorgt hatte. Er erbot sich, mit ihr zu warten, doch sie bestand darauf, dass er zurückfuhr.

»Ich möchte nicht, dass du meinetwegen Ärger bekommst«, sagte sie. Sie kramte in ihrer Handtasche nach dem Saphirring, den Mukesh ihr in Berlin geschenkt hatte, und drückte ihn Mohandas in die Hand. »Bitte nimm ihn. Ich hoffe, er reicht, um dich für deine Mühen zu entschädigen.« Mohandas schüttelte fast beleidigt den Kopf und gab ihr den Ring zurück. »Ich bin Rajpute«, sagte er stolz. »Wenn ich dein Geschenk annähme, käme ich mir wie ein Verräter vor.« Er verneigte sich mit zusammengefalteten Händen vor ihr und sprach einen Segen: »Möge Shivas Kraft dich sicher in deine Heimat bringen.« Dann verschwand er in der Dunkelheit.

Als Ricky im Zug saß, ließ die Anspannung endlich nach. Sie hatte die letzten zwei Nächte so gut wie gar nicht geschlafen, sodass sie rasch in einen tiefen, traumlosen Schlaf glitt. Als sie erwachte, war es längst hell. Noch etwas benommen betrachtete sie die braune, eintönige Landschaft mit ihren Feldern und kleinen Dörfern, die an ihr vorbeizogen. Dann wurde ihr wieder schlecht, und sie musste mit einem Würgegefühl kämpfen, das sie nur mühsam in den Griff bekam. Zum Glück war sie allein in ihrem Abteil. Rasch öffnete sie das Zugfenster und atmete die noch morgendlich frische Luft ein, bis sie sich wieder besser fühlte. Erst dann stellte sie fest, dass irgendetwas mit ihrem Gepäck nicht stimmte. Der Schaffner hatte ihr vor der Abfahrt den Koffer auf die Ablage gelegt, doch jetzt lag er, halb geöffnet, ihr gegenüber auf dem Sitz. Das Schloss war aufgebrochen worden. Hastig sah sie nach, was fehlte. Ihre Kleider waren durchwühlt, jedoch noch vollzählig. Was der Dieb allerdings nicht übersehen hatte, war ihr Schmuck. Bis auf den Ring, den Mohandas abgelehnt hatte und den sie daraufhin in ihre Handtasche gesteckt hatte, war sie nun völlig mittellos.

Ricky setzte sich auf ihren Platz zurück und musste plötzlich mit einem hysterischen Lachanfall kämpfen. *Jetzt fehlt nur noch, dass ich schwanger bin,* dachte sie mit einer Portion schwarzem Humor. Doch sofort wurde sie wieder ernst; so abwegig war der Gedanke gar nicht. Die morgendliche Übelkeit der letzten Tage … Sie hatte sie immer auf die Aufregung geschoben. Doch nun überlegte sie ernsthaft, wann sie ihre letzte Blutung gehabt hatte. Sie konnte es drehen und wenden, wie sie wollte, aber sie war tatsächlich schon seit zwei Monaten überfällig. Sie hatte nie darauf geachtet, weil sie immer mit anderen Dingen beschäftigt gewesen war …

Die Vorstellung, von Mukesh zu allem Leid auch noch ein Kind empfangen zu haben, empfand sie nun als blanken Hohn. *Auf diese Weise glaubst du wohl, dich für immer bei mir einnisten zu können,* dachte sie sarkastisch. *Aber da hast du dich getäuscht! Ich werde es auf keinen Fall zur Welt bringen. Du hast mir schon einmal das Herz gebrochen, noch einmal lasse ich das auf keinen Fall zu.* Während sie so dachte, musste sie erneut mit den Tränen kämpfen, dieses Mal vor Selbstmitleid. Sie hatte für diesen Mann alles aufgegeben, was ihr lieb und teuer gewesen war, ihre Karriere, ihre Freunde und Valentin, der sie in all den schwierigen Zeiten durch seine aufopferungsvolle Liebe gestützt hatte. Der Gedanke an ihn schmerzte sie besonders. Sie hatte seine Liebe mit Füßen getreten. »Ich habe alles falsch gemacht, was man in Liebesangelegenheiten nur falsch machen kann«, überlegte sie und musste noch einmal bitter lachen. Das Einzige, was ihr nun noch geblieben war, war ein Rest von schwarzem Humor, als sie an einen von Claire Waldoffs Sprüchen denken musste: »Und wenn alles noch so schlimm ist, dann mach dir nischt draus. Es jibt imma noch wat Schlimmeres.«

In Bombay suchte sie als Erstes einen Pfandleiher auf, bei dem sie ihren Saphirring versetzte. Sie erhielt für das kostbare Stück eine lächerlich geringe Summe. Es reichte gerade, um sich ein Zimmer in einem einfachen Hotel zu nehmen. Sie musste sparsam sein, um die Zeit zu überstehen, bis die Geldanweisung von ihrem Konto aus London eingetroffen war. Bis dahin war sie zur Untätigkeit verdammt. Das Zimmer, das sie bewohnte, war stickig und dunkel. In den Ecken wimmelte es von Kakerlaken. Ricky verbrachte so wenig Zeit wie möglich im Hotel. Tagsüber bummelte sie über die lebhaften Basare, schaute den Händlern beim Feilschen zu oder ging an den Hafen, um sich nach den auslaufenden Schiffen zu erkundigen. Dabei hatte sie viel Zeit, um über ihre Zukunft nachzudenken. Die Zeit, die sie gemeinsam mit Mukesh verbracht hatte, erschien ihr im Nachhinein wie ein unwirklicher Traum. Es schmerzte nach wie vor, wenn sie nur an ihn dachte, und manchmal glaubte sie daran zugrunde zu gehen. Alles, was sie mit Indien verband, hatte auch mit ihm zu tun. Doch dann zwang sie sich wieder, in die Zukunft zu sehen und neue Pläne zu schmieden. Ihr eigentlicher Plan war gewesen, zurück nach Berlin zu gehen, um sich nach einem neuen Engagement umzusehen. Noch war genügend Zeit, um ihre Karriere aufzufrischen. Sie verfügte immer noch über gute Verbindungen, die ihr einen erneuten Einstieg ermöglichen konnten. Ihrer Berechnung nach war die Schwangerschaft noch nicht so weit fortgeschritten, als dass es zu spät gewesen wäre, in Berlin zu einer Engelmacherin zu gehen. Dass sie das Kind nicht haben wollte, war für sie von Anfang an klar gewesen. Doch dann verstrich ein heißer Tag nach dem anderen, an denen sie viel Gelegenheit hatte, das Leben um sich herum zu beobachten. Durch ihre Schwangerschaft war ihre Wahrnehmung plötzlich gänzlich auf schwangere Frauen und kleine Kinder fokussiert. Die Wäscherinnen am Ghat, deren Kinder um sie herumtollten, die schwangere Büglerin, die auf der anderen Straßenseite geduldig die Wäsche ihrer Kunden bügelte, die rundliche, von Kindern umringte Samosaverkäuferin mit ihrem Baby vor der Brust. Etwas zwang sie dazu, solche Menschen immer wieder zu beobachten. Die Folge davon war, dass sich auch ihre Einstellung zu ihrem eigenen Ungeborenen allmählich veränderte. Was konnte das Baby dafür, dass sie auf den falschen Mann hereingefallen war? Was würden ihre Eltern dazu sagen, wenn sie wüssten, dass sie es wegmachen lassen wollte? Sie würden ihre Entscheidung niemals akzeptieren. Und auch für sie wurde es immer unvorstellbarer. Hinzu kam, dass es Schwierigkeiten mit der Geldanweisung aus London gab. Beinahe sechs Wochen musste Ricky auf ihr Geld warten. In dieser Zeit begann sich auch ihr Körper zu verändern. Für eine Abtreibung war es nun zu spät. Plötzlich erinnerte sie sich daran, wie sehr ihre Eltern sich stets weitere Kinder gewünscht hatten und dass ihnen dieser Wunsch verwehrt geblieben war. Diese Gedanken brachten sie auf eine Idee, die ihr immer besser gefiel. Als das Geld von ihrer Bank endlich in Bombay eintraf, stand ihr Entschluss fest. Sie würde zurück nach *Owitambe* gehen und das Kind dort zur Welt bringen. Ihre Eltern würden sich bestimmt über ihren Enkel freuen. Sie redete sich ein, dass Jella und Fritz ihn an Kindes statt annehmen würden und für sie erzögen. Sie selbst würde wieder zurück nach Berlin gehen.

Doch je näher sie nun ihrer Heimat kam, umso größer wurden ihre Zweifel. Sie spürte, dass sie sich etwas vormachte. Außerdem geschah etwas mit ihr, womit sie ebenfalls nicht gerechnet hatte. Sie hatte begonnen, das kleine Wesen in ihrem Bauch jeden Tag ein bisschen mehr zu lieben.

*

Ehe der Junge verstand, was los war, war er wieder auf der Appeldorn-Farm gelandet. Der Baas war nur kurze Zeit, nachdem er ihn auf der Poststation abgesetzt hatte, wieder dort aufgetaucht und hatte Swantje mitgeteilt, dass er sich nun doch um Benjamin kümmern wolle.

»Du lebst jetzt bei mir auf der Farm«, hatte er ihm kurz angebunden mitgeteilt und ihn der kopfschüttelnden Postleiterin, die ihm gerade ein Stück Apfelkuchen hingestellt hatte, wieder abgenommen. Benjamin war viel zu durcheinander, um sich dagegen zu wehren. Irgendwie war er sogar froh, wieder zu der Farm zurückzukommen, weil er sich auf Melinda und den kleinen Hund freute. Doch Appeldorn dachte gar nicht daran, ihn wieder bei Melinda wohnen zu lassen, sondern sperrte ihn zunächst in einem Raum ohne Fenster im Farmhaus ein.

Erst jetzt begann Benjamin zu randalieren. »Lass mich hier raus!«, brüllte er außer sich und trommelte wild mit seinen kleinen Fäusten gegen die Holztür. »Ich will nicht eingesperrt sein!«

»Halt dein Maul«, brüllte Appeldorn genervt zurück. Er hatte nichts für Kinder übrig. »Wenn du nicht gleich still bist, dann bekommst du nichts zu essen.«

»Ich will hier raus!« Benjamin schrie sich weiterhin die Lunge aus dem Hals. Er fürchtete sich in dem dunklen Raum, und wollte nicht schon wieder ganz allein sein. Appeldorn musste einsehen, dass der Junge sich nicht so schnell beruhigen würde und verließ fluchend sein Haus. Als er zwei Stunden später wieder nach ihm sah, setzte das Gebrüll von Neuem ein. »Dir dreh ich noch den Hals um«, knurrte er und verfluchte sich bereits dafür, dass er auf Baltkorns Vorschlag eingegangen war. Nur der Gedanke an das Geld, das ihm obendrauf versprochen worden war, ließ ihn die Nerven behalten. Schließlich erinnerte sich Appeldorn an Melinda. Sie war mit dem Jungen immer gut ausgekommen und hatte sich sogar angeboten, für ihn zu sorgen. Sollte sie doch den Jungen beruhigen. Er ließ sie holen.

»Bring ihm zweimal am Tag was Anständiges zu essen und zu trinken«, befahl er ihr. »Und vor allem bring ihn zur Ruhe!«

»Er könnte mich bei der Feldarbeit begleiten«, schlug Melinda schüchtern vor. »Ich bin sicher, er bleibt in meiner Nähe.«

»Nichts da«, knurrte Appeldorn unwirsch. »Der Junge bleibt eingesperrt. Womöglich versucht er abzuhauen. Ich habe keine Lust, ihn im Busch suchen zu lassen. Ich reiß dir den Kopf ab, wenn er ausbüxt. Hast du verstanden?«

Melinda nickte stumm. Sie wusste nur zu gut, dass er genau das mit ihr tun würde, wenn Benjamin verschwand.

Als Debe abends in Melindas Hütte trat, fand er sie unglücklich am Feuer sitzen. Sie stocherte mit einem Stecken in der Glut und war mit ihren Gedanken weit weg. Er setzte sich neben sie und nahm die Schale mit dem Eintopf, die sie für ihn vorbereitet hatte. Wortlos aß er sie leer und legte sich dann auf ihr Lager.

»Was ist mit dir?«, fragte er schließlich. Er wartete darauf, dass sie sich wie gewohnt zu ihm legte. »Komm her, und lass uns deine Sorgen vergessen.«

Melinda sah ihn zum ersten Mal an diesem Abend an. In ihrem Blick lag etwas Geringschätziges.

»Wieso versteckst du dich vor dir selbst?«, fragte sie ihn unvermittelt. Debe hob erstaunt seinen Kopf.

»Was soll das?«, fragte er ärgerlich. »Ich verstecke mich nicht.«

»Du wolltest mich mit zu deinem Volk nehmen. Jetzt sprichst du nicht mehr davon.«

»Wir müssen warten, bis die Regenzeit kommt«, antwortete er ausweichend. »Jetzt finden wir nur wenig Veldkost auf unserem Weg. Es ist zu anstrengend für dich.«

Melinda griff hinter sich und holte eine Blechbüchse von dem Regalbrett. Sie griff hinein und zog einige Geldscheine hervor. »Ich habe etwas Geld gespart«, meinte sie. »Das dürfte reichen, um uns unterwegs mit Lebensmitteln einzudecken. Wir können sie kaufen.« Sie sah ihn herausfordernd an. »Ich möchte endlich weg von hier.«

Debe fühlte sich überrumpelt. Er richtete sich auf und funkelte sie an. »Was soll das?«, fragte er ungehalten. »Ich habe dir gesagt, dass jetzt nicht die richtige Zeit ist.«

»Doch! Die Zeit ist jetzt da«, sagte Melinda ungerührt. »Ich habe dich durchschaut. Du bist feige und fürchtest dich vor der Begegnung mit deinen Eltern. Du wirst nie deinen Frieden finden, wenn du sie nicht um Verzeihung bittest.«

Sie sah in Debes Augen, dass sie die Wahrheit getroffen hatte, und drang weiter in ihn. »Die Llangwasi werden zurückkehren, wenn du nicht zu deinem Volk zurückgehst. Lass uns gehen, gleich!«

Ihre Worte hatten Debe so aufgewühlt, dass er aufspringen wollte, um die Hütte zu verlassen. Aber dann ließ er es doch sein. Er sah keinen Sinn mehr darin, Melinda anzulügen. Traurig sah er sie an. »Ich fürchte, dass ich die Kraft dazu nicht habe«, gestand er ihr hilflos. »Mein Num ist noch nicht stark genug, um mich dieser Prüfung zu unterziehen. Das musst du verstehen.«

»Du irrst dich«, widersprach sie ihm energisch. »Dein Num wird erst dann stark werden, wenn du es versucht hast.« Ihre Stimme war sowohl eindringlich als auch beschwichtigend, wie die einer Mutter, die ihrem Kind Trost zusprechen muss. Zaghaft griff sie nach seiner Hand und streichelte sie.

»Lass uns noch etwas warten«, bat er. Doch Melinda schüttelte den Kopf. »Es gibt noch einen Grund, weshalb wir schnell aufbrechen müssen«, meinte sie bestimmt. Debe verstand nicht. »Wieso bestehst du darauf?«, fragte er misstrauisch.

»Benjamin ist wieder auf der Farm«, berichtete sie aufgewühlt. »Der Baas quält ihn und hält ihn wie ein Tier in einem dunklen Raum gefangen. Ich habe Angst, dass er ihn töten wird.«

»Wieso sollte er das?«

»Wieso hat er ihn sonst wieder mitgebracht? Außerdem leidet der Junge. Er spricht kaum noch und verweigert jedes Essen. Er wird sterben, wenn wir ihm nicht helfen.«

»Er wird nicht sterben«, widersprach Debe. »Sobald er richtig Hunger hat, wird er schon essen. Das tut jeder.«

Melinda nahm das Geld und steckte es in die Rocktasche. Debe bemerkte erst jetzt, dass sie bereits ein Bündel gepackt hatte. Sie nahm es und machte Anstalten zu gehen. »Wenn du mich nicht begleitest, werde ich den Jungen befreien und mit ihm fliehen«, sagte sie entschlossen. »Ich werde ihn auf diese Farm bringen.«

Debe sprang auf und versuchte sie aufzuhalten. »Was soll das?«, fragte er wütend. »Du bist verrückt. Der Baas wird euch finden und wie Vieh erschießen. Du weißt ja nicht mal, wie man Spuren verwischt.«

Melinda zuckte mit den Schultern. »Immer noch besser, als zuzusehen, wie der Junge hier stirbt. Außerdem hält mich nichts mehr hier.« Sie machte sich von ihm los. Doch Debe hielt sie fest am Arm. Er schüttelte eine Weile immer wieder fassungslos den Kopf. *Die Frau ist stur wie ein Nashorn,* dachte er. *Sie geht wirklich ohne mich weg, wenn ich sie nicht begleite.* Dann lenkte er überraschend ein. »Also gut«, meinte er nicht besonders glücklich. »Ich werde den Jungen holen, aber du wartest hier auf mich. Rühr dich nicht von der Stelle, bis wir bei dir sind.« Er warf einen kurzen Blick auf das große Bündel. »Das kannst du alles hierlassen«, meinte er schroff. »Nimm die Decke, eine Trinkflasche mit Wasser und etwas Essen mit.«

Melinda registrierte es mit scheinbar regungslosem Gesicht. Doch als Debe in der Dunkelheit verschwunden war, lächelte sie zufrieden.

*

Als Ricky aus dem weiß gestrichenen Bahnhofsgebäude in Windhuk trat, erinnerte sie sich erst wieder daran, wie blendend hell die Sonne in dem Tal der Khomashochebene schien. Sie blinzelte, als sie aus dem Schutz des Vordachs auf die Straße trat. Es war beruhigend, dass sich in den Jahren ihrer Abwesenheit so wenig hier geändert hatte. Vielleicht fuhren noch ein paar mehr Automobile durch die Stadt, doch im Grunde genommen war alles so, wie sie es damals verlassen hatte. Der einzige Unterschied zu ihrem Abschied damals war nur, dass niemand aus ihrer Familie von ihrer Ankunft wusste. Sie hatte es mit Absicht verheimlicht, um noch etwas Zeit zu gewinnen. Ihre Hoffnung, dass ihre Eltern ihr in dieser heiklen Situation beistehen würden, wurde, je näher sie ihrem Zuhause kam, immer schwächer. Zwar konnte sie sich sicher sein, dass ihre Mutter ihr in ihrer pragmatischen Art auf jeden Fall helfen würde, aber wie sie zu Rickys Plänen stehen würde, wieder ohne ihr Kind zurück nach Berlin zu gehen, stand auf einem ganz anderen Blatt. Immerhin würde sie ihr wahrscheinlich keine moralischen Vorhaltungen machen. Bei ihrem Vater sah es ganz anders aus. Er war immer so auf ihren Ruf bedacht gewesen, und jetzt tat sie ihm die Schande eines unehelichen Kindes an. Auf der anderen Seite, dachte sie trotzig, durfte gerade er ihr kaum Vorhaltungen machen, denn schließlich war auch ihre Geburt nicht erst neun Monate nach der Eheschließung ihrer Eltern geschehen. Trotzdem befürchtete sie, dass er es anders sehen würde. Sie war immer sein Augenstern gewesen, und nun musste sie ihn so enttäuschen.

Schließlich war sie zu der Überzeugung gelangt, dass es am besten war, erst einmal zu Raffael und seiner Familie zu gehen, um die Stimmung auf *Owitambe* auszuloten. Ihr fast gleichaltriger Onkel war ihr immer ein guter Freund und Berater gewesen, auch wenn sie sich in der letzten Zeit ziemlich aus den Augen verloren hatten. Seit Ricky nach Indien gegangen war, hatte sie nur wenige Briefe nach Hause geschrieben und diese auch nur sehr knapp verfasst. Sie hatte Mukesh nur beiläufig erwähnt, in dem Sinn, dass er ihr angeboten hatte, ihr auf jede Art und Weise behilflich zu sein. Sie hatte die Worte mit Bedacht so gewählt, dass ihre Eltern daraus entnehmen sollten, dass sie eine Konzertreise durch Indien beabsichtigte. Über ihre Liebesaffäre hatte sie geschwiegen, weil sie ihre Eltern erst mit einem festen Hochzeitstermin überraschen wollte. Ebenso spärlich waren deswegen auch die Antwortschreiben gewesen. Ihre Eltern hatten offensichtlich keinerlei Verdacht geschöpft. Sie waren mit ihrem eigenen Leben beschäftigt gewesen. Ricky hatte zwar von dem tragischen Verschwinden Benjamins und dem Tod ihres Großvaters erfahren, ebenso, dass Sonja und Raffael Eltern eines gesunden Jungen namens Tristan geworden waren. Sie war jedoch nicht darüber im Bilde, dass die beiden schon länger getrennt lebten. Umso erstaunter war sie, als sie sich von einer Kutsche mit ihrem Gepäck vor seinem Haus in der Old Location absetzen ließ und nur Raffael vorfand. An dem verwahrlosten Zustand seines Haushalts erkannte sie, dass sich schon länger keine ordnende Frauenhand mehr um die täglichen Dinge gekümmert hatte. Raffael empfing sie erstaunt, aber in alter Herzlichkeit. Ricky erschrak, als sie bemerkte, wie sehr er sich in den letzten Jahren verändert hatte. In sein jungenhaftes Gesicht hatten sich ernste Falten gegraben, und in seiner immer noch pomadisierten Frisur glänzten einzelne graue Haare. Überhaupt wirkte er sehr erschöpft und irgendwie verbittert. Als er ihre Schwangerschaft bemerkte, hob er erstaunt eine Augenbraue. Ricky musste mit ihrer Verlegenheit kämpfen, bevor sie ihm dazu Rede und Antwort stehen konnte. Schließlich reckte sie entschlossen ihr Kinn vor und ging in die Offensive.

»Ja, ich bin schwanger«, kam sie ihm rasch zuvor. »Und, nein, ich habe keinen Vater dazu«, vollendete sie ihren Satz. Nun war es zum ersten Mal heraus. Raffael hob beschwichtigend die Hände. Er verstand sofort, dass sie im Augenblick nicht bereit war, mehr dazu zu sagen, und hielt sich zurück. Er bat sie erst einmal zu sich herein und machte ihnen beiden Tee. Ricky war ihm dankbar, dass er so rücksichtsvoll war. Erst nachdem sie zwei Tassen Tee und eine halbe Packung Kekse verdrückt hatte, rückte sie zögernd mit ihrer Geschichte heraus. Raffael unterbrach sie nur selten. Er machte ihr keinerlei Vorhaltungen und nahm an ihrem Schicksal aufrichtig Anteil.

»Nun bin ich hier und hoffe, dass alles irgendwie weitergeht«, schloss Ricky endlich ihren Bericht ab. »Vater wird schrecklich enttäuscht von mir sein, und Mutter …« Ricky seufzte. »Wenn sie nicht bereit sind, sich um mein Kind zu kümmern, werde ich wohl für immer hier in der Provinz versauern. Wer will schon eine Frau, die ein farbiges Kind hat?«

Raffael versuchte gar nicht, es abzuleugnen. Er schwieg einfach. Ricky merkte, dass sie ein heikles Thema angeschnitten hatte und zuckte entschuldigend mit der Schulter. »Tut mir leid«, meinte sie verbittert, »aber so ist die Lage doch nun einmal.« Raffael lachte plötzlich und legte seine Hand auf ihr Knie. »So schlimm ist es auch wieder nicht«, meinte er leichthin. »Wir haben in unserer Familie mit solchen Umständen ja mittlerweile eine ganze Menge Erfahrungen.« Ricky atmete erleichtert auf. Es tat gut, endlich einmal mit jemandem seine Sorgen zu teilen. Doch nun fand sie es an der Zeit, sich endlich nach seinem Befinden zu erkundigen. Schließlich hatte auch er schwere Schicksalsschläge zu verkraften gehabt.

Raffael zierte sich anfangs. Auch ihm fiel es schwer, über das Geschehene zu reden. Doch da Ricky ihm gegenüber so vorbehaltlos offen gewesen war, wagte auch er es, sich ihr anzuvertrauen.

»Ich hoffe nur, dass Baltkorn auch zu seinem Wort stehen wird und dass Benjamin gesund und munter ist«, schloss er schließlich sichtlich ergriffen. Ricky sah ihn voller Anteilnahme an. Im Laufe seiner Ausführungen war ihr erst klar geworden, wie viel in den letzten Jahren geschehen war. Sie hatte immer nur ihre Karriere im Sinn gehabt, während ihre Familie mit weitaus ernsteren Problemen zu kämpfen gehabt hatte.

»Es tut mir so leid, dass ich mich so wenig um euch gekümmert habe«, meinte sie schließlich bekümmert. »Wie kann ich da verlangen, dass ihr mir jetzt helft?«

»Das ist doch Unsinn«, beschwichtigte sie Raffael. »Du bist deinen eigenen Weg gegangen – und das ist auch richtig so. Ich bin sicher, dass meine Schwester und dein Vater das genauso sehen. Du musst dich unbedingt bei ihnen melden. Sie haben ein Recht darauf. Wollen wir sie gleich anrufen?«

»Anrufen?«

Ricky hielt erschrocken die Luft an. »Um Gottes willen! Ich bin doch gerade erst hier angekommen. Ich kann jetzt nicht gleich nach *Owitambe* gehen. Gib mir noch ein wenig Zeit, wenigstens eine Woche, bis ich mich innerlich darauf vorbereitet habe.«

Raffael seufzte und versuchte ihr klarzumachen, dass ein Aufschub keine Lösung war. Doch Ricky fühlte sich noch nicht bereit. Schließlich lenkte er notgedrungen ein.

»Na gut. Eine Woche. Ich freu mich ja auch darüber, dass mal wieder eine Frau im Hause ist.«

Ricky war zufrieden. Doch nach einer Woche bat sie ihn um einen weiteren Aufschub und dann um noch einen. Schließlich einigten sie sich darauf, dass sie noch bis zu seinem Prozess bleiben sollte.

*

Je näher der Prozess gegen Baltkorn rückte, umso stärker wurden Raffaels Gewissensbisse. Zwar gab ihm Ricky das Gefühl, dass er das Richtige tat, doch er konnte nicht umhin, ständig darüber nachzugrübeln, ob es richtig war, das Recht mit Absicht zu beugen, um eventuell das Leben seines Sohnes zu retten. Schließlich tat er es auf Kosten eines ganzen Ovambodorfes. Wie konnte er seine persönliche Hoffnung höher bewerten als das Schicksal so vieler Menschen, die durch sein Handeln um ihr Recht gebracht wurden? Sein juristischer Verstand sagte ihm, dass man sich nie erpressen lassen durfte, sein Herz sprach das genaue Gegenteil.

Als er mit der Neuigkeit, dass Benjamin zwar entführt, aber noch am Leben sei, nach *Owitambe* gereist war, hatte er gehofft, dass Sonja und er sich wieder aneinander annähern würden. Doch sie war sofort außer sich geraten, als er auch nur erwähnt hatte, dass er Skrupel habe, den Prozess auf Kosten der Ovambos vorsätzlich zu verlieren. Er hatte nur versucht, ihr sein Dilemma zu erklären. Wenn er die Gerichtsverhandlung absichtlich nicht gewann, dann war das Land in Tsumeb für immer für die Menschen verloren. Auf der anderen Seite wussten sie ja nicht einmal, ob ihr Sohn wirklich noch am Leben war, ganz abgesehen davon, dass mit dem Verlieren des Prozesses auch seine Reputation dahin war. Aber natürlich hatte Sonja ihn nicht verstanden. »Wie kannst du für ein Stück Land und deinen Ruf das Leben unseres Sohnes in die Waagschale werfen«, hatte sie außer sich vorgebracht. »Allein der Gedanke zeigt mir, wie wenig wir alle für dich wert sind. Du denkst immer an dein berufliches Fortkommen und dann erst an uns!« Raffael war darüber außer sich geraten. Er hatte bei Sonja nach Trost und Rückhalt gesucht, und sie machte ihm nun stattdessen Vorwürfe. Sie hatten noch eine Weile gestritten, dann hatte sie ihm mitgeteilt, dass sie nicht beabsichtigte, zurück zu ihm nach Windhuk zu kommen. »Ich sehe nicht, dass die Kinder und ich noch bei dir willkommen sind«, hatte sie ihm mitgeteilt. »Du bist mit deinem Beruf verheiratet. Für uns ist da kein Platz mehr!« Das hatte ihn so getroffen, dass er wortlos das Haus verlassen hatte und sofort wieder zurück nach Windhuk gefahren war. So wie es aussah, war seine Ehe am Ende. Am meisten schmerzte ihn, dass er seinen jüngsten Sohn Tristan erst zweimal gesehen hatte.

Einen Tag vor Prozessbeginn lieferte Baltkorn ihm schließlich den geforderten Beweis. Es schien kein Zweifel daran, dass Benjamin noch am Leben war. Ein Bote brachte ihm eine weitere Haarlocke und einen Brief von ihm. Beides stammte zweifelsohne aus seiner Hand. Als Raffael die unbeholfene Botschaft seines sechsjährigen Sohnes entzifferte, stiegen ihm die Tränen in die Augen:

Lieber Papa, liebe Mama!
Mir geht es gut. Bitte macht, dass ich wieder nach Hause kann!
Euer Benjamin

Es war nicht der Inhalt des Briefes, der ihn erschütterte, sondern sein plötzlich einsetzendes Schuldgefühl seiner Frau gegenüber. Wieso war er so kleingläubig gewesen und hatte diesen Beweis gebraucht, um davon überzeugt zu sein, dass sein Sohn noch lebte? Sonja dagegen hatte die Hoffnung gereicht. War es das, was sie ihm vorwarf? Er fuhr sich verzweifelt durch das Haar und seufzte. Wenn die Verhandlung überstanden war, wurde es Zeit, über vieles nachzudenken. Doch jetzt musste er erst einmal in den sauren Apfel beißen und den Prozess zum Wohle seines Jungen verlieren. Entschlossen holte er die Mappe mit den Gerichtsunterlagen hervor und suchte nach Reubens Geständnis, um es zu zerreißen.

»Darf ich dich einen Moment stören?«

Es war Ricky. Raffael winkte sie müde herein und bat sie Platz zu nehmen. Sie war in Tränen aufgelöst und sah ihn unglücklich an.

»Was ist denn mit dir los?« Er reichte ihr sein Taschentuch und wartete geduldig ab, bis sie sich gefasst hatte.

»Ich habe vorhin in der Stadt Valentin Reuter getroffen«, schniefte Ricky bekümmert. »Du hättest sehen sollen, mit welcher Verachtung er mich gemustert hat!«

»Nimmst du ihm das etwa übel?«, fragte Raffael nicht sehr einfühlsam. Er fühlte sich im Moment so gar nicht in der Verfassung, den geeigneten Tröster zu spielen. »Du hast ihn schließlich wegen deines Prinzen sitzenlassen. Das steckt kein Mann so schnell weg.«

Seine harschen Worte taten ihm sofort leid, als er ihre empörte Miene sah.

»Aber deshalb muss er mich doch nicht gleich so abfällig behandeln!«, verteidigte sie sich. Sie war immer noch außer sich und schien wirklich verletzt zu sein. »Wie es scheint, habe ich ihm ohnehin nie viel bedeutet. Sonst hätte er sich nicht so schnell mit einer anderen eingelassen.«

»Glaubst du wirklich? So, wie du mir euer Verhältnis geschildert hast, war er doch ziemlich verliebt in dich.«

Ricky zuckte resigniert mit den Schultern. »Wahrscheinlich habe ich mir das alles nur eingebildet. Aber das geschieht mir auch recht.« Sie machte eine kleine Pause: »Und trotzdem tut es weh.«

Raffael blickte seine Nichte mitleidig an. »Kann es sein, dass du immer noch in ihn verliebt bist?«

»Und wenn? Was spielt das denn noch für eine Rolle?«, gab sie hoffnungslos zurück. Sie sank plötzlich wie ein Häufchen Elend in sich zusammen.

»Ich mache bei Männern wohl alles falsch«, seufzte sie unglücklich.

»Und ich bei den Frauen«, stimmte er mit einem schiefen Lächeln ein.

Jedem das Seine

Jella fand auch in dieser Nacht keinen Schlaf. Seit Wochen quälte sie sich schon durch die Nächte. Obwohl sie abends todmüde war, wachte sie nach ein, zwei Stunden Schlaf wieder auf und konnte nicht wieder einschlafen. Um Fritz nicht zu stören, stand sie auf und holte sich in der Küche ein Glas Milch. Dort saß sie und grübelte vor sich hin. So viel war auf *Owitambe* in letzter Zeit durcheinandergeraten, und sie hatte das Gefühl, je mehr sie alle versuchten, wieder Einigkeit zu schaffen, umso mehr lief alles auseinander. Der Tod ihres Vaters hatte eine große Lücke auf der Farm hinterlassen. Sie vermisste ihren Vater mehr, als sie es je für möglich gehalten hatte. Selbst seine halsstarrige, oft wenig nachgiebige Art, die es ihnen allen nicht immer leichtgemacht hatte, fehlte ihr. Trotz seiner Fehler hatte er immer einen Rat für sie gehabt und ihr das Gefühl gegeben, dass er stolz auf sie war. Ohne ihn fühlte sie sich plötzlich so allein und gar nicht mehr so zuversichtlich, wie es sonst ihre Art war. Früher waren sie alle eine Familie gewesen, und jetzt schien alles auseinanderzubrechen. Ihre einzige Tochter steckte irgendwo in Indien und war möglicherweise gerade dabei, in ihr Unglück zu laufen. Sobald sie in Rickys knappen Briefen von Mukesh gelesen hatte, war sie äußerst alarmiert gewesen. Dieser junge Fürst hatte schon vor vielen Jahren Ricky als jungem Mädchen den Kopf verdreht und sie sehr unglücklich gemacht. Zwar schrieb sie etwas von einer Konzertreise, doch Jella kannte ihre Tochter viel zu gut, um nicht zu ahnen, dass in Wirklichkeit ein ganz anderer Grund dahintersteckte. Wohlweislich hatte sie es vermieden, Fritz gegenüber ihre Bedenken zu äußern. Sie wusste, dass er vor Sorge um seine Tochter außer sich geraten wäre. Sie konnte nur hoffen, dass sie sich irrte. Jella saß im Dunkeln und blickte durch das Fenster auf den klaren Sternenhimmel. Eine Schar Sternschnuppen regnete auf die Erde herab, und sie erinnerte sich plötzlich an ihre Mutter Rachel, die ihr als kleines Mädchen erzählt hatte, dass jede Sternschnuppe die Erfüllung eines Wunsches verhieß, wenn man sich nur schnell genug etwas wünschte. Sie schloss die Augen und versuchte sich etwas zu wünschen. In diesem Augenblick spürte sie Fritz' Hand auf ihrer Schulter. Der kräftige Druck seiner schwieligen Hand tat ihr gut.

»Kannst du wieder nicht schlafen?«, fragte er besorgt. »Vielleicht solltest du doch ein Schlafpulver nehmen.«

Jella winkte ab. »Davon werden meine Gedankenberge auch nicht weniger. Geh wieder ins Bett, ich werde noch mal nach meinen Patienten im Lazarett sehen.« Sie stand auf und schmiegte sich kurz an seine vom Bett noch ganz warme Gestalt. »Mach dir keine Sorgen um mich«, beruhigte sie ihn. »In meinem Alter ist es ganz normal, dass man nicht mehr so gut schlafen kann.«

»Ich hätte da noch eine Idee, wie du vielleicht wieder müde werden könntest«, meinte Fritz und strich ihr liebevoll vom Rücken über ihren immer noch festen Po, den er zärtlich umschloss. »Vielleicht sollten wir es ja mal mit meiner Schlafmethode versuchen?« Er sah sie auffordernd an. Doch Jella war nicht in der Stimmung. Sie schob ihn sacht, aber entschieden von sich. Fritz verstand und küsste sie auf die Stirn. »Bleib nicht zu lange«, mahnte er sie und schlurfte wieder zurück in sein Bett.

Eigentlich hatte Jella keine Lust, noch einmal ins Lazarett zu gehen. Dort war im Moment ohnehin nicht viel los, und die Patienten waren bestens versorgt. Trotzdem trieb sie eine plötzliche Unruhe um, die sie nach draußen gehen ließ. Es war eine wunderbare, laue Nacht mit einem extrem klaren Sternenhimmel. Neumond war gerade erst vorüber, sodass die Sterne besonders hell am Firmament strahlten. Sie hielt nochmals nach Sternschnuppen Ausschau, doch dieses Mal sah sie keine. Von Ferne hörte sie das kehlige Brüllen eines Löwen. Wahrscheinlich hatte etwas seine Ruhe gestört. Ansonsten war es friedlich, und sie vernahm nur hin und wieder das Rufen eines Nachtvogels. Dann sah sie, dass in dem Haus, in dem Sonja mit ihren Kindern wohnte, noch Licht brannte. Sie wunderte sich. Es war schon spät, fast drei Uhr morgens. Hoffentlich ist nichts mit dem Baby geschehen, schoss es ihr durch den Kopf. Tristan war noch sehr klein. Vielleicht hatte er sich erkältet. Für Jella war es Grund genug nachzusehen. Als sie auf das Haus zuging, hörte sie aufgeregte Stimmen und Babygeschrei. Sie beschleunigte ihre Schritte und trat ohne anzuklopfen durch die Tür.

*

Rastlos schritt Valentin Reuter in der von ihm angemieteten Montagehalle auf und ab und erteilte Anweisungen. Einige schwarze Arbeiter waren gerade dabei, riesige Stellwände aufzustellen, mit denen das Gebäude unterteilt werden sollte. Sie hatten bereits an der Rückwand ein Podest errichtet, das einmal die Bühne seines neuen Theaters sein würde. Davor befanden sich ein Orchestergraben und eine Souffleurmuschel. Die Arbeiten gingen gut voran, und er hätte zufrieden sein müssen. In etwas weniger als einem Monat würde es die erste Vorstellung in seinem eigenen Theater geben. Den Anfang würde ein Tourneetheater aus Kapstadt mit einer Operette machen, vier Wochen später war der Auftritt einer englischen Truppe mit Cabaret-Einlagen geplant. Auch aus Deutschland hatte er bereits einige Zusagen von Orchestern und Theatergruppen, die bei ihm auftreten wollten. Es musste schon mit dem Teufel zugehen, wenn sein Konzept, in Südwestafrika ein eigenes Theater aufzubauen, fehlschlagen sollte.

Seit seiner Rückkehr nach Afrika hatte sich viel getan. Zuerst hatte er mit dem Gedanken gespielt, nach Südafrika zu gehen, um dort eine Anstellung als Orchesterleiter oder Dirigent zu suchen, aber dann kam ihm der Gedanke, dass er mittlerweile über ausreichende Geldmittel verfügte, mit denen er sich seinen Lebenstraum von einem eigenen Theater erfüllen konnte. Windhuk schien ihm der geeignete Platz dafür. Er kannte die Stadt und ihre Menschen und sah ein Potenzial dafür, nicht nur konventionelle Theaterstücke und Konzerte aufzuführen, sondern eben auch moderne Darbietungen. Sein nächster Traum war, einmal über ein eigenes Ensemble aus Musikern, Schauspielern und Künstlern zu verfügen, wobei die Hautfarbe der Akteure keine Rolle spielen sollte. Das war natürlich in Anbetracht des wachsenden Rassismus gewagt, doch Valentin war der festen Überzeugung, dass über die Kunst auf Dauer auch Rassenschranken überwunden werden konnten. In Berlin, London und Paris traten längst auch farbige Künstler auf, was unter anderem auch dem Einfluss des Jazz zu verdanken war. Wieso sollte das nicht auch hier gelingen?

Nachdem Riccarda ihn verlassen hatte, war ihm diese riesige Herausforderung als genau das Richtige erschienen, um sie ein für alle Mal aus seinem Leben zu verbannen. Doch leider hatte er sich getäuscht. Die zufällige Begegnung mit Ricky in der Stadt hatte ihn völlig aus der Bahn geworfen. Dabei war er der festen Überzeugung gewesen, dass er seine Gefühle ihr gegenüber mittlerweile unter Kontrolle hatte. Jetzt musste er feststellen, dass ihm die Trennung von ihr noch genauso weh tat wie damals. Es hätte ihm eine Genugtuung sein sollen, dass er in Begleitung von Sabine Klein gewesen war, einer Krankenschwester, mit der er vor einiger Zeit eine lockere Affäre begonnen hatte. Aus einer Laune heraus hatte er sie Ricky als seine Verlobte vorgestellt. Ricky hatte ihn einen Moment aus großen Augen angesehen, aber ihm dann nur kühl gratuliert, woraufhin er sich fast unhöflich von ihr verabschiedet hatte. Sabine hatte ihn überrascht gemustert und amüsiert gefragt, was das zu bedeuten hatte. Doch er hatte sie mit einer schroffen Bemerkung schnell zum Schweigen gebracht. In diesem Moment hatte er wirklich keine Lust verspürt, ihr irgendetwas zu erklären. Was ihn betraf, so bedeutete seine Beziehung zu Sabine nichts Ernstes. Er mochte ihre unbeschwerte Art und ihren runden, tröstenden Körper, den sie ihm ohne falsche Scham darbot. Er war nicht der Erste gewesen, der in den Genuss ihrer unkomplizierten Gesellschaft gekommen war, und das beruhigte ihn. Außerdem forderte Sabine nichts von ihm. Ihr schien es zu genügen, wenn sie sich hin und wieder trafen und einige angenehme Stunden miteinander verbrachten.

Natürlich war ihm sofort aufgefallen, dass Riccarda schwanger war. Das war ja kaum zu übersehen gewesen. Offensichtlich war sie längst mit ihrem Prinzen verheiratet und nur in Afrika, um ihre Familie zu besuchen. Die Tatsache, dass sie nicht sein, sondern ein fremdes Kind unter ihrem Busen trug, erfüllte ihn mit Eifersucht.

Seither gab er sich alle Mühe, ihre Begegnung zu vergessen, und stürzte sich wie ein Wahnsinniger in seine Arbeit. Doch das änderte nichts an der Tatsache, dass seine Wunde wieder aufgerissen worden war und mehr schmerzte denn je.

Sabine Klein riss ihn schließlich aus seinen Gedanken. Sie eilte durch den nur spärlich erleuchteten Raum auf ihn zu. Ihr Blick wirkte vorwurfsvoll.

»Hast du unsere Verabredung etwa vergessen?«, fragte sie ihn beleidigt, als er sie zur Begrüßung auf die Wange küsste. »Wir wollten doch zusammen essen gehen.«

Valentin sah sie einen Augenblick irritiert an. »Ach du meine Güte«, entschuldigte er sich. »Das habe ich total vergessen.«

Sabine zog einen Schmollmund und sah ihn von der Seite an. »Mir scheint, das geht dir in letzter Zeit öfter so!«

Valentin hob bedauernd die Hände. »Es tut mir leid. Ich habe gerade so viel zu tun. Ich kann jetzt unmöglich von hier fort. Gleich wird noch die Bestuhlung angeliefert, und die Technik für die Beleuchtung stimmt auch noch nicht. Bist du böse, wenn wir unser Treffen verschieben?«

Sabine spielte weiterhin die Beleidigte. »Nun gut«, meinte sie gekränkt, »dann frage ich das nächste Mal eben Doktor Sanders, ob er mit mir ausgehen will.« Sie warf Valentin einen herausfordernden Blick zu.

»Tut mir leid«, meinte dieser schon wieder einlenkend. »Wenn du willst, werde ich später noch bei dir vorbeischauen.«

*

Am Abend vor dem Prozess hatte Jon Baltkorn das Bedürfnis, sich noch ein wenig zu zerstreuen. Nach allem, was er herausgefunden hatte, standen die Dinge für ihn bestens. Reuben war tatsächlich aus der Stadt verschwunden, und Sonthofen hatte er fest in der Hand. Nun konnte er sicher sein, dass er in allen Punkten freigesprochen werden würde. In wenigen Stunden würde alles überstanden sein. Grund genug, um ein wenig zu feiern. Sein Vater konnte wieder stolz auf ihn sein. Schade nur, dass der alte Herr zunehmend an Vergreisung litt. Baltkorn lächelte zufrieden vor sich hin. Er hatte eine Flasche Champagner in einem Eiskübel neben sich und wartete darauf, dass das kleine Hereromädchen eintraf, das er für den Abend bestellt hatte. Für die Zeit seines Aufenthaltes in Windhuk hatte er vorübergehend wieder die Villa seines Vaters bezogen. Seinen Bediensteten hatte er für den Abend freigegeben. Schließlich hörte er die Klingel und begab sich selbst an die Tür. Vor ihm stand ein hünenhafter Herero mit einem zierlichen Mädchen.

»Euer Mädchen, Baas«, sagte er in einschmeichelndem Ton. Er versuchte ein Lächeln, doch bei seinen groben Gesichtszügen verkam es zu einer abstoßenden Grimasse. »Sie ist frisch wie der Morgentau und schön wie eine Knospe.« Er schubste das Mädchen durch die Tür und wollte ihm hinterher. Doch Baltkorn hielt ihn davon ab. »Bleib draußen!«, fuhr er ihn barsch an.

»Aber Baas, kann ich nicht hier warten?« Der Herero warf einen begehrlichen Blick in das fein eingerichtete Haus.

»Kommt gar nicht in Frage«, schnauzte ihn Baltkorn ungehalten an. Er zückte seine Brieftasche und fischte daraus einige Geldscheine. »Hier ist dein Geld«, wies er ihn an. »Wenn ich mit der Kleinen fertig bin, schicke ich sie nach draußen!«

Der Herero griff nach dem Geld und zählte es nach. Als er sah, dass es sich um die vereinbarte Summe handelte, steckte er es ein und verschwand. Baltkorn schloss die Tür. Das Mädchen stand verloren in der Eingangshalle und starrte ausdruckslos vor sich hin. Baltkorn trat auf sie zu und fuhr ihr mit dem Zeigefinger über das Kinn. »Wie heißt du?«, wollte er wissen. Das Mädchen senkte seinen Blick. »Sie können mich nennen, wie Sie wollen, Baas«, antwortete sie unterwürfig. Baltkorn grunzte und gab dem Kind zu verstehen, dass es ihm in sein Schlafzimmer folgen sollte. »Ich nenne dich Elisabeth«, beschloss er kurzerhand und dachte etwas wehmütig an seine kleine, weißhäutige Elisabeth Weiß, die er in Tsumeb bei ihrer ahnungslosen Mutter hatte zurücklassen müssen. Seit er sie zum ersten Mal verführt hatte, war er ihr völlig verfallen. Schritt für Schritt hatte er sie sich gefügig gemacht, bevor er sie zum ersten Mal genommen hatte. Sie war etwas Besonderes, das er sich möglichst lange bewahren wollte.

Das Hereromädchen stand vor seinem Bett und zog sich ohne Aufforderung ihr einfaches Baumwollkleid über den Kopf. Als sie nackt vor ihm stand, sah sie ihn erwartungsvoll an. Sie wartete darauf, dass er ihr weitere Anweisungen gab.

Baltkorn spürte seine Erregung, als er ihren fast noch knabenhaften Körper mit den gerade erst sprießenden Brustknospen begutachtete, und winkte sie zu sich. Nun, für diesen Abend würde er sich eben mit diesem dunkelhäutigen Mädchen begnügen.

*

»Das gibt es doch nicht!« Fassungslos stand Jella in der Tür und betrachtete die Ansammlung von Menschen. Die in Tränen aufgelöste Sonja stand inmitten des Raumes und umarmte einen völlig aufgelösten Jungen, der sein Gesicht in ihren Rockschößen vergrub. Erst auf den zweiten Blick erkannte sie, dass es Benjamin war.

»Er lebt!«, begrüßte Sonja sie vor lauter Glück schluchzend. Neben ihr stand eine zufrieden lächelnde Nakeshi, ihr etwas verlegen wirkender Sohn Debe und eine fremde Buschmannfrau, die sie noch nie gesehen hatte. Jella hielt nun nichts mehr. Mit einem glücklichen Seufzer schritt sie auf Sonja zu und umarmte sie mitsamt ihrem Sohn. Benjamin ließ den Rock seiner Mutter los und begrüßte nun auch seine Tante. Er war groß geworden und irgendwie auch reifer. Nun spürte auch Jella, wie ihr die Tränen über das Gesicht liefen und sie die Fassung verlor. Es war, als wäre ein lange aufgestauter Damm gebrochen, dessen Wasser nun endlich wieder fruchtbares Land flutete. Nachdem sich alle wieder einigermaßen beruhigt hatten, erfuhren sie endlich Benjamins Geschichte.

*

Am Morgen des Prozesstags hatte Raffael das Gefühl, als wolle ihn der strahlend blaue Himmel über der Stadt verhöhnen. Es war einer jener selten klaren Tage, an denen die Sicht so gut war, dass man die Berge rund um Windhuk in allen Einzelheiten erkennen konnte. Raffael hatte in der Nacht nur wenig Schlaf gefunden und fühlte sich entsprechend gerädert. Am meisten nagte an ihm die Ungewissheit, ob Baltkorn nicht irgendein perfides Spiel mit ihm trieb. Konnte er sicher sein, dass sich sein größter Feind auch wirklich an die Abmachung hielt – oder wollte er noch mehr? Raffael fiel *Hakoma* ein, der ehemalige Landbesitz seines Schwiegervaters. Baltkorn hatte sich irgendwann einen Großteil davon unter den Nagel gerissen und ebenfalls ein Auge auf das noch ertragreichere *Owitambe* geworfen. Seit dem Tod seines Vaters gehörte Raffael die Hälfte der Farm. Ob Baltkorn darauf bestand, dass er sie ihm überschrieb? Er mochte gar nicht daran denken, was das für seine Familie bedeutete … Und doch hatte er keine andere Wahl, als Baltkorn alles zu geben, was er von ihm forderte. Diese Ohnmacht lähmte Raffael, ganz abgesehen davon, dass sein Ruf nach dieser heute zu erwartenden Blamage wieder einmal zerstört sein würde, weil keiner verstehen würde, weshalb er einen Prozess angestrengt hatte, in dem er keinerlei Beweise vorlegen konnte.

Ricky versuchte umsonst ihn aufzumuntern. Sie litt regelrecht mit ihm mit. »Du musst dir keine Vorwürfe machen. Alles wird gut werden!«

Schließlich überreichte sie ihm seine frisch gewaschene Gerichtsrobe und seine Perücke und bot sich nochmals an, ihn zu begleiten. Doch Raffael lehnte ab.

»Ich muss das allein durchstehen«, erklärte er ihr finster. »Und ich möchte dir wirklich Baltkorns Triumph ersparen.«

»Ich rufe Sie nun alle auf, sich zu erheben …« Mit den üblichen Worten eröffnete der Vorsitzende Richter Samuel Clark das Verfahren. »Das hohe Gericht wird heute entscheiden, ob der Klage der Ovambos von Tsumeb gegen den Minenbesitzer Jon Baltkorn wegen unrechtmäßiger Landnahme stattgegeben wird.«

Während der Richter feststellte, ob alle am Prozess Beteiligten anwesend waren, bemühte sich Raffael um eine möglichst gleichgültige Miene. Die Verhandlung war öffentlich und hatte einiges Interesse erregt. Raffael entdeckte im Publikum unter anderem Ruus Kappler und Traugott Kiesewetter. Beide nickten ihm aufmunternd zu. Aber es gab auch andere Zuschauer, die ihm weniger gewogen waren. Unter ihnen waren auch Vertreter der Ratsmitglieder, die für eine Zwangsenteignung der Schwarzen eingetreten waren. *Nun, sie werden heute ihre Freude haben,* dachte Raffael verdrossen. Er stand allein hinter seinem Anklagetisch, da der Häuptling der Ovambos sich geweigert hatte, vor einem Gericht der Weißen zu erscheinen. Nur wenige Schritte trennten ihn von der Gegenseite, die von Jon Baltkorn und dessen Anwalt Dr. Schmiedel vertreten wurde. Baltkorn trug einen legeren, hellen Sommeranzug und wirkte eher wie ein Sonntagsausflügler als wie ein Beschuldigter. Sein glatt rasiertes, rosiges Gesicht strahlte bereits jetzt vor Vorfreude auf seinen Triumph. Raffael musste den Blick abwenden, um seine mühsam aufrechterhaltene Fassung nicht zu verlieren. Als beim Aufrufen der Zeugen festgestellt wurde, dass der Hauptzeuge der Klägerpartei, der Katasterbeamte Hugo Reuben, nicht im Gerichtssaal anwesend war, wagte Baltkorn sogar ein siegessicheres Lächeln. Ein erstes Raunen ging durch den Saal.

»Weiß der Vertreter der Anklage, wo der Zeuge verblieben ist?«, fragte der Vorsitzende Richter einigermaßen erstaunt. Raffael straffte seinen Körper, um sich auf die erste Unwahrheit vorzubereiten. »Nein, Euer Ehren.«

Der Richter brummte etwas von schlechter Vorbereitung und setzte die Verhandlung nun mit der Belehrung der Zeugen und Sachverständigen fort. Anschließend forderte er diese auf, den Gerichtssaal bis auf Weiteres zu verlassen.

Nach der Klärung der Personalien begann das eigentliche Verfahren. Raffael wurde dazu angehalten, seine Anklage vorzutragen. Er verlas die einst so sorgfältig ausgearbeitete Anklageschrift mit der bitteren Gewissheit, dass er selbst sein Anliegen zum Scheitern bringen würde. Immer wieder musste er sich räuspern, da ihm die Stimme zu versagen drohte. Baltkorn warf ihm einen hämischen Blick zu. Der Richter fragte ihn nun, ob er als Beschuldigter dazu etwas sagen wollte.

»Die Anschuldigungen sind samt und sonders aus der Luft gegriffen«, sagte Baltkorn und warf Raffael einen fast bedauernden Blick zu. »Es wundert mich nicht, dass Rechtsanwalt Sonthofen versucht, mir und meinem Ruf zu schaden. Es ist die kleinliche Rache eines Farbigen, der sich nicht damit abfinden kann, dass er kein reinrassiger Weißer ist. Seit seiner Jugend ...«

»Ihre persönlichen Abneigungen gegen Ihren Kontrahenten gehören hier nicht zur Sache«, unterbrach ihn Richter Clark ungehalten. »Sie plädieren also auf nicht schuldig, Herr Baltkorn?«

»Gewiss. Alle Anschuldigungen werden sich in Wohlgefallen auflösen, Euer Ehren.«

»Dann setzen Sie sich wieder. Wir beginnen mit der Beweisaufnahme. Dazu fordere ich den Kläger auf, seinen ersten Zeugen in den Zeugenstand zu rufen.«

»Ich rufe den Zeugen Nils Hosea in den Zeugenstand«, meinte Raffael beklommen. Der Auftritt seines Freundes sollte möglichst unglaubwürdig ausfallen, damit der Richter schon einmal voreingenommen war. Nils war in alles eingeweiht und hatte ihm versprochen, sich genauso zu verhalten, wie Raffael ihn gebeten hatte. Doch als der schlanke Herero in den Gerichtssaal trat, wirkte er ziemlich aufgekratzt. Als Richter Clark ihn bat, seine Aussage zu machen, weigerte sich Nils zur Überraschung aller Anwesenden.

»Ich kann jetzt keine Aussage machen«, meinte er. »Erst muss

Raffael … ich meine … Barrister Sonthofen draußen andere Zeugen sehen.«

»Was soll das?« Samuel Clark zog eine seiner buschigen Augenbrauen hoch und sah Raffael kritisch an.

Raffael warf seinem Freund einen eindringlichen Blick zu. Hatte Nils ihn missverstanden? Seine Aussagen sollten zwar unglaubwürdig ausfallen, aber in keinem Fall lächerlich. Auf der anderen Seite war Nils nicht dumm. Was sollte eine Unterbrechung der Verhandlung bringen? Er entschied sich, seinem Freund zu vertrauen.

»Ich bitte um eine kurze Unterbrechung der Verhandlung«, bat er schließlich. Der Richter sah ungeduldig auf die Uhr.

»Sie sind mit einer solchen Forderung reichlich früh dran«, brummte er unwillig. »Wie mir scheint, lässt Ihre Vorbereitung einiges zu wünschen übrig.«

Im Publikum hörte man vereinzeltes Gelächter, während Baltkorn wie ein gnädiger Lehrer, der wusste, dass man von seinem dümmsten Schüler nichts Besseres erwarten konnte, vielsagend mit den Augen rollte.

»Das Gericht unterbricht die Verhandlung für fünfzehn Minuten«, beschloss Richter Clark und klopfte mit seinem Hammer auf den Tisch. Nils war bei Raffael, noch bevor der seine Unterlagen zusammengesammelt hatte.

»Was soll das?«, fragte Raffael verstimmt. »So war dein Auftritt nicht abgesprochen.«

»Schnell, draußen warten viele Neuigkeiten!«, drängte Nils, ohne seine Frage zu beantworten. Dabei grinste er ihn von einem zum anderen Ohr breit an.

Vor der Tür wartete zu seiner Überraschung eine ziemlich aufgeregte Jella, die gemeinsam mit Fritz einen ebenso deprimierten Reuben in Schach hielt.

»Seid ihr nun alle verrückt geworden?«, fragte er erschrocken. »Reuben, Sie müssen sofort verschwinden!«

Der Katasterbeamte stand sofort auf, doch Jella drückte ihn wieder auf die Bank, auf der er gesessen hatte.

»Er bleibt hier und wird seine Aussage machen«, sagte sie entschieden. »Du wirst deinen Prozess nämlich gewinnen.«

»Ich werde was?« Raffael fuhr sich genervt durchs Haar. »Habt ihr denn nicht verstanden, um was es hier geht? Ihr setzt das Leben meines Sohnes aufs Spiel!«

»Lasst uns etwas zur Seite gehen«, drängte Jella, packte Reuben wieder unter den Arm und schob ihn vor sich her in eine Ecke, wo man sie nicht sehen konnte. Raffael folgte nur unwillig. »Wenn ihr mir jetzt nicht sofort sagt, was hier vor sich geht, dann …«

»Entschuldige!« Jella griff eilig nach seiner Hand und strich fahrig darüber. »Es ist im Moment alles etwas viel. Ich habe heute Nacht nicht geschlafen und bin jetzt ein bisschen durcheinander.«

»Willst du mir nicht endlich sagen, was los ist?«

»Benjamin ist wieder da«, mischte sich Fritz endlich ein.

*

Zwei Stunden später beendete Richter Clark die Gerichtsverhandlung.

»Im Namen des Volkes verkünde ich, dass der Klage der unrechtmäßigen Landnahme der Ovambos von Tsumeb gegen den Minenbesitzer Jon Baltkorn stattgegeben wird. Da die vorliegende Beweisaufnahme so eindeutig wie nur möglich ist und der Katasterbeamte Reuben zugegeben hat, die Urkunden im Auftrag von Herrn Baltkorn gefälscht zu haben, kann davon ausgegangen werden, dass die Ovambos ihr Land mit sofortiger Wirkung wieder nutzen können. Über eine fällige Entschädigung sowie den Prozess wegen Urkundenfälschung, Betrugs, Erpressung und der Entführung eines Kindes wird in einem gesonderten Verfahren entschieden.«

Baltkorn ließ die Urteilsverkündung wie eingefroren über sich ergehen. Er hatte den plötzlichen Wandel im Verlauf des Prozesses immer noch nicht richtig verarbeitet. Auf seiner bleichen Stirn hatten sich kleine Schweißperlen gebildet, während seine blassblauen Augen einen fernen Punkt an der Wand fixierten. Er reagierte nicht, als sich sein Anwalt, Dr. Schmiedel, nach der Urteilsverkündung ziemlich reserviert von ihm verabschiedete und sich zu Sonthofen begab, um ihm seine Anerkennung auszusprechen.

»Vorzügliche Arbeit, Barrister Sonthofen«, lobte er ihn mit einem schiefen Lächeln, das ihn als fairen Verlierer auszeichnete. Er bot ihm seine Hand. »Es tut mir leid, dass wir nicht auf derselben Seite standen.«

Raffael zuckte mit der Schulter. »Mir nicht«, meinte er lakonisch, bevor er versöhnlich einschlug. »Sie hätten sich eben nicht auf solch einen Mandanten einlassen sollen.« Er sah hinüber und hielt nach Baltkorn Ausschau.

»Wo ist der Kerl überhaupt?«

Dr. Schmiedel drehte sich nun ebenfalls um. Doch Baltkorn hatte den Gerichtssaal bereits durch einen Nebenausgang verlassen.

Vor dem Gerichtssaal warteten Jella, Fritz, Nils, Ruus Kappler und zwei Reporter von den Tageszeitungen. Sie schlugen Raffael abwechselnd begeistert auf die Schulter, beglückwünschten ihn und lobten seine stringente Beweisführung. Ihm wurde ganz wirr im Kopf von dem vielen Lob. Er konnte weder seinen Erfolg noch die wundersame Heimkehr seines Sohnes fassen. Der einzige Wermutstropfen war, dass er noch warten musste, bis er ihn in die Arme schließen konnte. In Anbetracht der drängenden Zeit hatten ihn Jella und Fritz während der kurzen Unterbrechung nur über das Notwendigste aufgeklärt, damit er sich wieder auf seinen Prozess konzentrieren konnte. Jetzt wollte er alles genau wissen.

»Gestern Nacht stand Benjamin plötzlich vor Sonjas Tür. Er war in Begleitung von Nakeshi und Debe, die ihn nach Hause gebracht haben.« Jella erzählte in ausschweifenden Worten, auch dass Nakeshi und Bô ihrem Sohn verziehen hatten. »Die Freude über Benjamins Ankunft war so groß, dass wir beinahe deinen Prozess vergessen hätten. Es war Sonja, die uns schließlich darauf aufmerksam gemacht hat.« Jella sah Raffael vorwurfsvoll an. »Sie war ganz außer sich und wollte sich sofort in ein Auto setzen, um zu dir zu fahren. Fritz und ich konnten sie gerade noch davon abhalten. Schließlich muss sie bei eurem Baby bleiben. Wir konnten sie schließlich davon überzeugen, mit Benjamin erst einmal zu Hause zu bleiben. Der Junge hat in letzter Zeit genug durchgemacht und kann ein wenig Ruhe gut vertragen. Außerdem war er so müde, dass er noch auf seinem Stuhl eingeschlafen ist.«

»Da die Fahrt doch ziemlich weit ist, kamen wir erst nach Sonnenaufgang in Windhuk an«, kürzte Fritz ihre Erzählung endlich ab. »Es hätte nichts mehr gebracht, dich zu Hause aufzusuchen, deshalb sind wir gleich zu Nils Hosea in die Old Location. Zum Glück hattest du uns erzählt, dass er diesem Reuben für die Zeit des Prozesses Unterschlupf gewährt hat, damit Baltkorn ihn nicht etwa aus dem Weg schaffen konnte. Nils wollte gerade zum Gericht aufbrechen, als wir, gerade noch rechtzeitig, ankamen.«

»Lasst uns alles Weitere im Hotel Kaiserhof besprechen«, schlug Jella vor. »Hier in dem Trubel hat man doch überhaupt keine Ruhe.«

»Ich habe eine viel bessere Idee«, meinte Raffael plötzlich. Nun war es an ihm, ein geheimnisvolles Lächeln aufzusetzen. Alle sahen ihn erstaunt an. »Wir gehen zu mir nach Hause. Ob ihr's glaubt oder nicht, aber da wartet noch eine weitere Überraschung auf euch.«

*

Baltkorn spürte instinktiv, dass ihm nicht mehr viel Zeit blieb, um zu verschwinden. Die Tatsachen sprachen eindeutig gegen ihn, und er musste damit rechnen, dass man ihn deswegen in Kürze in Untersuchungshaft nehmen würde. Diese Vorstellung löste Panik in ihm aus. Nur unter Mühe gelang es ihm, seine Gedanken und Gefühle wieder unter Kontrolle zu bringen. Sein Hass auf Sonthofen war so groß, dass er – hätte er eine Pistole bei sich gehabt – ihn kaltblütig niedergeschossen hätte. »Ich werde dich töten, und wenn es das Letzte ist, was ich in meinem Leben vollbringe«, schwor er aus tiefstem Herzen. Dieser Vorsatz gab ihm wieder etwas Halt. Er wischte seine schweißnassen Hände an seinen Hosenbeinen ab und sondierte die Lage. Das Publikum verließ unter lautem, aufgeregtem Gemurmel den Gerichtssaal durch den Haupteingang. Alle Aufmerksamkeit war im Moment auf Sonthofen gerichtet. Baltkorn nutzte die Gelegenheit und verschwand durch einen Nebenausgang aus dem Gebäude. Draußen winkte er seinem Chauffeur. Er stieg eilig in das dunkelgrüne Bentley-Dreilitercoupé und befahl dem Fahrer, sich sofort auf den Weg nach Tsumeb zu machen. Der Wagen war neu und äußerst leistungsstark. Auch wenn er verfolgt wurde, hatte er gute Chancen zu entkommen. Da sie ihn ohnehin erst einmal in seiner Stadtvilla suchen würden, verzichtete er darauf, seine Habseligkeiten zu holen. Sein Vermögen befand sich ohnehin im Tresor seines Hauses in Tsumeb. Außer Geld und einigen Wertpapieren bewahrte er dort die beträchtliche Ausbeute an Edelsteinen der letzten Monate auf. Alles in allem war es eine komfortable Summe, die er dazu würde nutzen können, im Ausland für eine Weile unterzutauchen.

Als Baltkorn am frühen Morgen des nächsten Tages sein Haus in Tsumeb erreichte, öffnete ihm seine Haushälterin die Tür. Sie erstarrte für einen Augenblick, als sie ihn erblickte. Doch dann fasste sie sich und ließ ihn eintreten. Baltkorn war viel zu erregt, um ihr besondere Aufmerksamkeit zu schenken.

»Wir haben heute nicht mit Ihnen gerechnet«, empfing ihn Mathilde Weiß mit leicht brüchiger Stimme. »Ich werde sofort veranlassen, dass man Ihnen ein Frühstück herrichtet.«

»Tun Sie das«, erwiderte Baltkorn, ohne auf ihren Gruß einzugehen. »Ich werde das Frühstück in meinem Arbeitszimmer einnehmen. Ach ja, und dann packen Sie mir doch bitte noch die Koffer für einen längeren Aufenthalt.«

»Sie verreisen?«

Baltkorn sah sie befremdet an. »Ich wüsste nicht, dass Sie das etwas anginge.«

»Natürlich nicht«, antwortete Mathilde Weiß und biss sich mühsam beherrscht auf die Lippen, bevor sie in Richtung Küche verschwand. Kaum hatte sie die Tür geschlossen, ließ sie sich zitternd auf einen Küchenstuhl nieder. Während sie die Hände zu Fäusten ballte, kämpfte sie mit den Tränen. Einmal mehr wurde ihr bewusst, dass sie so nicht weiterleben konnte.

Baltkorn schloss sich in seinem Arbeitszimmer ein und schenkte sich einen großzügigen Cognac ein. Er trank das Glas in einem Zug leer. Danach fühlte er sich um einiges besser. Bevor er Tsumeb verlassen würde, musste er noch ein paar wichtige Dinge erledigen. Dazu gehörte unter anderem, den Tod Sonthofens zu arrangieren. Auf der langen Fahrt hierher hatte er genug Gelegenheit gehabt, sich einen Plan auszudenken. Der Orlam Hendrik, den er von Nachtmahr übernommen hatte, war skrupellos genug, um solch eine Tat für eine Summe Geld zu erledigen. »Dieses Mal werde ich gewinnen!« Ihm war nicht einmal bewusst, wie irrational sein Hass war. Doch im Moment war er der Antrieb für sein Handeln. Den Kopf voller Mordfantasien hängte er das Porträt seines Vaters von der Wand ab, um an den dahinterliegenden Tresor zu kommen. Mit einem Schlüssel und der nur ihm bekannten Zahlenkombination öffnete er ihn und räumte seinen Inhalt in eine bereitgestellte braune Ledertasche.

Er war kaum damit fertig, als es an seiner Tür klopfte.

»Was ist denn?«, raunzte er ungeduldig, bevor er die Tür wieder aufschloss.

»Ihr Frühstück, Herr Baltkorn. Soll ich es wieder mitnehmen?«

Baltkorn hatte es fast vergessen. Erst jetzt merkte er, wie hungrig er war. Er hatte seit über einem Tag nichts mehr gegessen und hatte ordentlich Appetit. Einen kurzen Moment überlegte er, den Tresor zu schließen, bevor er Frau Weiß hereinließ, aber dann ließ er es sein. Er schob nur die Ledertasche unter seinen Schreibtisch und öffnete dann die Tür.

Die Haushälterin brachte ein großes Tablett mit frischem Kaffee, duftendem Brot und frisch zubereitetem Rührei mit Speck und stellte es auf seinen Schreibtisch. Baltkorn betrachtete es begehrlich und machte sich sofort darüber her.

»Wo ist eigentlich Ihr Töchterchen?«, erkundigte er sich, nachdem er sich eine Gabel voller Rührei in den Mund geschoben hatte. Frau Weiß drehte sich abrupt um.

»Sie ist krank«, sagte sie mit erschrockener Stimme.

»Etwas Ernstes?«

»Wie man es nimmt!«

»Schicken Sie das Kind gleich noch einmal zu mir«, meinte er dessen ungeachtet und setzte, als er ihre abwehrende Haltung sah, ein einschmeichelndes Lächeln auf. »Ich möchte Ihrer Tochter vor unserer Abreise noch etwas schenken.«

Er rieb den Daumen an seinen Fingerspitzen, um anzudeuten, dass er Geld meinte.

»Etwas schenken …«, wiederholte Frau Weiß seine Worte.

Baltkorn sah seine Haushälterin verständnislos an. »Ist etwas mit Ihnen?«

Sie schwieg und wandte sich zum Gehen. Doch Baltkorn rief sie nochmals zurück. »Ich werde nach dem Frühstück noch einmal zur Mine gehen, und danach werde ich abreisen. Also schicken Sie mir Ihre Tochter am besten gleich!« Damit wandte er sich wieder seinem Frühstück zu.

Seit Mathilde Weiß erfahren hatte, was Baltkorn ihrer Tochter Elisabeth antat, befand sie sich in einem Zustand äußerster psychischer Erregung. Ihre Nerven lagen seit Wochen blank, während sie ständig darüber nachgrübelte, wie sie ihre Tochter vor diesem Unhold schützen konnte. Am meisten machte ihr zu schaffen, dass sie die Sache nicht schon früher aufgedeckt hatte. Ein dummer Zufall war ihr zu Hilfe gekommen. Kurz vor seiner Abreise nach Windhuk hatte Baltkorn sie wieder mal in die Stadt geschickt, um noch einige besondere Besorgungen zu machen. Wie immer hatte sie Elisabeth ahnungslos zu Hause gelassen. Unter gewöhnlichen Umständen wäre sie über zwei Stunden außer Haus gewesen, weil sie den weiten Weg zu Fuß machen musste. Doch an diesem Tag hatte auch der Chauffeur noch etwas in der Stadt zu erledigen und bot ihr an, sie im Wagen mitzunehmen. Dadurch war Mathilde viel schneller mit ihren Erledigungen fertig geworden. Als sie unerwartet früh ins Haus kam, hörte sie aus Baltkorns Arbeitszimmer das lustvolle Stöhnen eines Mannes. Peinlich berührt wollte sich Mathilde diskret in die Wirtschaftsräume zurückziehen. Dazu musste sie die Diele durchqueren. In diesem Augenblick ging jedoch die Tür auf, und Elisabeth huschte völlig verstört, ohne sie zu bemerken, aus dem Arbeitszimmer. Mathilde war so verblüfft, dass sie rasch in den Schatten unter der Treppe trat. Im nächsten Moment stand Baltkorn mit halb heruntergelassener Hose in der Tür.

»Und kein Wort zu deiner Mutter«, rief er ihr mahnend hinterher. »Wenn sie erfährt, was du mit mir angestellt hast, wird sie sehr böse werden.«

Er kratzte sich dabei im Schritt und lächelte äußerst zufrieden. Dann war er wieder in seinem Büro verschwunden. Mathilde fühlte, wie sich ihr Herz verkrampfte und ihr übel wurde. Sie war vor Entsetzen wie gelähmt. Baltkorn war ihr nie sonderlich sympathisch gewesen, aber er hatte sie anständig bezahlt und ihr aus ihren Schwierigkeiten geholfen. Dafür war sie ihm immer dankbar gewesen. Sie hatte sich dummerweise nie gefragt, weshalb er das tat. Nun wusste sie, dass alles Berechnung gewesen war. Unfähig, mit der Situation umzugehen, verharrte sie in ihrem Versteck, bis sie endlich in der Lage war, ihrer Tochter nachzugehen. Sie hatte Elisabeth nackt in ihrem Zimmer vorgefunden, wo sich das Kind mit kräftigem Schrubben einer Wurzelbürste das ihm angetane Leid abzuwaschen versuchte. Sie war so vertieft, dass sie ihre Mutter nicht bemerkte. Erst als Mathilde sah, dass ihre Tochter aus der Vagina blutete, und deswegen einen leisen Entsetzensschrei ausstieß, schreckte sie auf und bedeckte sich rasch mit einem Handtuch. Ihre Augen waren schreckgeweitet, als sie ihre Mutter ansah.

»Was hat er mit dir gemacht?«, flüsterte Mathilde fassungslos. Sie trat auf ihre Tochter zu, um sie in den Arm zu nehmen. Doch Elisabeth zuckte voller Angst zurück, so als sei sie es, die ihr Gewalt angetan hätte. Mathilde blieb hilflos stehen und begann zu weinen. Doch ihre Tochter schüttelte nur heftig den Kopf und flüchtete sich in unglaubwürdige Ausreden. »Ich habe im Garten eine Pflanze berührt. Jetzt juckt es mich am ganzen Körper«, log sie, vermied aber, sie anzusehen. Mathilde wusste nicht, was schlimmer war, das Wissen über die grausame Misshandlung oder die Hartnäckigkeit, mit der ihre Tochter es zu vertuschen versuchte. Anstatt sich ihr anzuvertrauen, leugnete Elisabeth alles ab. Hartnäckig versicherte sie, dass ihr Baltkorn nie etwas angetan hätte. Im Gegenteil, sie nahm ihn sogar in Schutz. Mathildes erste Regung war, ihre Sachen zusammenzupacken und sofort das Haus Baltkorn zu verlassen. Doch als sie etwas mehr zur Ruhe gekommen war, musste sie erkennen, dass dieser Mann sie beide in der Hand hatte. Obwohl sie mittlerweile etwas angespart hatte, waren ihre Schulden bei Baltkorn immer noch höher als ihr Guthaben. Sie war sicher, dass er nicht zögern würde, die Polizei auf sie zu hetzen, falls sie sein Haus heimlich verließ. Auch die Überlegung, ihn auf der Polizei anzuzeigen, tat sie schnell wieder ab. Wer würde schon einer unverheirateten Haushälterin Glauben schenken, die noch dazu bei ihrem Herrn verschuldet war? Die schlechten Erfahrungen mit dem Vater ihrer Tochter hatten ihr jede Hoffnung auf Gerechtigkeit genommen.

So blieb ihr nichts anderes übrig, als zu hoffen, dass Baltkorn lange in Windhuk blieb, und dann mit allen ihr zur Verfügung stehenden Mitteln zu versuchen, ihn von ihrer Tochter fernzuhalten. Doch nun hatte er wieder nach Elisabeth gefragt, und sie war nicht im Stande gewesen, ihm selbstbewusst entgegenzutreten. Sie war ein schwacher Mensch und verachtete sich deswegen. Zeit ihres Lebens hatte sie nichts anderes gelernt, als widerspruchslos zu gehorchen. Ihr Vater war ein strenggläubiger Pastor in Karibib gewesen, der seine Kinder mit eiserner Hand und wenig Liebe erzogen hatte. Sie und ihre Schwestern waren mehr wie Sklavinnen als wie eigene Kinder behandelt worden. Sie hatte nie gelernt, sich zu behaupten, sondern sich immer untergeordnet. Natürlich hatte sie darunter gelitten und versucht, diesem strengen Regiment zu entrinnen. Als sie Elisabeths Vater kennengelernt hatte, einen fahrenden Händler, der ihr den Himmel auf Erden versprochen hatte, wenn sie sich mit ihm einließ, war sie mit ihm durchgebrannt. Doch sie war nur vom Regen in die Traufe gekommen, denn Luis hatte sie genauso unterdrückt wie ihr Vater. Er hatte sie gezwungen, Geld aufzunehmen, und als sie es ihm ausgeliefert hatte, war er über Nacht damit verschwunden und hatte sie mit ihrer kleinen Tochter sitzengelassen.

Verzweifelt saß Mathilde in der Küche, die Hände in einem hilflosen Spiel auf dem Schoß, und sah der Köchin dabei zu, wie sie die Vorbereitungen für das Mittagessen traf. In ihrem Kopf rumorte es wie in einem Dampfkessel. Immer wieder spulte ihr Gehirn Baltkorns letzte Worte ab.

Ich möchte Elisabeth vor meiner Abreise noch etwas schenken.

Sie kannte das Geschenk nur zu gut. Angewidert schüttelte sie den Kopf, um es sich nicht näher ausmalen zu müssen. Doch solche Gedanken ließen sich nicht unterdrücken, und sie stellte sich vor, wie er mit seinen feisten Fingern nach ihrem zarten Mädchen griff. Das Poltern in ihrem Kopf verstärkte sich und sie hörte wieder seine Worte:

Ich möchte Elisabeth vor meiner Abreise noch etwas schenken.

Die Küchenuhr schlug zur vollen Stunde. Verwirrt wanderte Mathildes Blick zu der Standuhr, deren Messingpendel in unbeirrbarer Gleichmäßigkeit hin und her schlug.

Pock – Pock – Pock – Pock.

Von da ging ihr Blick wieder zurück zu der Köchin, die leise summend damit begann, auf dem Tisch vor ihr ein Stück rohes Fleisch mit einem langen Tranchiermesser zu bearbeiten. Sie schnitt es so, dass sie daraus einen Rollbraten machen konnte. Sie nahm das flach geschnittene Fleisch und legte es auf die Anrichte am Fenster. Das Messer ließ sie auf dem Tisch zurück.

Ich möchte Elisabeth vor meiner Abreise noch etwas schenken.

Mathilde hielt sich die Ohren zu, um es nicht mehr hören zu müssen. Die lange Klinge glänzte im Licht der hereinstrahlenden Sonne, als das Zimmermädchen seinen Kopf durch die Tür steckte und ihr mitteilte, dass der Baas jetzt Elisabeth zu sehen wünsche.

Ich möchte Elisabeth vor meiner Abreise noch etwas schenken.

Baltkorn fühlte sich nach dem Frühstück um einiges besser und machte sich nun daran, die letzten Dinge vor seiner Abreise zu erledigen. Seinem Chauffeur hatte er bereits den Auftrag gegeben, einen unauffälligeren Bakkie zu besorgen. Bevor er Hendrik mit dem Mord an Raffael beauftragen würde, wollte er sich jedoch noch von Elisabeth verabschieden. Ein Jammer, dass er die Kleine nicht mitnehmen konnte. Sie war wirklich etwas Besonderes. Aber wenn er es geschickt anstellte, hatte er vielleicht noch Zeit, um es ihr noch einmal …

Es klopfte.

Er stand mit dem Rücken zur Tür und sortierte gerade einige Unterlagen, die er auf einer Kommode neben dem Kamin ausgelegt hatte. Einige Aktienpapiere hatte er aussortiert. Verräterische Korrespondenzen gedachte er zu vernichten. Es klopfte nochmals. Rasch nahm er den Stapel mit den Korrespondenzen und warf sie in den glimmenden Kamin, wo sie rasch in Flammen aufgingen. Die Wertpapiere legte er in eine Mappe.

»Herein«, rief er endlich aufgeräumt. Nun war er bereit für seine kleine Elisabeth.

»Wo ist die Kleine?«, reagierte er verstimmt, als er nur ihre Mutter entdeckte. Mathilde Weiß antwortete nicht. Sie schloss die Tür hinter sich und trat, die Hände auf dem Rücken verschränkt, auf ihn zu. Ihr Gesicht wirkte wie erstarrt, so, als befände sie sich in Hypnose.

»Sie wird nicht kommen«, sagte sie mechanisch. »Nie mehr.«

Baltkorn stutzte.

»Was soll das?«, fragte er verärgert. »Werden so meine Anordnungen befolgt? Ich muss doch sehr bitten. Holen Sie gefälligst Ihre Tochter, und dann verschwinden Sie. Ich hoffe, wir haben uns verstanden!«

Er rechnete damit, dass Frau Weiß umgehend seinen Anordnungen Folge leistete und Elisabeth endlich holte. Doch sie blieb ruhig stehen und musterte ihn mit einem undefinierbaren Blick, der ihm plötzlich unheimlich vorkam. Es lag etwas Flackerndes in ihren Augen, was so gar nicht zu ihrer ansonsten unscheinbaren Erscheinung passte. Ihr Gesicht war blass und unbewegt, und doch lag eine Entschlossenheit darin, die ihm ein deutliches Unbehagen bescherte. Plötzlich ahnte er, dass sie etwas von seiner Beziehung zu Elisabeth mitbekommen haben musste. Das war ärgerlich, aber nicht weiter tragisch. Er würde dieses Weib schon in seine Schranken weisen.

»Was wollen Sie?«, fragte er scharf.

Mathilde Weiß verzichtete auf eine Antwort. Sie trat rasch einen Schritt vor, zog blitzschnell, bevor er sich dagegen wappnen konnte, hinter ihrem Rücken das Tranchiermesser der Köchin hervor und stieß es ihm mit einer Heftigkeit, die aus purer Verzweiflung rührte, unterhalb des letzten Rippenbogens schräg nach oben direkt ins Herz.

»Du wirst Elisabeth nie wieder berühren«, zischte sie und blickte ihm dabei unerschrocken in die Augen.

Baltkorn war so überrascht, dass er erst auf das Messer in seiner Brust und dann zu seiner Haushälterin blickte. Er versuchte etwas zu sagen, doch das Messer hatte sein Ziel erreicht, und er sank mit einem letzten röchelnden Gurgeln zu Boden.

Epilog

Fünf Monate später.

»Ich kann immer noch nicht glauben, dass wir Großeltern sind!« Jella fuhr sich mit der einen Hand durch ihre rotgrauen Locken und stützte sich mit dem anderen Ellenbogen auf ihrem Kopfkissen ab. Nachdenklich musterte sie Fritz, der sich wohlig neben ihr ausstreckte. Es war noch früh am Morgen, und sie waren gerade aufgewacht. »Ob es wohl völlig unmoralisch ist, wenn wir in unserem Alter und vor der Taufe …« Sie ließ den Satz unvollendet und blinzelte ihm verführerisch zu. Fritz verstand sofort. Mit einer schnellen Bewegung tauchte sein Arm aus der Bettdecke auf, griff nach seiner Frau und zog sie mit Schwung zu sich heran. »Im Gegenteil«, hauchte er ihr ins Ohr und begann sie mit seiner Zungenspitze zu kitzeln, bis sie kichern musste. »Wir müssen schließlich für die kleine Leila in Form bleiben, findest du nicht auch?« Jella grunzte wollüstig und schmiegte sich noch enger an ihn, um sich genussvoll seinen Zärtlichkeiten hinzugeben.

Als Fritz ihr einige Zeit später den Reißverschluss an ihrem Kleid hochgezogen hatte, drehte sie sich zu ihm um.

»Meinst du, er kommt?« Sie wirkte leicht beunruhigt.

Fritz hob belustigt eine Augenbraue. »Hast du jetzt etwa Angst vor deiner eigenen Courage?«

»Ich bin mir einfach nicht mehr sicher, ob ich nicht doch einen Schritt zu weit gegangen bin. Schließlich habe ich mich in Rickys Privatleben eingemischt.«

»So würde ich das nicht sehen«, beruhigte sie Fritz und strich ihr eine Locke aus dem Gesicht. »Du hast Valentin Reuter schließlich nur gebeten, unserer Tochter zu gegebener Zeit ein Engagement an seinem Theater anzubieten.«

»Und ihm beiläufig von Rickys Unglück erzählt und ihn dann noch zur Taufe eingeladen«, gestand Jella etwas kleinlaut. »Bestimmt fühlt er sich jetzt so bedrängt, dass er es allein deswegen nicht in Erwägung zieht.«

»Oh!« Fritz rieb sich nachdenklich am Kinn. »Das glaube ich kaum. Ricky hat uns doch erzählt, dass Reuter inzwischen verlobt ist.«

Jella verdrehte verständnislos die Augen und küsste Fritz auf die Nase. »Typisch Mann! Also ob das immer so einfach wäre!«

Auf *Owitambe* ging es an diesem Morgen zu wie in einem Bienenschwarm. Alle schienen in Bewegung zu sein, um die letzten Vorbereitungen zu der Doppeltaufe zu treffen. Matteus kümmerte sich darum, dass ausreichend Bänke und Tische aufgestellt wurden, während sich Sonjas Mutter Isabella gemeinsam mit Imelda um das Eindecken kümmerte. Teresa und Großmutter Sarah waren seit Stunden in der Küche zugange, und Sonja hatte Raffael mit den Kindern in Jellas Garten geschickt, um dort ein paar Blumen für die Taufe zu pflücken.

»Gustav, du sollst die Blumen pflücken, nicht essen«, schimpfte Benjamin mit seinem kleinen Bruder und zog ihm eine Aster aus dem Mund. Als älterer Bruder fühlte er sich für ihn verantwortlich. Doch der kleine Gustav sah das ganz anders. »Blumen schmecken gut«, protestierte er und versuchte eine neue Aster auszureißen. Benjamin wollte ihn erbost daran hindern, doch bevor die Situation eskalieren konnte, griff Raffael ein und hob Gustav einfach auf seinen Arm. Unterdessen verletzte sich Margarete an dem Dorn einer Rose. Sie begann sofort wie am Spieß zu schreien. Raffael setzte Gustav wieder auf den

Boden und kümmerte sich um seine kleine Tochter. Er zog ihr den Dorn aus dem Finger und tupfte den winzigen Tropfen Blut von ihrem Zeigefinger, während er beruhigend auf sie einsprach. Die Chance der Unaufmerksamkeit nutzend hatte sich Gustav solange selbstständig gemacht und dackelte zielstrebig auf die Pferdekoppeln hinter dem Haus zu.

»Halt! Bleib stehen!«, rief Raffael gerade noch rechtzeitig. Doch Benjamin war schon losgespurtet und hielt seinen kleinen Bruder davon ab, unter dem Zaun hindurch zu den Hufen der Pferde zu krabbeln. Danach jagten sich die Jungs quer über den Hof der Farm. Als Raffael eine halbe Stunde später nach Hause kam, war er völlig geschafft. »Es ist tausendmal leichter, einen Sack voller Flöhe zu hüten als unsere Lausebande«, beschwerte er sich und ließ sich erschöpft auf einen Sessel fallen. Sonja lächelte spöttisch, während sie den halbjährigen Tristan in sein Taufkleidchen zwängte. »Du musst nicht glauben, dass du nun aus dem Schneider bist«, kommandierte sie ihn erneut. »Die Kinder müssen noch für die Taufe umgezogen werden. Bring sie zu meiner Mutter; sie weiß, was sie anziehen sollen. Und beeil dich! Es geht bald los!«

»Sie sehen doch alle prima aus«, murrte Raffael unlustig. Als er jedoch Sonjas hochgezogene Augenbrauen sah, gab er sich sogleich geschlagen.

Am späten Vormittag trafen sich alle Familienmitglieder unter der großen Schirmakazie, um wieder einmal ein besonderes Familienereignis zu feiern. Ricky atmete tief die würzige Luft ein. *Komisch,* dachte sie, *zum ersten Mal fühle ich mich auf* Owitambe *richtig zu Hause.* Zärtlich betrachtete sie ihre kleine, zierliche Tochter, deren dichtes, schwarzes Haar unter dem weißen Häubchen hervorschien. Leilas Haut hatte einen leichten Olivton, ansonsten verrieten nur ihre mandelförmigen, dunklen Augen den indischen Teil ihrer Herkunft. Ricky hatte sich nie vorstellen können, dass eine Geburt ein so einschneidendes Erlebnis werden konnte. Seit die kleine Leila auf der Welt war, war alles anders. Ihr kleines Baby war einfach ein Wunder. Wieder einmal wurde sie von der Wucht ihrer Gefühle überrollt. Dieses kleine Mädchen hatte es immerhin geschafft, sie über die größte Fehlentscheidung in ihrem Leben hinwegzutrösten. Im Nachhinein kam ihr die Zeit in Indien wie ein unwirklicher Traum vor. Zwar erinnerten sie Leilas Augen und die zart geschwungenen Brauen immer wieder an Mukesh, aber sie empfand seltsamerweise darüber kaum noch Schmerz. Im Laufe der letzten Monate war ihr klar geworden, dass ihre Liebe zu dem indischen Fürsten nie etwas mit ihrem wirklichen Leben zu tun gehabt hatte. Sie war immer eine romantische Schwärmerei gewesen, die dem Alltag auf Dauer vermutlich nie standgehalten hätte. Das Beste daran war, dass es jetzt Leila gab. Sie küsste ihre Tochter zärtlich auf die Stirn und übergab sie dann Raffael. Gleichzeitig erhielt sie von Sonja den kleinen Tristan, der sie aufmerksam aus seinen dunkelblauen Augen musterte. Sie waren übereingekommen, dass Raffael Leilas Pate werden sollte, während sie die Patenschaft für den kleinen Tristan übernehmen würde.

Traugott Kiesewetter bat um Aufmerksamkeit und eröffnete wortreich den Taufgottesdienst.

»Liebe Eltern, liebe Paten! Wollt ihr daran denken, dass euch dieses Kind von Gott anvertraut ist als Gabe und als Aufgabe?

Wollt ihr euch dafür einsetzen, gute Eltern und Paten zu werden, die dieses Kind in seinem Fühlen und Denken, in seinem Verhalten und Handeln zu verstehen suchen? Wollt ihr …«

Während Kiesewetter sie ausführlich über ihre Patenpflichten aufklärte, stießen noch zwei weitere Gäste beinahe unbemerkt zu der Gesellschaft. Ricky war gerade damit beschäftigt, den heftig protestierenden Tristan zu beruhigen, sodass sie die Ankommenden zunächst nicht wahrnahm. Erst als sie und Raffael mit den Säuglingen für die Taufzeremonie zu Pastor Kiesewetter vortreten mussten, fiel ihr Blick auf die beiden Gäste.

Valentin und seine Verlobte, durchfuhr es sie wie ein Dolchstich. *Was um alles in der Welt machen die hier?* Pastor Kiesewetter zog ihre Aufmerksamkeit wieder auf sich, indem er sie bat, Tristan über den improvisierten Taufstein zu halten. Mechanisch tat sie, was von ihr verlangt wurde. Ihr Patenkind wehrte sich mit lautem Gebrüll, als es den Wasserschwall auf seinem Kopf spürte, und sie musste ihn mit sanftem Murmeln beruhigen. Dann kam Raffael mit Leila an die Reihe. Ihre Tochter schlief tief und fest und ließ die Prozedur im Gegensatz zu ihrem Cousin mit größtem Gleichmut über sich ergehen. Erst als sich das Wasser über ihr Köpflein ergoss, öffnete sie für einen kurzen Moment die Augen, bevor sie mit einem seligen Lächeln wieder einschlief.

Nach der Taufe wurden die Täuflinge angemessen bestaunt und mit Glückwünschen bedacht. Auch Valentin und seine Begleiterin trugen ihre guten Wünsche vor. Verstohlen beobachtete Ricky, wie er mit seinem schlanken Zeigefinger über Leilas kleines Händchen strich und ihn entzückt von ihr festhalten ließ. Sein Gesicht war in diesem Moment voller Zärtlichkeit. Als er jedoch gewahr wurde, dass sie ihn beobachtete, wurde es wieder reserviert.

»Du hast eine sehr hübsche Tochter«, meinte er höflich.

Die Distanziertheit in seinem Ton traf Ricky. Von der Vertrautheit, die früher zwischen ihnen geherrscht hatte, war nichts mehr zu spüren. Sie schluckte kurz, bevor sie ihm möglichst gleichgültig antwortete.

»Danke. Ich habe ehrlich gesagt nicht damit gerechnet, dich, beziehungsweise euch, hier zu sehen. Hat Raffael euch eingeladen?«

Valentin zog erstaunt die Augenbrauen hoch und wollte gerade etwas erwidern, aber da traten Raffael und ihr Vater auf ihn zu und fragten ihn nach den Neuigkeiten in Windhuk aus.

»Stimmt es tatsächlich, dass Baltkorn ermordet wurde?«, wollte Raffael wissen. Er hatte nach dem Prozess gegen Baltkorn seine Rechtsanwaltskanzlei für einige Monate geschlossen, um bei Sonja und ihrer Familie sein zu können, und war deshalb nicht auf dem Laufenden. Die beiden hatten sich wieder ausgesöhnt und endlich gemeinsam über ihre Zukunft entschieden.

»Man nimmt an, dass es Raubmord war«, meinte Valentin. »So steht es wenigstens in den Zeitungen. Sein Tresor war ausgeräumt. Von dem Mörder fehlt jede Spur.«

»Manchmal gibt es doch noch so etwas wie Gerechtigkeit«, brummte Fritz zufrieden. »Dank des Einflusses seiner Familie hätte es dieser Schuft bestimmt wieder geschafft, sich irgendwie aus seiner Verantwortung zu ziehen.«

»Die Welt ist nicht ärmer ohne Menschen wie Baltkorn und Nachtmahr!«, mischte sich nun auch Jella ein, »aber lasst uns heute nicht mehr von der Vergangenheit reden. Teresa wartet bereits mit dem Essen auf uns. Pastor Kiesewetter schleicht schon die ganze Zeit um die Kochtöpfe, als wolle er gleich einen Überfall darauf starten.« Alle lachten und folgten ihr zu den Tischen.

Nur Ricky blieb zurück. Sie legte die schlafende Leila in ihre Wiege unter dem Verandadach und setzte sich daneben auf einen Schaukelstuhl. Das gleichmäßige Gemurmel der Gäste erinnerte sie an das Rauschen eines Baches. Ihre Gedanken wanderten zurück in die Vergangenheit, und plötzlich dachte sie mit Wehmut an ihre Zeit in Berlin. Es war nicht leicht gewesen, dort Fuß zu fassen, und doch hatte sie Erfolg gehabt. Ihre ursprüngliche Idee, nach der Geburt ihrer Tochter wieder allein dorthin zurückzugehen, hatte sie schnell fallen gelassen. Plötzlich konnte sie sich nicht mehr vorstellen, ihre Tochter allein hier zurückzulassen, auch wenn ihre Eltern ihr das sicherlich ermöglicht hätten. Sobald Leila etwas größer war, würde sie vielleicht etwas Musikunterricht geben. Es gab genügend Kinder in der näheren und weiteren Umgebung, die Klavierspielen lernen wollten. Das war nicht das Schlechteste …

»Darf ich stören?« Ricky hätte die volltönende Tenorstimme unter Hunderten erkannt. Sie sah Valentin mit einer Mischung aus Überraschung und Verlegenheit an, bevor sie ihm mit einer stummen Handbewegung den Stuhl neben ihr anbot. Er setzte sich. Schweigend genossen sie eine Zeit lang den Ausblick auf die rötlichen Steilhänge des Waterberg-Massivs, als läge dort etwas, das ihre Vergangenheit hätte ungeschehen machen können. Über der Landschaft lag der träge nachmittägliche Zauber der Savanne. Zwei bauschige Wolken eilten nebeneinander über den tiefblauen Himmel. Eine Weile schien es, als wollten sie aufeinander zueilen, aber dann strebten sie wieder auseinander.

Ricky fand als Erste die Sprache wieder. »Es tut mir leid wegen damals«, begann sie. »Ich habe mich schrecklich benommen.«

Valentin kaute auf seiner Unterlippe und nickte. Sein Blick blieb in die Ferne gerichtet. »Ich habe schon gehört, dass dein Fürst dich enttäuscht hat«, meinte er schließlich. »Das hast du nicht verdient.«

Ricky machte eine abwehrende Handbewegung. »Ich war verblendet und habe in ihm immer nur eine romantische Traumfigur gesehen. Aber das ist es nicht, was ich sagen wollte … Ich …«

Plötzlich fehlte ihr der Mut weiterzureden. Sie wollte ihm sagen, dass sie zu spät gemerkt hatte, wie viel er ihr bedeutete. Doch dann fiel ihr ein, dass es dafür längst zu spät war. Sie stand auf, vermied es aber, ihn anzusehen. »Ach, was spielt es noch für eine Rolle. Schließlich bist du ja nun glücklich verlobt.

Ich wollte dir nur sagen, dass ich euch viel Glück wünsche.« Sie wandte sich abrupt ab und verließ eilig die Veranda, um sich den anderen zuzugesellen. Valentin war verblüfft über die heftige Reaktion. Er wollte ihr hinterherrufen, um endlich das eigentliche Anliegen seines Besuches zu erklären. Er hatte ihr vorschlagen wollen, mit ihrem alten Programm in seinem Theater aufzutreten, sobald sie dazu bereit war. Aber dann begann sich die kleine Leila neben ihm zu rekeln und zog seine Aufmerksamkeit auf sie. Fasziniert beobachtete er, wie sie für einen kurzen Moment schmatzend die Augen aufschlug und ihn unverwandt ansah. *Sie hat Rickys Schmollmund,* dachte er gerührt.

Es war töricht gewesen, Ricky mit Sabine ärgern zu wollen. Das wurde ihm plötzlich klar. Die Beziehung zu Sabine war längst nur noch freundschaftlicher Natur. Sie hatte ihn heute nur aus Loyalität begleitet, damit Ricky sehen sollte, dass er nicht auf sie angewiesen war. Und doch hatte seine kleine Gemeinheit eine unverhoffte Wirkung gehabt. Rickys heftige Reaktion zeigte ihm, dass sie offensichtlich doch noch etwas für ihn empfand. Natürlich war er nicht bereit, sich sofort wieder an ihre Seite zu stellen. Dafür schmerzte ihre Zurückweisung noch viel zu sehr. Aber vielleicht konnten sie ja beruflich wieder einen gemeinsamen Weg beschreiten. Das wäre immerhin mal ein Anfang. Nachdenklich suchte Valentin nach den beiden nebeneinanderher jagenden Wolken am Himmel. Als er sah, dass sie allmählich miteinander verschmolzen, musste er lächeln.

Danksagung

Auch vor diesem Buch stand zu Beginn eine lange, öfter auch gefahrvolle Reise, die trotz einiger körperlicher Entbehrungen ein Füllhorn neuer Erfahrungen und Erlebnisse mit sich gebracht hat. Der Kontakt zu den Menschen unterschiedlicher Kulturen bedeutet für mich nicht nur Anregung zu neuen Geschichten, sondern bringt mich immer wieder dazu, noch mal einen anderen Blick auf mein eigenes Leben zu werfen. Viele Zivilisationsprobleme relativieren sich angesichts der Genügsamkeit und Ursprünglichkeit dieser Menschen. Für diese Erfahrung bin ich sehr dankbar. Die Freundschaft zu Gao und seinen Buschmännern in der Kalahari und zu Mukesh und Charichal im indischen Rajasthan hat meine Geschichte nicht nur mit Farben und Gerüchen versorgt, sondern auch mit ständigem Staunen und großen Überraschungen. All diese Eindrücke fügen sich wie ein bunter Flickenteppich schließlich zu einer Geschichte.

Ein herzlicher Dank geht an meinen rührigen, immer wieder anregenden Agenten Bastian Schlück. Allein unsere Telefongespräche sind immer wieder ein großer Quell von Inspiration. Vom Verlag aus werde ich auf höchst sympathische Art und Weise von Doreen Fröhlich und Nicola Bartels unterstützt. Auch dafür möchte ich danken! Rainer Schöttle danke ich für sein umsichtiges Lektorat und dem Team von Blanvalet für die schöne Gestaltung des Buches. Ein großer Dank auch an Margrit Burde und Bruni Thiemeyer für die konstruktiven Gespräche und Anregungen. Dasselbe gilt für meine Familie, die mich auch mal ertragen muss, wenn ich nur schleppend vorankomme. Auch den Diskussionen mit den »Fetten-Dichtern« sei Dank! Auf viele weitere Treffen!

Gute vier Jahre haben mich Jella und ihre Familie ständig begleitet. Manchmal waren sie mir so nah, dass sie mir wie reale Personen vorgekommen sind. Mit ein wenig Wehmut, aber noch größerer Vorfreude auf neue Menschen in neuen Geschichten verabschiede ich mich nun von ihnen. Dass sie so lange Teil meines Lebens sein durften, verdanke ich auch Ihnen, liebe Leserinnen und Leser!

Sachworterklärungen

Biltong: Trockenfleisch vom Rind, Geflügel oder Wild. Das rohe Fleisch wird in Faserrichtung ca. 2 cm dick in Streifen geschnitten, gewürzt und mehrere Tage bei guter Belüftung hängend luftgetrocknet.

Buschmänner: nomadisch lebendes Jäger- und Sammlervolk im südlichen Afrika. Sie gelten als Urbevölkerung dieser Gegend. Ab dem 15. Jahrhundert wurden sie von bantusprechenden Gruppen immer weiter in unwirtliche Gegenden abgedrängt. Malereien der Buschmänner bezeugen, dass sie schon vor 25 000 Jahren dort lebten.

Chai massala: indischer Würztee mit aufgekochter Milch und unterschiedlichen Gewürzen.

Couplet: mehrstrophiges Lied mit witzig zweideutigem Inhalt. Meist hat es einen politischen oder satirischen Inhalt und immer einen markanten Refrain. In den Zwanziger- und Dreißigerjahren des 20. Jahrhunderts fand es vor allem in Kabaretts und Kleinkunstbühnen große Verwendung.

Damarra: eigentlich Bergdamarra. Sehr dunkelhäutiges Volk, das zwischen der Randzone der Namib und dem Kaokoland lebt.

Dhoti: traditionelles indisches Beinkleid der Männer. Es besteht aus einem langen Stück Stoff, das um die Taille geknotet und dann hosenähnlich um die Beine geschlungen wird.

Diwali: mehrtägiges, bedeutendes hinduistisches Fest, das auch Lichterfest genannt wird. Das Fest ist in spiritueller und sozialer Bedeutung vergleichbar mit dem christlichen Weihnachten.

Gwi, auch *Gauab:* schalkhafter Geist im Glauben der Buschmänner. Er spielt Menschen oft bösartige Streiche, überbringt Krankheiten und stiehlt ihren Atem.

Haveli: prächtig ausgestattete bemalte Häuser in Nordindien. In Rajasthan bewohnten meist Kaufleute und Angehörige der Fürsten diese Häuser.

Herero: ein die Bantusprache sprechendes Hirtenvolk, das Mitte des 16. Jahrhunderts gemeinsam mit den Ovambo aus Zentralafrika in das heutige Namibia einwanderte.

Himba: ein mit den Herero verwandtes nomadisierendes Hirten-, Jäger- und Sammlervolk. Sie leben im Norden Namibias. Besonders auffällig ist die fettige Creme, mit der Männer wie Frauen ihre Körper einreiben. Durch das eingerührte Ocker verleiht sie ihnen eine rote Hautfarbe, die vor dem heißen und trockenen Klima des Kaokovelds schützt.

Joansi: ein Stamm der Buschmänner in der nördlichen Kalahari.

Kauha: Schöpfungsgott der Buschmänner.

Kolam: zentrisch symmetrische Muster, die von indischen Frauen mit gefärbtem Reismehl in den Eingangsbereich der Häuser gemalt werden. Sie haben rituelle Bedeutung.

Kurta: kragenloses, weit geschnittenes Hemd, das meist von Männern getragen wird. Es ist etwa knielang.

Llangwasi: unberechenbare Geister der Buschmänner.

Maharadscha/Maharana: wörtlich: Großkönig. Indischer Herrschertitel, der dem Rang eines Fürsten entspricht. Im Fürstentum Udaipur wird der Großkönig mit Maharana angesprochen.

Nama: afrikanisches Volk im Südteil des heutigen Namibia. In der Kolonialliteratur wurden sie auch als Hottentotten bezeichnet. Die Buschmänner bezeichnen sie als »Brudervolk«.

Num: spirituelle Kraft der Buschmänner. Es ist eine Gabe, die mal mehr, mal weniger oder kaum vorhanden ist.

Orlam: Mischlinge, die von holländischen Farmern und Nama-Frauen abstammen.

Ovambo: ein mit den Herero Mitte des 16. Jahrhunderts in das heutige Namibia eingewandertes afrikanisches Hirtenvolk aus Zentralafrika.

Pad: afrikaans: Schotterweg, Straße.

Riviere: afrikaans: Fluss. Im südlichen Afrika versteht man darunter zeitweilig austrocknende Flussläufe. Sie führen nur in der Regenzeit Wasser.

Store: Kolonialwarenladen.

Tsamma-Melone: »Citrullus lanatus«. Nahrhaftes, nach Kartoffeln schmeckendes Gewächs in der Kalahari und der Namib.

Sie träumte von der weiten Welt und fand in Afrika eine Liebe, so groß wie der Kontinent selbst …

672 Seiten. ISBN 978-3-7341-0757-3

Charlotte Harmsen träumt von der großen weiten Welt, von Reisen in exotische Länder – mit dem Heiraten hat sie es nicht eilig. Sie ist 22, als ihr der weitaus ältere Christian Otten einen Antrag macht. Fasziniert von seinem Geschäft, in dem es exotische Gewürze, Tabak und Waren aus Übersee gibt, stimmt sie seinem Werben zu. Und bereut dies bald bitterlich. Denn Christian betrügt sie und steht kurz vor dem finanziellen Ruin. Charlotte weiß, dass sie nur eine Chance auf eine Zukunft haben: indem sie Deutschland verlassen und in der Ferne ein neues Leben beginnen …

Lesen Sie mehr unter: **www.blanvalet.de**